长风几里

CHANGFENG
JIWANLI

上

白鹭成双 著

长江出版社
CHANGJIANGPRESS

目 录

第一章

什么玩意儿

名声是

坤仪看上了一个人。

妖怪在宫宴上肆虐，宫人的尖叫和杯盘的摔打声混在一起，嘈杂不堪，那人带着上清司的道人赶来，正巧站在她最喜欢的一盏飞鹤铜灯之下，挺拔的肩上落满华光，风一拂，玄色的袍角翻飞，像极了悬崖边盘旋的鹰。

有时候一见钟情就是这么简单，她甚至连这人的脸都没看清，就把孩子的名字都想好了。

得叫多余。

有这等人物在侧，还要什么孩子，非得先跟他你侬我侬、海枯石烂了再说！

"殿下、殿下？"

坤仪回神，不悦地侧目，就见贴身太监郭寿喜正焦急地朝她拱手："圣驾已经回避，您也跟着往后头走走，这妖物有些厉害，莫要伤着您才好。"

他要不说，坤仪都忘了那边还有个张牙舞爪的妖怪。

她懒洋洋地起身，拢好身上黑纱，又多瞥了那人一眼："他们不怕妖怪啊？"

郭寿喜顺着她的目光一瞧："上清司的人生来就是除妖灭魔的，哪能怕这等小妖？更何况，连昱清侯都到了。"

昱清侯？

坤仪眨眼，觉得这封号十分好听，比朝中那些个平西平南的风雅多了。

她恋恋不舍地收回目光，转身，慢摇慢摆地移驾偏殿。

"回禀陛下，是下席里的蔺探花，一杯祛邪酒下肚，化作了黄鼠狼。"

"真是岂有此理！能让妖邪进了宫闱，禁卫军的眼珠子是摆着好看的不成？"

"陛下息怒，妖邪手段狡诈，禁卫军毕竟是肉体凡胎，今日又恰逢人手调剂，宫门镇守部署单薄，实在是……"

坤仪跨过门槛，就见禁卫军统领满头大汗地跪在殿前，她的皇兄坐在龙椅上，脸上犹有怒意。

"坤仪可惊着了？"瞧见她进来，龙椅上的帝王连忙招手。

"谢皇兄关怀。"坤仪上前屈膝，在他右首边的椅子上坐下，抬袖掩唇，美眸顾盼，"是有些惊着了。"

帝王闻言，扭头看向禁卫军统领，怒意更甚。

"陛下，昱清侯在外头候命。"太监通禀了一声。

坤仪侧眸瞧着，就见自家皇兄一听这话表情便柔和下来，眼里甚至还有些喜色："快让他进来。"

此话一出，殿内众人皆看向门口，只见一人拂袖拾级而上。檐下宫灯将其眉目一点点出落：鸦黑的眼眸清冷疏离，如长丘谷里的粼粼幽水，深不见底；修眉斜入鬓，似名家泼墨；唇畔噙霜雪，若寒月当空。分明是天姿国色，可这通身的肃杀之气，却叫人不敢亲近。

坤仪饶有兴致地盯着他看，直到这人走到御前行礼，才懒洋洋地收回目光。

"臣聂衍拜见……"

"昱清侯免礼，"帝王虚扶他一把，含笑道，"亏得你还未出宫，不然朕这一众禁卫还真拿那妖祟没办法。"

"臣职责所在。"聂衍直起身，身姿挺拔，"上清司如今已有道人八百余，斩妖之术虽不是个个精湛，但辨妖之目大多具备。臣请陛下，将宫门各处皆置一能辨妖之人，往后妖祟再想混淆入宫，便不是易事。"

帝王笑意顿了顿，垂目道："爱卿言之有理，只是宫闱之防乃是大事，还得交由禁卫军从长计议。爱卿且先查查蔺探花的变故是从何而来，也好让禁卫军有所防范。"

聂衍皱眉，薄唇抿紧，很是不悦，却也没再进谏。

大殿里陷入了沉默。

"侯爷伤着了？"旁边突然有人开了口，声音软甜，像小猫爪子似的挠人。

他一顿，侧眸瞥去，就见帝王旁侧坐着个女子，拢一身烟雾似的黑纱，纱上绣着古怪的金色符文。

"昱清侯想是还未见过朕这位胞妹，她月前刚从大漠远邻回来，暂居在先太后旧殿，不日便要搬去明珠台。"帝王笑道。

自古远嫁的公主断然没有回来久居的道理，除非夫家死了。可就算夫家死了，以邻国的规矩，就地再嫁便是，怎会千里迢迢地回来，还穿着这么古怪的衣裳？

聂衍多看了她两眼，正巧对上她望向自己的目光。

她的眼里透露出掩藏不住的兴致勃勃和跃跃欲试。

这样的目光他看了千百回，自然知道是什么意思，当下就沉了脸："臣并未受伤，身上许是沾染了些许妖祟的血迹，这便告退去更衣。"

说罢，他便朝帝王一拱手就退了出去，全然不顾帝王的张嘴欲留。

"咦，他脾气不太好啊？"坤仪嘟囔。

帝王挥退左右，轻叹了一声："能人异士，自是都有些古怪脾气的。这位昱清侯本性不坏，朕也喜欢他，可惜他不与朕亲近，朕很是苦恼。"

坤仪托着下巴，笑得倾国倾城："是挺让人苦恼的。"

看来她不能像以前一样看上谁就将谁捆回来了，还得多花花心思。

"你今日也受了惊吓，早些回去歇息。"帝王关切道，"明珠台已经收拾好了，你想什么时候过去都可以。"

明珠台是她出嫁前先帝钦赐的公主府，坐落在合德大街上，与昱清侯府并不相邻。

但在府邸后院里站着时，坤仪发现了个有趣的事——这里正好能看见昱清侯府后院的假山。

两处宅子门朝南北，背后却是靠在一起。这简直等于昱清侯张开双臂朝她喊："哦，来呀！"

于是，坤仪当天晚上就不负期望，翻了人家后院的墙。

聂衍今日心情实在算不上太好。

见着那公主的第一眼他就觉得哪里不对劲，回来沐浴更衣之后，依旧觉得心里硌硬。

"属下查过了，坤仪公主似乎是命数不好，所以常年穿着绣有'瞒天过海符'的衣裙，用以挡煞。"随从夜半低声道，"既是皇家子弟，想来不会有什么问题，只是……"

"只是什么？"

"坤仪公主喜欢面容俊俏之人，晟京皆知。"夜半干咳，看了自家主子一眼。

果然，主子的脸又黑了一半。

"不过您可以放心，邻国尚在丧期，公主虽是回了朝，但理应为夫守丧三年，想来应该不会……"

话未落音，府中法阵大亮。

聂衍神色一凛，当即裹了外袍纵身而出。

他的昱清侯府人虽不多，但法阵极为厉害，向来没有妖敢擅闯，除非是自信可以斗得过他的大妖。

月还未上枝头，这等时辰，他倒要看看，究竟是何方妖怪，竟敢上他的门。

金光褪去，院落里渐渐归于平静。

坤仪放下挡眼的衣袖，正好瞧见有人带着沐浴后的清香，疾步朝她奔来。他那沾着水珠的眉目间看起来多了几分激滟，里衣没拢好，露出了半截锁骨。

这人此番模样有别于殿上的清冷，怎么看怎么秀色可餐。

她下意识地就朝他张开了手臂。

然而，这人却在她面前三步止住了身形，飞快地拢上衣襟，面若寒霜："殿下？"

"嗳。"坤仪很失望，"你的称呼怎么这么见外，同这光风霁月的场面一点也不搭。"

光风？还霁月？

聂衍微怒，后退两步，看了一眼地面："殿下何故闯我诛妖阵？"

这阵法十分凶狠，同时也十分难设，被她踩坏，又要好几日才能重新落成。

坤仪迷惑地跟着低头看了两眼："诛妖阵？这阵法能诛哪门子的妖？你看，我不还好好站着吗？"

聂衍呼吸一顿，定定地看着她，手里下意识地聚出了却邪剑。

谁料，这人下一瞬就抚着她自己的脸道："哦，我忘了，再美的人那也还是人，变不成妖怪。"

"……"

这话也说得出口。

他没好气地收了剑，冷声道："殿下若无别的事，就请回吧。"

他的语气里夹了点抵触。

若换作别的女子，就该羞得扭头就走。可坤仪倒像是没听见一般，只问他："侯爷你衣衫不整的，不冷吗？"

"若殿下不乱闯我宅邸，在下也不必如此。"

"哦？"坤仪来了兴致，"也就是说，只要我闯你宅邸，就能让你衣衫不整地来迎我？"

强词夺理！聂衍微恼。

夜风轻拂，吹来她身上浅淡的酒气。他皱眉想避开，这人却偏欺身上来，仰头看他："我听人说，侯爷只对捉妖有兴趣。对送上门的女色，从不领情。"

知道还来？

他垂眼。

"正好，我就是为捉妖的事来的。"坤仪像是知道他在想什么，一双美目顾盼流转，"我身边常有妖怪索命，想请侯爷相救，解我之困。"

这语气十分不正经，怎么听都不像是被妖怪缠身，她自己反倒像个妖怪，想缠他的身。

聂衍别开了脸："殿下不必浪费时间在微臣身上，若想要容颜姣好的男子，晟京容华馆里有的是。"

"你怎知我就只看上了你这张脸？"坤仪轻笑，涂着蔻丹的纤指隔空点了点他的轮廓，"难道侯爷自认除了容颜之外一无是处？"

说不过她。

聂衍冷哼，后退半步想要走，却见她竟突然扯开了黑纱外袍，露出里头如黑雾般的轻薄长裙。

"殿下自重。"他下颌紧绷，当真有些恼了，"勾栏尚不齿如此，何况皇室贵胄。"

坤仪被他说得一愣，倒是又笑了："侯爷误会了。"

三更半夜孤男寡女衣衫不整，还有什么好误会的。聂衍只觉荒谬，拂袖转身，不愿再听她花言巧语。

结果，就在他走到第三步之时，一股妖气猛地从东南面袭来，直奔坤仪而去。

聂衍瞳孔微缩，立即祭出却邪剑翻身一斩，衣袂翻飞间，却还是慢了一步。

泛紫光的猫妖古怪地嘶叫着，越过他，狠狠地咬住了坤仪的肩。浓烈的妖气霎时席卷了整个后院。他这一剑下去，猫妖身子被砍成了两段，饶是如此，它的牙仍在她皮肉上啃咬。

坤仪疼得小脸煞白，倒吸一口凉气，抽出一张符纸，将这猫妖的头狠狠拍散。

她衣衫已经凌乱，前襟堪遮未遮，露出半抹雪白和玲珑锁骨，如玉的肌肤衬得伤口分外可怖。

"你这人，我都跟你求救了，你怎么就不信我？"她白着脸嗔怪他，腰一软，就要往后跌。

聂衍跨步上前，下意识地接住她。

入怀温软，轻若无物。

他抿唇，背脊微僵，转移似的看向她手里的符咒："殿下会道术？"

坤仪倚在他身上，只觉他身上有一股沉木香气，满腔怒意就变成了娇嗔："我自小就容易招惹这些东西，若是不学些道术用来防身，还能活到现在？喏……侯爷就算不懂怜香惜玉，也该知道照顾伤患吧？愣着做什么，替我把毒吸出来呀。"

聂衍伸手，瞥了一眼她的前襟，脸色顿黑："我让丫鬟来。"

"叫丫鬟来？来给我收尸？"坤仪翻了个白眼，"这猫妖的毒性有多大，你不知道？"

她的嘴唇已经有些发乌，说完这话，更是一阵目眩："侯爷若是想看我死在这侯府，就继续看着好了。"

公主自然是不能死在他侯府的，更不能被妖怪毒死在他面前。

聂衍轻吸一口气，停顿一瞬，低声道："得罪。"然后俯身，含上她肩膀的伤口。

坤仪下意识地哼了一声。

他身上还有沐浴后的温热香气，氤氲到她的脖颈间，叫人耳根都泛红。坤仪是打着调戏他的心思来的，却没想到反被他给惹羞了，不由得脚趾微蜷，纤手欲拒还迎地抓紧他肩上的衣绸。

他雪白的衣袍同她的黑纱裙绞在一起，颜色对比分明，却是难舍难分。

夜半赶到后院的时候，看见的就是这么一幅画面。

月色正好，繁星当空。自家主子将坤仪公主按在怀里，公主衣裳凌乱，自家主子埋首香软间，头也不抬。

夜半傻眼了，他跟着主子这么多年，从未见过如此场面。偏生主子十分专心，甚至没有意识到后头来了人。还是坤仪公主瞥见了他，纤手一抬，轻轻一挥，示意他非礼勿视。

夜半狠狠地掐了自己一把，确认不是在做梦之后，瞠目结舌地扭头回避。

聂衍心里有思量，不曾注意四周，待一口毒血吐出，他擦了擦唇畔，皱眉问她："殿下想让我捉的妖怪就是方才的猫妖？"

"嗯，也不止。"坤仪尚且头晕，说话有气无力，"以后侯爷就知道了。"

她这人，半真半假，捉摸不定，他巴不得离远些，哪还来的以后？

聂衍轻嗤，鸦黑的眼眸半合。

瞥见他的神色，坤仪娇俏地哼了一声，软绵绵地推开他，将地上的外袍捡起来拢上身："你们男人都这样，翻脸无情。"

说的这几个字也没什么错处，但配着她那拢衣裳的动作，怎么瞧怎么不对劲。

聂衍醉心道术十几年，从未与女儿家打过交道。头一遭就碰见这么个难惹的，叫他又气又无可奈何。

"我让丫鬟送你。"

"留着你的丫鬟，下次给我收尸用吧。"坤仪翻了个白眼，直起身，摇摇晃晃地往院墙的方向走。

"殿下伤重，走正门为好。"他皱眉看着她的背影。

坤仪没理他，攀上院墙，倒算利索地爬了回去。

清风拂院，吹散了周遭妖气，倒还剩一丝温软香气留在他衣襟上。聂衍有些烦，伸手去拂，指腹上却还留着她腰肢的触感，一碰锦缎，反觉锦缎粗糙。

不，这一定是妖术。他闭眼凝神，念了三遍清心诀，再睁眼时，眸中已然清明。

"夜半，"他侧头，"你躲那么远做什么？"

夜半脸色微红，闻声从角落里出来，结结巴巴地道："属、属下怕扰、扰了那位殿下。"

她有什么好怕的，原本就不是个正经的人。

聂衍合拢手心，拂袖道："后院需要重新落阵，你且随我来。"

"是。"

走了两步，聂衍又停了下来，看向脚边落着的还未散尽的猫妖残骸。

不对劲。

就算他府中的诛妖阵破了，也还有他坐镇，这猫妖修为平平，为何执意要来送命？

他神色微凛，侧身看向明珠台的方向。

明珠台楼阁错落，灯火通明。坤仪懒懒地倚在贵妃榻上，任由侍女给自己上药。

"您怎么这么不小心？"侍女兰苕心疼地擦着她肩上创口，"您想见那昱清侯，让别人去请也就是了，若您这身上落了疤可怎么好。"

"我都是寡妇了，谁还管身上有没有疤？"坤仪轻笑，"下回再嫁，除非是陛下想要谁死，又不方便处置。"

"您怎么能这么说？"兰苕眼眶发红，"那位的死不是您的错，只是巧合罢了。"

"巧合太多，那便就是命数。"坤仪拢上黑纱，不甚在意，"替我寻些沉木香来点上。"

兰苕觉得奇怪："您不是一向嫌那东西味道厚重？"

"也挺好闻的，"坤仪微微勾唇，眼波潋滟，"是能安神的香。"

兰苕不解，却也没多问，应下便去更换香炉。

青烟袅袅，一室香氲，坤仪喟叹一声，和衣闭眼，以为终于能睡个好觉。然而一闭眼，梦魇便如约而至。

"坤仪，我的脑袋找不到了，是不是你藏起来了？"

"这如山的尸骨全是你杀的，你是个杀人凶手，杀人凶手！"

……

坤仪背脊冰凉，一觉醒来，已是天光大亮。

"杀人凶手，出来！"

似是梦境里的喧嚣延展到了现实，远处不知是谁在隐隐喊叫。

她脸色苍白，抓紧了身下被褥。

"殿下别怕，是昱清侯府。"兰苕过来挽起床帐，柔声安抚道，"蔺家的人执意觉得蔺探花是被人陷害，非说昱清侯爷是杀人凶手，眼下正在侯府闹事呢。"

蔺探花？那个在宫宴上现了形的妖怪？

坤仪起身，拈起枕边的玉如意搔了搔头："也真能闹腾。"

"可不，昱清侯斩妖有功，这蔺家还真是不知天高地厚。"兰苕一边卷起纱帘一边嘟囔，"叫陛下知道，还不得株连九族？"

"那倒也不会。"坤仪漫不经心地说道，"蔺家老夫人是个聪明人，她才不会带着全家去送死呢。"

这话兰苕就听不明白了："昱清侯正得圣宠，蔺家如此胡闹，陛下还能饶了他们不成？"

坤仪没答，只打了个哈欠，兰指软软地搭上自己的肩："叫人去看着那边的动静，每两炷香回来禀我一次。"

"是。"

昱清侯府的后院已经站了不少人，有蔺家来闹事的，也有上门拜访顺便看热闹的，吵吵嚷嚷，分外嘈杂。

"你们上清司杀人连尸首也不留，就要扣一顶妖族的帽子给我蔺家，哪有这样的说法！我蔺家男丁前程尽断，女眷婚配无门，倒叫你家侯爷立了功，蒙受圣宠，真是好手段！"

"远才虽不是什么文曲星转世，却也是新科的探花，寒窗苦读十余年的天子门生，生父生母皆是凡人，他怎么就成了妖怪？我看，怕是你昱清侯立功心切，栽赃陷害！"

"什么斩妖除魔上清司，分明就是你们结党营私、铲除异己的遮羞布！"

吵嚷声越来越大，聂衍坐在书轩里都能听得分明。

"主子，要不将他们赶走吧？"夜半直皱眉，"这闹得实在不像话。"

"无妨，"他平静地翻着手里书卷，"夺神香可点上了？"

夜半点头："后院并无动静。"

夺神香是上清司的得意之作，一旦点燃，百步之内妖气必除，没有妖怪能在烟雾里头站住脚。

也就是说，蔺家剩下的人都不是妖怪。

聂衍合上书，有些不解。

妖怪是不能附身于人的，只能变身顶替。若蔺探花原本是人，只是被妖怪顶替了身份，那他本人去了何处？

"启禀侯爷，"外头有人来报，"三司的人将蔺探花的遗物送来了。"

蔺探花生性爱清雅，倒是不曾有多少贵重装饰，除了一顶银冠，就只剩下一块古朴的玉佩和一根编织古怪的红色手绳。

"蔺家人认过，这玉佩是蔺家祖传的，银冠也是蔺家老夫人亲自命人打的，只是这红绳……不知来历。"

聂衍挑眉，接过红绳仔细查看。这红绳编织手法复杂，不像是民间的东西，倒像是宫里的手艺。绳结上头犹残妖气，只是妖气之外，还有一丝书墨气，以及……女人的脂粉香。

这脂粉香气，有种莫名的熟悉之感。

聂衍轻嗅一二，若有所思。

"侯爷，蔺家老夫人在后院里晕过去了！"外头又传来禀告，"这老夫人是二品的诰命，出了事有些难办，蔺家已经派人去请御医了，想必会惊动圣上。"

"又来这一套！"夜半听得直撇嘴，"要不怎么说咱们上清司的活儿不好干呢，分明是按规矩行事，却偏要忍受这些胡搅蛮缠，他们不就是仗着陛下不爱理世门争执，故意搅事吗？"

"世家大族之中出了妖怪，说出去多不好听。若不将脏水泼给我们，他们便没了活路。"聂衍回神，将手绳放回托盘里，不甚在意，"随他们去。"

"可是……"

"只要世间妖怪未绝，陛下就不会责难上清司。"

只不过，只要他还愿意除妖，陛下也就绝不会为这些小事，便替他出手惩治世家大族。

当今圣上何其英明，想要一把锋利的刃，又不想这刃锋芒太盛，所以斩妖除魔是他的职责，受人唾骂也是他的职责。

眼里的嘲弄之意稍纵即逝，聂衍起身，玄色衣袍拂过檀木椅的扶手。

"去准备午膳。"

夜半无奈，低声应下。

大抵是知道昱清侯一贯的作风，蔺家人不惮于将事往大了闹。老夫人晕倒在侯府后院，一众蔺家奴仆就径直冲出门走上街，敲锣打鼓地说昱清侯公报私仇，就连六旬的蔺老太太都要打死在府内。至于蔺探花，则是被冤枉的，压根不是什么妖怪，只是因着颇受圣上垂青，才惹了昱清侯的记恨。蔺家上下真是飞来横祸，冤枉至极。

这是很泼皮无赖的手段，但是管用。以往这么一闹，至少家族的名声能够保全。待风头过去，家族里的其他人还能再谋前程，故而不少被聂衍诛杀过妖怪的人家，大都选了这条路子，昱清侯府也习惯了背黑锅。

然而今日，出了一点意外。

晌午时分，蔺家闹得最凶的时候，一列六十余人的仪仗队，浩浩荡荡地行至昱清侯府正门。

御前侍卫金刀开道，二十个美貌宫女捧着漆木盒子走在前头，中间一顶落着黑纱的金銮车，后头还有二十个太监担着礼物，并有十个护卫压阵。

这等排场，除了当今圣上，就只一人能有。

"主子，"夜半收到消息，神色古怪地朝上头道，"坤仪公主过来了。"

他顿了顿，又补充道："这次走的是正门。"

聂衍神色漠然，鸦黑的眼眸里波澜不兴："就说我今日不见客。"

"晚了。"夜半挠头，"她没递拜帖，径直去了后院。"

因着蔺家人来闹事，今日侯府里本就没什么守卫。蔺家人都能闯的后院，坤仪走得更是熟门熟路。

原本还在敲锣打鼓的蔺家人，一看见公主仪仗，个个都噤了声，就连那昏迷了的蔺老太太也突然醒转，急忙上前行礼道："老身见过殿下。"

坤仪似是才发现他们一般，隔着黑纱惊讶道："老夫人，您怎么在这儿？"

转念一想，她的语气古怪起来："莫非是来给昱清侯爷说亲事的？"

"怎会……"蔺老太太垮着脸，刚想继续诉苦，就听得殿下松了一口气。

"不是就好，老太太与先皇后也算有些交情，按理本宫该敬您三分，但这昱清侯爷与本宫有故交，本宫可不愿将他拱手让人。"

蔺老太太微惊，脸色都白了两分。

坤仪公主有多受圣上宠爱，举朝皆知。这人又十分骄纵任性，蛮不讲理。若是碍了她的眼，可比直接得罪圣上来得更惨。

蔺老太太收回满腔的怨气，勉强笑了笑："侯爷一表人才，殿下好眼光。"

"老太太也觉得他很好，那本宫就没看错人。"坤仪的声音里尽是欣喜，"昨日宫宴上，侯爷斩妖的英姿当世无双，老太太可也在场瞧着？"

"没……"蔺老太太垂眼，"昨日老身抱恙，未能进宫。"

"那还真是可惜了。"坤仪摇头，"不过也好，宴上那么大一只黄鼠狼妖，吓坏了不少人，老太太若在场啊，还得受惊。"

话说到这里，蔺老太太明白了——坤仪公主是为昱清侯撑腰来的。她有些不甘，又深知无法与这位公主殿下争执，只能沉默。

可她身后的蔺家儿孙就没那么能沉住气了，当即有人怒道："妖怪阴险狡诈，变成人形也不是难事，殿下既在宴上瞧着，也该为我蔺家说两句话不是？"

这话说得又快又冲，老太太想拦已经来不及。

话音落下，后院里有片刻的安静。

坤仪抬起凤眸，纤手掀开了车上黑纱，扫了外头一圈："方才说话的是哪位？"

蔺家三子站了出来："在下蔺……"

"以下犯上，舌头割了。"

"是。"

金刀侍卫出手快如闪电，蔺老太太还没来得及求情，血就溅到了她的脸上。

满院哗然。

蔺家群情激愤，一部分人去扶满嘴是血的蔺三，另一部分人愤愤上前，要与金刀侍卫理论。

"不——殿下！殿下！"蔺老太太连忙跪下，一边拦着自家人，一边给坤仪磕头，"殿下饶命！是我管教无方，这便回去好生让他们学规矩！"

"娘，她欺人太甚，您怎么还……"

"快闭嘴！"蔺老太太怒斥，"什么人你们都敢冲撞，还不快跪下！"

蔺家人愤愤不平，迟迟不愿落膝。

坤仪高坐銮车，似笑非笑道："他说得没错，本宫就是欺人太甚。不过既然已经欺了，不如就更甚一些，好叫他们长长记性……"

"殿下，今日场面已经够大了。"蔺老太太面无人色，"还请殿下息怒，也好给老身一些时间，这便回去让人备上厚礼，来给侯爷请罪。"

"那多不合适啊。"坤仪眨眼，"分明是昱清侯污了你蔺家名声。"

"昱清侯斩妖除魔，替天行道，乃当世英雄！"蔺老太太汗如雨下，"是我蔺家今日莽撞了。"

说罢，老太太立马扭头呵斥："还不快回去，在日落之前，要将谢罪礼抬过来！"

后头的人不甘不愿地应下，蔺老太太连忙借着机会带着蔺家大小就告退，将旁边侯府的一众下人看得一愣一愣的。

"你瞧，"坤仪笑着对兰苕道，"我就说蔺家老夫人是个聪明人。"

兰苕哭笑不得："殿下何苦这么吓唬他们。"

"谁让他们欺负我的人啊。"坤仪扶手下车，"要是连个人都罩不住，往后晟京的美人儿哪个还愿意从我？"

尤其是这府邸里的美人儿，很难得，得有点诚意。

府邸里的美人儿冷着脸站在花厅门口迎她。

"见过殿下。"

坤仪捂着还没结痂的肩，柔柔弱弱地朝他伸手："侯爷真是半点不体贴，明知我有伤还这么干站着。"

聂衍无视她的玉手，侧身道："殿下请上座。"

坤仪撇嘴将手收回来，带着人进去，气哼哼地坐上主位："亏得我赶着过来救侯爷，侯爷竟连个笑脸都不给。"

谁要她来救？聂衍板着脸坐下，正待开口，就见后头一连串地进来一堆宫女，手里的漆木盒子打开，山珍海味，野鹿河虾，满满装了二十盘。

"殿下这是作何？"他皱眉。

坤仪又来了精神："瞧着是午膳的时辰了，我带了菜来请侯爷品尝。这些都是御厨新做出来的菜品，参芪炖白凤、金腿烧圆鱼、银刀烤鹿脯……"

午膳而已，竟也能铺张至此！聂衍沉默地看着，周身像是弥漫着雾霜："谢殿下美意，但臣不嗜荤腥，恐无福消受。"

"不是吧？"坤仪瞪大了眼，"你一个天天打打杀杀的人，竟爱吃素？"

"臣打杀的只是妖怪。"他抿唇，"这些生灵何辜？"

坤仪很是不赞同，秀眉挑得老高："怎么着，素菜就不是生灵了？侯爷这怜惜苍生的菩萨心肠，只怜荤，不怜素？"

聂衍一愣，继而皱眉："不一样。"

"能有什么不一样？"坤仪翻了个白眼，"青菜辛辛苦苦长几个月，原本在土里有水喝有日头晒，还能跟路过的虫鸟招摆叶子，同泥里的蚯蚓谈情说爱。被你摘下来吃进肚子里，一命呜呼，人家何辜？"

"……"

乍一听，还真的有点道理。聂衍沉思，半晌之后又觉得不对劲："荤素皆是生灵，那凡人当吃何物？"

"您终于反应过来了？"坤仪哼笑，摆手让人将菜放去旁边饭桌，"凡人也是生灵，还是最厉害的生灵，大家都是要吃东西活下去的，弱肉强食是天之道也，哪来那么多菩萨心肠？"

说罢，她起身牵起他的衣袖："快，趁热吃。"

聂衍飞快地甩开她的手，话里带恼："殿下自重。"

"行行行，自重自重。"她敷衍地应着，还是拉他在旁边坐下，接过宫女递来的银筷，夹了肉放进他碗里，盯着他瞧，"来吧侯爷，迈出您视众生为平等的第一步。"

劝菜而已，也能被她说得天花乱坠。聂衍烦闷地发现，自己在言语上好像完全不是这位殿下的对手。天知道，她贵为一个公主，嘴怎么这么碎。况且朝中诸臣都对他有一种说不出的畏惧，她分明与他只是第二次见面，却还敢伸手来拉他。

"主子，"夜半忍不住朝他小声道，"属下瞧着，这位殿下并无恶意。"

恶意自然是没有的，但若说别的心思，那还真是昭然若揭。

他鸦黑的眼眸半垂，神色幽深，若有所思。

"侯爷，吃饭的时候可不能生闷气。"坤仪咬了一块鹿肉，凤眼眨巴眨巴地望着他，"会不好消食。"

聂衍回过神，没看她，只提起筷子，夹了一块莲花卷。

坤仪挑眉，倒也不继续强迫他吃肉，只撑着脸侧盯着他看。

别说，昱清侯这等容貌，还真值得她来这一趟。虽是不爱笑，那眼眸却如骄阳下的浓墨，黑而泛光，怎么瞧怎么动人。当时在大殿上，她与他隔得远，没看清，眼下凑近了，她才发现他眼角还有一颗痣，位置生得巧妙，像极了情浓之时飞溅上的泪。

这上面若是真溅上泪，不知会是何等模样？

聂衍无声地吃了小半碗菜，抬头之时，正好看见坤仪的眼神。

她没看菜，倒是在看他。接着，她喉头滚动，轻轻咽了一口唾沫。

"……"

"殿下，"聂衍放了筷子，"今日之事，臣先谢过殿下。但恕臣直言，殿下孀居明珠台，尚在守丧期间，不宜如此大张旗鼓地光临寒舍。"

"哦？"坤仪挑眉，"你的意思，我还是翻墙过来比较合适？"

"臣……臣自然不是这个意思。"他不悦地眯眼，"臣请殿下为自己的名节着想。"

坤仪轻笑一声，推了碗筷，身体倚在桌沿上，满眼轻蔑道："名节这东西，我向来是不在意的。人活着是为自己快活，又不是为了成一块完美的碑。"

她顿了顿，挑眉道："倒是侯爷，若是担心名声有损，那我也愿意为今日之事负责。"

负责？聂衍只觉荒谬，语气稍冷："殿下若当真是个负责之人，又何以对蔺探花一事的内情不闻不问？"

这话头转得太快，坤仪一时噎住，抬袖呛咳起来。

"蔺、蔺探花与本宫有何干系，本宫为何要问他？"

聂衍定定地看着她的眼睛，没有说话。

他的眼神太过慑人，又带着一股奇怪的威压，看得坤仪心里发毛。

"侯爷可知，圣上曾经下过一道旨意，明珠台可以不接受任何审司的查问。"她避开他的目光，下巴微抬，"换句话说，本宫是不受罪之身。别说你上清司，就算是刑部最顽固的那几个老头子一起上阵，也拿我没辙。"

聂衍还是看着她，没有说话。

坤仪皱眉，想发怒，瞥一眼他的脸，又消了气，最后只得气呼呼地拢紧身上的黑纱："行了，不知道你从哪儿查出来的。本宫确实认识蔺远才，但他变成妖怪之事，可不是本宫害的。"

"殿下在宫宴前见过他？"

"嗯哼，"她老大不乐意，"你还当真要审我？"

"在下只是好奇。"聂衍垂眼，"想知道宫宴上的妖怪到底是外头来冒充的，还是就是蔺探花本人。"

眼神微动，坤仪又笑了，拢着黑纱靠近他，眼里尽是狡黠："你若答应我一件事，我便告诉你答案。"

又在打坏主意！聂衍瞥见她晶亮的凤眼，有不好的预感，本想摇头拒绝，这人却耷拉了眉："一件小事而已，不会太为难你，而且，你定然也很愿意。"

他会很愿意？聂衍迟疑，看着她合拢作"请"的双手，犹豫许久，僵硬地点了点头。

"侯爷大方。"坤仪拊掌而笑，松了口气，干脆利落地告诉了他，"宫宴上你斩的那个就是蔺远才，不是别的妖怪化身冒充。"

聂衍不解道："可蔺家其余的人都是普通人。"

"那我不知道，反正化妖的就是他本人。"坤仪耸肩，"宫宴开始之前，他单独来见过我，说想入我明珠台，也愿意侍奉我左右。我见他长得好看，便答应了，送了他一条手绳作为信物。"

见人长得好看就答应？聂衍眯眼。

坤仪不觉得哪里不对，继续道："那手绳有些特殊，是用红色的符纸搓成条编成的，会灼伤一般的妖怪。当日宫宴上我看过，他化妖之时，手绳仍在。若他是妖怪变化而成的冒牌货，不会连这个手绳也一起变，平白给自己添伤。我瞧着，他更像是因着变故有了妖气，然后被手绳灼伤，才跟着现了原形。"

说罢，她将双手举过耳畔："都告诉你了啊，可别再怀疑到我头上。"

聂衍颔首，眼波流转："臣多问一句，殿下送人的定情信物，为何会是这样的手绳？"

"我这个人天生命怪，容易招惹邪祟。"坤仪哼笑，别开头去看窗外枝头上的花，"要想留在我身边，若没点东西傍身可怎么活。"

想起昨晚朝她飞扑过去的猫妖，聂衍坐直了身子，张嘴正要再问，她却起了身，黑纱上金色的符咒纹路在他面前一晃，雾一般跟着她往外飘。

"该说的都说了，侯爷答应本宫的事，本宫改日会命人来请，这便先告辞了。"

话音落，最后一抹黑纱就拂出了门槛。去跟来，都一样快。

聂衍看着她离开的方向，情绪复杂。说她喜欢他吧，看上去确实也挺喜欢。分明是不受罪之身，都愿一五一十地同他招供；可若说她有多喜欢他，似乎也没有。她一个不高兴，走得就头也不回。

这种程度，他想，定然是不够喜欢的。

黄昏时分，蔺家送来了大量赔罪礼，声势浩大，比之前的闹腾有过之而无不及。

聂衍是不想收的，奈何蔺家人跪在他大门口，扬言他不收就不走，引来了大量百姓围观，议论纷纷。

"先前不是还闹呢吗，怎么突然给昱清侯赔这么大的礼？"

"听说是坤仪公主出面给昱清侯主持公道了。"

围观群众一听这位公主，立马发出了暧昧的"哦"声，揶揄起哄之势甚嚣。

声音穿过院墙，听得聂衍脸色铁青。

"主子别生气，"夜半劝道，"无知之民罢了，了解您的人自然不会这么想。"

话是这么说，第二日他上朝，刚穿过第一道宫门，就见几位朝臣笑吟吟地行至他身侧，同他行礼道："昱清侯今日真是风姿绰约，容光映人啊！"

他不适地皱眉："几位大人，有话不妨直言。"

"侯爷是爽快人，我等也不绕弯子，听闻侯爷得了坤仪公主青睐，我等实在有要事想请侯爷帮忙。"

聂衍的一张脸白了又青，青了又绿，最后变成了黑里透紫。

"在下与坤仪公主并无交情。"

"侯爷谦逊，朝中谁人不知公主殿下向来不爱管闲事？她既肯替侯爷撑腰，想必是对侯爷多有看重。我等也不求别事，就想请殿下给今上美言几句，好叫今年的赈灾粮饷别再拖了。眼下天灾妖祸并行，东三城饿死了不少百姓，侯爷若肯相助，也算是救人性命。"

"是啊侯爷，若是旁的事，我等自然不想走这路子。可这赈灾之事，侯爷经常行走江湖，想必也该清楚情况，情况已经是迫在眉睫了，今上竟还想扩修明珠台。"

赈灾？聂衍想起坤仪昨日送到他府里的菜肴和一大堆宝物，心里有些硌硬。

当真是朱门酒肉臭，路有冻死骨。

"我会找机会同殿下提，"他垂眼，"但我与殿下，当真没有别的关系。"

几位大人听着前头的话就高兴了，连忙作揖谢他。至于后头的话，谁又信呢？

聂衍上完朝后又去了一趟上清司，带人去诛杀了三只狼妖两只鹿精，这才稍稍舒坦。

"好生奇怪。"三司道人淮南站在他身侧看着镇妖塔的方向，满脸困惑，"属下怎么觉得近来晟京之中的妖怪出没得更加频繁了？"

当世妖孽横行，但毕竟是人比妖多，聪明的妖怪为了更好地生存，多数是会伪装成人类的，平时也不轻易显形。可似乎从这个月开始，妖怪闯街的情况时有发生。

"可查清楚蔺远才宴上的饮食了？"聂衍问。

淮南点头道："除了御膳房流水备宴之外，他只喝了徐武卫敬的酒。但宴上情况太乱，酒盏餐具已混淆摔碎，无从查证。至于徐武卫那边，属下已经让人盯住了。"

"盯紧些，至于晟京频繁出现的妖怪——"聂衍漫不经心地垂眼，"出现多少诛杀多少，绝不留情。"

"是。"

淮南应下，拱手欲退，突然想起什么，犹豫地看了他一眼。

"说。"聂衍对上清司的人还是很有耐心的。

"这个嘛……"淮南有些不好意思地挠了挠后脑勺，"镇妖塔里已经锁满了妖怪，新的镇妖塔因着修建地的争端，迟迟未能动工。属下想着，若是侯爷有法子疏通工部关系，新的镇妖塔也能早些落成。"

聂衍皱眉。

上清司向来由帝王亲自统管，与三省六部都没有任何往来，他哪来的路子去疏通工部关系？新的镇妖塔选中的地方正好占了恭亲王府的一块旧地，恭亲王在圣上面前是答应得好好的，但真等修建之时，却是百般阻挠。工部众臣多与恭亲王交好，自然是帮着压进度，如此一来，便拖延了半年有余。这大半年中，上清司都没找着申诉的出路，眼下怎么突然要他想法子了？

聂衍正要询问，脑海里突然闪过一个人影，接着脸色就又绿了。

"淮南！"

"属下在。"

聂衍深吸一口气，闭眼道："你莫要听信外头传言，我与坤仪殿下并无交情。"

淮南干笑，不好意思地摸着自己的脑袋："属下明白。"

明白个鬼！聂衍只觉得刚下去的那口闷气又重新堵回了胸口，他眯眼看着天边的云，沉默片刻，拂袖回府。

素来清静的昱清侯府大门口，今日却被奢华的檀木大箱堆了个满满当当。

"主子回来了？"夜半出来替他牵马，叹着气同他解释，"您来看看，这些都是坤仪殿下送来的，说是番邦进贡的最新料子，让您挑着做几身衣裳。"

聂衍看也没看，冷声道："捆上车，送回明珠台！"

"这……"夜半干笑，"是不是有些不留情面？"

"我同她有何情面可言？"

行吧，夜半想，主子说没有，那就没有。

箱子重新被抬上车，聂衍看了两眼，恼意更甚。净是些绫罗绸缎、珍宝玉器，她还真把他当个女人哄了？

聂衍重新上马扬鞭，带着一身煞气，如同魔神降世一般逼近明珠台。然而，刚到大门附近，他就瞧见一抹黑纱站在不远处的门口，冲他盈盈招手。

聂衍微微眯眼，下马过去，语气十分不善："殿下早料到我会来？"

坤仪像是刚睡醒，凤眼惺忪，语气也柔柔的："谁惹你不高兴啦？"

"没有，臣只是来同殿下说几句话。"

"还说没有？"她叹息，柔荑捏着玉如意，轻轻磕了磕他的眉心，"全都写在脸上了。"

玉如意冰冰凉凉的触感叫他冷静了两分，聂衍后退半步，想起今日种种，还是觉得不痛快："殿下对在下是何种看法？"

坤仪不解，歪着脑袋打量他片刻，扭头复而又笑道："能有何种看法，本宫是孀居的寡妇，侯爷是前程大好的新贵，我还能有什么非分之想不成？"

她这话半点没给她自己留面子，将两人分得清清楚楚，一时间倒让聂衍沉默了。

这下，他该怎么接？

瞧着他的反应，坤仪轻轻叹息，还是笑着问他："侯爷今日上朝可遇见什么麻烦了？"

"没有麻烦，"聂衍语气缓和些许，抿唇道，"就听户部的人在提，说今年赈灾之事有些迫切，想请陛下暂缓翻修明珠台。"

"好啊。"她把玩着玉如意，想也不想就点头，"我等会儿就进宫去同皇兄说，先赈灾。"

"……"

是不是过于爽快了？

"还出了别的什么事？"

"没了。"他别开脸，"社稷之责，哪有都压给女子的道理！"

坤仪莞尔一笑，眼眸亮晶晶的，兴奋地看着他道："难得你还心疼我了。"

"不是，我……"

"行啦，知道你没这个意思，还不许我自个儿说着逗自个儿开心吗？"坤仪哼笑，隔着门槛与他对望，"回去好生睡一觉吧，瞧侯爷这为国操劳的模样，可别憔悴了，不好看。"

说罢，她转身命人将外头的布料抬进来。

聂衍沉默地看着她的背影，突然觉得这位殿下似乎当真偏心于他，他这么气势汹汹地上门退礼，她竟也没怪罪。皇家之人一向视颜面为天，他连拂她颜面都不能令她生气，那要如何才能触及她的底线？

聂衍拂袖转身，陷入沉思。

宫里很快传来消息，坤仪公主自请停建明珠台别苑，省钱赈灾。帝王大悦，听从其意，立马拨下赈灾款项，顺便将京中一块封地赏给了坤仪。

昱清侯府很快迎来了几拨谢礼。

"不收。"聂衍面无表情地看着门外的人说。

几位朝臣笑盈盈地看着他道："也就是些鸡蛋柴米，我们可买不起太贵重的礼物，不过多亏侯爷相助，我等替百姓谢谢侯爷。"

"言重了，"聂衍别开脸，"坤仪公主识大体，与我有何关系。"

几个人意味深长地笑了笑，放下东西就走了。

聂衍拂袖想回府，刚要抬步，却又看见了喜气洋洋地跑过来的淮南。

"大人，事办完了！"他上前来拱手，"百余道人今日开工，新的镇妖塔不出七日便能落成。"

聂衍有些意外："恭亲王让地了？"

"不是，是坤仪殿下将新得的封地赏给了上清司，说是犒劳大人为国劳心劳力。"淮南喜上眉梢，"属下带人去看过，那块地比恭亲王府之前的更适合修镇妖塔，故而已经命人动工。"

看来，她倒是挺会替他操心。不过，坤仪怎么知道上清司缺地的，他却不得而知，他明明在她面前只字未提。看来，她在背地里没少跟人打听他的消息。

聂衍心里有些异样，闭目不愿多想，打发了淮南便回府去看书。谁料，虽然他不愿想，可他身边还有个话多的夜半。

"殿下也太大方了些，这一来二回的，好多好多银子呢！"夜半连连咂舌，"扩建明珠台这种大事，竟只是主子一句话，殿下就放弃了。还有那块地，属下方才让人去打听了，上好的地段，用来修官邸都是上乘的，公主殿下竟直接送给了上清司修塔。就这样的偏爱，殿下竟还说对您没什么非分之想。"

聂衍听得烦躁不已："夜半！"

"属下在。"

"舌头要是多余，就送去后厨房。"

"我……"夜半缓缓捂住自己的嘴，后退两步，很是无辜地眨了眨眼。

"你当她是真心？"聂衍嗤笑一声，鸦黑的眼眸里一片嘲意，"这等手段，同酒馆中千金买人一笑有何区别？"

坤仪身边不缺男人，自然也不是非他不可。她热烈地接近他，又大张旗鼓地对他好，不过就是觉得他长得好看而已，想用非常手段征服他，让他死心塌地地跟在她身边，做她的宠君。

做梦！

聂衍扔开书卷，瞥见旁边放着的红色手绳，眼里沉色更甚。

他的情况被人里外摸了个透，可他自己未能了解她几分，这若是双方对阵，便是他先输了两城。

"阿嚏！"坤仪躺在软椅里，突然就打了个喷嚏，震得肩上的伤撕裂开，疼得她眼泪汪汪。

"谁又在背后骂我了？"她委屈地看向兰苕。

兰苕好笑地替她拿了药来："殿下多虑，您刚做了好事，正是被万人赞颂之时，何人还会骂您？"

"那可说不准啊。"坤仪撇嘴，拉下一截黑纱让她上药，吸着鼻尖道，"杜蘅芜那小蹄子就惦记着要我死呢，明日就是她的生辰，我还得去杜府一趟。"

杜蘅芜曾经是坤仪最好的手帕交。

当然了，任何事只要加上"曾经"二字，多少就有些故事在里头。前事暂按，眼下这位宰相府的主事小姐与坤仪可以说是水火不容。杜蘅芜给坤仪的请帖，都是用最名贵的纸笔，然后让最粗鄙的下人来书写而成。

"幼稚！"坤仪白眼直翻，"有本事别请我。"

"杜小姐若是不请您，又该向谁炫耀她如今的成就？"兰苕一边笑一边给她上妆，"听闻她在晟京落成的女子学院里出了个能进上清司的好苗子，眼下京中达官显贵都上赶着将女儿送去她那里，宰相府门庭甚是热闹。"

"她就是个书呆子！"坤仪撇撇嘴，挑了一支最华贵的凤仪金簪往头上比了比，"我还真不能让她瞧了笑话。"

"对了，"坤仪想起派出去的人，回头看向兰苕，"昱清侯府那边可准备好了？"

"殿下放心，侯爷刚承了您的情，眼下并未拒绝，只是说今日事务繁多，未必能陪殿下饮宴到最后。"

这个男人，还真是倔强呢。坤仪撇嘴。她都对他这么好了，他竟然还这般防备她。不过，想起聂衍那张极为好看的脸，坤仪决定不与他计较，只要他愿意陪她去杜府就行。

其实，聂衍接到她的消息的时候，下意识里是不情愿。然而，他记性很好，还记得自己答应过她一件事。男子汉大丈夫，一言九鼎，脸色再难看，他也只能点头。

"侯爷今日好生俊朗。"坤仪坐在凤车里托着下巴打量他，眼里尽是满意，"玉树天姿，风华无二。"

聂衍眼皮都懒得抬："殿下过奖。"

"我肩上的伤刚刚结痂，待会儿宴上人多，侯爷可得护着我点。"

"殿下既是有伤在身，又何必来赴宴？"

坤仪挑眉，理所应当地道："像我们这种皇室花瓶就是为各种宴会活着的呀，不去宴会，怎么看当下最盛行的衣裳首饰，怎么跟人攀比斗嘴？"

他抿唇，脸上看似颇为不赞同。

"我知道你想说什么，你想说东边还有灾情，我们这些人怎么还能花心思在这些空事上，对吧？"坤仪哼笑，纤手将黑纱拢过来，神色慵懒，"可我就算不想这些空事，也对灾情毫无助益。人啊，总是要以自己的方式过日子的。"

聂衍微怔，不由得看了她一眼。有时候他觉得这位殿下像个被宠坏的小女孩，骄纵自负，不谙世事。可有时候，他又觉得她像是历经沧桑的归客，什么都明白。不过将满二十的年纪，怎么会有这么复杂的气质呢？

"殿下，杜府到了。"

坤仪一听外头这话，立马坐直了身子，方才的情绪一扫而空，整个人进入了一种斗志高昂的状态。

"侯爷，快下车。"

聂衍被她这变化看得一愣，不解地掀开车帘。

杜府大门口，几十个女眷，连带着正要入门的宾客都停下了动作，齐刷刷地看向他们所在的方向。

为首的杜家二小姐杜蘅芜板着一张脸，气势汹汹地带着人迎了上来。

这阵仗，还真够剑拔弩张的。聂衍落地站定，转身将手伸了出去。

兰苕掀开纱帘，坤仪软软地将柔荑搭上他的指尖，纤腰款移，凤眸顾盼，优雅地顺着他的力道下了车辇。

"多谢侯爷。"她朝他颔首，权当没瞧见旁边的杜蘅芜，眼波盈盈地冲他道，"今日要劳烦侯爷照顾了。"

坤仪本就生得娇媚，虽着一身黑纱，但这么冲人放软，当真像一片轻羽，打着弯儿往人心窝子里钻。

聂衍垂眼，僵硬片刻，淡淡地"嗯"了一声。

"殿下不愧是刚从异国回来，"杜蘅芜站在旁边嘲道，"如今说话连舌头都捋不直了。"

"哎呀，这不是杜二小姐吗？"坤仪侧头看向她，凤眼微眯，上下打量，继而又笑，"京中都说二小姐为那女子学院尽心尽力，我瞧着也是，都瘦成这样了，衣裳穿着都空落落的。"

"自是比不得殿下金贵，虽是穿着丧服，也不见个守丧模样。"杜蘅芜反唇相讥，又看了聂衍一眼，"难得昱清侯今日也肯给我颜面，大驾光临。"

聂衍拱手，算是见过礼，目光在她手上的红绳结上停顿一瞬，又移开了脸。

"二位请吧。"她侧开了身。

坤仪含笑点头，与聂衍一起并行往里走。在场女眷甚多，皆往昱清侯身上打量，一边脸红一边议论。

"鲜少瞧见这位侯爷，生得真是俊朗。"

"听闻还未曾婚配呢……"

"前些日子李家上门去说过亲，结果被拒了，闺阁里笑话了许久呢。"

她们多私语一句，聂衍的脸色就更难看一分。待走到庭内，他已经是面若冰霜。

"臣要是没记错，殿下曾说臣定会喜欢今日之事。"

坤仪感受到聂衍隐隐的怒气，抬袖掩唇，凤眸心虚地转了转："侯爷如此美色，难道不喜欢来这热闹的地方被人称赞？"

聂衍扭头就要走。

"呀，别急呀。"她连忙拉住他的衣袖，低声哄道，"别生气嘛，她们又不会吃了你。"

聂衍深吸一口气："殿下若是需要个花架子来充门面，大可不必如此大费周章，非要臣前来不可。"

"我知道，你又要说晟京容华馆里花架子多的是……"坤仪挑眉，"可他们都没你好看呀。"

聂衍翻手就要甩开她。

"哎，好了好了，骗你的！"她连忙安抚，"今日确实还有别的要事，若我消息有误，侯爷就只当是来陪我吃酒。若是被他们说中了……那侯爷当真会喜欢今日之行的。"

她的最后半句话压低了声音，几乎是凑到他耳侧说的。

聂衍耳根一红，退后半步，微恼："不用凑这么近说话。"

"那可不行，毕竟是秘密。"她眨眼，又端了桌上的桂花糕捧到他眼前，"别恼我了，尝尝这个。"

这么甜的东西，有什么好吃的？聂衍轻哼，接过来放在手里，没动。

坤仪自顾自地端起另一盘，刚咬了一口，就听得杜蘅芜的声音由远及近："小女子还没来得及关爱公主殿下呢，邻国那位驸马，这次又是怎么死的？"

聂衍低眼瞧着，就见坤仪脸上似乎闪过一瞬的苍白，而后又垂眸，若无其事地道："被我克死的呗，怎么了，稀奇啊？你又不是没见过。"

"殿下也是心大，害死了一个又一个，还敢招惹男人。"她在两人面前站定，侧头看向聂衍："侯爷与公主应该才相识不久吧，许是都不知道她的厉害。"

这句话里敌意太重，听得聂衍都觉得不太舒服："杜二小姐有何赐教？"

杜蘅芜一愣，皱了皱眉："侯爷倒也不必这么护着她，万一哪天被她害了，就真是好心没好报了。"

她说着，招手唤来一个姑娘，当着坤仪的面道："这是李侍郎家的三小姐，前些日子去上清司报过到，不知侯爷可曾见过？"

李三小姐面色微红，倒是干脆利落地给聂衍行了礼："侯爷安好。"

聂衍看了她一眼，微微点头，没什么印象。

坤仪不乐意了，往两人中间一站，仰头看他，噘了噘嘴："你见过她？"

"没有印象。"

"那你直说没见过呀，先前你都不给我留颜面，现在你却给她留着颜面？"

"这与颜面有何干系？"

"我不管，我不高兴！"

聂衍觉得荒谬，这有什么好不高兴的。不过，这人生起气来倒是比平时假笑的时候看着顺眼，细眉倒竖，凤眼瞪得溜圆，脸颊也一鼓一鼓的，生动得紧。

他一个没忍住，勾了勾唇。

院子里安静了一瞬，接着，窃窃私语之声更甚。

"昱清侯竟然是会笑的？"

"他是冲公主笑的还是冲李三笑的？"

"废话！当然是李家三小姐，你瞧坤仪公主那凶恶模样，谁看了笑得出来？"

"……"

坤仪可不管她们胡说什么，她眼里只有聂衍的脸。这人笑起来如三月春风拂开百花，如画的眉眼里闪过涟漪温柔，虽然只是一瞬，却也叫人心旷神怡。有这等的神仙颜色，他当下就算是要她去吃素，她也是肯的。

"殿下，"聂衍收敛了情绪，平静地提醒她，"手里糕点要掉了。"

坤仪回神，下意识地拢了拢手中的碗碟，而后转身，笑眯眯地对杜蘅芜道："我害了一个又一个男人，还是有一个又一个的男人等着被我害，你说气不气人？"

说罢，她顿了顿，又补上一句："你大哥那儿，你记得替我上炷香，告诉他不用担心我，我过得好着呢！"

杜蘅芜脸色骤变，当即抓住了她的手腕："这话你也说得出口！"

坤仪吃痛，反手也抓住她的手腕："我为何说不出口？这是你大哥临终前的嘱托。"

"不要脸！"杜蘅芜大怒，当即就要与她动手。

旁边的李家三小姐连忙拦住她，说："二小姐，这是公主。"

"公主怎么了？公主就能害死别人的哥哥，然后不闻不问，继续寻欢作乐？"杜蘅芜双眼通红，"坤仪，你扪心自问，这世间可有比我哥哥对你还好的人？你简直是狼心狗肺！怪不得后来你要嫁的人全死了，这都是报应！"

坤仪甩开她的手，轻轻地揉了揉自己的手腕："我的报应什么时候来我不知道，但你若再以下犯上……杜二小姐，你的报应，怕是比本宫的先到。"

"你！"杜蘅芜还要再骂，前头的嬷嬷连忙跑了过来："小姐，开宴了，快请各位入座，老爷也往后院来了。"

"好了好了，都入座吧。"

"是啊，消消气。"

众人七嘴八舌地打圆场，将坤仪和杜蘅芜分开，分别请入席。

聂衍冷眼看着这场闹剧，将事情的原委大概猜了个七七八八，见坤仪有些跟跄，便下意识地扶了她一把。

哪知这人立马就借势伸着手腕朝他告状："你看，她扒拉我！"

坤仪的皮肤娇嫩无比，这可是一月数次的温汤养出来的，眼下被杜蘅芜一抓，通红的指印并着几道血痕，看起来确实有些触目惊心。

"殿下也没让她占着什么便宜。"他拢上她的衣袖别开脸，似笑非笑道，"原来身份如此尊贵的女眷也会当庭动手打人呢，开眼了。"

"这有什么，她哥刚死那一年，她还敢提着刀闯宫呢！"坤仪皱了皱鼻子，嘟囔道，"也是我心太软，好欺负。"

聂衍微微一哂，心想，坤仪公主若是"好欺负"，这天下当真是没人不好欺负了。

杜相是当朝左相，因着帮三皇子推施赈灾之事，近来风头正盛。他孙女的生辰宴会，朝中自然来了不少官员。聂衍扫了一眼这些人，不甚在意，刚要低头饮茶，却倏地捕捉到一丝妖气。

　　聂衍神色一凛，抬头，飞快地审视四周。

　　侍女往来，酒醇菜香，似乎没什么异常。

　　聂衍又疑惑地看了一圈，很是纳闷。按理说有妖气就必定有妖怪，可这满屋满院的，瞧着都是凡人。

　　"二小姐，你少饮些，"老嬷嬷在上头劝杜蘅芜，"醉酒伤身。"

　　杜蘅芜冷着脸摆手，将侍女端来的酒一饮而尽："这才哪到哪，嬷嬷不必忧心，待会儿我还能领着她们去看后院学堂呢。"

　　嬷嬷叹息，替她斟了茶搁在手边，不再言语。

　　当下杜蘅芜只觉得手腕上火辣辣地痛，伸手揉了揉，气闷地嘀咕："死丫头，手劲怎么这么大！"

　　结果，她越揉越痛，像是被火烧了皮肉一般，疼得她"啊"的一声。

　　"二小姐，你怎么了？"嬷嬷突然惊呼。

　　坤仪正端详着面前的酒盏，倏地就听见主位上传来一阵杯碟摔碎的动静。

　　"二小姐！"

　　她瞳孔微缩，仰头去看，只见杜蘅芜面容扭曲，痛苦地咆哮着，眼睛似睁非睁，隐隐闪过狐瞳模样。

　　"侯爷！"她飞快地抓住旁边的聂衍，急声道，"快想个法子，别让她被人看见！"

　　聂衍一看便知杜蘅芜是要化妖了，听得坤仪这一句，他皱眉，像是想到了什么，顺从地落下结界。

　　席上其余人还在饮酒作乐，听见动静往主位上看的时候，就只看见个空落落的席位，看来似乎是寿星不胜酒力，下去歇息了。众人不疑有他，继续吟诗劝酒。

　　结界内光华流转，杜蘅芜已经彻底化作了玉面狐狸，仍穿着一身锦绣华服在咆哮挣扎，老嬷嬷被卷了进来，看见此景，当即吓晕了过去。

　　聂衍上前欲收妖，又被坤仪拉住了手。

　　"她是人，不是妖怪。"坤仪抿唇道，"你若用灭妖的法子对付她，她会和蔺探花一样灰飞烟灭，连尸体都留不下。"

　　聂衍眯眼道："妖者，有妖气、元丹、妖心。她三者俱备，何以说不是妖怪？"

　　"我跟她一起长大的，她是什么东西我还能不清楚？"坤仪没好气道，"在现原形之前，她一直都是凡人。"

聂衍想起她先前说过的话，凝眸看她："你知道些什么？"

"你先替她将手腕上的手绳解下来，不然她会一直挣扎。"

聂衍依言照做，将杜蘅芜手上的红绳松下来拿到手里，低头一看，面色更是凝重。

又是这条手绳，又是坤仪公主给的红色手绳。

"下次微臣是不是只需要看看谁戴着这东西，就可以捉妖了？"他轻嘲一句，"算命都没殿下的手绳算得准。"

"这是我几年前送她的东西。"坤仪无奈，"我也没想到那些人下手的对象会是她，本还打算看杜相的热闹呢。"

"那些人？"

瞧着玉面狐狸挣扎的动作渐渐平静，坤仪叹了口气："前几日，有人给我送了一封匿名信，说朝中有人要害杜府。信上还说，若是我不信，可以今日来杜府，等着看戏。杜相如今与三皇子走得近，又颇受今上信任。若有人要争权，他自然是头一个被铲除的对象，故而有人要害他我不奇怪，只是好奇会用什么法子害他，所以过来看看。"

谁承想，中招的竟然是杜蘅芜，而且还是和蔺探花一样的情况。

聂衍听得皱眉："朝中党争与我无关，杜二小姐既是妖怪，我便当斩。"

坤仪撇嘴，凤眼睨他："这么重要的妖怪，你说斩就斩，新的镇妖塔是放着给晟京当吉祥楼的？"

"这……"聂衍突然眯了眯眼，"殿下是为此才将封地送给上清司修塔？"

"侯爷多虑了。我一介女眷，哪里能未卜先知，那块地当真只是为了博侯爷一笑。"坤仪摆手，"你不必高估我，我若有问题，今日就断不会带着侯爷前来，这不是上赶着找麻烦吗？"

好像也是。

聂衍看向玉面狐狸，犹豫片刻道："她可以被关进镇妖塔，但恕臣直言，人一旦化妖，就很难再变回去。"

"变不回就变不回吧，"坤仪垂眸，"她还没亲眼见证我的报应到来，哪能就这么死了。"

地上的那个人像是听见了她的话，醒转过来，朝她龇了龇牙。

坤仪蹲下身平视她，没好气道："被人害成这样还有脸挑衅我？"

玉面狐狸狂躁地用爪子挠了挠地，想朝她扑过来。

"您悠着点！"坤仪指了指自己身边站着的人，"这位上清司的大人就在这儿呢，你竟也敢起杀心？"

瞥了一眼聂衍，玉面狐狸怯了，后退了好几步，沮丧地坐下，低头凝视自己的爪子。

人化成的妖，自然不是高阶妖怪。甚至可以说，她除了妖的特征之外，基本就是一只普通的狐狸，不能说话，也不会妖术。

坤仪只能把目光看向昏过去的老嬷嬷。今日的变故是在她眼皮子底下发生的，与蔺探花那次不同的是，这次她有准备，现场保留得不错，人证也还有口气在。

只是……她要怎么跟杜府的人解释，才能让他们接受二小姐化妖的事实，还得愿意配合调查，并且不把锅甩给她和聂衍呢？

聂衍想也不想，直接把玉面狐狸送去了外头杜相的跟前。正喝酒喝得红光满面的老人家只觉得眼前一花，接着，眼前就多了一只穿着自己孙女衣服的妖怪。

那妖怪双目含泪，还朝他行了个礼。

一时间，满堂哗然，纷纷尖叫逃走。

坤仪觉得杜相不愧是当朝宰相，竟然没被吓跑，而是……白眼一翻，直接吓昏了过去。

上清司之人行事，多少有点简单粗暴。

一片混乱之中，聂衍顺理成章地出现，带走了狐狸，还有她身边伺候的老嬷嬷以及桌上杯盘。相府之人大骇之下，竟然没有一人阻拦。

"还真是场热闹的生辰宴啊！"坤仪啧啧感叹，"杜家也真是流年不利，这一代总共就一男一女，公子被我克死了，小姐又变成了妖怪。"

聂衍瞥她一眼，低声道："殿下不用担心，就算是还殿下人情，我也会留着这只狐狸。"

"你哪只眼睛见我担心了，我这不是在幸灾乐祸吗？"坤仪耸肩，凤眸里尽是漠然。

"殿下，你这个人，似乎很爱口是心非。"他与她走在上清司的小道上，路上微风四拂，吹得他衣袍翻飞，"若真是幸灾乐祸，就该让臣将她斩杀，而不是带回镇妖塔。"

坤仪与相府自从杜大公子死后就开始交恶，今日若是杜家小姐化妖，必定惊动圣上，连带着冷落杜相，那坤仪应当是喜闻乐见。

可杜蘅芜出事的那一瞬间，他在她眼里只看见了慌张。

她竟然也会慌张？

"殿下当年应该甚是喜欢杜家公子，也是真心将杜二小姐视为知己吧。"他道。

坤仪停下步子，脸色突然很难看："侯爷不必将我想得这么好，这年头，就连话本里都不是善良的人最讨人欢喜了。我不同情他们，也不担心他们，我只是在想今日有人能用这种手段害杜家，他日是不是就会害我明珠台，然后害皇宫。我不过是为我自己的将来担忧罢了。"

说罢，她一拢黑纱，扭身就上了凤车："侯爷自己回去吧，本宫不送了。"

聂衍负手而立，看着凤车响着银铃从自己面前跑过去，突然想到了一个词。

恼羞成怒。

这坤仪公主还真是奇怪，谁人骂她她都不气，一夸她，她反倒急了。

聂衍嘴角勾了勾，目送她的马车离开，然后转身带人证赶赴上清司。这次的人证物证很多，稍微查一查应该就能知道是什么东西导致凡人化妖的情况发生。

坤仪不想再操心，也就没再过问。她好不容易从异国他乡回到了自己的地盘，寻欢作乐尚且来不及，哪还有闲心去管上清司的差事？于是，当聂衍查明情况，打算回禀她一声的时候，得到的回答却是：

"殿下大约是去了容华馆，侯爷，您要不要去那边看看？"

第二章　他急了他急了

晟京的容华馆颇负美名。

倒不是风评美，而是里头的人美。江南软腰，山北君子，此间俱有。白日弦乐，夜晚灯舞，新颖非常，是以颇受京中贵门喜爱。

"侯爷别误会。"兰苕见他面色不豫，连忙解释，"殿下她只是去找一位朋友罢了。自从遇见侯爷，那些个寻常男子，哪里入得了她的眼？"

"一位朋友？"聂衍慢慢地重复这四个字，眼里似嘲非嘲。

"真的是朋友。"兰苕干笑，连忙命人套车，亲自替他引路。难得殿下为人花这么多的心思，看来她真看重昱清侯，眼瞧着侯爷都会主动上门来找殿下了，可不能毁在这小事上头。

兰苕眼眸转了转，唤了小厮来，让他跑在马车前头去报信。

容华馆里，坤仪正赏着龙鱼君新学的水中舞，冷不防就见人来禀告："殿下，侯爷过来了。"

坤仪嘴里的酒微微一呛，以为自己听错了："侯爷？哪位侯爷？"

"还有哪位，自然是昱清侯爷。他一下朝就去了明珠台，听闻您在此处，正同兰苕一起过来，眼下应该已经到门口了。"

坤仪倒吸一口凉气，瞧了瞧这房里的旖旎风光，连忙起身："快！都藏起来！"

众人愕然，接着就纷纷收拾琴弦衣裳，四处藏匿。

"殿下不必惊慌。"龙鱼君立在温水池里冲她笑，"对咱们而言，应付这些场面都是得心应手的，您且放心。"

说罢，他身子一潜，瞬间就没入了池水。花瓣渐渐铺满水面，当真看不出下头有人。

坤仪松了口气，一转身，正好看见聂衍推门进来。

"呀，侯爷！"她眨眨眼，满脸欣喜，"好巧啊，您也过来找朋友？"

聂衍看着她，皮笑肉不笑地说："不太巧，臣特意来寻殿下。"

"哦？看来是有很重要的事。"坤仪推着他就要往外走，"那咱们回府去聊。"

"不必。"聂衍拂开她的手，越过她走入屋内，"路上车马劳顿，殿下身娇肉贵，难免累着。这地方瞧着不错，咱们便就在这里说了吧。"

坤仪瞥一眼屋内四处，有些惴惴不安："我嘛，倒是不累……"

藏着的人，才是真的要累死了。

"殿下有心事？"聂衍好整以暇地坐下，抬眼看她，"可是还赶着要见什么人？"

"侯爷这说的是什么话，哪有什么人，我就是来找这儿的老板娘喝茶的。"坤仪干笑，跟着他坐在矮几边，掩饰地抬袖，"这里间的人，哪及侯爷万一？"

"殿下谬赞。"聂衍拱手，"臣一不会奏乐，二不会起舞，实在是乏味无趣。"

坤仪越听越不对劲，细眉微挑，眼里骤然有光："侯爷莫非是在……同我吃味？"

"殿下多虑。"

"多虑什么啊多虑，你这一句一刺的，可不就是恼我来听歌看舞吗？"她失笑，纤指轻轻点了点桌面，"侯爷确实一不会乐，二不会舞，可我偏就喜欢侯爷这样的。但凡侯爷待我亲近两分，我都能高兴得一宿睡不着觉。"

"是吗？"聂衍侧目，环顾四周，"若这屋子里再无别人，我就信了殿下今日之言，此后待殿下，必然亲近几分。"

坤仪脖颈微微一僵，抬袖遮住半边脸："确实没别人呀……哎，你去哪儿？"

"这幅挂画，臣觉得很好看。"聂衍起身走到墙边，语气淡然，"可惜只能远观，细看才觉笔触粗糙，描金多余，更添俗气。"

说罢，他伸手将画扯下。

画后露出一个人高的墙洞，洞里藏着的人和他面面相觑。

聂衍平静地看着他，未置一词。

坤仪冷汗都下来了："我……我说这位是来修墙的，你信吗？"

"殿下说什么臣都信。"他收回目光，抬步走向旁边的梨花木柜，"这柜子用料也贵重，可惜雕工不好，白白糟蹋了。"

坤仪伸手想拦，他却已经将柜门拉开，里头两个乐倌儿当即跌了出来。

聂衍似笑非笑道："修柜子的？"

坤仪抹了把脸："这……看着更像是出柜子的。"

他恍然，又抬头去看房梁："那这上头那四位，便是偷梁换柱之徒？"

坤仪顺着他的目光看上去，尴尬地笑了笑："几个飞贼，待会儿捆了去交给老板娘。"

"一二三四五六七……"聂衍数了一圈，挑了挑眉，"以殿下的排场，伺候的人不该是这个数，还有一人在何处？"

"真没了。"坤仪心虚地嘀咕。

聂衍的目光越过她的肩，看向后头那一方温水池，恍然道："殿下果然不撒谎，他确实像是没了。"

她背脊一僵，连忙回头，就见水池里缓缓浮上来一个人，一动不动地漂荡在花瓣之中。

"啊……"坤仪连忙朝外头喊，"快来救人啊！"

容华馆里兵荒马乱起来，聂衍负手站在一侧，漠然地看着她，说："这么多次机会，殿下哪怕有一次愿意说真话，臣都愿意再相信殿下一回。"

"我就是来听个曲儿，"坤仪很委屈，"谁知道你突然要搜人。"

这话，真真像极了在外头花天酒地的丈夫回来对糟糠妻的辩白。

聂衍觉得很荒谬，他原本是来说事的，怎么就变成了这个场面。

"是微臣逾越了。"他垂眼道，"殿下要做什么是殿下的自由。"

"也不是这个意思……"

坤仪张嘴欲言，这人却又飞快地打断了她："臣来见殿下，是想说杜府玉面狐狸之事已经查明。杜二小姐与蔺探花应该都是误食了某种带着妖血的符咒。有人将符咒放在酒里，他们未曾察觉，这才有了此等变故。"聂衍声音低沉，"此事若传扬开，势必会引起京中恐慌，臣想暂且按下，待抓出幕后主使，再行上禀。"

坤仪听得心惊："如此，若有人往我酒里下符咒，我是不是也只能认命？"

"非也，此符咒有浓烈的血腥味儿，只要殿下注意饮食，不在酩酊大醉之时误吞，就不至于此。"

蔺探花和杜蘅芜都是在醉后不察才中的计，所以，莫非他是担心她在容华馆喝得烂醉，才急忙赶来的？

坤仪眼里有一丝欢喜，眼波潋滟地瞧着他，觉得今日的昱清侯真是格外讨人喜欢。

"殿下，龙鱼君醒了，要过来谢罪。"兰苕含糊地通传了一声。

这时候还谢什么罪，别出现就是帮了她的大忙了。坤仪撇嘴，想着人家为了替她打掩护，命都差点没了，还是道："请他进来。"

不似别的小倌爱施脂粉，龙鱼君生得清秀，像一朵清丽雪莲，进门就带来一阵清香。

"小的拜见殿下，拜见侯爷。"

"你快起来。"坤仪瞥见他尚还湿润的衣裳，有些不忍，"倒也不必这么着急过来，多躺躺也好。"

"小的有罪，还请殿下责罚。"他双目有泪，连连磕头。

聂衍冷眼看着，只觉得这小倌儿心思深沉，被坤仪扶起身，余光一直往他身上瞥。

"侯爷想必是殿下心仪之人，小的一介草民，实在不该坏了两位的好事。为免误会，小的特来解释一二。殿下今日并未与小的亲近，只是小的新排了舞，想请殿下帮着品鉴一番。"

坤仪跟着点头："是这样。"

聂衍觉得莫名其妙："何必同我说这些？"

"侯爷这是还在生气？"龙鱼君泫然欲泣，"我等在此间讨生活，哪里能得罪贵人，还请侯爷高抬贵手！"

"我没这个意思。"

不等聂衍说完，龙鱼君兀自又跪了下去，朝他磕了两个头。

坤仪看得直叹气："好了，快起来，不妨事，我与侯爷只是有事相商，也并非别的关系，你不必如此惶恐。"

好一个"并非别的关系"！龙鱼君眼眸微亮，盈盈起身，愉悦地冲坤仪笑了笑。

聂衍有些不悦。他和坤仪有没有关系是一回事，但被人变着法儿地挤对，就又是另一回事了。这小倌儿摆明是对坤仪有想法，才使这么多的小手段。

龙鱼君的手段当真是多，刚谢完罪，这便又装头晕，身子晃啊晃的，如风中垂柳。

眼看着坤仪要去扶他，聂衍突然开了口："晟京西侧的桃花今日开繁了，殿下可要同臣前往一观？"

坤仪听得一愣："啊？"

聂衍不再重复，鸦黑的眼眸望着她，静待她的回答。

坤仪反应了片刻，大喜过望："好啊，难得你愿意陪我走走，咱们这就去。"

说罢，她扭头对龙鱼君道："你好好休息，我会让老板娘多给你备些补品，以嘉你今日之功。"

龙鱼君勉强笑了笑，低头行礼："小的恭喜殿下。"

坤仪摆了摆手，欣喜地拉着聂衍的衣袖就往外走。

两人擦肩而过的时候，龙鱼君看见了聂衍的眼神——他的眼里充满了轻蔑和不屑。

他拳头紧了紧，又松开，望着两人的背影，怡然道："不急，来日方长。"

像坤仪公主这样的人，永远不会对谁一心一意，更何况那侯爷瞧着就无趣，短时间内殿下也许还新鲜，等时间久了，她必定还会回来找他的。到时候，他必定不会再让他这么轻易地将人带走了。

聂衍一回到车上，深邃的眸子里就重新铺上了寒霜，冰冰凉凉的，冻得坤仪打了个冷战，下意识地离他远了些。

"侯爷的态度还真是如三月的天，说变就变。"

"殿下过奖。"他面无表情地道，"臣这种浮于表面的浅薄道行，哪里比得上殿下深藏不露。"

"别这么说嘛，"坤仪很头疼，"我只是犯了一个皇家公主都会犯的错，侯爷大人有大量，就略过不提了吧。"

说着，她从凤车里的茶摆下头端出一盘栗子糕："侯爷尝尝？"

聂衍不喜欢吃甜的东西，也不太理解坤仪怎么能随时都备着点心。

他接过小碟端在手里，没动，只侧头去看窗外："殿下身边居心叵测之人颇多，也应当多加小心，莫要因为美色而中了陷阱。"

坤仪听得失笑："你倒是挺关心我。"

"就当是谢殿下指引，令臣解开了谜团。"

坤仪莞尔，撑着下巴盯着他瞧，觉得昱清侯可能是喝仙露长大的，怎么连冷着脸都这么好看。

她可想修座仙岛把他养起来。

春菲将尽，成片的桃花都成了落英，清风一拂，粉白的花瓣飘飞，瞧着甚是怡人。

聂衍下了车，正要往林子里走，扭头却见坤仪仍坐在车里。

"殿下不进去看看？"他问。

坤仪有些犹豫："这荒山野岭的，会不会有妖怪？"

聂衍沉默，然后指了指自己腰间挂着的上清司铭佩："殿下是在怀疑微臣的能力？"

"也不是这个意思。"坤仪摸了摸自己刚刚痊愈的肩，想了想，还是提着裙子下了车。

山风轻拂，花香盈盈，兰苕站在远处，欣喜地看着殿下与昱清侯同游，不由得感叹道："难得看殿下这么开心。"

"我看你家殿下天天都挺开心的。"夜半站在她身侧，忍不住接了一句，"只要有美男子相伴。"

"爱美之心，人皆有之，殿下自然也不例外。"兰苕哼笑，"只是我瞧着，殿下除了喜欢你家侯爷那张脸之外，似乎也挺喜欢他这个人。"

夜半左看右看，也没看出这结论从何而来，只能沉默。他家主子要的，可不是浅薄的喜欢。

风吹过黑纱，有些凉意。坤仪看着前面昱清侯的背影，忍不住�’嘴道："侯爷真是半分不体贴，旁人与女儿家在山间同游，都会脱下外袍给人御寒。"

"那改日殿下再同旁人来赏花便是。"他头也不回地道。

坤仪没忍住翻了个白眼，心想，怪不得这人长得好看却还至今未娶。就这舌头，非得把整条街上排队的姑娘都给气死。亏她先前还隐约觉得他是有些喜欢自己的了，眼下再看，都是错觉。

林间突然有了一丝异动。

坤仪察觉到了，伸手拽住前头的聂衍："再往前就太偏僻了，就在此处折返吧。"

聂衍回头，刚想说话，四周倏地就落下七八个持刀的黑衣人，衣袂猎猎，雪刃泛光。

他下意识地挡在她身前，扫了一眼这群人，神色微松。这些人不是妖怪，只是普通的人类。

"这唱的是哪一出？"坤仪从他背后伸出脑袋，好奇地张望，"刺杀他还是我啊？"

这批黑衣人有个很大的优点，那就是话少，压根不给他们求援的机会，上来就砍。

从刀锋的方向来看，主要针对的是坤仪。

"什么情况，我又招惹谁了？"她哭笑不得，被聂衍一把抱进怀里，堪堪躲开刀刃。

"抓紧了！"他沉声道。

坤仪只见过他斩妖，还没见过他打架，吓得二话不说立马抱紧他的腰，半眯着眼看他祭出却邪剑，出手如电，直取为首那人的咽喉。

聂衍打起架来有一种干净的美感，像黑色森林里寒冬时节的树，没有丝毫多余的枝丫，手起剑落，白刃划开刺客的血肉，接着就将人踩进花瓣堆里。翻手再转剑身，抹开一朵血花，送身后一人下了黄泉。

他放在她腰间的手很烫，温度透过薄薄的黑纱，烫得她耳根都泛红。

坤仪低着头想，要不修两座仙岛养他吧，一座用来给他住，一座用来给他看。

等护卫赶到的时候，现场只剩了三四个残兵败将，几人连忙将人活捉。

"侯爷的能力果然没让人失望。"她松开手，退后半步笑盈盈地看着他，"这下我可就欠你两条命了。"

"殿下不必放在心上，"聂衍收了剑，拂了拂胸前衣衫，"举手之劳。"

"你真是无情，我连说'无以为报，以身相许'这样的词儿都没机会。"坤仪耸肩，眼波潋滟，"侯爷真是冷血。"

她受了些惊吓，头上金钗都斜了，聂衍下意识地伸手替她扶正，两人的视线却正好对上。

莫名地，坤仪觉得心跳有些快。

英雄救美之类的，也是话本里老掉牙的桥段了，但不知为何，被他护在心口的那一瞬间，她还是觉得欢喜。

头一次有人没被她害死，还能反过来护着她。

不过，欢喜归欢喜，护卫上来请罪的时候，坤仪还是沉了脸："查清楚来历。"

"是。"

生在皇家，刺杀这种事自然是见多不怪的，但坤仪作为今上最疼宠的皇妹，又是个寡妇，已经很久没这么招人恨了，她一时没想通谁还会想要她的命。

原本还是晴空万里，转眼就有了些阴云。两人无心再赏花，一齐打道回府。坤仪坐在车上，忍不住问了聂衍一句："你是不是也觉得我挺晦气的？"

聂衍瞥她一眼，摇头。虽然在她身边的事儿是挺多，但基本与她无关，只能算她倒霉。再者说，这些东西压根影响不了他什么。

坤仪怔怔地看着他，突然觉得喉咙发紧。这么多年，他是第一个在她身边遇见不好的事之后完全没有埋怨她的人。

凤车回城，坤仪打算进宫一趟，问他："可需要将侯爷放在侯府附近？"

聂衍想点头，但瞥一眼她的神色，总觉得她情绪不对，便回道："臣也正好有事要进宫面圣。"

"那便一起吧。"坤仪垂眼。

她的护卫的办事能力还是不俗的，凤车刚过宫门，就已经把审问的结果送到了坤仪手上。

"徐枭阳。"坤仪看着这名字，眯了眯眼。

"不曾听过。"聂衍道，"不是朝廷中人。"

"自然不是。"坤仪将纸条揉成一团，没好气地翻了个白眼，"他是邻国的世家公子，在王朝经商，人很有钱。最重要的是，还很痴情。"

聂衍眯眼："为情杀人？"

"算是，但他可不是与我有什么情。"坤仪似乎想起些什么，叹了口气，"他是杜蘅芜的未婚夫。"

聂衍微怔，接着就拧了眉："杜蘅芜的未婚夫，为何想要你的命？"

坤仪心有猜测，但也没说出来。眼看着勤政殿就到了，她径直与郭寿喜递了求见的折子，再与聂衍一起去面圣。

"坤仪来了。"帝王瞧见她，脸上的愁容散了一瞬，又慢慢聚拢，"正好，朕与杜相有些难题，还得要你来说说话。"

她走到御前，这才瞧见早已跪在下头的杜相。

死老头子，来得倒是快。

坤仪抬头一笑，先与帝王见礼，起身的时候，身子晃了晃，面露痛苦之色。

聂衍正在旁边站着，突然就被她扯了扯衣袖，抬眼一瞥，当下便明了。

"殿下小心。"他虚扶了她一把。

"这是怎么了？"帝王关切地问，"生病了？"

坤仪捂着自己的心口，欲言又止，看向聂衍。

聂衍顺势拱手朝帝王道："禀陛下，臣方才路过城西的桃花林，正巧碰见公主遇刺，去得晚了些，让公主受惊了。"

"遇刺？"帝王吓了一跳，连忙让郭寿喜搬了椅子来，"快坐下，人抓到了吗？"

"抓着了，已经送去了刑部。"坤仪叹息，"他们漏了些口风，臣妹约莫知道是谁了。"

说着，她看了杜相一眼。

帝王见状，表情凝重起来："杜相，你方才说的事，可否当着坤仪的面再说一遍？"

杜相仍还跪着，见坤仪坐下，表情颇为不忿："启禀陛下，老夫所言之事，坤仪公主应该比谁都清楚。臣唯一的孙儿已经死在了她身边，眼下孙女再遭毒手，臣实在是无法再忍了。"

说罢，他捧上一封书信："老臣的孙儿并非病逝，还请陛下还老臣一个公道！"

杜相的嫡孙杜素风，四年前正是死在坤仪的怀里。御医说是突发恶疾，但杜家人知道，杜素风一向康健，断没有突然病逝之理。杜相原本当时就要发作，可是杜素风留下一封遗书，要杜家人不可为难坤仪，还说这是他自己选的路，没什么可后悔的。

杜家忍了四年，没想到四年之后，换来的是杜蘅芫在与坤仪起争执之后变成了一只玉面狐狸。

新仇旧恨，杜相怎么可能不恨不怨？怎么可能眼见着坤仪好过？

帝王默了默，没有打开那封书信，而是对杜相道："逝者已矣，你又何必让他九泉之下都不得安宁？"

"陛下！"

"坤仪只是天生身子骨不好，所以先皇和太后才让她穿这样的衣裳，并非什么邪祟。"帝王长长地叹了口气，"莫要人云亦云。"

"陛下以为如此，就能堵住悠悠众口吗？"杜相双眼通红，"我孙儿是意外，孙女也是意外，那她前两任未过门的驸马呢？过了门不到一年就害死的邻国皇子呢？这些难道都是巧合不成？天下妖魔为患，全是在坤仪公主出生之后发生的事。陛下若不能大义灭亲，世间百姓，恐怕终将遭受大难啊陛下！"

杜相这话很恶毒，径自将全天下的罪恶都归结到了坤仪一个人身上。

为帝王者，一向宁可信其有，不会信其无。当今圣上就算再护着她，也会因此话留下隔阂。杜相的算盘打得很好，就算一时半会儿无法将坤仪拉下马，也要给她埋下祸患。

坤仪听得笑出了声。

杜相一顿，继而恼道："御前调笑，你眼里可还有陛下？"

"我御前调笑算什么，相爷不还御前妄言吗？要说不敬，相爷的罪也该落在本宫前头才是。"坤仪收了笑声，凤眼含威，"且不说古书中记载的妖祸早我出生几十年，如何能归罪于本宫头上，就说昨日宴上你孙女化成狐妖一事——相爷，你可有任何证据指向本宫？"

杜相一顿，愤然看向聂衍："证据都被昱清侯带回了上清司。"

聂衍看他一眼，拱手道："回陛下，事情尚未查清，但臣当日就在相府，碰巧站在殿下身侧，殿下并未做过任何可疑之事。"

"昱清侯向来稳重，"帝王颔首，"他既然在场，便能做人证。"

"陛下！"杜相气急，"这不是妖灾，分明只是人祸！坤仪公主前脚咒骂了蘅芜，她后脚就化了妖，其中难道没有半分关联？况且近日来坤仪公主与四皇子来往甚密，非是老臣斗胆攀诬，实在是有人居心叵测啊陛下！"

妖祸没有证据，便开始论起了党争。坤仪翻了个白眼，看向座上的帝王。

她这位皇兄一共生了四个儿子、两个女儿，两个儿子夭折在了半途，另外两个已经长大成人，到了成家立业的年纪。

皇子嘛，难免都有野心，三皇子和四皇子表面和气，私下里却一直斗得厉害。坤仪作为最受宠的皇姑，才不会参与小孩子打架。所谓"来往甚密"，不过也就是四皇子去明珠台请了一次安。

大抵帝王也是了解她的脾性，有些不耐烦地冲杜相摆了摆手："爱卿受了惊吓，年纪也大了，且回去休息几日吧。"

帝王这个态度，摆明了是要偏袒她。

杜相不甘心地起身，咬咬牙，拿出了一轴长卷："老臣进宫之时受人所托，给陛下带来了一份贡礼。"

"哦？"帝王漫不经心地问，"何人所贡？"

"蘅芜的未婚夫婿，徐枭阳。"

帝王坐直了身子，微微皱眉："爱卿，按照礼数，这恐怕不妥。"

不但不妥，私自携带邻国商人的东西进宫，往大了说，杜相还有通敌叛国之嫌。就算两国因着和亲暂时交好，此举也是不合情理。

若是可以，杜相也不愿如此。他叹了口气，让郭寿喜检查了卷轴，给帝王呈了上去。

"这是十座铁矿。三座在我朝境内，七座在邻国，每年产铁占两国总量的一半。"杜相闭眼，声音有些发抖，"徐枭阳说他别无所求，只想与陛下做一个赌约——以坤仪公主作赌，让她招婿。这位新驸马若能活过一年，这十座铁矿便尽归陛下所有，若是驸马再次暴毙……那就请陛下以苍生为重，处死坤仪公主。"

帝王怔愣，继而大怒："放肆！公主金尊玉贵，岂能由得他来作赌！"

"请陛下三思！"

看了坤仪一眼，帝王脸色涨红。

王朝缺铁，十座铁矿能保证每年的兵器冶炼之需不说，还能让宋人名正言顺地进入邻国开采运输，对于王朝有百利而无一害。

坤仪安静地听着，没有表现出任何情绪。从她皇兄看她那一眼，她就知道，这事儿能成。皇兄疼爱她是一回事，若说到国家大事，那就是另一回事了。

"本宫还在为前夫守丧，"坤仪懒洋洋地打了个哈欠，"若杜相能寻得法子叫我丧期内招婿还不落人口舌，本宫便应了这个赌约。"

"坤仪……"帝王眼含愧疚。

"无妨。"她没再往上看，只盯着杜相，"您觉得呢？"

"好。"杜相痛快应下，"朝内妖祸众多，就说天命请公主为国冲喜，再招婿也是情理之中。"

坤仪轻笑点头，起身道："其余的，皇兄与相爷商议就好，臣妹告退。"

帝王愧疚地目送她离开，略微有些无所适从："昱清侯。"

聂衍正若有所思，突然被点名，回道："臣在。"

"你近来若是无事，就多去明珠台走动走动。"

聂衍沉默。要说朝中有谁能与公主成亲，还能过上一年而不被克死，他昱清侯自然是首先被考虑的人选。

然而，聂衍没有主动请缨，也没有理会帝王的暗示。他只敷衍地应了一声，便也告了退。

"侯爷留步。"

临出宫门的时候，杜相叫住了他。

聂衍停步侧眸，就见杜相走到他身侧，意味深长地看他一眼："听闻侯爷生辰将至，老夫也没什么好送的，就送侯爷一句话吧！有些浑水，侯爷还是不蹚为妙。"

徐枭阳敢拿十座铁矿作赌，便是笃定了坤仪公主有问题，昱清侯掺和进去，没什么益处。

风拂过宫门，吹得聂衍玄色长袍轻轻摆动。他负手而立，平静地听杜相把话说完，淡声道："多谢相爷指点。"

杜相觉得这个年轻人很乖顺，又身处要位，若是能为他所用，那可真是再好不过。

"晚些时候犬子会替老夫送贺礼去，还请侯爷笑纳。"他笑道。

聂衍颔首，算是应下，而后告辞，身影很快消失在宫城之外。

坤仪公主要招婿的消息不知为何就传开了，民间颇有微词，但朝野之中却是难得的一片赞颂之声。

"殿下为国祈福，乃大义之举。"

坤仪的白眼都要翻到了后脑勺。她的命运就是这些人手里的筹码，对他们有利，便夸上她几句，若是不利，便会指着她的脊梁骨，要将她骂穿。

"殿下当真打算招婿？"兰苕满眼担忧地看着她，"若是那人活不长，殿下也当真要送命不成？"

"徐枭阳这拼死一搏，还是有些力道的。"坤仪懒洋洋地抚着肩上结痂的伤口，"本宫不死也要被他扒层皮下来，也算平了杜蘅芜心头之恨。"

"可杜家这两位公子小姐的事，都与殿下无关啊！"兰苕觉得委屈，"凭什么就因着您体质特殊，便全算作您的过错。"

坤仪轻笑，伸手弹了弹她的眉心："傻丫头，好人才跟你讲道理呢，可你看这世上，有几个好人呢？"

兰苕捂着头，还是委屈，却也没再说，只道："对了，奴婢已经按照您的吩咐，给侯府送了请帖。"

坤仪眼眸亮了亮，坐直身子："侯爷怎么说？"

兰苕有些迟疑地垂眼："他府上的人说侯爷出门灭妖去了，不在。"

这是哪门子的糟烂借口？坤仪不悦，将身子靠回软垫里，懒洋洋地盯着房梁上垂下来的纱帘瞧："昱清侯那人看着清风朗月，心里的墙修得老高，短时间内要赢得他的欢心，比登天还难。"

"可他是眼下最合适的人选了。"

"是。"坤仪点头，而后又笑，"但他那样的人，不是为了成为谁的夫婿候选人而活着的。"

昱清侯圣宠正隆，又每天都在立功，将来哪怕是功绩积累，也足够他地位高升，衣食无忧，凭什么要犯险来救她这个惹人厌的公主？现在他的委婉拒见已经表明了态度，她也不能拿刀去逼着人家帮忙。

坤仪轻叹一声，朝兰苕摆手："去库房，替我挑一挑礼物吧。"

昱清侯是朝中新贵，他每年的生辰本就会有众多人借来送礼。今年，因着坤仪公主要招婿的消息，昱清侯府的大门更是险些被踏破。

上清司各司主事今日齐聚，看着这盛况，不由得感慨："昱清的生辰一过，谁再敢说我上清司清高不懂俗务？"

"三哥，昱清面子薄，你这般打趣，他待会儿就要恼了。"

"哈哈哈，恼什么？我瞧着挺好，将来昱清若是成婚，我上清司众人便也算是名正言顺的皇亲国戚了。"

聂衍坐在上头听他们胡扯，面上一点表情也没有："黎主事想来是最近清闲，倒听起坊间传言来了。"

被点名的黎诸怀讪讪一笑："忙自然是忙的，听嘛，也顺路听了点。他们说那坤仪殿下为了讨你欢心，拿了一块上好的血玉去找巧匠雕刻，我今日还等着开眼呢。"

血玉对凡人来说只是贵重的宝石，但对他们这些修道之人而言便是上佳的法器，能挡煞护身，十分难得。

聂衍听着，轻哼了一声。

坤仪才不懂什么挡煞不挡煞，她能挑来做礼物的，只能是一个原因——好看。

"也不一定就是送我的。"他漫不经心地往门外看了看，"你们莫要再提了。"

已经午时了，宾客已经到齐，但没看见她那夸张的凤驾前来。聂衍知道她断然是会来求他的，所以他不着急，端着茶慢慢喝，一边喝一边等。

然而，午时已过，府中开宴了，外头还是没有坤仪公主的影子。

茶盏有些凉了，聂衍将它放回桌上，面无表情地走向宴席，去接受众人的祝贺。

不来便罢。他想，也不是非要盼着她来。

"侯爷这是怎么了？"敬酒之时，淮南关切地问，"大好的日子，谁惹您不快了，脸色这么难看？"

聂衍皮笑肉不笑："没有。"

淮南轻轻打了个寒战，摇头道："不对劲，是谁送的贺礼触了你的霉头了不成？"

众人为了巴结他才送的贺礼，哪能有什么触霉头的东西。夜半在旁边打量着，小声说了一句："怕是有谁没送贺礼，才触了他的霉头。"

聂衍侧头，轻飘飘地白了他一眼。一炷香之后，夜半蹲在马厩里，苦兮兮地刷上了马。

旁边小厮好奇地看他问："夜半大人，怎么来做这种粗活儿？"

夜半摆手道："别提了，这人哪，就不能话太多。"

聂衍继续在宴上进膳。瞥见肉菜，他嫌恶地避开。可稍过片刻，他又将筷子移回来，夹了一块银刀烤鹿脯。

嗯，味道很一般。看来她的舌头有问题。聂衍放下筷子，又瞥了一眼门口。

要说对坤仪多喜欢，那他定然是没有的，他就是好奇今日出了什么事，她竟能迟到。

血玉太难雕刻？那倒是可以等等。虽说自己不一定会答应她的请求，但她要当真这么千辛万苦地给他送礼，这份情面还是要给的。

这样想着，外头就来了人通禀："侯爷，有人抬着好几担的贺礼在外头等着……"

聂衍心口一跳，下意识地起了身。可站起来，他才觉得自己有些反应过头，当即抿唇："不收，让他们退回去。"

下人错愕，犹豫着正要去办，却又被他家侯爷给叫住。

"罢了。"聂衍摆手，"今天是好日子，哪有拒客的道理，让人抬到花厅，我稍后去看。"

"是。"

淮南在旁边瞧着，忍不住问黎诸怀："侯爷今日是怎么了？"

黎诸怀意味深长地道："动凡心了吧。"

淮南一脸疑惑。狠绝如昱清侯爷，也能动凡心？他不信。但瞧着，侯爷好像确实有些心不在焉，眼见着他装作正经地吃了两口菜之后，竟就起身往花厅走了。

淮南眼珠子转了转，跟了上去。

路上，小厮低声在解释："这几担贺礼都是好东西，只是路上出了些意外，所以来得迟了，送礼的人说，还请侯爷千万见谅。"

"出什么意外能晚这么久？"聂衍没好气地道，"怎么不留到明年生辰再送？"

小厮被他怼得摸了摸鼻尖，干笑着没有再说，生怕惹了侯爷不快，又要他把这些贺礼退回去。

然而，侯爷好像是挺喜欢这些东西的，进了花厅就亲自将红担拆开，把里头东西一件件往外拿。

名玩古画、金石玉器，渐渐铺了半个花厅。

聂衍越看越觉得不对劲："是不是少了什么？"

小厮连忙将礼单递过来："您看看。"

他扫了一眼物器名目，倒是对得上。可再抬头一扫最上头的字，他的脸色又难看了起来。

这是杜相府的贺礼清单。

背脊有过一瞬的僵硬，聂衍闭眼，揉了揉眉心，将清单塞回小厮手里："拿去登记入库。"

"是。"

小厮很纳闷，方才瞧着他挺喜欢的，这会儿怎么又要入库了？

淮南跟着走进来，扫了一眼厅里的东西，又看了一眼似是在生气的聂衍，突然福至心灵："你是不是在等谁的贺礼？"

"没有。"聂衍冷笑，"有谁的贺礼值得我等？"

"坤仪公主的呀！"淮南理所应当地道，"她那么喜欢你，定是不会忘记你的生辰，也绝不会拿这些俗物来搪塞你。"

"你哪只眼睛看她喜欢我？"聂衍语气不善。

淮南想也不想："两只眼睛都看见了！若不是喜欢，坤仪公主那样的身份，才不会总往你身边凑，人家不要女儿家颜面的吗？"

夜半正在马厩里刷着马，身边突然多了一个拿着刷子的人。

他转头，就看见淮南大人不爽地嘀咕道："我说错什么了？那不是事实吗？"

夜半默契地给他递了一方帕子，深深叹息："我懂你。"

淮南更莫名其妙了。

来祝贺的人渐渐散了，聂衍坐在花厅里，神色轻松，不像有什么情绪。

然而黎诸怀等人却是不敢再惹他了，只同他东拉西扯地说起灭妖的事："近来京中好几只大妖都出自贵门，看来妖怪也有野心，不满足于伪装成平民过活，还想争权夺势。如此来看，宫中也会危险。"

"可惜咱们陛下并不愿意让上清司驻守宫门。"

"我等非常人，今上有顾虑是应当的。"聂衍淡声道，"能人异士，若非他亲眷，自然也与妖怪无异，能替他守宫门，便也能破宫门，叫他如何放心。"

此话一出，堂上众人都有些不忿。

上清司自设立以来立功甚多，护驾次数也不少，没承想，如此鞠躬尽瘁，换来的还是帝王的猜忌。将来，保不齐就会有卸磨杀驴的那天。

"其实倒也不是没有破解之法。"三司主事赵当康犹豫地看了聂衍一眼，"还能一举两得。"

他说的是什么意思，在场众人都心里明白。今日他们齐齐来拜访聂衍，多少也都存了些劝说的心思。

聂衍半合了眼："我上清司以斩妖除魔为己任，什么时候也需要和亲之举了？"

"侯爷莫生气，倒也不是一定要如此，他们只是见那坤仪公主对您用情至深，那不如……"

"用情至深？"聂衍挑了这四个字出来，嘲意甚浓，"何以见得？"

光凭她那些对谁都能用的笼络手段？

众人不吭声了，倒不是他们无从反驳，而是稍微了解聂衍的都知道，他今日心情很不好，甚至可以说是恼怒也不为过。

能让侯爷动怒的事可没两件，今日到底发生了什么事？

几个人心思各异，黎诸怀瞧着，招了个下人来，吩咐了两声。

片刻之后，侯府的门房传了话来："禀侯爷，有百姓去上清司报案，说明珠台附近出现了一只两人高的狼妖。"

聂衍神色微变，站了起来。

黎诸怀跟着起身，佯怒："岂有此理，当真不把我上清司放在眼里。侯爷放心，我这便带人去抓。"

"不用。"聂衍道，"我亲自去。"

"区区狼妖而已，侯爷这生辰宴还没结束呢。"

聂衍懒得理他，带了人就走。黎诸怀看着他的背影，突然笑了笑。

聂衍走得很急，转瞬就到了明珠台附近，三两下便收拾了狼妖，而后就站在路口收拾残局。

明珠台依旧热闹，人来人往，丝竹声声。他冷眼瞥着，正好看见一顶软轿从旁边经过。

"小的见过侯爷。"轿帘掀开，龙鱼君笑眯眯地朝他颔首。

聂衍看着他，眼里无波无澜。

"侯爷也要去见殿下吗？"龙鱼君状似无意地将手伸出窗口，露出上等的血玉手串，"小的也正要去谢恩，不如一起？"

血红的玉，红得有些刺目。

聂衍面无表情地转身，带着狼妖的内丹就走。

"好生高傲的大人！"轿边小厮略微不满，"竟连话也不回一句。"

"侯爷是何等身份，我们这样的人是何等身份，人家不愿意搭理也是寻常事。"龙鱼君收回手，笑得十分动人，"我高兴了就成。"

陛下要替坤仪择婿的旨意已经在今日落到了明珠台，说媒的冰人挤满了前院，坤仪一个也没见，只差人去容华馆给他送了礼。

虽然送的并不是这串血玉，但龙鱼君还是很得意。殿下第一个想到的是他，不是昱清侯。

公主的克夫命格，整个国都内都有所耳闻，别人或许是有赌的成分，但龙鱼君不是。他笃定自己可以在坤仪身边活满一年。

"主子，东西雕好了。"兰苕捧着盒子回来，有些气喘，"费了老大的劲，可是时辰有些晚了。"

坤仪倚在窗边看着前院的方向，懒洋洋地道："今日只要还没过完，便是不晚。

差人给侯爷送去吧，顺便……再问问他愿不愿意来见我。"

"是。"

通红的血玉在皇室中也是罕见的东西，兰苕亲自带着人护送过去，路上十分小心。

然而，昱清侯看也没看，径直将盒子放回了她手里："多谢殿下美意，臣无福消受。"

兰苕急了："侯爷这是什么意思？我们家殿下好不容易……"

"替我回了你们殿下。"聂衍面无表情地打断她，"别人要过的东西，我不要。"

话一出口，他就觉得哪里不对，可想收回来已经来不及了。兰苕怔怔地看了他片刻，而后捏着盒子扭头就走。

聂衍起身，走了两步又停下。他不是稀罕什么血玉，也不是非要等到她送他贺礼。只是，她到底把他当什么，才会送他和容华馆小倌儿一样的东西？

他话没说错，至于多不多想，由她去好了。

他才不在乎。

坤仪坐在贵妃榻里，将他的话一字一句地听进了耳朵里。

兰苕极为愤怒，眼眶都气红了："咱们从后院放把火，把昱清侯府烧了吧！"

坤仪垂眼回神，失笑道："你去哪里学的这野蛮作风，人家又没说错。"

她一个寡妇，可不就是别人要过的东西吗？

殿内安静了片刻，兰苕小心翼翼地打量自家殿下，见她神色自然，似乎当真没生气，不由得松了口气。

可松气之后，反而更觉委屈。殿下对昱清侯那么好，他居然能说出这种话。

"去请龙鱼君进来吧。"坤仪收敛神思，"叫厨房烧几道菜，不要荤腥。"

"是。"

原本兰苕觉得这龙鱼君是不靠谱的，生得太好看，出身又复杂，指不定是冲着什么接近殿下的。可有昱清侯这气死人的话在前，再看龙鱼君，兰苕觉得，这人好像也没那么坏。至少他进门就温温柔柔地笑着，还恭敬地跪下见礼。

"小的见过殿下。"

坤仪神情有些恍惚，闻声才回过神，笑着让兰苕下去休息，只留他一人在跟前。

"听容华馆的老板娘说，你没有签死契。"她把玩着玉如意，没有看他，"家里也一个人都不剩了。"

"是。"龙鱼君目光楚楚，轻叹了一声，"小的自知微末，不敢对殿下有非分之想，但若殿下需要，小的可以作为面首住在明珠台一年。"

坤仪挑眉，深深地看了他一眼："你消息倒是灵通。"

龙鱼君长长的睫毛垂下去，抿唇："也并非任何消息都灵通，只是小的格外关心殿下。"

甜言蜜语谁不爱听呢，虽然暖不了心，但是悦耳啊。坤仪笑得深了两分，见人送了菜上来，便邀他入席。

龙鱼君扫了一眼菜色，突然动容："殿下竟然记得小的爱吃什么口味。"

"我在这些小事上记性倒是不错。"坤仪没有动筷，只示意他吃，而后多看了他两眼。

这人生得也好看，虽然没有聂衍那么惊艳，但胜在气质温和，不伤人。心里有了计较，坤仪却是什么也没说，用过膳便赏了人一大堆东西，将人送回了容华馆。

太阳落山，夜半从外头回去，一跨进主屋，就被黑暗里坐着的人吓了一跳。

"主子？"他不解，"您坐在这里怎么也不点灯？"

聂衍回神，瞥了一眼窗外，沉声道："今日事务已经忙完，我在休息，不用点灯。"

"哦。"夜半也没多想，将从上清司带来的护身符放在他手边，"您要的东西，是邱长老亲自施术的。"

主子何等的本事，自然是用不着这种驱妖护身符的，给谁求的不言而喻，但夜半不敢提。

聂衍盯着那符看了许久，终是抬手揉了揉眉心："你去……算了，我去一趟吧。"

"去何处？"夜半一凛，"明珠台？那还是我去吧。"

听他语气有些异样，聂衍眯眼："明珠台怎么了？"

"没、没怎么啊。"夜半摇头，"就是人多，又吵闹，主子想来是不喜欢的。"

聂衍盯着他看了一会儿，嗤笑出声："你在我身边跟了多少年，哪一次撒谎瞒过我了？"

夜半干笑，挠了挠头，支支吾吾。

聂衍拂袖，若无其事地取了火折子点灯："我与明珠台没什么瓜葛，你有话只管说，还用顾忌什么不成。"

行吧。夜半想了想，干脆地说："明珠台传来消息，坤仪殿下似乎是有意将容华馆的龙鱼君招为面首。"

刚点燃的灯，灯芯突然爆了一下。聂衍盯着烛光看了片刻，慢慢收回手："既是殿下的决定，想必有她的道理。"

"有什么道理呀，殿下就是冲人长得好看。"夜半撇嘴，"那龙鱼君瞧着就弱不禁风，别说在殿下身边了，就是寻常活着，瞧着也是个短命的。"

聂衍起身，神色轻松地拢袖："与我侯府何干，随他们去。"

说是这么说，夜半偷看了自家主子好几眼，总觉得他好像有心事。

生辰的第二天，原本聂衍是要休沐的，但不知为何，盛庆帝一上朝就看见了他。

"昱清侯今日可有要事？"他连忙问了一句。

聂衍神色清淡，拱手作礼："回陛下，别无要事，臣只是见最近京中不太平，担心陛下安危，故而停休一日。"

帝王听得感动极了，这种放着休假不要也想护他圣驾安康的臣子去哪里找啊，真真是鞠躬尽瘁，忠心耿耿。

带着这份愉悦的心情，帝王在下朝后召他去了御书房，关切地问："近来可有去明珠台走动？"

以往问他这种话，以他的性子，多数是会敷衍了事的。但今日，昱清侯竟是破天荒地拱手答："公主故旧甚多，似是没空见臣。"

这言语之中，怎么还有点委屈？帝王觉得很稀奇："朕瞧坤仪挺喜欢你的，怎么会不愿见你，是不是有什么误会？"

"臣也不知。"他垂眼。

若有所思，帝王扭头对郭寿喜道："宫里新来了贡品的缎子，朕瞧着花样好，你去请坤仪公主进宫来挑一些。"

"是。"郭寿喜领命，小跑着就去传话。

坤仪进来的时候，聂衍正坐在旁侧的椅子里喝茶。她瞥了他一眼，未多作停留，便先行礼："见过皇兄。"

"免礼，坤仪你来瞧瞧，这缎子给你做喜服可好？"盛庆帝笑眯眯地招手让她过去。

坤仪款步上前，扫了一眼贡缎，是上好的颜色和料子，伸手摸了摸，满意地道："难为皇兄百忙之中还惦记着这些。"

"你可是朕唯一的胞妹，朕自然要为你多想想。"帝王宠溺地拍了拍她的肩，笑着问，"可有人选了？"

"还在挑。"坤仪懒洋洋地揉了揉肩，勾唇道，"皇兄还不知道我吗，我最喜欢美男子，不美的人我还不想祸害呢。"

帝王失笑，顺着话就道："那朕看昱清侯便是极美之人，你可要祸害他试试？"

聂衍摸着茶盏的手微顿，终于光明正大地看向那边站着的人。

她气色不太好，唇色倒是依旧明艳，衬得双眸黑得发亮，身上的黑纱似乎换了个款式，但依旧绣着泛金光的符文。

她没看他，只朝帝王道："皇兄说笑了，昱清侯可是朝中栋梁，我哪敢祸害，再说了，就算是赌约，臣妹也想挑个自己喜欢的。"

捏着茶盏的手紧了紧，聂衍眯眼，嘴角抿紧。

先前，她还说喜欢他的。

盛庆帝有些意外，打量坤仪两眼，又打量了那头沉默得像石头的昱清侯两眼，突然了然，叹息道："朕是做不了你的主的，你不妨去佛堂拜拜母后，也算告知她一声。正好，昱清侯拿了新的安魂符过来，要去安置，你同他一路，朕也放心。"

坤仪皱了皱眉，刚想推拒，帝王却已经转身："就这么定了，朕还要批折子，你们下去吧。"

"臣妹告退。"

坤仪拂袖跨出御书房，心中很是纳闷，皇兄今日这么闲吗，明知道昱清侯不喜欢她，还硬要乱点鸳鸯谱。

察觉到他站到了自己身边，坤仪叹息："侯爷若有事要忙，可以先走，不必与本宫一路，本宫必定不会与陛下告状。"

聂衍身子微微一僵，抿唇道："臣无别事，正好要去佛堂一趟。"

"哦。"好吧，坤仪想，人家都不介意，那她介意什么呢。

两人行在青石砖铺得极为平整的小道上，坤仪一言不发，聂衍看她好几眼，也没吭声，气氛古怪得令人不适。

"殿下昨日……很忙？"眼看着佛堂要到了，聂衍终于开口。

坤仪被他吓了一跳，莫名其妙地看他一眼，然后虚假地笑了笑："还行，毕竟有皇命在身上，总是要操持的。"

"操持到来臣府上喝一杯酒也没空？"他垂眼。

坤仪心念微动，停下步子，不明所以地望向他："侯爷是不是忘记什么了？"

"什么？"

"您连请帖都没给本宫一张。"

"这……"聂衍眉心慢慢拢起，回想了一下写请帖时的情景。

当时，夜半还特地问他："给明珠台的请帖要不要先送？"

他怎么答的来着，哦，他说："明珠台还需要请帖？"

　　坤仪公主是何等恣意的人，只要她想来，有没有请帖要什么紧。风车一到，他还敢不迎不成？可是，眼下她说起这件事，聂衍突然发现，似乎确实是他礼数不周。用淮南的话说，人家好歹是皇室公主，也是要颜面的。

　　"不过无妨，侯爷即便不想请本宫喝酒，本宫也厚着脸皮将贺礼送去了。"坤仪望着他鸦黑的眼眸，自嘲地笑了笑，"只是侯爷没收。"

　　"这……"聂衍手指张了张又握紧，突然觉得心口难受，像有人攥了他一把。这种感觉太过陌生，他也不知道该怎么是好，僵硬了半晌才道："我现在可以收。"

　　"现在？"坤仪歪了脑袋打量他，笑得娇俏，"侯爷不知道有个词叫'过时不候'？"

　　小时候她还爱吃一巴掌一个枣的套路，但现在她长大了，打了巴掌就是打了巴掌，是多少个甜枣也补不回来的。他既轻贱了她，她就断不会再轻贱她自己。

　　她摆手，转身继续往前走："时候不早了，本宫要早些去祭拜。这些不重要的事，侯爷也不必放在心上。"

　　佛堂附近的风很冷，哪怕四周都修了极为好看的院墙，一阵风过来，还是能把人冷得发抖。

　　聂衍看着她的背影，突然觉得先前的暧昧和旖旎好像都被风吹了个干净。

　　她不打算回头，也好像并不难受。

　　世间女子能做到坤仪这样洒脱的实属少数，性子烈的会上门同他要说法，性子柔一些的，便也要找他哭上一场，问个为什么，毕竟先前她对他这么好。

　　可坤仪，她不闹也不问，就当什么也没发生过。

　　聂衍今日换了一身筠雾色的贡缎，墨发用羊脂玉束起，目光流动，像月下相思谷里的湖，粼粼幽光一荡又一荡，荡得人心痒。然而她只在进御书房的时候看了他一眼，眼里无波无澜，什么也没说就转开了头。

　　她这是觉得容华馆那位比他好看了？

　　聂衍将新符放在佛堂供台上，用莲花灯压好，然后沉默地看着桌上长明灯，眼里深不见底。

　　坤仪跪在蒲团上，恭恭敬敬地朝先太后的牌位磕了三个头。

　　先太后是在她三岁的时候去世的，据宫里人说，那天晚上她吵着要跟太后一起睡，太后便没听劝告，执意留了她在寝宫。

　　谁料一夜之后，宫人掀起帘子，太后就已经仙逝，身上没有任何伤痕，四周也没有任何打斗。她就像是睡着了，脸色尚且红润，只是没了气儿。

有奶嬷嬷说，这个死法，只能是被妖怪害死的。

坤仪不明白什么是妖怪，那个奶嬷嬷也还没来得及多解释就被斩了首。她年纪太小，哭着哭着也就忘了这回事。

眼下她长大了，再跪到太后灵前，突然就开始好奇。当年，她的母后，到底是怎么死的？

"既然侯爷精通妖怪之事……"坤仪睁眼，突然问了他一句，"可知有什么妖怪害人，能让人面色红润，如睡着一般死去？"

聂衍微征，随即皱眉："妖怪害人，大多是要谋人血肉豢养其精魂，断不会让人死得安详。"

"不可能！"坤仪下意识地就驳了，"我身边所有的人，都走得很安详。"

聂衍深深地看她一眼，问："殿下难道就笃定这些人是被妖怪害死的？"

"这……"坤仪垂眸，没吭声。

她就是这么认为的。一次两次是巧合，次数多了便是规律，她也不明白自己身上有什么东西，但一连死了两任驸马，还克死了父母，这些都是在她身上发生的。

虽说她与徐枭阳作赌只是为了铁矿而已，但她其实也明白，自己就是灾星。

"人的死因有千百种，死状各有不同。"聂衍看着她，慢声道，"但妖怪是活体之物，并非魄类邪祟，它们只吃人肉身，不会吞人精魂。"

"魄类邪祟？"坤仪仰头回视他，"是会吞人魂魄的？"

"会，但早已灭绝多年。"他抬手，指了指四周房梁上雕刻的古怪花纹，"魄类邪祟还在的时候，宫内就布满了针对它们的符咒，若是出现，必定显出原形，没空害人。"

坤仪顺着他指的方向看了看，打消了疑虑。这些花纹从小就在她的四周，确实也不可能有魄类邪祟。

坤仪轻叹一声，什么也没同先太后说，上完香跪了一会儿便走了。先太后生前她都未曾尽孝，自然也不必现在还给先太后添麻烦。

聂衍目送她离开，又看了先太后的牌位一眼，眼里划过一抹困惑。

明珠台开始布置起来，虽说招婿的人选还没定，但四周已经挂上了红绸花。

坤仪倚在软榻里，任由侍女给自己涂染蔻丹，凤眼半睁不睁，似是要睡着了。

"殿下，"兰苕神色古怪地上前来，低声道，"昱清侯府送了礼物来……"说完，她十分贴心地询问，"您看是烧了是砸了还是给他退回去？"

坤仪呛咳一声，好笑地看她一眼："往日里你可不是个喜欢糟践东西的人。"

"也要看是谁的东西。"兰苕板着脸道，"有的人送的东西，只配被糟践。"

"无妨。"坤仪摆手，"他高兴自己能脱离我这片苦海，送来的礼物自然是真心实意的，收进库房便是。"

兰苕不甘不愿地应下，去接礼物的时候，还是冲夜半翻了几个大白眼。

夜半被她眼白的宽阔程度给吓着了，犹豫地问："我哪里得罪姐姐了？"

兰苕皮笑肉不笑："没有，你同你家主子都好得很。"

夜半比他家主子还是更通人性一些的，当即就知道自家主子肯定是做了什么，也不好问兰苕，便扭头回府去。

聂衍今日斩了一只大妖，老虎所化，暴戾无比，他有些走神，一个没注意就伤到了背，将近两个时辰之后才归府。夜半一边替他上药一边皱眉："主子最近怎么了，竟能被伤成这样？"

聂衍面无表情地看着手里的卷宗："捉妖之人，受伤有什么稀奇。"

别的捉妖人也就罢了，聂衍可是天纵奇才，修为高到需要遮掩以免引起旁人忌惮的程度，区区虎妖，哪能伤他至此。

上完药，夜半也不敢直接问，只道："明珠台将礼物收下了，殿下什么也没说。"

聂衍眯眼，应了一声，嘴角抿紧。

他送的是一支血玉凤钗，还是黎诸怀怂恿的。两人路过珍宝阁，他说女儿家都喜欢这种东西。

聂衍是不屑的，当即拉着他就走。然而，两人分道扬镳之后，他还是去将那簪子买了下来。

想来坤仪不会缺这些东西，他也不是非要送，但买都买了，他也想看看她是不是还在生气。可她这态度，他什么也看不出来。

"属下去送东西的时候，路过容华馆。"夜半状似无意地道，"听人说，龙鱼君不日便要住进明珠台了。"

聂衍抿唇，冷声道："同我说这些做什么？"

"属下只是觉得，那龙鱼君看起来不是个靠谱的人。"夜半道，"坤仪公主本就娇弱，身边虽有护卫，却也防不了床笫帷帐，若是遇了坏人，那还蛮可怜的。"

她自己选的人，怎么还可怜上了？但凡理一理他，她都不至于要选龙鱼君。

聂衍气闷地拢上衣裳，沉着脸道："我要养伤休息，你下去吧，没事不用来打扰。"

"是。"夜半无奈，退身下去，替他带上了门。

聂衍扭头，看向旁边墙上挂着的一张地图。那是晟京的街道布防图，一眼能看见容华馆附近没有任何上清司之人驻守。

龙鱼君人逢喜事，真真是面若桃花，送走了来贺喜的几个乐伶，便倚在露台上喝酒。

在坤仪的眼里，他与她也许只见过几面，但他是看着她长大的，从一个哭哭啼啼的小姑娘，长成了一个冷若冰霜的大美人儿。

没错，别人都觉得坤仪殿下好相处，总是笑盈盈的，但龙鱼君知道，她性子很冷，一旦得罪她，便再难翻身。聂衍那样的石头性子，也确实不适合同她生活在一起。

他嘴里哼着小曲儿，抬袖正要将酒饮尽，突然觉得背后一凉。

方才还亮着的天突然就暗了下来，四周热闹的人声也渐渐消失。龙鱼君站起身，嘴角的弧度慢慢落了下去。

"你是什么时候发现的？"他沉声问。

黑暗里，有一个人慢慢走出来，鸦黑的眼眸淬着冰，手里一把却邪剑隐隐泛着蓝光。

"第一眼。"聂衍答。

四周结界已经落下，空间里只有他们两个人，龙鱼君也懒得再装，兀自显出原形，金光闪闪的鳞片如风一样层层铺开，龙头鱼身横立当前，妖气四溢。

龙鱼是还没跃过龙门的妖怪，一旦修为足够，得跃龙门，便能由妖飞仙。

"第一眼就看出来了，却到现在才来抓我？"他似笑非笑，"看来不是想斩妖除魔，只是想争风吃醋。"

泛蓝光的剑眨眼飞至他跟前，龙鱼君飞快闪躲，却不料这人比看起来厉害得多，隔空御剑，剑如在他手里一般，随他躲去哪里，都能跟着横过来。

"即将成仙的妖，我未必非杀不可。"聂衍平静地看着他闪躲，"你若离开晟京，我便当什么也没发生过。"

"果然是争风吃醋！"龙鱼君大笑，"既争不过我，便要用这种手段逼走我？可是昱清侯爷，殿下她喜欢我，要收我做面首，我若不见了，她会难过的。"

聂衍心里一刺痛，沉了脸。

结界里突然狂风大作，饶是修为深厚，龙鱼君也被逼得退后了几步。

"你……"龙鱼君有些愕然，"你竟然还自封了一部分的修为？"

平日里打量，这人虽然厉害，但也没这么厉害。这刺骨的罡风，哪里只像个普通道人？

"你究竟走是不走？"他不耐烦地问。

龙鱼君祭出法器抵挡这罡风，又好气又好笑："我就算走了，殿下也不会选你。"

"我也不用她选我。"聂衍皱眉，"你走就行。"

聂衍不喜欢龙鱼君，应该跟坤仪没什么关系，就是单纯不喜欢他，所以他消失就好。

"明年就能飞升了，我很惜命。"龙鱼君笑道，"但怎么办，我舍不得她，这么多年了，她好不容易看见了我，我想留在她身边。"

聂衍心里不舒服更甚，抬起了手，不打算再跟他废话。然而，就在他要动手的一刹那，四周的结界突然震了震。

"昱清侯爷，"坤仪的声音从外头传了进来，又清又脆，"你可见着龙鱼君了？"

聂衍下意识地收回了却邪剑，侧头想应她一声，却突然发现不对劲。

坤仪怎么知道这里有结界？

上清司的结界，立于五行之外，寻常人看着这地方，应该是一块空地才对。

"侯爷？"结界之外，坤仪又道，"你这琉璃罩子挡着，我过不去。"

琉璃罩子？聂衍皱眉，挥手打开结界，外头的吵闹声和阳光便如潮水一般涌了进来。

坤仪提着她的黑纱裙走过来，肌肤被衬得如雪一般白，她抬眼瞧了瞧他，又瞧了瞧他身后，不由得疑惑道："你们在做什么？"

龙鱼君已经变回了人形，衣衫凌乱，墨发也松散，嘴角还有一块瘀青。

"殿下，小的没事。"龙鱼君眼神躲闪地朝她行礼，"方才、方才在与侯爷聊天呢。"

聊天？是用拳头聊的？坤仪又看了聂衍一眼，这一次的眼神就不太和善了，带着责备和"没想到你是这种人"的意味："龙鱼君只是寻常人，若是哪里开罪了侯爷，还请侯爷高抬贵手。"

聂衍黑了脸。龙鱼君嘴角的伤是他自己变出来的，她连这也要怪到他头上？还有，寻常人？他哪里看起来像个寻常人？

坤仪没多看他，只走过去扶了龙鱼君一把，打量他脸上的伤，叹息道："我待会儿让人给你送药来。"

"多谢殿下。"龙鱼君腼腆一笑，"不知殿下今日过来可有什么事？"

他不提，坤仪都差点忘了。她看了聂衍一眼，敷衍地笑了笑："我与龙鱼君还有事，侯爷自便。"

聂衍扯了扯嘴角："不巧，臣找龙鱼君也有要事。"

龙鱼君挑眉，刚想反驳，就见聂衍捏了一张妖显符，状似无意地晃了晃。

妖显符。落在妖怪身上，必定叫其显出原形。

龙鱼君识时务地把反驳的话吞了回去，温柔地对坤仪道："二位既然都着急，那不妨便同路，先看殿下有何要事，再去将侯爷的事办妥。"

"好吧。"坤仪看了看他身上，"你先去更衣，本宫同侯爷去外头等你。"

龙鱼君颔首，又深深看了聂衍一眼，这才款款而去。

"殿下为何知道臣在此处？"看着他的背影，聂衍面无表情地问了一句。

坤仪拢着袖口站在他身侧，没看他："我瞧这琉璃罩子与上次相府里的很像，猜的。"

"殿下可知，寻常之人根本看不见这罩子。"

"哦？"坤仪哼笑，"侯爷的意思是说，本宫并非常人？"

"不是。"他看了她一眼，"殿下是肉体凡胎，没有妖心，也没有妖身，更没有元丹。"

"那便是本宫有修道的天赋？"坤仪侧头，终于看了他一眼，"要不要拜在侯爷门下潜心修炼啊？"

聂衍一怔，认真地考虑了一番这件事。

还真……可以。

不等他点头，她又笑开了，莲步慢移，顺阶下楼："说笑而已，侯爷不必挂心，若非偶遇，本宫也不愿再打扰侯爷。"

先前翻他家的墙不觉得打扰，往他府上送东西也不觉得打扰，眼下竟是跟他多说两句话都算打扰了？

聂衍抿唇，觉得她真的很不可理喻。

今天不知为何天黑得有些早，还不到黄昏，街上就没了什么行人，风吹着枯叶在地上打转，墙上栖息着的乌鸦也低低地叫唤着。

坤仪下了容华馆的露台，发现自己随身带的几个护卫不见了踪影。她疑惑地左右看了看，正要喊人，却感觉左侧有什么东西朝她卷了过来。

"小心。"

聂衍反应极快，揽过她的腰便将她抱到一侧，堪堪躲开一排猩红的牙齿。

坤仪惊魂未定地抓着他的衣裳，睁眼看过去，就见一只两人高的狼妖正站在不远处，绿莹莹的眼睛直勾勾地盯着她。

"妖怪都跑到大街上了？"坤仪瞪眼，"侯爷，上清司渎职啊。"

"倒是臣的疏忽，忘记了今日是祀神节。"聂衍道。

祀神节是妖门大开之时，就算有上清司镇守，晟京也难免会混进妖怪来觅食，是以每年的这一天，百姓都会早早归家，关闭门窗。

眼前这狼妖看起来是饿久了，分明瞧见他在，却也还是朝坤仪冲了过来。

聂衍祭出三张黄符，出手如电，引雷霆自天而来，将这狼妖当即斩杀，连妖血都没溅出来一滴。

坤仪看得缩了缩脖子。

聂衍察觉到了，眼眸半垂，下意识地将手背在身后："这是最快的法子，免了缠斗。"

"嗯。"她点头，松开他，想站直身子，背后却又有一股妖气袭来。

聂衍二话不说，带着她就跃上了旁边的屋檐。

"龙鱼君怎么办？"坤仪忍不住回头。

聂衍面无表情地道："他是个聪明人，瞧见外头的景象，便不会再出来。"

"他哪里聪明了？"坤仪嘀咕，"先前为了躲你，差点把自己溺死在温华池里。"

聂衍："你……"

他瞧着她也是挺机灵的一个人，怎么看男人的眼光这么差？龙鱼要是能溺死在水里，他"聂"字拆开给她跳三人舞！

聂衍翻了个白眼，捏紧她的腰。

这人也是，天气也没多热，偏生穿得少，薄薄的一层黑纱，不挡风也不保暖，稍微一碰，就能察觉到她腰上的肌肤。

他不由得松开了些。

"你要做什么？"坤仪身子往下滑了滑，连忙抱紧他，恼怒地抬头，"就算嫌弃本宫，也不至于把本宫带到这么高的地方来摔死。"

"臣绝无此意。"

"绝无此意你刚刚还松手？"她又生气了，像先前在杜府时那样，脸颊鼓起，凤眼也瞪得溜圆。

莫名地，聂衍却是松了口气，感觉眼前遮了好几天的乌云终于散去，连脚下屋檐上的镇宅兽都瞧着更顺眼了些。

她还是生气的时候更让人自在。

红瘴一样的妖气渐渐笼罩了整个晟京，坤仪随他在高处奔走，杀气如影随形，刺激得她肌肤上都起了一层疙瘩。

她心里有些不安，连带着话也多了起来："我早知道你看不上我，却不知道你能这么看不上我，我好歹也是金枝玉叶的公主。"

"殿下误会了。"

"有什么好误会的！"她晃着小腿踢了踢他，气呼呼地道，"方才手不是你松的？昨儿话不是你说的？礼不是你拒的？你这会儿来跟本宫装什么好人！"

聂衍轻叹一声道："一时气话，也不是那个意思。"

坤仪不解地抬头："那你是什么意思？"

聂衍真的很不喜欢同人解释，他一贯相信清者自清。可怀里这位祖宗的误会确实大了点，再不说，怕是就没机会了。

他沉默半晌，迎着风终是开了口："下回你送龙鱼君的东西，莫要再来送给我。"

啊？

坤仪一脸莫名其妙："我就送龙鱼君几个古董花瓶以及几箱银子，送你的可是上好的血玉簪子！"

嗯？

聂衍皱眉："你不是还送了他血玉的手串？"

"他告诉你的？"坤仪纳了闷了，"极品血玉就那么一块，全雕了簪子了，从哪儿再去打手串？"

"这……"仔细回想了一下当日情形，聂衍黑了半张脸。

这个龙鱼君！

瞥着他的脸色，坤仪大概猜到了是怎么回事，不由得更来气了："我白挨你一顿骂！"

"臣原本也是在说血玉之事，是殿下误会了。"

"你还敢反过来怪我？"坤仪大怒，手放在他背上，正好拧他一把。

聂衍痛得闷哼，脸色都白了两分。

"怎么了？"她吓了一跳，狐疑地看着他，"侯爷何时变得这么弱不禁风？"

聂衍不答，带着她避过层层妖瘴，落进了昱清侯府。

刚一落地，他身子就晃了晃。

"哎呀呀！"坤仪连忙扶住他，往他背后看去，"我就只轻轻……"

话说一半，说不下去了。

他背上有一块血迹，渗透了浅黎色的衣料，正在慢慢扩大。

坤仪倒吸一口凉气，连忙扭头喊："夜半，夜半快来！"

夜半闻声而至，瞧见自家主子这模样，当即变了脸色："快，去上清司请黎主事过来救命！"

　　"是。"仆从应下，跑得飞快。

　　聂衍是个不肯示弱的人，先前被大妖王重伤，都能自己站着走回来，眼下该是遇见了多可怕的袭击，才会整个人都站不稳？

　　夜半眼泪都要出来了，颤抖着手上前，深吸了两口气才敢去看主子伤处。

　　然后就看见他刚包好的背后伤口裂开了一条细缝，少量血水正往外渗。

　　夜半无语。他不敢置信地看了看这伤，又看了看脱力似的倚在人家殿下身上的主子，他沉默半晌，脸上浮现十分夸张的担忧："伤势太严重了，殿下快帮着将侯爷送到房里来。"

　　坤仪是娇养惯了的，平时手被针扎一下都要用白布缠三圈，更别说这种见血的大伤。她压根没觉得哪里不对，扶着聂衍进房，替他松了外袍，还拧了帕子给他擦脸。

　　"我真不知道你这身后还有伤。"她愧疚不已，坐在他床边，眼睛眨啊眨，"痛不痛？"

　　聂衍半合着眼，痛哼一声，算是作答。

　　坤仪更愧疚了。

第三章　丑替包

　　坤仪是个极为"怜香惜玉"之人，她对所有美男子都是温柔至极，要啥给啥。这还是她头一回失手将人重伤，还重伤了个最好看的。

　　她很难过，望着聂衍苍白的脸色，眼泪都快下来了。

　　黎诸怀匆匆赶到的时候，一看这场景，以为聂衍要死了。他上前一搭脉，反手掐了掐自己的人中，扭头就瞪夜半："就这？"

　　夜半拼命给他挤眼睛。

　　黎诸怀一顿，僵硬地扭转语气："就这……么紧急的情况，再晚点来请我，那可就完了。"

　　"这么严重？"坤仪眼眶都红了。

　　黎诸怀昧着良心点头。

　　确实是要完了，再晚些，伤口该自己愈合了。

　　"殿下也不必太担心，侯爷毕竟是修道之人，再严重的伤，养几日也就痊愈了。"黎诸怀宽慰道，"叫人煎这一帖药吃了就好。"

　　坤仪点头，连忙拎着方子下去找人。

　　屋子里烛光摇曳，只剩了两个人。黎诸怀一忍再忍，还是没忍住笑出了声："你倒是有手段，将这位殿下迷得团团转。"

　　聂衍睁眼，颇为不自在地坐直身子："没有。"

　　"还没有？你是没瞧见她紧张你那模样，你早如此，还有龙鱼君什么事？"黎诸怀连连摇头，"别折腾了，大事要紧。"

聂衍不悦，靠在床头，不知在想什么，半晌之后才问："禁宫那边如何了？"

"放心，都安排好了，今天既然是祀神之夜，人间就不会太平。"

当朝帝王何其固执，妖怪三番五次闯入宫闱，他还是不愿让上清司驻守，哪怕是祀神之夜这种极为危险的日子，上清司也只能在宫门外头巡逻，不能过护城河。

好处是，禁宫的一切都在今上的掌握之中，可坏处就是，这些人压根拦不住五百年修为以上的大妖。

夜幕低垂，一轮血月挂在当空，肃杀的妖气自东南而来，直闯宫门。

正在后院盯着人煎药的坤仪突然打了个寒战。她从躺椅里直起身，看了看侯府后院重新修好的法阵，金光闪闪，隔绝一切妖瘴。

她心里安定，又躺了回去，懒洋洋地吩咐下人："煎好药，再备几块蜜饯给你家侯爷。"

因着上次替昱清侯赶走了蔺家人，侯府中的奴仆对坤仪格外恭敬，年纪大些的嬷嬷还和蔼地冲她笑："殿下，我们家侯爷不怕苦的。"

"那也要给他备着，显得贴心嘛不是。"坤仪俏皮地眨眼，"这样他也能多喜欢我两分。"

"侯爷是喜欢殿下的。"老嬷嬷见的事少，话也敢说些，"听闻殿下要招婿，他连着几天没睡好觉哩。"

聂衍能为她招婿睡不好觉？那肯定是给乐得睡不着。

坤仪撇嘴，她原先是想跟他商量此事的，奈何人家压根没给她机会，现在来说睡不着，也太虚伪了些。

她喜欢美男子，就断不会为难美男子，明日一早她就去继续同龙鱼君商量吉服之事。

然而，坤仪没想到的是，第二天一大早，她收到了一个坏消息。

"殿下快请进宫！"兰苕火急火燎地来伺候她更衣，"宫里出事了！"

眼皮莫名一跳，坤仪皱眉拉住她的手："出什么事了？"

"昨夜祀神之夜，禁军未能守住宫门，被大妖挖着地洞潜入，吃掉了上百个宫人妃嫔，将陛下也吓病了。"

坤仪倒吸一口凉气，连忙收拾好往宫里赶。昨夜聂衍发了高热，她守他到天蒙蒙亮才回的明珠台，原以为四下安静，不会发生什么大事，不承想宫里却出了这么大的纰漏。

官道上挤满了车马，坤仪紧赶慢赶，去的时候三皇子和四皇子已经在殿前吵了起来。

"上清司昨夜连护城河都没能过，他们是鞭长莫及，这等妖祸也能怪他们？"

"不怪他们怪谁？分明也在外头守着，却没有发出任何警示，简直是居心叵测！"

"妖怪从地底偷渡到宫门里，他们从何警示？"四皇子横眉冷目，"我看皇兄是在为禁军的失责找替罪羊。"

"胡扯，我也是为了父皇……"

"好了！"坤仪跨进门，头疼地揉了揉额角，"你们父皇还病着，这是吵架的时候吗？"

"姑姑！"四皇子叫了她一声，连忙过来扶她，"您可算来了。"

"姑姑，"三皇子也跟她请安，然后不忿地道，"侄儿为了让父皇安心养病，想加强宫中戒备，奈何四皇弟一直阻挠。"

"皇兄是想加强戒备，还是想扶那不成器的副统领上位？"四皇子冷笑，"再多的人也无法同妖怪抗衡，不然昨夜一只大妖，如何就能吃得了百余人？与其让皇兄送些尸位素餐之人坑害宫闱，不如叫上清司之人来保护父皇。"

"父皇若当真想要上清司驻守，先前就该点头了，而不是要你趁着他昏迷不醒，强行加塞。"

"你……"

坤仪被他们吵得一个头两个大，干脆将两人都搡开，自己进去看帝王。

内殿里站满了太医，皇后也在场，见着她来，泪水涟涟："坤仪。"

"皇嫂莫急，"坤仪过去扶她一把，将她拉到旁侧，皱眉问，"情况如何？"

皇后捂着唇摇头："怕是不好，太医说有中风之险。"

帝王正当盛年，让他中风卧床，这比杀了他还难受。更糟糕的是，帝王一病，朝中诸臣便要上奏立储，眼下三皇子四皇子已经是剑拔弩张，皇后怕他们做出兄弟阋墙的丑事来，满眼都是担忧。

"眼下只有你能帮我了。"皇后红着眼，紧紧地抓住她的手道，"坤仪，你嫁给昱清侯吧！"

什么？坤仪不明所以："怎么突然说这个？"

"陛下曾说过，昱清侯是个好人，能护他周全，但……"皇后直叹气，"但他太厉害了，陛下不放心。他不慕钱财，也不贪权势，这样的人实在太难把握。唯有将你嫁给他，陛下才能放心将宫闱的安危交给他。"

"可是……"坤仪有些为难，"我已经选了另一个人。"

"这天下哪有比昱清侯还好的人啊！"皇后连连摇头，"他生得俊朗，你本就喜欢，性子还温和，从未与谁起过大争执；心地也善良，封侯这么久不曾欺压过任何百姓；本事也大，再厉害的妖怪也无法在他手下活出来——就这么个人，你难道还不满意？"

满意倒是满意的，但……坤仪想，那人又不喜欢她。她这么风流的公主，自然知道喜欢自己的人是什么样的表现，就像龙鱼君那样的，抬头看她，满眼都是她的影子。

聂衍嘛，她确实挺喜欢的，但他眼里东西太多，好看是好看，不喜欢她又有什么用，就算成亲，也不能保证他会看在她的面上忠心耿耿。

坤仪迟疑地想着，没有点头。

皇后眼里的泪水一滴滴地往下落，殷殷地拉着她的手："坤仪，陛下最舍不得的妹妹就是你，如此关头，你岂能再坐视天下大乱？"

这就是公主的命运嘛，婚事总与天下挂钩。

行吧。坤仪想，反正她是公主，驸马不喜欢她不要紧，她还可以养面首。

"好。"她道，"但我说服不了昱清侯，您要不赐一道懿旨算了？"

皇后大喜，立马点头答应，又陪着她去看了看帝王。

帝王脸色很憔悴，年方四十，看着形如槁木。坤仪捏了捏他的手，又替他掖上被角。

她的皇兄或许不是一个完美的帝王，但对她而言，是个很好的哥哥。

她轻叹一声，越过还在争吵的两个皇子，出了宫门。

"殿下离开皇宫，是往侯府的方向来了。"夜半站在床边，瞥着自家主子的神色，有些心虚地道，"但走到一半，殿下去了容华馆。"

聂衍喝了一碗药下去，丝毫不觉得苦，也没伸手拿旁边的蜜饯，只应了一声，像是不在意。

夜半松了口气，继续向他回禀别的事，例如宫中暂时借调了二司和三司的人去清剿妖孽，又例如镇妖塔里有妖怪异变，被分隔关了起来。

夜半说得口干舌燥，正想告退，就听得自家主子状似无意地问："她去容华馆做什么了？"

夜半："这……"

既然在意，就别装作毫不关心的模样好吗？直接问是能怎么的！

夜半轻叹一声，道："也没做别的，就停留了一炷香，但殿下走后，龙鱼君似乎很不高兴，摔了几个花瓶。"

聂衍挑眉，突然就笑了笑："她也没多喜欢他。"

看来，他对她来说也只是个轻易就能舍弃的人。

夜半听得摸不着头脑，却还记得上回的惨剧，连忙提醒自家主子："女儿家都喜欢会说甜言蜜语的人，您就算不稀罕说，也莫要再出口伤人，那毕竟是当朝公主。"

聂衍莫名其妙地看他一眼，问："我何时出口伤人了？"

唉……也是心里没点数。夜半沉默，替他倒了茶漱口，不打算再据理力争，以免被送去刷马。

坤仪到侯府的时候，聂衍已经下了床，他坐在花厅里，唇红齿白，一身清月，漾着湖水的眼朝她看过来，有一丝若有若无的脆弱。

坤仪的这个心啊，一下子就软得一塌糊涂。

她提着裙子坐到他床边，语气都跟着放柔："侯爷可好些了？"

聂衍垂眼，薄唇尚无血色："谢殿下关怀，已经吃了药。"

满目怜惜地望着他，坤仪犹豫半响，还是开口："如果可以自己选择，侯爷会娶什么样的女子为妻？"

今日阳光正好，暖橙色从花窗倾泻而入，照得她闪躲的眼睫如金色的蝶翼。

聂衍盯着她看了一会儿，不甚在意地道："都可以。"

"嗯？"坤仪皱了皱鼻尖，"婚姻大事，怎能如此随便？"

"修道之人，于儿女情长本就不在乎。"他淡声道，"一个人也能过，身边多一个人，也能过。"

夜半在隔断外头听得扶额。说好要说甜言蜜语，人家殿下都问到他跟前来了，他却还这般冷漠，怎么讨女儿家欢心？

坤仪十分满意地点头："那就委屈侯爷，跟我过吧。"

说着，坤仪有些不好意思地抚了抚鬓发，翻手将先前为他准备的血玉簪子捧到他眼前："侯爷一看就是个福泽深厚之人，武艺高强，捉妖的本事也不错，若是与侯爷成亲，我许是能替王朝赢下十座铁矿。"

眼前的血玉色泽远胜民间能买到的，能做一个极好的法器。她大抵是打听过他的喜好，簪头的雕花简洁大方，状似缠蟒。

聂衍看了片刻，突然问她："若臣只是普通人，殿下可还会做此决定？"

"不会。"坤仪很坦诚，"你若是普通人，你我都会死。"

他不吭声了，鸦黑的眸子盯着她手里的血玉簪，目光流转。

这是他想要的场面，两人各取所需，谈不上亏欠，也没有多余的牵扯。但不知为何，她的这个回答，他不太乐意听。

坤仪看出了他的不悦，以为是自己划分得不够清楚，连忙又补了一句："婚后你我可以各过各的，每月有一次同房即可。只要侯爷不闹得让我脸上难堪，你私下做些什么，本宫不会过问。"

聂衍嗤笑："也就是说，殿下做什么，在下也不得过问。"

坤仪眨眼："我自然也不会让侯爷面上难堪。"

至于私下嘛，她是风流惯了的，不让她听曲儿看戏，非得憋死她不可。

屋子里又陷入了沉默，坤仪也拿不准面前这人是什么态度，捧着血玉簪的手都有些酸了，犹豫着要往下放。夜半实在看不下去了，端着茶进了内室，先将茶水放在自家主子手边，然后笑着看向坤仪手里的东西："这是个好宝贝，殿下费心了。"

说着，他顺手就接了过去。

坤仪有些意外，看了聂衍一眼，见他也没阻止，便当作是他接受了，笑着起身道："那侯爷可要快些养好身子，才经得起折腾。"

皇家的婚事向来十分烦琐，繁文缛节能把人折腾散架，坤仪担心他伤口崩裂。

然而，不知聂衍想到了什么，脸色微微一顿，接着就有绯红的颜色从他脖子根一路爬上耳垂。

"夜半，送客。"他微恼。

坤仪一脸莫名，不知他突然又生什么气，只当他是分外不满这婚事，轻叹一声，拢袖而走。

要是可以，她也不想来为难他，好端端的美男子，一脸愁容，多可怜。她就像个强抢民女的恶霸，满脸横肉，要拉良家妇女入那火坑。

真是太过分了！

坤仪站在侯府门口，狠狠地唾弃了自己一番，然后喜上眉梢地拉着兰苕去看吉服的料子。

"殿下，"兰苕有些担忧，"昱清侯这样的态度，往后恐怕也未必会对您好。"

"有什么关系？"坤仪笑得恣意，"我活着难道是为了求谁对我好的？自己对自己好不就得了。"

"可是……"

"没什么可是，快准备好东西，跟着本宫去强抢……哦不，奉旨成婚。"

兰茗望着自家殿下兴奋非常的背影，长长地叹了口气。

她先前也觉得昱清侯是个不错的人选，至少能护殿下周全。可成亲又不是两个人简单地在一起生活，若无真心，定是要吃大苦头的。

坤仪不在意。对寻常女子来说，可能遭夫婿冷眼就是最大的苦头了。但对她而言，只要夫婿能活下来，别的都不是事儿。

宫里很快下来了懿旨赐婚，还赐了一座新的宅邸，明珠台和昱清侯府就都忙碌起来。聂衍装虚弱避开了一堆俗事，坤仪倒也体贴，替他将人都应酬了，让他好好休息。

然而，午夜时分，昱清侯府还是来了不速之客。

聂衍在黑暗里睁开眼，却邪剑已然出鞘。来人显然没想到他竟然如此机敏，怔愣之后，转身就想跑，聂衍起身，揉了揉眉心，反手五指一抓。

黑衣人浑身一麻，接着就如破棉絮一般摔回了床前，面巾也飞落开，露出一张满布惊惧的脸。

"相府的门客。"聂衍眯眼。

此人在凡人当中实属身手不凡，也曾在御前献过艺，他有印象。

这人见自己已经被人认出，也不遮掩了，只白着脸道："相爷说过，侯爷不必蹚这浑水。"

"我蹚了又如何？"聂衍挑眉，"他觉得你能杀我？"

"我……不能。"门客很有自知之明，"还请侯爷高抬贵手。"

聂衍笑了，面容如玉："你送上门来，还想要我留你一条命不成？"

"侯爷明鉴，在下是相府门客，若死在侯府，侯爷想必也会有不少麻烦，再说您婚期将近，若有凶案，恐怕……"

他脸上带着一丝轻松，似乎是笃定了聂衍不会杀他。

然而，这句话还没说完，他就感觉脖子上一凉。门客瞳孔微缩，抬头，只看见这张十分好看的脸上带着冰凌一般的嘲讽："上清司，只斩妖邪。所以，被我斩的，就只会是妖邪。"

门客一句话也没能说出口，就感觉嘴里被塞了东西，然后身子跟着有了变化。在他咽下气的前一瞬，他从聂衍鸦黑的眼眸里看见了自己模样——一头形状奇怪的，妖怪。

坤仪倏地又从梦魇里惊醒。

外头夜幕正沉，她抓着锦被喘了好几口粗气，迷茫地看着桌上放着的吉服。

"殿下？"兰莒打了帘子进来，拿帕子替她擦了擦额头上的汗，"别怕。"

"我梦见好多人在逃跑，而我在追杀他们！"她喃喃着伸出自己的手，"我怎么会追杀他们呢，那都是些老弱妇孺。"

兰莒心疼地拍了拍她的背，道："只是梦而已。"

要真只是梦就好了，可她每次梦见这些，醒来都会有人出事。坤仪背脊倏地一僵，飞快起身，鞋也没穿就开始往外跑。

"殿下？"兰莒大惊，拦也没拦住，连忙跟跄跟着她追出去。

夜凉如水，石板路光脚踩上去有些刺骨。坤仪浑然未觉，只盯着院墙的方向，一路飞奔。

她想起很久以前的这样一个夜晚，她梦见自己吃了人，醒来跑向杜素风所在的帐篷，掀开就只看见一片血腥。

杜素风不是病死的，而是被营地附近的妖怪毒死的。他被咬伤，倒也斩杀了妖怪，只是毒素侵体，药石无医，这才写下遗书。待她赶到之时，他的身子都已经发凉。

坤仪不会忘记那种触感，入手比冰还凉，比铁还沉。

翻过后院院墙，她急促地喘了两口气，越过惊呼的家奴，一路直奔主院。

"殿下？"夜半端着水出来，与她撞个正着，差点将水泼在她身上。

坤仪低头，看了看盆里血红的水，眼眶也跟着红了："你……你家主子呢？"

"在里头。"夜半不明所以，还没来得及多说，就见她朝里屋冲去，"殿——"

坤仪像一阵风卷开屋门，吹得聂衍刚合拢的里衣衣襟又松开了大片。

"殿下怎么来了？"他皱眉。

坤仪在他面前站定，一双眼紧张地从他的脑袋顶看到脚下，又伸手摸了摸他的脉搏，心口淤积着的紧张才终于松下来。

一松开，她的眼泪就跟着掉。

聂衍原本是有些恼的，这人真是半点规矩也不顾，半夜三更强闯他房间，遇见他在更衣也不回避。可责备的话还没说出口，他就撞上了她哭得可怜兮兮的凤眼。

"我以为你也出事了。"她抽抽搭搭道，"你，你终究还是比他们厉害。"

不知为何，聂衍不太喜欢从她嘴里听见"他们"，但这人看着很伤心，他也不好在此时与她计较，便只问："出什么事了？"

"做噩梦。"坤仪哽咽，"我每次做噩梦，都要死人。"

聂衍定定地看了她片刻，伸手，迟疑地拍了拍她的头顶："晟京每天都在死人，就算你不睡觉，他们也会死。"

头一次有人同她这么说，坤仪怔愣半晌，连哭都忘了，眼泪包在眼眶里，蒙蒙地问："真的？"

"臣执掌上清司，每日要替上百死者入档，自然不会欺骗殿下。"他抿唇，看一眼她白嫩嫩的脚，眉头皱得更紧，"每天都有上百人死于妖祸，与其说是殿下的噩梦会昭示人的死亡，不如说每个人在活着的时候，都要面对其他人的死亡。"

可能因为聂衍长得实在太好看，坤仪觉得他说的话格外令人信服，渐渐地止住了哭声，只眨巴着眼看着他："那夜半怎么端着血水？"

"方才有妖怪闯我府邸，被我斩杀，那是妖血。"聂衍垂眼道。

"哦……"坤仪点头，想想又不对，"你府邸里不是有很多法阵？妖怪怎么还敢闯来？"

"因着殿下，微臣府中法阵不得已减少了些。"他不悦，"如此，便给了它们机会。"

原来是这样。坤仪不好意思地挠了挠头，脚趾也往裙下缩了缩，"那，那我就先回去了。"

"等等。"聂衍拦住她，没好气地道，"殿下不冷？"

他不说还好，一说坤仪只觉得脚凉得站不住，原地跳了两下，就踩到了他的鞋面上。

聂衍闷哼一声，见她要摔，下意识扶着她的腰，微恼："殿下成何体统！"

坤仪抓着他的衣襟，皱了皱鼻尖："你我不日就要完婚了。"

"那也还未完婚。"

"哦。"她撇嘴，"可我就是脚冷。"

这理直气壮的无理取闹，也不知跟谁学的。聂衍叹息，张嘴想喊夜半，这人却又伸手来捂住他的嘴。

"别啊，让他们进来瞧见我这模样，以后我在你府中人面前哪还有什么威严。你想做什么，自己去。"

"回禀殿下，"他黑了半张脸，"臣要去壁柜里拿一双靴子给殿下，好让殿下回府安寝。"

"壁柜远吗？"

"不远，但臣被殿下踩住了脚。"

坤仪莞尔，调笑似的瞥着他："那便就这么去。"

她脸上还挂着晶莹的泪珠没擦，神情却又娇俏起来，漆黑的眼眸滴溜溜地转着，像极了在打坏主意的小狐狸。

聂衍知道自己是不该陪她闹的，可想想，人都有怜悯之心，他太冷漠也不合适，她既然这么难过，那纵她一回也无妨。

于是，夜半因为太担心自家主子不会哄女儿家而趴在窗台上偷看的时候，就见侯爷正抱着坤仪殿下，两人两脚，一步一并地往床榻的方向挪。

殿下依旧是那身黑纱，他家侯爷穿的却只是寻常里衣，两人身子贴得严丝合缝，亲密无间。

夜半："咦……"

他的担心好像有点多余。自家主子是个极其讨厌人近身的性子，夜半清楚，所以在两人婚事定下的时候，他十分担心，生怕主子一个不高兴惹恼殿下，那上清司便要被连带着落下个轻慢皇室的罪名。

可眼下，夜半挠头，他也想不明白，主子怎么突然不忌讳了？

聂衍挪到壁柜旁，拿了一双崭新的靴子给她。

坤仪试了试，他的靴子，她穿着自然大了一截，连靴身都奓拉下来，白嫩的小腿衬着大了两圈的靴口，像小孩子偷穿了大人的鞋。

不过，也没的挑，她一步一趿拉地走了走，然后冲他笑："那我就先回去了。"

聂衍抿唇，半晌才道："下次出来别这么匆忙。"

"下次？"她挑眉，眼里光华激滟，"下次再想来找你，我都不用回去，径直就能在你这儿住下。"

有些不自在地别开目光，他不吭声了。

她又笑，轻轻拍了拍他的手臂，便趿拉着靴子原路返回。

聂衍目送她的身影消失在门外，这才沉下了脸："下次殿下过来，你们通传快些。"

"是。"

夜风里还有一丝不易察觉的血腥气，聂衍说是妖血，坤仪便不会多想，回去焐暖了脚，倒头就继续睡。

两人大婚这日，贺礼如云，险些将新宅的庭院给塞满了，坤仪被厚重的头冠和礼服折腾得够呛，耐心也逐渐消失。

"没想到我还要被这样折腾一次。"她倚在太师椅里，翻着白眼道，"也算是前无古人。"

自古女子珍爱名节，不轻易改嫁，像她这种成亲两次还都是大操大办的实属少数。

兰苕听得轻轻推了推她："殿下，以后少提些往事，驸马未必会高兴。"

坤仪撇嘴，复而又笑："他总是不高兴的模样，得要人逗弄，哄着哄着才能高兴。这场面本宫尚且不耐，他肯定更是不喜，你快让人拿一碟果子去安抚安抚。"

昱清侯那样的人，瞧着就不爱吃甜食，果子能讨他欢心吗？

聂衍正面无表情地任由人替他戴上喜冠，手边突然就多了一碟子甜点。

夜半皱眉："谁拿来的？撤下去吧，我们家侯爷不爱吃……"

"留着吧，"聂衍打断他的话，眼里多了一丝无奈，"这是殿下的心意。"

"殿下？"夜半很惊讶。

坤仪殿下一向用心，经常打听主子的喜好，然后投其所好。可这甜的东西，主子不爱吃啊。

"你见过浮玉山上的人如何驯妖吗？"聂衍看着铜镜里的自己，淡声道，"他们会选天赋最好的小妖，摸清它的喜好，讨它的欢心和信赖，但给它的所有东西里，一定有一样是不符合它的习惯的。"

"为什么？"夜半不解。

"因为驯妖人为上，妖为下，给予的一方永远是上风的一方，一旦停止给予，妖就什么也不会有了。那不符合习惯的东西，就是用来提点妖怪，让它永远记得这一点，好为人所用。"

夜半恍然，可又觉得不对："坤仪殿下挺喜欢您的，看起来应该不会有这种心思，许是巧合？"

"再喜欢我，也只是喜欢。"聂衍拢好吉服，起身，鸦黑的眼里划过一抹嘲意，"今日就算我不来，也会有人坐在这个位置上。"

夜半沉默，抬头想安慰主子，却发现他脸上压根没有什么伤春悲秋的神色。

"走吧。"

"……是。"

外头丝竹声声，鞭炮齐响，聂衍一身喜服，眉眼如画，行止间如玉山将倾，引得外头围观的人一阵赞叹。

"不愧是坤仪公主选中的夫婿。"

"生得俊朗，本事还厉害，又能娶得公主，人生若能有昱清侯十分之一，我等又何至于以酒解愁？"

"容修君过谦，你这般好样貌，就算不及昱清侯，也是能得殿下侧目的。"

眼眸微眯，聂衍抬头看向说话人的方向。

那人被他看得一怔，拱手朝他行礼。

没他长得好看。

聂衍别开头。可片刻之后，他又看了一眼。这人长得比龙鱼君好像要更好看两分，坤仪若是见着，应该也会喜欢。

本来就不甚雀跃的心情，眼下更是不好。等走完所有繁文缛节，聂衍与坤仪一起站在太庙外的时候，脸色已经是谁都能瞧见的难看。

"我说，"坤仪站在他身侧，偷偷拉了拉他的手，"别这样呀，好歹撑撑场面。"

聂衍一顿，神情轻松了些许。

坤仪叹气，用喜扇挡着脸朝他小声道："昱清侯都这么大的人了，怎么还会喜怒形于色？"

成年的人类，是该将所有情绪都藏在脸皮下头的。

所以，她现在也在藏吗？

聂衍余光打量她，发现她今日应该是将黑纱穿在了喜服之下，细腰长摆的喜服衬得她玲珑有致，满头的珠翠不但没压垮她，反而让她的脖颈看起来更加纤细有力。脸上妆容与平时不同，但更加娇艳，目光斜飞过来，被眼尾的小勾带出了几抹妩媚。

他一时有些出神。

上头的礼官在宣读长长的赏赐，她倒只顾着偷瞅他，媚眼如丝，俏皮灵动，似乎这铺天盖地的礼仪规矩都无法将她压住。

婚宴开始，两人终于更换了轻便些的衣裳，由长者引路与宗室族老们见礼。聂衍瞧见那容修君站在路旁，不由得捏了捏坤仪的手。

"怎么看？"坤仪头上轻了，心情也好了，软软地倚在他身边，满眼都是他的倒影。

"……没怎么。"见她没瞧见容修君，聂衍松开了她，微微抿唇。

他也不是爱吃味，主要是刚成亲她若就去瞧别的男人，那也不太好。他这是在救她。

想通其中关系，聂衍轻松了些，按部就班地走完所有的流程，就去同人饮酒。

上清司的人自然是都来了，黎诸怀见着他来，与他饮了好大一杯酒，末了又将他拉到一边，低声道："你可要坚持住，不管这位殿下如何不好相处，你都不能和离。"

聂衍眯眼："你在命令我？"

"不是，哎呀，你别这么凶，方才都还笑着呢。"黎诸怀连忙摆手，"我就是给你提个醒，这是皇婚，关系着整个上清司的出路。"

聂衍不太高兴地喝完杯子里的酒，含糊地应了一声："她也没那么糟糕。"

黎诸怀有些担忧地看了他一眼："之所以是你，就是因为我们知道你最不会感情用事，昱清侯，你可不能在阴沟里翻船。"

大喜的日子，这人嘴里没两句讨喜的话，聂衍懒得理他，扭头就走。

坤仪的确不是个好相处的人，她没什么规矩，又爱仗势欺人，说话还没羞没臊，更是贪图美色。可是，当聂衍撞开门被她接了个满怀的时候，他又想，只要她想要的他都给她，那不就没事了吗？

不喜欢守规矩就不守，她反正是公主。仗势欺人这一点嘛……她也不是完全不讲理。

至于贪图美色……聂衍苦恼地叹了口气，喃喃道："美色有什么好的。"

坤仪吃力地扶着他，还未来得及询问夜半怎么回事，就听得他这没头没尾的一句话。

她失笑，知他是醉了，便让人下去，兀自将他扶到软榻上坐下。

"美色自然是有千般好。"望着他如水的墨瞳，她满眼赞叹，"最大的好处就是，能叫人高兴。"

聂衍酒香满身，靠在软枕上，怔愣地看着她："那殿下今日可高兴？"

"自然是高兴的。"坤仪拆了凤冠扔到旁边，又拧了热水来，先擦自己的脸，再擦他的脸，凤眼里一片温柔，"我有了个很好看的驸马。"

聂衍高兴，但又不太高兴。

好看的驸马，这几个字放谁身上似乎都说得通。

他抬起沉重的眼皮，有些恼地看向她的方向，想再问她两句，却不料她恰好正俯身下来替他擦脸。

嫣红的唇与他的额头轻轻一碰，又骤然分开，像一片温热的羽毛。

聂衍眼睫颤了颤，下意识地抬手，扣住了她的后脑勺。

坤仪起身欲走，冷不防就被他揽了回去。四目相对，鼻尖相碰，她有一瞬的愕然，但只一瞬，眼里便又涌上笑意，像欣赏一件极为漂亮的珍宝，从他的眉心一路打量到他的唇瓣，眼里光华激滟。

然后她低头，飞快地在他唇上落下一个吻。

身下的人像是蒙了，鸦黑的眼一眨也不眨地看着她，有些茫然。

"侯爷也会害怕？"她笑着觑他，嫣红的蔻丹抚了抚自己的唇，"与我同房的人，可都不会有好下场。"

酒气氤氲，聂衍轻哼了一声。

他抬袖，将自己的手腕横在她面前："那殿下也该送我一根红色手绳。"

坤仪微哂，将他的手拉下去塞进薄被："侯爷不是说过，送过别人的东西，莫要再送给你？等过几日我给你寻个别的，今日你且先休息。"

说着起身，她从柜子里抱出一床锦被，放在了他身边。

这是要与他分床睡的意思？聂衍抿唇，倒是没说什么，只是眸子黑沉沉的，像无月之夜下的湖。

那日在容华馆，她说他若待她亲近几分，她必然会高兴。可今夜，洞房花烛，在他没有丝毫推拒之时，她选择了分床。

她的嘴里，到底有几句真话呢？

聂衍的怀里还揣着那张为她求来的安神符，眼下他也懒得给，借着酒意就闭上了眼。

坤仪笑眯眯地看着他入睡，然后轻手轻脚地起身，去妆台前将剩余的钗环都卸下来。

这满屋的红烛红绸她不是第一回见，但这一回，多少有些不同，好像每一个物件都比之前的要生动鲜艳几分。

也不知是不是因为聂衍睡在这房间里的原因，她心安得很，和衣入睡，竟是一夜无梦。醒来的时候，外头有些吵闹，可坤仪心情甚好，懒倚在床头看了软榻的方向一眼，见人已经不在，又轻轻地笑了一声。

昱清侯孤身一人，上无父母旁无亲戚，她也只剩一个皇兄还在，是以两人这婚事收尾十分轻松，不用奉茶，不用上堂见礼，只消等晚些时候进宫谢恩。

坤仪懒洋洋地又翻一个身，听得外头的动静越发大了，才唤了一声："兰茗。"

兰茗进门来，脸色有些发青："吵着殿下了？"

"大喜的日子，这是怎么了？"她问。

兰茗提起都来气，板着脸道："昨日喜宴上人多且杂，好几家人吃醉了酒歇在客院，本也是无事的，可有一位容家的公子，偏说自己母亲的遗物丢了，要挨处翻找。这是什么地方，哪里容得他放肆，奴婢要劝，那公子却是不依，与外头奴仆对峙上了。"

这些小事，坤仪倒是不在意，摆了摆手又问："侯爷呢？"

"上清司有事，侯爷卯时就出了门。"

坤仪起了兴致，眼眸一转，便朝她勾手："新婚第一日，驸马便如此忙碌，我是不是也该尽一下本分，给他送些汤水？"

兰苕皱眉："上清司那地方，不太安全。"

不说别的，就那关着妖怪的镇妖塔，听说最近有不少妖怪生变，虽是法阵重重，但万一闯出来一两只，那也挺吓人的。

坤仪倒是不怕："这世上还有比我身边更不安全的地方？"

兰苕无奈，服侍她起身洗漱，又让厨房备了花胶鸡汤。

两人出门的时候，隐隐听见有人在喊求见殿下，兰苕下意识地挡住了坤仪的视线，只道："马车已经备好了。"

坤仪觉得奇怪，看了她一眼，突然停下了步子："那人有何奇特之处不成？"

兰苕暗暗叫苦，想摇头，又知这主儿一旦起了心就拦不住，只能无奈道："奴婢觉得他唐突。"

外臣子弟，醉酒留宿客院虽是情理之中，但在人新婚第二日就贸然要见殿下，兰苕不喜这做派，更何况……这位容修君生得好看。

殿下太喜欢好看的人了，平日里她倒也不拦着，可刚成婚，到底是不妥。

坤仪扫了一眼兰苕这复杂至极的神色，觉得甚是有趣："让他这么一直喊叫着也不是个办法，趁着时候还早，把事儿理了吧。"

兰苕无奈，犹豫片刻，还是去将容修君请了过来。

坤仪在庭院里的石桌边坐下，刚理好裙子，就见一抹天青色长袍如翻飞的蝴蝶，飘飘然扑到她跟前："微臣容修君，见过殿下。"

她打量他两眼，似笑非笑："容大人请起。"

容修君谢了恩，接着就起身抬头看向她。

他确实生得不错，夭夭桃李花，灼灼有辉光，着一身天青色云纹绉纱袍，别有一股不食人间烟火的清丽姿态。见坤仪打量他，容修君更是笑得如水温柔："臣请殿下怜惜，家母只留那一块玉佩与我做个念想，竟还不慎遗失，臣无论如何都想将其找到，还请殿下通融。"

他说完又躬身，身段被腰带勾得劲瘦有力。

坤仪托着下巴看着，眼里带着浅淡的笑意："如此，本宫便差人替你去找，也不算误了你的事。"

"多谢殿下！"容修君十分动容，又目光盈盈地望了她一眼。

要是以前，坤仪还真挺受用这一套的。毕竟人长得好看，做什么都是对的，但今日，她突然就有些不爽。

昱清侯为国效力，那么忙那么累，这些人还想着撬他墙脚！

她拂袖起身，没再多看，带着兰苕继续出门。

兰苕很是意外，一路上瞥了她的裙角好几眼，还没来得及将疑惑问出口，就听得自家殿下阴恻恻地问："那位容修君同昱清侯是不是有什么过节儿？"

真是奇了，她竟不是打听容修君的喜好。

兰苕松了口气，连忙禀告："过节倒是谈不上，侯爷许是还不认识他，但这容修君奴婢有耳闻，心胸狭窄，甚爱攀比，想来是不喜侯爷处处压他一头的。"

要说成就，容修君也还。十五岁中举，之后科考两次便上榜，不到二十五便做了四品言官。但比起聂衍，就始终差了一截。

坤仪啧啧摇头："没想到男人和男人之间也有这些计较。"

兰苕莞尔："与皇室联姻是何等的尊贵，定然会让人眼馋。"

虽说坤仪情况特殊，但到底也是最受宠的公主，夫家只要命够硬，那便是泼天的富贵尽数落进怀中。不说别的，就说这一向清高的上清司，侯爷与公主的大婚一过，就拿到了驻宫的令牌。

"早知道这条路这么好走，我等何须白耗这两年。"淮南望着那令牌，不住点头，"侯爷这婚成得好，真是好！"

聂衍板着脸，眼里看不出情绪："我叫你过来，是让你感叹这个的？"

淮南一凛，连忙将卷宗递上去："这些道人，全是按照王朝兵部的规章所训，驻守宫门不会出什么岔子，请侯爷过目。"

聂衍只扫了一眼，就将卷宗重新卷好，准备等会儿进宫一并呈上去。

帝王还在养病，但许是被这一场婚事冲了喜，今早就能开口说话了，特意让人送了驻宫令牌，还传了一句话给他："往后，你就是朕的妹夫。"

这世上什么关系都不太牢靠，唯有家人的羁绊，才能让这位多疑的帝王勉强安心。

聂衍微晒，眼里满是不以为意。夜半突然敲了敲门："主子，殿下过来了。"

聂衍浑身的戾气突然一滞，片刻便都收敛回去，有些不自在地咳嗽一声，神情恢复温和："她怎么来了？"

"说是带了汤水。"

上清司鲜少有人成家立业，这等待遇，自然也是谁都没见过的。淮南当下就"嚯"了一声，兴奋地想去看热闹——然后他就被聂衍拎着衣襟丢去了校场巡逻。

坤仪进来的时候，聂衍正在看书，一身清辉，映得房里如挂了满月。

她眼里染了笑，拎着食盒坐到他身边，轻声问："这是在看什么呀？"

聂衍仿佛才发现她来了，慢手卷诗书，闷声道："在给陛下挑人。"

想起先前皇后说的事，坤仪抿唇，倒也没多问，只将食盒里的汤盅拿出来放在他手边："你昨日醉酒，今日喝些汤，正好养胃。"

说着她又笑了："我将家里厨子也带了来，今日给你司里做些好菜。"

聂衍一怔，想了想，倒也没推辞，只说："他们不吃肉。"

"行，正好运了两车新鲜瓜果蔬菜，且让厨子去操刀。"坤仪眨眨眼，又托着腮看着他，"你今日怎么倒比昨日还好些？"

四周墙上还挂着上清司老前辈的画像，聂衍听着她这话，耳根微红："殿下慎言。"

"这里就你同我，我慎言什么呀，说的都是实话。"坤仪的手指轻轻点了点他的下巴，满意地道，"今日就算是天上的神仙下了凡，我也觉得你更好看。"

他抿唇，觉得她浅薄，只识皮相，可心情却奇怪地变得不错。

他喝完她带来的汤，味道一般，但她很雀跃，将东西收拢回食盒里，眨巴着眼又问他："我能去看看杜蘅芜吗？"

杜蘅芜的案子还在拖着，她变的那只玉面狐狸自然也关在上清司的镇妖塔里。

聂衍点头，又迟疑地道："她生了一些变化，殿下莫要被吓着才好。"

"什么变化？"坤仪皱眉，"都已经是妖怪了，还能更糟糕不成？"

"镇妖塔里有一只被困许久的大妖无心再活，自爆其血肉魂魄，喂食了塔中其他的妖怪。"聂衍想起这件事还有些头疼，"不少小妖被它喂养得了道行，杜蘅芜更是借此机会变成了人身妖尾。"

人身妖尾？也就是说，她又能说话了。关在镇妖塔这几日，她不是骂天骂地就是骂坤仪，面容十分狰狞。

坤仪听着倒是笑了，一点也不在意："许久没听她骂我，我还有些不习惯，这便去讨个骂。"

聂衍想随她一起去，然而桌上还有事务没清理干净，等会儿又要赶着进宫，他犹豫片刻，便将夜半给了她："早去早回。"

夜半引着坤仪和兰苕，一路都在笑："侯爷似乎很喜欢殿下，每每见着殿下，心情都要好上不少。"

坤仪弯了眼："你嘴倒是比你家侯爷还甜。"

"侯爷接触的人少，不善言辞，有些事往往会做不会说。"夜半叹息，"往后还请殿下多包容。"

坤仪笑着颔首，跟着他进了镇妖塔的第一层。

杜蘅芜化的这种小妖，实在没什么道行，就在符咒修筑的普通牢房里关着，旁边一汪清水，一张桌板，一个木桶，看着倒还算干净。

瞧见坤仪，她满眼都是不敢置信，接着就大骂起来："你这个克夫克父的孽种，连我都要害，你还有脸来见我！"

坤仪揉了揉自己的耳朵，对夜半道："劳烦带兰苕去别的地方看看，这丫头胆子小，却又爱看这些没见过的东西，难得来一趟，让她开开眼。"

夜半瞥了一眼这牢房，瞧着没什么危险，便应下了。

杜蘅芜的骂声持续不断："你以为这样就能把我杜家拉下水？做梦，我倒要看看你这夫婿能不能活过一年，保住你这条狗命！"

"我祖父不会放过你的，我也不会放过你。"

"你迟早要为我杜家偿命！"

坤仪瞥着她声嘶力竭，又见夜半已经带着兰苕上了楼，这才好笑地看向牢房里的人："嗓子不痛？"

杜蘅芜偃旗息鼓，清了清喉咙，扁扁嘴："痛。"

"痛还叫那么大声，活像是能把我骂死一般。"翻了个白眼，坤仪在牢房前蹲下，声音极轻，"就不能说些正常的话？"

杜蘅芜脸色很差，精神却是很好，拖着长长的狐狸尾巴，慢慢走到她跟前，隔着栅栏一同蹲下："这里日子虽是衣食无忧，也没有刑罚，但到底无趣，我只能骂骂你解闷。"

言语之间，已不复刚才的针锋相对。

坤仪弯了眼，从袖口里掏出一块点心来递给她。杜蘅芜眼眸一亮，左右看了看，接过来就整个塞进了嘴里，含混地道："难得你还有良心，知道带吃的。"

"也就这么点。"坤仪收手，"师父不日就到晟京了，到时候便能来救你。"

杜蘅芜点头，又有些恼："怎么偏是我中了招，我看你也不是什么好命的，应该也进来待一待。"

坤仪扶了扶自己的凤钗，微笑："我若进来了，京都的儿郎该是何等寂寞如雪啊。"

杜蘅芜隔着栅栏也冲她翻了个大白眼："你新嫁这一个，真当他是好相与的不成，且小心些吧，别赔了夫人又折兵。"

"昱清侯？"坤仪歪着脑袋想了想，"他还挺干净的，不像有什么问题。"

"干净？"杜蘅芜眉头直皱，"在这里待了这些天，我觉得整个上清司里最难捉摸的就是昱清侯。"

虽然从未露面，但周围的小妖一提起他都有一种倾慕之意。

若是别的地方，这些人倾慕他，杜蘅芜会觉得是聂衍的本事。可这是哪儿？镇妖塔，里头的每一只妖怪都是聂衍亲手送进来的，它们对他不怨，反而是倾慕，那可就太可怕了。

因为，妖怪鲜少有将凡人看在眼里的。

"行了，我会多加小心。"坤仪摆手起身，又指了指自己的脸，"你瞧我，人逢喜事，是不是更美了几分？"

杜蘅芜深吸一口气，终于还是没忍住继续破口大骂。

夜半带着兰苕下来的时候，杜蘅芜已经大逆不道地问候到了皇家的列祖列宗。

两人都是一惊，坤仪却是不以为意，纤腰一扭就出了镇妖塔，末了倒是扑去聂衍怀里，假惺惺地道："杜蘅芜真的好可怕哦，我被她骂得耳朵都要聋了。"

聂衍正坐在进宫的马车上，见她身子摇摇欲坠，只能伸手接了她一把。他手有些凉，落在她裹着黑纱的腰间，倒让她的肌肤微微瑟缩，绵软的腰肢跟着扭了扭。

手腕微微一僵，他默了默，声音低沉："如此，少去便是。"

"我又怕她死在镇妖塔里，徐枭阳要找我玉石俱焚。"坤仪皱了皱鼻尖，"那人疯起来十分厉害，我也未必能招架。"

"我不会让她死在里头。"聂衍垂眼，"只要她别胡来。"

这话说着也算正常，但不知为何，坤仪心里有些不安，下意识地就伸手将他的胳膊抱得更紧。

聂衍不太自在："要到宫门了，还请殿下松手。"

"怎么，你我都成亲了，你还连抱都不让我抱？"她鼓了鼓嘴，很是不满。

聂衍沉默。

她身段好，双臂一拢，柔软便全落在他的臂上，黑纱一衬，更显白嫩沉甸。

修道的确会让人清心寡欲，但，再清心寡欲，那也是个男人。聂衍别开脸，下颔绷得有些紧。

两人到了御前，因着帝王还卧床，仪容不佳，聂衍只回禀了几句话，呈上了卷宗便随皇后去了殿外说话。坤仪坐在帝王身边，细心替他擦了手，见他想说话，又笑着问："皇兄还有什么吩咐？"

帝王说话不太清楚，要人俯身去听才行，坤仪看了一眼旁侧，伺候的小太监似乎太累了，立在旁边打起了瞌睡。

于是，坤仪就亲自凑过去，笑盈盈地道："皇兄若是想吃什么……"

声音戛然而止。

此时，她听见自家皇兄微弱的声音从唇里吐出来，一字一顿。

"快、救、朕、出、去。"

坤仪背脊微凉，不可置信地看了他一眼，又看了一眼正在外头殿前同昱清侯说话的皇后。

她的皇兄不肯轻易信人，但只要是家人，便是放心的。皇后与他成婚三十余载，一向和睦，有皇后在的地方，皇兄怎么可能向她求救？

坤仪迟疑了，她伸手搭了搭帝王的脉搏，瞧着没什么异样。是当真有什么问题，还是帝王生病的时候太过脆弱，不能安心？

她虽是受宠的公主，却也只是公主。眼下帝王卧榻不起，就算有问题，皇后尚在，她无权擅自将他送去别处。

沉思片刻，昱清侯和皇后便已经回来了。

"本宫同侯爷说好了，往后你二人进宫，都不必再另递折子，通禀一声便是。"皇后和蔼地望着她，"即便是出嫁了，也要多进宫来走动。"

坤仪笑了笑，十分甜美："谢谢皇嫂。"

皇后看了看闭着眼的帝王，张口欲送客，却听得坤仪接着道："这一出嫁，反倒是念着家人亲近了。皇兄病重，皇嫂看着也十分劳累，便不如我和昱清侯留下来，替皇嫂照看一晚。"

皇后脸上怔愣了一瞬，似是没想到她会有这样的要求，但看一眼聂衍，想了想，倒也点头："难得你有心，陛下想必也欢喜，虽是新婚不合规矩，但若说为着陛下龙体冲喜来的，便也说得通。"

"多谢皇嫂。"坤仪仍旧笑嘻嘻的。

聂衍看了她一眼，没有说话，但等皇后走了，他引着她走到偏角，低声问："出什么事了？"

坤仪回望他，眼里的光时明时暗："没有。你随我守夜，可会耽误你的事？"

"无妨。"他道，"司内要事他们自己会处置，一两日尚能得空。"

她眼里多了几分促狭，指了指殿内的小榻："这里可只有这一处能睡的，侯爷也不介意？"

两人成亲不过一日，大婚之夜都未曾同榻，倒是要在这里共眠。

聂衍显然是不太乐意的，嘴角紧抿，眼里黑雾沉沉，倒也没有直接开口拒绝，只道："我先去四周瞧瞧。"

坤仪莞尔，凑近他身边低声道："在府里我便纵着你了，可是侯爷，在御前你可不能让陛下瞧出端倪。"

她这话是为他考虑，本来嘛，一场热闹的婚事，两人各取所需，在人前定是要夫妻和睦的，否则陛下难信，上清司的心也难安。

可是不知为何，昱清侯似乎并不领情，鸦黑的眸子淡淡地瞥了她一眼，拂袖转身，藤青色的衣摆拂出门槛，带了两分冷气。

好难伺候的人。坤仪看着他的背影，不明白又哪里惹他不悦了，只能撇嘴，招手打发了帝王身边的小太监下去休息，又唤了郭寿喜准备枕头被褥。

郭寿喜似乎是犯了什么事，身上挨了板子，捂着腰来给她见礼。

"这是怎么了？"坤仪好笑地道，"你这人精也有挨打的时候？"

郭寿喜苦哈哈地点头，也不敢抱怨，只道："前些日子伺候不周，砸了皇后娘娘的琉璃盏。"

坤仪有些意外，郭寿喜伺候帝王多年，向来只有皇兄能处置他，没想到竟能挨皇嫂的打。皇嫂一向温柔，能下这么重的手，那得是多贵的琉璃啊。

"也就是说，你这几日都不在正阳宫伺候？"

"是，奴才今日才下得来床。"

坤仪托腮打量这殿内，神情有些漫不经心："如此，那你就去陛下身边守着吧。"

"遵命。"郭寿喜捂着腰进了内殿，开始轻声细语地吩咐人准备东西。

坤仪又在外头坐了一会儿才起身，叫上兰苕，说要出去寻昱清侯。

正阳宫落成已经上百年，几经修葺，各处都还有残留的镇妖符文，坤仪走得不急，慢悠悠将这些东西扫过，发现几乎都已经不能用。皇兄疑心太重，虽也用心治理妖邪，但始终不愿让自己身边留着这些东西，恐受其制。

坤仪在一扇象牙嵌红木的雕花圆窗外停下步子，多瞥了一眼。

这里的困囿阵，应该是新落成的，且非帝王之意。困囿阵能困人的魂魄和妖物，要说是防御的法阵也行，但放在正阳宫，这东西就有些突兀了。

"殿下，怎么了？"兰苕跟着看了看那雕花圆窗，"这象牙还是去年进贡的，陛下赏给了皇后娘娘，皇后娘娘却命能工巧匠装在了正阳宫。"

"帝后感情和睦，这是大好事。"坤仪收回目光，笑道，"我就随便看看，走吧，侯爷许是就在前面。"

今日天气不错，聂衍站在正阳宫后头的庭院里，风拂其身，春芒落其怀袖，端的是姿容既好。

坤仪很是满意地看着他，待他察觉到身后有人而侧过了头，才唤了他一声："夫君！"

聂衍嘴角微抽，很是不适应，但一看庭院边角上站着的禁卫军正在朝这边打量，他眼眸闭了闭，视死如归地应了一声："嗯。"

坤仪笑意更盛，拢着黑纱裙朝他扑过来，双臂环抱他的胳膊，继续娇嗔："你出来得好久，也不想着回去找我。"

聂衍怀疑地看了看天色，要是没记错，他从跨出殿门到现在，也才两炷香的时间。

他沉默片刻，道："劳殿下久等。"

坤仪很是大方地摆了摆手，然后抱着他的胳膊就往偏僻的小道上走："既然一同出来了，侯爷便陪我多逛逛。"

瞧这阵仗，四下禁军退避远了些，兰苕也放慢了步子，留二人私语。

坤仪侧头看着聂衍，调笑似的问："侯爷看这正阳宫附近，可有什么异常？"

聂衍双目平视前方，淡声答："没有。"

没有？坤仪嘴角的笑意僵硬了一瞬，又重新扩大，连连点头："没有便是好的，想必皇兄很快就会好起来。"

"殿下与今上的感情真好。"聂衍看着远处假山上的双头迎春花，"与寻常人家的兄妹无异。"

皇室多算计，这样的亲情实在难得。

坤仪眨眼："我与皇兄乃一母所生，感情自然是好，皇兄从小待我也好，我很喜欢他。"

顿了顿，她又道："所以我怕有人要害他，特意留下守夜。"

话说到这个份上，坤仪觉得，但凡昱清侯对她有一丝顾及，都该将那象牙红木雕花窗里的法阵告诉她。她都看得见，他自然不可能疏漏。

然而，殷切地盯着他的侧脸看了半晌，这人却只道："殿下体贴。"

坤仪皱了皱眉。

她不高兴。

她的小美男果然有问题。

坤仪对男人的要求很简单，好看、活的，最好还要活得久一点。聂衍当真是完美满足了这些要求，并且好看是极致的，活得久的本事也是一等一的，她恨不得把他放在丝绒盒子里好生爱护，日日擦拭赏玩。

然而，他有异心。这么一来，坤仪就不大喜欢了。若是普通人，那还好说，总有办法能摁死，但这人偏生修道，修为还很高，上清司眼下虽是势单力薄，但真要闹起来，也能让晟京抖三抖。

坤仪皱了皱鼻尖，松开了他的胳膊。

聂衍臂上一轻，忍不住侧头看了她一眼："怎么了？"

"腰疼。"坤仪扶了扶自己的腰肢，别开脸没看他，"外头起风了，实在瞧不出什么便回去吧。"

真是十分娇气的公主，聂衍抿唇，看她这痛苦的模样，也没说什么，随她回正阳宫前殿里继续坐着。

晚膳时分，帝王又醒了一次，坤仪连忙凑过去，想听他还有没有别的话，结果却迎上自家皇兄十分困惑的目光："你……怎么进宫了？"

坤仪一怔，笑了笑："下午便进宫了，还同皇兄聊了天，皇兄不记得了？"

帝王摇了摇头，又越过她看向后头的聂衍。

聂衍朝他拱手，眉目低垂。

"我俩今晚来正阳宫蹭这上好的龙涎香，皇兄不介意吧？"坤仪将枕头垫在他身后，扶他坐起来了些，"皇兄放心，昱清侯睡觉很安静，不会扰着谁。"

听她这么说，帝王有些意外，放低了声音问："你与他同房，也……也相安无事？"

"是。"坤仪笑得温柔，"皇兄可以彻底放心了。"

帝王欣慰地点头，招来郭寿喜："赏昱清侯府。"

"奴才遵旨。"

聂衍觉得好笑，与坤仪公主同房然后相安无事竟也能获赏，他昨儿夜里未曾见过任何异常，哪里就有传闻里的那么可怕？

他侧头去看坤仪，可她像是毫无察觉一样，没有与他对视，只笑着与帝王又说了两句话，便让人抬来屏风将小榻围好，再抱了两床软被，与他分坐。

看这架势，是打算熬个通夜了。

莫名地，聂衍觉得她好像在疏远他，可又想不明白缘由，明明方才还倚着他在庭院里走的。

他微微抿唇，有些恼怒。女人就是麻烦，阴晴不定，还琢磨不透，比千年道行的妖怪还难缠。

说是这么说，夜晚点灯的时候，他还是闷声对她道："晚上你早些睡，这里我能守。"

坤仪起了戒心。

开玩笑，一个有问题的人在她皇兄的寝宫里守着，她还敢睡觉？

"我是他亲妹妹，你都愿意守，我怎么能睡着？"她义正词严地说着，眼睛瞪得比铜铃还大。

然而，入夜子时，坤仪已经倒在他的腿上，脸上睡出了一抹红晕。

聂衍没好气地给她盖上被子，瞥一眼门口的守卫，对郭寿喜道："劳烦公公将这扇屏风往右移一些。"

郭寿喜照做，聂衍坐在小榻上，正好就能看见那扇象牙嵌红木的花窗。

他凝神，刚想去破阵，就觉得腿上一滑。坤仪熟睡的脑袋往他怀里的方向一溜，惊得他连忙回神托住她的额头，少顷，耳根染上了艳色："殿下装睡？"

怀里这人没理他，兀自闭着眼。

真是冤孽！

聂衍深吸一口气，将她脑袋托着放在了枕头上，而后捏诀，将自己和那扇雕花窗一并落进结界里。

坤仪就在这个时候睁开了眼。

榻上的人已经瞧不见了，但她能看见面前有一层琉璃罩子，从榻上一直罩到半面殿墙。

神色严肃，她摸出几张符纸放在了手边，又无声示意郭寿喜，多引了几个禁军守在帝王床头。

结界内，聂衍执着却邪剑，上前就要破阵，一道身影却从旁边出来，凶狠地冲向他。

聂衍看清来人的面容，哼笑着没说多余的话，径直与他过招。

这人年岁比他大，但修为远不如他，十招之内便败下阵来，恨恨地卷身而去。

花窗里的困囿阵破开，帝王三魂七魄里的一魄随着他的指引，落回了龙床之上。

聂衍收手，将身上溅着的血沫子抹掉，又摸了摸头上的血玉簪子，这才撤了结界。坤仪仍旧在软榻上睡着，一动不动。大殿里很安静，连守夜的太监都有些昏昏欲睡。

聂衍瞥一眼龙床上帝王的脸色，见着好转了许多，便坐回软榻上，继续将坤仪的脑袋托回来，让她枕着自己的腿入睡。

坤仪心虚极了，借着翻身的动作，将手边几张符纸全揉进了衣袖里。

什么叫以小人之心度君子之腹，什么叫恩将仇报恶意揣度，要不是她看在他脸的分上忍了一忍，差点就要遭遇十九年人生里最尴尬的瞬间。

聂衍竟不是要害皇兄，而是要救他。他知道那里有困围阵，却没说出来让她担心，反而是独自处理完之后，再将她拥进怀里。

多好的男人啊，她怎么能怀疑人家呢？

太无耻了，太不知好歹了！

后半夜，坤仪辗转难睡，倒是昱清侯睡了下来，气息温和，面容如玉。

第二日，二人起身，他瞥她一眼，微微皱眉："殿下没睡好？"

坤仪打了个哈欠，娇声道："从未睡过这么小的榻，脖子疼。"

这人真是骄奢惯了，堪三人睡的榻，在她嘴里也小得很。聂衍摇头，与她一起收拾妥当之后去看望今上。

原本有中风之险的帝王不知为何一夜睡醒就能下床了，笑声朗朗，连连夸他们："坤仪夫妇于社稷有大功，当赏！"

坤仪大喜，看过他一遍，又请御医来诊脉，确定是全好了之后，眼眸亮亮地看向聂衍："昨夜有发生什么事吗？"

聂衍摇头，神色淡淡："睡得早，不曾察觉。"

瞧瞧，瞧瞧人家这风度，做好事不留名，立大功不炫耀，如此的好人品，她真是惭愧。

坤仪不好意思地摸了摸自己的脸，让他先去宫门外等自己，又转过头去问帝王："皇兄可还记得昨日发生了什么？"

帝王有些茫然："昨日？朕一直卧睡在床。"

"可还记得与臣妹说过什么话？"

"问过你为何来宫里了。"帝王道，"除此之外，还有什么？"

坤仪笑了笑，只说没别的了，便告退回府。

他不记得曾经向她求救，可他的一魄又确实被法阵所困。其中蹊跷，她不能问，只能查。

两人一同坐车回府，凤车银铃声声，黑纱随风起伏。

聂衍一忍再忍，还是没忍住黑了脸："殿下可以看看别处，不是非要盯着微臣瞧。"

坤仪难得地听话，立马扭头看向窗外，却又还是小声问："你可有什么特别喜欢的东西呀？"

聂衍道："捉妖。"

"我说东西。"她噘嘴，"我能送给你的那种。"

"臣对器物无所好。"

好嘛，就是个捉妖成痴的人，这可怎么是好。

心虚地挠了挠自己的下巴，坤仪道："那我回去给你绣个荷包。"

珍宝玉器巧夺天工他尚且不喜，她这一看就没碰过针线的手，做出来的东西还能讨他欢心不成？聂衍不以为然。

马车行至半路突然停了，他皱眉，掀开帘子要问缘由，却正好撞见容修君着一身亮青色长衫，朝马车走了过来。

他立马放下了帘子。

"怎么了？"坤仪挑眉，"遇见仇人了？"

聂衍不答，只道："我想快些回府。"

"好啊。"她点头，侧身对窗外喊，"兰苕，停在半路做什么？快些回去。"

兰苕为难地跑到窗边道："殿下，有人拦车。"

坤仪皱眉，还没再开口，就听得容修君的声音在外头响起："微臣见过殿下。"

这人……

她看了聂衍一眼，发现他脸色不太好看，便恍然，随即冷声道："当街拦凤驾銮车，大人这是要造反不成？"

容修君被她话里的怒意吓了一跳，连忙拱手："殿下息怒，微臣只是来谢恩的，家母遗物已经寻到，臣谢殿下体恤。"

"大人好生奇怪，谢恩竟成你拦驾之理了？"坤仪嗤笑，背脊挺直，语气威严，"东西在本宫与侯爷的府邸丢失，派人寻回乃东道主分内之事。你当街拦驾，不知道的还当你与本宫有什么牵扯，传出去岂不是伤我夫婿的心！"

说罢，她一挥手，随行的侍卫便将他从官道上请开，给马车让出了道。

骏马长嘶，凤驾重新上路，走得没有丝毫停顿。容修君站在路边，脸上一阵红一阵白，满眼都是不可置信。

坤仪殿下竟也会拒绝美人？

要是以前，坤仪定然是不拒绝的，甚至还会请他上车同坐。可眼下，她连多看也不想看，只十分狗腿地抱着昱清侯的胳膊，讨好地问他："我这样好不好？"

聂衍觉得这问题很莫名其妙，可脸色到底是比方才好了不少："殿下见过容修君了？"

"见过，样貌平平，心眼还多。"她嗤之以鼻，"连与你相较都不配。"

他有些意外地瞥了她一眼，却见她满脸认真，不似昧心之言，心里不知道为何就觉得挺舒坦。不过，心想归心想，昱清侯脸上却还是一派严肃："殿下最近眼神不太好。"

"我眼神可好了，不然怎么就专看上你，再看不上别人呢？"坤仪笑嘻嘻的，又捏了车里的点心给他。

聂衍嫌弃地接过来，神色到底还是亮堂了，眉目清朗，容光映人。

回去府里，聂衍接见上清司来访之人，坤仪就让兰苕寻了料子来，要做荷包。

兰苕含蓄地提醒她："殿下，荷包是要挂在身上带出去的，不宜太粗糙。"

坤仪自信地道："那我给他绣个精致的。"

一个时辰之后，两块布缝成的荷包上绣出了一个歪歪扭扭的线团。

"好看吗？"坤仪问。

兰苕沉默了半晌，竖起了拇指："不拘一格，与众不同。"

坤仪满意地揣起荷包，又挑了几件礼物，打算好生补偿补偿这被她冤枉的美人儿。

聂衍正在听淮南说事。

"他的意思是，要么各自为营，见面便是仇敌，要么大人也与他们联姻，他们那一支从此并入我们，同心协力。"

"做梦！"聂衍冷笑，"五六个残兵败将，也敢与我谈条件。"

"可他们掌着皇宫内廷……"

"既然已经拿到驻宫令牌，这东西就成不了他们的优势。"聂衍摆手，"不必再提。"

淮南应下，又多看了他一眼："其实那边的规矩，未必与这边一样，甚至连婚礼也不用，只消挂个名，殿下也不会察觉……"

淮南觉得是个很划算的买卖。

聂衍冷笑："那你去。"

他倒是想，有那个本事吗？淮南叹息，正想告退，却听得夜半禀告："主子，殿下过来了。"

聂衍挥手收了屋中卷宗，神色也柔和下来，一转身，就见坤仪笑嘻嘻地边走边喊："夫君你来看，我做了个了不得的宝贝！"

坤仪进门来，瞧见淮南也在，大方地朝他颔首。

淮南行了一礼，垂着眼扫了扫她裙摆上的符文，然后识趣地告退。

退出来的时候，他听见屋子里女子清亮的笑声："你先猜，宝贝在哪个箱子里？"

说话的语气生动鲜活，听着就让人高兴。

淮南走在走廊上，忍不住想，大人到底是觉得没必要，还是因为什么不愿意？

屋子里，聂衍没好气地看着面前的三个红木箱："殿下连送礼也爱折腾。"

"干巴巴地送过来多没意思啊。"坤仪抱着他的胳膊晃了晃，"你猜嘛，猜中的话，三个箱子的东西都归你，猜不中的话，那打开哪个箱子，就只得哪个箱子里的东西。"

聂衍沉默，抬眼看过去。

第一个箱子里装的是古董花瓶，对她而言肯定不是宝贝。

第二个箱子里是一棵红珊瑚，虽然名贵，但也不值得她这么兴奋。

至于第三个箱子……

聂衍嘴角抽了抽。他从来没见过这么丑的荷包。

见他神情专注，坤仪有些警觉："大人该不会能隔箱视物吧？那可就是要赖了。"

聂衍垂下眼，道："没这门道术，殿下大可放心。"

说着起身，他敲了敲装着红珊瑚的那个箱子："就这个了。"

他也不是嫌弃那荷包，他主要是喜欢这个箱子……摆放的角度。

坤仪一顿，接着就咧嘴笑开了："恭喜侯爷，猜对了！"

说着，她打开三个木箱，将花瓶和丑荷包都塞进了他怀里。

所以，她是为什么要折腾这一遭？

他放下花瓶，两根手指捏起那荷包，神色十分复杂。

"侯爷喜欢吗？"她眼眸亮亮地望向他，"明日早朝的时候想戴上吗？"

老实说，他不想。但她的目光里的期盼实在太明显了，像上好的东珠一样闪闪发光，任谁瞧着都不好意思叫它黯淡下去。

"戴。"他咬着牙道。

坤仪开心地围着他转了两圈，亲手替他将荷包系上了腰间。

当夜，两人分房而睡，因着房间隔得近，坤仪还是睡了一个好觉。但破天荒的是，聂衍做噩梦了。他梦见一只长得极丑的荷包精追着他从晟京东跑到了晟京北。

银盘高悬，照得晟京一片寂静，有人站在高高的阁楼上，远远眺望昱清侯府。

"大人，他拒了。"身边有人沉声禀告。

那人一拂袖，眼神冰凉："想来是瞧我一族人丁稀少，以为软弱好欺。"

"大人息怒，宫中之事刚刚平息，皇后传话来说，眼下不宜再动。"

"她也好意思跟我传话，若不是她心慈手软，聂衍怎么进得了宫？"

杀气突然四溢，檐上栖息着的乌鸦被惊得飞起。

第二日。

聂衍正在府里用早膳，一口粥还没送到唇边，就见夜半急匆匆进门来，凑到他身边低声道："侯爷，昨晚晟京有高门出了事，上清司巡防有疏漏，未能及时将人救回。"

放了勺子，他皱眉："哪户人家？"

"国舅府。"夜半叹息，"国舅爷家刚满两个月的嫡子，被一只三百年的孟极生吃了。"

孟极乃石者山所生的妖怪，石者山离晟京千万里，它怎么会跑过来的？

想起国舅那个人，聂衍神色不快，眉目间生了戾气。坤仪就在这时候打着哈欠跨进了门。

"夫君早啊。"她朝他一笑，目光落在他腰间的荷包上，笑意更盛，"今日的衣裳搭这荷包正好。"

眼眸一垂，聂衍收敛了表情，继续捏起瓷勺："殿下今日可要出府？"

坤仪在他身边坐下，很自然地用脸颊在他肩膀上蹭了蹭："皇兄给的赏赐太多了，许是还要进宫谢恩。"

"那便带着淮南。"他侧眼看着她白嫩的脸，淡声道，"京中出了大妖，不太安全。"

"哦？"坤仪来了兴致，"什么大妖？吃人吗？"

夜半哭笑不得："已经吃了人了，殿下莫要觉得好玩，那东西凶猛异常，普通道人都不是它的对手。"

"那我便要与夫君同路。"她皱了皱鼻尖，抱紧了聂衍的胳膊，"与你同路应该最是安全。"

"微臣今日要先去国舅府。"聂衍将她的身子扶正，然后接过兰苕递上来的碗塞到她手里，"国舅痛失幼子，想必举府哀鸣，殿下跟着去，也没什么好玩的。"

坤仪鼓了鼓嘴："我在你心里竟是个只知玩乐之人？"

难道不是吗？聂衍看着她，微微挑眉。

坤仪挺直腰杆，想与他对峙，可到底还是心虚，不一会儿就败下阵来："好吧，我自个儿带着瓜果点心去还不行吗？国舅府虽然与我来往不多，但好歹也是我皇嫂的哥哥家，沾着关系呢。出了这么大的事，我不去看一眼怎么行。"

没有再推辞，聂衍将自己的粥喝完，瞥见她还没动，将碗又朝她推了推。

"我想吃鞭蓉糕、鸳鸯卷儿……"坤仪扁嘴，嫌弃地看着碗里的白粥。

聂衍漠然："大婚刚过，你的厨子劳累过度，你昨儿大发恩典，放了他们半个月的假。"

"还有这种事？"坤仪扭头看向兰苕，"那咱们不能去城中新开的掌灯酒楼里端些好菜回来吗？"

"臣这便要出发了。"聂衍起身。

"哎呀！"连忙拉住他的衣袖，坤仪无奈，"好好好，我不折腾了，吃两口就随你去，你等等我嘛。"

她撒起娇来十分甜软自然，与她身上的金符黑纱一点也不搭，凤眼含嗔，细眉温软，柔荑捏着他群青色的袖口，更显得白生生的。

聂衍莫名地就盯着她的手看了好一会儿，直到她胡塞完半碗粥起身，他才回过神。

"走吧。"她兴冲冲地挽着他就往外跑。

聂衍被她带得一个趔趄，又气又笑。外人瞧着又畏又怕的坤仪公主，怎么私下跟个孩童一般，走路还会蹦蹦跳跳。

不成体统！

因着是去办正事，聂衍不坐她的凤车，坤仪委屈了好一会儿，还是只能把瓜果点心从凤车上抱下来，跟着他坐进上清司的飞鹤铜顶马车。

"这个国舅爷不是个讨喜的人。"车轳辘转起来的时候，坤仪抱着食盒与他小声嘀咕，"瞧着挺和蔼，挂着笑，但我总觉得他身上有一股子戾气，随时都能杀人似的。"

聂衍瞥她一眼，抿唇："有戾气就不讨喜？"

"那是自然，谁愿意挨着凶神恶煞的人。"坤仪晃着小腿嘀咕。

外头跟着的夜半突然笑了一声。这位殿下许是不知道，她身边坐着的那位正是全上清司最凶神恶煞的人，就连以蛮力著称的朱厌朱主事，在他面前也不敢大声说话。

冷血、残忍、毫无人性，这些都是昱清侯爷多年给人留下的印象。

然而现在，车里的聂衍僵硬了半响，竟是放软了眉目，淡淡地"嗯"了一声："殿下说得有理。"

夜半没忍住，又笑了一声。这一声，虽不大，可他很快就惜命地收了声，一本正经地护送马车到了国舅府。即便如此，聂衍下车的时候还是"和善"地看了他一眼："小厮刷的马果真不如你刷得仔细干净，今日回去，车前这四匹马全交给你了。"

夜半欲哭无泪。

国舅府尚未挂白幡，大抵是事出突然，整个府邸还陷在一片恐慌和愤怒当中，国舅张桐郎红着眼坐在前堂，面前站的正是上清司四司主事朱厌。聂衍和坤仪进去的时候，张桐郎扔出一个景泰蓝的茶杯，正好砸在朱厌的脚下。

"皇室将身家性命托付给你上清司，京城上下也将身家性命托付给你上清司，你们就是这样渎职的？"

朱厌力气大，脾气也大。虽是有过在先，但这人欺人太甚，他便沉了脸："吾辈斩妖除魔之责乃是天所赐，不是皇家所赐，更不是你所赐，你责我便罢，但我上清司不欠谁的。"

"好哇，好！今上掏心掏肺，就养出你们这群趾高气扬的废物。"张桐郎大怒，起身就要喊人备马，却听得小厮禀告，抬眼往外看。

坤仪和聂衍并肩而入，一个神色轻松四处打量，一个面沉如水，直直与他的眼睛对上。

张桐郎一顿，眼眸微眯，坐回了太师椅里："哪阵风把昱清侯和坤仪公主给吹来了。府上有白事，且恕我招待不周。"

"无妨。"坤仪大方地在他主位一侧坐下，抬手给了一个白封，"国舅爷节哀。"

张桐郎没接，只由她放在桌上，怔顿了片刻之后，眼里突然涌上泪："我那小儿是他娘拼了命生下来的，刚两个月。"

屋子里四处都响起了隐隐的哭声，气氛压抑。

聂衍查看了搁在一边的遗物，皱眉："昨夜上清司就算不曾巡逻到这条街，四处理应也布有法阵，这盂极是怎么闯进来的？"

"这便要问朱主事了。"张桐郎恨恨地看向朱厌。

朱厌有些忧地看了聂衍一眼，闷声道："昨日黄昏，我醉酒策马，路过国舅府附近，撞坏了后院墙边布着的一道法阵……"

瞧着聂衍越来越凌厉的眼神，朱厌的声音也越来越小："已经回司里领过罚了。"

"你皮糙肉厚，就算领二十鞭子的罚，也还能站在这里同老夫拌嘴。"张桐郎闷喘一口气，眼里猩红更甚，"可我那小儿，却是再也回不来了。"

说着，扶着把手站起身："正好坤仪殿下也过来了，就替老夫做个见证，今日之事，老夫要向陛下讨个公道。"

坤仪托着下巴听着，一开始觉得似乎是上清司理亏，但仔细一想又不对。法阵被破坏的动静极大，她当日踩破上清司的法阵，聂衍立马就追出来了。这国舅府定然是养着道人的，缘何黄昏撞破的法阵，到夜晚都无人修补镇守？

瞧着张桐郎已经起身往外走，坤仪轻轻勾了勾聂衍藏在衣袖里的手指："你得罪他啦？"

没想到她会这么问，聂衍想了想，轻声道："或许吧。"

在正阳宫的结界里，他就与之交过一次手，这位看起来四十多岁的国舅爷，身手倒是灵活。就是如坤仪所说，戾气重了些，瞧着就不讨喜。

他原以为张桐郎和皇后是一条心，但就之前的事看来，似乎未必。

聂衍将她有些凉的手指卷进掌心，低声道："一同进宫吧。"

"好。"她笑眯眯地应他。

朱厌站在聂衍身边，大气也不敢出，他深知今上对上清司本就有疑虑，这刚拿着驻宫令牌，就出这样的疏漏，侯爷想必不好交代，而侯爷这个人，太可怕了，刚从上清司领的罚完全不能平息他的怒火，待会儿不知还要受什么罪。

这样想着，朱厌突然听见聂衍温和地对他道："错不在你，你且回去，其余的交给我。"

朱厌有些错愕。

侯爷不可能这么好说话。朱厌心口一个激灵，下意识地就掏出一张驱魔符，"啪"地拍在了聂衍的背上。

聂衍被他拍得五脏六腑都是一震，原本温和的脸立马沉了下去："你找死？"

听他这话，朱厌反而松了口气，乐呵呵地道："我还以为侯爷被什么东西迷了窍了，这样就对了，这样就对了。"

还真是听不得好话。

聂衍翻了个白眼，撕了背上的符，往他怀里一塞，冷声让他回去，之后又拂袖走回前头坤仪公主的身边，一身戾气尽消，瞧着温淡如月，谦谦抱风。

坤仪侧头一看他就笑："侯爷不愧是见过大场面的，遇见这种事也不慌不忙。"

"兵来将挡。"聂衍双目平视前方，眸子里湖水潋滟，"这种事，上清司每年会遇见三十多次。"

坤仪心疼地替他理了理腰间荷包，挽着他的手，夫妇二人和谐又恩爱地登上马车。

朱厌在后头捏着驱魔符，还是隐隐有种想往侯爷背后贴的冲动。

第四章

谁惹你我揍谁

上清司一直是帝王的刀剑，但因着怕刀剑伤害自己，帝王对其也是敬而远之，好不容易因着联姻愿意接纳上清司驻守宫门，结果天子脚下，国舅老来得的嫡子，竟就这么夭在了妖怪嘴里，这让上清司进驻宫门的过程又漫长起来。

帝王坐在龙椅上，左下首站着国舅爷，右下首站着昱清侯，场面实在不轻松。

"若上清司当真能守好宫门，微臣自然无二话。"张国舅痛心疾首，"但陛下，老臣如今以骨肉亲血替您查验了，上清司并不值得信任。今日能疏漏我国舅府，他日就能疏漏宫闱，末了还要说他们是天赐的本事，不欠着谁的，当真十分狂妄。"

聂衍垂眼听着，没什么反应。

上清司得罪的人太多，每年都会被人这样告状，一开始他还有心争辩，到现在反而是选择了沉默。说多错多，不如听天由命。

不过，与往常不同的是，今日殿上多坐了一个坤仪。坤仪从进殿开始就得了恩赦坐在椅子里吃瓜果点心，小嘴一鼓一鼓的，似乎没在听他们说话。

但当国舅将话说完，她便吐掉嘴里的果核，嬉笑道："国舅爷刚知道了妖怪可怕，不能失防，理当劝我皇兄加强戒备，保重龙体才是，这怎么反过来劝皇兄摒弃上清司，撤掉守卫，岂不是更将肉往妖怪嘴里送了？"

国舅一愣，抿唇道："天下道人的归处又不止一处上清司，微臣听闻京郊外的夜隐寺，高人甚多……"

"倚仗多年的上清司不值得信赖，外头山上的寺庙倒能让国舅另眼相待？"坤仪挑眉，又咬了一口芙蓉卷，"国舅爷当这是皇宫大内，还是自家后院？"

张桐郎微怒，侧头想瞪她，却被坤仪反瞪了回来："据本宫所知，国舅府上养了不少道人，想必就是从那夜隐寺里来的，才能让国舅如此推崇。可昨夜府上出事，那些道人似乎也没有一个派上用场。

"若说上清司是未曾巡逻到那条街，有所疏漏，那国舅府上的道人就是在场而无一用处。这样的人，国舅也敢举荐给今上，安的是什么心？"

牙尖嘴利！

张桐郎气得够呛，朝帝王拱手："我张家世代忠良，嫡女嫁与陛下二十载，育有两位皇子在侧，于社稷是何等的功绩，公主殿下难道还能质疑我张家忠心？"

"倒不是质疑，而是国舅爷说话不讲理，理说不通，就只能从情来断了。"坤仪放下点心，叹息道，"国舅丧子心痛，本宫和今上都能体谅，但也该就事论事，不可凭着情绪任意攀咬。"

分明是上清司渎职在前，倒说是他攀咬。张桐郎脸色难看极了，瞥一眼上头的帝王，却明白自己这一遭应该是没了胜算。

上清司今时不同往日，有坤仪公主这个纽带在，今上愿意多信任两分，倒不像之前那么好践踏。

"好了。"看了半晌热闹的帝王终于开口，"国舅丧子，朕自当抚恤，也会着令上清司加强对官道附近宅院的巡视。"

张国舅咬了咬牙，还想再说几句，眼眸一转，终究还是吞回嘴里，给陛下磕了头，闷声退下了。

坤仪这才放松下来，笑眯眯地将手里点心分了帝王半块："皇兄不必担忧，臣妹去上清司查看过，他们有十分厉害的法阵，只要往宫门外头一放，皇兄便可高枕无忧。"

帝王接过点心，倒是没多说什么，只又看向聂衍："爱卿从进门开始就一直无话，可是有什么心事？"

聂衍拱手："臣请陛下先恕臣冒犯。"

帝王很大方："你但说无妨。"

聂衍站直身子，道："先前陛下卧病之时，臣曾在正阳宫发现不明来处的法阵，虽无大害，但臣忧其动机。"

帝王一听，脸色顿变，他往前倾了倾身子，盯着聂衍的眼眸："爱卿早先怎么不报？"

"区区法阵，未曾对陛下有害，臣不敢贸然惊扰陛下。"聂衍回视他，目光坦然，"但今日，国舅想让陛下撤走上清司之人，臣才想起此事，觉得甚为不妥。"

宫内守卫森严，但缺少懂道术之人。一个法阵落在正阳宫，所有人都无知无觉，还有人想让他继续聋着盲着，这就太可怕了。

帝王抿唇，捏紧了桌上张国舅的请安折子。

坤仪瞧见自家皇兄脸色几变，知他是动了真怒，便道："这几日臣妹得闲，皇兄要是无暇顾及宫闱，臣妹可以带着人清查一遍，替您瞧瞧四处有何不妥。"

因着她体质问题，先皇在她十二岁时便给她寻了个道法师父，虽然坤仪娇气，不曾好好学，但到底是比他这一窍不通的要好得多。

帝王神色缓和下来，倒打趣起她："你俩刚成婚，就整日地替朕奔波，要是耽误了子嗣可怎么是好？"

坤仪嬉笑："不着急，还早呢。"

聂衍垂眼，这才想起，他俩只是同房，并未行夫妻之礼。原以为坤仪这欢喜他的模样，定会想与他亲近，谁承想竟是和当初随口说的那样，一个月同房一次，且并不与他同榻而眠。

虽说他也……不稀罕。聂衍抿唇别开头，看向旁侧。

坤仪转头瞧见他，发现他好似又不太高兴，以为是皇兄这话困扰到他了。

待两人离开御前，她就拽着他的衣袖软声道："皇兄也就是说来好玩，他自己有一堆皇子公主，才不会催我们生孩子，你放心。"

聂衍没理她，表情清清冷冷的，如霜夜悬月。

坤仪挠头："谁又惹你不开心了？张国舅？他就那德行，先前还总与皇嫂吵架，他们张家分明还是靠着皇嫂才能光耀至此，不知道在逞什么威风。你若是还生气，那趁着他没出宫门，我找人套麻袋打他一顿？"

"不要胡闹。"他终于开口。

坤仪莞尔，伸手替他理了理衣襟："我没胡闹，你可是我的夫婿，往后谁要是惹你不高兴，我便要找人将他套头打一顿。"

聂衍轻哼一声，垂眼看她，突然就伸手将她那宽大的黑纱袖袍拈起来，轻轻套上了她的脑袋。

黑纱如雾，隔着也能看见她漆黑的凤眼和丹红的唇，他似笑非笑，伸手弹了弹她的额头："打吧。"

坤仪被这突然激滟起来的无边美色给迷得口水都快下来了。她见过清冷的昱清侯，也见过恼恨的昱清侯，独没见过眼前这样的他。他就像一轮寒月突然在春日的温湖里化开，伸手可摘，流光盈盈。

她一时征愣，抓着脸上的黑纱，耳根都有些发热："我、我哪里惹你了？"

他不答，瞥她一眼，拂袖而去。

身上好闻的木香在她鼻息间绕过一瞬便被风吹散了，坤仪捧着脸在原地愣了好一会儿，才"哎"了一声乐颠颠地追上去。

闯入晟京的孟极还没有被抓到，整个晟京开始戒严，上清司之人紧密巡逻，贵人出行的随从也都多带了好几个。

聂衍坐在议事堂里，底下几个主事已经吵成了一锅粥。

"说得简单，让我等将孟极捉拿归案，那可是三百年的大妖，早能化出人形的，藏去哪里都有可能。就算有捉妖盘引路，这晟京各处，也不是我等能随意擅入的。就说那国舅府，眼下看我等如仇敌，他府里有妖气，谁能去查？"朱厌气得直捶桌子，上好的花岗石桌，被他捶出了几条裂缝。

"就算如此，也该加派人手去国舅府附近守着，好让他想告状也告不了我等。"黎诸怀瞥他一眼，"你省点力气，这桌子刚换的。"

"那国舅爷不是个好东西，府上养着妖道不说，身边也尽是不干净的，也好意思对我上清司指手画脚。"朱厌嘀咕，"这差事我是不做，你们谁爱去谁去。"

黎诸怀叹息，又看了聂衍一眼："说来今日殿下在我司借了几个道人，进宫巡查去了。"

"我知道。"聂衍低声道，"淮南说话不讨喜，办事倒也牢靠，让他去查就是。"

"那这几日，你府里可就只有你一个人了。"黎诸怀意味深长地道，"要小心啊。"

聂衍心情本就不妙，听他这阴阳怪气的语调，当即就道："国舅府交给你了。"

"……不是，我是为你好。"黎诸怀很委屈。

聂衍没当回事，处理完上清司的要务，起身就回他与坤仪的新府邸。结果，马跑一半，在快到府邸的时候，一个不慎，撞着了个从旁边突然冲出来的姑娘。那姑娘穿着素雅，长得也十分清秀，被马一惊，话还没来得及说一句，就在他面前晕了过去。

如果见识够多，聂衍此时就该知道有一个骗术叫碰瓷。可惜他虽然通权谋，却不懂市井，只当是自己的过失，下马就将这姑娘送去了就近的医馆。

姑娘的素裙飘飘，飘过容华馆门前，落进了正晒太阳的龙鱼君的眼里。

于是，一个时辰后，正在巡逻宫闱的坤仪收到了个消息——

"殿下，不好了！他们说昱清侯当街抱了一个女子，进了妇科圣手妙郎中的医馆！"

兰茗说得很小声，但语调很急，听得坤仪直皱眉。

不是吧，这才成婚几日，驸马就给她戴绿帽子了？妇科圣手的医馆？难道其中有什么故事？

坤仪撇嘴，倒也没多生气，只是觉得昱清侯不厚道，始乱终弃便罢了，还违背与她的约定，叫她面上过不去。

私会就私会，也藏着点嘛。

坤仪长长地叹了口气，拢起裙摆，扭头对后面的淮南道："劳烦大人继续带人查看，本宫还有别的事要处理。"

"是。"淮南拱手，待她转身离去，便抬头看了看她的背影。

他耳力很好，方才兰茗说的话他都听见了，原以为凭坤仪殿下的性子定会暴怒，气势汹汹地去找侯爷算账，可眼下瞧着，她好像也没那么在意。

不妙啊。淮南想，明明是坤仪公主先开的局，眼下，她怎么反而像是在局外？

医馆里。

张曼柔满脸羞红地抱着被子，愧疚地朝聂衍低头："小女子神思恍惚，未曾看路，吓着您了。"

聂衍原本是打算付了药钱赔了礼就走的，见她这模样，倒是停下步子开了口："可有哪里疼痛？"

"没，您若有事，只管先走。"张曼柔想了想，从身上摸出一块玉玦，"这个送给您，就当我今日赔礼。"

反倒还给他东西？聂衍摇头，自是不打算收，可余光一瞥，他倒是顿了顿。

普普通通的玉玦，上头落着上清司秘术——追思。这是上清司用来守护朝廷要员以及皇室宗亲的法术，极其损耗精力。她拿这东西与他做赔礼，委实贵重了些。

聂衍多看了她两眼，淡声道："张家人？"

张曼柔一愣，连忙收回玉玦，仔细打量他。这人看着像凡人，身上流光不溢分毫，但神情谈吐，非同一般。

张曼柔略一思忖，脸色微白，试探地问："你是……昱、昱清侯爷？"

聂衍眯眼。

她恍然反应过来，连忙起身落地，朝他行礼："国舅府正室长女，见过侯爷！"

要不是她神情实在是太惊慌无辜，聂衍定要觉得她是故意的。前脚张国舅才派人与他提了私下联姻之事，后脚这姑娘就送到他跟前来了。

"既是有缘遇见，小女子斗胆请侯爷救命。"张曼柔生得楚楚，脸上薄施脂粉，瞧着温婉可人，半点没有攻击性，"小女子与人早已暗自心许，自是不能听从父亲大人的命令，再扰侯爷与殿下的皇婚。但我张府家规甚严，我若忤逆，恐有性命之忧，还请侯爷与我遮掩一二。"

这姑娘倒是坦荡，拼着名声不要也与他说得清楚，倒让聂衍想起了坤仪那张有什么说什么的嘴。

他缓和了神色，道："可以。"

张曼柔大喜，松了口气之后，身子晃了晃，趔趄往旁边倒。

聂衍下意识地拉了她一把，想将她推向旁边的被褥里，好歹不至于磕碰。

然而，背后的门就在此时被推开了。一阵风卷进来，扫得他耳后发凉。聂衍侧头，就见坤仪一个人跨进门，目光落在他与人交叠的手上，微微一顿，而后看向他的眼睛。

聂衍心里莫名有些发紧，松开张曼柔，将手负到了背后。

张曼柔见状，立马行礼："给殿下请安。"

绣着金色符文的黑纱在风里像一团雾，坤仪神色晦暗，在门口站了好一会儿，才问聂衍："你何时回府？"

"现在。"聂衍抬步朝她走过去。

坤仪颔首，当没看见张曼柔，与他一齐离开了医馆。

路上，坤仪一句话也没问，聂衍自然是不会主动解释。他只瞥了瞥她的神情，觉得一切如常，便想着过两日就好了。

以前上清司多次被栽赃陷害他尚且不会解释，这种小事，他更觉得没有解释的必要。她那么聪明，多让人打听打听就知道，他与那张家人什么事也没有。

于是，这份寂静就维持了一路。

"宫里有不少奇怪的法阵，本宫待会儿还要听人复命，侯爷先安寝便好。"用过晚膳，她笑眯眯地对他道。

聂衍觉得哪里奇怪，但看她又笑得很甜，于是也就没多想，径直回了自己的房间。

"侯爷。"淮南从宫里出来，特意来了一趟他们的新婚府宅。

聂衍正查看着张家族谱，闻声皱眉："你不去上清司，过来做什么？"

淮南干笑："我怕我不来，您这儿要出事。"

"能出什么事？"

看一眼他的神情，淮南长长地叹了口气："您不觉得殿下对您的感情有些太淡了吗？"

士之耽兮，犹可说也。女之耽兮，不可说也。这天下女子大多比男儿用情深入，以一人为倚仗，便爱他敬他以他为天，若士有二心，当是恼恨的、伤心的、疯狂的。

可这位殿下，别说疯狂了，出宫之后甚至还顺路买了她爱吃的果脯才去的医馆。

聂衍一顿，垂了眼眸，嘴角不悦地抿起："你们所求不过是我与她成婚，现在婚已成，怎的还有别的要求？"

"大人。"淮南苦口婆心，"您有如此得天独厚的条件，若能再多花些心思，必然能让殿下死心塌地。既然能做到更好，为何不做？"

聂衍沉默，表情看上去有些不太耐烦。

瞧他心情不好，淮南也不敢多劝，又说了说宫中情况，便告退离开。屋子里安静了片刻，聂衍坐在软榻上望着桌上的紫铜镏金香炉出神。

坤仪对他太淡了？倒也不至于，她为了讨他欢心，对容修君都能疾言厉色。

可要说特别喜欢他……聂衍皱眉。怎么样才算特别喜欢？

"主子，"夜半打量他的神色，低声劝道，"淮南大人性急，他的话，您未必要听。"

聂衍应了一声，慢慢收起了张家卷宗，又道："也不是全无道理。"

能有什么道理，两人能成婚就已经是帮了上清司的大忙，还指望主子这样的性子，反过来讨好公主不成？

夜半心里嘀咕，只道淮南多事。然而，片刻之后，聂衍却道："替我办件事。"

夜半连忙凑过来听他吩咐，听完却是有些瞠目结舌："这，这可要耗费极大的精力。"

聂衍摆手："照做就是。"

主子近来脾气好，能听得进旁人的话，这倒是好事，可也没必要为淮南那几句话做到这个份上。

夜半叹息，瞧着自家主子脸上平静的神色，又觉得很感动。能如此费心费力地为上清司筹谋，将个人情绪放在公事之后，实在是深明大义，无愧于掌司之位。于是，他带着无比的敬佩之情下去做事了。

坤仪倚在自己的房间里吃水果，蔻丹上染了些晶莹的汁水，她将手浸在旁边的金盆里洗了洗，拿丝帕擦干，才接过侍卫递上来的卷宗。

"要说张家嫡女能自个儿跑上街被马撞着，奴婢是不会信的，更何况，撞着的恰好就是侯爷的马。"兰苕连连皱眉，"想来是筹谋已久。"

盯着卷宗里的画像看了一会儿，坤仪伸手摸了摸自己的脸："兰苕，我不如她好看？"

兰苕眉头直皱："殿下哪里话，萤火怎堪与日月相较！您瞧，今日她就算凑到了侯爷跟前，侯爷也没收她的东西。"

说是这么说，两人在医馆里却也稍显亲密。

坤仪倒不是吃味，就是觉得张家最近动静颇大，宫里许多暗阵与他们有关不说，女儿还跑来勾搭她驸马。

不对劲。

坤仪将卷宗扔在火盆里烧了，将下巴枕在兰苕的肩上，苦恼地道："男人也挺麻烦，怎么就不能一心一意同我好，偏要去沾惹这些？"

兰苕也替她不值，正要再顺着挤对昱清侯两句，却听得外头的丫鬟小厮惊呼不断。

"什么事？"她皱眉，"不通禀就吵嚷，成何体统？"

外头静了片刻，丫鬟鱼白连忙进来，低声禀告："天上繁星灿烂，耀目非常，下头这些人没见过世面，惊扰殿下了。"

"哦？"坤仪来了兴致，"晟京竟有星夜了？"

晟京一带一向厚云多雨，少有晴夜，更别说见星。坤仪一向喜欢漂亮东西，闪闪发亮的星辰就更能令她欢喜了，当下就命人抬软榻去庭院里，再备了干果十二品，美滋滋地去赏夜。

星汉璀璨，银河若现，光芒之盛，竟掩月华。

坤仪躺在软榻上看了许久，正觉得夜风有些凉，身上就落了一张软绵绵的薄被。

"好看？"聂衍的脸出现在她的视线里，淡声问她。

坤仪一怔，抓着扶手坐起来，眼里划过一抹惊艳。他换了一身黝黑长袍，外罩黑纱，与她身上衣裳很像，不同的是，天上星河似落在他衣襟袍角，若隐若现，光华流转，瞧一眼都让人觉得恍若梦境。再配上他那双湖水荡漾的眼，并着薄情刀削的眉，如神君下画，流连人间，真真是动人心魄。

坤仪下意识地就咽了口唾沫。

聂衍方才应该是沐浴过，身上带着一股皂香，在她的软榻另一侧坐下，沉默半晌，淡淡地道："你给的荷包，我理应回礼。"

有这等美色作馈，还用回什么礼啊，他只用笑一笑，她就能连夜给他再做十个荷包出来。

坤仪呆呆地看着他，都忘了回话。

这人眼里划过一丝笑意，而后倾身靠近她，声音低沉好听："殿下可喜欢这些星星？"

"喜欢，一百个喜欢。"坤仪傻笑，继而又觉得不对，重新抬头看了看天，又看了看他，"这该不会是侯爷……"

聂衍默认，伸手往天的方向一抹，手若捏着什么东西，拢过来，再往她裙上一落。

坤仪只觉得眼前一亮，接着慢慢变暗，黑暗之中，她的黑纱裙里也缀满了星辰，晶亮闪烁，华贵非常。

坤仪一个激灵蹦了起来，兴奋地捏着裙摆踩在软榻上转了个圈，满眼都是星光："还能这般？"

"古人常说，女子喜欢要星星要月亮。"聂衍看着她，矜傲地颔首，"你不问我要，我便也送你。"

旁人有的，她也要有。

坤仪怔愣地看了他好一会儿，想笑，又有些不好意思的别扭。侯爷怎么这么可爱，人家说要星星要月亮，顶了天也就是要星星一样闪亮的珠宝首饰，他倒好，真把星星揪下来给她了。

她晃了好一会儿裙摆，坐下来，靠在他身边，似笑非笑地道："侯爷是不是想为今日之事赎罪？其实我没生气，倒也不必费这么大的工夫。"

"不是。"聂衍别开脸，"就是想着这东西，你应该喜欢。"

岂止是喜欢，她简直能当场原谅他与人卿卿我我，甚至还能替他们打个掩护。

不过……坤仪犹豫了片刻，还是道："那张家姑娘心思颇深，侯爷还是小心为妙。"

张家姑娘？聂衍抿唇，想来以她的性子，眼里也揉不得沙子，他多解释也无益，恐怕反而惹她着恼，不如不提。于是，他就安静地坐着看她穿着星光闪闪的裙子在庭院里晃悠。

坤仪很有钱，光凭这些年帝王的恩赐，就已经能挥金如土到晚年，可她再有钱也买不来这么奇特华丽的裙子，她当下就拍板决定，在府里举办赏花宴，遍邀京中名媛贵女，来与她一同欣赏。

聂衍不擅长这类事，自是没有插手。她一偷懒，他便接了清除宫内法阵的差，替她将尾事收拾干净，再去同帝王禀告。

盛庆帝大约是知道自家皇妹的性子，见他来回禀，也没意外，只将折子细细看过，长叹了一口气。

"昱清侯，"他沉声开口，目光烁烁地看着他，"朕若将这阖宫上下的性命都托付给你，你可会嫌麻烦？"

聂衍长身半跪，拱手过眉："乃臣应尽之责。"

"好。"帝王拊掌，"那今日起，朕便允你甄选上清司可靠之人，开设皇子学府，教授几位皇子捉妖设阵之术，更能带人巡逻宫闱，清除妖阵。"

"臣谢陛下倚重。"

上清司为了能守卫宫城，努力了三年，死了不少兄弟，都未能换来帝王点头。可眼下，他与坤仪公主完婚不过几日，帝王竟就大开宫门，将他视为了一家人。

聂衍觉得人情真是一个荒谬的东西，完全不符合任何规律，也十分难捉摸。

领了今上赐下的令牌，他让夜半送去了上清司，自己悄无声息地回了府邸。

府上门庭若市，花香阵阵，正是赏花宴最酣之时，流觞曲水，衣香鬓影，无数佳人端坐其间，娇声恭维坤仪的衣裙首饰。

"这料子可不是寻常能做出来的，天下也仅此一件。"

"真不愧是坤仪殿下，纤腰长裙，这番的好模样，又是这般的尊贵体面，昱清侯有福气。"

"不知可否用那贝壳里层磨粉，拙仿殿下这裙子。"

众人讨论得热闹，坤仪自是万分享受，懒倚主位之上，蔻丹点水，取一盏清酒，浅饮而笑。

皇室公主嘛，就是为这种虚荣的场面而活着的，向臣子家眷展示皇族威严，顺便引领引领王朝的穿衣风潮。张曼柔作为国舅家的嫡女，今日赫然在座，不过她倒是没有跟着逢迎，只暗自打量坤仪的裙子，而后唏嘘。

这昱清侯真是好大的手笔，引星辰要耗掉常人数十年的修为，他倒是眼也不眨地用来讨公主欢心。

莫不是真喜欢上这公主了？

可昱清侯那一族，最淡薄的就是人性，人的七情六欲，他又怎么可能会懂？

摇摇头，张曼柔继续饮酒，顺便打量这府邸的华丽布局。

坤仪抬眼看她的时候，正好迎上她望过来的目光，干干净净，温和友善，丝毫没有扭捏和尴尬，仿佛那日在医馆里撞见的不是她。

难不成当真是她想多了？

坤仪认真地反省了片刻，然后决定再多吃一口果酱金糕，吃饱了再想。

"昱清侯爷如今也真是炙手可热。"几个年长的命妇坐在她下首笑着道，"陛下器重，他又频繁立功，听闻陛下已经有意让上清司与禁军一起驻守宫闱。"

"如此佳婿，殿下当好生珍惜呀。"

坤仪想，我还不够好生珍惜他吗？自从成婚，连容华馆的门都没再多看一眼。

不过昱清侯最近是挺劳累的，禁宫太大，人又多，光是查一处宫殿的法阵就耗了她一整天的时间，更莫说他要挨个都查。

想了想，坤仪招来兰苕，关切地问："侯爷可回府了？"

"回了。"兰苕低声答，"但侯爷许是疲倦了，挥退了下人，独自在屋里休息。"

坤仪动容，想起身去看看他，却又被兰苕拦下："侯爷特意吩咐，殿下只管尽兴，不必挂念他，他也到了清修的时候，要闭关两日。"

差点忘了他是个道人，还有闭关这回事。

坤仪觉得稀奇，却是没再多问，只吩咐好下人按时送吃喝过去，便继续欣赏她的漂亮裙子。

聂衍刚在房里静坐了一炷香的时间，就接到了一封帖子。

他扫了一眼，还是起身赴约。当然了，没走正门，也无人知道他离开了府邸，一张符纸扔在脚下，须臾之后他就坐在了国舅府的书房里。

"你是不是以为搭上了皇室，从此上清司就可以高枕无忧？"张国舅笑盈盈地望着他，眼神十分冰冷，"整个皇室都在我手里，你若与我一条道，咱们的路自然好走，可你若要一意孤行，那帝王老儿半年之内必定死在你上清司手里。届时，老夫倒想看看，你要如何同坤仪交代。"

聂衍平静地看着他，眼里有浅淡的不屑。

张国舅的怒火被这点不屑彻底点燃，结界一落下，他一盏热茶就砸碎在他跟前："皇后是我张家的，皇子也是我张家的，你当我是说笑不成！"

"非也。"聂衍淡淡地看着他，眼里嘲意更浓，"国舅爷苦心筹谋多年，如今大可直接覆灭皇室，你有这个本事。"

但这个皇室灭与活，跟他有什么关系？

张国舅一愣，仔细思量，略微有些不敢置信："你！你居然想……"

"近来晟京多了很多人。"聂衍端茶，眉眼里一片轻松笑意，"人一多，事情就好办，你说是不是？"

张国舅沉默半晌，摇了摇头："不行，做不到的，他们人数太多，真的太多，比我们多了几十倍。"

"那又如何，上位者终究是少数人。"聂衍一笑，"国舅想必也明白这个道理。"

张国舅浑身的戾气都褪去，坐在椅子里，想了半晌，还是软了语气："你若能与曼柔成事，育下一子，我张家自此之后任你差遣。你若不愿，那我张家也就只能明哲保身，作壁上观。"

说着，他又深深看聂衍一眼："曼柔对侯爷你，那可是倾心爱慕得很。"

好一个倾心爱慕，这张国舅的嘴里还真是什么话都说得出来。

聂衍摆手："我无心子嗣之事，国舅若想要乘龙快婿，上清司六司主事里大可去选。"

张国舅皱眉欲斥，想到他方才的话，又还是忍了忍，摆摆手不再提及此事："你今日既然来了，我便送你一份大礼。"

袖风一招，一张纸落在了他手边。

聂衍瞥了一眼，目光微凝，竟是那只大妖孟极的下落。

要说孟极真能吃了国舅爷的嫡子，聂衍是不信的，以这位国舅爷的修为，可以直接扒了那孟极的皮。果然，这大妖本就是他抓来的，眼下正被关在容华馆。

又是容华馆！

聂衍一看这名字就脸色不好，倒也没在张桐郎面前说什么，只拿了纸便走。

赏花宴散尽，微醺的女眷们各自乘车回府，一溜儿的香车经过容华馆附近，都忍不住走得更快些，生怕落了个不好的名声。然而，有一辆车却是慢慢悠悠的，甚至还在容华馆的露台前停顿了一下，才继续往前。

"她们今日说，容华馆来了个新的行首。"坤仪卸了钗环，坐在妆台前温水净面，却还忍不住兴奋，"能从龙鱼君手上把行首给夺下来，那得有多好看？"

兰苕哭笑不得："殿下，今日您才同几家夫人说，会好生珍惜侯爷。"

"珍惜侯爷同聊这些事又不冲突，"坤仪撇嘴，"我就问问，又不进去看。"

"您怕是进去看也没戏了。"兰苕道，"今儿来的小丫鬟有个嘴碎的，同我说那新来的行首早已被李家三小姐赎下，不知所终。"

李三小姐？

坤仪在自己娇贵的脑袋里搜寻了一圈，恍然想起那张恬静的脸。

不就是杜蘅芜那女子学院里出来的学生，任职上清司的那个，原先对昱清侯颇有心思，昱清侯与她大婚之时，李府连贺礼都没送，小家子气十足。

她还以为她对聂衍有多深的执念，原来跟她一样不过是个贪慕美色的人罢了。

"李家家风好似颇为严苛。"坤仪慢合妆奁，拢着外裳躺进软床，"李三也不怕被她爹打断腿。"

"就是怕了，所以李三小姐人也不见了。"兰苕唏嘘，"听人说，像是跟那行首私奔去了。李家正四处找人呢，她爹连'死要见尸'的话都说出来了。"

这么刺激！坤仪来了兴致，抱着软枕道："叫人去盯着热闹，有情况再来禀我。"

兰苕哭笑不得，别的皇家侍卫都是防刺客用的，这位殿下倒好，满天下地派人去听热闹。不过瞧坤仪那亮闪闪的眼眸，她也没舍得劝阻，依命吩咐了下去。

于是，接下来几日，坤仪就躺在贵妃榻上听人来禀："李家今日也没找到人，只听容华馆的人说，李三小姐把自己的嫁妆都用来赎那行首了。"

"行首叫孟极，好似神仙一般的人物。有人说，孟极长得很像昱清侯爷。"

坤仪挑眉，捏着茶盏的手一顿，哼笑不已："原来是存的这个心思，可惜了，鱼目混珠。"

兰苕有些不高兴："她竟来这一套，八竿子打不着也能攀扯咱们侯爷。"

坤仪塞了个点心给她："这有什么值得恼的，她攀扯侯爷，侯爷又不理她。"

话还没落音，后头的侍卫就进来禀告："殿下，侯爷接了李家的案子，单枪匹马闯入夜隐寺，救回了李三姑娘。"

坤仪眯了眯眼。她往书房的方向看了一眼，再回视面前的侍卫："什么时候接的案子？"

"今日一大早。"

好嘛，她还以为他一直在闭关，没想到听说李三有难，连话都不给她带一句就出了门。英雄救美的戏码她一向喜欢看，但换作自己的驸马和别的女人，那就另说了。

坤仪拂袖起身，拍了拍一脸怒意的兰苕的肩："我等皇家人，要端庄！"

说罢，她抢起旁边一条梨花木的凳子就往外走："备车！"

夜隐寺在晟京郊外的山上，从山上下来到城门口，得耗上半日。聂衍骑着马，任凭身后马车里的人大喊大叫，也没回头。

"放开我，放开我！我又不是妖，侯爷凭什么抓我！"李三哽咽不已，"他受了重伤，这么颠簸的山路，他会死的！"

李三的旁边，一个长得跟聂衍有九分像的男子正昏迷不醒，身上的伤口因马车的颠簸再次裂开，血水湿透了两层衣裳。

"你既过了上清司的初审考核，就应该能看出来。"聂衍头也不回地道，"他是妖。"

李三双目通红，看着起起伏伏的车帘，恼声道："妖又怎么样，我喜欢他！"

"姑娘喜欢的是他，还是他这模样？"聂衍漠然，"妖怪形状万千，若喜欢它们的皮囊，怕是会被拆吃入腹，连骨头也不剩下。"

李三像是被戳中了心事，瞬间大怒，秀气的眉皱成一团，眼底隐隐有血色："侯爷好似什么都知道，既然知道我喜欢他这皮囊，又可知我为何喜欢他这皮囊？"

聂衍不答，神情漠然地继续策马前行。

李三瞪着眼等了片刻，眼皮颤抖着慢慢往下垂："你以为我是为什么要考入上清司？你以为我为什么像疯了一般与一个妖怪私奔？昱清侯，你生辰当日分明未曾理会我的信，眼下又何必来抓我？"

聂衍生辰的时候，李三连女儿家的名节和脸面都不要，给他写过信求亲。她自知自己家世不高，甘愿与他为妾，原想着他只要回信，不管接受与否，她都能有个念想，谁承想这人压根不回她，甚至还在那之后，飞快地与坤仪公主成了婚。

李三多喜欢他啊，喜欢到吃了好多的苦头学习道术，就想离他近些，结果呢，坤仪什么都不需要做，只需要一个皇室公主的身份，就成了他的正妻。

她不甘心，又别无他法，去容华馆买醉，却正好遇见孟极。孟极化了一张与昱清侯极为相似的脸，隔着容华馆的嘈杂，冲她远远一笑。一开始，李三没发现他是妖怪，后来两人亲近，她才察觉到了不对。可不对又怎么样呢，眼前这个人愿意对她好，愿意回应她，她就愿意与他在一起。

"孟极乃我上清司要犯！"聂衍淡声道，"今日掩护他逃跑的不管是李姑娘还是王姑娘，我都会来抓人。"

李三一怔，不可置信地瞪大眼，眼里的光晃了晃，渐渐熄灭："原来你是因为这个。"

她还以为……她还以为……

一滴眼泪垂下来，落在她膝上孟极的眼角，又顺着他的眼角滑了下去。

"坤仪有什么好。"她喃喃，"骄纵任性、水性杨花，身上还带着克夫的命数，她有什么好？"

聂衍脸色稍沉，冷笑道："她生得好看。"

李三一噎，气愤更甚："侯爷怎能以貌取人？"

坤仪是生得好看，雍容华贵，还带着小女儿的俏，腰细如柳，一双凤眼顾盼生情，端的是又娇又媚。可是，女儿家怎么能只看脸呢，不贤良也不淑德，十指不沾阳春水，哪里是能做好人妻子的。

聂衍不再说话，也不想赶路了，冷着脸摸出符纸就想把这辆马车直接扔回上清司。

然而，他一抬眼，正好瞧见远处十分张扬的仪仗队华盖。

坤仪显然也看见他了，喊停了凤车，拎着凳子就气势汹汹地朝他走过来，一身黑纱被风吹得鼓起，抹胸上的肌肤如雪一样白。

"侯爷也出来散心吗？"坤仪在他马前五步站定，将凳子背在身后，皮笑肉不笑地询问他。

聂衍觉得好笑，方才的不愉快一扫而空，翻身下马走到她跟前："臣来办事，殿下是来为何？"

"本宫也是来办事。"坤仪眯着眼，虚伪地笑了笑，而后看向那辆马车，"哟，都说侯爷是单枪匹马闯来救人的，倒是体贴，还给人带了马车。"

"这是夜隐寺的马车。"聂衍垂眼看她鼓起来的脸颊，微微勾唇，"上头有伤患，走不了路。"

"腿断了还是脖子断了，怎么能走不了路呢？"她歪头看他，笑得凉飕飕的，"让本宫看看。"

聂衍点头，倒是没阻拦，只多说了一句："车上那只大妖活了三百余年，十分擅长伪装，活人靠近他恐怕都会被他生吞，还请殿下远观。"

三百年的妖怪？坤仪一怔，这才发现那马车上落着层层叠叠的法阵，她眨眨眼，无声地回头看了看来回禀的侍卫。

昱清侯是来捉妖的，他们怎么不说清楚？

侍卫很无辜，说清楚了呀，确实是接了李家的案子来救人，只是不知道是从妖怪手里救人。

"殿下还未说，来郊外办何事？"聂衍好整以暇地看着她。

坤仪没好气地白了他们一眼，回头对着聂衍干笑，背在后头的手招了招，兰莒就机灵地上前来把凳子换成了路边的野花。

"这不是看侯爷捉妖辛苦，特地赶来慰问嘛，"她唰地将花拿出来，捧在他眼前道，"瞧瞧，新鲜的花，还带着露水和……"

她低头打量，突然头皮发麻："……和一条毛毛虫。"

这是一条毛茸茸的，带着两只花里胡哨眼睛的毛毛虫。它立在花瓣上，半个身子都站了起来，仿佛在与她对视。

聂衍一顿，瞧着她这突变的脸色，反应极快地将花夺过去，弹开了虫："挺好，微臣很喜欢。"

坤仪一声尖叫卡在嗓子眼，眼泪都要出来了，她很怕虫，后知后觉地浑身都哆嗦起来，偏生美人在前，她又不想失态。

好在，驸马还算体贴，将她拥在怀里，轻轻拍了拍背："臣多谢殿下。"

坤仪哽咽，顺了半天的气，才闷声答："侯爷不必客气。"

她抓着人家衣裳的手都还在发抖。

聂衍觉得好笑，忍不住拍了拍她的背："殿下还是该在晟京主城里待着，何必来这荒郊野岭？"

"就想出来玩玩。"她扁扁嘴，吸了吸鼻子，"我哪知外头这么多虫。"

娇嫩的小脸微微泛红，柔荑捏着袖口抵在他胸前，她整个人瞧着又傲又胆小，分外可爱。聂衍终是没忍住，低笑出声，声音浅浅的，惑人心神。

李三坐在马车里，一开始听着动静觉得震惊，到后来，越听眼神越黯淡。

怀里的人动了动，似是要醒，李三连忙抹了自己脸上的泪，低头查看他。

"别哭。"孟极半睁开了眼，对她说的第一句话，还是这两个字。

一如在容华馆，她因着聂衍的大婚喝得大醉，他过来接住她要往桌上倒的脑袋，轻叹着呢喃。

李三倏地就哭出了声。

荒郊野外的，这哭声显得十分瘆人，坤仪脑袋上的凤钗都惊得颤了颤，不明所以地看向那车里。

"不是说里头的大妖要吃人？怎么把她也关在里头了？"

聂衍拉着她后退两步，低声道："那大妖对她动了情，会吃旁人，不会吃她。"

坤仪很震惊，凤眼瞪得溜圆："妖怪也会动情？"

聂衍瞥她一眼："殿下，万物皆有情。"

"可是，可是凡人是妖怪的食物，这怎么能动情呢？"坤仪很费解，"我那么喜欢吃芙蓉卷儿，也没对它动情呀。"

那怎么能比，李三姑娘到底是个活生生的人。

孟极生于石者山，凶猛异常，平时是不通人性的。但妖怪都讲究一个知恩图报，一旦有人相助，哪怕只是一饭之恩，也必定会全力报答。瞧里头那只孟极的模样，想必就是在报恩，所以才会化成他的模样。

聂衍对这些不太感兴趣，他只觉得李三荒谬，与他毫无瓜葛，就因着他这张脸便执念至此，还犯下包藏妖怪的罪孽，真是可悲。

聂衍察觉到坤仪在盯着他瞧，眼皮也没抬："怎么了？"

坤仪瞧着他这黑夜一样的眼眸，突然鬼使神差地道："你若是妖怪，我应该也还是会喜欢你。"

聂衍心口不争气地一跳，猛地抬眼看她，又飞快地别开头："殿下怎么突然说这个？"

"就是想到了嘛。"她抓着他的衣袖，撒娇似的晃了晃，"你生得也太好看了，就算是妖怪，我也不愿意放手。"

聂衍抿唇，将她扶回凤车上，没再搭她的话。

怎么能有女子活得像她这么恣意，想说什么便说什么，说完脸也不红，还拿眼尾勾他。

她真像极了……一只翘着尾巴的小凤凰。

小凤凰是金尊玉贵的，来时满怀气愤，倒不觉得山路颠簸，此时返程，人都快被颠散了，细手扶着软腰，"哎哟哎哟"地叫唤。

聂衍坐在她身侧，一忍再忍，还是没忍住，沉声道："殿下小声些。"

坤仪可委屈了，泪眼迷离的："我这么难受，你还让我小声？"

难受归难受，这双人乘的车上这么叫唤，成何体统。

他瞥一眼她的腰，没好气地道："过来。"

坤仪一怔，接着脸上就是一红："这，不好吧？"

她嘴里这么说，身子却还是依偎了过去，软软地环住他的胳膊，含羞带怯地看着他。

然后下一瞬，她就觉得身子一轻，整个人瞬间失重，一声尖叫还没出口，腰身就被他牢牢握住。

"殿下，睁眼。"

坤仪感觉到自己在空中飞，吓了个半死，双手抱紧他的脖子，整个脸都埋进了他的脖颈："我不睁！"

"不是说要赏花？"他好像轻笑了一声。

这笑声还挺好听的，坤仪耳朵动了动，接着将脑袋从他身上拔出来，试探地睁开一条缝。

繁花漫天，脚下光影瞬移，聂衍好像施了什么符咒，两人立在一方碧石上，四周景象变幻飞快，满山的花都从她脚下飘飞过去，春风还卷来一阵花香。

坤仪生在皇家，从小到大什么样的场面没见过。

不过，这样的场面，她还真没见过。

她手紧紧地攀着他，伸手想去拽空中飞过的花叶，几次却都没拽到，正恼呢，面前这人就突然翻手，将一朵棠梨撷到她眼前。

她大喜，倒是没伸手接，反将脑袋凑到他手边："替我簪上。"

聂衍哪做过这等事，眉宇间闪过一瞬的不耐，可片刻之后，他还是笨手笨脚地将花簪进了她的发髻。

面前这人立马就笑了起来，银铃声声，腰肢轻颤。

"旁人都说侯爷不近人情。"坤仪伸手摸了摸他的脸侧，"但我瞧侯爷，真是可爱又有趣。"

聂衍默了默。这位殿下似乎对他误会颇深，他可是斩妖不眨眼的昱清侯爷，与可爱和有趣没有丝毫的关系！

不过就这点把戏，她好像就很开心，细眉弯弯，明眸皓齿，手搂着他的脖子，还轻轻晃了晃。

他多看了她两眼，将人带回了府邸。

坤仪一落地就扶着自己的腰，忙不迭地传丫鬟来让她温汤沐浴，再寻了手艺好的嬷嬷来给她按揉，那娇滴滴的模样，像一阵风就要被吹坏的小花。

聂衍心下嗤之以鼻，却还是将护身符给她留在了妆奁边。这么娇气的小姑娘，可别他还没死，她先丢了命。

孟极也被送回了上清司，聂衍过去的时候，他单独被关在镇妖塔的第三层，正颇为暴躁地撞着栏杆。

"放我出去！"孟极红着眼瞪他。

聂衍看着他的脸，有些烦："你换个相貌。"

"不。"孟极冷冷地道，"我偏爱这张脸。"

"你顶着这张脸，她喜欢的就永远不是你。"聂衍没什么耐心，"你要是想丢命，我也就不多说，但你若还想有以后，就听我的。"

上清司杀妖如麻，铁面无私，进了这里，怎么可能还有以后？孟极狐疑地看着面前这个人，犹豫片刻，还是化回了自己的本容。

长发如墨，双眸泛银，少年姿势野蛮地蹲在栅栏前，眼含戒备地看着他。

聂衍眉宇稍松，拎了一把竹椅过来坐下，淡声道："两条路。第一条，你继续听命于张桐郎，我便顺了他的意，将你斩杀以示众人，不过如此一来，就得连累李三姑娘戴罪入狱；第二条，你为我所用，暂关镇妖塔，你与她，也还有相见之日。"

傻子都知道该怎么选。但已经被人出卖了一次，孟极的眼里充满了不信任："你要我如何为你所用？"

聂衍没答，眼神瞧着很冷，像雪化的水，冻得人打战。

孟极渐渐地收敛了身上的刺，乖顺地蹲在栅栏里，瞧着有点委屈："那我什么时候才能再见着她？"

"待今上给你定了罪之后。"聂衍答完，看他一眼，微微皱眉，"她有什么好的，让你如此念念不忘。"

孟极低头，沉默半晌才道："凡人不太好，薄情寡义，寿命也短，我师父早就说过，选伴侣，大妖也好，小妖也罢，就是不能选凡人。"

"那你为什么不听？"

"我也想听。"苦恼地揉了揉脑袋，孟极突然抬眼，十分认真地看着他道，"我觉得他们凡人也是会法术的，还让人难以察觉，与她相识不过月余，我几天不见她便要难受，见她哭也难受，见她看着我的脸出神也难受。与她繁衍倒是开心，可她说她们的规矩，没有拜堂不能一直繁衍……"

"停。"聂衍站起了身，"我哪有空听你说繁衍之事，只说你选什么路便是。"

孟极一顿，额头抵着栅栏，老实地道："那我选能和她见面的路。"

聂衍得了想要的答案，扭头就走。凡人恋上妖怪其实不是什么稀罕事，妖怪变化多端，大多容貌极佳。可妖怪能恋上凡人那就是天大的怪事，除却报恩一事不论，凡人在妖怪眼里如同蝼蚁，谁会喜欢蝼蚁呢？

聂衍的脑海里闪现出一只矜傲的小凤凰，又摇了摇头。她那样娇滴滴的人，是蝼蚁也是蝼蚁里最娇贵的一只，不可怠慢。

府邸里。坤仪将自己捏过有毛毛虫野花的手洗了二十遍，涂抹了各种香膏，这才罢休。

兰苕带着人姗姗归迟，瞧见她完好，才松了口气："侯爷也真是，您这样的身份，哪里能用千里符来赶路，万一出什么岔子……"

"他那符可省了我这一把腰，要真坐车回来，现在准折了。"坤仪轻笑，伸手弹了弹她的额头，"小丫头，别总生气，会长细纹的。"

兰苕不满，但看自家殿下似乎挺高兴，也就没再说这事，只道："听说侯爷把李家三姑娘关在上清司的普狱里了，李家要去见人，他没允。"

坤仪轻哼，尚算满意地颔首："这才像话。"

她比李三好看千百倍也尊贵千百倍，哪有放着宝石不喜欢去亲近一块顽石的道理？

说是这么说，她的心里到底是不太舒坦。当天晚上，坤仪就抱着自己的小被子去了聂衍的屋子里睡。

"不是说一月一次？"聂衍有些意外地看着她。

坤仪眨眼，把被褥在他床上铺好，然后噘嘴："最近皇兄催得紧，还问我，好端端的为何要分房，我搪塞不过去，便只能来找你了。"

原来是这样。聂衍不疑有他，瞥一眼她雪白的锁骨，脑海里莫名就想起了孟极说的一句话——

繁衍倒是开心。

妖怪嘴里的"繁衍"，便是人间的"行房"之意，人一旦沾染了妖气，也是能怀上妖胎的。然而妖怪生妖难，凡人产子倒是容易，是以现在很多妖怪为了绵延子嗣，都会蛊惑凡人。

但，不知为何，聂衍不太想动坤仪。大抵知道她也是不愿的，所以哪怕同榻而眠，一晚上也没有任何逾矩之举。而坤仪倒不是不愿，而是她每每一脱衣裳，露出后背上的胎记，四周的妖怪都会像嗅到烤鸭的香味一样蜂拥而至，殃及她身边的人。所以即便有美男子在侧，她也就只是看看，并不能干什么。

但，她不能归不能，躺在她这么个活色生香的大美人身边，却一点反应也没有，这像话吗？

聂衍翻身的时候不经意将眼睛开一条缝，就正好对上旁边坤仪瞪得溜圆的凤眼。

他惊了惊，又有些哭笑不得："怎么了？"

"你……"坤仪鼓着嘴用下巴点了点他，"没什么想对我说的？"

黑灯瞎火，孤男寡女，他侧头看着她，眼里盛着干净的月光，但这问题似乎让他有些为难，薄唇轻抿，半晌才道："殿下好梦。"

就这？坤仪气笑了，伸手捏着他的下巴，陡然拉近两人的距离。

二人鼻尖相蹭，鼻息都融作了一处。聂衍心口动了动，有些狼狈地移开眼。

这躲避的姿势让坤仪好生沮丧，松开手扯过被子裹紧自己，闷闷地道："你是怕我，还是怕死？"

聂衍不解。她虽然骄横，却也讲理，有什么好怕的？至于死，上清司之人，最大的特点就是不怕死。

"还请殿下明示。"他道。

意识到面前这人压根不知道她身上的秘密，坤仪气闷，不再与他胡闹，摆摆手就翻了个身朝外躺着。

先前为了试探他，坤仪故意在侯府后院褪了外袍引来猫妖，但眼下两人已经成亲，她就没有再害他的道理。今夜同榻，算是与他拉近距离，但她没打算入睡，想着挨到天亮便是好的。

然而，想是这么想，鼻息间一直萦绕着若有似无的沉木香气，叫她觉得十分安心，这心安着安着，她的眼皮子就垂了下去。

聂衍原本就没什么睡意，再被坤仪这莫名其妙地一问，当下更是精神。床帏依旧是他熟悉的床帏，但身边多了个人，还是个香软可口的人，他得花些力气，才能让自己平心静气。

然而，他不愿动手，这个香软可口的人儿却还是自动朝他靠了过来。

坤仪像是睡熟了，素手轻抬，搭上他的腰，眉目间一直紧绷着的线松开，露出几分恬静。再往下看，她的鼻梁秀挺，粉唇饱满，不像白日里骄纵的公主，倒像个毫无防备的小姑娘。

聂衍沉默地看了片刻，打算将她的手挪回去。

然而，手一抬，这人松松垮垮的黑纱外袍竟就滑开了，雪白的肌肤在黑夜里如同大片的温玉，后颈往下三寸的地方，似乎印着什么东西。

聂衍是打算非礼勿视的，但这黑纱袍一落，他突然察觉屋子里溢满了妖气。

十分浓烈的、强大的妖气。

紧接着，屋外摆着的捉妖阵跟着一颤，有东西朝他的房间闯过来了。

聂衍眼神一凛，翻身而起，没惊动坤仪，只捏了三张符纸朝窗外一甩。闯过来的妖怪迎头被贴上三张诛神符，当即惨叫。叫声传遍整个府邸，熟睡的下人纷纷惊醒，出来查看，坤仪自然也被吵得睁开了眼，十分茫然地看向身边的人。

聂衍神色凝重，目光灼灼地看向窗外，而屋内，他刚立下的三个法阵如同发光的油纸伞，缓慢环绕在她周围。

坤仪回过了神，这才发现自己外袍系带松了，袍子在她放肆的睡姿里被挣落，露出了后颈上的胎记。

"不妙！"她皱眉，担忧地看向外头，"侯爷，得护住府上的奴仆。"

看这反应，倒像是见怪不怪。

聂衍原先是怕她受惊，既然她这么说了，他也便起身，纵上府邸里最高的一处屋檐，开始落阵。

冲在最前头的一只妖怪已经被他的诛神符撕成了碎块，但如同先前一样，这些妖怪明知他在，还是会不要命地朝坤仪的方向冲。

有什么东西在不断地吸引它们！

"殿下？"兰苕飞快地跑进房间，想也不想地就将坤仪抱住，"侯爷在外头，没事的。"

坤仪十分乖巧地坐着，将衣裳扣得严严实实，漂亮的凤眼里满是自在："兰苕你别怕，我都不怕。"

兰苕哽咽，一下又一下地抚着她的背。

殿下从来没说过怕，可是兰苕知道，她是怕的。这个时候，得有人抱着她安抚她，不然她会一直害怕，接下来的几个月都无法安睡。

妖怪们来势汹汹，大的妖怪已经修行上百年，小的妖怪也不过刚化人形，有聂衍守着，它们连府邸院墙都上不来。可这些妖怪还是像潮水一样涌过来，将沿路看见的活物都吃进了肚腹。

半夜三更，街上已经没了行人，遭殃的顶多是些棚子里的牛马，但这动静还是分外瘆人，像秋日里摧枯拉朽的风，带着些残暴的咆哮声。

坤仪将脑袋搁在兰苕的肩上，忍不住想起了赵京元。

赵京元便是皇兄要她嫁的邻国皇子，自小被宠溺长大，为人狂悖，手段阴狠，因着母家势力大，离太子之位也就一步之遥。

他不喜欢美人，觉得天下的美人都是来祸害他江山的，更何况她这种别国来的和亲公主，所以成亲一年，两人别说同房，见面都要吵架。

原以为能这样混完一生倒也不错，可赵京元不知哪根筋搭错了，突然对王朝边境起了想法，并且想让她生下世子，好以此为筹码与王朝谈判。她认真地提醒过他，不要动她的衣裳，赵京元没听，径直将她的外袍扯开，露出了后背上的胎记。

坤仪记得妖怪扑过来时赵京元的眼神，带着厌恶、震惊和无边无际的恐惧。

没关系，是他自己找死。坤仪是这么想的，对旁人同样的眼神也并不在意。反正那里不是她的家，她不会和这些人再见面了。

可眼下，她突然害怕聂衍也会用那样的眼神看她。

聂衍很厉害，一人镇守府邸，汹涌的妖怪就一只也没能再闯进来。金光在他周身闪现，他神色严肃，却也从容，袖袍起落间清风朗月，却邪落处却是风驰电掣，震得双眼迷蒙的妖怪们纷纷回了神，开始惊慌逃窜。

有他在，她完全不用担心身边人的性命。但他回来的时候，坤仪却不敢抬头。

"辛苦侯爷了。"她笑道。

聂衍深深地看了她一眼，道："以后有这样的情况，殿下可以早些告诉微臣。"

"我不是告诉了吗？"坤仪眼神躲闪，"你自己没注意。"

聂衍眯眼，仔细回想了一番，发现她说的是她在侯府后院引来那只猫妖的时候。

当时他只当猫妖不要命，心里有疑窦，却也碍于她的身份没有多查。眼下再看，就是她身上的东西在吸引妖怪。

"臣不惮于为殿下守门，诛杀妖怪。"聂衍淡声道，"但还请殿下据实以告，以免臣疏漏。"

他的目光看向她背后。

坤仪沉默。兰苕站在旁侧，犹豫半晌，轻声道："侯爷莫要怪殿下不坦诚，此胎记乃是天生，殿下也不知是怎么回事。"

屋子里原先浓烈的妖气已经散开，坤仪坐在他面前，身上只剩下浅淡的花香。

她好似有些委屈，可又不肯露怯，只含笑看着地面，笑意不达眼底："情况侯爷也瞧见了，如此生活一年，侯爷可能承受？"

说实话，这么多的妖怪，偶尔一次聂衍是不在话下的，但若是夜夜都来，就算是他也会吃不消。但他更好奇的是，什么东西能引来这么多的妖怪？

"殿下放心，"他垂下眼眸，"臣既然允了殿下，就定能护殿下周全。"

坤仪轻轻松了口气，抱起了她的被子："那就辛苦侯爷了。"

"去哪儿？"他挑眉。

她一顿，哭笑不得："都闹成这样了，我难不成还要与侯爷同榻而眠？这便回去睡吧，也让侯爷睡个安稳觉。"

说罢，她十分潇洒地摆手，然后就跨出了他的房间。

外头的夜风里还隐隐能嗅见妖气，兰苕接过她手里的被褥，替她铺回了拔步床里，坤仪坐在床边发了会儿呆，揉了揉直跳的太阳穴，长长地叹了口气。

府邸四周有妖怪闯门，就算聂衍守住了，未曾有人伤亡，但第二日，消息还是不胫而走，入了御书房。

"先前老臣就说过，坤仪公主并非只是单纯的体质特殊，她定是妖邪，才会有如此多不祥之事在晟京里发生。"杜相跪在御前，连连摇头，"昨夜殿下新府附近一片狼藉，牛马死了不少，妖怪爪印遍布院墙，已经引起了四周百姓的恐慌，还请陛下圣断。"

盛庆帝坐在上头改折子，眼也没抬："只死了牛马？那就让公主府去赔偿。"

"可是陛下……"杜相皱眉。

盛庆帝停了朱笔，终于看了他一眼："相爷那未过门的女婿与朕打的赌，赌的可是昱清侯的性命。如今昱清侯活得尚好，早朝之时还立了新功，你也好意思来让朕处置公主？"

杜相一顿，颇为恼恨地垂头。

谁能料到聂衍的命那么硬，他派出去的好多高手皆不知所终，聂衍不但活得好好的，还屡建奇功，眼瞧着是越来越受帝王器重了。

"对了，国师游历山川已经一载，不日便要回京。"帝王想起了这回事，深深地看了他一眼，"你若还有什么困惑难解之事，到时候自去问他。"

国师？

杜相想起那个人，眼底神色更为严肃。

国师有鲛，秦氏长男。秦氏一家死于妖祸，他自小随着道人长大，精通道术，能辨妖魔。曾被先帝聘为太学院的老师，教授过不少皇族子弟和世家子弟，虽为人公正，但毕竟与坤仪有师徒之谊，要他指认坤仪，那是不可能的。不过，他若是回来，倒能压一压上清司的势头。

看一眼这笃定要偏私的帝王，杜相叹了口气，拱手退下。

而坤仪这边，因着昨夜祸事，她心里有愧，一大早就命人打开府库，把好东西流水似的往聂衍的庭院里堆。

聂衍冷着脸看着进出的下人，一丝高兴的神色也无。

"主子，"夜半失笑，"殿下这是在意您的表现。"

既然在意他，还会跟哄女儿家似的送这些没用的东西给他？聂衍不悦得很，袖袍一挥就往外走："告知殿下一声，上清司事忙，午膳不必等我。"

"这……"夜半有些为难，连连看了他好几眼，才道，"主子，不太妥当。"

"怎么？"

"因着昨日之事，晟京今日流言蜚语甚多，您要是再不回来用膳，殿下怕是要腹背受敌。"

原本就有不少人将坤仪视为不祥之人，杜相的针对，再加上昨日府上出的妖祸，聂衍已经是坤仪唯一能依靠的人，凭着上清司这块招牌，她还能勉强洗清妖怪的嫌疑，若连昱清侯都疏远她，那她在晟京可能真的寸步难行了。想起昨夜房内骤然涌现的妖气，聂衍抿唇，心下其实也有疑窦。

坤仪没有妖的特征，身体确确实实是人，但昨晚她身上涌现的妖气，又是异常地强大浓烈。这是什么缘由？

他原也想今日查清楚，但坤仪称身子不适，就是不见他，不见他就算了，还送这些东西来搪塞他。

聂衍面沉如水，在庭前立了许久，还是扭头去看那一屋子大大小小的金石玉器。

"这是镏金缠丝朝阳佩，这是碧玉藤花冠钗，这是金丝香木嵌蝉把件，这是殿下要您戴的红玉手串。"

兰苕一边说，一边把东西往他身上戴，不消片刻，聂衍就从一身清朗的少年郎，变成了珠光宝气的公子哥。原本是要问他喜不喜欢的，但看一眼他的脸色，兰苕觉得自己有了答案，剩下的东西就没再往上加。

"替我谢过殿下。"聂衍冷脸瞥着箱子里的珠光，顺手将身上的东西一一取下，放了回去。

他还算给坤仪面子，留了一串红玉手串，没全摘。

兰苕瞧着，轻叹了一声，行礼告退。

"侯爷似乎不太喜欢这些。"她回去对坤仪小声道，"以前送的，也都堆在库房里，未曾多看。"

坤仪觉得很惊奇："这年头，还有人不喜欢宝物的？这一样可抵得上民间百姓舒舒服服过几年好日子呢。"

兰苕为难地道："兴许，侯爷就喜欢简单的东西。"

坤仪轻哼，不以为然地拨了拨妆奁里的东珠："他那般霁月光风的人，怎么会喜欢这些俗物？兴许只是不喜欢我，连带着看我的东西也不顺眼。"

兰苕想了想："也未必，昨夜出事，瞧着侯爷神情与往常并无不同，今日也没有回避殿下，想来是比旁人强些的。"

这倒是，坤仪撑着下巴叹了口气。

杜蘅芜还在镇妖塔里，徐枭阳自然也不愿意放过她，昨夜之事已经在大街小巷里流传，版本从妖怪想吃坤仪公主，已经变成了万妖朝拜坤仪公主，坤仪公主是转生的妖王，必将覆灭天下。

愚民之言，官府当然是不会信。有朝廷镇压，徐枭阳一介商人也翻不出什么大浪，但闺阁女儿嘴多又碎，她如今想再摆宴赏花，这些姑娘怕是一个也不会来。

正说着呢，外头突然来人通禀："殿下，门外有位姓徐的商人求见。"

坤仪眉梢一垮，扭头跟兰苕撇嘴："他是不是想欺负我一个弱女子？"

女子倒是真的，弱嘛……兰苕失笑："殿下可要见他？"

"见吧见吧，我倒要看看他能在我的府邸里对我说出什么。"坤仪轻哼，拔了头上玉钗，重新簪上九凤步摇，再将黑纱金符裙一裹，翘着下巴就去了前厅。

徐枭阳跨进门的时候，外头的天色都变暗了。

他生得也好看，但因着两人结怨太深，坤仪从来不多看他一眼，只一边让丫鬟给她涂着蔻丹，一边拿眼尾扫他："稀客啊。"

徐枭阳皮笑肉不笑地朝她行了礼，复又站直身子："原是听闻府上遭难，想过来慰问，没想到殿下还是一如既往地没心没肺，惹了祸事还活得好好的。"

坤仪翻了个白眼："我这儿是死人了还是塌了天了，要徐大商人过来慰问。墙上多了几道爪印便算是惹了祸事，那徐大商人压榨百姓劳力、蚕食民脂民膏，岂不是要下十八层地府的罪孽。"

"殿下能惹出多大的祸事，自己心里还能不清楚不成？"徐枭阳眼底冰寒，"若不是我让蘅芜远离殿下，她早些年就该没了命！不承想，如今还是被你害得身陷囹圄，迟迟不得出。"

还是这些话，坤仪听都听烦了："你若觉得我是灾星，那便拉着杜蘅芜，叫她别请我过府，免得出了什么祸事都要不分青红皂白地怪在我头上，还要被一个像你一样的平民百姓站在这里数落。"

徐枭阳嗤笑："殿下是不是觉得如今有昱清侯做靠山，等闲事伤不着您分毫？"

就算没他做靠山，什么等闲事又能伤了她？坤仪不以为然。

徐枭阳像是料到了她的反应一般，突然上前两步，惊得周围的护卫拔出了剑。然而，他也只是靠近了她一些，并未有别的动作，一双微微泛紫的眼眸死死地盯着她，而后轻声道："你早晚会知道的，他娶你，不过是为了摆脱张国舅的钳制，让上清司在朝中立足，你于他，也不过是垫脚之石、登高之梯，等他达成夙愿，你就会死在他手里。"

他说罢，退后两步，好整以暇地朝她行礼："殿下若不信，便等着瞧。"

坤仪听得直冷笑，挑拨离间的手段，她十三岁之后就不这么用了，她才不管聂衍为何要娶她，两人各取所需就好。再说了，他那么温和一个人，就算要过河拆桥，也能与她好聚好散，何至于要杀她。

徐枭阳这是被急得魔怔了，什么话都往外吐。

坤仪挥手让人送客，拎着裙摆就往她的院子走，一边走一边在心里骂徐枭阳小人。

一个不留神，到墙角转弯的地方，她撞上了一个人。

"你长没长……"坤仪抬头要骂人，却对上一张万分熟悉的脸，"侯爷？"

那人一愣，飞快地摇头，接着就越过她往外跑。

"咦？"坤仪不明白聂衍为何要躲她，伸手就要去拉他的袖口。

下一瞬，有人搂了她的腰，将她抱到另一侧，放走了那个人。

"殿下今日精神有些恍惚。"聂衍的声音在她面前响起,"可是昨夜受了惊吓?"

抬头看他,又是方才那张脸,坤仪怔愣,一时间真的以为是自己被吓糊涂了,出现了幻觉。可稍稍一定神,她就察觉了不对。

不是她眼花,方才那个人长得像聂衍,但不是聂衍。想起先前侍卫回禀的消息,坤仪脸色微变。

容华馆的新行首生得像昱清侯,但那位新行首被聂衍抓了回来,说是妖怪孟极所化,回禀了陛下之后,被当街斩杀了。

孟极吃掉了国舅府的嫡子,能抓回它,对国舅府和今上都有了交代,聂衍自然算是又立一功,在朝堂上多被嘉奖。

但,他要是真的斩了孟极,方才那个人又是谁?

"殿下?"聂衍喊了她一声。

坤仪回神,移开了视线,垂眼笑道:"是有些害怕,头也有些晕眩,正赶着回去休息呢。"

聂衍深深地看了她一眼,没多说,只拱手行礼。坤仪仓皇地抱着裙摆回了房。

"找人去跟着方才出府之人。"她轻声道,"别被他发现。"

"是。"兰苕领命下去。

晚膳时分,派出去的人回来了,跪地禀告:"那人去了城西一座别院,小的没敢跟太近,自然不知道他在里头做什么,但是找人打听了,那院子是李家三姑娘名下所属。"

坤仪盯着桌上的花灯发呆,良久没有说话,直到兰苕唤了她一声。

"我知道了。"她点头,抬眼看向下面跪着的人,又道,"说来,本宫一直没过问过,先前蔺探花一案,上清司可有定论?"

侍卫摇头:"上清司事务繁多,此案还未审结。"

人证物证俱在,事情经过也清楚,为什么不审结?若是能查出那种符咒的来源,蘅芜也能直接从镇妖塔里出来,不必再找别的由头。

她起身,有些焦躁地在屋子里转了两圈,又坐回了床榻里。

"侯爷现在在做什么?"

"回禀殿下,侯爷用过午膳,去了上清司,说是要提审李三姑娘。"

第五章 殿下眼光甚好

李家行三的姑娘，闺名宝松，从小就是个争强好胜的性子。晟京一众闺门，独她一人有本事考入上清司，知书达理，温柔贤淑，颇受清流名士推崇。这姑娘十七年都未曾让家人操过心，没想到临出阁了倒是闯下大祸，一心包庇妖怪，执迷不悟，被囚上清司典狱。

坊间有传言说，是坤仪公主棒打了鸳鸯，凭着权势招其心上人昱清侯聂衍为婿，这才逼得李三姑娘剑走偏锋，移情那个与侯爷十分相似的妖怪。

当事人坤仪对此表示，她得跟李三谈谈。

聂衍坐在上清司的侧堂里，正打算让孟极过来见李三，不料传信的人还没出门槛，就一脸慌张地退了回来："侯爷，殿下过来了。"

"这个时候，她来做什么？"聂衍有些纳闷，刚想让人去拦着她，就被夜半一把按住。

"主子，听属下一句劝。"夜半咽了口唾沫，"殿下这时候过来，虽是有妨碍公务之嫌，但也是合情合理，您与其遮掩，不如先撇清关系，好让殿下安心。"

聂衍不明所以，他撇清和谁的关系？李三姑娘？他们原本就没有关系，他只是按照约定让孟极来见她。

至于面前半跪着的这姑娘为何一直哭，他也不耐烦问。

夜半的语气十分语重心长："主子，没有哪个姑娘见自己夫君和喜欢他的人处于一室而不吃味的，更何况殿下又是那般的骄纵。"

这倒是，她不把上清司拆了都算给他面子了。聂衍沉默，半晌之后，挥手让人将坤仪引了进来。因着昨日之事，他料她也睡不太好，可当这人一脸苍白地跨进门，聂衍心头还是不太舒服。

他起身走到她面前，目光从她毫无血色的嘴唇上扫过，又看了看她稍显凌乱的发鬓，还有因走得急而不停起伏的胸口，忍不住皱眉："殿下这么着急做什么？"

坤仪来的时候就想好了借口，当即抬着一双泛红的眼，委屈地望向他："你说我做什么？"

她指了指屋子里还跪着的李三，又将纤手抵在他心间："你堂堂上清司六司主事，是手下的人不够用了还是这案子有多么惊天地泣鬼神，竟值得你亲自来提审她？"

小女儿家打翻的醋坛子，十里地外都闻得着酸味儿。聂衍忍不住侧头瞥了一眼夜半，后者露出了一个"你看我说的是对的吧"的表情。

他抿唇，跟着将视线转回她身上，心情不错，但语气还是颇为无奈："此案是今上分外关心之事，我亲自提审也是应当。"

"我看你就是想见她。"坤仪跺脚，细眉耷拉下来，娇嗔如莺，"不然你说说，你都审了些什么？"

方才他只是瞧了一眼李三尚且安好，能与孟极有个交代，别的一概没说，能审些什么？聂衍一时语塞，眼前这人登时就要落下泪来。

"好，你不肯说，我问她。"坤仪指了指地上的李三，扭头吩咐后面的兰若，"将她给我领到另一处空房去。"

"殿下，"聂衍皱眉，"她是上清司要犯，待会儿还有口供要录。"

坤仪横眉瞪他："我问几句话也不行？就一炷香的工夫，能耽误你们什么正事？若是今日不弄清楚，我可就睡不好觉了，我若是睡不好觉，侯爷也不能睡好。"

威胁起人来都软绵绵的，配上她这苍白的脸蛋，显得格外好欺负。

要是平时，聂衍是断不会让人这样胡闹，可瞧着面前这人，他想严厉都有些不忍，犹豫几回，还是让了一步："好，就一炷香。"

"你不许偷听，不许威胁她。"坤仪叉腰，"我只想听实话。"

"好。"聂衍叹息。

李三对坤仪十分抵触，但架不住后头的侍卫力气大，挣扎了一二还是被带走了。她有些不敢置信，一向铁面无私的昱清侯，竟然会允许自己的妻子在上清司胡搅蛮缠。

门开了又合，她被放到屋内的椅子上，坤仪站在她面前，脸色依旧苍白。

"本宫就问你一句话。"她神色冷淡，带着上位者惯有的威压，"孟极是不是还活着？"

李三怔愣，这问题跟她想的完全不一样，还以为坤仪会问昱清侯之事，她还想编造几句话来气气她，没想到问的居然是孟极。

孟极自然还活着，但聂衍说过，此事不能告诉任何人。

李三眼神躲闪，选择了沉默。

坤仪惯会察言观色，见她不说话，扫一眼表情也能知道答案。

了然于胸后，她竟一时有些怔忪。聂衍竟然真的放过了孟极？那可是吃人的孟极，三百年道行的孟极。

他不是痴迷捉妖吗？他不是宁杀错也不放过吗？为何有妖不斩，欺君罔上？

一炷香燃尽，坤仪出了房间，迎面就看见了夜半。

"殿下，"夜半朝她拱手，"侯爷最近忙于公务，当真没有丝毫闲情顾别的事，您也不可偏听偏信，白为难了自己。"

坤仪抿唇，再抬头时，脸上神情就变得十分自然，且带着些余怨："我瞧最近京中也没多少大事，你家侯爷何至于忙成这样？"

夜半笑着摇头："就是因着侯爷忙，京中才无大事。不说别的，光是大户人家里的妖怪显形之事，这个月就出现了十余起。"

妖怪显形？

坤仪抿唇，也没说什么，扶着兰苕的手，轻哼了一声："那就当是本宫冤枉侯爷了。"

夜半含笑低头，为她让开路。聂衍撑着眉骨坐在侧堂里，见夜半回来，轻轻挑了挑眉。

"殿下走了，看起来气色好了一些，想必是解开了误会，还让属下给侯爷带话，要侯爷好生注意身子。"夜半笑着拱手，"侯爷可以宽心了。"

聂衍轻舒一口气，倒是又白他一眼："我宽什么心，原也没放在心上。"

还说呢，也不知道是谁从人家进门开始就一直心思难定。

夜半不敢笑得太明显，只挑了挑眉梢，然而聂衍还是看出了他的心思，冷哼着将桌上的摆件朝他砸了过去。后者笑着躲避，连连告饶。

"我倒不是对她有什么心思。"聂衍垂眼，不甚自在地拂了拂衣袖，"我只是瞧着她，好像对我比先前更用心了些。"

若不是更喜欢他了，她就该像之前说的一样与他各玩各的，大家面子上过得去就好，可她今日不但吃味了，还亲自过来一趟，又是瞪他又是恼他，哪里还像个矜傲的公主。

聂衍嘴角勾得老高，漫不经心地道："要得人芳心，好像也不是特别难。"

只要她与他朝夕相处，再过一段时间，定能更将他放进心里。

夜半欲言又止，到底是不忍打断自家主子的畅想，只道："您英明。"

夜半不忍心，黎诸怀可就没那么宽和了，听着这几句话进门来，当即道："世间人心隔肚皮，侯爷还是莫要高兴得太早，那坤仪公主久经情事，远不是你可轻易掌握之人。"

脸色稍沉，聂衍拂袖："你事做完了？"

"还没。"黎诸怀顿了顿，又挑眉，"没做完也不耽误我提点你几句，你也就是叫她看上了这张脸，别太大意。"

聂衍不以为意，他尚且能教训孟极，喜欢容颜的情爱并不长久，自己又怎么可能栽在同一个沟槽里？

黎诸怀却是反手翻出一方新得的法器："打赌吗？就以这璇玑琴作赌，你若能赢，它归你，你若输了，你的红玉手串归我。"

聂衍袖口收紧，抿唇不语。

日薄西山，各处奔忙的人都三五归府，坤仪正坐在妆台前出神，突然就见外院的下人来禀告。

"听闻容华馆又找来了一个容貌艳丽的小倌，还未登台挂牌，老板娘特意送来了府内北院，请殿下过去帮着相看。"

"哦？"坤仪来了兴致，"都送到府上来了，那得多好看？"

"老板娘说，比孟极还好看三分。"

孟极像聂衍，比他还好看三分的得是什么神仙人物？坤仪立马起身，兴奋地让人带路。

下头的人顿了顿，又道："还有一事：侯爷说他胃口不好，晚膳不来正厅用了。"

胃口不好？坤仪脚步顿了顿，想了想，还是继续往外走。

昱清侯在南院，容貌艳丽的小倌在北院。她带着兰苕行至走廊分岔口，一点也没犹豫，径直拐向了南边。

聂衍坐在屋子里，有一搭没一搭地敲着桌沿，神情看着很轻松，但夜半知道，他有些紧张。

房门被推开的一刹那，光从外头流淌进来，勾勒出一道窈窕有致的影子，风从她身后卷过来，带着一阵花香，将他那一点紧张抹了个干净。

他抬头，正对上那一双满是担忧的凤眼，喉结微动，低低地笑出了声。

"你怎么了？"她跑到他跟前蹲下，一双眼巴巴地望向他，"怎的连饭也吃不下？"

聂衍回视她，鸦黑的眼眸里湖光潋滟，不答反道："北院应该离殿下的院子更近些。"

"嗯。"坤仪点头，满眼疑惑，"那又怎么了？"

没怎么。

聂衍将她拉起来，想从容些，嘴角却是止不住地往耳根靠拢："微臣觉得，殿下的眼光甚好。"

黄昏风淡，吹得人恍然如梦。

坤仪被他轻揽着，有些迷茫地眨了眨眼。

眼光好吗？她选中他，信任他，也算她眼光好？他这话，是在澄清她的怀疑？可是，她的心思谁也没告诉，还特意弃了那绝色小倌不顾来看他，就是为了避免打草惊蛇，他又是从哪里瞧出来的端倪？

聂衍松开她，瞧见她脸上的茫然，想起自己竟与黎诸怀打这样的赌，当下就十分愧疚，补偿似的将那一方璇玑琴拿出来，放在她手里。

璇玑琴以乌木铸就，光华流转，弦上若有虹，若不当法器，只当个一般玩意儿，也是分外讨喜的。

"近来司内事忙，殿下身边也不甚安宁，若是想……有事想找我，便拨这琴弦。"他说着，将璇玑琴化成巴掌大小，挂在了她腰间。

坤仪虽然修道术很差劲，但眼力一向不错，只一扫就知道这法器贵重，不由得有些纳闷。

他若当真像徐枭阳所说，只是拿她当工具，又何必给她这些东西，不给也能凭借驸马身份做他想做的事才对，想来徐枭阳对她也没有说完全的实话。

坤仪摇头不去多想，高兴地收了东西，然后笑着问他："侯爷可是想吃掌灯酒家的饭菜了？上回外带，瞧着侯爷吃了不少，今日若没有胃口，我便再去带些回来尝尝，你总不能饿坏了身子。"

原本只是个赌约，聂衍也不至于这么挑剔娇气，但不知道为何，他突然也想任性一下，当即就点头："我便在此处等殿下回来。"

"好。"坤仪笑眯眯地起身，扭头就去吩咐兰苕准备车驾。

堂堂公主，为了他的一顿晚饭，竟要亲自上街去买回来，聂衍觉得没有比这更有说服力的了。坤仪就是很喜欢他，或许因着他对她的保护，又或许因着两人的朝夕相处，无论如何，结果总是好的。

有此倚仗，他便能多查一查她那诡异的胎记，也好早些助她脱困。

想到这些，聂衍的心情挺好，起身挪坐到靠窗的小榻上，一边翻阅卷宗，一边瞥着外头。

可是等到天色完全黑透之时，饭菜回来了，坤仪人却没回来。他望着回禀的下人，轻轻皱了皱眉。

坤仪原本是打算买了饭菜就回去的，她连凤车都没坐，只坐了普通的软轿，就是为了避免一路上有人行礼问安耽误工夫。

没承想轿子刚从掌灯酒家出来，就被个戴着黑纱斗笠的道人拦住了。

"姑娘，我看你印堂发黑，恐有灾祸，在下行走江湖二十年，能替人消灾解难，只要二十两……"

兰苕气得直赶他："去去去，什么人也敢拦我家主子的轿子，帘子都落着，你看的哪门子印堂发黑。"

那人瞧着瘦弱，兰苕伸手却是没推动，他兀自晃着脑袋继续道："恕我直言，你家主子少眠多梦，有厄运缠身，近来身边还多有妖邪，若是花钱消灾，还有回头之路，若是继续耽误下去，怕是小命难保哨。"

多晦气的话，也敢对着殿下说。

兰苕气得直叉腰，招呼了几个侍卫过来就要动手，坤仪却是喊了一声："且慢。"

她打帘下轿，仔细看了那人一会儿，忽而一笑："先生高才，还请酒楼上坐。"

这算哪门子的高才，就是江湖骗子的套话嘛，兰苕欲劝自家殿下，可殿下似乎铁了心，愣是将人请上酒楼，点了一大桌子菜，还让随从先将给侯爷的食盒带回去。

"先生打哪儿来啊？"坤仪给他倒了杯酒，揶揄地问。

这人含笑接过，感慨地道："山河秀美，万物灵动，我应该是从仙境来。"

"仙境里可有仙女？"她嬉笑，"怎么出去是一个人，回来还是一个人。"

看来是被她认出来了。秦有鲛摘下斗笠，瞋她一眼："知你是不愁婚嫁的，倒还打趣到了为师头上。"

坤仪展颜一笑，当即给他画了一张烟火符。

灿烂的烟火从符咒里飞出，飞上夜空，炸开朵朵盛景。五彩的光映照之下，坤仪捏起酒盏，轻轻碰了碰他的杯子："徒儿有幸，给恩师洗尘。"

秦有鲛很感动，端起酒一饮而尽，然后将酒盏狠狠地拍回桌上："你跟我学这么多年的道术，怎么厉害的一个不会，光把这些花里胡哨的东西记在了心里！"

什么引雷符寻挈咒，她照着都画不好，修道数年，身边还需要护卫防身，丢尽道人颜面，竟也能眼也不眨地把烟火符用水给施出来。

像话吗？像话吗？

坤仪被他吓得缩了缩脖子，委屈地道："师父，我是公主。"

"公主怎么了，公主就不会被妖怪吃了？"秦有鲛恨铁不成钢地瞅着她，"你自己说，先前在邻国，若不是有这一技傍身，你岂不是也要葬身妖腹？"

这倒是，她吸引来的妖怪吃了赵京元之后就被她打死了两只，余下的数量太多，她便借着瞒天符躲避它们的耳目，直到师父千里迢迢地赶过来，才救下她的性命。

"提起这事，徒儿尚有一事不解。"坤仪纳闷地道，"若说那一次是因着我会道术才保住性命，那之前我尚年幼之时，身边的人被我害死，我怎么活下来的？"

她比画了一下，凤眼眨啊眨："每次都来好多好多的妖怪，我年幼之时，岂不是它们嘴里的一块肉？没道理母后死了，我却活得好好的。"

秦有鲛一愣，泛灰的眼眸里闪过一道奇异的光，之后就垂了眼："那时候我还不认识你，你问我，我问谁去？眼下既是知道了那胎记的厉害，就老实些，为师不可能每回都来救你。"

提起这个，坤仪连忙道："昨日我还引了一回妖怪，但是聂衍在，他护住了我。"

聂衍？秦有鲛淡淡地应了一声，似乎对他完全不好奇，也没多问半句，只道："任谁也不能一直护着你，既然为师回来了，你便跟着我继续修习道术，也免得你再遭祸事。"

"这……"坤仪有些为难，"徐枭阳和我打赌，要聂衍在我身边活一年，所以我与聂衍是成了婚的，已然成婚，还跟着师父去修习的话，不太妥当。"

"他尽会胡闹！"秦有鲛恼了，"蘅芜自己疏忽大意化了妖，哪能怪在你头上？"

坤仪连连点头，又给他倒了酒："所以师父什么时候去救蘅芜出来？"

"我找人给她递了册子，她若能潜心修习，不日便可变回人形，自然就能出来了，何须人救。"

听着这话，坤仪眼眸一亮，忙问："那若是寻常百姓也误食这符咒，可否也用这法子让他们复原？"

秦有鲛轻哼，长睫微垂："你当那符咒是随手画的？一颗妖心之血才能写一张符，令食者化妖，厉害非常。蘅芜命好，有道术的底子，尚能修习回来，可普通百姓，你要他们如何学得会这高阶的道术。"

小脸微垮，坤仪喃喃："那可完了啊，倘若朝廷要员都吃了这符咒，我王朝岂不是要落于旁人之手。"

"他们哪来那么多的妖心！"秦有鲛伸手一弹她的额头，"小徒弟，别异想天开。真要有人觊觎你们家的江山，也不会只选这一条路子。"

比如还会让妖怪不知不觉地与凡人高门结亲，比如会在上位者里混入他们的自己人，再比如……

身后的门突然被推开，一阵夜风卷进来，吹得桌上的蜡烛摇摇欲灭。

秦有鲛一瞬瞳孔微缩，可很快又放松下来，听着那人迈进来的步子，他头也不抬："小徒弟，你身上这璇玑琴里挂了'追思'，下回别戴了。"

追思？坤仪低头看了一眼腰上的东西。

但眼下这情形容不得她深究这个，聂衍已经进来了，手里捏着却邪剑，一双眼定定地落在秦有鲛的头顶。

"北海鲛人。"他眯眼。

坤仪见势不对，连忙上前拦住他："侯爷，这是我师父。"

她师父？聂衍顿了顿，看向她的眼神里多了几丝探究。

秦有鲛放下酒盏起身，将她拉到自己身后，正面迎上了他，目光幽幽，似嘲带讽："昱清侯爷不愧是上清司主司，看谁都像妖怪。"

像是想到了什么，聂衍脸色不太好看，收了却邪剑，朝坤仪道："还请殿下随我回府。"

坤仪点头，想走却又被秦有鲛拉住："她是我徒儿，我既回来，她便要随我回去侍奉。"

"侍奉？"聂衍睨着他，眼神里带着轻蔑。

夹在这两人中间，坤仪头皮发麻，忍不住一手一个将两人推开些，干笑着朝聂衍道："这是我师父，救过我性命，你应该是头一次见吧？"

说着，又朝秦有鲛道："这便是我的驸马。"

秦有鲛吹了个口哨，灰色的眼眸上下打量他："也没比赵京元好看多少。"

"师父。"坤仪微恼。

秦有鲛摆手，算是打了招呼。聂衍也只垂了垂眼皮，当作见礼。

奇了怪了，这两人应该是不认识才对，怎么只打了个照面，就像有几世的旧仇一般？

掌灯酒家位于合德大街的朝南街头，菜品上乘，服务周到，是以生意一直兴隆，三层的回字楼里歌舞升平，热闹非凡。

　　然而，快乐是别人的，坤仪所在的屋子里气氛凝重得像一潭死水。

　　聂衍觉得面前这个人并非常人，秦有鲛亦是看他不顺眼，两人僵持片刻之后，竟是同时伸手拽住了坤仪的左右手腕。

　　"有话好说，你们神仙打架，莫要殃及我这个凡人。"坤仪睫毛直颤，"我身娇体弱的，可经不起你们拉扯。"

　　秦有鲛闻言就翻了个白眼："你是纸糊的不成？"

　　"恩师明鉴啊，我这水豆腐一般的美人儿，比纸可软多了。"她嬉笑，试图缓和两人的气氛，"今日时候也不早了，咱们不如就先到此为止，等有空再一起用膳？"

　　"好啊。"秦有鲛眯眼，"那你是要随我回府，还是要跟他走？"

　　聂衍轻哼，手上的力道微微加重："我与殿下刚刚成婚。"

　　"家国天下，向来排在儿女情长的前头，大人既是执掌上清司，想必该明白这个道理。"

　　眼瞧着两人又要吵起来了，坤仪连忙道："我来的时候就收到了宫里的传召，皇后娘娘要我进宫去坐坐呢，侯爷事忙，师父也是刚回京，二位不如就都先回去，我也好进宫去回话。"

　　秦有鲛知道她是在和稀泥，微恼地瞪她一眼，暗骂她没出息，他教她多少年了，她才刚认识这人多久，竟就要拿他与聂衍平起平坐。

　　聂衍也不太高兴，他不喜欢秦有鲛，可她没像先前对容修君的那般果断，反而还要顾及这人的感受，连晚膳都不随他回去用。

　　"我说几句话你再走。"他拉着她，避开秦有鲛，去了外头的露台上。

　　坤仪往后看了看，见师父没跟上来，才小声对他道："你别这样呀，那毕竟是我师父。"

　　聂衍停住步子，面无表情地侧过头来："你可知你师父是妖怪？"

　　坤仪一怔，接着失笑："怎么可能呢，他是教我们道术的老师。"

　　"谁告诉你妖怪就不会道术？"

　　坤仪喉头一噎，看了看面前这人分外认真的眼神，表情也跟着凝重起来。

　　聂衍是能识妖之人，虽然看起来与秦有鲛不太对付，但也不至于头一次见面就诬蔑他。他这么说，应该是有些缘由。

　　可是，妖怪都是会吃人的，她与秦有鲛相识这么多年，别说人了，他连肉都不怎么吃。且先帝在世时，对他颇为倚重，他也未曾恃宠而骄，谋求私利。若是妖怪，他这么多年图个什么？

坤仪小脸微皱，揉着袖口沉默了许久，低声道："我会留心的。"

一看她就是不当回事，聂衍脸色更沉："好心才提醒你，殿下若与他感情深厚，便当我没说过。"

说罢，他一拂袖，径自离开了掌灯酒家。

他像是生气了。

坤仪望着他离开的方向直叹气，一扭头，正好对上朝她走过来的秦有鲛。

"为师也只同你说几句话。"秦有鲛难得地严肃起来，刚硬的轮廓显得十分冷峻。

坤仪打起精神，乖乖地捏着手等着他发话。然后她就听见一句："你可知你夫君是个妖怪？"

这两人别是走失的孪生兄弟吧，怎么说的话都一模一样？多大仇啊，在当下这个谈妖色变的朝代，一见面就都说对方是妖怪，也幸好是她在听，要是皇兄听见，这还得了？

坤仪哭笑不得，给他解释："师父，昱清侯确实不是常人，他幼年就开始修道，如今已经是斩妖无数功绩赫赫的道人，他若是妖怪，这天下就要翻了。"

秦有鲛没有笑，浅灰色的眼静静地看着她，等她说完，才慢悠悠地道："这就是他的可怕之处。"

一个上清司的主司，集结天下道人，统管斩妖之事，若其真身是个妖怪，那谁还能将他如何？

坤仪怔愣地回视他，想起这段时间遇见的怪事和心里对聂衍的疑惑，也觉得他对朝廷兴许是有所隐瞒，但要以此说他是妖，那也未必太寒人心。多少妖怪来袭都是他帮着摆平的，若没有他，这天下还不知道会是什么样子。

她摇摇头，又叹了口气，低声道："我会留心的。"

听她这漫不经心的语气，秦有鲛恼得伸手戳了戳她的脑门，想到这人新婚宴尔感情正浓，到底是不忍苛责，恨铁不成钢地瞪她一眼就走了，留坤仪一个人站在露台上，吹着满怀的夜风，内心无比惆怅。

她分明是皇室公主，娇滴滴的女儿家，怎么会突然像个被婆婆媳妇夹在中间的可怜的男人，里外都不讨好。

造孽啊！

她原本还有些怀疑聂衍，听完这两人的话，坤仪只觉得男人斗起嘴来比女人还可怕，再也没往多处想。他们不就是互相攀诬告状吗，这样的气话她若往心里去，那该有多少愁不完的事。

府邸是回不去了，她干脆如先前说的那样，扭头进宫去见皇后。

这几日皇兄身体好转，宫内气氛轻松不少，但皇后瞧着还是有些憔悴，给她免了礼之后就坐在主位上撑着眉骨喘气，脸色苍白，眼神也有些混浊。

若是往常，她见状也就不会多叨扰了，可今日，坤仪打量了皇后两眼，突然笑着问："三皇子和四皇子近来可还和睦？"

皇后一听这话就又叹了口气，挥退左右，招她到身边坐下："陛下有意立三皇子为储君，小四不情愿得很，近日正闹得厉害，连带着今上也不愿意来本宫的宫里坐了。"

帝后感情甚笃，虽也有宫嫔伴驾，但这么多年了，皇兄对皇嫂一直隆宠不衰，怎的到了这个年纪，反而是因着皇子的事疏远了？

坤仪有些唏嘘，伸手刚想宽慰宽慰她，就蓦地瞧见了她手上的伤。

三条爪痕，看起来十分可怖。

她一怔，还没来得及细看，皇后就将袖口落了下去，略显慌张地道："这是被宫猫给抓的，殿下可莫要告诉今上，以免他觉我一把年纪还用苦肉计争宠，平白惹他厌烦。"

"我知道。"坤仪抿唇，纤手却是悄悄拢紧。

宫猫爪子尖细，不可能抓得了那么宽的口子，她这伤口边缘泛紫，隐隐有些黑气笼罩，与其说是兽爪，不如说是妖怪伤的。

离开皇后宫里，坤仪找到了如今在宫内当差轮值的淮南。

"和福宫？"淮南想了想，"并未发现什么异常，甚至比起别的宫殿，和福宫附近的妖怪反而更少些，也没有什么来路不明的法阵。"

这就怪了，最平静的宫殿里，当朝国母反而受了妖伤？坤仪犹豫再三，还是没告知皇兄此事，只吩咐淮南，在正阳宫附近多增派些人手。

"娘娘，坤仪公主出宫了，未曾去向陛下请安。"宫人低声回禀。

张皇后坐在寝殿里，闻言点了点头，神色稍松，却又问："今上呢？"

宫人有些为难，将头磕在手背上，闷声道："贤才人身子不适，今上过去探望了。"

这个时辰过去探望，今夜想必不会再过来。

张皇后眼里的光黯了黯，挥退宫人，兀自倚在凤床上出神。她嫁给盛庆帝已经有二十年了，他还是头一回这样冷着她。

是因为她露出马脚了吗？张皇后低头看了看自己手背上的伤，心中苦笑。张国舅最近被聂衍的势头逼得有些急了，接连对今上出手，就想让皇子早些登基，好让江山彻底落在张家手里。

那两个皇子都是她所出，身上流着她的血。对张桐郎而言，今上只是一个暂时保管龙袍玉玺的外人。他想要龙袍玉玺的时候，这个人就得死。

可她不想要他死。她替他挡了几次暗杀，前段时间遇见的大妖确实有些难缠，伤她太重，导致她隐约显了原形。他推门进来之时，她虽是极力掩饰，但应该多少也察觉到了端倪。

似乎就是从那时候起，他开始疏远她了。

盛庆帝疑心向来深重，她知道。只是没料到有一天，他的这份疑心也会落在自己的身上。

"结发为夫妻，恩爱两不疑。"她拈起自己的一缕青丝，喃喃地念出了声。

月下梢头，宫内又是一个气氛紧张的深夜，上清司的人来回巡逻，盛庆帝睡在贤才人的宫里，眉宇间也不甚平稳。

他梦见自己的亲妹妹坤仪变成了一只老鼠，生得硕大可怖，毛皮油亮，张了嘴就要来吃他。他连忙奔逃，遇见皇后，一把便拉上她一起跑。结果跑着跑着，他觉得不对劲，回头一看，手里捏着的哪里还是皇后，分明是一架会说话的骷髅。

"陛下，"她幽幽地道，"您不是说了，今生今世，都只念臣妾一人吗？"

帝王猛地惊醒，急促地扶着床沿喘气，旁边的才人连忙替他拍背，低声询问他怎么了。

"今上，"守在外间的郭寿喜见他醒了，便跟着进来道，"和福宫那边守着的人来回话，已经在外头站了一个时辰，您可要见见？"

和福宫是皇后寝宫，自然也会有上清司之人镇守，只是这个镇守的人，盛庆帝亲自挑选，特意选了个能拿捏其家人的，好让他完全为自己所用。

眼下他来回话，定然是和福宫有动静。

旁边的才人有些吃味，抱着他的胳膊撒娇："这都什么时辰了，皇后娘娘总不至于要陛下赶过去，陛下还是就寝吧。"

才人年轻，生得又貌美，自认比皇后那年老色衰之人强上不少，一直不受恩宠，便觉得是皇后刻意打压，眼下好不容易有了机会，她不愿意放过。

然而，方才还十分温和的帝王，当下竟是直接甩开了她的手，一边起身让郭寿喜更衣，一边冷冷地瞥了她一眼。才人有些莫名，还没来得及问自己哪里做错了，便有宫人涌进来，将她的嘴堵上，用被褥裹着抬了出去。

"宣他进来说话。"

"是。"

上清司的暗卫来得无声无息，见盛庆帝屏退了左右，便直言："皇后娘娘每到深夜都会离开和福宫，或者是前往正阳宫，或者是跟着陛下来其他的宫殿，身法精妙，不为寻常侍卫所察。"

一介女流之辈，竟能躲过宫中禁军的耳目，一直跟着他？

盛庆帝觉得后背发凉，神色也愈加紧张："她跟着朕做什么？"

暗卫摇头："到陛下附近便会立下结界，结界之中发生的事，属下并不能知道，但多日以来，娘娘行为诡异，恐有妖邪之嫌。"

盛庆帝是真的很害怕妖邪，那东西夺人性命都不给人反应的机会，他几十年的江山基业，哪里能甘心死得不明不白？可一听这人说皇后是妖邪，他心里又不舒坦，脸绷得十分难看："没证据之前，此等话莫要再说。"

"是。"暗卫应了，躬身退下。

帝王无心再留宿其他地方，径直带着人回了正阳宫，批阅奏折到了天明。天明之时，张皇后也回了寝宫，带着更为严重的伤，开始休养生息。

"我看她能撑多久！"张桐郎站在池塘边喂着鱼，鱼饵撒了满池，"再这样下去，别怪我心狠手辣。"

张曼柔被自家父亲吓得后退了半步，可想起那个很是疼爱自己的姑姑，还是忍不住小声道："到底是骨肉……"

"我们拿她当骨肉，她可曾拿我们当骨肉？"张桐郎冷眼横过来，"你与她都一样，自私自利，胳膊肘往外拐。"

张曼柔脸色白了白，低头："父亲又不是不知道昱清侯，那个人岂是好糊弄的，他眼下与殿下正新婚，我们选得实在不是时候。"

"何为'时候'？等他再登高一些，我们手里能摆出来谈的筹码只会更少。"张桐郎冷眼打量她，"你别当我不知道你在想什么，既想要我张家的荣耀，又不想为家族出半分力气，天下没有这么便宜的事。"

他扭头，目光深沉地看向池塘里抢食的鱼："你若是不知道忘恩负义的下场，我就让你的姑姑给你当个前车之鉴！"

张皇后一心想护住盛庆帝的性命，但她又不敢显出原形，是以只能自封部分妖力，再与他派去的人厮杀。他派去的人越多，她受的伤也就越重，只消再过几日，她便要与那盛庆帝死在一处，也算成全她这一腔妄念。

一觉睡醒，坤仪捏着玉碾打着哈欠坐上饭桌，正好对上聂衍一张冷冰冰的脸。

昨儿与秦有鲛的会面太过不愉快，他似乎到现在还没消气，兀自喝着粥，也不搭理她。

坤仪倒是有心与他说话，奈何这人从头到尾都没抬头，视线都不与她交织。

今日有朝会，马车已经在外头等着了，聂衍用完早膳，起身就往外走，坤仪见状，跟着放下碗筷追出去。

"咦，你昨晚没睡好啊，眼下乌青好重。"她一边在他身后蹦跳，一边歪着脑袋去瞅他，"本就憔悴还板着脸，不好看啦。"

聂衍恍若未闻，周身结着三尺寒冰，将她从饭厅一路冻到偏门。

门外马车已经在候着，两人气氛却是不太融洽。坤仪正琢磨要不分坐车驾，结果就见朝中临近住的几位重臣的车马在前经停。

"见过殿下、侯爷。"众人纷纷与他们打招呼，略带好奇地看着这对新婚眷侣。

坤仪拉了拉聂衍的衣袖，后者突然就化了脸上的寒霜，温和地朝他们回礼，然后揽着她的腰，十分体贴地将她扶上了马车。

"这二位感情融洽，真是好事。"

"是啊，也算良缘。"

各家要进宫的后眷瞧着昱清侯那温柔的模样，一边艳羡一边道："看着没什么问题，侯爷都这般亲近，殿下又怎会是妖？"

"当说不说，这位殿下身上的怪事确实多，也就昱清侯爷能镇得住她。"

"可惜了昱清侯爷，年少有为的栋梁材，始终要担着个驸马的头衔。"

车帘落下，方才还亲密的两个人瞬间又回到了相对无言的氛围之中。

聂衍是真的在生气，秦有鲛身份特殊，他都已经告诉她了，她却还是要进宫去见他，到底是多了不得的情谊，让她连性命都不顾了？

昨儿回府，他还当她会来解释两句，结果，直到三根蜡烛烧完，他也没等来半句话。一打听，才知道公主殿下为着容颜常驻，早早地就入睡了，完全没将他放在心上。

她要如此，他便也懒得多说话，将外头的场面做够了，便连多看也不看她。

要是以往，坤仪怎么也会找两句话来同他说，可这会儿，马车都要走到宫门口了，她也还是没开口。

不说拉倒，他也不盼着。聂衍冷冷地移开了视线。

坤仪自是不知他这一番心思，她只是又想起了皇后，想着今日师父也要进宫，不如请他去看看皇后。可又想着，皇后已经生了两个成年的皇子，她要是出岔子，这夺嫡夺得正起劲的两个皇子该如何自处?

"殿下,侯爷,到了。"马车停下,夜半的声音在外头响起。

坤仪回神,终于看了看聂衍:"你下朝之后别走那么快,来寻一寻我。"

聂衍看着远处,淡淡地道:"上清司事忙。"

上清司如今确实是忙,听他这么说,坤仪自然不再强求,只让夜半记得提醒侯爷用午膳,便带着兰茗往后宫的方向去了。

聂衍站在宫门口,沉默了好一会儿。

夜半整理着马车上的缰绳,瞥他一眼,忍不住道:"侯爷,很多时候只是一些小事,若是闷在心里久了,便会生根发芽,变成大事。"

"你最近很闲?"聂衍没好气地问。

夜半一凛,当即闭嘴,拱手送他上朝。

什么大事小事,聂衍一边走一边冷漠地想,他才不在意,她愿意说就说,不愿意说也就过去了,昱清侯爷一向大度。只是,在朝堂上看见秦有鲛的时候,他还是没忍住,借着道术的掩护,暗里朝他飞去好几道显妖符。

秦有鲛正在给帝王述职,察觉到异动,嘴里没停,一只手却背到身后,暗暗与他斗起了法。

符咒在空中飞舞又僵住,被推过来又被挤回去,最后"啪"的一声贴在了正在为三皇子说话的朝臣的嘴上。

始料未及,这位朝臣突然就变成了一个两人高的树妖,枝叶繁茂,直冲房梁。

群臣大惊,聂衍反应倒是极快,当即落下法阵。树妖还没来得及吭声就化作一道金光,消失在法阵之中。

帝王惊骇不已,皱眉看向聂衍:"这等妖怪,怎么进的朝堂?"

宫门各处已经有上清司的人守护,按理说妖邪再不该出现才对。

聂衍只顿了一瞬,便上前禀告:"臣追查这只树妖已有三月,一直无法捉拿其潜伏党羽,故而今日不得不将其放入宫门,好引蛇出洞。"

说罢,一抬手,递给郭寿喜一份奏折,上头详禀了这树妖的来历,牵扯来往的其余人。

盛庆帝只扫一眼就消了气。

聂衍做事很是细致有理,那树妖方才还在朝上赞颂三皇子,将其夸得天上有地下无,一看来往人员,果然涉嫌党争。这些妖怪已经精明到意欲裹挟他的皇子,真是岂有此理。若不是昱清侯在侧,他还真拿它们没办法。

帝王合上折子，当场发落了好几个重臣，大多是三皇子的拥趸。

朝臣心惊，以为四皇子逆风而上，突然翻盘。秦有鲛却是似笑非笑，瞥了瞥聂衍的手。

折子是刚写出来的，用了极高的道术，这人修为还真是不浅。但也就是说，若是方才那符纸没有飞错，一只妖怪便要继续在朝堂上进出，虽然是只没有攻击性的树妖。

这昱清侯，打的是什么算盘？

朝堂上出现妖怪可是一件大事，哪怕没有任何伤亡，消息传到后宫，皇后还是挣扎着下了榻："我去看看陛下。"

"娘娘莫急，陛下没有受伤，昱清侯还在呢。"宫女连忙扶着她，"待会儿国师就来回话了。"

旁边来请安的妃嫔也一并劝说："娘娘先养好身体要紧。"

张皇后摇头，神色很是慌张，挥开来扶她的宫女，低声道："先让坤仪公主来和福宫一趟。"

坤仪今日原就是要进宫去见皇后的，只是瞧着时候还早，她便先去了一位太妃的宫里请安，结果刚坐下没喝两口茶呢，就被抬到了和福宫。

"殿下。"张皇后容色憔悴地倚着凤床，一看见她，便泪如雨下。

坤仪吓了一跳，连忙挥手让后头的人都下去，而后坐到她床边："皇嫂这是怎么了？"

"我没法子了，当真没法子了。"张皇后一边落泪一边摇头，"你可一定要保住你皇兄的性命。"

王朝天子何其尊贵，怎么会要她来保命？坤仪皱眉，刚想问缘由，就感觉周遭暗了下来。

华贵的摆设都被黑暗吞噬，偌大的皇后寝宫，转眼就只剩了床前这一方天地。

她心里一跳，站起来后退了两步："皇嫂？"

"你莫要怕，我不会害你。"张皇后泪光楚楚地看着她，"你母后生你生得晚，我虽只是你嫂嫂，却也是看着你长大的。这么多年，我若有歹心，你也活不到现在。"

"理是这个理，但……"坤仪左右看看，有些苦恼，"你未曾修习道术，怎么落结界？"

这……很难不让人怀疑是妖怪啊。

张皇后抹开眼角的泪，轻叹一声："今日找你来，我便没想瞒你。坤仪，你可知'瞿如'是何物？"

瞿如，古书里长着人脸的鸟，生于祷过之山，声音婉转动听，但早在几千年之前就消失于人世。

直觉告诉她，这次对话不能继续下去，会给她找来一堆麻烦事。可是人都有好奇心，尤其是坤仪这种又闲又尊贵的人，再害怕也还是忍不住多嘴问了一句："皇嫂与那异兽有什么渊源？"

张皇后坦诚地道："那是我的祖辈，因着凡人捕杀而避世，繁衍至我们这一代，族人已经不剩多少。因而我们只能化身为人，混入你们当中，才能继续活下去。"

坤仪被她吓得打了个战。

当朝国母，入主中宫二十余载的皇后娘娘，竟然是妖怪？这等秘密，一旦泄露出去，皇室必将大乱，她怎么会突然告诉自己？

"起初我嫁与你皇兄，是我哥哥的安排。"张皇后低垂着脸，侧颜苍白而恬静，"可后来，我是当真喜欢他，才与他生儿育女。如今两位皇子长大了，我哥哥也起了别的心思，一连数日都派了得力妖怪来暗杀。如今，我快拦不住了。"

张皇后露出手上和脖子上的伤，忧心忡忡地看向她："坤仪，你救救你皇兄吧。"

她身上的伤有些可怖，坤仪只瞥了一眼就不忍再看，兀自站着，沉默。

张皇后盘算过，坤仪虽是骄纵，但本性纯良。告诉她这件事，她不会闹大，只会想法子护着她的皇兄，又能借着昱清侯的势，是最好走的一条路了。

可是，坤仪听完竟然不说话，张皇后看不明白她在想什么，当下也有些慌："你不愿？"

"不是。"坤仪抿唇，回过神，"护驾之事我自然会办，但有几件事，我想先同皇嫂问个明白。"

"什么？"

"皇兄先前中风之时，正阳宫有一法阵，是何人所落？"

张皇后叹了口气："是我。有人想将陛下那一魄直接打碎，好让陛下久病不起，我从中动了手脚，将陛下那一魄困在了花窗里。只是，哥哥很快就发现了，我别无他法，只能借着陛下的口，留你二人在宫里过夜。"

昱清侯道行极高，救出那一魄不成问题。

只是……

坤仪定定地看着她，问出了第二个问题："你既是妖怪，昱清侯与你交谈过，他难道没发现？"

张皇后一愣，下意识地别开了脸："像我们这种修为极高的妖怪，凡人轻易是不能看穿的，我未曾危害过陛下，昱清侯没有发现也是情理之中。"

坤仪不信。聂衍能一见面就说秦有鲛是妖怪，不可能没看出皇后的身份。

想起先前他的行为和秦有鲛的话，坤仪神色有些严肃。

"你莫要多想，"张皇后直摇头，"昱清侯现在是咱们唯一可以倚仗的人，只有他能压住那些大妖，保住皇室众人的性命。"

秦有鲛虽也厉害，但他势单力薄，一人难以护那么多人的周全，而聂衍，他有整个上清司。

"他能保住我等性命，便也是说，我等的性命都在他手里。"坤仪抬头，凤眼里神色有些迷茫，"若有朝一日，他也起了别的心思，我等又该如何是好？"

张皇后哑然，手指拢紧身上的被褥。

坤仪想得没错，聂衍那个人是有更大的野心的，但眼下她们没有别的路可走了。

好在坤仪似乎只是在问自己，并未想从她嘴里得到答案，说完就起身，示意她撤掉结界。

张皇后放她出去了，又有些不放心："坤仪，我绝不会害你皇兄。"

"我知道。"她摆摆手，走得头也不回。

其实坤仪不恨妖怪，哪怕它们总想吃了她。这天下本就不是独属于人类的，人类占据了它们的领地，它们要么去更远的山林里，要么就混入人群一起生活。

只是，坤仪做梦也没想到，连当朝皇后竟然都是妖怪。妖怪数量远不及凡人，但若上位者都成了妖怪，每年无辜死去的人该有多少？

她脑子里乱成一团，走路也没看路，一出门就撞到了人。

秦有鲛被她撞得闷哼一声，瞪一眼她头上尖锐的凤钗，又揉了揉自己的心口："殿下，一日为师终身为父，您这是弑父。"

坤仪抬头，懵懂地看了他好一会儿，张口想说什么，想起聂衍说他是妖，她抿唇，话在舌尖打了个转，换了字句："师父瞧这和福宫，可有什么异样？"

秦有鲛瞥一眼宫檐上头有些横乱的妖气，慢声道："能有什么异样，她做皇后都二十年了。"

就算有异样，也只能是没异样。

可是他面前这小徒弟似乎很不开心，失望地垂下头，绕开他就继续往外走。

"坤仪，"秦有鲛难得地正经了神色，看着她的背影道，"你不必思虑过多，为师既然回来了，便会护你周全。"

又是一个能护周全的。坤仪头也没回，只伸手朝他挥了挥。

聂衍不可靠，她师父也不可靠，这事儿，她还是自己琢磨吧。

老实说，坤仪很贪慕享受，锦衣华服、珍宝珠翠她样样都要用天下最好的，每日描眉点妆都能用上一个多时辰，出行的凤驾更是晟京街上独有的风景。

但公主就是公主，打出生起身上就挑着担子，遇见这种离奇事，她怕归怕，却也不至于退缩。眼下只有她能救皇兄，而她能做的，就是去找聂衍。

今日的朝会不太平，群臣出宫的时候脸色都不好看，聂衍虽是逃过了帝王的怀疑，但惹了三皇子一党不满，于是一下朝就有人将他拦在宫门口，企图谈谈话。

聂衍刚要发火，远远地就看见一团黑雾朝这边过来。

"几位大人这是做什么，找不到出宫的路了不成？"坤仪笑着行至这群人面前，眼底神色却是冰凉，"要不要本宫捎带各位一程？"

几个大臣一愣，尴尬地朝她行礼，而后纷纷寻借口告退。

"翻了天了，在皇宫门口欺负我的驸马。"她朝他们的背影噘了噘嘴，而后戴上最真诚的笑脸，盈盈望向聂衍。

聂衍微微一怔，想起自己还在生气，当即别开了头："殿下怎么还在这里？"

"自然是等你一起回家啦。"坤仪道，"不过在回家之前，想请你帮个忙。"

就知道她一定是有事相求。聂衍没好气地将手负在身后，示意她直说。

于是坤仪就说："皇嫂最近老是做噩梦，我今日去她寝宫一看，发现有些不对劲，先前问过淮南，他说和福宫一切正常，我想着也许是他们本事不够，看不出来，便想请你去看一看。"

和福宫？聂衍不用去就知道是什么问题。

张桐郎为了自己的私心，在皇后的宫里留了一条能容妖通过的暗道，是以就算上清司把守宫门，他的人也能出入皇宫。

聂衍早有想法要封锁这条暗道，但今上十分爱重皇后，一时没找到合适的机会，没想到坤仪倒是主动来提了。

他垂眼，面露难色。

"怎么？"她拉着他的衣袖，眼睛眨啊眨地看着他，"没空？"

"不是。"聂衍低声问，"陛下可知此事？"

坤仪摆手："皇兄最近忙得焦头烂额，哪里有空管后宫，你随我去一趟，只当是请安便好。"

他抿唇，目光扫过她这张满是期盼的小脸，没吭声。

坤仪在求人的时候态度还是十分端正的，立马道："我也知是劳烦你了，等忙完回去，我替你上清司的人讨个赏，叫那几个主事今年都能跟着去春猎，可好？"

顿了顿，她又道："也可以把侍奉师父的时间都空出来，陪你用膳。"

春猎是个好事，上清司那些人能去一趟，以后行事能方便不少。但……聂衍更喜欢的还是后头这半句。

"一言为定。"他松了眉眼。

坤仪觉得，昱清侯其实也挺好哄的，只要你照顾到他的手下人。比如上回，她带厨子去给上清司的人做菜吃，他就很高兴，眉眼里都是笑意。再比如这次，他分明好像有什么为难的地方，一听主事们能去春猎，便也答应她了。

如此看来，他也算是有情有义。既然有情有义，那她就还有机会。

坤仪心里有了主意，先与他一起去了和福宫。张皇后瞧见他，有些高兴又有些许的畏惧，带二人行至后庭，借口与坤仪说话，只将他一人留在那里。

聂衍做事向来利落，瞧见了缺口，几张符纸带着法阵就落了下去。

他道法蛮横，震得十里之外暗道另一侧守着的小妖都颤了颤。

"好厉害的道人。"几只妖凑在一起嘀咕，"上清司多久没出过这么厉害的道人了？"

"有些年头了，不过这道行比起当年上清司的祖师爷，还是差些火候。"

"也不错了，至少眼下晟京里咱们的人都不是他的对手。"

"先去禀告大人吧。"

聂衍收手，盯着那地方看了片刻，便拂袖要走。

"你既落阵，为何要落活阵？"背后突然响起一个人的声音。

聂衍步子一顿，微微侧头。

秦有鲛不知何时出现在后庭，一身柏色长衫，墨发束拢，眼神别有深意："以你的修为，完全可以落一个死阵，彻底守住这宫闱平安。"

聂衍睨他，眼里尽是嘲讽："我做事也得与你上个折子？"

"不敢，但我能与我那蠢徒弟说，看她会怎么想。"

"随你。"

说是这么说，秦有鲛还是察觉到他动了怒，当即失笑："这里只你我二人，你又何必忍耐？"

废话，想与他动手有的是地方，他怎么可能挑在和福宫的后庭。

聂衍嗤笑，刚想走，不料身后却有杀气朝他袭来。却邪剑自手中化出，聂衍想也没想，反身就挡了这一击，末了剑刃一横，一道剑光直冲秦有鲛的面门。

"师父！"

坤仪原是想过来瞧瞧他的，谁承想正好遇见这场面，当即喊了一声，提着裙摆就朝秦有鲛的方向冲了过去。

聂衍瞳孔微缩，想收回剑光已经来不及，只能眼睁睁地看着她跑到秦有鲛的身边，然后在离他三步远的地方停了下来，堪堪躲过剑光，让剑光直冲秦有鲛而去。

聂衍愣了。

秦有鲛也愣了，祭出随身的法器将这一道剑光挡下。

秦有鲛简直要气死了："你跑过来给为师喊魂的？"

坤仪十分无辜地眨了眨眼："我修为不如师父百分之一，上去接这东西，没命了怎么办？"

"你就不怕为师没命了？"秦有鲛瞪她。

她"嘿嘿"两声，笑得十分甜美："师父福大命大，不会的。"

笑完，神色收敛了些，转头看向聂衍。

他已经飞快地收了剑，面容镇定，但眼神有些躲闪。一身的戾气虽然掩得快，却还是都落进了她眼里。说实话，这是对方先动的手，他还手已经算是轻的了，但不知道为什么，迎上她的眼眸，聂衍还是有些心慌。

他想起她说张国舅，一身戾气，看着凶狠，不招人喜欢。那方才他的模样，她是不是也会不喜欢？

坤仪朝他走了过来，聂衍将手背到身后，薄唇紧抿，略显不安。

然而，这人只是歪着脑袋看了看他，然后就牵起了他的衣袖："侯爷看起来心情不佳，我陪你先回府好不好？"

聂衍下颌紧绷，想说点什么，瞥一眼那边虎视眈眈的秦有鲛，还是将话咽了回去，任由她牵着自己，将自己带出后庭。

微风徐徐，宫里河岸两边的柳树都抽了碧绿的枝条，随风飘拂，春意盎然。

坤仪拉着他，一言不发，从和福宫一路走出西侧的宫门。聂衍闷了许久，眼瞧着要上马车了，他才沉声问："你不高兴？"

坤仪一顿，转过身来仰头看他，轻轻叹息："宫闱之内是不能擅带兵器的，你虽特殊些，但若叫皇兄知道了，他难免心里不痛快。"

聂衍垂眸，嘴角抿得更紧："他先对我出手的。"

"师父？"坤仪皱眉，"好端端的，他为何要对你出手？"

她这话，摆明了就是偏心。那么信任她师父，却不肯信他。

聂衍冷了脸，甩开她的手就要走。

"咦。"她连忙将人拦住，哭笑不得，"我有疑惑，你可以解答，怎的话没说完就要走？又不是几岁的孩童，还要闹别扭不成？"

他死抿着嘴，眼里雾沉沉的，瞧着甚是委屈。坤仪心软了，捏起他的手，缓和了语气："别说是他先动手，就算当真是你先动手，我也不会怪你，就是怕你气性太大，误伤着旁人。"

要是先前，她还能只把他当个美男子看待，可现在，知道他或许不是人，坤仪就要小心得多了。

得哄着他，不能让他兽性大发，更要对他好，要让他欠下恩情。

孟极一事里他就说过，妖怪若是欠了恩情，就必定要偿还——这也许就是破局之法。

坤仪定了定心思，碰了碰他的手指，发现凉得很，便伸了两只手去裹住他的拳头。

柔软的暖意自她手心里传过来，聂衍眉目松了下来，轻哼了两声，表情还有不忿，却缓和了许多，只闷声道："方才你径直跑向他。"

分明与他成了婚，却跑向别人！

坤仪一脸莫名："我从拐角的月门过来，他离我最近呀，就算我要跑向你，也得经过师父身边。再说了，你那时候那么凶，我朝你跑过去，你一剑砍了我怎么办？"

手微微收紧，聂衍垂眼："不会。"

"嗯？"

"我说，不会砍到你。"他闷声道，"我要对付的是外人，不是你。"

她与他尚未圆房，竟也就算他的内人了？坤仪听得有点感动，下巴蹭了蹭他的胳膊，娇声道："那我给你赔不是，请你去珍馐馆用膳可好？"

"在府里用便是。"聂衍不太高兴，"外头乱得很。"

"你先尝尝他们的菜嘛，比我府上的厨子做的还好吃，而且味道新奇，有用油炸的小肉丸，还有新研制的炒菜。"坤仪抱着他的胳膊摇晃。

软绵绵的身子这么贴着他，聂衍就算是再清心寡欲，也忍不住动了动喉结："殿下坐好。"

"我坐好啦。"她低头看了看自己，不明白哪里不妥，"难道要坐你腿上不成？"

"……"

聂衍扭头，看向窗外，身子微微紧绷。

身边这人浑然不觉，依旧抱着他的胳膊撒娇："你放心，我绝不会让旁人吵到你。"

她现在也挺吵的，分明生的是一张小巧樱唇，却总能说个没完。

聂衍喉结几动，觉得自己不太对劲，忍不住松了松衣襟，想透透气。结果一侧头，就发现旁边这人瞪大了眼盯着他的襟口瞧。目光赤裸又理直气壮，带着欣赏和愉悦，瞧得一抹恼红顺着他的心口爬到了脖子根："殿下！"

"嗯？"她好似没发现他的羞恼，还伸手摸了摸他的锁骨，"侯爷，你到底吃什么长大的，能生得这么完美无瑕？"

他身体的每一寸形状都好看极了。

绯红爬上了耳根，聂衍羞恼地挡开她的手，合拢了衣衫。

坤仪可惜地叹了口气。马车恰好在珍馐馆外停下，她起身下车，反过来伸手扶他，眼角一挑，眉梢里尽是风情："侯爷别摔着了。"

谁要她扶！

聂衍兀自下了车，冷着脸进了馆子。坤仪跟在后头，忍不住笑出了声，她觉得害羞的昱清侯真是格外有人味儿，比什么都可爱。

"殿下驾到，有失远迎。"珍馐馆的东家诚惶诚恐地出来迎她。

指了指前头那人，坤仪叹气："掌柜的，我惹了美人儿不高兴，得包场哄回来，您行个方便。"

珍馐馆这地方来往的权贵甚多，还真不是那么好包场的，但坤仪是谁，这话音落下去，掌柜的还真就应了，挨桌去赔罪，不到一炷香就替她将整个珍馐馆清了场。

金描的飞凤柱、铜打的看门兽，这么个日销万金的富贵地，眼下丝竹依旧、歌舞依旧，人的吵闹声却没了。聂衍挑了位置坐下，对她这分外铺张的行为不甚赞同："你也不怕言官弹劾。"

坤仪依着他坐下，丹唇含笑："弹劾我没好处，那些精明的老头子不会做的，顶多在你身上做文章，可你是谁呀，势头正好的上清司主司，必定能应付过去。"

说着，端起桌上的雕花银杯，递到了他唇边。

流水似的佳肴接连上桌，聂衍越看越皱眉，她这一顿饭，能抵上寻常百姓吃一年。然而，他尝了一口味道，觉得贵也有贵的道理，还真挺好吃。

聂衍不是个贪图享乐之人，也未必喜欢这么奢华的地方，但看着身边这人，满室烛光将她映得面容如玉，眼里水波盈盈，唇齿轻启就将一片软笋含进了嘴里。

他又觉得，她就是该被娇养在这些地方的。

金丝锦绣、碧玉凤钗，天下的好东西全堆在她身上好像也不过分。

第六章

以牙还牙

坤仪是惯会享受的，笋只吃尖上最嫩的两寸，肉只吃脊背上最鲜的二两，酒要喝十年的陈酿，佳肴咸淡甜辣一分都不能偏。

珍馐馆送上来几十道菜，最后也只有三道入了她的眼，叫她捏着银箸多吃了两口，眼眸微眯，像一只餍足的猫。

察觉到他的目光，坤仪挑眉，眼尾一扫，哭笑不得："侯爷，菜在桌上，不在我脸上。"

聂衍默不作声地收回目光，夹菜入碗，余光瞥见她开心地继续吃了起来，忍不住又多看她两眼。

明眸皓齿，皎皎如月。

珍馐馆的丝竹是一绝，绵长悠扬、动人心神。她一边吃一边和着曲调轻轻叩击桌沿，身上的黑纱懒散地拢着，被灿若星汉的灯光一照，隐隐能瞧见里头细腻雪白的肌肤。

聂衍突然皱了眉，放下筷子问她："殿下一直穿着这样的衣裳？"

坤仪听得正高兴，想也不想就答："自母后仙逝，我便一直穿着，司织局给我准备了各种各样的黑纱，虽然颜色单调些，暗纹却是有的挑的。"

"冬日不冷？"

"冷的时候里头多穿几件便是。"

聂衍不说话了。

女子衣着宽松大胆是寻常事，他连上清司的事都管不过来，怎么会有心思去管她穿什么。

坤仪敏锐地捕捉到了一丝他的不悦，十分意外地挑眉："你觉得它不好看？我师父亲自画的符文，说能给我护身。"

"这上头画的是瞒天符和过海符。"聂衍不喜欢她语气里的崇拜之意，冷着脸解释，"瞒天符能掩饰凡人的气息，让一般的妖怪看不见你，的确是能护身，但过海符是镇妖用的，于你并无什么作用，你师父为了唬人才加上去的。"

坤仪震惊了："还能这样？"

"行走江湖的骗子，多少都得有点花架子。"他没好气地道，"有空我给你重画。"

"好呀好呀。"她高兴地应下来。

月上柳梢，两人用完晚膳打道回府，倒是没乘车，而是相携走回去，车与随从都远远地跟在后头。

"我瞧着皇嫂挺担心皇兄的，你多派些人去守着他吧。"坤仪把玩着他修长的手指，身子懒洋洋地倚着他，"我瞧淮南就不错。"

聂衍瞧着远处的月亮，淡声答："陛下是一国之君，他不会受人安排。"

也不用他安排，今上就已经自己笼络了不少上清司的人，虽然都是些修为不高的普通道人。

"你既然接管宫闱巡防，加强戒备总是不难的。"她晃了晃他的胳膊，"我可就这么一个哥哥。"

以往听说谁家的大人被家眷吹了枕边风，聂衍只觉得可笑，心志坚定之人，怎么可能为妇人左右？

然而现在，也不知道是夜风太温柔还是月亮太好看，他思忖片刻，竟是"嗯"了一声。

后头的夜半脚下一滑，差点没站稳。

听见他古怪的咳嗽声，聂衍才意识到自己不太对劲，耳根微微一热，拂开她，走快了些。

坤仪正高兴呢，冷不防被他一甩，连忙追上去拦住他："出什么事了？"

"没。"他有些恼，"时候不早了，快些回府。"

"也不用这么快啊，刚用完膳，走这么快会肚子疼。"她又来勾他的手指。

聂衍是想躲的，但这人动作蛮横不讲理，他还没来得及抽手，她就已经将纤指塞进来，牢牢相扣。

都这样了，再甩开难免显得有些小家子气，这么一想，聂衍就顺理成章地任由她将他的步伐拉慢。

两人并肩行在合德大街的街边，她腰上挂着他送的璇玑琴，他腰上挂着她绣的丑荷包，一黑一白，一低一高，一繁一简，倒是意外地和谐。

龙鱼君趴在容华馆的露台围栏上，半垂着眼看着远处那两人的背影。

"不甘心？"有人问他。

龙鱼君一怔，满眼戒备地回头，就见徐枭阳立在他身后，一身宝蓝锦袍，面若白玉。

"是你。"他眯眼。

徐枭阳展扇而笑："整个晟京知你苦处的，也就只有我了。"

"用不着。"将头转回去，龙鱼君淡漠地道，"这两人就是你送作一处去的。"

"我给了机会，你没抓住，怎么还能怪在我头上？"徐枭阳在他身边坐下，伸手给自己倒了茶，"你若能狠心将她蛊惑，让她非你不可，今日的驸马又怎么可能是昱清侯？"

蛊惑坤仪？

龙鱼君突然笑了："徐大官人，我还当你什么都知道。"

这世间的人，谁都好蛊惑，独坤仪，谁也拿她没办法，她喜欢谁便是喜欢谁，通天的妖术于她都无用。

徐枭阳不太高兴，放了茶盏道："你若与我坦白，又愿意助我，我便替你拆散了他们，再给你一次机会。"

龙鱼君头也没抬："今日事有些多，这就不送大人了。"

现在被他拒绝，徐枭阳也不意外，只道："等你后悔了，让人把这个送到徐家任意一家铺子上。"

说着，扔下一块腰牌。

龙鱼君瞥了一眼，没动，只先看着徐枭阳下了露台，身影消失在楼梯之后。

再给他一次机会吗？他看向那块腰牌，默不作声，墨发被晚风吹得翻飞，眼里一片迷茫。

有了坤仪的枕边风，第二日宫内上清司的人就多了不少，皇后看着十分高兴，心里紧绷着的弦一松，整个人就开始发起高热。

盛庆帝听见消息，急忙去了和福宫，可他没带任何太医，只请了秦有鲛与他同去。

秦有鲛觉得盛庆帝是个十分矛盾的人，他分明很害怕皇后，但又让所有护卫都站在外头，只与他进寝殿。分明是来看皇后，却站在隔断处又不愿再往前了。

"你只管替朕看看，她是真病还是假病。"

秦有鲛有些好奇："陛下是不是知道了些什么？"

盛庆帝抿唇，摇了摇头，不愿意说。

秦有鲛无奈，先去替皇后诊脉，一炷香之后，写完方子交给了外头的宫人。

"如何？"帝王问他。

"身上很多妖伤，看起来已经经历过十余次的打斗，新伤叠旧伤，又无人给她送药，这才发起了高热。"秦有鲛一边说一边打量帝王的脸色，见他虽满脸意外却没有多余的惊恐，便知他应该是料到了皇后的身份。

"今上，"秦有鲛忍不住道，"这世间妖怪很多，有好妖也有恶妖，不能一概而……"

"国师慎言！"盛庆帝沉了脸色打断他，眼神十分凌厉，"妖比人强壮百倍、厉害百倍，若容妖于世，凡人无论贵贱，终会沦为桌上食物。"

秦有鲛闭了嘴。

他说得没错，一旦妖成了上位者，那不管是皇亲国戚还是平民百姓，它们都是想吃就吃。凡人唯一还能活下来的理由，就是妖怪吃不下那么多。

"还请国师在这和福宫设下法阵。"盛庆帝闷声道，"就设困囿阵即可。"

这是要软禁皇后了。

秦有鲛往内殿的方向看了一眼，有些替张皇后不值。

背叛自己的家族，就为护住这么一个男人，可这个男人还视她如洪水猛兽。她若被软禁，无医无药，魂飞魄散也不是没可能。

不过，秦有鲛和她毕竟不熟，今上这么吩咐了，他就这么做。

金光闪闪的法阵笼罩在了和福宫四周，帝王沉默地看着，眼里颜色深如沧海。

但也只是片刻，他便回过身来，对淮南吩咐："带着上清司的人，查封国舅府。"

坤仪睡了个懒觉起身，正在用玉碾碾她的小脸蛋呢，就听得专凑热闹的侍卫回来禀告："皇后娘娘被打入了冷宫，连带着三皇子和四皇子近期也被禁止参与早朝议事，刘妃一大早被抬成了贵妃，宫里乱成了一团。"

玉碾被惊到了地上，坤仪不敢置信地"哈"了一声，拽着侍卫问："原因呢？"

"属下没听着。"

"吃瓜"最讨厌的就是一知半解，坤仪挠心挠肺的，当即起身，带着兰苔就往外走。

原是想直接进宫去，但想着聂衍今日休沐，还在府里，坤仪也就绕个路过去同他说一声。

然而，刚走到他的院落附近，坤仪就听见夜半十分慌张地咳嗽了起来。

"殿，殿下怎么这个时候过来了？"

不对劲。

没理他，坤仪径直闯了进去。

聂衍书房的门不但紧闭，还上了闩，坤仪推了一下，然后后退几步，一脚踹了上去。

咔——嘭！

灰尘起了又落，屋子里的两个人像是被她这神力惊呆了，一个挑眉，一个愣住。

挑眉的是聂衍，至于愣住的这位……坤仪上下打量她，又看了看外头的天色，似笑非笑："张家姑娘，在这儿过了一夜啊？"

张曼柔没想到她这么大力气，连门闩都能踢断："见，见过殿下。"

"也甭见过我了，我昨儿就没见过你，今日一早倒是在这里瞧见，怪不高兴的。"径直走到聂衍身侧，坤仪捏起他的下巴看了看他，又眯眼看了看张曼柔，"您二位在这儿做什么呢？"

今日外头露重，这位姑娘的衣衫却是干净清爽，面色憔悴，发髻微散，显然是早就来了，并且待了很久。

可看聂衍，身上衣裳很整齐，也没别的味道，不像与她有染。

孤男寡女共处一室过了一夜，什么也没有，那在干什么，聊家国大事不成？

坤仪不高兴，很不高兴，小下巴一抬就盯着聂衍，等他一个解释。

聂衍原是有些烦的，张桐郎自己引火烧身，为什么要把女儿推来找他求救，可看见坤仪这模样，他反而松了眉，眼里略有笑意："殿下怀疑微臣不忠？"

"尚未。"她傲气地点了点他的额心，"但侯爷若是说不出来缘由，那我不怀疑也得怀疑了。"

"殿下，"张曼柔连忙跪行两步，"是小女子深夜来向侯爷求救，侯爷谦谦君子，并未逾矩。"

聂衍简单地附和了个"嗯"。

坤仪气极反笑："侯爷解释也不多花些心思？"

"如何才叫花心思？"他微微歪过脑袋，疑惑地看着她。

坤仪清了清嗓子，给他做了个样："卿卿！事情不是你看见的那样！我与她没有半分瓜葛！你千万莫要往心里去！我对你的真心天地可鉴！"

张曼柔愣了。她觉得这位殿下应该少看些话本，戏也太过了，昱清侯这样冷血无情的人，怎么会有闲心……

"卿卿。"

他目光流转，微微启唇，学着她的词，却换了个语气，鸦黑的眼眸深深地望进她的眼里："事情不是你看见的那样。"

薄唇轻抿，一字一句，像缠绵的绸缎，慢慢地朝她裹上来。

坤仪愕然，脸上蓦地一红，慌忙想推开他，这人却伸手拉住她的衣袖，将她搂到了他怀里。

"我与她没有半分瓜葛，你千万莫要往心里去。"他叹息，气息温热带着木香萦绕在她耳侧。

"我对你的真心，天地可鉴。"

这人可真是，她就随口一说，他还真能学，学就算了，还说得这么……

心里"咚"的一声，接着心口就飞快地跳突起来，坤仪挣扎着推开他，双手朝自己扇着风。

"好了好了，我信了。"

声音本就蛊惑人，再配上他这张脸，简直是要了人命。

脸皮极厚的坤仪公主，平生第一次害了臊，站在他跟前被他看得手足无措，只得扭头去看下面还跪着的张曼柔。

"张姑娘有何事要我夫婿相助啊？"

没什么要相助的，眼下只想问问二位要不要杀了她助助兴。

被秀了一脸恩爱的张曼柔长长地叹了口气。

"皇后娘娘为了陛下的安危，与张家决裂，陛下将她打入冷宫的同时，也查封了国舅府。"张曼柔长话短说，"张家其余人尚能自保，我是想来求侯爷救救我姑姑，她一片痴心，不该是这个下场。"

原来是这件事，坤仪正经了神色："你姑姑可有给你留下什么话？"

"没有，但我知道她身上的伤应该很重，若是被软禁，还没有太医，便活不过这个月。"张曼柔掏出几个青色瓷瓶来放在旁边的茶案上，"还请殿下帮帮忙。"

直觉告诉坤仪，她方才求聂衍的应该不是这件事，但今日她本就要为这件事进宫，也就恰好了。

收了药瓶，坤仪问聂衍："你要收留她？"

聂衍摇头："没兴趣。"

"那我便顺路送送张姑娘吧。"坤仪招手，让兰苔带着她一并往外走，"侯爷记得好生用膳啊。"

聂衍轻"嗯"了一声，看着她潇洒地消失在门外，不免失笑。

倒是个脆生的性子，不矫情也不拖拉，风风火火的，像一把镶满宝石的小弯刀。

小弯刀坐在凤车里，对外头的张姑娘没什么太好的情绪："你现在应该是通缉犯，本宫这么带着你也不妥，等到街口，本宫便不送了。"

张曼柔眼里有泪，欲言又止。

坤仪隔着黑纱，压根不看她的脸，只道："你求侯爷一夜都无用，求我就更不可能了，我虽然喜欢美人，但不太喜欢危险的美人。"

聂衍除外，他太好看了，可以让她忽略一部分的危险。

"小女子不会与殿下争抢侯爷。"张曼柔泪如雨下，"小女子早有心上人，但眼下他不在晟京，小女子无人可依。"

"有心上人那就更得避嫌了，这年头男人的清白多重要啊，总不好为着这点善心，把清白也搭进去了。"坤仪轻笑，"再者说，你又不是什么普通的姑娘。"

张曼柔惊得一愣，一时都忘了哭。

她怎么会知道的？聂衍告诉她的？聂衍怎么可能连他们张家人的身份都告诉她？不怕他们杀人灭口吗？

想起她腰间戴着的璇玑琴，张曼柔灭了心思，但又更觉委屈。

聂衍那样高贵的族类，又有无上的法力，怎么会看上这么个骄纵的公主？

"没关系。"她低了声音，"殿下今日的送药之情，曼柔记住了，以后若还能活着，必定会来还。"

说罢，在路口便混进人群消失了。坤仪一眼也没多看，打了个哈欠倚在软垫上，晃了晃脚上新做的缂丝宝鞋。

妖怪的心思她未必会懂，但女人的心思，大家都一样。她做不来活菩萨，只要两人还是夫妻，她就不会愿意他身边多一个人。

凤车很快到了地方，坤仪刚递了请安帖上去，郭寿喜就亲自出来将她引到了皇兄跟前。

她的皇兄，当今天子，稳重又心怀天下的帝王，眼下正站在和福宫附近的露台上，对一个宫人使着杖刑。

那宫人叫得太惨，吓得坤仪迈上最后一个台阶的脚都顿了顿。

"罢了，莫要惊扰公主。"帝王瞧见她，连忙让人撤了刑，将那半个血人给拖了下去。

"皇兄，"坤仪皱了皱鼻子，"这人犯了什么事，竟用这么重的刑罚？"

"他大逆。"帝王余怒未消，"朕今日刚下令封锁和福宫，他下午便偷摸送东西进去。"

坤仪好奇："送了什么？"

"给皇后的伤药。"

坤仪干笑了两声，装着药的袖袋突然变得好沉。她有些不解："皇嫂何至于连药都不能用？"

帝王挥退了左右，粗粗地叹了口气："她是妖怪，坤仪，她是妖怪。"

坤仪努力装出一副惊讶的模样："怎么会呢？先前有妖怪屡次从暗道进宫行刺，是皇嫂让我找人将那暗道封锁的，并且还日夜为皇兄的安危担忧，哪里像妖怪？"

"傻丫头，她若不是妖怪，又怎么会知道妖怪的暗道在何处。"帝王摆手，"你要记住，我们皇室中人，最不能信的就是妖怪。"

嘴角微抽，坤仪望了望天。

她该不该让皇兄知道，他们身边可能不止皇嫂一只妖怪呢。

"对了，你这么着急进宫，是有什么事？"帝王关切地看向她鼓囊囊的袖袋。

"没。"坤仪摆手，"就是想皇兄了，来请个安。"

顿了顿，坤仪又道："顺便也想劝劝皇兄……"

"你不必劝，朕是帝王，有帝王该做的事，断不能失了原则，引乱民心。"帝王摆手，"你今日就且在宫中转转，朕还有事，要先去一趟御书房。"

"是。"将话都吞了回来，坤仪低头行礼，看着他踩着云龙靴怒气腾腾地走远。

待她再抬头，和福宫周围一个人也没有了。

连个引路太监都不给她留下？

坤仪撇嘴，打算原路返回。可没走两步，她觉得不对劲，又转回和福宫，瞧见院墙上有一处没落阵的地方，当即纵身爬了上去。

和福宫一改往常的尊贵繁华，法阵顶头，没有烛火，里头森冷又凄凉，坤仪有些胆寒，试探着喊了一声："皇嫂？"

微弱的回应声在寝殿的方向响起，坤仪连忙入内，将药瓶全放在她桌上，又去给她倒了杯茶。

张皇后的高热已经退了，只是身子还发虚，瞧见她身上的金光，以为是帝王来了，眼泪一连串地掉：“三郎……”

“皇嫂，是我。”坤仪有些于心不忍，“你别怪皇兄，他也有自己的不得已。”

张皇后眼里一片混浊，似是听见了她的话，又似是没听进去。

坤仪撩开她的衣袖，发现她身上的伤都已经上过了药，不由得挑眉。

帝王旨意这么严苛，谁能越过那重重守卫，给皇后上这么细致的药啊？

想起方才外头那阵仗，又想了想自家皇兄的话，坤仪失笑。

皇兄什么时候也这么别扭了？

按照祖训，皇兄早晚是要在江山和皇嫂之间做个选择的，如皇上这般宁可错杀也不放过的人，眼下竟也在犹豫。

轻叹一声，坤仪给张皇后掖好被褥，正打算走，却突然被她拉住了手。

“杀了……杀了他们。”她泪流不止，拼命摇头。

“他们是谁？”坤仪不解。

张皇后却没继续往下说，像是在梦魇里一般，松开她的手，又倒了下去。

眼下张家上下全部被通缉，她还想杀谁？

坤仪心里有些担忧，又问不出什么来，只能拿手帕替她擦了擦汗。

“皇嫂好生休息。”她轻声道，“只要皇兄愿意保你，你就会好起来的。”

“她好起来，那你宋家的江山可就好不起来了。”有人突然开口。

坤仪吓得一个趔趄，忍不住回头怒喝：“说了多少遍了，出现的时候给个动静成不成！”

秦有鲛被她这呵斥声惊了一跳，下意识地低头回了一句：“抱歉。”

等他反应过来，不由得黑了脸：“有你这么对师父说话的吗？”

旁的徒弟不管什么身份，都恨不得将他供起来，这位主儿倒好，完全不把他当回事。

坤仪捂了捂吓得扑通乱跳的小心口，平静了好一会儿，才放软了语气：“师父，也没您这样不声不响就出现在内闱的外男啊，这要是让人知道，您和皇后一个也活不了。”

他行事，什么时候让凡人知道过。

秦有鲛不以为然，拂开衣袍在外殿坐下，隔着屏风看向皇后的位置：“瞿如一族因被人类所伤而退隐世间，论没有人性，他们一族在妖界排前三，我劝你不要管她的闲事。”

“可是，”坤仪皱眉，看向屏风上用金线绣着的双飞翼，“她毕竟在皇兄身边这么多年，还养育了两个嫡亲的皇子。"

"所以呢？你就想让她好起来，带着她生的皇子，夺了你宋家的江山？"秦有鲛乐了，"没看出来啊小徒弟，你还有这等舍己为人的高洁品行。"

按皇家的行事规矩，皇嫂自然是死了比活着好的，可这世间万事又不是都只依规矩就能做好的，法外还有人情呢，就算皇嫂真的是妖怪，她又没想着害皇兄，平白让她就这么死了，皇兄也不会好受。

老宋家的江山肯定不能丢，但有没有法子能保全皇嫂？

瞧见她那纠结的神情，秦有鲛白眼直翻："你往后出去莫要说是我的徒弟，我没这么蠢的徒弟。"

"师父！"坤仪恼了，"您也别光说风凉话呀，替我想想有没有什么出路？"

"眼下妖怪横行人间，你还问我怎么保全一只妖怪，我能给你什么出路？"秦有鲛拂袖，别开头去看外间隔断处晃动的珠帘，"而且，你很快就没心思操心别人了。"

她这师父老这样，说话只说一半，神神秘秘地叫人猜，活像是说完了就拿不着俸禄了似的。

坤仪很气，双颊都鼓了起来："下次拜师，我一定要拜个能把话说清楚的。"

秦有鲛气极反笑："孽障，要不是因为你，为师也用不着这么早回晟京。里外为你指了明路，你悟性不够，还怨起为师来了。"

"您给我指的明路，就是让我去灭妖？"坤仪叉腰，"您瞧瞧我，我这点法术，我配吗？"

"你不配，所以为师压根没指望你灭了谁，就指望你别掺和，然后好好在聂衍的手里活下来。"

在聂衍的手里活下来有什么难的，她现在不仅能活，还能欣赏美色呢。

坤仪不服，觉得秦有鲛在耍着她玩。后者被她这冥顽不灵的模样气了个够呛，张嘴刚想多说一些，太阳穴却是一跳，仿佛有钢针扎将他的脑袋扎了个对穿，疼得他侧头吐出一口血来。

"师父？"坤仪吓着了，连忙绕过屏风出来扶着他。

地上的血乌黑泛青，慢慢渗进正红色的织锦地毯里，变成了一块深色水迹。

秦有鲛抬袖擦唇，艳丽的眉眼里满是无奈："天机不可泄露，你能不能自己聪明点，少让为师操心。"

坤仪很想说她哪让他操心了，但看人家已经被气得吐血了，还是决定少顶嘴，只乖顺地点头。

　　秦有鲛是很厉害的道人，这么多年了，他的容颜还没变过，一如她初见时的明艳俊秀，像极了日光最盛时的海棠。可有时候，坤仪觉得他很像她的奶嬷嬷，一边替她收拾烂摊子，一边让她早些懂事，絮絮叨叨，苦口婆心。

　　想想也是难为他了。

　　坤仪受到了良心的谴责，决定亲自送秦有鲛去司药坊，好好尽一尽徒弟该尽的孝。

　　巧的是，今日聂衍也进了宫，听六司各处汇报了宫中情况之后，便与朱厌和黎诸怀一起边走边议事。

　　"禁军里有几个刺头都已经解决了，眼下除了有些人心惶惶，其余的都碍不着咱们什么事。"黎诸怀很高兴，"能进展如此之快，多亏了侯爷舍小为大。"

　　"你瞧这话说的。"朱厌粗声粗气地道，"活像是跟殿下成亲，侯爷吃了亏。"

　　黎诸怀失笑："你又不是不知道咱们侯爷，让他近女色比让他修习道术还难，殿下虽生得貌美，但性子骄纵，与她在一起，可不就是侯爷吃了亏？"

　　说着，还侧头问聂衍："您说是不是？"

　　这人，看着是在问他，实则是在揶揄他最近与坤仪走得太近，多少带了些试探的意思。聂衍不太高兴，一张脸冰冷如霜，没有答话。

　　朱厌瞧着他不高兴了，连忙眼神示意黎诸怀收敛些，后者却当没看见，接着道："要我说，侯爷既然都舍了一回了，不如再舍一回，将张家那姑娘也收了，好让张桐郎安静些，别总在暗处使阴招。"

　　聂衍停下了步子。

　　宫道一侧的花圃里春花开得正好，蝴蝶蹁跹，香风阵阵，可朱厌感觉到一阵寒气自侯爷身上传过来，顺着他的脊背往上蹿。

　　"我的婚事，"聂衍平静地看向黎诸怀，"什么时候轮到你来指点了？"

　　先前答应与坤仪成婚，除了于上清司有利，更多的是他自己愿意。

　　想是近来他脾性太好了，以至于这些人渐渐失了分寸。

　　意识到他眼里真的出现了杀意，黎诸怀不笑了，后退两步拱手："侯爷，属下冒死进谏，您最近这状态不妥。"

　　跟坤仪成婚可以，亲近也可以，但不能一心扑在她身上，连别人提一提都成了罪过。

　　那与世间为情所困的痴儿有什么区别？

　　"你担心的事不会发生。"收回目光，聂衍淡声道，"她不会妨碍到我分毫。"

　　要是以前，他这么开了口，黎诸怀自然就信了。但如今，他只听着，并未应声。

黎家跟随聂家很多年了，情分远胜一般的上下属，若坤仪当真会妨碍大事，就算聂衍会杀了他，黎诸怀也会动手。

"有人过来了。"朱厌突然警觉。

三人一齐收敛了情绪，侧眼看过去，就见坤仪扶着一个人经过月门，边走边说着话。

"是秦有鲛。"黎诸怀挑眉，余光悄摸打量聂衍的神情。

秦有鲛是个难惹的人，他回朝，对他们来说不算好事，但聂衍三番五次对他动手，要说全是为大局着想，黎诸怀是不信的。

可眼下，瞧着那两人亲密地走远，聂衍好像也没什么反应，鸦黑的眼里无波无澜，只寻常地问了一句："宫里出什么事了？"

黎诸怀回神，低头拱手："除了和福宫那边，暂无别事。"

想来这两人也就是刚从和福宫出来，秦有鲛不知在哪儿受了伤，坤仪身边也没个宫人，就这么亲自扶着他。

收回目光，聂衍语气也如常："让淮南尽快赶制出新的宫闱防守图。"

说罢，拂袖就走了。

黎诸怀和朱厌低头应了一声，眼看他走远，两人都有些纳闷："瞧着好像也不是特别在意？"

"有可能，但大人最近不知从哪儿学的滑头手段，情绪掩饰得很好。"

"那依你看，这坤仪公主到底是要紧还是不要紧？"

"再看看吧。"

两人的声音渐渐消失在风里，聂衍神色如常地走出宫门，瞥见外头坤仪的凤车，一声没吭，径直掀了黑纱上去。

兰苕在旁边看着，有些意外，却也没多问。

坤仪带秦有鲛去找御医诊了脉，又给他拿了一堆他压根吃不了的药，再听一堆老头子絮絮叨叨地让他多保重身体。等两人离开皇宫，外头已经是日头偏西。

"难得你体贴我一回。"秦有鲛轻哼着，眼角眉梢却挂着欣喜，"皇后那边，为师自会替你盯着些。"

"多谢师父。"坤仪拊掌轻笑，走到自己的凤车边停下，"不日便要春猎，蘅芜那边还请师父多操心，能让她早些出来，我也能多个人拌嘴玩儿。"

秦有鲛失笑："你怎么不求你家夫君放了她？"

"您回来得晚，怕不是还没听过昱清侯铁面无私的威名。"她咋舌，"他哪里肯听我的。"

"威名这东西，于男儿也不过是身外物。"秦有鲛深深地看她一眼，"他若当真将你放心上，你在意的，他便也会在意，什么公事大局，都不过是敷衍你们这些小姑娘的托词罢了。"

坤仪怔愣，还没来得及反驳，这人就摆了衣袖道："走了。"

目送他远去，坤仪笑着摇头，轻叹一口气，转身就迎上兰茗古怪的眼神。

"怎么了？"她挑眉，"你这是什么表情？"

兰茗看一眼凤车，又看一眼她，轻轻摇头。

心里一沉，坤仪踩上车辕，掀开了黑纱帘。

聂衍端坐其中，面无表情地看着她。

坤仪飞快回想方才有没有说什么不妥的话，心虚地笑了笑，跟着坐到他身侧，讨好地伸出爪子捏了捏他的手臂："侯爷这是刚出宫啊？今日宫中一片混乱，想必上清司也要受累，你手酸不酸？我给你多揉揉。"

修长的手指掰开她的爪子，聂衍似笑非笑地道："不累，公事大局有什么累的，不过是些托词罢了。"

知道他是听了个全须全尾，坤仪也就收回了手，撇嘴道："侯爷竟还拿这挤对我，被塞托词的又不是你。"

轻吸一口气，聂衍压下心里不知哪里冒出来的不悦，淡淡地道："我从未搪塞过殿下，杜蘅芜是人化妖，不能放出镇妖塔。"

"你也知她是人化妖，那先是人，再是妖，从妖变回了人，你难道也要一直扣着她？"坤仪噘嘴，"你若将她身上的案子禀了陛下，我也当你是为着公事了，可人证物证俱在，已经过了这么久，皇兄也还是不知当初的蔺探花是因何变成的妖怪，你分明是有事瞒着我。"

此话一出，坤仪觉得凤车里进了一阵凉风。

她侧头去看聂衍，发现他似乎在压抑着什么情绪，薄唇微抿，下颌线条紧绷。

"殿下何时这般关心朝事？"

坤仪不解："我不关心朝事，就不能关心关心人吗，好歹这两位涉案的也与我有些往来。"

杜蘅芜自然是有往来的，至于蔺探花……聂衍不悦地眯了眯眼。

他以为过了这么久，她早就忘了那么个人了，原来还一直记挂着。

坤仪这个人，看起来没心没肺的，实则心里装的人不少，能记得给过红绳的蔺探花，也对许久不见的师父亲近有加。

那他呢，他在什么位置？

大抵是被她宠惯了，意识到自己这想法不对劲，聂衍也懒得改，只安静地看着她，等着。

片刻的沉默之后，她果然软了眉眼来哄他："我也不是要妨碍你的公务，就是这事怎么说也是在我眼皮子底下发生的，一直没个结果，我也会惦记嘛。你若是不高兴，那我就不问了。"

"不问，然后去求你师父帮忙？"她越哄，他气性反而越大，眉心微皱，指尖冰凉，"你与他，比与我亲近？"

坤仪哭笑不得，这人好歹也是外头听着都害怕的上清司主司，在她跟前怎么跟个小孩儿似的，还蛮不讲理起来了。

"我拜师数十载，与你成亲还尚未满月……"

聂衍恼了，起身就要下车。

坤仪反应倒是快，一把拉住他将他按回软座上，然后欺身上去，结结实实地在他唇上亲了一口。情场奥义，面对无理取闹决不能生气，也不能与他对着闹，如果有亲一口不能解决的事，那就亲两口。

昱清侯的嘴唇看着薄，亲起来却软得很，像她喜欢吃的奶冻糕，有点凉，有点甜。

也不管事情有没有解决，她当即就亲了他第二口。

聂衍有些怔忪，大抵是没想到她会突然如此，外头守卫和宫人与他们只有一层纱的间隔，她这么大的动作，兰苕都轻咳了一声。

坤仪却是没管没顾，手搂着他，身子压着他，亲完还吧唧了一下嘴。

他半合着眼瞧着她晶亮的嘴唇，眼里的鸦色渐渐变深："殿下。"

"嗯？"坤仪眨眨眼，感觉他可能是害羞了，撑着他的肩就要起身。

结果刚起一半，腰上一紧，他竟就这么将她拉进了怀里。

泛凉的肌肤被他身上的热气一裹，坤仪脸上腾地升起了红晕，手抓着他的衣裳，将玄色的料子都抓起了褶。

"你……"她咽了咽唾沫，眨巴着眼瞅他，"你做什么？"

"殿下当初与微臣约定，互不相干。"聂衍捏着她的腰肢，不答反问，"方才那举止，可合约定？"

好像是不太合。

她挣扎了一下："那便是我错了，给侯爷赔礼好不好？"

"上清司行事，讲究以牙还牙。"他按住她的挣扎，一本正经地道，"不用殿下别的赔礼，就这般回府便是。"

两人挨得太近，她都能听见他的心跳声。

照理说这是吃美人豆腐的大好机会，她不该错过，可是，她看聂衍的眼神，怎么反像是要把她吃了一般。

从她眉心看到她的襟口，再从襟口扫回她的嘴唇，看得她肌肤泛绯。狭路相逢勇者胜，她没他厉害，当即败下阵来，手都不知道该往哪儿放。

不是说他有可能是妖怪吗，妖怪怎么也对凡人有这种……这种想法？

庆幸的是，凤车行得快，没多久就到了地方。坤仪像兔子一样跳起来就要跑，聂衍一把抓住她的手腕，微微挑眉："不再替你那姐妹多求求我？"

坤仪摇头如拨浪鼓："我这个人没什么姐妹的，那是个小冤家，侯爷还是秉公办事吧。"

说罢，扭头就喊着兰苕入了府门。聂衍失笑，看着她仓皇的背影，心情总算好了些。

"夜半。"

"属下在。"

"去替我办件事。"

夜半恭敬地听完吩咐，有些意外："以什么名义放出来？"

聂衍看了他一眼："你还真信了黎诸怀的话，凡事都要从他眼皮子底下过？"

夜半了然，领命而去。

其实若是在平时，聂衍未必会当真如了坤仪的愿，毕竟做这件事对他没什么好处，还有可能被黎诸怀唠叨。但今日，大抵是被黎诸怀说烦了，他偏要逆其道而行。

坤仪未曾碍过他什么，他帮她一把又何妨。于是，当秦有鲛刚打算去一趟上清司，门还没跨出去，他就瞧见杜蘅芜一脸憔悴地坐在门口。

"师父，"杜蘅芜有气无力地道，"他们的镇妖塔，真不是人待的。"

秦有鲛又心疼又好笑，连忙将她引进宅邸，给她倒了茶，又查验了一番她身上的伤。

杜蘅芜喝了两壶水，放下茶壶抹了把嘴道："您快去拦着点坤仪，再跟聂衍在一起，她也会没命的。"

镇妖塔里关着的大多是低等的妖怪，照理说这些妖怪还不够聂衍一拳头的，为何要浪费这么多地方来关押？杜蘅芜一开始也纳闷，直到收到师父送去的卷宗，修习了一个小周天之后，她竟凭着塔内的妖气精进了一个甲子，然后就听明白了那些妖怪在嚎什么。

上清司将他们关在镇妖塔，不是为了镇妖，而是为了取他们的妖心来画符，那符咒给人吃下去，就能有更多的妖怪被送进来，周而复始，直至将挡他们路的人统统变成妖怪。

她为了保命，只能装作听不懂，原以为得找时机逃命，没想到今日上清司的人居然主动将她放了出来，一看见夜半，她就知道了，多半是坤仪求的情。

"若让聂衍知道我听得懂妖怪的话，想必他会杀人灭口，也会连累坤仪。"杜蘅芜皱眉，又嘴硬地加上一句，"就算她的命不值钱，但她救我一回，我也就替她想一回。"

秦有鲛听完，神色有些严肃："你先回相府去养伤，不管谁试探你什么，你都别露出马脚，其余的，交给为师。"

杜蘅芜应了，起身出门上车。秦有鲛在屋子里坐了好一会儿，决定去一趟三皇子的府邸。

坤仪正在让兰苕收拾春猎要用的东西，冷不防接到消息，说三皇子承了这次春猎的差。

"这倒是奇了，先前堂上出现的妖怪是为三皇子说话的，今上很是不悦，连着冷落了三皇子许久，不承想如今竟放着四皇子不用，反叫三皇子管事。"她一边嘀咕一边用花瓣牛乳泡脚，热气氤氲，屋内都是奶香。

兰苕挥退了其余的人，伸手给她取掉头上珠钗："听说是国师给三皇子揽的差事。"

"师父？"坤仪皱眉，"他向来不管这些糟心事，怎么也掺和上了。"

兰苕自然是不知道缘由的，但三皇子办事不太牢靠，他掌事，坤仪就不得不多带几个护卫，以免自己丢命。

王朝的春猎与别处不同，猎的不是兔子小鹿，而是山间即将成妖的一些东西。

将成妖而未成之时，是这些东西最脆弱的时候，皇室之人由上清司引路，以带着符的箭将其射杀，能表明王朝灭妖的决心，让民间百姓更为臣服。

原本这差事给与上清司交好的四皇子是顺理成章的事，奈何秦有鲛横插一脚，三皇子接手自己完全不熟悉的领域，一路上的矛盾也就多了起来。

"还请殿下下车。"

皇室的队伍走到一半，因着前头出现妖气，三皇子紧张地命人挨车搜查，坤仪正犯困呢，就被人掀开了车帘。

动作太粗鲁，她不太高兴："本宫的凤车就这么大，看一眼也就罢了，还真要本宫下车去等着不成？"

上清司的人朝她拱手："属下奉命行事，还请殿下体谅。"

"本宫也想体谅你们，但本宫想不明白，坐在车上让你们查，和下车去有什么差别？"她不耐烦了，"不都是拿你们的法器来查看，难道有什么东西是本宫肉体凡胎能遮住的？"

那人新到上清司，也是个愣头青，满怀不屈权贵的骨气，当即就拔了刀。

聂衍正在前头与上清司的人商议部署，冷不防就听得外头来人禀告："侯爷，不好了，我们的人在后面与坤仪公主动起手来了。"

众人皆是一惊，黎诸怀看向聂衍，却见他表情都没变一下，只摆手对夜半道："你去看看。"

"是。"

外头的议论声很大，黎诸怀冲着窗外瞅了好几眼，忍不住问聂衍："侯爷不亲自去一趟？"

聂衍睨他一眼，又继续看着手里的部署图："你若想去，这麻烦事就交由你解决。"

黎诸怀也就是揶揄一句，哪里是真想去担责，当即就摆手："那哪成，我还要候着这头的吩咐呢。"

聂衍不说话了，盯着部署图若无其事地继续规划。

夜半走得急，旁边还有个随从跟着，一边走一边替他清理前头路边支出来的杂草："大人不必这般匆忙，咱们的人好说也是修了道的，就算对上公主，也未必会吃亏。"

"你懂什么。"他摆手，"走快些，叫后头的人千万不许动手。"

主子让他去，会是担心上清司的道人吃亏？摆明是怕委屈了那位娇气的殿下。

夜半直叹气。这些人做事也当真是没眼力见儿，冲撞谁的车驾不好，偏挑着这位殿下的。

因着坤仪的凤车停了，后头大大小小的马车停了一条长龙，夜半急急忙忙赶过来的时候，坤仪正站在车辕上，满脸意外地看着面前的人。而她的面前，龙鱼君长身玉立，粉面含霜，一把扔开断成三截的佩刀，朝那上清司道人冷声道："休得对殿下无礼。"

道人资历尚浅，哪里是龙鱼君的对手，可眼下上清司负责护卫整个车队，按规矩搜车这些人本就该配合，若在这儿吃了呵斥，折的是上清司的颜面，还怎么搜查别处？

道人一个扭头，瞧见夜半大人正朝这边赶来，当即一喜，连忙过去低声道："还请大人做主。"

夜半瞪眼，这怎么做主？做谁的主？他都不知道谁给他们的胆子来找坤仪的麻烦。

张了张嘴，他想上前给坤仪问安，结果就被龙鱼君挡住了："你们上清司的人冒犯殿下，还欲以下犯上直接动手，大人不训斥他们，倒还想上前训斥殿下不成？"

夜半愕然，他就请个安，怎么就成训斥了，借他几个胆子呢。好在坤仪还不算糊涂，隔着龙鱼君问了他一句："你家侯爷呢？"

夜半连忙道："在前头与诸位主事商议要事，先遣了属下过来。"

龙鱼君轻笑，忍不住摇头："真是贵人事忙。"

说罢转身，看向坤仪："小的也无意叨扰殿下，但既然同路，殿下又孤立无援，小的便策马与殿下同行，权当有个照应，可好？"

先前对他算是有些亏欠的，眼下再见，这人竟是不管不顾地护着她，也不怕得罪上清司。

虽然不太合规矩，但是坤仪很喜欢这种不分青红皂白的偏爱，当即就点了头："好。"

夜半觉得不太妥，但眼下侯爷没来，只他一个做属下的，实在也不好说什么，只能看着。

坤仪似乎是顺了气，扶着兰苕的手下了车，对他身边的道人说："你们有侯爷在后头给你们撑腰，本宫可担不起那妨碍公务的罪名，去搜吧，搜完了好继续上路。"

那道人皱着眉看向夜半。夜半能说什么呢，人都已经得罪了，那就搜吧。只是，他一直跟在侯爷身边，怎么不记得侯爷下过要搜查后头车马的命令？

短暂的搜查之后，风车重新动了起来，坤仪倚在软垫上，脸上是没什么怒色，可这一路就再也没吃过点心。

夜半觉得不妙，偷摸拉了兰苕，小声道："好姐姐，帮忙说说话，侯爷在前头走不开，待会儿若是瞧见龙鱼君在这里，想必是不高兴的。"

兰苕眼含讥诮地挥开他的手："你家侯爷是当真走不开，还是为着秉公办事的好名声不愿意走开，你心里没数不成？那龙鱼君随着相府的车驾过来，拼着得罪杜相爷也要护着咱们殿下，比起你那位侯爷，倒是个心善的。他想守着咱们殿下不被你们的人冒犯，没道理反要赶人走吧？"

夜半一噎，哭笑不得："只是搜查的小事，怎么就闹成这样……"

"小事？"兰荟狠狠地瞪了他一眼，"殿下自受封以来，不管出什么事都不用理会任何审查，更别说被人当面掀车帘拔刀子，要不是顾念你家侯爷，真当殿下会忍了今日这一遭？"

"你倒好，还理所当然起来了。"

"女儿家的闹腾总归都是小事，只有你们男人才做得成大事。既如此，还同我说什么话呀，早些平定天下妖魔，换回个太平盛世吧。"

说罢，白眼一翻，径直坐上车辕走了。

夜半愕然，站在原地想了好一会儿，沉着脸拎起方才那道人朝前头的车驾走去。

会已经散场，聂衍独自坐在马车里，听见夜半回来的动静，"嗯"了一声："处理好了就行。"

"主子，"夜半直叹气，"这事可能处理得不是太好。"

"怎么了？"

掀开车帘上去，夜半神色严肃地道："黎主事应该是有些暗地里的吩咐，今日去搜查殿下马车的道人举止十分冒犯，殿下虽是没有发作，但不太高兴。"

想也知道黎诸怀要干什么，聂衍半合了眼，神色阴郁地看了一会儿面前的地图："嗯，她说什么了？"

"什么也没说，只是将龙鱼君留下并行了。"

龙鱼君？聂衍眉心动了动，眼神不太友善："一个小倌，谁允他来的？"

"说是杜相府带的随从。"

他同坤仪都已经完了婚，这人竟还贼心不死。

"大人倒也不必太过担忧，我看殿下也未必是对龙鱼君有意，只是受了委屈，您又未曾露面，她不太高兴。"夜半叹息，"等到了地方，您去见一见殿下吧。"

"在晟京这般骄纵也就罢了，出来还闹性子，如何使得！"聂衍很是不赞同。

然而等众人到了行宫下榻，聂衍还是去了坤仪的屋子里。

坤仪正在补妆，上好的胭脂和螺黛在漆木红盒里排成排，供她慢挑细选。

余光瞥见来人，她"哟"了一声，从铜镜里打量他："这不是昱清侯爷吗？忙完啦？"

满腹准备好的软话就被她这一句给堵了回去。聂衍冷眼瞥了瞥庭外站着的龙鱼君，淡声道："殿下似乎也挺忙。"

"是挺忙，所以侯爷也不用顾念本宫，只管去忙自个儿的。"她笑盈盈地摆手，"你我成婚这么久了，不必还见外地要来问安。"

脸上是笑着的，可那笑意压根不达眼底，三言两语就又要他走。

聂衍抿唇，站在她身侧沉默了许久，伸手想替她将簪歪了的珠钗扶正，结果没等他碰到钗子，外头的龙鱼君就喊了一声："殿下，有天水之景，您可要出来看看？"

天水之景即云上落水如瀑布，仿若人间之水倒挂天宫，相传十年会出现一次，一次有半月之久，水上若生龙门，则是鲤鱼精一跃成龙的好机会。

坤仪很感兴趣，立马起身，绕过他就跑向龙鱼君。

聂衍皱眉，手僵在半空，缓缓收了回来，又侧头去看庭外。她跑得很快，眨眼就到了龙鱼君身边，龙鱼君看也没看那天水之景，只管盯着她瞧。

美人如玉，肌肤胜雪，好似比那成龙的机会更吸引人。

夜半看不过去了，低声道："侯爷，把这人处理了吧，管他什么来头，他这是在挑衅。"

聂衍垂眼，淡声道："依照祖制，我不可纳妾，坤仪却可以再纳面首，他二人来往，并未逾矩。"

"可是……"

"你处理一个龙鱼君，还会有第二个、第三个，只要她愿意，她身边就不会缺人。"聂衍轻嗤，"所以这桩婚事，当不得真，凑合着能过就行。"

话是这么说，但主子他显然是当真了啊，眼下嘴硬有什么意思，还不如想法子让殿下收心。

夜半很愁，聂衍却是不再看了，挥袖就走。

坤仪安静地听着不轻不重的步伐声渐渐远去，没有回头。

"我瞧他也未必全是无情。"龙鱼君看着她，低声道，"殿下既也有意，何苦气他。"

"本宫就算有意又如何，你看他。"坤仪望着天上的流水，轻叹一口气，"他生气了，我知道怎么哄他，因为我在乎他。可每回我生气，他就这般置之不理，或者拿别的事来转走我的心思。

"一个人好是没法过日子的，得两个人好才行。

"我也没指望能与他天长地久，可既都在这局里，他都不对我好，我何苦每回都对他好。"

摆了摆手，坤仪也懒得再看天上的流水了："一路辛苦，你也早些歇着吧，我同兰苕说了，你去与四皇子的随从同住，他们能护着你不被杜相府上的人追责。"

"多谢殿下。"

龙鱼君拱手，看着黑纱从自己眼前消失，眼里的光也逐渐黯淡下来。

小丫头好像不怎么喜欢漂亮的男人了，他今日这青玉簪、纱绢衫，珀色发带卷着春风和墨发，引了多少宫人朝他暗送秋波，她都未曾多看两眼。

因着妖怪在晟京肆虐得厉害，今年的春猎声势浩大，不仅有上清司多位主事随行，更邀了许多文人墨客，打算在春猎之后遣词运句，安抚人心。

山里准备的将成妖的精怪也是格外地多，被上清司用符纸贴得老老实实的，等着皇室中人的猎杀。

盛庆帝的龙体虽是无恙，心情却不太好，到行宫休憩了一晚也不见开怀，随行的刘贵妃心疼地道："陛下既都已经出来了，就莫要再忧心国事，好生松快松快吧。"

郭寿喜站在旁侧，眼观鼻鼻观心，暗道这哪里是为国事忧心，分明是放心不下和福宫。

皇后娘娘虽然伤势有所好转，但一个人困在那宫殿里头，也是郁郁寡欢。帝王收到了一些弹劾皇后的奏折，独自在正阳宫坐到了天明。

上清司已经得势，等春猎回去，便是要大举清查妖怪的时候了。

盛庆帝突然叹了口气："贵妃刚进宫的时候，皇后也不过是双十年华。"

刘贵妃一愣，脸色不太好看，却也应了一声"是"。她刚进宫的时候，皇后与帝王正是好得蜜里调油，帝王连多看她一眼都懒得，就径直将她封了嫔扔在后宫，后来，还是她搭上了皇后，才得他正眼看了两回。十几年过去了，原以为皇后失势，她终于守得云开见月明，没想到行出几百里，还是要听他念皇后。

皇后到底有什么好的，除了生得好看，并无半分母仪天下的气度，还时常与陛下耍小女儿脾气。眼看着都已经人老珠黄了，陛下竟也还宠着她。

刘贵妃满腹牢骚，却不敢发作，只能捏着帕子替帝王擦手："往年都是皇后娘娘陪着陛下来，今朝还是头一回，陛下能恩宠臣妾，那今晚陛下可要在臣妾宫里用膳？"

往年……盛庆帝目光有些涣散。他想起若兰策马的样子，一身轻便的常服，执着火红的缰绳回头朝他喊："陛下，你可不能输给我这样的小女子。"

她哪里是小女子呢，能百步穿杨射死要谋害他的刺客，也能不管不顾地从马背上扑过来救他。

他们每年都来春猎，每年也会遇见一些麻烦，可有她在，他渐渐觉得禁军废物一些也无妨，她紧张他、满眼望过来都是他的样子，十分好看。

但是今年，她没来。

"陛下？"刘贵妃没等到回答，疑惑地抬头，就看见帝王起身，若有所思地往外走。

被他这模样吓了一跳，刘贵妃连忙拉住他，扭头吩咐宫女："去，找人来看看陛下怎么回事。"

宫女应声而去，请来的却不是上清司的人，也不是国师，而是一个仙风道骨的老者。

"这是？"刘贵妃皱眉。

宫女低着头道："上清司人少事忙，无暇应承奴婢，奴婢便将杜相身边的这位大人请过来了。"

一听是杜相身边的人，贵妃放松了戒备，落了帘就让他给陛下请脉。

郭寿喜在旁边瞧着，没觉得有什么不对，那大人请完脉之后还给他留下了名帖："陛下只是有些忧思过度，多休息即可，若是还有什么不妥，可拿这帖子到不远处的夜隐寺找我。"

"多谢大人。"郭寿喜送他出去，回来就听见刘贵妃在小声埋怨："陛下什么时候能满心都想着妾身该多好。"

行宫里灯烛摇曳，帝王疲惫地打了个哈欠，合上了眼。

落榻的第一晚，众人一路颠簸，都睡得早，坤仪原想着自己入睡的，但聂衍不知为何竟来了她房里，也不睡觉，就拿了卷宗坐在软榻上看，大有要守她一晚上的意思。

这是做什么？她不解，又不太想问，只能卸了妆环宝石，背对着他和衣而眠。

子夜时分，外头突然有些古怪的响动。一抹明黄色的身影赤着脚，像失了魂一般越过熟睡的宫人，朝行宫外的丛林里走去。他走得摇摇晃晃，却是一直没停，嘴里喃喃地念着个名字，最后消失在了黑夜里。

聂衍听见了，却没什么动作，只侧头看了一眼床上气鼓鼓又逐渐沉入梦境的坤仪，微微抿了抿唇。

第二日一大早，坤仪正在梳妆，就听得兰苕欣喜地进来道："殿下，今日陛下似乎十分高兴，搂着刘贵妃一直在笑，还赏了好些东西下来，各处都有。"

坤仪一怔，微微皱眉："可知是什么缘由？"

"就只听说昨儿陛下在庭院里走了两圈，突然就像是解开了心结，回去临幸了刘贵妃，又赏了贵妃的母家和亲生的皇子，看起来是喜欢得紧。"

刘贵妃进宫十几年了，皇兄对她一直不咸不淡，而今一个晚上，突然就转性了？

坤仪觉得不对劲，将凤钗插进发髻，扶着兰苕的手就往正宫走。

还未及进门，她就听见了自家皇兄爽朗的笑声："赏，都赏！"

殿内一众宫人喜笑颜开，主位之上，盛庆帝怀抱刘贵妃，举止亲昵，如胶似漆。

"坤仪来了。"刘贵妃害了臊，小声提醒他。

盛庆帝一愣，低头看下去，挑了挑眉："坤仪啊，倒是来得早。"

"见过皇兄。"她行礼，而后抬头笑，"不知皇兄是为何事这般高兴？"

往常待她十分亲近的兄长，眼下看着她的脸，竟是怔愣了一瞬，而后才道："朕近来身子不爽利，已经拖延了好些日子，难免烦闷。昨夜得蒙高人相救，沉疴顿除，是以十分开怀啊，哈哈哈。"

眉梢微动，坤仪额首："恭喜皇兄。"

"免礼，坤仪若是看上什么东西，也告诉皇兄，皇兄都赏你。"盛庆帝笑着，又将她从头到脚打量了一遍。

这眼神，看得坤仪十分别扭，她抿唇，想上前看看自家皇兄到底怎么了，却被刘贵妃身边的宫女挡了挡。

"马上要开猎了，陛下和贵妃还未收拾妥当，请殿下回避一二。"

若是以前，哪个宫女敢来挡坤仪公主的路，除非是活腻了。可眼下，坤仪没发火，只抬眼看向盛庆帝。

盛庆帝也看着她，似乎觉得宫女说得对，笑着示意她先出去。

不对劲。

坤仪敛眸，乖顺地行了礼，接着退出了正宫。

"昨夜正宫执勤的是谁？"她问郭寿喜。

郭寿喜连忙给她跪下："回殿下，是奴才，奴才彻夜守在陛下身边，没出什么岔子。"

至于一夜之后帝王为何性情大变，他犹豫了一下，将夜隐寺那人的名帖给了坤仪。

"糊涂，怎会轻易让这等外人接近陛下？"坤仪慌了，"他们这些，是不是人都还另说，若对陛下用什么妖术，你如何防得？"

郭寿喜连连磕头："是贵妃娘娘做的主，陛下未曾多言，奴才，奴才也不敢说话呀。"

他说得没错，坤仪也不打算与他为难，捏了这名帖就想去找聂衍帮忙。

然而，去他的屋子里，只见着了夜半，夜半对她道："侯爷有要事与各位主事相商，已经出门了。"

坤仪气极反笑，她觉得师父说得也没错，有的人不在乎你，满嘴都是能搪塞你的说辞。他一个上清司主司，想不到会比当今陛下还忙碌。

"殿下，"龙鱼君提着食盒出现，轻声问她，"出什么事了？"

莫名地，坤仪有些鼻酸，连忙拉着他离开聂衍的院子，到人少的园子里，才低声道："你见多识广，可知这是个什么人？"

龙鱼君接过名帖一扫："夜隐寺之人，有些道行，先前应该是同国舅府交好，自国舅府被查封之后，他们也就鲜少出现在晟京。"

夜隐寺就修在这座山上，在这里遇见他们的人，倒也不奇怪。

看一眼坤仪的脸色，龙鱼君放柔了语气："可是有什么事？殿下若是需要，小的可以替殿下将这人抓来。"

"你？"坤仪意外地看他一眼，"你怎么能……"

"只要殿下想要，小的就能做到。"他笑了笑，眼里满是笃定。

慌乱不堪的心好像突然就被安抚了下来，坤仪指了指他手里的名帖，抿唇道："那我就要见他。"

"遵旨。"龙鱼君朝她拱手，而后就将食盒塞在她手里，转身出了行宫。

坤仪有些蒙，觉得此时此刻的龙鱼君似乎比以前还要好看几分。

她打开食盒，瞧见里头全是自己喜欢吃的点心，不由得软了眉眼。

"这是陷阱，你家殿下没道理这么轻易上当吧？"夜半躲在暗处，看得皱紧了眉。

兰苕站在他身边，一个白眼就翻到了他的脸上："哪门子的陷阱又有美人又有美食的？"

"你还没看出来吗？"夜半急了，"那龙鱼君就是对殿下有企图。"

兰苕哼笑："有企图又如何？在殿下看来，他就是既把殿下放心上，又能在殿下需要的时候挺身而出，是再好不过的人了。"

"姑奶奶，我方才给你的香料白给了？"夜半哭笑不得，"让你帮我家侯爷说两句好话就这么难？"

"你也不看看你家侯爷做的什么事，天天不见人影，半夜过来坐着看卷宗有什么用。"兰苕撇嘴，摸着腰间的香料包，到底还是软了态度，"行了，等殿下回去，我帮你们解释两句。"

浮玉山上下起了细雨，远天与山色连成一片，灰蒙蒙的。

聂衍撑着墨色的伞站在山坡上看向下头的行宫，雨雾里亭台错落，灯火盈盈。黎诸怀站在他身后，略略低身："一切都已经安排妥当，眼下就看他们想做什么了。"

聂衍颔首，捏着伞柄沉默。黎诸怀打量他一番，轻笑："侯爷莫不是还记挂那位殿下？"

"没有。"他道，"我是瞧着这雨越下越大，恐生变故。"

下雨是常有的事，这里里外外他们都已经捏在手心，还能有什么变故？

黎诸怀笑着摇头，望向那烟雾缭绕的山间。

雨幕渐浓，坤仪站在殿门口，一手扶着朱漆的门沿，一手搭在眉上往外看。兰苕调好了安神的香料，点燃放进了铜鼎里，转头瞧见她这模样，不禁问："殿下是在盼侯爷，还是在等龙鱼君？"

"自然是龙鱼君。"坤仪轻啧，"他出去了这么久还没回来，会不会出了什么事？"

兰苕恍然，想了想道："龙鱼君虽看着柔弱，但护着殿下时，也是英姿凌人，他既应承了，便该是有把握的。"

说得也是，坤仪转身，嗅了嗅屋子里的香，眉目松缓开，随性地往软榻上一躺："也不知这雨什么时候能停。"

"外头有天水之景，相传这雨是要落上些时日的，好叫那些个潜心修炼的鲤鱼顺水而回、跃过龙门飞升。"兰苕道。

这些个民间传说，早些年被当作哄小孩的故事讲着听，还是这几年妖怪出现得多了，人们才渐渐发现，所有的传说都是有来由的。鲤鱼易得道缘，先修成妖，等到十年一遇的天水之景出现，便可跃升为龙。这半个月里细雨不会断，所落之处，鲤鱼精皆显原形。

坤仪突然想起很多年前自己在御花园的池塘里遇见的那尾鲤鱼，通体雪白，像一张宣纸化在了水里，她好奇地凑近了看，就见它将头伸出水面，轻轻朝她晃尾巴。

那是坤仪第一次对好看的东西有了认知。

可惜，宫中一向以红色为大吉，白色为大凶，这条鲤鱼通身都是白色，宫人忙不迭地就要将它抓出来斩杀。当时年纪还小的坤仪第一次有了公主的架子，气愤地拦住动手的太监，将那尾锦鲤带回了她宫中的青瓷缸子里养着。结果没养几日，那尾锦鲤还是不见了。兰苕当时为了哄她不哭，只说那鲤鱼是跃龙门去了，坤仪当时真就信了。如今想来，多半是哪个宫人背着她将鱼弄走处死了。

坤仪轻叹一口气，又望向窗外。

"殿下！"丫鬟鱼白从外头回来，拍了拍肩上的雨雾，欣喜地跪在外间禀告，"今年是个好年头呢，上清司清算了山上的妖灵，总共有两千多只可猎，比去年多出了一倍。圣心大悦，冒着雨去猎了好几只，还赐了菜下来。"

两千多只？坤仪震惊得坐直了身子。

光一座浮玉山上都有两千多只即将成妖的生灵，那这世间的妖怪数目可还得了。不，不对，就算这山上的树都是即将成形的妖灵，也不该有这么多，会不会是数错了？

坤仪问鱼白："你可见着侯爷了？"

鱼白摇头："四皇子那边有人擅自离开行宫，被妖灵所伤，侯爷似乎正在外头善后。"

还真是够忙的，坤仪想了想，还是叫兰苕撑了伞，再去见见她皇兄。

路上来往的人很多，但大都是上清司和禁军的巡卫，坤仪拢着裙摆踏上回形的走廊，有些疑惑地扫了一眼熄着灯的几排客座厢房："还这么早，他们就都歇下了？"

兰苕跟着瞧了瞧："兴许是出去了。"

"这么大的雨，出去做什么。"她嘀咕，一连走了许久，才看见点着灯的几处地方。

"不知为何，这行宫里来的人分明比往年多，但奴婢总觉得比往年要冷清不少。"鱼白跟在后头替她抱着裙摆，小声道，"风都吹得呜呜作响。"

坤仪颔首表示赞同，快走到帝王寝宫的时候，突然觉得不对劲。

"鱼白，今年随行的官眷奴仆一共有多少人？"她问了一句。

鱼白是个记性好的，当即就答："除却皇室宗亲，外臣和奴仆一共是一千五百六十八人。"

这一千多人，都住在外头的客座厢房里，没有单独的寝宫。坤仪变了脸色，突然就抓着两个丫鬟的手往回走。

"殿下，"兰苕有些意外，"不去同陛下请安了？"

"我想先去找侯爷。"她步子走得很快，几乎有些逃窜之意。

然而，还是有声音在她身后响起："殿下，今上请您进去说话。"

是帝王身边的护卫。

坤仪心里一紧，头也没回："打猎极耗力气，皇兄还是早些休息，臣妹明日再来请安。"

要是往常，她这么答话，没人会说她什么，毕竟盛庆帝宠着她，可今日，那护卫像是对她的抗旨举动十分不满，当即就跃身上来拦她。

坤仪接过鱼白手里的自己的裙摆，一把塞进了腰带里，然后低声问两个侍女："逃跑会不会？"

鱼白和兰苕很意外，这是在行宫，为什么要逃？

可两人都是在明珠台长大的，公主说什么她们就听什么，当即也将裙摆塞进了腰带里。

"三、二、一！"

坤仪如离弦之箭，压根没管前头伸手挡路的侍卫，风一样地就冲进了雨幕里。两个丫鬟紧随其后，一左一右地散开，晃得侍卫一阵恍惚，不知该追哪个。

不过也就一阵，等侍卫反应过来，几条黑影就"嗖"地朝坤仪跑走的方向追了过去。

大雨倾盆，风吹开了客座厢房的窗户，卷过空荡荡的房间，吹得桌上吃了一半的饭菜热气散尽。行宫里灯烛渐灭，只剩檐角下落的雨滴和绣鞋踩水的声音夹杂交错。

坤仪跑到一处拐角，飞快地从袖袋里抓出一张瞒天符，贴在了自己的脑门上。几个穷追不舍的侍卫突然像是失了方向，站在离她五步远的地方茫然四顾。

"方才就看见朝这边来了。"

"气味呢？"

"没，没了。"

"再去找！"

几个黑影聚拢又散开，坤仪死死捂着自己的嘴，一身黑纱被雨水湿透，冰冷地贴在她身上。

瞒天符只能瞒过妖怪的耳目。

她咽了口唾沫，轻轻发抖，自家皇兄身边的护卫，竟然都不是人。

她得去找秦有鲛。

下雨天的秦有鲛是最烦躁疲惫的时候，他不会去别的地方，只会在自己的屋子里待着。

坤仪借着远处微弱的光，勉强辨别了方向，开始朝她认为的秦有鲛的住处走。

风吹在湿透的衣裳上，冻得她眼前有些发白，她这柔弱的身板在这样的雨夜里像一棵没根的草，几次被狂风卷得东倒西歪。

好不容易摸着个风小的地方，她靠过去，还不待喘气，就听得屋里有人道："眼下认得出那位的只有坤仪公主，他何不将她也一并……省去许多麻烦。"

"我听侯爷的意思，是说这位殿下身上还有些奇怪的东西，想留着看以后有没有用。"

"呔，一个娇生惯养的公主，能有什么用，还不够哥儿几个塞牙缝的。"

"哈哈哈！"

屋子里哄然大笑，笑声古怪，夹杂些兽鸣。

坤仪靠墙坐着，小脸惨白。

这是一屋子什么东西？侯爷，是指聂衍？

聂衍想吃了她？

心里一口气涌上来，被她死死噎住，郁堵难舒，半晌之后，终是变成了一个控制不住的嗝。

"叽！"

清脆，响亮。

屋子里嬉闹的声音戛然而止，接着，坤仪就感觉头顶上飘过一阵风。

"瞒天符？"窗户打开，有人古怪地笑了一声，声音近得仿佛就在她耳边。

浑身汗毛倒竖，坤仪想也不想，立马朝上头甩出几张烟火符。

咻——嘭！

突如其来的烟火将满屋子的人炸了个措手不及，坤仪趁机跳起来，不要命一般地往外跑。

"抓住她！"

"在那边！"

心口像是烧了一堆火，又被凉水扑灭，气息全堵在喉咙里，坤仪拔足狂奔，外袍浸透了雨水，太过沉重，她干脆一并脱下，轻身跑出行宫。

聂衍正安静地观着山间烟雾，冷不防察觉到一股熟悉而强烈的妖气，从行宫一路蔓延进山林。

"不好了。"淮南冲上山坡来，上气不接下气地朝他二人道，"坤仪公主不知受了什么惊吓，往山林里跑了。"

"什么？这个天气她往山林里跑？"黎诸怀挑眉，看了聂衍一眼，"有些危险啊。"

聂衍抬头，冷眼回视他。

"侯爷瞪我做什么，又不是我让她跑的。"黎诸怀后退半步，撇了撇嘴，"她那么娇气，淮南去寻一寻吧。"

"不必了。"收回目光，聂衍捏着墨色纸伞，往下头山林的方向抬步，"我亲自去。"

黎诸怀伸手拉住他的衣袖，皱了眉又松开："非是我要教训你，但是大人，她只是个普通人，随便让谁去找都可以，但你眼下若走了，大局谁顾？"

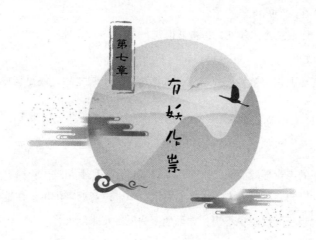

第七章　有妖作祟

聂衍觉得好笑，鸦黑的眼里一片讥讽："不是还有你吗？"

黎诸怀皱眉："我一个区区主事……"

话说一半，他说不下去了。

聂衍捏了一封本该被烧毁的信，扔到了他的脚边："你不是好奇，我会不会因她而束手束脚，失却方向？

"那就看着吧。"

话语落音，长身纵跃，衣袂翻飞，如风一般去向下头的深林。

脸色铁青，黎诸怀抬脚踩住那封信，看着聂衍的背影气极反笑："淮南，你看他是不是像极了上清司开司的那位祖宗。"

一样的固执，一样的不把人放在眼里，也一样的……要栽在女人手里。

淮南满眼担忧，抿唇道："当说不说？属下觉得主事没必要如此。"

为了大局要侯爷成亲，待他成亲了又怕他被情事所困，三番五次地试探于他。

也就是如今的侯爷脾气好了不少，若放在原先，他们多少颗元丹都不够碎的。

既然侯爷未曾误过一件事，他们为何不能多信他一些？

"你不懂。"黎诸怀直摇头，"你没见过当年那位祖宗的下场有多惨。"

当年那位，魂飞魄散，再不入轮回。

淮南望了一眼聂衍远去的方向，总觉得他不会到那个地步。

他比那个人，还要厉害一些。

山林里的风比行宫里的更大更冷，坤仪没跑多久就感觉有无数的妖怪在朝她围拢。外袍扔了，她手里的符纸不剩几张，额头上的瞒天符也已经被雨湿透，摇摇欲坠。

要在这儿喂妖怪了？

她躲进一个树洞里，紧抱着自己冰凉的胳膊，想了想，还是先用符纸给自己取来了一支缠枝凤钗。

就算是死，她也得是漂漂亮亮地死，这是矜贵的公主殿下必须有的尊严。

坤仪将跑得凌乱的发髻用凤钗重新束拢，抹开自己额上的雨水，拈了一缕青丝自鬓边落到肩上，然后就死死地盯着洞口，看第一只来吃她的妖怪长什么样子。

山林里妖气浓烈，熊虎等小妖皆在咆哮，更有一只上百年的妖朝树洞里伸了半个脑袋。

是只葱聋，古籍里有载的妖怪，形状似羊，却有红色的胡须，修火道。

烤着吃也行吧，她想，死后骨头渣子也还能化作春泥。

就是能不能先杀了她再烤？她怕疼。

张嘴欲和这葱聋商量，坤仪还没说出口呢，就见它鼻息突然一停，接着整个脑袋就被人拔出了树洞。

雨下得如瓢泼的水，坤仪艰难地抬头，就看见树洞外站了一个人。

身立如松，挺拔的肩上贴着湿透的玄色衣料，右手里合拢的油纸伞尖还淌着水，左手里捏着的葱聋却是已经断了气。腰间简陋的荷包被雨湿透，颜色深得难看，被风吹起的衣角却依旧翻飞，像极了悬崖边盘旋的鹰。

四周的妖气都被他吓得一滞，熊虎等精怪刨着地上的土，吐气焦躁却不敢再靠近。

"你……"坤仪怔怔地看着他，想问他是来吃她的，还是来救她的。

可话到了嘴边，却又变成了："你既然带了伞，为何不撑开？"

聂衍饶是再沉重，都被她这话说得一笑："殿下竟还在乎这个。"

"那当然了，你眉眼那般浓郁好看，不会被这雨冲散了吗？"她嘟囔。

扔开手里的葱聋，他转身面朝她，捏过她冰凉的手，轻轻放在自己的眉眼上："你看看，散了吗？"

剑眉如月，朗目似星，坤仪描摹了一下，指尖都忍不住颤了颤。

没点过妆黛，他这是天生丽质。她羡慕地叹了口气。

聂衍的目光扫到她身上单薄的裹胸长裙，沉了脸："你三更半夜的胡跑什么！"

不说这个还好，一说坤仪看他的眼神里就多了几分恐惧："行宫里……行宫里有妖怪！"

聂衍默了默，伸手将她从树洞里抱出来。

坤仪一贴上就死死地搂紧了他的腰，将脑袋埋在他肩上，闷声道："我想好了，总归是要死的，若死在你手里，那还好些，起码你比任何妖怪都好看。"

心里轻轻一跳，他敛眉："你拿我与那些妖怪作比？"

那不然呢，总归都是惦记着她性命的。

怀里的人不吭声了，情绪似乎有些不对。聂衍略感烦躁，他完全不知道行宫里发生了什么，连话都没法与她圆，只能伸手将她往自己怀里按。

深林里突然传来了一声奇怪的低鸣。聂衍一怔，目光陡然变得凌厉，手里油纸伞一抖，变成了却邪剑。

四周的小妖似乎是受了惊吓，原先还迟迟不肯离开坤仪身边，一听这声音，不管多少年的修为，统统扭头就跑。

"怎么了？"坤仪没抬头，只纳闷地道，"四周的气息变得好奇怪。"

"没想到殿下当真有修道的天赋，连这也能察觉出来。"聂衍轻笑了一声，眼里的神色却是十分严肃，"若是没料错，殿下这是送了微臣一份大礼。"

"什么大礼？"坤仪不解。

"你身上的妖气，唤醒了一只长眠于此地多年的上古妖兽。"却邪剑凛凛泛光，聂衍望着黑雾里逐渐显现的轮廓，轻轻吸了口气，"若是侥幸能赢它，你我二人就能保住性命。"

"那若是不能呢？"坤仪天真地抬头。

他轻笑一声，没答，只取了缠妖绳，将她牢牢捆在自己怀中。一瞬间，坤仪竟然感觉到了前所未有的踏实。

大难临头，他居然不是把她扔到一边，而是打算带着她与妖兽搏斗。就凭着这一点，坤仪想，她也得想办法帮帮他，毕竟她手里还剩一张符纸，弄个烟火符什么的还是不难。

这样想着，她满怀热血地抬头看向妖兽的方向。然后就看见了一张红目嶙峋的脸。

好丑。

"五千年的妖兽土蝼。"聂衍沉声道，"力大无比，嗜血，妖力远在凡间道人之上。"

土蝼生四角，似羊而非羊，长尾如鞭，好食人，早些年被封印在浮玉山，眼下不知是何缘故，竟是破了封印出来了。

漫山遍野的妖怪聂衍都没放在眼里，但这一只，令他面色十分凝重。

"打不过咱就跑吧？"坤仪小声道。

似是听见了她的话一般，土蝼突然在四周落下了结界，接着就怒甩其尾，朝两人卷过来。

聂衍抱着她避开这裂空一般的长尾，接着就地落阵，却邪剑脱手，带着光直冲土蝼，然而土蝼四角刚硬无比，一个对磕，却邪剑竟是嗡鸣着回了聂衍身侧。

铺天盖地的压力朝两人笼了下来，坤仪死死地闭上眼不敢再看，就感觉聂衍在带着她不停地躲避，而后以却邪剑硬接一击，他闷哼了一声，嘴角有温热的东西顺着她的耳畔流下来。

"聂衍？"她颤了颤，想抬头。

这人却捂住了她的眼睛，淡声道："数一百个数再睁眼。"

都什么关头了还玩这个？这妖兽何其厉害，要再不想办法离开这个结界，她怕一百个数数完了就得给他收尸。

坤仪咬牙，捏着烟火符就朝妖兽甩了过去。

聂衍瞥见她符面上的东西，忍不住皱了皱眉，手指一点，将她的烟火改成了雷火。

咔！

千钧巨雷应声而下，直落妖兽头顶，土蝼晃了晃身子，好一阵没回过神来。

趁此机会，聂衍重引却邪剑，嘴里给她起了个头："一。"

坤仪眼前一片漆黑，只能跟着往下念："二。"

三、四、五……

她感觉抱着的人似乎变得更加高大了些，两只手都环不住他的肩骨。

十、十一、十二……

有什么光穿破了天际，引来了轰天之雷，接二连三地落在结界之中。

五十、五十一、五十二……

尖锐的犄角从她耳边擦过，直挺挺地刺进了这人的肩骨里。

眼睫颤了颤，坤仪想睁眼。

"还差十个数。"聂衍闷声提醒她。

鼻尖有些发酸，她死死将他抱紧，大声接着数："九十、九十一、九十二……"

锐风骤歇，呛鼻的血腥气夹杂着山间的冷风，堵得她呼吸都呼吸不上来。坤仪只觉得天旋地转，整个人与他一起失重，不知道跌去了哪里。

雨水将山林冲刷得干干净净，黎诸怀和淮南赶到的时候，原地只剩下一副巨大的妖骸。

"竟，竟是土蝼！"淮南吓白了脸，慌忙往旁边看，"侯爷呢？"

黎诸怀原还算镇定，可等他看完土蝼身上的伤之后，眼皮也有些压不住地跳了起来："这个疯子。"

这可是上古的妖兽，他竟也敢以血肉之躯去敌，分明有更轻松的路子，他却上赶着送死。

"快，回去叫人，去山崖下头搜，务必赶在张家人前头找到他们。"

"是。"淮南领命而去。

昱清侯和坤仪公主失踪，这事若是只有上清司的人知道，那也大不到哪里去，先瞒着圣上，再多派些人，总能找回来的。

可眼下，淮南刚带着人进山林，盛庆帝那头就得到了风声，当即大怒："立刻让上清司的人过来述职，禁军去替朕搜寻公主的下落，活要见人，死要见尸！"

刘贵妃对于这样的旨意很是意外，盛庆帝一向疼宠坤仪，哪里舍得说这般不吉利的话，况且，眼下外头风雨交加，普通的禁军很难找到公主的下落，就算要问责上清司，也不该是这个时候。

然而，帝王下完旨意便回头来拥着她，一边亲吻她的脖颈一边叹气："还是只有爱妃最让朕省心。"

爱妃？

这一声是刘贵妃等了多少年才等来的，她怔忪地回抱帝王，渐渐地心花怒放，再不顾其他。

淮南带着人还没走多远就被禁军给围住了，瞧见领头的人，他大怒："你竟还敢现身！"

张桐郎坐在肩舆上，居高临下地看着他："我已恢复了爵位和官职，为何不敢现身？"

怎么可能，前几日他张氏的通缉令还贴在合德大街的告示栏上。淮南正欲反驳，旁边的随从却凑过来小声道："大人，是陛下昨日下的旨意，念及与和福宫娘娘的旧情，赦免张氏，官复原职，爵位俸禄一切照旧。"

昨日？帝王与刘贵妃正是情浓，还能在昨日念起和福宫？

满怀疑惑，淮南盯着张桐郎，没好气地道："不管大人眼下是何爵位，也不该拦着我等去救殿下与侯爷。"

"陛下吩咐了，上清司所有人都要回行宫述职，若有违者，立斩不赦。"张桐郎哼笑，目光幽深地睨着他，"你上清司凭着装神弄鬼的本事，多次藐视皇威。陛下礼贤下士，未曾与尔等为难。今日公主遇险，尔等若还要一意孤行，就莫怪王法无情。"

听他这一套一套的说辞，淮南就觉得不太妙，再看一眼他后头带来的乌压压的禁军，他后退半步，面色沉重地将手放在了刀柄上。

坤仪醒来的时候，雨还在继续下。

她艰难地动了动身子，发现自己被聂衍按在怀里，他紧闭着眼，脸色惨白，身上还有浓厚的血腥味儿。

"侯爷？"抹了把脸上的雨水，坤仪试探着拍了拍他的脸颊。

触手滚烫。

轻吸一口凉气，坤仪抬头打量四周。槐树森立，一片漆黑，分不清方向，不远处有一个半人高的山坡，坡下一片黑暗，隐隐有滴水之声。

被风吹得打了个寒战，坤仪吃力地将聂衍扶起来靠在树干上。

兜头的雨浇得人难受，她犹豫片刻，还是拎着裙子起身，将聂衍留在原地，然后独自朝那山坡走去。

聂衍有一丝意识尚存，但肉体伤得实在太重，左肩被土蝼的尖角贯穿，心脉随之重创，就算知道周遭正在发生什么，也压根睁不开眼。

察觉到坤仪的气息消失在他周围，聂衍无声地叹了口气。

这没吃过苦的娇公主，遇见这样的情形难免惊慌失措，把他扔在这里独自逃命他也怪不得她，只是，他这样的身子，怕是得在此处耽误好几日，若是休养途中遇见别的妖怪，那就更麻烦了。

早知如此，他就不该顾念着她，径直化了原身与那土蝼对战，断不会伤重至此。

正想着，远处突然响起了脚步声。

聂衍屏住呼吸，用神识召唤了却邪剑，打算拼死护住这一副肉身。

然而，待人走近，他嗅见了一股熟悉的脂粉香。

坤仪去而复返，将他的胳膊抬起来搭在她肩上，而后使出老大的力气，将他的身子扶了起来。

"前头的确是个洞穴，我看过了，里头没妖怪。"她像是在对他说话，又像是在自言自语地壮胆，"雨太大了，这样淋下去你不死也得被泡烂，还是过去躲躲。"

她的身子冰凉，显然是冷得很的，感受到他身上的热度，不由得将他抱紧了些。

"宫里从小就教了各种礼仪规矩，可独独没教过我遇见这种情况该怎么办。"坤仪累得气喘吁吁，倒还在碎碎念，"我哪吃过这种苦啊。"

聂衍浑浑噩噩地听着，想起她那不沾阳春水的纤手和柔嫩的肩，心里也有些担忧。她没抛下他，他自是有些欣慰的，但带着他在这山里，她怎么能活得下去？

洞穴里淋不着雨，只蓄了一小潭雨水，干冷嶙峋的石块堆放其中，不好走路。

坤仪寻了一块干净的石头让他靠着，又摸了摸他的荷包，从里头掏出了两张空白的符纸。

这是好东西，聂衍想，只要她会画千里符，两人就可以立马回到行宫去。然而，这人捏着符纸想了好一会儿，咬破手指画了一张探囊取物符。

探囊取物，顾名思义，一炷香之内，她能凭借这张符纸将自己在方圆百里内拥有的东西给取到面前来。

此符对道人来说十分鸡肋，不但持续时间短，而且耗掉的修为极多，有时宁愿骑马去取物，也不会画它出来。

而坤仪，她不但画了，还画了两张。

聂衍愕然，神识飘在半空看着她从符纸发出的光里一件一件地往外掏东西。

几根大木头、一张罗汉床、两床棉被、一个药罐子、几盒药材……

她搬得气喘吁吁，最后一个火折子取出来的时候，两炷香到了，光在她面前消失，她还遗憾地叹息了一声："我忘拿兰苕刚做好的点心了。"

聂衍摇头。

两张符纸有千万种用法，他万万没想到，她会选最没用的一种。

"你一个道人，出门怎么会只带两张符纸？"放下东西，她还朝他嘀咕了一句。

聂衍哭笑不得，他出门一向会带二十张符纸，按理说是足够了的，但不承想今日会遇见土蝼，十几个回合下来符纸就不剩多少了。

她像是只为了抱怨一句，也没指望他能答，将洞里勉强收拾了一番之后，她便将他衣袍褪去，扶到了罗汉床上。

聂衍身上有很多伤，最严重的左肩伤口已经有些溃烂。他皱了皱眉，不太想她看，坤仪却没嫌弃，拔下头上的凤钗，替他将伤口处的烂肉拨开，再选了几味药材，面色凝重地盯着看了许久。他以为她在辨认品类，可下一瞬，就见她像是做好了准备，视死如归地将药材放进嘴里嚼。

聂衍心口微动，怔愣了片刻。带着温度的药材覆在了他的伤口上，坤仪被苦得眼泪都要下来了，一边吐舌头一边嘀咕："太难吃了，我方才就应该先拿点心。"

说是这么说，还是将药材一口一口地嚼碎，慢慢敷满他整个伤处。伤口又痛又有些痒，聂衍想抬嘴角，喉咙里又莫名有些发堵。

遇见土蝼的时候，他之所以将她捆在自己身上，是因为土蝼就是冲着她身上的妖气去的，将她放在旁边，土蝼只会跟着她走，他反而奔波，不如与她在一处，还方便诱敌进攻。

然而她好像是误会了，以为他当时是不愿意抛弃她，所以现在，拼着嚼苦药也要救他。

其实不救他，她自己可以走回行宫，这里离行宫不算太远。

聂衍的心里有种说不出的异样。

坤仪将他的伤用白布条捆好，又给他盖好被子，然后就瘫在旁边喘气。她累得很，额上出了汗，肌肤更加雪白，背心上的胎记虽然在发光，但大抵是由于土蝼的尸身比他们这里更显眼，妖怪们一时并未朝这边涌来。

坤仪将取来的辟邪木堆放在了山洞门口，又低头看了看自己褴褛的黑纱裙。

"这衣裳也好脏。"她嘀咕着，瞥一眼昏迷不醒的他，想了想，径直将这裙子脱下。

聂衍窒了窒。

好歹也是修道之人，竟然没想过道人昏迷之时还会有神识在，就这么当着他的面大大咧咧地脱了衣裙，只着藕粉的兜儿和五寸长的绸裤，将衣裙扔去洞里的水潭里涮了涮，随意往干净的石头上一摊，便又抱着胳膊躺回他的身侧。

晨光从洞口木头的缝隙里照进来，勾勒出她的细腰软脯，粉影窈窕。聂衍有些狼狈地闭了自己神识的眼睛，结果下一瞬，她就挨到了他身上。

"好冷。"她冻得直抖。

她像是发现了什么宝贝一般，眼眸倏地一亮："你身子好烫啊。"

"……"

"我这不算占你便宜吧？你需要降温，我需要取暖。"她眼眸滴溜溜地转，将他的腰身抱得更紧了些，"反正一时半会儿你也醒不来。"

但他能清晰地感觉到她，能嗅到香甜的脂粉气。

"等我睡一会儿，就带你去寻回去的路。"她小小地打了个哈欠，含糊地道，"你放心，就算你病得再重，我也不会丢下你的。"

聂衍很想伸手揉一揉她略显凌乱的鬓角，然而他的肉身太过虚弱，别说动作了，几乎要拖着他的神识一起陷入深眠。

失去神识的前一瞬，他似乎听见她嘟囔了一句："他们都说你是妖怪，妖怪应该没那么容易死，你可要挺住，不管你是什么，我都还挺喜欢你的。"

聂衍心口一震，还没来得及多想，神识就变成了一片漆黑。

风大雨大，土蝼的尸身很快消失在了山林间，已经被吸引出来的妖怪犹不满足地四处寻觅，很快，它们就嗅到了另一处甜美而强大的妖气。

"聂衍在那里。"有百年修为的妖怪化出人形，停下了靠过去的步伐。

"竟然是他，他怎么会在这里？"

"谁知道呢，离他远些，他可不是好惹的。"

修为高深的妖怪纷纷收敛了欲望，扭头往回退，可一些小妖压根抵挡不了这种诱惑，张牙舞爪地就朝山洞的方向扑去。

坤仪累得正要睡着，冷不防就听见却邪剑"铮"的一声飞向了洞口。她裹着被子坐起身，娇嗔着揉了揉眼："你做什么？"

却邪剑没回答她，只在洞口静待了几瞬，然后倏地暴起，砍断了个什么东西。

坤仪定睛去看，就见一截妖怪的断肢带着腥臭的气息从洞口辟邪木的缝隙处滚落进来，掉在离她一丈远的地方，还朝她的方向不甘地抓握了一下。

小脸唰地惨白，坤仪下意识地去摸自己袖袋里的符咒，然后才后知后觉地想起，她把所有的符咒都用掉了，眼下想画一张瞒妖符都不成。

完了。

洞口接二连三地传来撞击声，她慌张地抱住聂衍，眼眸扫视四周，企图找寻另一个出口。

咔——有妖怪撞飞了一块辟邪木，将嶙峋的头伸进了洞穴。

却邪剑虽然厉害，但没有主人操控的剑，压根无法同时抵挡这么多妖怪，它大声地嗡鸣着，企图唤醒聂衍，可聂衍伤得太重，完全无法给它回应。

洞口已破，妖怪接二连三地涌进来，却邪剑急忙飞回了聂衍的身边。

它眼下只能护住一个人，自然选的是自己的主人，至于坤仪……它只是一把剑，它管不了这么多。

坤仪怔怔地看着朝她扑过来的妖怪，一动不动。

这样的画面她见过无数次，在明珠台的洞房里，在邻国的皇子府。

接下来她会睡过去，等她再醒来的时候，自己会活得好好的，而她身边的人，一定会死。

要是醒着的聂衍，她还能抱一丝侥幸，可眼下的聂衍就是一块没有反抗之力的肉，一定会被这些妖怪吃掉。

熟悉的困意袭来，坤仪奋力了眼，可下一瞬，她狠狠地掐了自己一把。

不行，这次不能睡，她必须保住聂衍，不管是为着与徐枭阳的赌，还是别的什么，她都不能再让人在自己身边死掉。

困意如潮水，凶猛地拉拽着她的神识，仿佛有人在耳边对她说："睡吧，睡醒就好了，你不会有事的。"

她摇摇晃晃地站起身，深吸一口气，眼神一定，拔下头上的钗子，狠狠地扎进自己的大腿。剧烈的疼痛让她瞳孔紧缩，意识跟着回笼，她疼得龇牙咧嘴，却又有些畅快淋漓。

"你应该了解我。"她咬着牙对方才耳边的声音道，"我这个人，从小性子顽劣，不服管教。你让我做什么，我就偏不做什么。"

雪白的肌肤上绽开血花，洞穴里的妖怪跟疯了一样朝她这边扑了过来。

坤仪知道自己那点道行完全不是这些东西的对手，索性就拖着腿往外挪，尽量离聂衍远一些。

却邪剑护在聂衍身边，怔愣地看着她。跟着主人这么久，与主人心意相通的宝剑，自然知道坤仪公主是个什么德行，就算她现在将主人抱起来挡在自己身前，却邪剑都不会觉得意外。

但眼下这样的场景，它当真是反应不过来。

犹豫了一二，却邪剑还是守在聂衍身边没有动。它是有主人的剑，只会护着自己的主人。

那抹雪白的影子很快就被汹涌而来的妖怪淹没了。

却邪剑嗡鸣了一声，像在叹息。

可下一瞬，洞穴里突然亮起了一道强烈的白光，馋嘴的妖精们还没来得及张口就被白光淹没，光持续不散，空气里登时弥漫出一股奇怪的妖气。

后头的妖怪们见状没有退缩，反而是前仆后继地涌向白光，数十上百的小妖，眨眼就都消失在了白光里。

沉睡中的聂衍突然就闻到了一丝熟悉的味道。

他睁眼，发现自己身处梦境，远处乌黑一片，近处却有一抹熟悉的影子。

怎么梦见她了？

聂衍皱眉，毫不留情地道："我记得我告诫过你，莫要同我耍手段。"

那人微微一怔，转过身来深深地看着他："我要说是碰巧入了你的梦境，你可信？"

"我不信。"他冷声道,"省着你的修为养神用,莫要花在这些地方。"

她略有些失落,忍不住问他:"我若重回世间,你可还愿履行约定?"

"约定?"聂衍满眼嘲讽,"你把青丘对我的栽赃陷害,称为约定?"

"昱清……"

聂衍不愿再听她多说一个字,径自碎了这梦境。

四周的黑暗如同碎了的瓦块一样往下落,聂衍冷眼看着她惊慌的身影,却在某一个瞬间,好像看见了坤仪那张娇俏的脸。

他心里一跳,上前,想拉她一把。然而,两人的手交错而过,她怔愣地望着他,然后跌进了黑暗的深渊里。

"坤仪!"他低喝。

洞穴之内,坤仪被他这一声喊得回了神,后知后觉察觉到了疼。四周的妖怪已经消失,她也不必再撑着,索性跌坐在地上,扁扁嘴红了眼。

却邪剑以为她受了重伤,连忙过来围着她绕了一圈,结果发现她身上除了大腿上自己扎的口子,别的地方一点也没伤着,只她颈后的胎记,像是吃饱喝足了一般,已经不发光和散发妖气了,安静得像一块普通的花纹。

方才到底发生什么?却邪剑摸不着头脑,索性飞回主人身边,继续养神。

坤仪哭得梨花带雨,好不可怜,一边哭一边骂:"都瞒着我,都不告诉我。"

怪不得她这样的体质还能平平安安地长大,原来她比妖怪还妖怪,那么多的妖怪朝她扑过来,统统被她吃掉了,或者说是被她身上散发的白光给吃掉了,她还是第一次这么眼睁睁地看完了整个过程。

所以先前在她昏睡过去的时候,也是这样吃了很多的妖怪?

坤仪身上一阵恶寒,眉毛都拢成了一团。这样的情况师父必定是知道的,所以才骗她修习道术,好遮掩一二?但是话说回来,她没有妖气,也没有妖心,这是怎么做到的?

被皇兄发现的话,会杀掉她吗?

想起原先皇兄那疼宠的眼神,坤仪更委屈了,抱着腿一瘸一拐地回到聂衍身边,伸手戳了戳他好看的脸蛋,郁闷地道:"被你知道了,也一定会想宰了我立功。"

聂衍皱着眉,手指轻轻动了动。坤仪没看见,腿疼得直冒冷汗,索性就靠着他哼哼唧唧地闭了眼。

外头的天色已经擦亮,雨还是没停,坤仪这一睡就生了大病,整个人昏昏沉沉地说着胡话,从母后念叨到了赵京元,又无意识地喊起兰苕来。

兰苕跪在帝王寝宫外的回廊上，已经从深夜跪到了天明。

"只有上清司的人能把他们找回来。"她焦急地挥开来劝说的宫人，死死盯着帝王寝宫的方向，"陛下不该在这个时候问罪上清司。"

"兰苕姐姐，你这是累糊涂了，这种话怎么也敢说？"鱼白连忙捂她的嘴，"天子的旨意，也是你我能置喙的？"

"陛下真心疼爱公主，就不该下这样的旨意。"兰苕挥开她的手，跪着往前挪了两步，"再不派人，殿下会在外头吃更多的苦。"

鱼白拗不过她，只能侧头问小宫女："国师呢？找到了吗？"

"找到了，在后花园的水池旁边，看起来像是宿醉了，人不太清醒。"小宫女为难地道，"他一直稀里糊涂地嘟囔着，让殿下别回行宫。"

鱼白气极反笑："我等都想着法子把殿下找回来呢，他倒好，还让殿下别回来？"

兰苕一怔，终于回头看了她们一眼："国师当真这么说？"

"当真。"小宫女学了学他的语气，"这里有难，莫叫坤仪回来——他是这么说的。"

兰苕心里轻轻一跳，突然扶着旁边的石柱起了身。

鱼白连忙去搀她，就听得她小声道："怪不得不对劲，怪不得，我们得去告诉殿下。"

踉跄走了两步，她又有些绝望："这外头都是妖怪，又是深山老林，我们要怎么才能找到殿下？"

"行宫一里外的塔楼上可以点瞭望烟。"鱼白道，"咱们可以去给殿下指个方向。"

这话一出来，几个宫女一齐沉默。

谁都知道殿下有多娇弱，光是瞭望烟，她就算看见了，也未必能走得回来。

但这是眼下唯一能做的事，兰苕犹豫了一会儿，还是带着坤仪的手令往塔楼的方向去了。

上清司的人与张桐郎的人已经交手了一整夜，双方都有些疲乏。黎诸怀冷眼看着张桐郎，沉声道："他不是个好相与的人，你做事做到这个份上，莫要说联姻，往后想在他面前站着都不可能了。"

"哈哈哈！"张桐郎跷着二郎腿大笑，"是他聂衍逼我的，我给他阳关道他不走，非要走这独木桥，真当我张氏好欺负不成！"

张桐郎也知道聂衍不好惹，所以一开始就打算用联姻的法子，可惜他聂衍不识趣，不但不愿意合作，甚至将他的后路斩断，还妄图利用皇后来让帝王将张家灭门。

是他先不仁，就休怪自己不义。

聂衍被土蝼重伤，秦有鲛和龙鱼君都因着雨天无法动弹，光凭坤仪那个花架子公主，两人是断不可能活着走出这片森林的，只要拦住上清司的人七日，往后这晟京就还是他说了算。

张桐郎算盘打得很响，几乎是样样都料中了，只除了一样。

坤仪公主这个花架子，好像也没那么花。

第三日的朝阳升起的时候，靠在聂衍身旁的坤仪睁开了眼。

她嗓子哑得咽口唾沫都疼，身上也凉得可怕，将被子拉过来捂了好一会儿才缓过劲，然后迷茫地抬头看了看四周。

没有香薰的铜炉，没有绣花的顶帐，她还在山洞里，没回到行宫。

腿上的伤口已经结痂，但这个痂的周围红了一圈，火辣辣地疼。

这样的情况，她真的很想再倒回去睡，可肚子饿得咕咕叫，再睡可能会被饿死。

低头看了看床上躺着的人，聂衍的脸色倒是好了一些，被她上过药的伤口也在渐渐愈合，只是人依旧没醒，嘴唇还干裂开了几条细口子。

轻叹一声，她踉跄着起来，去水潭里给他捧了一捧水来润了润唇，然后摸了摸自己晾在石头上的衣裳，见已经干透了，便将就着穿上。

背后的胎记不发光，她也少了很多麻烦，只用将聂衍扛起来带回行宫。

可是，说起来容易，她自己都还病着，该怎么才能扛起一个高大的男子？

聂衍的神识醒得比她还早一些，他皱眉看着她腿上的伤，忍不住瞥了一眼却邪剑。

却邪剑一凛，连忙出去砍了几个能吃的果子带回来，放在坤仪跟前。

坤仪很意外，哑着嗓子道："这么有灵性的剑，我还是头一回见。"

她咬了一口野果，酸得她直眯眼，不过为着果腹，还是吃完了一整个，末了，又坐到聂衍身边，拿起第二个。

却邪剑怔愣地看着她将果子嚼了喂给人事不省的主人，忍不住"嗡"了一声。

主人最嫌恶旁人的东西了，哪里受得了这个。

可是，当它去感应自家主人的情绪的时候，发现里头什么都有，就是没有嫌恶。聂衍皱眉看着坤仪的动作，看的却不是她喂食的嘴，而是她有些跛的脚。

应该是护着他的时候伤着的，他想，却邪剑都没能护他个周全，她这么胆小的人，竟拼着受伤也将他护下来了。

是有多喜欢他？算了，主人开心就好，它只是一把剑，它什么锅都能背。

喂完一个果子，坤仪吧唧地亲了他一口，万般愁绪都化作了一声叹息，然后扶着他，艰难地将他扛起来。

　　她咬了咬牙，腿上的伤只这一瞬就崩裂了，闷头往外走。

　　聂衍看得眉皱得更紧。

　　两人这样待着确实是会死在林子里，但看她这么困难地一步一步扛着他的身体往外挪，他又觉得煎熬得很。

　　凡人本就脆弱，纸片一样的，一挥手就没了，更何况她这样娇生惯养的凡人，平日里指甲断掉一个都要哀号半晌，眼下四处都是雨水，她一摔手臂上就擦伤一片，眼泪都包在眼眶里了，却还是爬起来拍拍灰，然后继续扛扶着他走。

　　林子里没个方向，她只能凭感觉，走小半里路就要歇上半个时辰。却邪剑像是看不下去了，伸着剑柄替她扶了聂衍的另一边胳膊，坤仪轻松不少，跟头都少摔了几个。

　　这样走走停停的，天又黑了下来，她寻不到新的山洞，扁着嘴揽着他就哭。聂衍被她哭得心烦意乱，原先遇见土蝼都没想舍弃的肉身，眼下竟有了舍弃的冲动。

　　却邪剑连忙削了一处山坡，硬生生挖了半个岩洞出来，然后戳着坤仪过去。

　　"你真的好厉害啊。"坤仪忍不住盯着却邪剑，双眼发光。

　　却邪剑一直很厉害，但从未被这么夸奖过，当即有些飘飘然，在空中挽了个剑花。

　　聂衍的神识不咸不淡地"哼"了一声。剑花一僵，它老实地耷拉了下来。

　　"怎么了？"坤仪伸手摸了摸它的剑柄，"刚刚还很开心。"

　　却邪剑委屈，但却邪剑不说，只依在她身边，蹭了蹭她又有些脏了的黑纱裙。

　　这个山洞里就没床也没被子了，坤仪扛不动那么多东西，索性只带了火折子，晚上就偎在火堆旁休息，白天再继续顶着雨水赶路。

　　老实说，坤仪从小到大没有吃过这么多苦头，若是把聂衍扔在半路，她也能早些脱困，可她就是不扔，咬着牙顶着伤，愣是花了三天的时间将聂衍带出了森林。

　　远远的，她看见有瞭望烟在西边的方向冉冉升起。她眼眸微亮，想跑过去，但三天的野果子实在让她没多少力气了，脚下一个趔趄就跌进了泥水里。

　　却邪剑着急地围着她绕了两圈，她也没能爬起来。

　　庆幸的是，远处有东西朝这边来了。雨水瓢泼，那东西一甩尾巴，将坤仪驮在了背上，瞥一眼旁边的聂衍，他淡声道："亏你那么厉害，竟能连累她至此。"

　　那是一尾漂亮的鲤鱼精，在雨水里显出了巨大又华丽的纯白原形，说罢，也不管聂衍，小心翼翼地驮着坤仪就游向了塔楼。

却邪剑看得直嗡鸣，上前想斩它，却被聂衍叫住。

"去找淮南来接我，他们在南侧一里外的位置。"他淡淡地道。

却邪剑扭头，立马朝南边唰地飞出去。

兰苕在塔楼上等了好几天，眼看着要绝望了，却突然听得宫人喊："兰苕姑姑，殿下回来了！"

眼眸一亮，兰苕踉跄着下楼，远远地就看见七八个宫人围在塔楼底下，见她过来，众人散开，露出昏迷不醒的坤仪。

坤仪身上穿着一件锦鲤色的流光外袍，里头却还是之前的黑色纱裙。仪容还算整齐，但脸色十分憔悴。

"快，将殿下扶到塔楼里去。"

"是。"

兰苕进屋去，看到坤仪腿上的伤，心疼不已，一边让人请国师来，一边给她上药更衣。

一连下了好几天的雨就在这个时候停了，外面霞光灿烂，温暖非常，像是夏天要到了。

坤仪浑浑噩噩间好像听见了师父的声音，他在嘀咕着什么，又给她重新拢上绣金的符文黑纱袍。

接着，她就陷入了梦境。今日的梦里没有漫天的妖魔，也没有人流着血喊她凶手，只有一个漂亮而孤寂的女人，跪坐在角落里，一声又一声地低泣。

"你怎么了？"她忍不住问。

那人没有回头，只抽泣地道："我弄丢了我的爱人。"

"那就去找回来啊。"坤仪不解，"在这里哭有什么用？"

女人被她冷酷的话一噎，幽幽地转过了头："那你能帮我去找吗？"

一张与她一模一样的脸赫然出现在眼前。坤仪吓了一跳，后退几步想跑，眼前却突然一花，好似有人伸出手拽住了她的胳膊，将她往外一拉。

"师父？"梦境消失，她睁开眼，迎上了秦有鲛难得严肃的眼神。

"不要在梦里答应别人的要求。"他认真地道，"梦里也会有妖怪。"

坤仪脊背一凉，反手抓住他："师父，你看得见我的梦？"

秦有鲛没答，只又强调一遍："任何时候都不能答应别人什么要求，明不明白？"

"明白……"坤仪顿了顿，皱着眉挣扎着起身看向他，"师父，我是妖怪？"

用看傻子的眼神看了她一眼，秦有鲛冷哼："这世上有你这么弱的妖怪？"

坤仪恼了："我哪里弱了！我能察觉到妖气。"

"那是为师押着你苦练十几年才练会的东西。"秦有鲛翻了个白眼，"蘅芜一个月就会了。"

虽然是事实，但听着怎么这么来气呢？坤仪捂着腿坐起来，疼得龇牙咧嘴的："可是我都看见了，很多妖怪朝我扑过来，然后它们都被我吞掉了。"

伸出自己的手看了看，她嘀咕："除了妖怪，还有什么东西有这个本事？"

脸色微变，秦有鲛问她："你怎么会看见的？"

"保持清醒就看见了。"坤仪微顿，然后横眉，"你果然是知道的。"

"此事说来话长，眼下也没有说的必要。"秦有鲛别开了头，"总之你不是妖怪，你是先皇和太后嫡亲的血脉，否则，你皇兄怎么可能容你到现在？"

原来如此，坤仪松了眉，心里突然轻了，然后才想起来问："我怎么回来的？聂衍呢？"

"龙鱼君送你回来的，那是个好孩子。"秦有鲛起身，替她打开了窗户，"至于聂衍，你不必担心他，你死三百回他都还活得好好的。"

"师父你是不知道，这一路要是没有我，他早就被妖怪吃了，连骨头渣子都不剩。"坤仪不服气，伸出自己伤痕累累的双手给他看，"我功劳很大的，他得念我的恩才行。"

不然这一路，可不就白拼命了吗？

一听这话，秦有鲛看她的眼神更像看个傻子了。

聂衍虽是藏了真身，但能以人形行走凡间多年不被任何人察觉，料想妖力也是不低的，何况上清司里那个姓黎的主事还奉他为主。

黎氏一族兴于不周山，血统尊贵，妖力极强，自立族起就鲜少臣服于人，能让他低头行礼，聂衍的来头又会小到哪里去。莫说一片树林，就是整个浮玉山的妖怪捆在一块儿，也未必能伤他真身一分。这丫头，还傻到觉得他需要人救。

不过，这几日的折腾，坤仪着实伤得不轻，又受了风寒，眼下双颊还泛着不太正常的红，声音也有些沙哑。

秦有鲛到底是于心不忍，将她按回去躺着，拂袖道："行宫里有些麻烦事，你且先在这里养几日。"

塔楼的房间简陋，只一方架子床，枕头被褥虽是兰苕新换的，但那窗户上连朵雕花都没有。坤仪扁了扁嘴，哑声道："我怎么也该回去给皇兄请个安。"

"你的皇兄……"秦有鲛皱眉想了想，"他眼下可能未必想看见你。"

上清司与张桐郎的人已经在郊外对峙了好几日，今上不但没另派人去寻公主，反而增派了禁军要将上清司的人统统捉拿，与其说是关心则乱，不如说他就是想借着坤仪失踪的机会来削减上清司的势头，完全没有顾及她的安危。

坤仪怔愣，突然想起先前的异常，皱眉问："皇兄会不会是出了什么事？"

秦有鲛垂眸摇头："我没能面圣，但刘贵妃一直陪伴圣驾。"

刘贵妃入宫也有十几年了，虽然是近来才得宠，却也算熟悉盛庆帝，若有什么异样，她应该会与身边人说，身边人未曾言语，那说不定是今上另有盘算。

坤仪还想再问，脑袋却沉得很，她嘟嚷了几声，侧头陷入了昏睡。秦有鲛伸手探了探她的额，轻喷一声。

这热度，都能煮熟鸡蛋了。

秦有鲛起身，落下一个护身阵在她周围，拂开宽大的月色袖袍，走去了木窗边。

这里离行宫不远，离上清司众人所在的地方也不远。

雨停了，尚存的雨水顺着剑锋滴落进泥里，黎诸怀一身狼狈，眼瞧着禁军源源不断来支援，他终是失却了耐心。

"上清司之人听令。"

淮南一凛，大抵是想到了他会做什么，当即抽了刀退回他身侧劝道："大人，这里人太多了，不妥。"

"你还没看出来？"黎诸怀冷笑，劈手指向远处的张桐郎，"今上是帮着他，想诛杀我上清司精干，再等下去，我等一个都走不了。"

"可是，人太多，难免有疏漏。"淮南环顾四周，连连摇头，"只要走出去一个人，上清司便再难行于世间。"

上清司只有三十多个人，若只用道术法阵，便会被禁军的人海困死于此处，所以黎诸怀是想现他的原身来诛杀张桐郎以及这一众的禁军。

黎氏一族乃不周山山神之后，堕尘为妖，原形为六脚大蛇，妖力强盛，足以吞吃这千余人，但现原身风险太大，淮南担心消息走漏，对上清司不利。

可是以他们这些半路修道的妖怪的道术，实在不是张桐郎的对手。

正为难，远处突然就飞来了一柄剑，纯黑的剑身倏地抹过一个正在举刀的禁军的咽喉，带出一抹殷红的血花。

"却邪！"淮南眼眸一亮。

却邪剑嗡鸣一声，飞到他跟前，将聂衍的一抹神识带给了他。淮南大喜，连忙按住黎诸怀的手："大人，侯爷有下落了。"

一听这话，上清司众人精神皆是一振，祭出的法阵都强盛了不少，将一众禁军逼退了几丈。

"你带人过去接应侯爷。"黎诸怀道，"我来应付张家这个东西。"

"好。"淮南点头，当即带着一队亲信杀出一条血路，直奔聂衍的方向而去。

张桐郎哪里肯放他们，挥手要禁军去追，却见眼前慢慢落下了帷幕一样的结界。

"你往哪儿看呢？"黎诸怀动了动自己的脖子，漆黑的眼眸一眨就变成了银灰色的蛇瞳，"你要对付的人是我。"

"竟敢当着这么多人的面显形。"张桐郎皱眉看着他的举动，慢慢下了肩舆，往后退了几丈，"你难道要叫这成百上千的人都看着，看你斩妖除魔的上清司，实则全养的是一群妖怪？"

"被死人知道的秘密，不算什么秘密。"结界落成，黎诸怀当即化出原形，银灰色的鳞片如风一般卷上全身，大蟒仰天，六足顿地，一声长啸，整个浮玉山为之颤抖。

禁军们吓呆了，片刻之后才有人想起来要逃，可接二连三的，出现在周围的妖怪越来越多，将他们的去路完全堵住。

"上清司，上斩皇室之妖，下清民间之怪，哈哈哈哈！"张桐郎大笑，"真是荒谬至极，荒谬至极！"

说罢，他仰头尖啸。

慌乱的禁军之中，有几十人脱下了红缨头盔，跟着化出了原身，形如三人高的蜜蜂，长出了分叉的尾巴和倒转的舌头。

是放皋山里的反舌兽。反舌兽是珍兽，为瞿如一族所驱使，当世不存多少，一次见着几十只，场面十分瘆人，就算黎诸怀有自信能打过他们，心里也不免发毛。

这张氏一族，竟是要孤注一掷了。

"你上清司要名声，我等可不需要。"张桐郎望着他高大的原身，幽幽地道，"与其最后被尔等置于死地，不如现在就做个了断。"

山上突然起了浓厚的妖瘴，将山林四周笼得什么也看不见。

兰茗端着熬好的药往坤仪的房里走，突然停下步子打了个寒战。

"怪事。"鱼白跟在她身侧，也停下来看了看天边，"好不容易不下雨了，天怎么又暗了？"

眼下不过午时，按理说正该万里无云，可天上一片灰黄色，远处也是雾蒙蒙的，风吹得人背脊都发凉。

"会不会有妖怪？"兰苕皱眉。

"不会吧，上清司的人还在那边守着呢，就算有妖怪，也过不到塔楼这边来。"鱼白摇头，"还是先去给殿下喂药。"

兰苕抿唇，端着药继续往楼上走，可没走两步，她透过楼梯旁的木窗又看了外头一眼。

黄色的雾气里好像飞过去一个活物，漆黑的鳞片，盘旋如风。

她惊得眨了眨眼，再看，却是什么也没了。

"怎么了？"鱼白顺着她的目光往外看，"这能看见什么？"

"龙……"兰苕喃喃，"黑色的龙。"

"姐姐糊涂，这世上哪有龙。"鱼白忍不住笑道，"你是听多了戏，真以为存在那东西了，那是先祖拼凑的图腾，就算是鲤鱼跃了龙门，也只会化成白色的蛟，哪会真有什么黑色的龙。"

古书里有载，龙与其说是妖，不如说是神，这世间若能得真神下凡，又哪里会放着那么多妖怪横行世间。

她说得有理，兰苕想了想，觉得可能当真是自己眼花了。

山间起了大风，妖瘴却一点也没有被吹散，瘴中已经没了人的气息，只余下一众妖怪混战。

黎诸怀太久没用原身，有些不习惯，被偷袭了好几下，但很快，他就凭着强大的妖力站稳了法阵，连带吃掉了两只反舌兽。

张桐郎大怒，连连与他过招，四下火光爆起，血沫横飞。

妖怪的厮杀没有武器和漂亮的花式，只有不断爆开的妖气和泛着光的阵法，上清司里有当真修道的凡人，眼下已经是被阵法封印，不能视听，而剩余的亲信，统统显出了原身与张氏搏斗，各有胜负。

眼瞧着张氏众妖凭着一脉相承的血缘祭成一个杀阵，黎诸怀正要损了一只利爪之时，天边突然响起了一声龙啸。振聋发聩的龙啸声自天而降，穿透整个结界，震得所有妖怪头皮发麻。

众妖一凛，骨血里天生对龙族的恐惧让它们都停下了动作。

张桐郎怔愣地望着天边，慢慢化回了人形："玄龙？"

从他们的杀阵里慢慢退出来，黎诸怀没好气地喷了喷鼻息："不然你以为他是什么？"

张桐郎心头大恸，沉默不语。周身的杀气慢慢消散，一丝疲惫涌上了他的眉间，他踉跄了两步，突然对后头的族人和反舌兽摆了摆手："罢了。"

"国舅爷这就不打了？"黎诸怀似笑非笑，"你可是苦心筹谋了多日，就想着今日带着你的族人重夺晟京呢。"

要是平时，以张桐郎的脾气，定要与他骂回去才甘休，可眼下，他只感觉到了巨大的鸿沟横亘在他和上清司面前。

实力的鸿沟。

龙乃上古真神，玄龙为神族之首。别说算计聂衍，眼下若是还能有为他所使的机会，他都算是救了全族。

伸手抹了把脸，张桐郎实在想不明白，聂衍若真是玄龙，怎么会纡尊降贵来人间做这些事？

会不会，只是什么幻术？

张桐郎抱着一丝希望，又抬头望了天边一眼。

漆黑的鳞片泛着光从云层里卷过，片片如刀，龙须如鞭，游动间像是要劈开这浮玉山。

张桐郎胆颤了颤，带起族人，当即撞破黎诸怀的结界，四散逃窜向丛林深处。

"就这么让他们走？"黎诸怀化回人形，不太高兴地看向天上，"他们万一说漏嘴怎么办啊？"

淮南气喘吁吁地跑过来，扶了他一把："您身上带着伤，还不肯消停？"

"这不是他的作风。"黎诸怀皱眉看着天边逐渐消失的龙影，"他怎么回事？"

淮南吩咐上清司其余的人善后，拉着他就往另一头走，边走边道："侯爷重伤，这是为了救你才放出一魄原身来吓唬人，你就莫要给他添乱了。"

说起这个黎诸怀就来气："你说他图个什么，早化原身出来，那区区土蝼能将他伤成那样？"

"他哪里能化得了！"淮南嘀咕，"坤仪殿下当时就在他跟前呢，还不得把她吓死。"

"死就死了。"黎诸怀撇嘴。

淮南幽幽地看了他一眼，将扶着他的手收了回来。

黎诸怀冷静下来想了想，也明白坤仪还有用，断不能轻易丧生，但办法有很多种，他就是不太理解聂衍为什么要死守着他那肉身不肯放，大不了重新化一个出来就是了。

比如现在，分明能直接回行宫去收拾残局，自己还偏得随着淮南翻山越岭地去接他的身体。

"侯爷心情不太好。"淮南小声道,"不知道是什么缘由,你且先别提坤仪殿下。"

"这还能有什么缘由,生死关头他被自己的女人抛弃在了山林里,能心情好吗?"黎诸怀撇嘴,"早同他说过莫要太用心。"

话刚落音,却邪剑就"嗡"的一声飞过来,割掉他半幅衣袖。

黎诸怀躲避不及,捏着破袖口气笑了:"我说坤仪,又没说你家主人,你急什么?"

却邪剑在空中打了个转,落回了不远处的聂衍身边。

黎诸怀跟过去看了看,没好气地道:"算他厉害,用肉体凡胎杀了一头土蝼,竟还能留着命在。"

说着,掏出怀里的灵丹妙药,一股脑全塞给了他。

聂衍这肉身经常遭罪,只要气息尚在,都不是什么大问题,黎诸怀身上带的药都是专门为他准备的,药到伤愈,不在话下。但聂衍缓缓睁眼,一个好脸色也没给他,眸子里暗沉沉的,兀自靠在石头上调息运气。

"咱们这也算是患难之交了,你至于这样吗?"黎诸怀将手上的伤露给他看,"你瞧瞧,我都三百年没受过这么严重的伤了。"

瞥他一眼,聂衍淡声道:"我夫人的伤口都比你的这个大。"

黎诸怀愣了。

不是,有必要醒来就满口说他夫人吗,就他有夫人?

等等……还真就他有。

黎诸怀烦躁地抚好自己的袖子,嘟囔:"她又不是为你受的伤。"

冷着脸起身,聂衍捂了捂肩上的伤口,想起她苦着脸给他嚼药的模样,眉目跟着就柔和了下来。

坤仪公主骄纵、贪图享受、离经叛道,但是,她会在生死关头护着他、照顾他。

她好像还说了喜欢他。

明明那么怕妖怪,可是在知道他也许是妖怪的前提下,却一直抱着他没有撒手。

聂衍抿唇,食指张了张,仿佛还能感受到她身上的温度,眼眸里划过一道亮光,然后将手慢慢合拢,起身朝山林外走去。

黎诸怀被他脸上的表情腻歪到了,神色扭曲地问淮南:"他是不是伤着脑子了?我这儿还有治脑子的药。"

淮南哭笑不得:"大人还没看出来吗?这几日坤仪公主显然是在侯爷身边的,两人刚刚才分开不久。"

要不然侯爷的神色也不会温柔成这样。

"她？那个娇惯的公主？"黎诸怀轻嗤，"她要是在聂衍身边，聂衍现在身子都该凉透了。"

淮南摇头，跟上前去扶着聂衍，留他一个人在后头继续嘀咕："这位置好像离土螭的尸身是远了些，他要是一直昏迷也走不过来。话说殿下那种女子，没凤车哪里能走这么远的路……"

他的灵药很有用，以至于聂衍越走越快，几乎是直奔着塔楼的方向去的。

然而，他刚走到一半，就被朱厌等人带着车马来拦住了。

"情况紧急，还请侯爷上车。"朱厌神色严肃，拱手作请。

聂衍脸色还有些苍白，闻言看了看远处的山林，大概也料到是什么事。

盛庆帝被张桐郎的人偷梁换柱，想借着皇权打压上清司，恢复张家的荣华，不承想捅出这么大的娄子，还见着了他的真身。

现在张家人应该都逃了，行宫里那位估计也跑了，圣上下落不明，山间又有大量禁军的尸体要处理，的确不是他该去看坤仪的时候。

收了收袖口，聂衍抬步上了车。

黎诸怀对聂衍的选择十分满意，他也不是个苛刻的人，只要聂衍永远以大局为重，他就还能一心跟随。

至于坤仪……不死就行。

张氏一夜之间消失，行宫里传闻是被上清司的人诛杀了，至于上清司为何会杀他们，众人的推断是，上清司只斩妖邪，那张氏必定就是妖邪。

像是为了印证这一点，"盛庆帝"连带着刘贵妃一起消失在了行宫里，众人寻觅良久，却是在行宫外的一处草丛里发现了被封印在木笼里的帝王。

"有妖作祟。"帝王醒来便是惶惶大喊，"杀妖！杀妖！将张氏一族全部抓起来！"

宗室众人大惊，连忙安抚，又让国师来请脉。

秦有鲛看着吓坏了的帝王，轻轻地叹了口气："陛下要保重龙体，否则这世上就再无人能护住坤仪了。"

他是因着太过思念张皇后，才会失神被张氏的人捉到。秦有鲛一开始没想明白，都已经准备好偷梁换柱，张氏为何没有直接将盛庆帝杀了，反而将他封印起来。

但在看了那木笼上的符咒之后，秦有鲛了然。张氏一族确实是想弑君，但盛庆帝被人救下来了。

这行宫里只有一个人会想救原本的盛庆帝，那就是坤仪。但真的有本事能把盛庆帝无声无息地封在木笼里的，只有聂衍。

聂衍。

想起那天在窗边看见的玄龙身影，秦有鲛神色很复杂。除了坤仪，还能给聂衍的这般举动找一个别的借口吗？他实在不敢相信，冷血无情的龙族，竟然会做这种看起来很蠢的事。

区区凡人，对他们来说不过是蜉蝣罢了，哪里值得他用这么多的心思。

长叹一口气，秦有鲛去找了三皇子，让他将行宫里的人清理了一遍，才把坤仪接了回来。

眼下张氏逃遁，宫中怕是又会落回上清司的手里，好在三皇子十分听话，愿意用禁军和法阵守住几处重要的寝宫，他还有时间想想对策。

"有鲛。"渐渐平静下来的帝王喊了他一声。

秦有鲛回神，微微拱手。

"聂衍他，会不会害了坤仪？"他喘着粗气，满眼担忧地小声问。

秦有鲛微微一怔，抿唇不语。

帝王怕是看见些什么不该看的了，但眼下这样的情形，若叫聂衍发现了，他们反而会丢命。

"臣会尽力护殿下周全。"他低声答，"还请陛下务必保重龙体。"

凡人在普通妖怪面前尚且只是一口软肉，就更别说在玄龙面前，聂衍想毁了整个晟京都是轻而易举，但此人城府极深，他想以妖为上位者，慢慢蚕食整个人间，不但潜入了上清司，还拿捏了宫闱，甚至还让不少妖怪与晟京的高门结了亲。

他不想以大战来解决问题，就定然有他的顾虑，只要能找到他的顾虑，那就好办得多。

"陛下，"郭寿喜进来道，"上清司已经将山林里出现的妖怪都清理干净，挑了一百多只小妖，封在了各处，说是等天气好了供宗室狩猎。"

盛庆帝沉默，良久才颤抖着手摆了摆："赏。"

"是。"

上清司是不会杀真的妖怪的，他们封印住的，只会是用禁军的尸身化成的"妖怪"。

凉意从背脊一直爬到牙根，帝王抓着秦有鲛的衣摆，几乎是从喉咙里挤着声音道："坤仪，坤仪如何是好？"

他就这么一个妹妹，从小吃了不少苦，好不容易寻得一段合适的姻缘，没想到竟非良人。

秦有鲛安抚了帝王两句，便说去坤仪那边看看。

刘贵妃下落不明，行宫里的气氛多少有些沉闷，秦有鲛满心担忧，绕过回廊，刚进前庭，就听见了他那可怜的徒弟正在……

撒泼耍赖。

秦有鲛嘴角微抽，停下了步伐。

“我不吃这个！”坤仪抱着腿哀号，“受伤已经很可怜了，为什么还要吃这么苦的东西！”

“殿下，良药苦口。”

“我知道，我能不知道吗，你问问旁边这位侯爷，我能不知道药有多苦吗？！”想起那满嘴的药渣子味儿，坤仪捂心欲呕。

兰苕无奈，还待再劝，就见聂衍起身走到了床边。

“侯爷帮着劝劝？”兰苕满怀希望地将药递给他。

聂衍颔首，接过来尝了一口，微微皱眉。

“苦吧？”坤仪眨巴着眼望着他，“我能不能不喝？”

“嗯。”放下碗，聂衍替她拢了拢耳边的碎发，“不喝它，我有好入口些的药丸。”

兰苕哭笑不得。让您来劝，不是让您助纣为虐啊。

兰苕将药碗端开了些，看着自家殿下欢呼一声扑进侯爷的怀里，忍不住摇头。

第八章　兔兔那么可爱

　　这位侯爷以前可不这样，虽说对殿下也算礼待，但鲜少这般亲近温柔，这次竟破天荒地抛下了他的"公务繁忙"，一整日都守在这屋子里。

　　坤仪倒是高兴极了，接过他给的药丸，看也不看就含进嘴里，和着茶水咽了。

　　聂衍垂眼瞧着她白皙的脸蛋，低声道："你也不问问这是什么药？"

　　"你给的，还能害了我不成？"坤仪扬眉就笑，"你若要害我，哪里还用这清香的药丸子，径直杀了我就是。"

　　心口微微一震，聂衍收拢了袖口里的手。

　　他很想问她到底是在哪里听说了什么，可还不等开口，她就笑着转开了话头："你身上的伤不疼了？先前还一直昏迷不醒，眼下竟就能走动了。"

　　低低地"嗯"了一声，他动了动胳膊："黎主事的药一向管用。"

　　或者说，只要不是濒死，对他而言都不甚要紧，再重的伤也能行动自如。

　　坤仪满眼都是好奇，见着兰苕等人都退下去了，便凑近他些，径直伸手扯开了他的衣襟。

　　要是先前，聂衍定要躲避，说她举止轻狂，可眼下他竟就这么乖巧地坐着，任由她凑近打量，甚至还扶了扶她的腰肢，以免她这动作耗力太大。

　　坤仪心里"叮"地亮起一盏小明灯。

　　这患难与共的效果，好像还挺好？

　　试探性地将手放在他的脖颈和肩胛摸了摸，她眨着眼打量他的表情："你身上会留疤吗？"

聂衍微微有些不自在，却还是没躲她，只道："肉体凡胎，受伤自然难免留疤。"

"啊，那多可惜。"她嘀咕着，指腹碰了碰他的锁骨，"你的身子特别好看。"

"……"

怎么会有人说这种调戏之语，表情还正经成这样，仿佛他若是恼了，心里有鬼的就变成了他。

他抿唇，耳根有些泛热，伸手弹了弹她的额头。

坤仪挑眉，抓着他的指尖嬉笑："我又没撒谎，那日在山洞里，我替你擦身子，可是每一处都瞧了。"

想起山洞里的情形，聂衍眼神暗了暗，手上略微用力，将她揽向自己的方向："臣还未曾谢过殿下。"

"不用谢不用谢。"她大方地摆手，"谁让你是我夫君呢。"

再说了，救他一回，换他如今这样的态度，坤仪觉得很值当。

顺着他的力道将下巴搁在他肩上，她亲昵地蹭了蹭他的耳根："我养病的这几日，你可不要出去看别的姑娘啊，我听说宗室那边带了不少女眷来。"

语气软糯，带着撒娇的意味，听得聂衍喉结动了动："臣可以一直在此处，哪里都不去。"

腰身被他抱得很紧，坤仪有些痒，轻轻挣了挣，却换来他更用力地将她按在怀里。

眼里划过一抹意外之色，她任由他抱着，睫毛直颤。

戏本子里常写救命之恩当以身相许，但那是凡人的规矩，聂衍这样的，不像是会被这点小恩惠感动的，难道是突然发现她姿色楚楚，动了凡心？可是，她举止大胆归大胆，也从未与人动过真格的，眼下突然察觉到他身上的变化，还真有些无措。

坤仪脸上保持着笑意，缩了缩身子。

好在聂衍生性克制，只抱她片刻便将她松开，垂眸道："夜半猎了些獐子和野鹿，殿下若有胃口，晚膳可以就着粥吃些。"

一提到吃的，坤仪放松了下来："好，让我带的私厨去做，他惯会做野味。"

说着，她打了个哈欠。

"殿下先休息。"聂衍道，"等他做好，我来唤你。"

"好。"坤仪甜甜地应了一声，躺下身，给自己盖好被子，然后闭上了眼。

瞧见她眼下的乌青，聂衍抿了抿唇，无声地退出了房间。夜半一直在外头等着，瞧见自家主子轻手轻脚地出来，眉目间尽是温柔之色，他心里一松，连忙笑着上前：

"殿下睡了？"

聂衍点头，转身带他走去庭院的回廊上。然后夜半就眼睁睁瞧着主子的脸，从晴日带风变成了电闪雷鸣。

"她那日到底为何突然从行宫跑进山林？"

夜半腿一软，当即跪了下去。

还以为主子不追究了，没想到看起来还是不打算轻饶的模样。

"是……朱主事手下的几个人，吃多了酒，在屋子里胡言乱语，恰巧被殿下听见了。那几个人没眼力见儿，不曾瞧出是凤驾，便追着殿下出了行宫。"夜半越说声音越小，说到最后，头已经要低进土里，"您息怒。"

妖嘛，生性就是不服管的，能老实这么长时间已经是了不得了，私下在屋子里说话，原也不是什么大过错，但不巧的是，他们将侯爷的身份暴露给了殿下。

虽然不知道殿下听进去多少，信或不信，但看侯爷的神色，想来是不会有好果子吃了。

夜半还待劝两句，就感觉一阵寒风从头顶刮过，他被冻得差点咬着自己的舌头，慌忙抬头，就见聂衍已经甩出去了三张罚令，令牌如刀，越过他径直飞了出去。

上清司的罚令，会追着要罚之人到天涯海角，谁拦也没用。

主子动了大怒，下手许是有些重。夜半闭眼，暗道自己已经尽力了，哥儿几个自己担待着吧。

山风日清，艳阳高照。浮玉山上的水天之景已经消失，龙门合拢，未曾跃过去的鲤鱼精们继续藏匿在人间。龙鱼君急匆匆地往行宫的方向走，还未走到坤仪所在的宫墙外，就被上清司的人给拦住了。

"殿下在静养，这几日不见任何人。"那人道。

龙鱼皱眉，唇色微白："且让我见一见兰苕。"

"兰苕姑娘也没空，你过几日再来。"

龙鱼君笑了："你并非殿下亲信，何以做得她们的主？"

上清司的人不耐烦地拔了刀："奉侯爷之命镇守，闲杂人等莫要靠近。"

龙鱼君冷了脸，他滞留人间已有两轮龙门，为了躲避族人的围追烦了好些日子，眼下着实没什么耐心，袖子里捏了诀就要动手。

"龙鱼君。"有人喊了他一声。

龙鱼一顿，收了手势转身去看，就见秦有鲛站在远处朝他招手。

他犹豫片刻，还是走了过去。

"聂衍与她正是情好，你眼下过去可没什么好处。"秦有鲛深深地看着他，开门见山地道，"不妨等她能走动了，再去拜见。"

眼神微黯，龙鱼君有些恼。

聂衍连区区凡人都护不住，叫她一身是伤，有什么好的。

"少招惹聂衍。"秦有鲛拍了拍他的肩，"必要的时候，让坤仪救你。"

什么情况？这聂衍至多不过是有些修为的妖怪，为何要这么怕他？

秦有鲛没再多说，兀自拢着衣袖走了，留龙鱼君一个人站在原处，静默地望着坤仪寝宫的方向。

原以为送走了张氏一族，上清司的人会无比得意嚣张，可这几日行宫里的上清司众人不知为何反而有些战战兢兢的，巡逻左右、进出布阵都是安安静静的，就连话最多的黎主事也安分了些，每日给帝王禀告完行宫防卫布置便回自己的屋子里待着。

兰苕想不明白："上清司不是刚立了功吗？这怎么反而像是犯了错？"

夜半替她剥着豆子，闻言左右看了看，小声道："可不是犯了错吗，你是没瞧见我家侯爷有多吓人，前几日去了朱主事那边一趟，就说了几句话，朱主事就病到了现在。"

兰苕愕然："侯爷吓人？我这几日在房里瞧着，还觉得他比先前温和了不少。"

原先常看他一张冷脸，可如今不但是眉目柔软，甚至还会抱着殿下给她喂粥。

她家殿下十分娇气，尤其在生病的时候，今日喜欢吃的东西明日就腻烦了，还不肯吃粥，好端端地都能折腾出一堆事来，原以为侯爷定会恼的，可这几日两人凑在一起，倒是越发亲近了。

有一次她进去，还正撞见侯爷低头凑在殿下的耳侧细语。两个画儿里下来的神仙人物，那场面别提多好看了，看得她都有些脸红。

这怎么看都跟吓人扯不上关系。

夜半噎住，神色复杂地看了她许久，将剥好的一碗豆子放在她跟前："好姐姐，要么你我换个活儿，你在外头来守着，我去屋里伺候？"

"想得美。"兰苕白他一眼，接过碗就去了厨房。

夜半心里苦啊，他不是在开玩笑，现在的侯爷真的很可怕，除了在殿下屋子里，别的地方就没见他笑过。

"夜半。"里屋传来一声唤。

头皮一紧，他立马起身去了自家侯爷跟前。

"淮南还在养伤，有个差事你替他去办。"聂衍淡声道，"刘贵妃失踪，圣驾不安，你去将人找回来。"

要是以前，夜半肯定觉得这是个苦差，上清司那么多人，谁不能去啊，偏要他跋山涉水。

可眼下，他简直是想都不想就应下了，甚至还说了一句："多谢侯爷。"

聂衍瞥他一眼，关上了门。

刘贵妃对盛庆帝并未有多要紧，随便找个薨逝的理由报给宗室也就罢了，但不知为何，帝王执意要寻，甚至让人传话给了坤仪。

坤仪这几日养得不错，脸上已经有了血色，但一听她皇兄病了，眉头皱了几个时辰也没松开："刘贵妃可还活着？"

聂衍没法回答这个问题。

瞿如和反舌兽一族都喜食人，按理说刘贵妃在他们面前跟一盘菜没什么区别，但假冒盛庆帝的那只妖怪又并未直接吃了她，反而带着她一起离开了行宫。

并且上清司的人清查寝宫时，未曾发现任何挣扎的痕迹，盘问宫女，也不曾听见刘贵妃呼救，所以多半是将人打昏带走的。

他也不清楚这些妖怪是吃饱了想多带个食盒，还是有别的什么打算，姑且先找一找吧。

张桐郎是被聂衍吓得狠了，入了丛林最深处不算，还起阵将地掘了二十丈，在地底修了临时的巢穴。

"何至于害怕至此？"有人小声抱怨，"他厉害，那吾等便归顺于他，做个助力，也好过在这种地方苟且偷生。"

"你个蠢货，真以为那昱清侯是什么良善角色，你要杀他便动手，你想归顺，他还要接着？"

"可若兰还在宫里……"

"别想着指望她。"张桐郎冷声道，"她满心想的都是那个凡人，再不能为我等所用。"

众人不再提张皇后，只又嘀嘀咕咕地抱怨起这地方暗无天日，别说丫鬟奴仆了，就连个像样的床都没有。

"带回来的那个贵妃呢？"张桐郎突然问。

有人唏嘘："谷臣养在他那边了，说是不当吃的，当媳妇儿养。"

张谷臣就是先前被派去假冒盛庆帝的人，原就是一只花心非常的瞿如，对女人感兴趣也是情理之中。

张桐郎是嫌麻烦的，生怕聂衍再惦记他这一族残支，想把刘贵妃送回去当个诚意，可张谷臣也不知是中了什么邪，还维持着盛庆帝的模样，打死不愿把她交出来。

"她是我的人，就留着给我生儿育女，哪里也不去。"抵着洞穴门口，张谷臣瞥一眼里头昏睡着的女子，痞里痞气地回答张桐郎。

张桐郎没个好气："你说她是你的人，你也不问问她答不答应？人家好端端的贵妃娘娘，能锦衣玉食都不要，跟你住在这地方？"

"她自己说的不愿离开我。"张谷臣笑了笑，"说话得算话。"

刘贵妃那是离不开他吗，分明是离不开盛庆帝，他心里分明也知道，不然就不会一直顶着这张脸不换回去。

料想这人过几日也玩腻了，张桐郎不再硬来，训他几句就甩袖回去养伤了。

刘贵妃躺在软草铺的窝里，闭眼听着他们的对话，睫毛颤了颤。

她其实早就发现了这个盛庆帝不对劲，只是她不愿意承认。

盛庆帝待她多年如陌路，别说亲昵了，就算是临幸，也未曾多说过什么话。

而这个人，不但日日将她抱在怀里，与她情话绵绵，还会体贴她葵水疼痛，用手替她捂着小腹，还命人给她炖汤喝。

张皇后都未曾有过这般待遇，她又怎么可能有？

刘家是世族大家，她是嫡亲的大小姐，自小规矩学足，不敢做任何有辱家风之事，所以哪怕被冷落十几年，她也还是安守一隅。

假帝王与她亲热之时，她其实是该抵抗的，也该告诉贴身的宫女，这个帝王有问题。

然而，然而……

袖子下的手捏成一团，刘贵妃喉咙紧得厉害。

她太想被自己奉为天的丈夫疼爱了，以至于这人穿着龙袍朝她欺身过来，她压根说不出任何拒绝的话，情至浓处，甚至觉得自己前半辈子是白活了。

从未有人这般疼爱过她。

身边有人坐了下来，刘贵妃回了神，将眼角的泪意忍了回去，装作刚醒的模样，幽幽地睁开眼。

张谷臣正打量着她，想看她在这种昏暗的洞穴里醒来会是什么反应。

然而，她睁开眼，眼里映出来的只有他的脸，而后展颜一笑，径直伸手抱住了他的腰身："陛下为何不多睡会儿？"

"遇着些麻烦。"略微意外地挑眉，张谷臣拍了拍她环着自己的藕臂，"爱妃，若是以后你我要隐姓埋名过活，你可愿意？"

刘贵妃一顿，低声问了一句："外头的人，会以为我死了吗？"

"会。"

"那便好。"她释然一笑，像个十几岁的少女，"陛下去哪里，我便去哪里。"

没有问原因，也没有问别的，她将环着他的手抱得更紧，好似跟定了他。

张谷臣有那么一瞬间的感动。

然而，也只是一瞬间而已，他活了几百年，身边的女人无数，断不会与她一介凡人白头偕老，只是暂时还贪恋她这温柔乡，想找个地方将她养起来。

张氏大祸临头，张桐郎做了让族人与反舌兽一起四散避祸的决定，第二日，张谷臣便带着刘贵妃离开浮玉山，去了山北的一个小镇上落脚。

在路上，两人遇见了很多四处寻人的道人，张谷臣有意遮挡她的视线，不让她知道真的盛庆帝在寻她，刘贵妃倒也配合，假装什么也不知道，换上了农妇的衣裳，住进了普通的篱笆院子。

可是，这街坊四邻的议论声还是落进了她的耳朵里。

"听说了吗？行宫里丢了个什么要紧的人，急得禁军和上清司的人四处在设关卡，已经设到邻县了。"

"是个什么人哪？"

"那哪知道，只说陛下都着急病了。"

张谷臣进门就听见了隔壁飘来的声音，有些紧张地在四周落下了结界，然后连忙去寻刘贵妃。

刘贵妃恰巧从厨房出来，看见他，粲然一笑，将汤放在桌上，柔手拉着他坐下："幸而我贴身带着的银钱不少，吃穿不成问题，三郎就莫要辛苦外出了，来尝尝我做的汤。"

瞧着她仿佛没听见外头的话一般，张谷臣有些疑惑。

刘贵妃将汤匙塞进他手里，看了看他的神情，轻笑着道："外头说的话一听也是编出来的，你就在我身边，谁知道行宫里病着的是什么人。"

她居然以为是假的。

轻轻松了口气，张谷臣也跟着笑起来，将她抱到自己腿上，舀了汤先喂她："梳琴聪慧，吾心甚慰。"

两人浓情蜜意地依偎着，刘贵妃也没再去想盛庆帝。

就算现在行宫里的那个是真的，他生病的理由也绝不会是因为她走丢了，很多时候她在他那里，不过是一个工具。

气皇后的工具，或者掩人耳目的工具。

要不怎么说刘贵妃对盛庆帝很是熟悉呢，相隔甚远，猜得倒是一点不错，盛庆帝对外要找刘贵妃，只是为自己突如其来的卧病找个由头，以免惹了聂衍的怀疑，连带着也给了坤仪一个忧愁的理由，好让她将自己积压的害怕和担忧都泄出来一些。

虽然聂衍长得真的很好看，但他是妖怪，还是很厉害的妖怪，这难免不让人害怕，就算坤仪从小不知天高地厚，在他身边待着也是有些担忧和害怕的。

不过，聂衍这几日像是开了情窍，再未与她摆脸色，反而对她照顾有加，听闻她做了噩梦，甚至头一回自愿与她同榻而眠。

"这是什么？"坤仪看着他递过来的东西，很是惊奇。

一块巴掌大的符咒，像琉璃一般透明，上头的符文她没见过，但看得出很是高深。

"你师父送你的外袍麻烦得很，稍有不慎，就会露出胎记。"聂衍状似轻松地道，"这是封印符，往胎记上一贴，以后你想穿什么都可以。"

淮南在旁边听着，差点咬着自己的舌头。

这位大人是怎么把一张珍贵无比的龙血封印符说得仿佛是路上能捡到的辟邪符一样简单的？坤仪殿下身上那胎记邪门得很，仿佛活的一样，秦有鲛尚且存着一探究竟的心思，他倒好，大方到给出一张封印符。

那符可是耗掉几十年的修为才画成的。

这位殿下听了，倒是高兴极了，当即撑着床弦仰起头就亲在了侯爷的下巴上，凤眸泛光，眼角眉梢尽是欢喜："你怎么会有这种好东西，我求了我师父好多年，他都没给我一张。"

那是他给不起。淮南小声嘀咕。

聂衍瞥了他一眼，似乎才反应过来他还在："你还有事要禀？"

"没……"

"出去的时候替我将门带上。"

淮南抹了把脸，认命地退了出去。

听见门关上的声音，坤仪当即就扑过去将聂衍抱住，嘴甜如蜜："我修了几辈子的福气才遇见了你呀。"

聂衍神色如常，嘴角却是忍不住勾了勾："就因为这一张符？"

"不是。"她晃了晃手指，吧唧一口亲在他脸侧，"是因为你会心疼我。"

先前的昱清侯哪里会管这些事，哪怕她被妖怪吓得睡不好觉，他也不甚在意，可眼下，她什么都没说呢，他竟就拿了这样的符出来。

歪着脑袋打量他半晌，坤仪问："那侯爷想要什么东西做回礼？"

伸手揉了揉她散落的长发，聂衍没答，只将她受伤的腿放回被子里盖好。

倾身下来的时候，侧颜刚好被花窗外落进来的阳光照着，线条温柔得像春风里的旖旎梦境。

坤仪看呆了，忍不住对着他咽了口唾沫。

虽说是喜欢美人，但坤仪对他们也都仅限于欣赏，看他们弹琴耍剑或舞袖弄画就会觉得心情甚好，从未当真对谁有过占有之心，包括杜家哥哥。

然而，眼下看着聂衍，她突然觉得心口跳得很快。

想捏一捏他的下颌，想抚他深黑的眼眸，还想亲亲他滑动的喉结。

大抵是她的眼神太炙热了，聂衍突然半垂了眼看着她，眉梢微动，然后慢慢朝她靠近。

坤仪莫名地紧张了起来，眼珠子四处瞟了瞟，嘴角也抿了抿，手无意识地抓着身下的被褥，将好端端的芙蓉绣花抓成了一个团。

两人挨得越来越近，气息都融到了一处，她慌乱地抖了抖睫毛，又觉得夫妻之间亲近也是理所应当，便盯着他的薄唇，轻轻咽了口唾沫。

然而，下一瞬，聂衍拿过她手里的符纸，与她交颈而过，看向她背后的胎记，伸手将符给贴了上去。

背心一凉，接着就发起热来，坤仪难受地哼了一声，抓紧了他的衣袖。

屋子里有一瞬涌现出了强烈的妖气，可没一会儿，那气息就被封印符压得干干净净，即使坤仪的外袍半敞，香肩半露，也再没有什么异样。

肌肤上火辣辣的，坤仪将下巴搭在聂衍的肩上，整个人都被背后的灼热烫得往前弓，裹胸裙的曲线抵在他身前，黑纱袍垮在泛红的手肘弯里，露出一整片雪白的肩背。

聂衍僵了僵，伸手握住她的腰，另一只手的指腹轻轻抹了抹符纸落下的位置。

灼痛的感觉霎时被清凉取代，坤仪喟叹一声，眯着眼在他耳边喃喃："你可真好。"

"殿下既然觉得我好，又怎么有些怕我？"他淡声道。

坤仪一怔，不明所以地抬头："我什么时候怕你了呀？"

"昨晚。"

昨晚两人同榻而眠，一开始她还是搂着他抱着他的，但当真熟睡过去之后，却是独自将自己裹成一团，离他远远的，似乎还做了噩梦。

眼珠子转了转，坤仪撇嘴："我那是怕你吗，我是怕别的，刘贵妃那么尊贵的身份都能凭空从行宫里消失，谁知道什么时候我也被人拐走了。"

张氏一族的举动让帝王和宗室有了很大的担忧，虽说此事是趁聂衍不备，但妖怪如此轻而易举地就替换了今上，还让人不曾察觉，这就很可怕。

上清司的当务之急，是要重新取得皇室的信任。

聂衍没再说什么，只摸了摸坤仪的脑袋，看她有些困倦了，便将她塞回了被子里。

坤仪朝他甜甜一笑，然后闭上了眼。

聂衍起身，去见了盛庆帝一面。

盛庆帝似乎还在为刘贵妃的失踪忧心，看见他来，倒是很高兴："驸马，来坐。"

郭寿喜给他端了凳子，聂衍看了一眼，先向帝王请罪："上清司职责有失，还请陛下责罚。"

盛庆帝深深地看了他一眼："上清司就算有错漏，但驸马你是有功的。"

"臣不敢。"他垂眼，面容十分温顺。

行宫里灯火辉煌，照得他也是一身光华，盛庆帝不由得想起那天晚上，这人一身肃杀，斩绝六只反舌兽，将他救下。

他当时被妖怪吓着了，故意装作神志不清，但其实眼前的一切他都记得，记得聂衍救了他，也记得聂衍双眸泛出金光，将他封在了木笼里。

这人若是想害他，他不会有命在，但这人若是一心想救他，也就不必将他封在木笼之中，任由妖怪穿上龙袍作威作福。

盛庆帝以为将他收作自己的妹夫，就能让他乖顺为己所用，可眼下看来，他不杀自己，都是看在坤仪的分上了。

想起坤仪，盛庆帝笑了笑："朕的皇妹有些骄纵，辛苦你了。"

要是以前，聂衍听这话倒是赞同的，坤仪嘛，天下谁不知她骄纵。

可现在，聂衍倒是觉得盛庆帝有些不识好歹，他嘴里骄纵的皇妹，这几日为他和刘贵妃忧心得连觉都没睡好，他倒还只说骄纵。

看见他脸上护短的神情，帝王笑意更盛："耽误的时日也有些多了，等明日天气好些，便要开始春猎了，届时你多看着她些。"

"是。"

出了这么多事，原本宗室之人该无心狩猎了，但正因着事情都是因妖孽而起，盛庆帝哪怕是抱病都要去"诛杀妖邪"。

他也想再试探试探聂衍，看看聂衍对皇室这种狩猎妖灵的做法，是什么反应。

聂衍很从容地替他安排了下去。

两千多只妖灵遍布浮玉山，皇室宗亲们骑马捕杀，意气风发，似乎每一箭射死的都是几百年的大妖怪，而不是毫无还手之力的妖灵。

上清司的人很好地保护了每一位宗亲，一连七日的狩猎，再未出任何差错，帝心大悦，不再提及之前行宫发生之事，也停止了寻找刘贵妃，对外只说急病薨逝。

坤仪腿上的伤已经愈合了，不知聂衍用了什么药，连疤也没留下来一块，她换了白色的素袍，搭上红色的盔甲，英姿飒爽地捏着缰绳坐在马背上，但表情有些凝重。

目之所及，一只即将变化成妖的小兔子被缠妖绳捆在树上，双腿不停地瞪着，红彤彤的眼里满是绝望。

"怎么？"聂衍策马行至她身侧，顺着她的目光看了一眼，"喜欢兔子？"

"倒不是。"坤仪撇嘴，"兔子我一般喜欢烧着吃。"

"……"

"我只是在想，这种自我宽慰一般的狩猎到底有什么用。"她轻哼一声，看向远处策马狂奔的宗亲们，"诛杀这些尚未化妖的小东西，却放任真正吃人的妖怪横行世间，岂不是如两国交战，我方不敌，就绑人幼子来屠杀泄愤？真是窝囊。"

眼里划过一丝意外，聂衍倒是笑了："以殿下之意，我们该捆些厉害的妖怪来？但万一有人误解了缠妖绳，那便是要出人命的了。"

"我也没那么想。"坤仪摆手，高束的头发一甩，"我就是觉得立威应该堂堂正正。"

眼前的小姑娘娇嫩得很，说出来的话却是比一群大男人都硬气，聂衍难得地笑了笑，正想说话，却见远处有人骑着马朝这边冲过来。

"殿下！"

听见熟悉的声音，坤仪连忙扯着缰绳回头，就见龙鱼君一身雪白长袍，骑着毛光铮亮的黑马，气喘吁吁地朝她挥手。

"你可算回来了。"她弯了弯眉眼，"再过几日，我就得让人去夜隐寺寻你了。"

在她跟前勒马，龙鱼君落地行礼："小的有负殿下厚望。"

"快起来，这地上可不干净。"坤仪抬了抬手，"那夜隐寺有大问题，你还能平安归来就已经是不错的了。"

夜隐寺的僧人帮着张氏蛊惑帝王和贵妃，让妖怪有了乘虚而入的机会，寺庙都已经被查封了，里头一个人也不剩，龙鱼君又能有什么办法。

"多谢殿下关怀。"龙鱼君起身，眼眸楚楚地望向她，"殿下身上的伤可大好了？"

"好了。"坤仪笑着拍了拍自己的腿，"多亏了侯爷。"

像是才发现旁侧还有一个人似的，龙鱼君连忙屈膝行礼："见过侯爷。"

打他一出现，聂衍的脸色就不太好看，再看他行止间装柔弱的模样，聂衍就更是不齿。

哪里是去了夜隐寺，这几日这人分明是为了不被坤仪看见原形而在躲天水之景，以他的修为，早就能跃龙门了，却偏还执意留在人间。

居心不良。

可在坤仪眼里，龙鱼君是个好人，帮她的忙尽心尽力不说，相貌还生得俊俏，此时满眼眷恋地望着她，完全没把旁边的驸马看在眼里。

"殿下奔走许久，可要尝尝野兔？"他笑着指了指自己马背后头搭着的两只兔子，"不是妖灵，是山间生得肥美的小兔子。"

坤仪一喜，当即点头："兰苕那儿有香料，我让她拿过来，我们烤来吃。"

"好。"

两人说着，龙鱼君就翻身上了马，行在了她身侧。

坤仪还算记性好，回头看了看他，问："侯爷要不要一起去？"

聂衍皮笑肉不笑："我不吃肉。"

妖怪以人形行走人间的时候，吃肉容易露出妖性，他是，龙鱼君也该是一样。然而，龙鱼君竟是一点也不忌讳似的，遗憾地朝他道："那侯爷就没有口福了。"

说罢，引着坤仪就去旁边的空地上捡树枝。

夜半跟在后头瞧着，忍不住道："主子想去便也一起去就是了。"

聂衍冷笑："你哪只眼睛看我想去。"

两只眼睛都看见了。

方才还好端端的，龙鱼君一出来，主子整个人都烦躁了起来，偏生还不如人家讨喜，三言两语地就被人将殿下哄骗了去。

夜半暗自摇头，觉得主子在情事上还远远不是龙鱼君的对手。

聂衍这次倒是没多生龙鱼君的气，他是生坤仪的气。

人家说什么她就听什么，是看不出龙鱼的企图不成？平时挺聪明的，遇见男人怎么就跟瞎了似的，还……还跟他靠那么近？

远瞧着那两人蹲在一起搭起了烤肉的架子，聂衍冷着一张脸，扭头就走。

夜半看得哭笑不得。

坤仪殿下的举止其实还在规矩之内，但动了情的妖怪是不讲理的，主子哪怕喊一声，殿下也会过来，但他就是不愿意，愣是给了龙鱼君讨喜的机会。

这若是在寻常宅院里，身份调换，他家主子怕是连通房丫鬟都斗不过。

嘭！

聂衍面无表情地甩了一张符纸下去，将五丈开外一只挣脱缠妖绳的小妖给劈成了灰。

四周的人都被吓了一跳，定睛一看，又纷纷赞扬起来："昱清侯爷这修为，怕是已臻化境。"

"我离这么近都没反应过来，侯爷站那么远却能一击即中，怪不得年纪轻轻能统领上清司。"

"若非皇室之婿，你让我将嫡女嫁与他做妾我也是愿意的。"

"哎，殿下就在那边呢，你可小声些。"

夜半收回了思绪，眼观鼻鼻观心，觉得自家主子斗不过就斗不过吧，他至少谁都打得过，再多的心思在无法抵抗的强大面前都是白搭。

坤仪烤兔子烤得正开心，冷不防觉得背脊有些发凉。

她回头看了看，想看聂衍在做什么，谁料却看见了一个不该出现在这里的人。

张曼柔牵着马与护国公府的世子走在一处，眉眼里尽是欢喜，路过她身边，像是没看见她一般，只低头与世子说笑。

凤眸睁得老大，坤仪连忙提着裙摆跑去聂衍跟前，伸手与他比画："你看那边，那边有妖怪。"

聂衍还生着气，闻言扫了张曼柔一眼，闷声道："那是翰林院张家的小姐，哪来的什么妖怪。"

翰林院？张曼柔不是国舅之女吗？张桐郎已经畏罪潜逃了，她怎么还敢留在此处？

看聂衍脸上没有丝毫的意外，坤仪慢慢冷静下来。

上清司并非只是为了捉妖而存在的，他们更大的目的是想借着人间的身份规矩，变成上位者来统治人间，是以，小妖他们会杀，但对他们有用的妖怪，他们会睁一只眼闭一只眼。

张曼柔现在显然就变成了对他们有用的妖怪。

可是，如此一来，皇室还能有几个真正的人？

心不断地往下沉，坤仪收回了抓着聂衍衣袖的手。

聂衍心里本就烦闷，手上再一松，脸色就更加难看。

"我不问了，你别生气。"她完全不明白他在气什么，只与他服软。

他拂袖，冷声道："不问我，再去问龙鱼君和你师父？"

"……"

她确实是有这个打算。

坤仪笑了笑，看他似乎更生气了的模样，决定还是回去烤兔子吧，别把他气坏了大开杀戒就不好了。

然而，转身刚走了一步，她整个人就被他捞回了身前。

聂衍揽着她的腰，下巴抵着她的头顶，没好气地道："张曼柔不会伤人，她只想作为凡人与她的心上人成亲生子，比起她，你还是防备着点龙鱼君吧。"

坤仪有些莫名："防备他做什么，他又不会害我。"

放在她腰上的手陡然收紧，聂衍眼里满是冰碴子："不防备他，倒来防备我？"

被他勒得闷哼一声，坤仪轻轻拍了拍他的手背："你这醋吃得歪得很，我若是喜欢他，就该径直将他收作面首，之所以没有，那就是更喜欢你。"

这话说得也挺气人的，但不知为何，聂衍听着，脸色倒是稍霁："更喜欢我？"

也不是只喜欢，只是更。

坤仪转身，伸手环抱着他的脖颈，轻轻摇了摇："别与我赌气呀，好不容易有个艳阳高照的日子，你也陪我去烤烤兔子。"

"不是跟他烤得挺开心的？"他斜眼瞥她。

她失笑，拉着他的手就往火堆的方向走："有你自然更开心。"

龙鱼君看着她一个人过去，又两个人回来，倒是没说什么，只笑着将穿着兔子的树枝递给了聂衍："侯爷不嫌弃的话，试试。"

"对，这样拿着，抹上这个香料和盐。"坤仪手把手地教他，涂着蔻丹的指甲点在他的手背上，又软又痒。

聂衍闷声地照她说的做，看着对面一脸微笑的龙鱼君，却还是有些不适。

"别这么小气。"趁着坤仪去找兰苕拿盘子，龙鱼君朝他笑了一声，"你该知道，妖界的规矩，报恩互不相扰。"

坤仪对他有恩，也对聂衍有恩，大家都是报恩而已，哪有拦着不让的道理。

"你若只是想报恩，大可以跃过龙门之后再来找她。"聂衍冷笑，"执意留在人间，揣的是什么心思，你真当我不懂？"

鲤鱼跃过龙门之后化蛟，需要闭关修炼三十年方能行动自如。若只是要报恩，哪怕等坤仪垂垂老矣也不迟，但急着现在，可不就是怕三十年之后，坤仪身边和心里都不会再有他的位置。

笑意稍淡，龙鱼君翻转着手里的树枝："你不过是比我幸运些罢了，出现得早，叫她一眼就看上了，论先后，分明是我先与她结下的缘。"

"你结的缘浅了些。"聂衍漠然地看向远处那抹红白的影子，"别太有执念。"

"侯爷怎么就自信自己与她的缘分一定更深。"龙鱼君失笑，"别的不说，你手上的人命可比我多得多。"

就连这山间的妖灵，也几乎都是他从凡人变来的。

随行的官眷里对上清司有不满的、那日极力围剿上清司的，统统都变成了妖灵，被捆在树上供宗室射杀。

远处那兴致极高的盛庆帝，一箭射死的是自己曾经最信任的禁军副统领变成的野猪妖灵，他犹不知，还在大笑着接受身边人的恭维。

"陛下风采不减当年。"

"有陛下在，我辈除妖平世指日可待。"

盛庆帝一改之前的病态，执着弓箭站在车斗里大笑，笑声爽朗，传了老远，颇有扬眉吐气之意。

收回目光，聂衍突然觉得这漫山遍野的人里，就坤仪最有风骨，不屑杀弱辈泄愤，还心怀苍生，裙摆随着山风飘起来，好看得紧。

上清司的人还在四下巡逻，淮南瞧见不远处无精打采的黎诸怀，忍不住过去问了一句："大人这是怎么了？"

黎诸怀看他一眼，语气幽怨地道："我从医多年，看过他受很多的伤，也给他做过各种不同的药。"

"嗯？"淮南点头，"您是功劳不小。"

"不是功劳不功劳，"黎诸怀摆手，怅然地望向天边，"我是没想到，有朝一日他会突然关心伤药留不留疤。"

淮南："这个是女儿家在意的事，侯爷想必是替殿下求药吧？"

"替坤仪求药都无妨，"黎诸怀闭眼，"但他就是给自个儿身上那伤用的。"

侯爷行走江湖这么多年，什么时候在意过疤？

拍了拍他的肩，黎诸怀道："往后你我做事，怕是都得多顾念一个人。"

原本想着把那坤仪殿下当个垫脚石，可不料聂衍竟反被她捏住了，黎诸怀也想快刀斩乱麻，等皇室之事了结，便让坤仪魂归西天，但眼下这情形看来，他只要敢动手，聂衍就敢废了他的手。

远远看过去，那两个人还凑在一起吃着烤兔肉，聂衍宁愿多花几分修为来掩盖妖性，也不愿离她远点。

图个什么呢，人的一辈子那么短，再好看的脸，十几年后也就衰老了。

"她毕竟救了侯爷，侯爷要还恩也是情理之中。"淮南回神，认真想了想，"我还是相信侯爷不会乱了分寸。"

"但愿吧。"目光移向远处与爱人正说笑的张曼柔，黎诸怀撇了撇嘴。

张曼柔原是该死的，但她未曾参与围剿，又来以张皇后之名求情，聂衍也就容下了她，甚至还放她自由，随意选了个身份让他与她的心上人完婚。

妖怪与皇亲国戚延续血脉，他们自然是乐见其成的。

但秦有鲛好像有别的心思，一直在动手脚。

这不，两人聊得好端端的，旁边突然就来了个丫鬟，将护国公世子给叫走了。

张曼柔站在原地，有些委屈。

坤仪一边吃烤兔一边看热闹："那两人不是两情相悦吗，瞧着怎么有些嫌隙？"

聂衍也不打算瞒她："若是先前的张曼柔，确实是两情相悦，但她换了身份，强行用妖术篡改世子的记忆，沾了妖术的感情，自然就不如先前的真挚。"

坤仪了然，又盯着他笑："你未曾对我用过妖术，那我便是当真喜欢你？"

脸上有些不自在，聂衍道："你又未曾亲眼见过我原身，如何就笃定了我是妖。"

"妖怪多厉害啊。"坤仪好似完全不怕，嚼着肉笑弯了眼，"比道人厉害多了。"

"道人也很厉害。"聂衍垂眼，鸦黑的眸子里有些心虚，"只是当世妖孽横行，不得不与之为伍。"

坤仪很意外，她以为他连张曼柔的身份都不掩饰，也不会掩饰自己的，没想到他对她把他当妖怪这么介意。

可能是怕盛庆帝对他下毒手？可是不对啊，他连土蝼都能打死，皇兄哪里是他的对手。

那又或许，真的是那几个人信口胡诌，他当真只是个厉害些的道人？

坤仪满眼疑惑，盯着聂衍看了好一会儿，突然凑近了他。

四周还有人打猎来往，她这般动作引得不少人望了过来，聂衍抿唇，侧开头略带恼意："殿下。"

"你别生气，我就看看。"她将他的脸扳回来，仔细瞧了瞧，而后喃喃，"凡人可长不出你这等模样。"

将她的手拿下来，聂衍垂眼："殿下年岁尚轻，未曾遍识天下人，如何下得这种论断。凡人皮相不过都是两只眼一张嘴，有何模样是长不出来的。"

平日里话那么少，此时狡辩起来倒是一套一套的。

坤仪哭笑不得，倒是不打算一直与他争论，只挽了他的手低声道："我信你不会害我。"

原本是想害的，聂衍抿着唇想，只是后来发现留她活着也挺好，他喜欢看她娇里娇气地挑剔东西。

前天为了哄她，他将随手收到的几件珠宝拿出来给她了，她两眼发光，当即抱着他亲了好几口，而后就拈着她的蔻丹一样样地把玩挑选。

他瞧着莫名地就觉得心情好。

原先还不理解她为何每次都爱送些花里胡哨的东西给他，只当她是怠慢，现在想来，她应该是自己看了那些会开心，所以才想着送给他，他也会开心。

心口软成一团，聂衍拈了拈她的发梢："晚间有人要送些东西过来，殿下若是有兴致，便来微臣房里看看。"

坤仪挑眉，立马笑着答："好。"

龙鱼君恰好拿着烤好的兔肉过来，从两人的中间递给了坤仪，而后道："方才看见秦国师好像在那边受了伤，殿下可要去看看？"

"师父？"坤仪连忙起身，将兔肉放进聂衍手里，"我过去看看，晚上再去寻你。"

"好。"

目送她远去，聂衍看向龙鱼君，后者淡笑，拂袖而去。

"这次出巡，防备到底是太松了，才让妖怪有机可乘。"看着他的背影，聂衍慢条斯理地对夜半道，"今日归宫，清查人员，只留官员及其眷属，其余宫外之人，一律驱赶下山。"

夜半有些犹豫："主子，这举动容易开罪一些人。"

聂衍轻笑："那便开罪了。"

先前的上清司不受器重，未曾拿捏到皇室的要害，自然是要受朝臣谗言毁谤，且不能还手。可如今上清司连禁军的职务都一并接了，近在帝王身侧，还怕什么？

夜半望了一眼远处密密麻麻的上清司巡卫，恍然反应过来，连忙领了命去办。

盛庆帝是个多疑且戒备极深的帝王，宫中守卫自成章法，甚至还培养了会些皮毛道术的暗卫，又有秦有鲛在侧，若不是张氏趁着天水之景的特殊时机找到了破绽，聂衍一时还很难接近他。

眼下既然接近了，盛庆帝包括整个王朝，他能拿捏一半。

转了转手里的烤兔，聂衍转身朝休息的营帐走去。

坤仪骑着马跑了许久才找到秦有鲛，他正靠在一棵树上痛苦地捂着胳膊，那树的另一边，一只被绑着的獐子妖灵还在奋力挣扎。

戒备地看了看那妖灵，坤仪绕了一圈，然后才上前扶起秦有鲛："师父怎么了？"

见着她一个人过来，身后没跟太多人，秦有鲛松了神色，拂了拂衣袖站直了身子："找你有事。"

就知道以他的修为压根不会在这种地方受伤。

没好气地翻了个白眼，坤仪在旁边的岩石上坐下："什么事要躲在这里说？"

"被你那夫君听见，可就成不了了。"秦有鲛落下结界，没好气地道，"你该不会当真觉得他是什么好人吧？"

坤仪挑眉："好人有什么用，他好看就行。"

"孽障。"秦有鲛捏着枝条就打了打她的胳膊。

她笑着躲开，而后就正经了些："师父有话直说。"

"今日狩猎，宗室射杀妖灵已经三百余。"秦有鲛指了指旁边的獐子，"像这样的。"

坤仪跟着又看了那獐子一眼："嗯，然后呢？"

"你可还记得为师同你提过的太尉使令霍安良？"

"好像记得。"坤仪想了想，"长得挺秀气的。"

秦有鲛没好气地道："不止秀气，此人根骨奇佳，又一心为国，二十余岁的年纪便立下了一等战功，可惜无人提拔，至今还是个太尉使令。此次他听从禁军调遣，跟着一起来镇守行宫。"

他说着，垂下了眼："你可知他现在在何处？"

坤仪一怔，觉得气氛不太对劲，下意识地就看向旁边被捆着的獐子。

那獐子满眼愤恨，一直在挣扎，身上的皮肉都被绳子磨破了也没有停下来，眼里湿漉漉的，仿佛能说人言。

"这该不会……"她皱眉。

秦有鲛拍了拍树干，绑得死紧的缠妖绳应声而落，獐子扑跌至地，又站起来，惊慌失措地在结界里冲撞。

"聂衍此人，极其记仇。"秦有鲛望着那獐子的身影，轻轻叹了口气，"皇室以射杀妖灵为乐，他便将此次随行的禁军和一些官眷都变成了妖灵，供皇室射杀。"

指尖一颤，坤仪神色复杂起来。

她想起一个时辰前遇见的杜相，那老头子乘着车都要来射猎妖灵，遇见一只捆在树上的长尾鸡，他笑着就搭上了弓，那长尾鸡就跟有人性一般，一直冲他落泪摇头。

如果不是妖灵的话，那长尾鸡会不会是他身边的亲信？

耳边仿佛又响起了弓箭破空的声音，坤仪背脊发凉，忍不住伸手抱住了自己的胳膊："他说他不是妖。"

秦有鲛沉默，对聂衍厚颜无耻的程度有了新的认知。

但仔细一想，他倒是点头："也说得通。"

龙本来就不算妖。

坤仪愕然："他当真不是妖？那为何要做这样的事？"

"祖上被凡人伤害过，难免有些怨怼。"秦有鲛没有多说，只道，"坤仪，你要帮我个忙。"

"这些人吃的不是妖血符，没那么严重，只用等上半个月，便能恢复人形。"他道，"但晚上这附近会有上清司的人巡逻，你要想法子支开他们，好让我来救人。"

坤仪一听就摇头："师父，哪有那么容易，除了这山间的巡逻，浮玉山的半山腰上还设了法阵，你带着这么多活物，哪里出得去。"

若是数量少还好说，能用千里符或者别的什么符咒，可这有几百上千的妖灵，神仙来了也不能同时使用那么多符纸。

"得想办法。"秦有鲛看着她，"不然明日，又会有三百多个人被当成妖灵射杀，有可能还是被他们最亲近的人射杀。"

"……"

这主意真的是很损，聂衍长得那么好看，心怎么这么狠呢？

坤仪原地转了两个圈圈，很是头疼："就算我找借口，也不能把这山林间所有的人全支开……等等……"

想起个什么，坤仪沉默良久，有点不太好意思地挠了挠下巴："有个法子或许是管用的。"

秦有鲛挑眉，发现自己这一向脸皮极厚的徒弟，耳根竟然慢慢红了。

张氏一族四散避难，张桐郎还算有担当，独自去了不周山，找了以往有些交情的一只蛟，同他饮酒套近乎。

那蛟听他说了张家的情况，不由得笑："你是活该，惹谁不好去惹他。"

"有眼不识泰山。"张桐郎汗颜，"眼下我也没别的所求，就想让他放我等一马，毕竟都是妖族，也能为他所使。"

那蛟饮了口酒，痛快地甩了甩尾巴："别的我帮不了你，但最近有个消息你可以听一听——聂衍在让人搜集玉石珠宝和上等的食谱。"

张桐郎一愣，有些不敢置信："他先前可未曾对这些东西表现过兴趣。"

"谁知道呢，有只大妖将巢穴附近找到的一块大宝石送给他了，原也没想着他能收，但他不但收了，还心情极好地替人解决了个麻烦。"白蛟喝完他的酒，潜回江水里，"你也可以去碰碰运气。"

早说聂衍还喜欢这凡间俗物，他怎么也不至于走到今天这个份上。

张桐郎有些懊恼，随即便行动起来，将他先前搜刮私藏的宝贝一一清点，托人送去了浮玉山。

聂衍原是在等夜半将他原有的东西从不周山运送过来，没承想东西是送到了，却平白多了几十口箱子。

"张氏说，这是赔礼，侯爷若是不喜欢，就倒在浮玉山上。若是喜欢，他们便能宽宽心。"夜半有些哭笑不得，"属下看了一眼，这怕是将半个家底都掏出来了。"

聂衍有些不耐烦："我已经容了张曼柔，他们还想得寸进尺？"

"主子误会了。"夜半干笑，"听他们的意思，只要您不继续追杀张氏就行。"

原本也没那个闲工夫，他们紧张过头了。

打开一个箱子瞥了一眼，聂衍抿唇："行了，留下吧。"

夜半有些意外，忍不住小声嘀咕："竟然会喜欢这些东西。"

聂衍幽幽地看向他。

夜半一顿，立马改了话："这些东西好啊，五颜六色闪闪发光，煞是好看，属下瞧着那支八宝琉璃疏花簪，咱们殿下定然会喜欢。"

轻哼一声，聂衍亲自挑选了一箱子东西，带回了房间。

夜半打量着，发现主子虽然是很感兴趣的模样，但感兴趣的对象似乎不是箱子里的东西，而是整个箱子。一带进房间他就没将其打开过，只兀自抚着箱子出神。

难不成这上头有什么修炼用的珍宝？夜半仔细观察，可两炷香过去了，那普通的漆木箱子上也没有发出任何光。

主子该不会是真的被人间这些花哨的东西迷惑了吧？

正担忧呢，夜半就听见外头兰苕的声音："殿下您慢点。"

坤仪换了一身玄云纱对襟长裙，袖袍上绣着火红的鸾鸟，风一般地扑进房间里来，正巧扑了他家主子一个满怀。

聂衍伸手接着她，有些无奈："宫廷的礼仪是让殿下这么走路的？"

坤仪扬唇就笑："礼仪是做给外人看的，你又不是外人。"

懒软的身子倚在他身上，带着沐浴之后的清香。聂衍无奈地摇了摇头，想让她站直，这人偏耍着赖靠着他："不是有东西要让我看？"

聂衍半抱着她走到桌边，用下巴点了点桌上的箱子："不是什么好玩意儿，你随便看看。"

坤仪好奇地松开他，伸手去开了箱子。

屋子里烛光落在满箱的宝石上，耀得她眼前一花。坤仪缓了缓神才放下衣袖，拈起一块巴掌大的红宝石来。

通体晶莹，色泽鲜亮，打磨的手艺很好，稍有烛光落上去便是一片折霞。

见多识广如她，也忍不住"哇"了一声，凤眼都笑成了弯月亮："你哪里来的这些宝贝呀，宫里都没有这等的好模样。"

一颗红宝石就算了，旁边还有绿的紫的黑的，都是巴掌大小的个头，举国搜几年也未必搜得到的好货色，价值连城。

坤仪挨个拈起来看了，选了两个自己喜欢的颜色，两眼放光地凑到他跟前："送我？"

聂衍抿唇："微臣留着也无用。"

眼里泛起潋滟的光，坤仪吧唧一口亲在他唇上，没忍住又将他拉下来，重新覆上去。

聂衍知她会欢喜，但不承想她会欢喜至此，唇上蓦地一软，他瞳孔都是一缩，接着她便朝他压了上来，唇瓣摩挲，温热香甜。

喉结滚动，聂衍瞥了旁边一眼。

夜半和兰苕都是有眼力见儿的，方才坤仪一动作两人就跑远了，眼下连门都合得紧紧的，四周连守卫的人都没留下。

神色微松，聂衍任由她将自己压到了后头的软榻上，接连吻着他的眼角眉梢。

坤仪生得柔弱娇小，但不知为何，她俯身下来吻他的时候，聂衍总觉得自己是被她宠着了。

大抵是兽类对凡人触碰的本能反应？

聂衍觉得，龙族是不应该与那些没出息的被凡人驯服的兽类一样的，什么摇尾巴竖耳朵，简直是可耻。

但她嬉笑着亲吻他时，唇瓣柔软又温暖，身子覆上来，像是要把他整个人都包进她怀里的模样，又十分可爱。

如果现在露出原形，他也不知道自己能不能控制住不摇尾巴。

"我昨晚梦见素风了。"她突然开口。

聂衍揉了揉她的发顶，"嗯"了一声："那是谁？"

"杜蘅芜的哥哥，杜素风，也曾是我的未婚夫。"坤仪道，"他对我极好，比对杜蘅芜还好。"

面色稍冷，聂衍看她两眼，想恼又忍了忍："然后呢？"

"然后我觉得，以后若能与他一起过日子也不错，每天吟诗作画，喝酒品茶。"坤仪怀念起杜素风来，脸上神色十分温柔。

然而下一瞬，她的眼神就黯淡了些："可惜他死了，死的时候他问我，对他可有男女之情，我当时不明白什么是男女之情，就只哭着说有。

"现在想来，我当时说得不对。"

伸手捏了捏身下这张好看的脸蛋，坤仪眼里多了几分迷茫："若有男女之情，我会想亲近他，可我没有，眼下想亲近你的这种心思，对他和赵京元都未曾有过。"

愠色稍顿，聂衍被她这突如其来的表白弄慌了神，眼眸飞快地转开，嘴角也抿起："你我，亲近还少了？"

这几日总是时不时就抱他。

"不一样。"她皱眉，有些难耐地蹭了蹭他的脖颈。

喉头微紧，聂衍伸手捏住了她的腰，声音里多了一丝沙哑："殿下曾说，你我成婚，互不相干。"

"你！"她恼了，细眉倒竖，"你出去扫听扫听，我坤仪什么时候说话算过话！"

这话也能说得这么理直气壮，聂衍失笑："是微臣不察。"

舔了舔唇角，她眼波潋滟地望着他："等天黑了，你随我出去好不好？"

"出去？"聂衍摩挲着她的侧脸，"殿下还有别的事？"

"没有。"脸上浮出一抹羞色，坤仪将脑袋抵在他胸前，含糊地道，"这屋子里没意思，我就念着先前与你在外头以天为被地为床的时候。"

这话若给旁人听，定要说她胆大包天，不知廉耻，可聂衍原就不是活在屋檐下的，虽觉得她叛逆不羁，却不是很难接受。

"好不好嘛？"她缠着他，软声央求。

无奈地叹了口气，聂衍站起了身。

坤仪还在他身上挂着，当即惊呼一声抱紧了他。

怀里一片柔软，聂衍勾唇，托着她的身子将她带到窗边，看了看外头的天色，瞧着夜幕已垂，便当真如她的意，纵身去了山林间。

白日的狩猎已经结束，剩余的妖灵还捆在树上，有上清司的人举着火把巡逻往来。

聂衍传了话下去，片刻之后，巡逻的人就都退了个干净。

他将坤仪揽进了当时避难的洞穴里，她的床犹在，门口的辟邪木七零八落地还剩一半。

察觉到他温热的气息扑在自己的颈窝里，坤仪颤了颤，抓着他的衣襟，眼珠儿不停地转："会不会被人撞见？"

"殿下说要出来的时候，怎么没想过这个问题？"聂衍声音哑得厉害，看向她的眼在黑暗里微微泛着光。

坤仪看了外头一眼，扁了扁嘴："这不是信任你吗！"

低笑一声，聂衍吻了吻她的耳垂："让他们都回行宫了，不会再过来，洞外布了结界。"

里头听不见外头，外头也听不见里头的结界。

身子放松下来，坤仪反倒有些愧疚，这人也太好骗了吧，她说什么他都信。

忍不住就将他抱得紧了些。

"殿下这么怕疼的人，"他揉着她的腰肢，低声道，"能不能忍得住？"

脸上一热，坤仪哼哼："你别小瞧我。"

倒不是小瞧她，而是……聂衍突然觉得自己的控制力并没有那么好。

修道这么多年，女色于他一直是会损失精元修为的妨碍，可突然有了想亲近的人，一颗心热得滚烫，他不知道会有什么样的后果。

两人依偎在一起，极尽缠绵，情浓之时，聂衍听见有人在用元神给他喊话。

"侯爷！"黎诸怀的声音又急又怒。

眼前的人已经是衣衫半解，骤然在这里听见别人的声音，聂衍很是不悦，想也不想就将神思切断，将声音全挡了回去。

"怎么？"她好像是察觉到了异样，一双湿漉漉的眼好奇地看着他。

"无妨。"他俯身，温柔地亲了亲她的脸颊。

迟来了这么久的洞房花烛，别的事都不要紧，他只想听她的声音，黏软的、娇嗔的、闷哼的。

秦有鲛是不知道坤仪用什么法子将聂衍困住的，要是知道，他定然会破口大骂，骂她假公济私，胡作非为。

可惜他不知道自家徒儿的心思，急匆匆带着一众妖灵下山，半晌没见上清司的人来增援，还暗自夸她聪明。

黎诸怀都要被气死了，千辛万苦喂好符的"妖灵"，竟然这样涌下了山，半山腰上的守阵之人还都喝多了酒，白让这么多人过去了也未曾察觉。

虽说那些不是真的妖灵，但此事若让盛庆帝知道，便又是上清司失职。

他想让聂衍来收拾残局，可那人不知道在做什么，无论他怎么用神识喊话，都没有半点回应。

"派人去追吧？"朱厌看着远处，"应该还追得回来。"

"领头那个人有些厉害，昱清侯不在，你我未必是对手。"黎诸怀恼道，"别赔了夫人又折兵。"

朱厌哼笑："你道术修炼不到家。"

"说得像你到家了似的，有本事就用这身子去拦人，没本事就闭嘴，跟我一起去找侯爷。"黎诸怀拂袖，"这大半夜的，他能忙个什么。"

朱厌原是跟他走的，一听这话，脚步突然一顿："我想起我还有事，您且先去，我稍后就来。"

黎诸怀不明所以地回头："你又忙个什么？"

朱厌笑而不语，扭头就走。

没成过亲还没见过人成亲不成，这大晚上的能有什么事让侯爷连话也不回？黎诸怀上赶着去送死，他可不去。

不过，先前山海间那么多漂亮至极的女妖上赶着自荐枕席，也没见那位主儿动过心啊，怎么对着个凡人，反而耐不住了。

朱厌摇头，笑着去往自己的住处。

山风徐徐，星月同辉。

坤仪平时的气势已经全无，被聂衍抱在身上，眼角都泛酸："我想睡觉。"

平日里素来不谈情爱的昱清侯爷，此时此刻抵着她，一寸也不肯松，声音低沉诱人："再陪我片刻。"

又是片刻，他嘴里的片刻完全就是骗人的！

坤仪恼了，雪白的小牙齿咬在他肩上，含恨道："天都要亮了。"

"嗯。"

"嗯什么！"她红着耳根推他，"我难受，你松开我。"

"松开就不难受了？"他挑眉。

腰肢被他一捏，酸软得厉害，坤仪含了泪，哀怨地瞪他。

聂衍难得地开怀笑起来。

这是他生平最为放肆的一晚，身心都无比地餍足充实，叫他恨不得将她卷回不周山，日夜藏着不再出来。

可是，身上这人一要哭，他心就跟着软了，捏着她的腰将她放回床榻上，鼻尖蹭了蹭她的眼角："别哭。"

"你这人，欺负我。"她委屈得眼眶都红了，泪珠大颗大颗地涌出来。

心口一紧，聂衍拥紧了她，却不晓得该怎么哄，只能无措地重复："别哭。"

结果他越哄，她眼泪反而落得越急，温热的水滴滚落下来，落在他肩骨上，溅得有些凉。

手指蜷了蜷，他抿唇，将她整个儿捞起来搂进怀里，一下下地拍着她的背。

坤仪也不知道自己怎么突然就哭得停不下来，原是想撒个娇的，但撒着撒着倒是真委屈起来了。

洞房花烛原是该跟自己心爱之人共度的，但眼下这情形，聂衍未必有多喜欢她，她心里也满是害怕和慌张，荒唐一次也就罢了，这人偏像是疯了一般，折腾到了天将破晓。

她哭了好一会儿，将被子一扯，不理他了。聂衍叹息，看了看外头的天色，将她用被子裹了，径直带回了行宫。

黎诸怀就在这个时候闯过了夜半的阻拦，嚷嚷着要见侯爷。

"黎大人，听属下一句劝。"夜半擦了擦额头上的汗，"眼下当真不是什么好时候。"

"他一整晚不见人就算了，这时候难不成还要睡觉？"黎诸怀自顾自地往里走，"被人跑到眼皮子底下来撒野，我不信他忍得下这口气。"

夜半还待说话，眼角余光就瞥见自家主子抱人进了屋。

晨曦微亮，照得他眼角眉梢尽是温柔。

夜半看得愣了愣，一个没留神，黎诸怀就已经喊出了声："侯爷，你这抱的是什么东西？"

宽大的被褥，很长的一条，像是个人。

聂衍一顿，侧眼看过来，眼里闪过一瞬杀意。

而后，两人就眼睁睁看着结界从面前落了下来。

黎诸怀很莫名："他藏什么呢？"

夜半面如死灰："大人，您见过寅时不周山山尖上落下来的霜吗？"

什么意思？黎诸怀很茫然。

一个时辰之后，黎诸怀走在去往不周山的路上，还是很茫然。

怎么回事，他还没来得及说昨晚浮玉山上发生的事，为何聂衍就让他回不周山守阵？

虽说那阵法很要紧，也只有他能守得住阵眼，但也可以找别的族人去啊，他离开，聂衍身边岂不是少了人相助？

更重要的是，守阵的地方真的很冷，他又不是有皮毛的妖怪，真的不会冻死吗？

聂衍冷漠地看着地图上不周山的方向，掐指算了算天气，脑海里一瞬间闪过施咒让不周山更冷些的念头。

"您高抬贵手。"上清司的邱长老送了一些符纸来，顺带笑着给黎诸怀求了个情，"那孩子满心都是大业，又未曾通儿女私情，也没有别的坏心思。"

聂衍翻找着符纸，淡淡地应了一声，总算打消了念头。

"您想要什么样的符？"看他翻找了半天，邱长老忍不住问了一句。

聂衍抿唇，沉默半晌才道："让人不哭的符。"

邱长老愕然，眼珠子一转反应了过来，有些哭笑不得："侯爷，这世间最难以妖力控制的便是人情，凡人的喜怒哀乐，都非符咒所能及。"

"可她哭得我心烦。"他面色不豫，"我不知道该怎么办。"

往常也不是没有见过旁人哭，可她哭得不一样，活像是把岩浆哭了出来在他心口烧。

邱长老捻着胡子乐不可支："这世上竟能有让侯爷束手无策之事。"

聂衍抿唇。

瞧着他又要恼了，邱长老连忙道："情之一事，当年远古圣人也未曾赢得，又何况您呢，真要不想听人哭，将人敲昏也可，迷晕也可，有的是法子，可若这些都不想用，那侯爷不妨想想，有没有什么东西能哄人开心，叫人不哭。"

哄人开心的东西……聂衍眼眸一亮。

坤仪累得很，回来一觉睡到了申时一刻，醒来只觉得脸上紧绷，头也昏沉。

"殿下，"兰苕服侍她起身，看着她身上的痕迹，有些心疼，"奴婢准备好了热水。"

脸上微微发热，坤仪抿唇："你别多想，总该是有这一遭的。"

比起先前让自己的夫婿死于非命，坤仪觉得现在已经很好了，虽然这人真是半点也不懂怜香惜玉，但如此一来，他更不会轻易舍弃她的性命。

脑海里浮现出一些零碎的片段，她伸手捂了捂脸。

鱼白从浴池的房间过来，神色有些古怪："殿下，那边准备好了。"

瞧见她的神色，兰苕纳闷："怎么了？"

"侯爷让人放了些东西过来，说是，说是给殿下把玩。"她喃喃。

没好气地白她一眼，兰苕道："我当是天塌了，你跟着殿下也有些时日了，怎的眼皮子还这么浅，明珠台少了宝贝给你瞧了？"

"不是……"鱼白低头，不知道该怎么说。

坤仪起身，披着一头长发，揉了揉自己的肩："过去看看吧，兴许当真是好东西。"

鱼白飞快地替她引路。

坤仪住的行宫也是极好的位置，寝宫外一条回廊直通修在屋子里的温泉浴池，这一眼泉独她一人能享，修得宽阔明亮，光是蜡烛就点了五十盏。

她拢着袍子跨进去的时候，没仔细看，只道："天还没黑，点这么多蜡也委实是浪费了。"

鱼白没吭声，伸着手颤颤巍巍地往里头指了指。

坤仪顺着她指的方向看过去，入目便是一帘东珠，自两丈高的房梁上垂下，晃荡在波光粼粼的池水边。

上好的成色，圆润至极的形状，每一颗都比皇后凤冠上的顶珠还漂亮。

当年盛庆帝为了给张皇后做一顶新的凤冠，派人去东海找了三年，方得了一颗顶级的东珠，而眼下她们的面前，那珠子如瀑布一般泄了半间屋子。

兰苕腿一软，跪坐在了坤仪身后。鱼白抖了抖嘴唇，轻轻松了口气。

这不怪谁没见过世面，这样的世面，就算是帝王来看也得被吓着。

坤仪倒是没腿软，她兀自歪着脑袋打量那帘子，心情突然好了起来。

掀开帘子进到浴池旁边，十几颗拳头大的夜明珠散落在地上，将青白玉石的地面照得隐隐泛绿，原先空荡荡的墙边，眼下摆满了各式的妆奁，抽屉和小门都敞着，露出里头各色的珠宝首饰。

再远一些的浴池对面，立了一座羊脂玉的雕像，半人高，线条流畅。

坤仪挑眉，褪了衣裳走进温汤里，慢慢朝那雕像靠近。

一片氤氲之中，她眯着眼，半晌才看清雕像的模样。

仙姿袅袅，温眉软目，仿佛她在照镜子。

心里一软，她趴在池边，勾着唇哼了一声。

会道术就是了不起，还能给她变这么个东西出来。

也算他有心。

先前的郁结消散了些，坤仪舒展了眉梢，顺手揽了一支翡翠雕花钗来，划着水把玩。

夜半将山林里剩余的妖灵情况告知了聂衍，又抓了几个渎职的守阵人，听候他的发落。

聂衍淡声道："是我之过，怪不到他们头上，让他们回去，剩余的事我来办。"

夜半点头应下，想走却又被叫住。

"没别的事要禀？"聂衍问。

茫然地想了想，夜半道："张曼柔那边行事不太顺利。"

"她的事倒是无妨。"聂衍抿唇，"还有呢？"

"黎主事一路过去倒是畅通无阻，估计明日就能抵达不周山。"

"还有呢？"

还有什么？夜半冥思苦想。

眼看着主子的脸色越来越差，他灵光一闪，连忙道："兰苕姑娘与我说，方才殿下去温汤宫沐浴，不知看见了什么，心情极好，听闻回去的路上都在笑。"

聂衍垂眼，一直绷着的身子总算是松了下来，却又斥他一句："这算什么要事，也值得你禀？！"

夜半赔笑，嘴里认错，却又多说了两句："坤仪殿下其实也不是缺衣少食之人，光是明珠台的宝贝就多了去了，也只有她在意的人送的东西才会叫她这般高兴。"

聂衍轻哼，兀自拿起笔继续写折子，仿佛完全不在意他说的话。

——如果神色没有愉悦得那么明显的话。

夜半觉得自己可能是抓住了让主子高兴的秘诀，当即闷笑着就退了出去，扣上门还扭头吩咐下面一句："给侯爷煮两碗甜雪面。"

"两碗？"

"对，一定要是两碗。"

第九章　爷比他好看

　　秦有鲛将一众妖灵救到了邻近的山间藏匿，已经做好了回来面对聂衍质问的准备，可他左等右等，从天亮等到了傍晚，都不曾见上清司的人来找他。

　　有些纳闷，他派人去坤仪的行宫附近打听重要消息。

　　结果傍晚，回来的人告诉他："坤仪殿下与侯爷同进了甜雪面，殿下很爱吃，侯爷心情不错。"

　　秦有鲛疑惑："我说是打听重要消息。"

　　下人擦了擦汗："他们说，这就是殿下那边最重要的消息。"

　　秦有鲛："……"

　　抬头望了望苍天，他觉得自家那蠢徒弟好像没有厉害到能将昱清侯迷得神魂颠倒的地步。聂衍就算是色迷心窍，今日也该反应过来坤仪是在故意引开上清司的人。

　　他算盘打得很好，这样既能救那一堆尚还活着的禁军，又能离间聂衍和坤仪。

　　然而，聂衍竟就像个初尝情事的少年人，满心都在坤仪身上，完全没有追究昨晚发生的事。

　　他沉默半晌，让人给三皇子传话，叫三皇子今日将行宫里失踪的人名册报给帝王，也好让帝王有理由问责上清司。

　　三皇子得他帮扶，很是听话，立刻向自己的父皇禀明了事由，自上山起至今，行宫失踪的禁军和官眷已经有一千六百余人，其中还包括杜相等重臣身边的心腹。

　　谁料，盛庆帝听着，竟像是被吓到了，连狩猎都不打算继续，当即命令启程返京。

三皇子傻眼了："父皇，那山林间的妖灵……"

"让上清司善后，"盛庆帝拂袖，"他们有的是收妖的本事。"

说罢想了想，盛庆帝又招来心腹询问："坤仪公主那边如何？"

心腹低声道："殿下与侯爷感情正浓，同进同出，鲜少分开。"

眉目舒展，帝王开怀一笑："那剩余妖灵的事就不劳烦驸马了，叫朱主事留下来办。"

"是。"

突然拔营回京，聂衍不但不用向帝王交代上千妖灵的去向，反而还又受了一旨夸赞，说他一路护卫宗室辛苦，待回京必定好生封赏云云。

聂衍很莫名，问夜半："谁又吓着他了？"

夜半也摇头："最近司内人人谨慎，不曾有任何逾矩。"

那就当帝王是想家了吧，聂衍摆手，只让人封锁昨晚之事的消息，便跟着拔营启程。

坤仪懒睡，压根不愿早起，任凭兰茗扯她的被褥，也兀自闭着眼："要拔营就让他们先拔，我晚点再拔。"

这主儿真当皇室仪仗是萝卜，想什么时候拔就什么时候拔。

叹气正欲劝，兰茗瞥见昱清侯走了过来，有些怔忪。

聂衍换了一身干练的玄色贡缎，将殿下的被褥从她手里拿了回去，替殿下掖好。

"你们随夜半先走。"他低声道，"我与她随后就到。"

兰茗皱眉，很想说宗室上路有自己的规矩在，仪仗大小先后和阵型都有严苛的规则，殿下哪能突然不去。

然而，还不等她说出口，夜半就递了一套衣裳过来。

一套与殿下今日要穿的礼服一模一样的衣裳。

兰茗愕然，看向夜半，后者用下巴点了点旁边的鱼白。

"……"

行吧。

给鱼白换上了礼服，又用面纱遮住了她的脸，兰茗回头看了看床上睡得正香的殿下，终是忍不住小声对夜半道："也叫你家侯爷轻惯着些。"

夜半挠了挠眉毛，为难地道："我家侯爷觉得这不是惯着。"

兰茗瞪眼，这还不叫惯着？连皇室的规矩都不顾了。

"侯爷说，让殿下做她想做的事，是理所应当的。"夜半神色复杂，"将额外的宠溺加之于她，那才是娇惯，他会捏着分寸的。"

比如温汤池边遍地的珍宝，再比如为了哄她开心而变出来的漫天星辰。这些都不会天天有，隔一段时日才会拿出来。

兰茗沉默。

半个时辰之后，坤仪殿下的仪仗准时踏上了归途。

鱼白代替坤仪坐在凤车里，忍不住轻声对兰茗道："姐姐从未离开过殿下身侧，若是担心的话，可以先回去，这里我能顶着。"

"担心什么。"兰茗没好气地道，"眼下殿下就算是将天捅个窟窿，侯爷也会替她去补。"

她一度觉得自己是对殿下很好的，毕竟是从小陪着长大的情谊，她自认比陛下还要心疼殿下两分。

结果这位侯爷，嘴上说着不娇不惯，短短几日，就将殿下纵得为所欲为。

他竟还理直气壮地觉得没问题。

又气又笑，兰茗垂了眼道："他若当真能与殿下白头偕老，我也便安心了。"

鱼白唏嘘："他们这样的都不能偕老，那什么样的能呀？姐姐莫要多操心了，仔细着晕了马车又难受。"

情浓时多少好场面，谁人没见过呢，当年今上和张皇后不也好得蜜里调油，可如今呢？

兰茗摇头，心里只盼殿下这一场好事持续得久些。

坤仪一觉睡醒，正好瞧见聂衍靠在床头看卷宗。

泛黄的长卷，卷首隐隐写着"山海"。

"这是什么？"她嘟囔。

聂衍一顿，若无其事地将卷宗收拢："你再不醒，便赶不上前头的午膳了。"

抬头看了看空荡荡的屋子，坤仪连忙起身："什么时辰了？"

"近午时一刻。"

她还真能睡。

懊恼地揉了揉长发，坤仪起身："你怎么不叫我？"

"看你睡得香。"将礼服递给她，聂衍瞥了瞥她眼下还未消散的乌青，"不着急，赶得上。"

梳头丫鬟推门进来的时候，聂衍正伸手拈坤仪的头发，修长的手指被漆黑的长发衬得雪白，指尖一绕，青丝缠绵。

丫鬟肩膀一缩，慌忙要退下，却被坤仪叫住："快些来收拾，再晚当真用不上午膳了。"

聂衍微微后撤，让了地方出来，丫鬟咽了口唾沫，低着脑袋上前来给她梳妆。

铜镜里的影子分外清晰，坤仪能看见自己头上点翠的蝴蝶摇钗在轻颤，也能看见聂衍的目光落在她的唇瓣上，幽深而炙热。

她脖颈悄悄地就红了。

未曾识得情滋味之时，她真是恣意大胆、狂纵不羁，眼下初为人妇，反倒是脸皮薄了，恼得想将他的脸转个方向，叫他莫要再看。

"侯爷这么忙，怎么也留在这里了。"她噘着嘴，"不忙公务了？"

"在忙。"他目不转睛地看着她，回答简洁明了。

坤仪困惑了："我这里还有什么公务？"

看着她绯红的脸蛋，聂衍心思活泛，话说出口却是无比正经："霍家小姐重病不曾上路，护国公府的世子也就留了下来，尚未启程，他们几人势单力薄，我若不留下来，恐他们遭遇不测。"

竟真的有公务。

坤仪不高兴了，将凤簪甩回了妆奁里："那侯爷去守着他们吧。"

"在这里就够了。"他看着她的神色变化，眼里笑意更盛，"护得住。"

恼哼一声，她含糊地嘀咕了几句，没听清说的是什么，但看神情一定不是在夸他。

聂衍觉得这样的坤仪殿下真是好看极了，生动鲜活，俏皮有趣，让他就这么站着看一整天也是不会腻的。

"不对呀。"她像是终于反应过来了，抬起头从镜子里看他，"护国公府的世子不是张曼柔的心上人吗，怎的又与霍家小姐有了关系？"

她的发髻梳好了，聂衍看了看，眼里露出赞许，然后牵着她出了门，边走边道："先前同你说了缘由，护国公世子原先是倾心于张曼柔的，但眼下，他对霍家小姐显然更上心。"

骠骑将军霍家的二小姐，与护国公世子也算是青梅竹马，可惜护国公夫人与翰林院的张家夫人是手帕交，两人指腹为婚，世子一出生就注定了要娶张家的小姐。

这是张曼柔自己求来的命数，她先前的身份不能用了，只能变成与他有婚约的张家小姐，可谁知道，妖术一落下去，世子反而没那么喜欢她了。

眼下霍家小姐卧病不起，世子爷怜她无父母，特意留下来与她同路，张曼柔气得够呛，正想方设法地让世子爷忆起两人的曾经。

"张曼柔毕竟是妖，要我说，世子跟那霍家小姐也算良缘。"坤仪嘀咕，"强求不了的，就不强求了呗。"

聂衍没吭声，只捏了捏她的手。

后知后觉地反应过来，坤仪沉默了。

聂衍是想让张曼柔与世子成事的，如此一来妖族就又多了一个官眷。

她不想。

她想让满朝文武都是活生生的凡人，想让自己的家族有朝臣可以倚仗，想让皇兄高坐皇位无忧。

风从走廊的另一头吹来，有些凉，聂衍察觉到她缩了缩肩，微微一侧身便替她挡了风口，低头看着她，他眼里闪过一瞬的无奈，很快就消失不见，只低声道："该多带件披风。"

坤仪仰头笑了笑："等回到兰苕她们那边就有了。"

他点头，护着她去了行宫前头的庭院，准备带着落后的这些人一起用千里符赶上前头的仪仗队，然而，一踏进庭院，就见一个花瓶横飞出来，哐地砸碎在坤仪面前。

坤仪从小习着皇家规矩长大的，自是不会被这点小动静吓着，只微微一顿脚步，便抬眼看向那花瓶的来处。

"瞧过不要脸的，也没瞧过你这般没脸皮的腌臜，我家姑娘生着病呢，原也是没相干的人，不念着送汤递药，可也没道理趁着人病来欺负人。"

"笑话！我家姑娘是与世子有正经婚约名分的，你家姑娘口口声声喊世子爷哥哥，见着我家姑娘怎么也该喊一声嫂嫂，这天底下竟还有小姑子拦着嫂嫂见哥哥的道理？"

"什么正经婚事，我呸，不过是你张家想攀高枝想疯了，才突然又冒出来个姑娘，世子爷原先指腹为婚的那个早就没了，你这一声嫂子也是不害臊，扯着脸皮替自己贴金。快些让开，扰着我家姑娘休息，世子爷饶不了你们。"

张曼柔身边的丫鬟被说得双颊通红，狠咬着牙不肯走，霍家的丫鬟也不是好欺负的，抓起旁边摆着的花瓶就又要砸。

"还不快住手！"有个管事瞥见了月门处站着的昱清侯和坤仪公主，脸色微变，当即呵斥，"冒犯殿下，你们几个脑袋够摘！"

院子里的人一惊，纷纷回头朝着月门的方向行礼。

聂衍脸色很难看，目光从坤仪面前的碎瓷片缓缓移到丢花瓶的丫鬟脑袋上，双眼微眯，嘴角紧抿。

然而，还不等他发怒，坤仪就伸过手来，柔柔地钻进了他的掌心。

袖子层层叠叠，两人的手交握其下，她指尖的凉意很快就抚平了他心里冒出来的戾气。

聂衍抿唇，半晌，轻哼一声，紧绷的身子跟着放松了下来。

"原想这一路车马颠簸，侯爷要带尔等一起用千里符赶路，但眼下来看，各位精神头好着呢，哪里用得着侯爷费那么大的力气，还是作罢为好。"她笑道。

此话一出，一直躲在里屋的霍家姑娘同世子爷立马就出来了，连带着在隔壁院子生闷气的张曼柔也赶了过来。

"侯爷殿下息怒，妇人玩闹，没把握着分寸。"吴世子上前向二人行礼，"霍家二姑娘还有病在身，不宜颠簸，还请侯爷行个方便。"

坤仪打眼看他，发现这人生得也真是俊秀清风，儒雅斯文，怪不得这两家的姑娘争他争得这么厉害。

正想多看两眼，跟前突然就挡了人。

坤仪挑眉抬头，正好迎上聂衍的目光，不悦里夹杂着不屑，仿佛在说："爷不比这好看？"

那确实是比这好看的，她也不吃亏，顺杆而上多看他两眼，而后赞叹地点了点头。

聂衍冷哼，等了片刻才应吴世子："原也是奉命引各位上路。"

吴世子欣喜行礼，又转头去扶霍家二姑娘。

按照王朝的礼制，这两人都是尚未成家之人，按理当避嫌，可吴世子竟就直接这么去扶了，亲昵爱慕之意，不言而喻。

坤仪一侧头，就瞥见了张曼柔发红的眼眶。

"小女子就不劳烦侯爷了。"她垂眼，单薄的身子微微发颤。

吴世子看了她一眼，眉心微皱："你一个姑娘家，还想着独自赶路？万一出什么差错，张家还要怪在我的头上。"

张曼柔含泪回视："世子眼下哪里还顾我半分，又何必多说这一句。"

吴世子一噎，略有些恼了："随你。"

说罢，扶着霍二姑娘就站到了聂衍落下的法阵里。

霍二姑娘脸上有些病态的苍白，神色里却是有些得意的，她倚着吴世子站着，斜眼去看外头的张曼柔，张曼柔回视她，目光略微凌厉，却被吴世子侧了身挡住了。

聂衍才不管他们这里多少牵扯，径直拥了坤仪就落了符纸。

千里符起，周遭景象瞬变。

感受到四周强烈的法力流转，坤仪有些吃惊，她师父运送妖灵下山费尽周折，聂衍同时甩下几十张千里符却跟顺手似的，连眉头也没皱一下。

他若是道人还好，这法力在上清司历代主司里算不得翘楚，可他若是妖呢？

捏着他衣袖的手微微抓紧，坤仪抿唇。

聂衍以为她冷，揽袖过来将她拥紧了些，两人眨眼便落在了宗室队伍暂歇的营地里。

"殿下。"兰苕来迎她，神色有些慌张。

坤仪纳闷地看了看营地里古怪的气氛："怎么了？"

"前头出了事，封锁了三个帐篷，禁军传令下来让不要随意走动。"兰苕捂着心口，似乎尚有余悸，"您先进帐去歇息，待会儿鱼白会来送午膳。"

一听有事发生，坤仪哪里还坐得住，当即就要去看，聂衍原要与她同去，可还没走两步就被上清司的人叫走了。

"殿下您仔细些，这可不是什么好热闹。"兰苕一边走一边道，"真是邪了门的，一路都走得好好的，路过浮阳岗，队伍突然就停了。"

一般的宗亲出事，队伍只会缓一些，还不至于就地扎营。

坤仪走到中帐附近，抬眼看过去，就见禁军和上清司的人将中间偏右的营帐围了个水泄不通。

这是四皇子的营帐。

兰苕被拦下了，不能再继续往前，坤仪只能独自拎着裙摆去见盛庆帝。

掀开中帐，隐隐有哭声从屏风后头传来，她吓了一跳，低声喊："皇兄？"

哭声戛然而止，郭寿喜从屏风后出来，恭敬地引她进去。

"坤仪。"盛庆帝双目微红，声音沙哑。

心里莫名一沉，她跪坐到皇兄身侧，轻声问："出什么事了？"

"四儿，四儿没了。"双鬓凭空生出白发来，盛庆帝哽咽不已，扶着椅子像是老了几岁，"只一眨眼的工夫，就没了。"

坤仪大震，下意识地看向旁边站着的三皇子。

三皇子像是也刚哭过，避开了她的视线，只与她颔首行礼。

"刚到浮阳岗，四弟说要去如厕，我眼瞧着他从前头的马车下去的，进林子里却是许久没出来，等侍卫去找，就只剩了一张人皮。"三皇子一边说一边落泪，"一点动静也没有，他连呼救也不曾，若我能听见，定会去救他的。"

片刻之间变成人皮，那只能是妖怪所为。

坤仪怔愣了好一会儿，喉咙有些发紧："上清司也没有给个交代？"

"上清司提醒过四弟，不能离开他们的保护范围，也说过让他带上一两个人再去，可四弟性子急，全然没听，也怪不到上清司头上。"三皇子叹息，"朱主事已经在隔壁帐篷跪了一个时辰了。"

帝王闭眼，脸上疲惫之色更甚："你们都先下去。"

三皇子和郭寿喜都拱手，带着一众哭啼的宗室，退出了帐篷。

"坤仪，"盛庆帝深深地看着她，"为兄曾经为了家国大业，执意要你远嫁邻国，你可曾怨朕？"

他这个皇妹自小特殊，虽然命数不好，但生得倾国倾城，她远嫁一次，为王朝换来了无数的商贸之机。此次再嫁，又肩负着赢来十座铁矿的重任。

盛庆帝知道自己无耻，到这个份上了，还想着利用她，可眼下，他再无别人能依靠了。

坤仪抬头仰视着他，凤眼里满是不解："为何要怨皇兄？远嫁邻国也是我自愿，当时整个王朝，谁敢娶我呀。"

心口一怔，盛庆帝手指有些发颤："你不怪我？"

"怪皇兄做什么，皇兄是最疼我的人了。"她很是莫名，"有谁挑拨了什么不成？竟拿这些瞎话编派我。"

"没有。"深吸一口气，盛庆帝摇头，"是皇兄害怕……"

害怕她这一次，要站在聂衍那边，并不打算再帮他。

盯着自家皇兄看了许久，坤仪轻声道："我的锦衣玉食是皇兄给的，无上的荣耀也是皇兄给的，多少人恨不得我死，连着上折子要皇兄把我焚于祖庙，也是皇兄将我一力护下来的，我有什么立场怨皇兄？"

"好，好，好。"眼眶微湿，盛庆帝拍了拍她的手，"朕与你骨血相连，你就是这世上，朕唯一可以相信的人。"

说着，他将坤仪拉了起来，与他凑近："有一件事，眼下只有你做得。"

坤仪一怔，听着他的话，瞳孔微微紧缩。

四皇子死于妖祸，宗室愤懑，要求问责上清司，可如今的上清司哪里是能被轻易问责的，帝王不愿表态，最得圣心的坤仪公主又与昱清侯结为了连理，不愿为难上清司，宗室怨怼之下，最后竟都将怒火堆在了坤仪的头上。

谁让你招了昱清侯为婿，谁让你得圣心又不能为民请命，谁让你原就有是妖怪的传言。

此次春猎，出行三千余人，回城时只剩了一半，京中处处都挂起了白幡，各家哭声弥漫在整个晟京的上空。也不知是谁从哪个随行的人那里听了几句话，愤怒的百姓捡着砖块瓦砾就从围墙外往明珠台里扔。

"砸死这个妖孽！"

"砸死她！还我哥哥来！"

"我儿定是叫她吃在肚子里了，杀了她，救救我儿！"

嘈杂叫骂，直到顺天府的人前来驱赶，场面才渐渐冷静下来。

聂衍站在邻街的茶楼上看着，鸦黑的眼里一片阴骘。

淮南替他倒了杯茶，轻声道："此行皇室未能立威，损失又十分惨重，他们总要找个人来顶罪泄愤。"

聂衍不是不通情理的人，仔细一思量也知道，眼下这样的场面，坤仪是最好的替罪羊，没人能把她如何，还能将无能的宗室和有过的上清司统统择出去。

但是，他瞧着下头的场面，怎么瞧怎么觉得烦。

"顺天府的人来得也太晚了些。"他沉声道。

夜半干笑，左右看了看，凑近他低声道："刚上任的，您担待些。"

四皇子被害，三皇子倒也没沉浸在失去亲弟弟的悲伤情绪里，反而快准狠地废掉了四皇子麾下几员大将。

朝中关系盘根错节，上头一倒，下面的官员也多少被牵连，短短几日就空出了不少职位。

能让聂衍"担待"的新官，自然是自己的人。

轻吐一口气，聂衍拂袖："多叫些人来守住明珠台。"

"是。"夜半应下，起身又忍不住多说了一句，"民怨太大，若非一步一人，恐是守不住这地方。"

明珠台本就修得大，将晟京的差役全用上也不能一步一人，只要有空隙，这些百姓就会想方设法地打砸。

聂衍突然皱眉，转头问他："她今日是不是说要进宫？"

夜半点头："瞧这时辰，应该已经在路上了。"

不妙。

聂衍转身就要下楼。

"主子，"夜半连忙拦住他，"几位大人已经到楼下了，您这会儿可走不得。"

想想也知道他在担心什么，夜半指了指他腰间的荷包："殿下不会有麻烦的，若真有什么事，您不是还有'追思'吗？"

朝廷动荡，眼下正是部署的好时机，他若扔下大事不顾，日夜守在她身边，岂非让跟随他的人寒心？再者说，坤仪若真遇见了妖祸，身上的护身符也会将他带过去的，比他眼下赶过去还及时些。

拳头捏紧又松开，聂衍有些烦躁："让他们快些上来。"

夜半连忙领命去传人。

坤仪如往常一样乘她的八宝凤车走官道入宫，可不料今日街上暴民尤其多，出府没一段路，她的凤车就被人围了，这些人连说话的机会都不给她，捡起石头就朝她砸。

"殿下小心！"兰苕扑到她身上，将她的脑袋护在怀里。

大大小小的石头越过黑纱帘飞进来，砸在她小腿和手腕上，疼得坤仪闷哼一声，没好气地抬头："我招他们惹他们了？"

兰苕双眼含泪，死死护着她："您没有，是他们无知。"

"你这妖妇，还我儿命来！"

"我霍家儿郎立志战死沙场，却不承想会死在你这个毒妇手里！"

"下来！下来说清楚！"

凤车被砸得叮咣乱响，几个护卫虽然极力阻拦，但到底挡不住这人多势众。

眼瞧着他们要爬上车辕去拖拽兰苕，坤仪突然掀开了车帘。

清晨的日头正好，落在她的宫装上一片金光璀璨，前头喊得最大声的婆子抬起头，正好瞧见她裙摆上展翅的九翎凤凰。

再往上看，一张清冷美人脸，额间缀着桃花钿，坤仪天生就有一股睥睨傲气，眼眸垂下来看着她们，仿若菩萨低眉。

宽阔的官道上一时再无人出声。

"你们要本宫说清楚何事？"还是她先开了口。

下头站着的人纷纷回神，脸上重新涌起了愤怒："我等兄弟手足、亲儿长子，一去浮玉山便再没有回来，殿下难道不该给我等一个说法？"

目光扫过他们身上的衣料，坤仪乐了："本宫还真当无知愚民能来官道上拦凤车，原来竟都是些内宅官眷，他们不知朝中律法，尔等也不知不成？禁军护卫、官眷随从，何时该让本宫一个内庭公主来负责了？"

众人一噎，低头私语，脸上神情犹有不忿。

坤仪看向先前喊得很大声的一位夫人："你说你的霍家儿郎死在了本宫手里，

可有什么证据？"

霍夫人双眼血红，挤开人群上前来死死攀住她的绣鞋，而后仰头看她："我儿与友人一道调派浮玉山，他虽下落不明，但那人是回来了的，他说，都是因为公主你，那么多人才会遭难。"

坤仪听得笑了一声。

她生得好看，笑起来自然也是花枝乱颤，后头的人只当她是调笑，火气上涌，捡起石头就狠狠砸向她。

躲避不及，坤仪额头被石头的尖角划破，流下一串儿血珠来。

"殿下！"兰苕大怒，看向石头扔来的方向，"你们这是以下犯上！"

人群吵嚷起来，推推搡搡，压根看不见是谁动的手。

坤仪轻啧一声，将落到眼皮子上的血珠抹了，指腹慢捻着血迹道："你们才不是因为这件事恨我。"

若换作别人，这样的证词完全不能定一个人的罪，起因经过结果一概没有，便只有这么一句栽赃似的话，落在哪里都是不成的。

但可巧了，这件事牵扯的人是她，骄奢非常、恣意无比、圣宠优渥的坤仪殿下。

他们乐得找她的麻烦，就想将她拉下去，看她狼狈，看她失意，看她成一只落水凤凰。

人就是有这样的劣根性，未必与谁有什么来往关系，但那人只要活得风光，一旦出事，也就都想上赶着看一看热闹。

她才不会让人看热闹。

眼下这些人仗着人多已经将路堵死，也不让她的人去求援，就想着将她困在这里直到她认错求饶。

做梦。

示意车辕上的马夫让位置，坤仪接过了他手里的长鞭。

"驾！"

四匹马扬蹄疾驰，撞翻了七八个堵在前头的人，车轮径直从他们身上轧过去，坤仪眼也没眨，在一片震惊和唾骂声里，将凤车驶向皇宫。

"她疯了！"霍夫人捂着被车厢边缘蹭到的手臂，皱紧了眉望向凤车跑远的方向，"这里可都是官眷！"

谋害官员，驱车践踏官眷，就算她是公主，也不能这般行事。

坤仪才不管那么多，他们先动手在前，还指望她一个原本就不讲理的纨绔公主同他们论什么礼仪规矩？他们失了官眷体统，当街砸伤公主，她撞回去都算是轻的了。

额头上的伤还在不停淌血，她闭上了一只眼，任由那血淌到了自己的下巴，直到进了宫，才放松下来，将缰绳和长鞭还给了车夫。

"殿下您先下来去耳房坐上片刻。"兰苕心疼地看着她的伤口，"奴婢去传御医。"

一路紧绷着身子驾马，坤仪也累得慌，被鱼白扶到椅子上落座，眼前一片花白。

"得先去见皇兄。"她喃喃。

鱼白眼眶都红了："您这样怎么面圣？先请御医瞧过吧。"

摇了摇头，坤仪张嘴想说什么，结果头一摇更是晕得她半晌没回过神。

她担心那些不要脸的恶人先告状。

事实证明，她的担心一点也没错，官道上砸伤公主乃是大罪，但那一众官眷人数极多，男女老少皆有，甚至受封诰命的蔺家老太太也在其中，一群人紧赶慢赶，终是在坤仪前头去面了圣。

"坤仪公主目无法纪，官道上驱车撞伤命妇，两家夫人、三品的诰命，皆被那凤车轧断了腿，还有一个蔺家幼子，被撞得昏迷不醒，殿下非但没有悔恨之心，还扬言陛下对其十分宠爱，定会要我等死无全尸。"

霍家夫人跪在御前，哭得眼肿："臣妇自知人微言轻，只求陛下看在我霍家世代忠良的分上，还我等一个公道。"

"还请陛下还我等一个公道。"

老实说，若只一个霍家夫人，盛庆帝连见也懒得见，但这下头噼里啪啦跪了一片，他就算有心偏袒坤仪，也得给一个合适的说法。

浮玉山一事他尚心有余悸，再看见这些臣子家眷，多少也有些不愿面对，便摆手招来郭寿喜："公主人呢？"

"已经进宫了，眼下许是还在过来的路上。"

"你同她说，过来认个错，今日这事便能平了。"疲惫地摆手，盛庆帝道，"不必过多纠缠。"

郭寿喜有些为难地顿了顿。

坤仪公主是什么性子大家都知道，要她过来认错那是断不可能的，他这话只要一传过去，那位殿下定就负气离宫了。

"大局为重。"帝王无奈叹息。

郭寿喜躬身退下。

许是头上的伤失血多了，坤仪有些犯恶心，勉强包扎之后，便扶着兰苕的手往正阳宫去，结果还没走到一半，她就听见了郭寿喜带来的旨意。

深吸一口气，坤仪指了指自己的脑袋："他们先伤的我。"

郭寿喜躬着身赔笑："今上哪能不知您定是事出有因呢？只是这众口铄金，积毁销骨，那几十位官眷加在一起，黑白都能颠倒过来，您又何必与她们硬碰硬，这名声传出去，怎么都是您吃亏，陛下也是想着息事宁人……"

"他要息事宁人，就要我来受委屈？"坤仪笑了笑，牙根咬着，眼眶到底是红了，"皇兄分明说过，我可以不受审、不受罚。"

"殿下……"郭寿喜为难极了。

深吸一口气，坤仪摆手，往前迈了两步，又晕得趔趄了一下。

郭寿喜帮着扶住她另一只胳膊，脚下却是引着她往前走："您且忍一忍，这一关过了，您照样能做衣食无忧的公主。"

这一关过了，这一关要怎么过？

坤仪不是小孩子了，她可不觉得那一群疯了一样的官眷会只让她低头赔礼就能将此事翻篇。

果然，到了御前，蔺老太太看着她就幽幽地道："坤仪也算是我看着长大的，这孩子本性不坏，就是太娇惯了些，导致她目无王法，觉得身份尊贵便可为所欲为——陛下，宗室风气不正，则民难以归心，臣妇以为，您该让她长些记性了。

"明珠台是整个晟京除了宫城之外最为奢华之地，公主身为皇室女眷，天灾妖祸并行之下不知节俭，实在有损皇室声誉。

"招婿昱清侯爷，未曾辅佐侯爷一二，反倒是拉着侯爷纵情声色，导致上清司防卫疏漏，害死了四皇子。

"春猎浮玉山，她任性走失于山林，连累众多禁军前往寻觅，千余禁军再未归队，他们这些人里，多的是谁家骨肉手足，谁家丈夫女婿，凭什么要为她一个人，丢了这么多人的性命？

"如今，公主又在众目睽睽之下策马于官道，撞伤官眷，撞晕稚子，脸上毫无悔过之意，还企图装伤乔病，来博圣上怜悯——这样的人，岂可再做天下闺阁的表率？"

坤仪还一句话没说，就快被她把棺材板都钉上了。

蔺老太太真不愧是她夸过的聪明人，往昔的旧怨终是延续到了今日。

轻叹了一口气，坤仪上前行礼。

帝王很是为难地看着她，没有叫她平身。

坤仪兀自跪着，抬头看向自己的皇兄："我若说今日是她们冒犯我在先，皇兄可信？"

盛庆帝垂眼，沉默良久才道："你着实不该冲动，总有别的法子。"

眼里的光黯了黯，坤仪跪坐下来，有些自嘲地笑了笑："皇兄不信。"

若是以前，不管多少人告她的恶状，皇兄都会替她拦下来，可今日，皇兄眼神闪躲，像极了当年群臣上谏要她远嫁和亲之时的表情。

于是坤仪就明白，这次皇兄还是选择了放弃她。

嘴唇颤了颤，她缓慢垂头，像是认命了一般等着帝王对她的宣判。

蔺老太太与她跪得近，轻轻侧头看了她一眼。

原先嚣张跋扈的公主，眼下就跟霜打了的茄子一般，她不禁微笑，想起先前在昱清侯府她那咄咄逼人的模样。

风水轮流转，谁说高傲的凤凰不会有跌下枝头的一天呢？

"此事确实是坤仪之过，既如此……"

"陛下，"值守的小太监匆忙从外头进来，跪下道，"昱清侯爷和上清司朱大人请见。"

这个节骨眼上昱清侯来，自然是想替坤仪说情。

殿内众命妇紧张起来，盛庆帝却像是下定了决心似的，摆手道："等朕话说完了再宣他们。"

他转头，继续看着坤仪："你视人命为无物，是皇室娇惯之过，今日就且废去你的宗牒，贬为庶民，查封明珠台，也算对众人有个交代。"

身子晃了晃，坤仪不可置信地抬头。

殿内一片"陛下英明"的恭维声，坤仪好似都听不见了，她怔愣地跪坐着，肩膀轻轻发颤。

聂衍进门来的时候想过盛庆帝今日不会轻饶她，也想过她会有多委屈。

但真当他走到她面前，看见她放空的眼眸时，聂衍还是不可避免地沉了脸色。

坤仪向来是骄傲又坚定的，她身后有她皇兄的宠爱，有富可敌国的家财，就算千万人唾骂她，她也从未放在心上。

但眼下，她呆呆地跪坐着，像做错事的小孩儿。

察觉到身前站了人，她抬起头来，漂亮的凤眼里像铺着一层薄薄的琉璃。

只一眼，聂衍就忘了他原先想说什么，径直将她从地上抱扶起来，面无表情地朝帝王颔首："她既已无宗牒，留在殿上倒是不妥，臣这便将她带回府。"

盛庆帝默许，下头的蔺老太太倒是又说了一句："她既已非宗室，原先与侯爷的指婚倒是有些尴尬，侯爷眼下可不是当朝驸马了。"

聂衍侧头，十分平和地看了她一眼："我非驸马，便也还是今上钦封的侯爷，她是我的妻子，便还是侯爵夫人。"

以他现在的功勋，为坤仪请封诰命并不难，下一次蔺老太太见着她，照样要行礼。

蔺老太太一噎，捏着帕子按了按嘴角。

聂衍没多停留，兀自带着人走了。

朱厌留在殿上，倒还记得正事，他拱手对盛庆帝道："近来朝中官员升迁变动甚大，为免有妖祟趁机混入，臣请陛下予上清司督察之权。"

官员调动大，新人不少，上清司如果只是道人，那自然是好的。

盛庆帝沉默良久，疲惫地扶额："朕眼下痛失爱子，朝中却是杂务繁多，上清司若能从旁协助，自然是好的，只是你司人手也没那么多，为免疏漏，还是与禁军一起派人，相互有个照应。"

"臣遵旨。"朱厌应下。

今上比想象中的好说话许多，让禁军与他们一起也不是什么难事，只要能有督察之权，这个东西最为要紧。

瞧着圣上那疲惫不堪的模样，朱厌也没多禀，与那一群命妇一起退出了大殿。

出宫的时候，朱厌坐在马车里，听见外头走着的命妇低声议论："如此，她岂不是依旧会在我等眼前晃悠？"

"哪能呢，当初昱清侯娶她都是被逼无奈，眼下她没了公主的身份，昱清侯有的是借口将她打发了，还当真会和这么个脾气又大又克夫的人在一起不成？"

"京中能做侯爷正妻的人可不少，哪怕是续弦，也有的是人上赶着，你们多走动走动，自然能听见风声的。"

朱厌不见得有多喜欢坤仪公主，但他觉得这些凡人真是没意思。

若不是公主当日拖着侯爷又支走了他们的人，山上那么多的妖灵才不会就那么被救走，那些妖灵里就有她们的家人。

侯爷不打算追究此事，他也就懒得提，但若真要提，坤仪是外头这些人的大恩人。

恩将仇报，不过如此。

摇摇头，朱厌吩咐车夫往上清司去。

坤仪似乎是一时没回过神，被聂衍抱着出了宫，才慢慢意识到发生了什么，她怔愣地看着聂衍，眼睫颤得厉害。

聂衍皱眉："一个封号而已，没了就没了，你回去照样能吃你的山珍海味，穿你的绫罗绸缎。"

光是他给她搜罗来的宝贝，就够她几辈子都花不完。

"我……"坤仪张嘴，眼泪"啪嗒"一声就落在了他手上。

聂衍被烫得一顿，手指慢慢收拢："你还想要什么，我都替你寻来。"

别哭就成。

坤仪哭起来的时候太可怜了，细眉耷拉着，小嘴扁扁的，配着一双水汪汪的凤眼，任谁看了都心里发紧。

她伸手抓住了他的衣襟，哽咽着将话说完："我……我不是任性走失在山林，我是被妖怪吓的，我也没有骄奢成性，明珠台是我母后在我出生那年用她从邻国带来的陪嫁修的。今日若不是她们非拦着我，拿石头砸我，我也不会驾车去撞开一条路。"

她说着，像是怕他也不信，连忙将额头上包着的白布扯开："你看，这么大的口子，她们一群命妇，知道不能以下犯上，还依然围着我，朝我扔。"

伤口还没愈合，红肿又有些泛血丝，聂衍沉默地看着，替她将白布包回去。

"我没撒谎。"她看着他严肃的神色，哭得更凶，"我若想伤她们，挨个儿叫人捆了放到黑巷子里揍一顿狠的就是了，何苦连我自己也搭上。"

意识到自己过于难看的脸色可能让她误会了，聂衍缓和了眉眼，摸了摸她的脑袋："我没有不相信你，若你想，我现在也能将她们捆了，扔到黑巷子里揍一顿。"

坤仪一愣，咧嘴就笑，双手搂住他的脖颈，高兴地蹭了蹭他的下巴："你还信我？"

"嗯。"他扶好她的腰，"我信。"

眼里重新迸发出光，她乐了好一会儿，可也就一会儿，脸上的喜悦又渐渐暗淡下去："你与我成亲不过数月都肯信我。可皇兄，他与我相识二十年了，一胞的亲兄妹，他不信我。"

说着，她眼眶又红了。

聂衍抿唇，捏着自己的袖子给她擦了擦脸："你皇兄不信的是我。"

她只不过是被他连累。

"什么意思？"她懵懂地看着他，眼神清澈。

聂衍没再往下说。

他觉得坤仪只需要当一只漂亮的凤凰，不必低头去看渠沟里的暗水。

"既无封号，倒也省事，你不必再进宫请安，多歇息几日吧。"他道，"等我忙完，陪你去郊外散心。"

坤仪想了想，委屈巴巴地问："你那么忙，我现在是不是只能一个人等着，等你忙完了回来看我一眼？如果你不来，我就要自己数院子里的地砖，像别的贵门妇人那样？"

脑海里浮现出了那凄凉的场景，坤仪扁扁嘴，又要哭了。

聂衍莞尔，轻轻点了点她的鼻尖："你若怕无聊，那便一直跟在我身边，只是，与我来往的人未必都是慈眉善目的，你得仔细不被吓着。"

官场上的人，就算不是慈眉善目，又能凶恶到哪里去？

坤仪没将这话放在心上，只偎着他，像只没了家的猫儿，半刻也不肯从他身上下来。

夜半跟在马车外头，也想开口劝劝他家主子，近来事务繁杂，要是一直将这位主儿带在身边，恐是有些麻烦。

但他还没来得及开口，就对上了兰苕那张冷若冰霜的脸。

"他们欺负我家主子，你也想欺负我家主子？"她死死地盯着他，低声问。

夜半识时务地闭上了嘴。

兰苕这姑娘什么都好，就是碰上她家主子的事就分外不讲理，瞧瞧这晟京内外，谁家大人办事身边带夫人的？

坤仪其实也没任性到这个份上，她如今正在风口浪尖上，再明晃晃地与聂衍出去招摇，那不是上赶着给人送谈资吗？！

所以，她特意让锦绣庄照着身边丫鬟的衣裳样式，赶了十件新衣出来。

"如何？"换上衣裙，她得意地在聂衍面前晃了一圈。

裙摆如春风拂水，配上她清丽了不少的妆容，煞是动人。

聂衍点头，目光落在她的脸上，低声答："好看。"

坤仪高兴了，扑到他腿上仰头看他："这样跟你出去，你便唤我长岁。"

聂衍"嗯"了一声，略一思忖："随口起的？"

"不是，这是我的乳名，出生的时候父皇和母后起的。"她眨了眨眼，"他们去得早，之后就再没人这么唤过我。"

"你师父也没有？"

"没有呀，他也不知道。"

聂衍神色明亮起来，手指勾她一缕青丝绕了几个圈，低声跟念："长岁。"

他的声音低沉醇厚，听得人心里微动。

"嗯！"她笑着应下，又起身与他行礼，"奴婢随侍侯爷左右，请侯爷尽管吩咐。"

娇俏的丫鬟，俊朗的侯爷，这画面瞧着是挺不错的。

但是，夜半一忍再忍，还是没忍住开口提醒："夫人，府里奴婢的衣裳，是用不上丝绸和锦缎的。"

她样式是照着做了，可这料子真是华丽非常，莫说丫鬟，寻常人家的正室也未必穿得起。

坤仪愕然，皱眉低头看了看身上的衣裳："我已经找了库房里最粗笨的料子了。"

废话，她的库房里都是些什么宝贝，哪有去那里寻的。

夜半还想再说，结果抬眼就瞧见自家主子扫过来的眼神。

跟刀子似的刮在他脸上。

倏地闭了嘴，他原地转身，立马拎着茶壶出去添水。

坤仪苦恼地坐下来，拎起裙子左看右看，然后沮丧地对兰苕道："将你的裙子分我一套可好？"

兰苕迟疑地看了看她那花瓣似的肌肤。

"无妨。"坤仪咬咬牙，"能穿就行。"

兰苕应下，不一会儿就捧来了一套半新的青色长裙。

坤仪换上了，好歹衬了件绸缎的里衣，穿着也算适应，只是她脖颈纤挺、曲线丰盈，就算穿丫鬟的衣裳，也穿出一股子娇妻的味道来。

扯了扯有些紧的衣襟，坤仪略为不自在地问聂衍："这回呢？"

聂衍盯着她看了好一会儿，突然摆手让兰苕等人都下去了。

她正纳闷呢，门一合拢，自己就被人抱起来，放进了松软的被褥里。

"倒是委屈你了。"他欺在她身上，捏了捏她束得纤细紧实的腰肢。

坤仪伸手搂着他，笑眼盈盈："都说树倒猢狲散，你还愿与我在一起，还要将我带在身边，我有什么好委屈的？"

两人挨得近，他的脸就在她眼前放大，剑眉朗目，挺鼻薄唇，好看得夺人心魄，坤仪不争气地咽了口唾沫，伸手按了按他的唇瓣。

聂衍眼里的墨色汹涌了一瞬，又很快被他自己压下去，只带着克制地抬头，亲在她包着白布的额头上。

"黎诸怀不在，你这伤若想不留疤，就得随我去个地方。"他道。

坤仪正为这事发愁，闻言眼眸一亮："那地方远吗？"

"不远。"他摩挲着她的脸侧，"就在合德大街。"

合德大街是晟京最繁华的街道，路边有酒馆，有茶肆，还有买卖杂货的，独没有药堂。坤仪有些疑惑，却也没多问，她只看着聂衍，觉得他在说方才这句话的时候，神情瞧着像是下了什么决定。

一开始相识，聂衍像一块漆得很厚的乌木，她完全看不透他在想什么，就算言语间诸多调笑亲昵，她也始终在他的世界之外。

可是眼下，也不知是圆了房的功劳还是她失势显得可怜的原因，他竟像是愿意将她纳入羽翼之下了。

老实说，坤仪从小傲气到大，突然被人这么护着，还挺新鲜的。

眼里涌上笑意，她拉着他起身，做好丫鬟的姿态，与他拱手引路："侯爷这边请。"

聂衍整理好衣襟，没有带夜半，只带了她与另一个眼生的随从，乘车从小道去了合德大街容华馆旁边的天香阁。

天香阁名字风流，做的却是香料生意，因着价格昂贵，来往客人不多，但只要是诚心买卖的，都会被请到楼上品茶。

坤仪随着聂衍进门，正好奇这里能有什么药材，就见那身材有些佝偻的掌柜的朝着聂衍行了个跪拜大礼。

她有些意外，民间百姓见侯爵虽是要行礼，但这种上了年岁的长者，也只用行半跪礼，哪里用得着这五体投地的阵仗。

聂衍却像是习惯了，只问他："郑货郎可在？"

掌柜的起身，恭顺地答："在下头赌着钱。"

聂衍摇头，转身朝坤仪伸手："随我来。"

坤仪不明所以地将手放进他掌心，小声道："丫鬟可以跟主子这样走路吗？会不会被人瞧出端倪？"

他瞥她一眼，低声道："若不抓稳，你会跌摔下去。"

笑话，这楼梯就是寻常的一截木梯，她再娇弱也不至于在这上头摔着。

坤仪抬脚踩上一阶，反驳他的话还没说出口，就感觉面前一阵天旋地转。

失重的感觉接踵而至，她难受地捂着脑袋，另一只手死死抓着聂衍。

耳边好似传来了一声他的轻笑。

她微恼，强撑着过了这阵眩晕，睁眼就要与他理论。

谁料，这一睁眼，面前却是换了一番天地。

陈旧的木梯消失不见，她与聂衍站在一处长满青苔的树洞口，头顶鸟语花香，枝繁叶茂，再往前看，无数奇形怪相的人热热闹闹地赶着集市，酒肆赌坊与合德大街的布局一一对应，只是未曾有阳光，穹顶上垂坠着无数萤石，勉强照亮街沿。

心里有些异样，坤仪下意识地往聂衍身后站了站。

聂衍莞尔，松开她的手低声道："跟着我就是。"

不用他说她也会死死跟着他，在这地界若是乱跑，她可能会死得骨头渣都不剩。

咽了口唾沫，坤仪低着头，一边踩着他的影子往前，一边用余光打量四周。

四条尾巴的羊，九条尾巴的猫，这里的行人不似寻常那般直立行走，大多是上半身像人，下半身却还拖着妖身，有爬的，有跳的，有面容妍丽的，也有长相丑陋的。

一间小小的香料铺子不可能装得下这么多东西，所以方才那地方，应该是妖市的入口。

而妖市，就是这些尚未能完全伪装成人的妖怪的栖息之所。

秦有鲛与她提过，晟京有妖市，所以不管城门怎么防守，每到祀神节，街上都会出现大妖为祸一方，寻常日子里也总有孩童失踪，尸骨都难寻，禁军曾花了一年，掘地三尺都未能寻到妖市所在。

而今日，聂衍竟就这么直接带她来了。

心绪复杂，坤仪脸上却只露出了惊慌和害怕，这等简单的表情，最适合她这样的花瓶美人儿。

"你要去哪里？"她声音都有些发颤，"这些人，这些好像都不是人呀……"

聂衍步子稍顿，低声与她道："他们不会伤着你，也只有他们这里才能有那般厉害的药。"

她咬唇，摸了摸自己额头上的伤，豁出去似的道："你既然信我，那我也信你。"

娇小的身子抖得跟什么似的，拳头都捏得发白，却还要相信他。

聂衍觉得自己的心绪最近好像不太好控制，时不时地就很想将这小姑娘卷起来吻到她头晕目眩，好叫她知道自己这模样有多可爱。

定了定神，他轻轻抬手，将自己的一截衣袖拂到了她手边。

小姑娘飞快地捏住了，立马松了口气，十分信任地继续跟着他走。

她穿兰苕的衣裳是有些紧了，胸口绷着，呼吸一急就有些颤，惹得旁边不少妖怪都朝她看过来。

这里的妖怪连人身都尚未修成，哪里见过这般的好身段，不管雌雄，目光都偷摸朝她打量。

眼神微沉，聂衍抬头朝他们扫过去。

坤仪正走着，突然就听见四周一阵窸窸窣窣的响动，抬头看过去，就见方才还热热闹闹打闹着的妖怪们，不知出了什么事，齐齐地背对着他们站着朝天边张望。

是什么神秘的修炼方法吗？

她疑惑地看着，却听得聂衍提醒："到了。"

一座巨大的赌坊戳在前头，硕大的楠木招牌比地面上那一家要粗犷得多，人也多很多，吵吵嚷嚷下注抬手，江湖气十足。

"您怎么下来了？"有人迎出来，恭敬地朝聂衍低头，又看了后头跟着的人一眼。

坤仪往聂衍身后躲了躲，低头正好瞧见两个蹴鞠球大的毛团子滴溜溜地滚过来，朝她奉上了两颗艳红的野果。

她皱眉摇头，有些不敢拿，那两个毛团子睁着湿漉漉的圆眼，可怜兮兮地拱了拱她的裙摆。

人对妖怪为何要有怜悯之心呢？坤仪很唾弃自己，但想了想，还是接过了它们手里的果子。

"承惠，二两银子。"毛团子突然开口，声音粗若壮汉。

"……"

妖怪真是十分善于伪装。坤仪从荷包里摸出二两银子给它们，心情复杂地看着手里的果子，暗道这跟上头街边卖花的小姑娘有何区别，人家小姑娘至少声音还甜。

"这是望舒果。"聂衍与来人说完了话，扭头过来道，"美容养颜，就是贵了些。"

坤仪立马朝那跑远的两个毛团子咆哮了一声："回来！"

毛团子一惊，以为她嫌贵要退货，立马骨碌碌滚得飞快，眨眼就没了踪影。

她瞪眼看着，微恼跺脚："这两个够什么呀，早说美容养颜，我再买上几百个回去放着，价钱好商量嘛。"

"……"

来人似乎也被她的财大气粗给惊了惊，立马笑道："这果子咱们这儿多，用不着那么贵，只消一钱银子就能买上一筐，姑娘若是喜欢，待会儿我让他们给您带上一筐。"

妖怪只要修为高，容貌可以随意变幻，望舒果对它们来说也就是寻常果腹用的，但对凡人来说就不一样了，这等好东西，落在贵门里头，就是千金也有人会买。

眼眸转了转，坤仪难得地主动给人行了礼："那就多谢这位大人了。"

"大人不敢当。"那人笑着摆手，转身作请，给他们带路。

聂衍要找的郑货郎就在赌坊里，眼下正赌得双眼通红，将身家都拍在了桌上："我就不信了，今儿能有这么邪门！"

他的面前，一只穿着寒酸的人面蛇尾妖正喝着酒，闻言看也不看，跟着将自己面前的筹码也推到了桌上。

围观的人拍手叫好，纷纷挤着看热闹。

这场面，坤仪瞧着真跟地面上的差不离。

只是，妖怪会妖术，却少通这赌场里的门道，只照着人间依葫芦画瓢，托儿和坐庄出千的人动作都不太流畅，蒙骗其余妖怪还成，对坤仪这种吃喝嫖赌……不是，是风花雪月惯了的人来说，就有些不够看了。

郑货郎不出意外地将自己的货担子也输了出去。

他沮丧地抓着头发，顺着凳子滑下桌，正愁着呢，就看见聂衍朝他走了过来。

心里"咯噔"一声，郑货郎拔腿就跑。

聂衍没什么反应，只淡淡地看着他，等他跑出去半里地，才轻轻一张手。

累死累活的郑货郎又回到了原地。

他看了看聂衍，膝盖一软，扑通一声就跪了下去："大人饶命！小的当真不是故意的，原想着将本钱赢回来，谁承想一个不留神将原先答应给您留的货也押进去了。"

不周山上有一种仙草名"画扇"，形如其名，能疗伤祛疤，无论多严重的伤口都能恢复如初，是黎诸怀常给他用的药材。只是，他最近用得多了些，黎诸怀又回了不周山，整个晟京就只有郑货郎这种走远买卖的担子里还揣得。

聂衍早与他传了话说要货，这人倒好，最后几株画扇，全搁在了赌桌上。

引路的人擦了擦额头上的汗，低声道："大人，咱们这儿的规矩您也明白，若是别的还好，拿与您也无妨，可这赌注若是径直拿走，咱们这里也不好平账，不如等它放上赎买架，您再行赎买？"

赎买不难，也不太贵，但他们赌坊物件太多，等画扇摆上赎买架，不知还要等多久。

聂衍有些不耐烦，郑货郎连连给他道歉，引路人也慌忙说着好话。

坤仪看了两把他们赌钱的玩法，突然问："我能将它赢回来吗？"

引路人一愣，赔笑："自然可以，只要那边那位赢了的客人愿意将它再放上来。"

人面蛇尾妖听着，放了酒碗就笑："这么漂亮的小娘子想要，我自然是愿意的，只不过你们这边的赌注……"

他看了看坤仪，咽了口唾沫。

聂衍平静地看着这个人的脸，突然和蔼地笑了笑。

原本吵闹的赌坊里闪出了一道金光。

寂静，无声，但刺目。

光芒消失的时候，赌坊里好像什么也没变，大家依旧坐在自己的位置上，只是，那只人面蛇尾的妖怪突然变得乖巧了起来，敞开的衣襟合拢，乱晃的尾巴也卷成了规矩的原形，与坤仪面对面坐着，甚至行了一个标准的对局礼："您请。"

坤仪大方地摆上了五十两银子。

方才好像什么也没发生，但坐庄的和人面蛇身的妖怪都像是历了一场大劫，额头上冷汗涔涔，捏着筛盅的手都在抖。

他们玩最简单的比大小，三个骰子，坤仪一连摇出了六次十八点。

人面蛇尾的妖怪擦了擦额头上的汗，恭敬地将货担递给了她。

"奇怪，他们居然不出千了，我还想叫他们见识见识什么是出千的祖师爷呢。"坤仪嘟囔着跳下高凳。

聂衍让随从将货担接了下来，温和地问："夫人何时会的这等本事？"

"原先在容华馆……不是，在宫里。"坤仪差点咬着自己的舌头，瞥了瞥他的表情，连忙改口，"在宫里也爱与几个晚辈玩这些。"

他挑眉，不置可否。

坤仪"嘿嘿"地笑了两声，扭头就与郑货郎道："快将画扇拿与我，我赢回来的，不用再给银子了吧？"

郑货郎欣喜得很，感恩戴德地收回了自己的货担，取了最后几株画扇给他们，又与聂衍行礼赔罪。

"罢了。"聂衍道，"你也少赌些。"

郑货郎挠头："大人，也不是我非要赌，但往常在上头打交道的人多是爱赌的，若不学着些，非得叫看出端倪来交给上清司不可。"

坤仪一怔，下意识地看了看他的衣摆。

这是个已经修炼成了人形的妖怪，没有尾巴，看着与寻常的货郎当真无异，只是生得清秀出尘，挑一个货担，怎么都有些不搭。

聂衍与他也不算至交，自然没有再多说，拿了画扇就带着她往回走了。

"他学着与人打交道，是想做什么？"坤仪跟在他身后，忍不住问，"若想吃人，这皮囊也够了，用不着学那么精细。"

聂衍头也不回地道："他是兔子精变的，不吃人，最爱吃的是白菜和萝卜。"

坤仪怔愣。

"吃人的妖怪大多在深山老林里修炼，而这些努力想融进凡人堆里的，大多是艳羡凡人的生活，也想跟着去过日子的妖怪。他们有的成功与凡人成亲生子，过着平凡的日子，但更多的，是被上清司捕杀，尸骨无存。"

心尖颤了颤，坤仪垂眼："你的上清司，也并未捕杀所有的妖怪呀。"

"嗯。"聂衍倒是承认这一点，"只要手上人命不是太多，我都会放他们一马。"

"可是，你怎么知道他们将来不会害人呢？"她嘀咕，"就算是最弱的妖怪，也比最强壮的凡人来得厉害，若起歹心，便是悬崖勒不了马。"

"强大从来不是罪过，"他叹息，"欲望才是。"

不管是人还是妖，欲望都是深渊。

坤仪沉默。两人走在昏暗的街道上，后头的随从替她抱着一筐望舒果。从树洞回到天香阁，外头日头正好，温暖明亮的光透过花窗落进来，天地开阔，万物自由。街边有包子铺新出了一笼汤包，百姓蜂拥而至，古琴行里的掌柜调试着琴弦，三两声调子回荡在茶肆飘出来的清香里，沁人心脾。

坤仪看了一会儿，觉得也能理解那些妖怪的渴望。

能活在阳光之下自由行走，对人来说是寻常事，对它们来说需要修炼上百年。

聂衍无声地看着她的侧脸。

坤仪这皮相才是妖怪也修炼不出来的好看，天生的贵气和傲慢叫她眉目间都泛着光，任谁修炼几百上千年，也修炼不出她这一股子劲儿。

只是，凡人到底眼拙，一向以衣饰区分人。两人刚出天香阁的门，迎面就瞧见了李家三小姐。

或者现在应该叫她许夫人。

李宝松执意嫁给了孟极，与李家断绝关系，自立门户为许。孟极改头换面入了上清司，也算有官职在身，故而她出行，身边还是跟着三四个丫鬟。

瞧见聂衍，她远远地就停了轿，不管不顾地走了过来。

"见过侯爷。"

聂衍回头，茫然地看了她好一会儿。

李宝松勉强笑着道："妾身夫家姓许，得蒙侯爷搭救。"

这还真是胆大，敢当街来与侯爷搭讪，得亏外头认识她的没几个，不然传出去成了什么。坤仪站在后头眉心直皱，满腹不悦。

李宝松瞧见聂衍身后有人，但只看见衣裳，不曾瞧见面容，见他有维护之意，只苦涩一笑："恭喜侯爷又添佳人。"

这几日晟京贵门里传得沸沸扬扬，都说坤仪被废了宗牒，成了庶民。她与昱清侯爷的婚事，怕是要起些变故。

老实说，李宝松现在的日子过得不差，就算与李家断绝了关系，孟极也是十分疼爱她，锦衣玉食未曾短缺，只要休沐便会在家与她吟诗作画。

不曾纳妾，也不曾多看别的女子一眼。

若先遇着的人是他，李宝松也该知足了。

可不巧，她先遇见的人是聂衍。

斯人若玉山，巍峨于心，辗转难忘，郁结难解。以至于一听见这些传言，李宝松就开始在合德大街附近走动，想着万一能遇见他。

结果今日当真遇见了，却不想他身边还带着个娇艳丫鬟。

若是寻常丫鬟，她自然看不进眼皮，但眼下他背后躲着的那个，身段婀娜，姿态亲昵，就算瞧不见脸，也能猜到有多动人。

他竟这么快就有了新欢，也不知是该幸灾乐祸坤仪不过尔尔，还是该难过自己竟没能等到这个时候。

李宝松长长地叹了口气。

聂衍一听她这话，就忍不住瞥了一眼背后的"佳人"。

这位佳人像是恼了，捏着他的袖子偷摸扯着，一直示意他快走。

料想她也不愿穿成这样被旧识撞见，聂衍颔首，未曾多解释，径直护了她便上车。

李宝松目送这二人，怅然失魂。

一上车，坤仪就甩开他的衣袖，撇着嘴道："我倒未曾料到你与她还有这等交情，要站在街上说这么多话。"

聂衍刚坐下，差点被她这话酸起寒战来。

他眉梢微动，伸手将人揽过来。

一向任他亲近的人，眼下倒是推拒起来，小手在他胸前不住地抵搡，漂亮的凤眼直翻："做什么呀。"

"想多听听这话。"他莞尔，挺直的鼻尖蹭了蹭她的脸侧，"再多说几句与我听。"

"侯爷这是听不得好话。"她娇哼，将脸别开，"我今朝失势，倒能看清有多少人惦记着你，有的人哪怕是已嫁作了人妇，都还望着你呢。"

聂衍难得低笑起来，眉舒目展，如清风拂玉环。

坤仪越发恼了，横眉瞪他："你倒是开心。"

简直要被他气死了，都不知道说些好听的哄她，只知道笑，还笑这么好看，怪让人消气的。

嘟囔两句，她强撑着板了一路的脸，回到侯府要板不住了，连忙扭身朝自己的房间走。

"主子，"鱼白迎了上来，小声禀告，"府上收了不少拜帖。"

坤仪挑眉，将那一沓子名帖接过来扫了扫，撇嘴冷哼。

就知道这些人不会消停，都上赶着来看她的笑话。

"奴婢瞧着还是推了的好，"兰苕抿唇，"哪有这闲工夫去见她们。"

"不。"坤仪仰着脖子，走得气势十足，"得见她们，我没了宗牒，每月的俸例和赏赐可都没了，总要有人给我找补些来。"

兰苕和鱼白很茫然，俸例跟这些看热闹的人有什么关系？她们上门来，可未必会带什么贵重的礼物。

杜蘅芜已经由杜相做主，洗清了妖怪的误会，重新回到了杜府做主事大小姐，她与坤仪依旧是一副水火不容的模样，连拜帖也是放在最上头的。

眼下这情况，主子竟然会愿意让她来看热闹？

兰苕很意外，却也听话，跟着主子回去伺候她沐浴更衣，又将屋子里侯爷给的珍宝玉器全部收了起来。

用坤仪的话说，失势的时候就应该珠光尽敛，要是还将这些东西张扬地摆在外头，那才叫虚张声势，叫人看着都觉得可怜。

她不但收拾了庭院屋子，还将自己也一并收拾了，挑了库房里最素的藕色绸缎，做了一件没有任何绣花的长裙。

但是，没绣花归没绣花，剪裁上却是用尽了心思，将她身段衬得娇而不妖，抬袖间恰好能露出半截雪白的手腕。

坤仪本就是天生丽质，往常为了压九凤头饰或礼服，才要上些华丽的妆容，如今发髻间只留一根羊脂玉的兰花簪，衬着她如冰如玉的肌肤，当真是清水出芙蓉，天然去雕饰。

兰苕觉得主子这样也好看，但坤仪尚觉不够，她特意让人抬了温泉池水回府，一日泡上三次，又用画扇愈合伤口，再用珍珠粉净面，如此三日之后，正好是群芳上门来拜会她之时。

这日，聂衍出门办事，坤仪没跟，只起了大早，乌发素绾，不施脂粉，穿一身藕裙，兀自坐在院子里吃望舒果。

望舒果生得红艳又小巧，倒没有多甜，只咽下之后有些回甘，她吃得很慢，贝齿抵着薄薄的果皮，好半晌才咬下一小口。

朝阳初升，灿烂的阳光落在她脸上，照得肌肤白里透红，双眸微微泛出琥珀色。

杜蘅芜带着一众女眷穿过月门，正好瞧见她这模样。

"主子您快些收拾，各家夫人就要到了。"鱼白背对着月门站着，低声催促她。

坤仪慵懒地应了一声，伸了个懒腰："这望舒果真是厉害，我原还有些憔悴，吃一颗竟就恢复得花容月貌了。"

她说着，将果子吃完，又看了桌上一眼："剩下的快藏好，莫叫人与我争抢这宝贝。"

"是。"鱼白应了，连忙用上好的漆木盒子将桌上的望舒果一颗一颗地放好。

艳红的果子在阳光下一闪而过，有些夺目。

杜蘅芜皱眉，兀自走进月门去开了口："你又在搞什么东西？"

坤仪吓了一跳，慌忙挥退鱼白，转身过来面对她们，清丽的面容看得杜蘅芜都是一愣。

"你……"她抿唇，下意识地看向鱼白跑走的方向。

优雅地拢了拢鬓发，坤仪笑道："我如今没个宗牒，可压不住你们了，进来也不知道通传一声。"

杜蘅芜从未见过她这模样，瞧着竟觉得比平日里要顺眼不少，肤如凝脂，眉目温柔，真真是个难得的美人儿。

她尚且如此，后头跟着的夫人小姐就更是心痒了。方才她们都听见了什么望舒果，是吃了那东西才有这般的好肌肤的吗？

众人窃窃私语起来，坤仪倒像是慌了，连忙摆手："不说别的了，既然来了就进去坐。我如今只是个普通的侯夫人了，尔等就不必与我再客气。"

杜蘅芜翻了个白眼。

普通的侯夫人，她这是挤对谁呢，侯夫人可不是什么满街跑的普通人。

李宝松今日也跟着来了，进了花厅坐下，她倒是第一个开口："原想着夫人会有些伤怀，我等今日特意来安慰，不承想夫人竟也未曾将贬黜一事放在心上。"

坤仪撇嘴，有一下没一下地抚着自己的侧脸："放不放在心上，也就这样了，幸而我还嫁了个不错的儿郎，在这晟京里暂时也没人能欺负到我头上。"

她说话太过得意，几个夫人的脸色都不太好看，李宝松顿了顿，状似无意地道："前几日我在街上，遇见昱清侯爷带了一位佳人，那佳人身段十分曼妙，想来也是天姿国色，我有意相识，不知侯夫人认不认识？"

此话一出，坤仪变了脸色。

众人就是来看这出热闹的，连忙七嘴八舌地说开了："是什么样的美人儿啊，我也想见见。"

"莫不是侯夫人自己？许夫人眼花了吧。"

"哪能呢，那佳人穿的是丫鬟的衣裳，贱民的装束咱们堂堂的坤仪公主如何肯换……哦，不对，现在不是公主了。"

杜蘅芜原也是来看热闹的，但她不知道这出，听着众人的话，再看着坤仪眼里的震惊和难过，她倒是有些不忍了，冷哼道："街上人那么多，脸都没看清，又如何知道究竟是什么人。"

花厅里静了静，坤仪满眼感动地看向她。

"这话是事实，又不是替你说的，你少拿这模样恶心我。"杜蘅芜嫌弃地摆手，"枉你长这好模样，要是连个男人都留不住，那才是奇了。"

"谁说不是呢。"摸了摸自己的脸，坤仪嘀咕，"也就是我前几日太过伤心，忘了顾我这漂亮脸蛋，着实憔悴了好几日，多亏……多亏了吃得几服好药，这才调养回来，今晚侯爷说了要过来陪我，其余的事，我倒也不想一直追究。"

说罢，双颊又泛上红晕来。

她这好模样，稍微收拾一下就动人，更何况苦心养了这么多天，别说望舒果了，随便吃什么都是容光焕发、楚楚动人的。

但是，这些人可不愿相信旁人天生丽质，他们坚信这好药，或者说方才看见她藏的那个果子，一定有天大的作用。

于是接下来，众人明里暗里都在打听她吃的那果子是什么。

坤仪招架不住她们的热情，十分"不情愿"地让鱼白端了五颗果子上来。

"这是望舒果，望舒乃月宫美人，以她名字称的果子，做什么用的自是不用我说。"自然地拈起一枚咬了一口，坤仪瞥向她们，"这一颗果子抵得上你们一个月的脂粉钱，但效用嘛，瞧我便也知道。这果子珍贵得很，尔等脂粉钱丰厚的，便来尝上一个。"

兰苕听到这里，总算明白了自家主子想做什么。

第十章 这个人坏透了

她看着下头的一众夫人从互相谦让到开始争抢，不由得暗叹主子高明。

原本坤仪就一直是晟京贵门女眷争相效仿的美人，这好东西一出来，这些人哪里还顾得上什么奚落不奚落，纷纷想尝果子。

望舒果的效果肯定是没有坤仪故意弄出来的这般好的，但毕竟是妖果，见效极快，吃下去两盏茶的工夫，身上肌肤就开始渗出污垢，将污垢一抹，下头的肤色当即就亮白不少。

四个试吃果子的夫人里有一个是霍家的儿媳，皮肤黝黑，多年来想尽一切办法都未能变白些，眼下骤然瞧见这变化，当即大喜，都顾不上计较什么恩怨，立马扑到坤仪跟前询问："侯夫人，这果子哪里买得来？"

坤仪犹豫地看着她。

"还请夫人告知。"霍少夫人连连作揖。

为难了许久，坤仪勉强给她们指了路："合德大街中段，珍馐馆右边，那家新开的钱庄，掌柜的在贩卖这果子，但因着数量太少，你只有拿着我的信物去，他才肯卖。"

说着，她又好心提醒："很贵，十两银子一颗，一月得吃上十多颗呢。"

笑话，这百十两银子对民间百姓来说或许很贵，可他们这些贵门人家何时放在眼里过？别说百十两，就算是上千两，冲着这效果，也出得起。

原本是打算变着法儿看坤仪热闹的，一得了这个消息，众位夫人哪里还坐得住，当即与她拿了信物，纷纷起身告辞。

杜蘅芜倒是没凑这个热闹。

她等这群妇人着急忙慌地离开了，才慢条斯理地道："你葫芦里卖的什么药？"

坤仪轻哼，坐回主位上，顺手扔了个果子给她："皇兄护不了我了，我总得给自己找个出路，这东西货真价实，不唬人。"

也就是妖市与凡间尚未通商贸，只有郑货郎这样的小买卖偶尔在做，还不得人信任，她打算将望舒果的生意拢了来，正好给徐枭阳正在做的脂粉生意添个堵。

徐枭阳这人坏透了，杜蘅芜都没盼着她死，他愣是回回都与她过不去。

"你倒还有心思弄这个。"杜蘅芜翻了个白眼，"看好你家昱清侯吧，别真回头将你休了，你可是哭都没地方哭。"

提起聂衍，坤仪还有些不好意思。

她与他也不知是怎么了，最近三两句话说不完就要往床榻上倒，她承认她是个纵欲之人，可聂衍那般自持的，也时常随她胡闹，事后还回回都抱她去沐浴。

这等温柔乡谁不喜欢啊，她可算知道朝中那些大臣为什么有的会被美色所迷，做出糊涂事来了。

也不是每个人都像她这样立场坚定的。

在心里将自己夸赞一番，坤仪摆手："你莫要担心我，先将你那未婚夫管管。"

提起他，杜蘅芜脸上有一瞬的古怪。

她思忖好一会儿，突然问了一句话："坤仪，你觉得凡人和妖怪会有好结果吗？"

坤仪一顿，自嘲地笑了笑："你问我？我到现在还不知道自己是人还是妖怪，也不知道他是人还是妖怪。"

杜蘅芜同情地看了她一眼，起身拂袖，表情又变得刻薄："该！万般祸事都从你这儿起的，你哪能置身事外？知道你比我还为难，那我就开心多了。"

说罢，她一甩衣袖就也离开了。

坤仪冲着她的背影直翻白眼，又高兴地叫来兰苕，等着钱庄那边给她回话。

没错，她指路的那个钱庄是她名下的铺子，这几日她央着聂衍往那边送了十筐望舒果。

女人对外貌的追求有多疯狂她是知道的，就算不为取悦男人，也想取悦自己，掏钱绝对不会含糊。

聂衍参加完自己人的上任宴，骑马往回走的时候，就看见合德大街中段围了不少人，推推搡搡的，比往日集市的时候还热闹。

他皱眉勒马，就听得周遭人议论："还剩一些，快去抢。"

"没信物，那掌柜的不卖呀。"

"我国公府的面子难道还换不来几颗果子？笑话！"

"这掌柜的也算厚道，这么多人抢也不见涨价，只说凭着信物才卖，十两一颗。"

"霍家的少夫人一次买了一百颗，不愧是嫁妆丰厚的人家。"

吵吵闹闹间，有人举着一颗红艳艳的果子从钱庄里出来，又引得周遭的人一阵艳羡。

聂衍定睛看过去，眉心微皱："哪里来的奸商？"

竟在哄抬望舒果的价格，这果子两钱银子一筐，如何要卖十两一个？

他倒不是多管闲事的人，只换了小路径直回府，打算提醒自家夫人莫要上当。

结果一进门，聂衍就瞧见坤仪坐在堆满银票的方桌边，一边笑一边与兰苕、鱼白一起点账。

"奴婢按照您的吩咐，找人编了几段赞美望舒果的词曲，已经在茶肆酒楼唱开了，加上那几位官眷夫人口口相传，如今这望舒果紧俏极了，这银子跟流水似的拦也拦不住地往钱庄里流。"

"那货郎也联系上了，他给咱们供货，十两银子一筐，他一筐净赚九两多，也乐意给咱们送货。"

坤仪乐得合不拢嘴："你说这人聪明就是招财，我原只想赚个月俸，谁料年俸都快有了。"

笑着笑着，她看见了门口站着的聂衍。

聂衍看着他，鸦黑的眼眸里分不清是什么情绪。

心里"咯噔"一声，她连忙扔了银票朝他扑过去，娇声道："你回来怎么也不让人知会一声？"

夜半弱弱地解释："在外头叫过了，没人应。"

主仆都高兴地做着生意呢，哪里还听得见别的。

坤仪"嘿嘿"笑着，将聂衍拉进来坐下，凤眼滴溜溜地转："你听我解释啊，也非是我贪财，主要是这生意一本万利，实在太好赚了些……"

聂衍抿唇，伸手将她的耳发绾去后头："夫人慧眼如炬，我倒是不曾想到，妖市还能与凡间互通有无。"

下头的东西都是见不得光的，凡人都生怕有毒，望舒果这样的好东西，烂在路边也未必有妖怪会捡。

"我也没想那么多，就想着好玩。"坤仪嘟囔，"也没考虑过后果。"

"夫人做得很好，比徐枭阳那样的大商贾也不差什么。"他浅笑。

夜半：？

您方才在街上不是这么说的。

别人家的商人那自然是奸商，可自家的奸商能叫奸商吗？那叫慧眼识机。

聂衍觉得坤仪这主意很好，甚至能开辟一条新的路子，让妖怪与凡人多些往来的机会。

于是傍晚，有人来拜见他的时候，他特意将坤仪带在了身边。

"妖市上个月有三十只可化人形，但行为举止还未能如常。"徐武卫拱手道，"眼下朝中诸多事务亟待处理，寻常凡人压根没那么多精力，本事也未尝足够，但这些小妖也尚不可用，只能先寻一些科考一甲的人顶着。"

坤仪听得心肝俱颤，面上却是一副好奇的模样，眨巴着眼看着聂衍。

他不像是第一次听这样的事，处理起来也自然，接过名单看了，将几个对妖怪恨之入骨的学士姓名勾了出来，而后道："等他们堪用了，先换这几个。"

"是。"

徐武卫禀告完事情，好奇地看了旁边的丫鬟一眼。

以往侯爷身边都是夜半在伺候，如今居然用上了婢女，难道说外头传言坤仪失宠于侯府的事也是真的？

想到这里，徐武卫倒是眼眸一亮："大人，臣斗胆提一件事。"

"说。"

"龙鱼一族似乎对坤仪十分感兴趣，曾提出以数百妖蛋与其交换的想法，原先臣未敢提，可眼下咱们正是缺妖蛋的时候，这笔买卖……"

聂衍沉默地听着，将手里的朱笔放下，和蔼地抬头问他："这笔买卖很划算？"

当然划算啊，数百妖蛋，都能振兴一个没落的妖族旁支了。

徐武卫想点头，可侯爷的表情看得他背后发毛，这头怎么也没敢点下去："侯爷的意思是……"

"龙鱼一族上不达蛟、下略胜于杂鱼而已，不见得有多高贵，数百妖蛋就想换了我的夫人？"他浅笑，"你让他们领头的人亲自来与我谈可好？"

耳根一凛，徐武卫立马摇头："早些时候的主意了，眼下未必还算数，侯爷息怒。"

"我有什么好怒的，不就是买卖，眼下大家都喜欢谈。"聂衍轻笑，声音温柔，"我也正想说，让妖市寻些好东西交于我府上，给我的这位心腹挑选查看，若能与人间通了买卖，他们往后的日子也能好过些。"

顿了顿，聂衍亲切地补充："龙鱼一族的东西除外，人间不缺。"

坤仪正满心打着算盘要如何破这局面，冷不防听得他这句话，有些哭笑不得。

怎么老喜欢与龙鱼一族过不去，她都许久没见着龙鱼君了。

不过，妖怪要与人做买卖，这事还得好生把握，弄好了说不定能更了解他们一些，找到他们的弱点，但若弄不好，她可能要将整个晟京都搭进去。

坤仪不是个喜欢将大任都担在自己肩上的人，如果可以，她更想回去美容养颜。

可聂衍竟就这么将他的信物交到了她手里，还与人对好了暗语。

坤仪觉得聂衍似乎很信任她，任由她出入他的书房，与人谈事也毫不避讳她在场，闲时便将她抱在膝盖上，与她一起看那卷长长的山海图。

山海图绘尽山海，奇形怪状的妖怪罗列其间，他偶尔还会与她解释，这只是雍和，那只是穷奇。

她装作漫不经心，却将它们一一都记下了。

盛庆帝似乎后悔起了这么多年对坤仪的厚待，收回宗牒不算，还接连查封了她几处庄园，用来赏赐新臣。

幸好，望舒果的生意做得不错，坤仪借着秦有鲛的人脉，直接成了合德大街最大杂货铺的背后东家。

那杂货铺原先是卖些针线工具，眼下将望舒果从钱庄那边拿来，成了主打的招牌，并着卖些别的好货。

徐武卫一连几日都给坤仪送了新鲜玩意儿来，有能求得阵雨的喇叭花，名雨师妾，虽只能引得一盏茶的阵雨，雨落一亩见方之地，但这东西对大旱的田地来说却是珍贵的宝贝。

有能祛赘瘤病的神药数斯，有能生密发的乌木梳，还有吃了能让人擅长投射的举父毛。

每一样东西对妖市来说都是司空见惯，但对凡人来说都是千金难求。

坤仪也聪明，一开始用铜钱银票交易，到后头熟悉了妖市里几个供货的掌柜，便也私下送他们一些人间的东西，比如鲜美的汤包，再比如织布的机杼。

再后来，有两个供货的掌柜便提出以物易物了，他们给出想要的东西清单，坤仪看过觉得合适，便也列出她要的货物数量。

短短一个月，妖市就繁荣了不少，而凡间的杂货铺，简直是日进斗金。

坤仪将望舒果垄断，价格一度被哄抬到九十余两一颗，晟京的高门大户一次能买上十颗，没有官爵的人家一次也能买三颗左右，一时成了晟京里的闺阁俏货，甚至还流进了宫廷内闱。

她很大方地将账与聂衍七三分了。

夏夜凉如水，聂衍拥着她坐在后院里，懒眼瞧着她递过来的银票："我要这个做什么？"

"夫君该得的。"坤仪揽着他的脖颈，嘴甜如蜜，"若没有你照拂着，前些日子那个告我买卖妖货的小妖怪就能将我的店给闹得查封了去，就算是与大人交些茶水钱。"

"倒要与我分这么清楚？"他不悦，嘴角微微抿起。

她顺势就在他唇角亲上一口，末了舔舔嘴："白送的银钱夫君还不要，那我便替你存进我的钱庄。"

他默许，搂着她的腰身摩挲："你这几日十分奔波，怎么反还胖了些？"

坤仪一听，小脸一垮："明日不吃那么多荤腥了，正好清清肠胃。"

"爱吃便吃，丰腴些倒也好抱。"他低笑，鼻尖蹭在她脖颈上，亲昵温存。

有那么一瞬间，坤仪都要觉得他是一个普通的沉溺于情爱的少年郎了。

白日上朝，日落归府与她用膳散步，无人之时，便将她抱在腿上亲吻。

可是，他宠着她的同时，分明又在继续扩张妖怪的势力。

一向不掺和立储之事的护国公府，昨日竟也在朝堂上反对立三皇子为太子。

四皇子遇难，嫡子只剩了三皇子，三皇子又经常参与朝政，帝后虽都还沉浸在悲痛之中，也觉得该立储以保江山稳固。但朝中有许多新臣，以犹在丧期，不宜举行大典为由，不肯在此时奉三皇子为储。

这些新臣有一个共同的特点，就是多多少少都与上清司有些牵连。

原来腹背受敌的上清司，不知不觉间已经成了朝野无人能撼动的重要司所，就连帝王也不敢轻易责问。

本想着靠着宗亲旧臣，还能先将形势稳住，再行商议，谁知今日就连护国公也在双方争议的时候偏帮了新臣党，请求帝王待丧期过了再行立储。

盛庆帝将自己关在正阳宫里，发了好大的火。

嘴唇微抿，坤仪从聂衍腿上站起来，慵懒地打了个哈欠："说来下午还有一批货要到铺子上，我得去看看。"

怀里一空，聂衍微微抿唇："你也不必累着自己。"

"总要找些事做嘛。"她撒娇，"我倒觉得这日子过得比先前充实，能自己赚银子，比得封赏来得高兴不少。"

说着，她想了想："你要不要也去看看？"

"城北出现了一只大妖，淮南他们再搞不定，我便得过去看看。"他道，"你自己小心些。"

"好。"她一笑，眉眼同画儿似的，拢着一袭留仙裙就走出了院子。

夜半从暗处出来，递给了聂衍几张纸，他看了一眼坤仪离去的身影，轻笑道："殿下也是个心宽的，圣上如此对她，她倒也没伤心太久。"

纸上写着朝中几个重要的人最近的动向，聂衍扫了一眼，微微一顿："怎么都爱往望舒铺子走？"

夜半低头："夫人这生意做得大，家里但凡有女眷的都爱去这地方买东西，就连吴世子也去买过几颗。"

吴国公最近纳了个小妾，肤白貌美，擅长枕头风，将吴国公吹得找不着北，不仅在朝堂上对旧臣一党倒戈相向，还极力促成吴世子和张曼柔的婚事。

谁料吴世子天生反骨，不但不听撮合，反而对霍二姑娘更好，前些日子望舒果难买，他愣是亲自去望舒铺子，给霍二买了十颗，气得张曼柔直哭。

"真是麻烦。"聂衍有些不耐，"他继位总归还早，张曼柔若是不堪用，就先不管她了，只让人将护国公盯紧些就行。"

"是。"

坤仪乘了低调的小轿，从后门进了望舒铺子。

这铺子因着生意大，后头修着亭台楼阁，专门招待贵客，坤仪进去倒也不显突兀，挑个角落坐下，时不时会有人过来与她打招呼。

"侯夫人怎么还在这里坐着，不去前头看热闹？"有人过来笑道，"打的打，抢的抢，这铺子可真是个风水宝地。"

一听有热闹，坤仪乐了："谁呀大白天的这么给乐子。"

"还能有谁，霍家的少夫人被他们家老夫人给抓着了，说她上赶着来这里给仇敌送银子，眼下正在左侧堂里打着呢。右侧堂便是那张翰林家的小姐与霍家的老二，争今日的最后十几颗果子，吵得厉害。"

乖乖，上好的热闹都凑在这一处了。

坤仪走过去，左右看了看，犹豫了片刻，还是先进了右侧堂。

"我带的银钱自然是不如你多，可凡事讲究先来后到，我订好的果子，凭什么要给你？"

"人家掌柜的开着门做生意，自然是要赚钱，你没钱却要挡人财路，倒还理直气壮起来了。"张曼柔双眼微红，脸上难得露出了有些刻薄的神情，"往日你哄着男人替你买，今日这里可没有别的什么人。"

　　"你！"

　　这话说得太难听，霍二姑娘险些晕厥过去："我撕烂你的嘴！"

　　她这病弱的身子哪里是张曼柔的对手，张曼柔站在那里，手都不用动，霍二就被震得倒跌向门口。

　　坤仪刚好进门来，被她砸了个正着。

　　"不好意思。"霍二与她赔礼，眼里含泪。

　　这小姑娘生得没有张曼柔好看，却自有一股子让人怜惜的气质，坤仪也不与她计较，只走进去捡了椅子坐下："我路过而已，您二位继续。"

　　来了外人，两个人还怎么吵得下去，霍二身边的丫鬟低着头就跑出去了，张曼柔的丫鬟像斗赢了的孔雀，张着袖口就将桌上仅剩的一盘子望舒果统统抱了去。

　　"我这等的相貌，原也用不着这个。"张曼柔冷哼，"拿回去赏赐给丫鬟也是好的。"

　　霍二气了一瞬，倒也笑了："是啊，有的人压根不用吃，吃得再肤白貌美，也是上赶着送都没人肯要的。不像我这种蒲柳之姿，稍微好看些，便惹得他满心欢喜，非要我多买些好生养养。"

　　张曼柔脸色顿沉。

　　她实在看霍二不太顺眼，杀心都起了好几次。

　　可是……

　　"你在众目睽睽之下，怎也好意思欺负一个弱女子？"吴世子跟着霍二的丫鬟跨进门来，分外恼怒地瞪向张曼柔。

　　张曼柔垂眼。

　　她就知道会这样，永远都是这样，在他眼里霍二是弱女子，她是个铁打的，每回都不用顾及她的颜面，只管将霍二捧在手心。

　　完全不记得以前他满心都是她的时候了。

　　争了这么长时间，张曼柔一直没肯放弃，她觉得吴世子总有一天会想起她的，可是眼下，他命令似的对她道："将果子还给霍姑娘。"

　　不分青红皂白，只顾他的霍姑娘。

　　张曼柔突然就觉得累了，她有几百几千年的寿命，为什么非要折在这个只能活几十年却又半点不将她放在眼里的人身上？

"拿去。"她将丫鬟怀里的果子取了，一个个地朝这两人砸过去。

吴世子大怒，连忙护着霍二，又斥她："你疯了？"

"原也就是疯了才会看上你。"她冷着脸，眼里却落下泪来，"你不必再愁与我的婚事，我自去与国公府解除，到时候你便与她双宿双飞，再莫来碍我的眼！"

十几个果子砸完，张曼柔头也不回地离开了铺子。

吴世子满眼怒火，对身边的随从斥道："愣着做什么，将她抓回来，这京中女子还未曾有放肆至此的，我今天非要替张翰林教她规矩！"

随从应声而去，可追出铺子也没赶上张曼柔和她的丫鬟。

艳红的果子落在地上，被踩裂开来，霍二心疼地看了两眼，抬头想安抚吴世子，却见他死死盯着门口，气得胸口都剧烈起伏。

这是恼她行为羞辱了他与自己，还是恼她要解除婚约？

霍二看不明白，低着头没有作声。

坤仪倒是看了个高兴，茶都多喝了一盏。

"不曾看见侯夫人也在此处。"吴世子发现了她，微微拱手，"冒犯之处，还请夫人海涵。"

坤仪摆手，让兰苕去取了一碟新的望舒果："将我订好的果子送与霍二姑娘吧，反正我也不急。"

"多谢夫人。"霍二连忙行礼。

抬手示意她免礼，坤仪倒是盯着吴世子多问了一句："世子当真半点也想不起与张家小姐原先的纠葛了？"

两人这婚事来得莫名其妙，他能与她有什么纠葛？吴世子纳闷地看着坤仪，又不敢造次，只能乖顺地答："我原是与她姐姐指腹为婚，她姐姐病逝了，张家前些日子才将她认回来，便要与我成婚——倒是没有别的瓜葛了。"

比凡人强大得多的妖怪，在感情一事上倒是输得多些，凡人可以转头就忘，而妖怪还要记上成百上千年。且记得与不记得，压根不受妖怪的掌控。

坤仪垂眼，抬袖打了个哈欠。

吴世子见状，连忙带着霍二与她告辞。

"主子，有人在后堂等着了。"兰苕在她耳边轻声道。

坤仪额首，就见她将侧堂的人清了，门也合上，还让鱼白守在了外头。

"见过殿下。"有人掀帘进来便与她行礼。

坤仪轻笑："我宗牒都没了，还叫什么殿下。"

来人起身，一张黝黑的脸显得十分憨厚："陛下说过，您永远是我王朝的殿下。"

这是盛庆帝身边的暗卫王敢当，会道术，来去自如，成了兄妹之间传递消息的绝佳人选。

盛庆帝并不想废黜坤仪，但聂衍势力渐大，她夹在两人中间不会有好日子过，故而帝王才将她的身份摘取，将她弱化成一个普通女子，好继续留在聂衍身边。

不知道聂衍信了多少，但最近坤仪的事办得还挺顺利，她很清楚哪些朝臣与聂衍来往得多，甚至能整理一本小名册，将一些根基还未深的妖怪罗列给帝王。

也没想明白出于什么心态，坤仪交上去的都是些与聂衍直接关系不大且有命案在身的妖怪。

但这一次，她知道聂衍将一只妖怪送给了护国公为妾，也明白皇兄眼下最头疼的就是护国公的突然倒戈，却不知道这事该不该说。

沉默良久，她叹了口气："浮玉山上失踪的那一部分禁军应该是要到回城的日子了，他们经历过这种变故，以后必定能助皇兄一臂之力，且让皇兄重用吧。"

顿了顿，她又补充："尤其是霍家儿郎。"

王敢当应下，取了她递过来的名册正打算走，突然耳朵一动，接着就拔出了长剑，剑尖直指她的咽喉。

坤仪一愣，很快就意识到了什么，一甩长袖就往那满地的望舒果残渣上跌过去。

鱼白眼瞧着侯爷突如其来地出现，连报信都没能，就被夜半捂住了嘴。

她身后的房门紧闭，里头隐隐传来人声。

聂衍紧绷着脸，驻足谛听。

"我念在与他是亲生骨血的分上，才未曾怨恨于他，他也有他的难处，可他如何就要对我赶尽杀绝？没了封赏，没了田庄，我眼下想自己做些生意也不成了吗？！"

"夫人好手段，生意已经做到了宫闱之中，有人说这些是妖物，却立马被人灭了口，圣上寝食难安，也想让您安分些。"

"我还要怎么安分，你杀了我好了，看我家夫君会不会拧下你的脑袋来！"

"夫人还真以为昱清侯爷能护您一辈子？"

"总比龙椅上那个说话不算话的来得可靠！"

她嗓音带着些委屈的轻颤，听着是要哭出来了。

神色微变，聂衍推门而入。

王敢当一惊，收剑便扔下一张千里符，眨眼就消失在原地。

坤仪双眼微红，跌在满地的狼藉里，漂亮的淡紫留仙裙被望舒果的果浆染得乱七八糟。

聂衍快走两步，将她抱了起来。

坤仪很是意外："你怎么来了？"

一开口，蓄了许久的眼泪吧嗒吧嗒地就往下掉。

聂衍没回答这个问题，只道："怪我疏漏，护身符能在你遭受妖怪攻击的时候告知我，却不会在你被凡人为难的时候有作用。"

"哪怪得了你，是他们欺人太甚，看我银钱赚得多了，便想着法子要我吐些出来。"她抽抽搭搭地道，"我才不吐呢，他对我不仁，就休怪我也不念往日恩情。"

妖祸四起，国库空虚，盛庆帝的确为银钱伤透了脑筋，加税不可取，可又没别的门路，只能将主意打到最近风头正盛的望舒铺子头上。

不承想，坤仪看着不计较，原来心里还是有这么深的怨气。

微微抿唇，聂衍略带愧疚地揉了揉她的头发："下次陪你一起出来。"

"好。"她乖巧地应下，又嫌弃地看了看自己身上乱七八糟的裙子，"我得回去换一身。"

聂衍点头，陪着她出门上车，又看了鱼白一眼："下回也该知道求救。"

鱼白略带委屈："夫人不让我们管。"

坤仪拉了拉他的衣袖，笑得甜津津的："皇兄还没到会杀我的份上，至多是让人来找骂，我骂上几句心里也舒坦，哪里用求救。"

聂衍垂眼，突然问："这是他第一次派人来找你？"

"是啊，突然出现，吓了我一跳。"坤仪直撇嘴，"往后出门，我还是得多带两个护卫。"

没有再问，他靠在车壁上，有些疲惫地闭目养神。

惴惴不安地看了他两眼，坤仪扯着他腰间的荷包穗把玩："最近有些忙，我就不扮丫鬟随你去书房了，徐武卫那边自会与我对着暗号进行买卖的。"

"好。"他应下。

今日有几个新上任的五品官被查封了府邸，理由是有妖邪之嫌，虽然上清司有心维护，但秦有鲛亲自开了祭坛，叫那两人显出了原形，当下便打了个魂飞魄散。

即便只是两只小妖，但聂衍依旧起了戒心。

他觉得秦有鲛没那个本事能精确地抓到这两个人头上，也许是哪里走漏了消息。

朱厌和黎诸怀都让他小心坤仪，可他放了那么多消息给她，她若有问题，今日出事的一定不只是这两个五品小官。

突然过来，不承想恰好撞见盛庆帝身边的人在找她麻烦。

当真是在找她麻烦吗？

坤仪的眼睛清澈见底，望着他一点心虚和慌张也没有，这等自然的神情，也不像是装的。

若当真误会了她，他倒也有些不好意思。

这人这么喜欢他，将他视为最后的依靠，他若也怀疑她，倒真叫她再无归处了。

可，要是没有误会她呢？

将眼睁开些，聂衍看向坤仪。

她有些困了，倚在他腿上闭了眼，小巧的鼻子还有些泛红，眼睫上也湿漉漉的。

漠然看了她好一会儿，聂衍还是伸手，将她揽进了怀里。

"张曼柔与护国公府解除了婚约。"

两人到府里的时候，夜半便来禀告，"吴世子一气之下，寻了冰人上霍家提亲。"

聂衍对这些事没什么兴趣，张曼柔不堪用了，那便用在别处，只要护国公还听他小妾的话就行。

坤仪倒是感兴趣得很："这样的情况下，霍家也肯答应？"

"霍家一直缺少靠山，有此良缘，自然是肯答应的。"夜半道，"正好那霍少夫人与夫人您近来走动频繁，夫人到时候也可以去吃喜酒。"

提起霍少夫人，坤仪倒是想起来问兰苕："铺子里老夫人没把他家少夫人打死吧？"

"打得不轻。"兰苕叹息，"还骂了您不少难听话。"

无所谓地耸肩，坤仪道："你给霍少夫人送点伤药去，就用铺子里刚到的那个神药。"

兰苕应下。

在霍老夫人眼里，坤仪是害死她儿子的罪魁祸首，自家儿子尸骨尚且没找到，儿媳却上赶着去与人送银子，这搁谁谁不生气？就算这儿媳是他们家高攀来的，那也得教训一顿。

"娘，坤仪公主……不是，是昱清侯夫人，她人真的没那么坏。"霍少夫人犹自不服。

霍老夫人板着脸将她拽上马车带回家，冷声道："这世上的好坏，从来不是看皮相分的，女子爱美是常事，但你得先爱你的夫君。"

"夫君他会回来的。"霍少夫人喃喃，"我梦见他说的，今日就回来。"

霍老夫人动手都动累了，也懒得再说，只打算到府就将她关去柴房里。

然而，马车在门口停下，她扶着奴仆的肩下车，竟真看见一道熟悉的身影站在家门口。

"母亲。"霍安良朝她拱手。

禁军衙门传出消息，原是将八百余禁军秘密留在浮玉山山脚下的村庄，以歼灭频繁作乱了数十年的山贼。如今山贼尽诛，禁军凯旋，帝心大悦，加以厚赏。

霍老夫人颤颤巍巍地拉着霍安良的手，打量了他好一阵子才道："他们不是说你，说你被坤仪那妖妇害了……"

脸色一变，霍安良连忙与她跪下："还请母亲慎言，若没有坤仪公主，我等便全要死在浮玉山上，再无归家之日。"

"夫君莫再唤她公主，"霍少夫人低声道，"她已经被废了宗牒，如今只能称一声侯爵夫人。"

霍安良一怔，不解："公主圣眷隆重，为何会被废宗牒？"

霍老太太抖了抖嘴唇，沉默了。

当日众命妇拦凤车砸她，又去御前告了大状，就是知道如今朝中缺人，帝王首尾难顾，是最能对坤仪狠下心的时候，众人还觉得只废宗牒、收封赏算轻了。

蔺老太太当时一字一句地指责，她竟也没反驳。

坤仪那个人骄傲惯了，打出生到现在就没受过那么大的委屈，可她居然忍下来了，这些日子不见消沉，居然还热热闹闹地做起了生意。

霍老太太突然觉得，坤仪不像传闻里那般只知享乐、骄奢淫逸，完全不像。

她捏了捏霍安良的手，将他扶起来："咱们，咱们家，得备些厚礼去昱清侯府上。"

霍安良摇头："去不得。"

秦国师说了，敌在暗，他们在明，切不能向公主谢恩，反倒连累她。

"咱们且先回家，京中最近有的是热闹。"霍安良一手扶着母亲，一手拉着妻子，跨进了霍家大宅。

浮玉山下的山贼断没有厉害到要近千禁军去秘密剿灭的，上清司的人很清楚，这是秦有鲛找的由头，既要让这些人名正言顺地回来，又给了帝王理由重用他们。

盛庆帝也没客气，寻了各种名目，将霍安良等人委以重任，甚至还给了部分兵权。

"要我说，你大可不必这么弯弯绕绕的，一把火烧了整个晟京，到时候谁不得听你的？"朱厌粗声粗气地道，"倒同他们玩这么多手段，费这么多心力。"

"你懂什么。"从不周山回来的黎诸怀一把将朱厌推开，眉头直皱，"要真有那么简单的事，他还用纡尊降贵亲自来折腾？"

龙族自千年前就背负上了屠戮人间的恶名，以至于神非神，妖非妖，还要被天狐一族捏着咽喉，聂衍就是想打破这局面，才会从人间下手。

凡人永远无法接受妖怪，无法为龙族洗清冤屈，那么他只能将这人间都变成他的，届时神龙归位，天狐可除。

王朝是最富庶的国度，自然是绝佳的下手对象，但此事必须做得悄无声息，一旦大开杀戒被天狐察觉，就要前功尽弃。

"盛庆帝是个聪明人，他起了戒心，却又佯装与上清司亲近，我等便只能陪他演这场戏。"聂衍垂着眼看向窗外枝头上零落的白兰花，"如今宫闱守卫森严，轻易替换他不得，这帝位若换人，又恐压不住下头虎视眈眈的各路藩王。"

"他倒是不能动，那坤仪呢？"黎诸怀问，"你还打算将她留在身边？"

聂衍这种自持的人，若不是坤仪使诈，他当日断不可能放走那么多的人。

微微垂眸，聂衍道："你也没证据证明就是她的问题。"

黎诸怀气笑了："她不是秦有鲛的徒弟？秦有鲛眼下没与我们作对？"

"她还是盛庆帝的亲妹妹，那又如何？"他抿唇，"身份又不是她能选的。"

"……"

"我有意透露了不少消息给她，她未曾出卖我，你也不必露出这种表情。"聂衍起身，"无论如何我们也不会输给凡人，你又何必着急？"

妖怪始终胜凡人一个命长，百十年后，这王朝江山迟早也会落进他们手里，眼下他要做的，只是找些法子来缩短这段时间罢了。

"你也知道她只是凡人。"黎诸怀看着他的背影道，"你也清楚，她至多能陪你几十年，那就莫要花太多心思在她身上。"

他花了什么心思呢？至多不过让她开心些。

凡人如蝼蚁，让她开心一些又有何妨？

聂衍没答他的话，兀自翻着手里的册子。

坤仪今日一起床就很倒霉，先是踢到椅子腿，将自己的小腿撞出一块瘀青来，然后乘轿出门，结果轿夫在半路崴了脚，软轿就只能落在路旁，兰苕与鱼白陪她等着护卫去找新的轿夫来替换。

她原来很喜欢人多的大街，华丽丽的风车响着铃铛走过去，无数人都会朝她投来憧憬又艳羡的目光，可如今，谁不知道她是个落了牒的公主，打量她的目光太多，叫她很不自在。

果然，没一会儿她就撞见了李宝松。

"这不是侯夫人吗？"她坐在车上，掀起帘子来打量坤仪，眉眼里带着几丝揶揄，"怎的落到如此地步？"

坤仪没搭理她，就她那普普通通的桐木马车，自己才看不上。

"夫人若是也要去上清司的午宴，我倒是可以带夫人一程。"李宝松并不打算轻易放过她，犹自说着，"你我同为上清司的内眷，同路也算合理。"

聂衍已经好些日子没将她带在身边，上清司的午宴自然也是不会要她去的，李宝松心知肚明，却故意拿这话来挤对。

坤仪打着绢扇，懒洋洋地望着艳阳天："我就算去午宴，也是端坐内堂，与夫人这等坐在外室的身份不一样，同不着路，夫人请吧，不必心心念念着我，叫人看了还以为与我有多好的交情。"

脸色微变，李宝松抓紧了车帘："夫人已经下了枝头，却还执意与人结仇，就不怕有朝一日墙倒众人推？"

"我下哪里的枝头？"坤仪挑眉，"昱清侯爷难道不是你眼里最高的枝头，我何曾下来过？"

"你，你休要胡言！"李宝松急了，"当街毁人清誉，哪有为人妇的正形！"

"我胡言，你若不是惦记我夫婿，就凭你我一个地下一个天上的容貌、身份和才情，又怎会执意来与我拌嘴？"坤仪翻了个白眼，"看见我合该绕过去才是。"

李宝松气了个够呛："没了宗牒，你说什么与我天上地下的，你哪里就赢了我了！"

"夫人莫生气。"旁边有丫鬟连忙出来替她抚着心口，"您这刚怀上身子，胎还没坐稳，何必理这些嫉言酸语的，您与我们大人关系好着呢，哪像她，怕是离被休弃不远了。"

一边说，还一边拿眼角瞥她。

坤仪眼神一冷，吓得那丫鬟一缩，心道自己失言，失势的公主也是皇家出来的人，哪里能被贱籍丫鬟这般奚落。

可转念一想，自己又不是卖身给昱清侯府的，做什么要怕她。

挺了挺胸脯，那丫鬟还待再虚张声势两句，却见霍家的华盖马车朝这边来了。

"霍老夫人。"李宝松眼眸一亮，连忙下车去见礼。

霍家可是个大家族，虽然眼下霍家儿郎官职还不高，一家子却是出息的，祖上也有福荫，加上霍老夫人又不喜欢坤仪，定能帮她涨涨气势。

坤仪也想到了这一点，扭头就要带着兰苕、鱼白先走。

"夫人留步。"霍老太太下车来，越过李宝松，两三步就走到坤仪身边将她拦住。

她有些不耐地嘀咕："今日真是出门没看皇历，晟京的街这么宽，怎么就接二连三地撞见你们。"

"夫人莫气，我这是替我家媳妇儿来谢谢夫人了。"霍老太太一改之前的凶恶模样，反倒亲热地拉着她的手，"你来瞧瞧我家媳妇，吃那望舒果，如今出落得煞是好看，我带她回老家省亲，也再不用听些怪言怪语了。"

霍少夫人挽着老夫人站着，直冲她眨眼。

坤仪怔愣了片刻，随即就了然了。那几颗果子是断不能改变这固执老太太的心意的，多半是霍安良回来了。

缓和了神色，她也笑了笑："老夫人言重，这生意之道，银货两讫，哪里用得着什么感谢，少夫人要是用得着，今日我再让他们多留些出来。"

"用得着用得着。"霍老夫人喜笑颜开，拉着她就往马车走，"正好同路，夫人不嫌弃我这马车破旧的话，就来与我们挤一挤。"

"霍家的马车大气华丽，哪里有嫌弃的。"坤仪顺势就上了车。

车帘落下来的时候，她瞥见外头僵站着的李宝松。

她像是没想明白其中关节，脸上又是震惊又是难堪。

帘子落好，霍老夫人看了看坤仪的额角，眼眶有些发红："老身对不住夫人。"

"多大点事，"坤仪垂眼，"老夫人不必放在心上。"

捏着帕子揩了揩眼角，霍老夫人低声道："不提了，不提了，往后夫人若有什么用得着的地方，只管让人给书华送信，她定会来知会我的。"

老实说，坤仪还没被别的女眷这么客气厚待过，坐在老夫人身边被她拉着手这么亲热地说话，倒有些不知所措了。

也不知霍安良回去说了什么，霍家人是当真感激她，一到望舒铺子就买了许多东西，还让随行的小厮帮着将有些松动的门轴都修好了，午膳时分，还硬是拉着她去珍馐馆吃了一顿。

老夫人到底是长辈，盛情太过也知她尴尬，便留下了少夫人钱书华与她聊天。

钱书华是个性子爽快又与她一样爱看热闹的，嗑着瓜子就叽里呱啦与她聊了不少晟京闺阁事，比如近日杜蘅芜与她的未婚夫婿好像闹了别扭，那日徐枭阳离开相府的时候，气性大得将侧门外的石狮子都踢坏了。

再比如李宝松虽然很受孟极宠爱，但她自己心术不正，两人关系也不太和睦。

甚至还有皇宫内闱的，说四皇子一死，皇后娘娘的病反而好些了。

坤仪听得目瞪口呆："你怎么知道这么多？"

甚至好些是连她都不知道的。

"耳听八方嘛，我们这些妇道人家平日里在家也没别的事做，就光传闲嘴儿了。"钱书华眨巴着眼看着她，"也就是你先前太高高在上，没人敢与你说嘴，如今可好，知道你不吃人，我也多个人聊天。"

坤仪佯装凶恶："万一我还吃人呢？"

"那以你的品位，也得挑个肤白貌美的吃，我这样的小黑胖子，入不了你的眼。"她一副理所应当的模样。

坤仪乐了，她觉得这个小黑胖子比外头一捆美人加起来还可爱。

于是接下来的日子里，坤仪就时常在下午的时候去望舒铺子，听钱书华与她说嘴。

"最近城里也不知怎的了，大把大把的人早产。"钱书华咬着望舒果，嘀咕道，"先是三皇子的侧妃，只怀了七个月就生下一个男孩儿来，再有就是尚书省何大人家的夫人，七个月落得个女婴。

"要是一个人运气好早产能保住胎也就罢了，这一个个的都早产了，还都保住了，也不知是什么说法。

"不过你铺子里的送子花也当真是个宝贝，几家常年难有子嗣的，一吃这花，隔月就怀上了，喜得宫里都派了人来争抢。"

坤仪听着，下意识地看了旁边放着的送子花一眼。

这是徐武卫新挑来的妖货，能助人好孕，且没什么副作用，只是产量少，一百两黄金才能买一朵。

不过即便价格高昂，在几家夫人有孕之后，这东西也成了紧俏货。

繁衍子息是人之要务，坤仪自然乐得兜售，早产的那几家夫人倒是没吃过这个，但不知为何，坤仪总觉得有什么不对劲的地方。

她让王敢当去问了一下秦有鲛。

秦有鲛回信只五个字：京中多妖胎。

妖怪繁衍困难，且妖蛋孵化需要的时间较长，所以妖怪将主意打到凡人的身上，与凡人结合产子，虽然生出来的后代只有一半的机会能继承妖血，但也要快得多了。

七个月的早产儿，若是人类就很难存活，但若是妖怪，便能安稳无虞地长大。

坤仪看得背后发凉。

七个月的时候催生，是妖怪则生，是凡人则死，还真是绝妙的筛选方法，只是，若生产的女子是妖还好说，若是男妖与女子结合，那这生产的女子该遭多大的罪？

妖怪里确实有想与凡人一样活在阳光下的，但这么残忍的手段，又将凡人置于何地？

"夫人，侯爷过来接您了。"鱼白通传了一声。

坤仪回神，将脸上的悲愤快速地收敛好，挽起衣袖出门去。

昱清侯今日心情甚好，他拦腰将她抱起来塞进马车，亲昵地蹭了蹭她的耳郭："三皇子喜获麟儿，要在宫中设宴，我方才命人去将做好的新首饰取回来了，你回去看看，戴着出席宴会可还合适？"

坤仪觉得聂衍简直是进步神速，从一开始的视金钱为阿堵物，到现在时常用这些东西来讨她欢心。

她可不像别家的姑娘觉得这些艳俗，她就喜欢贵重好看的宝贝，越贵重好看的越喜欢。

在他脸上亲了一口，坤仪揶揄他："谁料这外头让人闻风丧胆的昱清侯爷，在我面前这么招人喜欢呀，真是恨不得日日拥着你，不做别的了。"

她时常用这些话调戏他，可最近两人忙，已经许久未曾行欢，乍被她这么一说，聂衍眼神都深了深："那便不做别的了。"

"你别，这还在车上。"

"嗯，车上。"

哭笑不得，坤仪拦着他的动作，脸上飞红："往日常说我放肆，我看你比我可放肆多了，这等事也……啊。"

聂衍拥着她，低声道："结界就是这时候堪用的。"

呸！叫上清司的开司元祖听了，不得被他气活过来！

情浓之时，聂衍抵在她耳侧道："你想要什么我都能给你。"

眼睫微颤，她抱着他的腰身，嬉笑着答："那我就要你的一心一意。"

"好。"他答。

到侯府之时，鱼白和兰茗连坤仪的面都没见着，就听得夜半说："去浴房外头就行。"

两人耳根皆是一红，连忙低头匆匆往浴房赶。

坤仪是最娇软的，贪欢便要赖床，从浴池里扶起来都没点力气，还要聂衍将她抱回房里，再将新做好的首饰端到膝盖上，让她一样样地看。

"都是好东西。"她眉眼弯弯，"等宫宴的时候，你与我戴同一套簪子去。"

"好。"他低头，揉了揉她的后颈。

坤仪困了，眼皮有一搭没一搭地就要合上。聂衍看得好笑，将她放回被褥里，又命人将晚膳温在灶头上，只等她睡醒来吃。

然而，他前脚刚去书房，后脚坤仪就睁开了眼。

"兰苕，替我抓一服药来。"

兰苕一怔，有些不能理解："人人都盼有子息，那送子花是何等紧俏的东西，您哪能反吃那避子的？"

坤仪轻笑，深深地看着她："人人都能盼有子息，我能盼吗？"

她流着皇室血液，若与聂衍有了子嗣，那往后一旦场面不好看，她如何自处，孩子又该如何自处？

兰苕红了眼。

世人都道公主尊贵，要什么有什么，可她眼瞧着公主这么多年来，除了珠宝首饰，别的一样好东西也不能有。

她不是多喜欢珍宝玉器，她是只能喜欢这些。

咬咬唇，兰苕朝坤仪行了个礼，悄无声息地退了出去。

府里不敢起炉灶熬药，兰苕是将药在外头熬好了才端回来，送到坤仪手上的时候尚温。

坤仪看着那漆黑的药面，脸皱成了一团，不过还是捏了鼻子，一股脑灌了下去。

许是真的太苦了，她眼泪直流。

兰苕让鱼白将药碗收去砸了埋在后院，然后抱着她的主子，一下下地抚着她主子的背。

"我不难过，你别担心。"坤仪乖巧地道。

兰苕没吭声，手上动作没停，眼泪一滴一滴地顺着她披散的长发往下滑。

不生孩子而已，坤仪觉得也没什么，聂衍也不像是急着要子嗣的人。

但这一碗汤下去，她肚子越来越疼，疼得冷汗都冒了出来。

坤仪原想自己扛过去，但晚膳的时候，聂衍又过来了。

她头一次这么不想看见这个美人儿，拉着被子就要躲，结果手腕被他一把抓住。

"兰苕，请大夫来。"

"……是。"

疼得迷迷糊糊的，坤仪就察觉到自己被人拥进了怀里，她浑身是汗，有些不想沾染别人，他却像是浑然不在意，只将她拥着，温热的手放在她的肚子上。

而后，坤仪就感觉有什么东西从她的肚子里滑了出去。醒来的时候，屋子里灯火通明，坤仪动了动身子，发现自己依旧被聂衍抱在怀里，奇怪的是两人躺的床单被褥好像换过了，兰苕和鱼白都跪坐在脚踏边，一见她睁眼就递了参汤来。

"怎么了？"她沙哑着嗓子问。

兰苕笑了笑，轻声道："您吃坏肚子了，惹得侯爷好一阵着急。"

聂衍跟着她起身，眼里略有血丝："下回肚子疼早些叫大夫。"

好凶哦，坤仪缩了缩脖子，含着汤嘀咕。

伸手揉了揉她的头发，聂衍垂眼："是我对不住你。"

鲜少瞧见他这么难过的样子，坤仪有些不解地看向兰苕，后者却垂着眼，没有与她对视。

"大夫说你要静养，暂时不能与我同房，我让夜半将书斋搬到了你院子的侧房里，你若有事，只消大声些喊，我听得见。"从床上起来，聂衍替她掖好被褥，"莫要再着凉了。"

"好。"纳闷地点头，坤仪目送他出去。

"这是怎么了？"等门合上，她终于问兰苕，"他这副样子是做什么？"

兰苕身子微颤，低声答："侯爷以为是马车上那一场胡闹，让您肚子疼的。"

"他傻吗，那胡闹跟肚子疼能有什么关系。"坤仪失笑。

她母后去得早，身边也没有别的嬷嬷教习闺阁之事，完全不知道方才自己失去了一个还未成形的胎儿，只当自己真的是着凉了肚子疼，又疲倦地睡了过去。

兰苕死死捂着鱼白要哭出来的嘴，将她拖出了门外。

"此事，府中只有侯爷与你我二人知道，你切莫让主子察觉了。"她咬着牙吩咐鱼白，"藏住了，就当什么也没发生过。"

鱼白比兰苕年纪小，到底是更脆弱些，站在门廊下止不住地流泪。兰苕要好些，红了一阵子眼眶就恢复如常，只替坤仪安排好每日养身子的药膳参汤，又将内屋的丫鬟减少，以免走漏了风声。

谁也没料到避子汤能将殿下腹中还未成形的孩子吃落下来，不过好在请来的大夫也不曾察觉是避子汤的缘由，只当是太过劳累引起的小产，侯爷不但没怪罪，反而心疼不已。

兰苕一直觉得侯爷对自家主子的感情没那么深，虽然平日里瞧着是蜜里调油，但两人中间始终横亘着家国大事，她怕一旦有事，侯爷舍弃了主子，主子会难过。

可如今这一出，聂衍瞧着却是当真急了，将事务都归拢在早上，趁着坤仪还未起身时处理干净，待她起来，便云淡风轻地与她一同用膳，夜间虽不同房，却也时常站在侧屋窗边瞧着主屋的方向，一直到主屋熄灯。

兰苕觉得倒也难得。

这在夜半眼里，就不只是"难得"两个字可以形容的了。

聂衍身份特殊，自是与别的妖怪不同，他不需要借着凡人的身子繁衍子嗣，那反会污了龙族血统，夜半以为他会小心的，谁料他竟当真从未防备过坤仪。

不防备也就罢了，不知何时得来的孩子，竟就这么丢了。

聂衍连续几晚都没有睡着，上清司原先那些极力劝谏他疏远坤仪的人眼下连大气都不敢再出，生怕说错什么触怒了他，再被扔回不周山。底下寻常做着事的也都战战兢兢，已经有好几个人明里暗里与他打探消息，到底要如何才能让这位主儿心情好些。

他们问他，他又问谁呢？

"今天外头天气真好啊。"坤仪倚着聂衍，双手勾住他的脖颈，撒娇似的摇晃，"我们去放纸鸢好不好？"

聂衍下意识地想答应，一想到她这身子，便又抿了唇："常州进贡了新茶来，府里那个新来的厨子也正在给你做点心，外头那么晒，纸鸢就过几日再放吧。"

细眉一耷拉，坤仪委屈巴巴地看着他："我都在屋子里待了好几日了。"

"大夫说了要静养。"

就一个肚子疼，让她静养这么久，当她是纸糊的不成？

泄气地翻了翻桌上成山的账本，她小声道："我闲着也就罢了，你怎么也能总在家里呀，陛下不催你办事儿吗？"

聂衍挑眉，倒是轻哼了一声。

察觉到不对劲，坤仪看向旁边站着的兰苕。

兰苕的消息还是灵通的，只是有些事她没问也就没说。眼下提起来了，她倒是小声与她解释："听说陛下重用了霍安良和龙鱼君等人，与秦国师一起，接手了一些上清司一直未曾结案的旧事。"

比如蔺探花为何变成了妖怪，再比如四皇子究竟是被什么妖怪吃掉的。

这些案子帝王原先倒是没提，眼下突然就问起来了，上清司一时也没给出结果，帝王挥手就让秦有鲛带着人去查了。

这无疑是在打上清司的脸，但帝王行事倒是巧妙，扭头就口封了聂衍为伯爵，连带嘉奖上清司一众道人，封赏的旨意已经在拟订了，倒叫他们不好发难。

聂衍为此事，已经三日不曾上朝，帝王召见，也称病推托。

他倒不是将秦有鲛放在了眼里，而是龙鱼君，帝王明知他不喜此人，却硬是给了龙鱼君官职。

这人立马就将离明珠台最近的一处二进官宅给要了去。

聂衍想起就觉得烦，眼眸垂下来，如远山笼雾，冷冷清清，疏疏离离。

坤仪觉得不妙，立马"哎哟"了一声捂住肚子。

他一怔，略慌地扶住她的胳膊，皱眉将他抱过来："又疼？"

"有点儿。"她睁着半只眼偷看他的表情，脸上佯装痛苦，"这都多少天了呀，怎么还是疼，我究竟吃坏什么东西了？"

聂衍再顾不得生什么气，起身将她打横抱起来，朝夜半吩咐："叫大夫过来。"

"不用，你抱抱我就好了。"坤仪眨眨眼，脸贴着他的衣襟蹭了蹭，"大夫多累啊，老这么跑来跑去的。"

夜半忍着笑低声道："夫人不必担心，侯爷特意将西侧的院子给了大夫住，他只为您一人看诊，累不着。"

冷清空旷的昱清侯府，在这几个月的时间里简直有了翻天覆地的变化，四处贵重的摆件多了不少不说，府里的人也多了，有专门给夫人养的大夫，有专门给夫人养的戏班子，有专门给夫人养的首饰匠人，还有专门给夫人养的厨子和马夫。

若放在以前，遇见这样闹哄哄的宅院，聂衍定是扭头就走，一刻也不愿多待。可如今，他不但不觉得吵，反而还成天地往府里带人，好端端的昱清侯府，活要变成第二个明珠台。

坤仪也被他这举动惊了一惊，眨巴着眼道："人家大夫苦学医术几十年，为着治病救人来的，你就让他给我一个人看诊，他在府里多憋闷哪。"

"总比你疼起来找不着大夫来得好。"聂衍淡声道。

坤仪心口暖软，吧唧一声亲在他下巴上："找大夫还不容易？你且养着他，只将西侧门给他开了，让他也能给附近住着的人看看诊，只写方子不出门，这样便妥了。"

兰茗听得有些意外。

主子以往何曾考虑过别人的感受，文武百官都不放在眼里，更何况普通的大夫，如今不但学会了体谅，还会为人着想，甚至言语间有了些怜悯的意味。

只是，这提议实在是……哪有侯府侧门给外人这么出入的，就算西侧那边有三道门关，也终是不妥。

可侯爷听着不但没觉得不妥，反而觉得这样一来主子有事做了能开心些，当即就点头："好，我明日便让夜半去做。"

夜半："……"我觉得我主子疯了。

兰苕："……"我也觉得你主子疯了。

不管怎么说，坤仪是高兴了，被聂衍抱去床上吃了两碗甜粥，又拿了他的山海长卷来看。

"孟极的原身竟长这样。"指了指图上一角里画着的豹子模样的东西，坤仪咋舌，"真的不会吃了李三姑娘吗？"

聂衍瞥了一眼："孟极虽喜食人，但晟京里的这一只手上没什么杀戮，办事也牢靠，尚算好用。"

妖与妖之间也有克制一说，聂衍是谁都不怕，但比如朱厌，他就怕水属的妖怪，而孟极，就专吃水属妖怪，有他帮忙，朱厌办事能顺当不少。

坤仪听得噘了噘嘴："他是挺喜欢李三，李三也挺喜欢你的。"

聂衍又迷茫了一阵，似乎在回忆李三长什么模样。

坤仪看得失笑："我知你看不上她，不用想了，往后她要寻着由头来你跟前晃悠，你不理她便是。"

"好。"他点头。

笑弯了眼，坤仪蹭了蹭他的手背，舒坦地躺进了软榻里。

昱清侯挺可爱的，虽然有时候未必了解她们这些女儿家的心思，但他会听她的。

他若是妖，原身得是什么？

眯着眼在山海图上划拉了一圈，坤仪没想出来，吃饱喝足，很快又睡了过去。

秦有鲛查案极快，十日之后便在朝会上禀告："经查，四皇子身上伤口齿痕与妖兽孟极往日的行凶痕迹吻合。"

朝堂哗然。

先前孟极就曾为祸国舅府，上清司亲自带人捉拿诛杀，不承想它竟然又出现了。

聂衍站在前头听着，脸上没什么表情。

他看向秦有鲛，后者也正看着他，两人遥遥相望，嘈杂的朝堂从他们身边剥离开，喧闹之上，寒风呼啸，周遭仿佛不是金碧辉煌的朝堂，而是冰凌入骨的不周山。

"妖怪狡猾,修为又高,恐就藏在京中,臣请陛下允准臣随着秦国师搜查几处地方,三日之内,臣必定将其捉拿归案。"龙鱼君上前拱手。

盛庆帝龙颜大悦,当即道:"朕赐你玉龙牌,能出入京中官邸,各家各户为着自己的身家性命,也当配合你。"

"谢陛下。"

碧绿的牌子落进手里,龙鱼君微微一笑,没入朝官队伍。

短短一个月,这人就脱了乐伶的贱籍入了秦有鲛门下,以全新的身份做了官,虽有帝王的私心在,但也是他本事了得。

几个老臣在暗中瞧着,总觉得这天好像又要变了。

聂衍和秦有鲛都心知肚明孟极在何处,但皇令一下去,龙鱼君并未直奔上清司。

他先去了昱清侯府。

聂衍站在门口,满眼冷笑。

龙鱼君也不与他多说,执着玉龙牌道:"你今日没有理由拦着我。"

"但我可以杀了你。"双目微有凛光,聂衍居高临下地道,"让你悄无声息死在晟京,于我而言算不得难事。"

龙鱼君莞尔:"侯爷自然是本事不凡,但我出来的时候秦国师便在我身上落了'追思',侯爷能悄无声息杀了我,但未必能悄无声息地杀了他。"

鲛人乃蛟龙旁翼,修为实在是不低,不然也无法三番五次在他眼皮子底下惹事。

聂衍眯眼,心里躁意更甚,抬手就想落下结界。

龙鱼如何,鲛人又如何,他若不高兴,一次可以杀两个。

午时还未到,暮色沉沉就地往四周落。

龙鱼君眼看着,却压根没挪步子,只似笑非笑地看了一眼他身后。

聂衍突然皱眉,像是想到了什么,翻手收回了结界。

果然,没一会儿,兰苕便探出头来,小声道:"侯爷,夫人醒了,正在寻您呢。"

眉目间的杀气在一瞬间消散干净,聂衍转身,一边往回走一边对夜半道:"请大人去前院坐着,等我与夫人出门,便让他再去后院搜查。"

"是。"夜半应下。

龙鱼君皱眉,张口还想说什么,聂衍已经走得没影了。

坤仪睡醒就觉得身子不太对劲,原先被聂衍用血符封住的胎记眼下又有些灼痛,她伸手去捂,却又没摸到什么异常。

正难受得想撒娇,就听见兰苕进门来,飞快地与她低声道:"龙鱼君持着皇令来搜府，侯爷不高兴了。"

坤仪一愣，抬头就正好看见聂衍跨门进来。

"想不想吃望月斋的烧饼？"他低眉问。

老实说，躺着的这段日子吃得多了些，她是想吃些素食的，但想了想兰苕方才说的话，坤仪乖顺地点头："好。"

眼下她与龙鱼君又没什么好见面的，白惹这美人儿难受就不划算了。

果然，她一应下，聂衍的脸色就好看了不少，将桌上散乱着的山海图一并卷了，带着她去望月斋的二楼雅座里一边吃一边看，大有等到龙鱼君走了再回去的意思。

马车出府的时候，还特意从龙鱼君跟前绕了一圈，没停。

坤仪被他这举动笑得泪花都出来了："何至于。"

"你看不明白他安的什么心，"聂衍道，"我看得明白。"

妖怪是没有伦常可言的，别人家的夫人于他而言就是心上人，既然是心上人，他想与她在一起就没有任何不妥。

呵，做梦。

车轱辘响着欢快的声调，带着聂衍和坤仪就跑远了。

龙鱼君冷眼看着门外，又转身继续跟着夜半往后院走。

"这处是夫人新修的凉亭，这边是夫人买回来的一些丫鬟。"夜半皮笑肉不笑地替他引路，"大人可看仔细了，在这里若寻不着孟极，可不是我昱清侯府包庇。"

龙鱼君未置一词，越走却越觉得烦。他以前趁夜色经过了昱清侯府一回。黑夜里这座府邸闪着冷漠不近人情的法阵，府里除了几丛雅竹，就只有威严冰冷的房屋。眼下不但多了几处亭台楼阁，伺候的奴仆和随从也多了不少，甚至还有戏班子和成群的厨子。

坦白说，在照顾坤仪的感受这一点上他不如聂衍，想不到这么周全，在人间收敛的财富也未必能支撑这么大的府邸开支。

"嗯？大人怎么不跟上来了？"夜半停下来看他。

龙鱼君摆手，冷漠地转身就走。

龙鱼非龙，不会囤积宝石，亦无法开采山海间的宝贝，他与聂衍之间差的，又岂止是一个身份。

还得要更多的东西才行。

夏风徐徐，吹过望月斋的窗外，聂衍抬头瞥了一眼自己府邸的方向，心情极好地替坤仪翻着山海长卷。

"这里画的是什么？"她好奇地指了一处来问。

不知道出于什么样的想法，聂衍不抵触给她介绍这些东西，甚至她越感兴趣，他越高兴，只要她问，他都会答，包括各家妖族几千年来的各种纠葛。

然而眼下他定睛一看，坤仪指的是画卷最中央的一处景象。

乌云遮月，电闪雷鸣，玄龙于云中露出首尾，怒目视下，它面对着的不周山上，一只九尾雪狐仰头而立，口中泛着红光。

眼神变了变，聂衍别开了头："狐族与龙族在千年之前有过一场大战罢了。"

他说得轻描淡写，坤仪却像是突然来了兴致，纤手抚着那狐狸的尾巴，欣喜地问："这种九尾变成的人是不是就是传说里倾国倾城的美人儿？"

知道她在想什么，聂衍没好气地道："九尾一族以女为尊，少有雄性化人形走世间。"

坤仪沉默了，纤手有一下没一下地点着图面。

就在聂衍以为她不会再问的时候，却听得她闷闷地道："原来这世上当真会有比我还美的女子。"

"……"

他不知该说他家夫人自视甚高，还是该说她居然连这种问题都想过。

"人之皮相，外物尔耳。"他抿唇，"你不管变成什么样，也都比她们好。"

"真的？"她又重新高兴起来。

暗叹一口气，聂衍点头："真的，九尾狐族离开人间已有近千年，你也不会遇见她们。"

"哇"了一声，坤仪眼眸亮亮地挽住他的胳膊："她们离开人间能去哪里？"

聂衍没有再答，只将茶杯递到她唇边："府里干净了，待会儿便与我回去。"

这么快？坤仪有些失落，嘴噘得老高，但还是乖顺地跟着他走了。

只是，她给秦有鲛传了一封信。

秦有鲛忙着追查孟极之事，压根没空来见她，只打发杜蘅芜来解答她的疑惑。

于是这日聂衍去了上清司，坤仪就坐在后院里看杜蘅芜这张刻薄又揶揄的脸。

"才大半个月不见，你怎就丰腴了？"杜蘅芜上下打量她，小白眼直翻，"怕当真是离被休弃不远了。"

坤仪觉得好笑："我就算宗牒被废，这婚事也是皇婚，哪是那么好休的？你别真是听外头那些肖想昱清侯的人说的瞎话，真以为这侯府后院能易主。"

杜蘅芜撇嘴，倒没反驳这个，只落下了结界，转脸与她说正事。

"你怎么想起问龙族之事了？"她撇嘴，"练功不见你多勤奋，听热闹真是将耳朵都要竖得招风了。"

坤仪轻哼："师父让你传话，也没让你挤对我。"

白她一眼，杜蘅芜扔来一方小册子："自己看。"

双手将册子接下，坤仪当即展开。

聂衍没骗她，龙族和九尾狐在千年之前的确有过一场大战，但他没说的是，这场战一开始是龙族和九重天上别的族类在打，狐族原本是龙族的助力，却在背后阴了龙族一把，诬告龙族水淹人间，谋害万千人命。

凡人不知为何，一力帮狐族做证，坐实了龙族的罪孽。

妖可以杀人，神却不可以，龙族腹背受敌，冤枉难申，在接下来的大战里节节败退，最后隐了人间的不周山。

狐族倒也没有好下场，上万年修为的狐王被上清司的开司道人封印，人间也因着狐王的封印得了喘息之机，安稳生活了这么多年。

看见上清司的字样，坤仪顿了顿："哪个道人这么厉害，竟连狐王也能封得。"

"这你都不知道？"杜蘅芜撇嘴，"都说了让你少去容华馆，多看书。"

上清司的开司道人宋清玄，乃芸芸众生里最给人间长脸的一个，道术出神入化，胆识也十分过人，本可以修道成神，但为着人间太平，愣是以自己的三魂七魄封印了妖王，自己也身死神灭。

"宋清玄的死，你父皇母后都知道，所以朝中才有了上清司，只是你皇兄没见过那场面，对他们不太信任，才有了后来的上清司沉寂多年的情况。"杜蘅芜想了想，又道，"不过如今的上清司乱七八糟的，你皇兄不信也好。"

这早就不是宋清玄还在时候那个为民除害的上清司了。

坤仪听得怔忪，低声喃喃："我今日看他神色奇怪，这才想自己找故事来看，谁料还真与上清司有些牵连，那也说得通。"

她还以为他与那九尾狐有什么牵扯呢，眼神那么幽深。

微松了一口气，坤仪将册子还给了杜蘅芜："你带走，莫要留下让他看见了。"

杜蘅芜轻哼："瞧你这模样，往常可是二十多个乐伶一起往府上请的，眼下身边干净得连个小厮都没有，哪还有你当年的威风。"

说罢起身："我没那么多闲工夫待在你这儿，你自个儿小心些吧，看师父那模样，是不打算放过你夫婿的。"

秦有鲛原也是个喜欢游历山水的闲散国师，这次回京不知怎的突然就对权势有了兴趣，在朝堂上与聂衍剑拔弩张，下朝了也与上清司过不去，将上清司抖搂了几遍，气得黎诸怀差点显形与他打起来。

不过他这般行径也没什么好果子吃，一到夜里就被几方妖怪围攻，连觉也没个好睡。

黑夜悬月，聂衍站在墙头上，淡漠地看着下头狼狈躲避的人："你何苦来插手我的事？"

"我若不插手，眼睁睁看着你将我徒儿拖进深渊？"秦有鲛啐了一口血沫，挡开噬魂妖怪的攻击，朝他看了一眼，"她是我看着长大的，用了多少奇珍异宝才护着平安长大，你休想。"

聂衍有些烦，他不知道秦有鲛和龙鱼君哪里来的自信：他们就是要护坤仪，他就一定是要害坤仪。

她在他身边，分明可以很开心。

他想杀了秦有鲛，可刚抬手，这人就道："我可是世上最后一个知道你仇敌下落的人，杀了我倒是无妨，你想找的东西可就再也没机会现世了。"

【未完待续】

Staread
星 文 文 化

长风几万里

CHANGFENG
JIWANLI

下

白鹭成双 著

长江出版社
CHANGJIANGPRESS

目录

第十一章 往事如烟

这威胁旁人听着没什么要紧，可落在聂衍耳里，愣是让他停了手。他垂眼看着秦有鲛，和蔼地笑了笑："你当知道，我最恨的是什么。"

龙族睥睨天下，最恨人威胁，当年他若是肯受天狐的胁迫，与那人完婚，后来天狐也不至于因着太过畏惧龙族铤而走险。

秦有鲛自然知道这一点，但见聂衍停了手，他还是笑了："你总归是恨我的，让你多恨些也无妨。"

却邪剑带着凌厉的风声横在了他面前，聂衍抬手，四周开始落下厚重的结界。

秦有鲛的动作倒是快他一步，朝天上扔了一只纸鸟，那纸鸟又轻又小，在结界落下之前就飞了出去。

"你可以杀我，但我一定会让坤仪知道你的所作所为。"他浅笑，负手而立，任由结界在四周砸了个结实。

聂衍面无表情地看着他："她拿你当师父，你拿她当筹码？"

"这天下若有人能成为胁迫龙族的筹码，那可是天大的幸事。"秦有鲛深深地看着他。

结界内狂风大作，电闪雷鸣。坤仪从睡眠里惊醒，下意识地往旁边一摸，没有摸到聂衍。

她起身，接过兰苕递来的茶，皱眉问："侯爷去哪儿了？"

兰苕答："宫中传话，让侯爷面圣去了。"

坤仪皱眉，总觉得有些不安，拢了披风起身，她站在窗边往外看了看。一只纸鸟飞在院墙外的天上，急吼吼地扑扇着翅膀，侯府院墙外有法阵，它进不来，直发出僵硬古怪的鸟叫声来。

坤仪眯眼看了许久，吩咐护卫去将它带进府。

有了凡人掩护，纸鸟顺利地进到了她的房里，开口就是秦有鲛那熟悉的语气："爱徒，为师有难。"

这话坤仪听得不少，小时候秦有鲛误入花楼，喝了一坛三百两银子的酒，也是派这么一只破鸟来知会她的。是以，坤仪翻了个白眼，漫不经心地坐下来，听他这次又惹了什么麻烦。

然而，接下来的话，却是将她惊出了一身冷汗。

"你所嫁非人，意在宋家江山，我若下落不明，则是为他所害。你修为低微，莫要替为师报仇，明哲保身即可。"

屋子里众人脸色皆是一变，坤仪下意识地就扭头道："鱼白，将门关上。"

"是。"

纸鸟传完了话就自己烧了起来，火光在屋子里亮了又暗，映得坤仪的脸色十分难看。

秦有鲛是她师父，她不信聂衍会下这个狠手，可师父这话又不像是诓她的，听语气里的焦急和担忧，想必他正面临危险。

聂衍又恰好不在……

"主子，恕奴婢多嘴，国师修为高深尚且不能自救，您就万不要去掺和他们的事。"兰苕死死地抿着唇，"听了就听了吧。"

她是个自私的人，她才不管什么家国大事你死我活，她就想要她家主子活得好好的。

坤仪白着脸转过头来，眼神有些恍惚："兰苕，覆巢之下，焉有完卵？"

秦有鲛是当下少有的修为高深还愿意护皇室周全之人了，他若被害，那谁还能制衡上清司？到时候这天下，便是上清司的人说了算，那皇兄将如何？她又将如何？他们的先祖也是马背上得来的天下，没有一代人是软骨头，又岂能看着卧榻之侧他人鼾睡而无动于衷。

况且，况且秦有鲛是她的师父。

幼时皇兄害怕她，不肯拉她的手，是秦有鲛板着脸将皇兄带出去看了真正的妖怪，教他血浓于水，教他爱护幼妹，她才有后来的好日子过。也是秦有鲛，在她数次遇见妖怪的时候踏云而来将她救出。

还是秦有鲛，在她生辰思念父母的时候，给她做十分难吃的长寿面。她几乎是他看着长大的，又怎么可能听着他身处危难而坐视不理？

"主子！"兰苕低呼。

坤仪恍若未闻，她径直跨出房门，一路快走，绕过回廊，走过前庭，一路上拖曳到地的裙摆带得路旁的花枝窸窣乱响。

侧门就在前头不远，她呼吸有些急，三步并作两步地上了台阶就想去拽门。

然而，先她一步，侧门自己打开了。

夜半扶着人进门来，抬头就对上了坤仪那张明艳不可方物又满是焦急的脸。

他一怔，下意识地就想退出去。

"站住！"坤仪哑声喊。

聂衍听见了她的声音，身子僵了僵，飞快地拂开了夜半的搀扶，夜半直皱眉，不放心地虚扶了他好几下，见他能站稳，才勉强笑着冲坤仪拱手："夫人怎么这个时候要外出？"

怎么还恰好走了这个侧门哪？

深呼吸将气平顺下来，坤仪有些不敢置信地看着脸色苍白的聂衍："你受伤了？"

"无妨。"他负手而立，没有与她对视，只道，"回来的路上遇到了些麻烦。"

"那哪是一点麻烦，简直是拼了命地要置侯爷于死地。"夜半嘀咕。

"夜半。"聂衍冷斥。

浓厚的血腥味儿从他的衣裳下透出来，坤仪急了，吩咐鱼白和兰苕："将侯爷扶进去。"

然后转头瞪着夜半："出什么事了，你同我说清楚。"

夜半畏惧地看了聂衍一眼。

"看他做什么，看我！"坤仪怒斥，天家的气势霎时上来了，惊得夜半一低头，竹筒倒豆子似的道："圣上突然召了侯爷入宫，说要商议要事，谁料却是要侯爷将上清司一分为二，交一半给秦国师。侯爷不明所以，没有答应，秦国师却以您做要挟，说若不答应，就让您与侯爷和离，侯爷气极，拂袖出宫，却不料在出宫的官道上遇到了埋伏。"

外头天还没亮，宫城附近是有宵禁和夜防的，若非圣上之意，谁能在这地方埋伏下那么多道人？

坤仪听得直皱眉。

她师父是疯了不成，这种朝政大事，也能拿儿女情长来做威胁？着实幼稚，上清司眼下就算势大，也没理由一上来就要人交权的。

至于皇兄，皇兄确实一直有杀聂衍之心，她没法说什么，但三更半夜让人进宫，又在官道边埋伏，着实也是过于急躁，且还容易寒人的心。

她想了想，招手叫来自己身边的护卫，吩咐道："替我给国师传个话，他欺负了我的人，便给我送最好的伤药来。"

护卫拱手应下，接着就出门了。

夜半欣慰地道："主子被国师那番言语气得不轻，幸好夫人还是明事理的，愿意站在他这一边。"

"我是他夫人，不站他这边还能站谁那边？"坤仪嘟囔，"我师父也真是的，怎么能做出这等事来？"

说是这么说，她心里还是有疑窦的，叫护卫去传话也不是真的为了什么伤药，而是想看她师父是不是还安好。

结果一个时辰之后，护卫来回话："国师气得不轻，将属下赶出来了。"

"你看清楚了，是国师本人？"坤仪低声问。

护卫点头："除了国师，少有人能直接将属下从府内扔到大街上。"

"……"

所以，那只纸鸟还真是传的胡话。坤仪气得翻了个白眼，转身回屋去看聂衍。

聂衍伤的都是皮肉，但血淋淋的看着吓人，她仔细替他洗了伤口，又替他上药，手刚碰到他的手臂，就被他翻手抓住了。

然后，这位当朝新贵、上清司权柄、被无数人视为最大威胁的昱清侯爷，问出了一个无比幼稚的问题——

"我和你师父同时掉进水里，我们都不会水但你会，你只能救一个人，你救谁？"

坤仪愣了。她是来给人当夫人的，不是给人当相公的，为什么也要面对这种事？

她哭笑不得，伸手抚了抚他的手背："救我师父。"

他眼神一暗，抿了抿唇："那我呢？"

"我陪你去死啊！等到了阴曹地府，阎王爷一查我这死因，肯定觉得我特别可怜，说不定下辈子还让我跟你在一起。"坤仪手托着下巴，眼眸亮晶晶的，"到时候我就不要生在皇家了，生在一般的富贵人家就行，然后嫁与你，我们离水远些，过一辈子安稳日子。"

聂衍神情微微一滞，没想到这问题还能这么答，有些没回过神来。

坤仪扑哧笑出了声。她笑得明艳，仿佛完全不觉得这个问题是他在要她做选择，反而愉快地畅想起来："我要不是公主，你不知道还会不会遇见我，像你这样前途无量的少年郎，怕是一出生就要与人定亲，到时候我只能眼巴巴地拉着你的手，问你——"

"公子，我和你未婚妻同时掉进水里，我们都不会水但你会，你只能救一个人，你救谁？"

她睨着他，媚眼如丝，轻轻摇晃着他的手指，等他作答。

聂衍闷哼一声，手臂上的伤口流出一抹血来。坤仪吓了一跳，一边拿白布来擦血，一边恼道："受伤了就老实些躺着，乱动什么呀。"

夜半站在旁边，眼观鼻鼻观心，心里暗自唾弃自家主子——

回回都用这招，真是太无耻了！

更可气的是，坤仪还就吃这一招，什么救谁不救谁的，她现在满眼都是他们家侯爷。

聂衍这一受伤，直接躺在侯府里不愿再去上朝。坤仪也理解他，在官道上被埋伏，等于帝王对他亮了剑，虽然事后装作无辜地送来不少补品慰问，但聂衍显然不好糊弄。

要上清司分权，可以，就看秦有鲛能不能接住。可秦有鲛倒也不怵，接手了上清司二司，第一件事便让龙鱼君将孟极锁入了镇妖塔。

"冤枉，实在是冤枉，我家夫婿连春猎也没去，一直在晟京，如何就能隔着几十里路伤了四皇子性命？"李三跪在侯府外，不停地磕头喊冤。

坤仪听得直皱眉："她不去御前喊冤，跑我们这儿喊什么，人又不是我家侯爷抓的！"

过府做客的钱书华一边嗑瓜子壳一边道："她是跟她那夫婿过日子过魔怔了，瞧着她夫婿像侯爷，便觉得侯爷也念心里有她，寻个由头来见面。只可怜她那夫婿，为着不连累她，特意给了她一纸和离书，谁料她完全不怕被牵连，反倒是就要用这上清司在职官员家眷的身份来攀扯。"

说着，又凑近她小声道："你可得小心了，她肚子里还怀着孩子，万一在你府邸门口出什么事，白给你惹一身的麻烦。"

坤仪想想也是，便起身带着众人一起去了门口。

一看见是她出来，李三变了神色，却仍旧跪着没起身："侯夫人与我同为人妇，不至于这个关头还要来为难我吧？"

坤仪笑眯眯地摇头："不为难，就是觉得你跪错了地方，怕你伤着身子。"

李三抿唇不语。眼下只有聂衍能从国师的手里救人，她没跪错。只是没想到聂衍当真心硬如此，完全不理会她。

"我不会走的。"她沉声道，"侯爷若不出来，我就一直跪下去。"

钱书华被她气得直翻白眼，刚想说她醉翁之意不在酒，毫无廉耻，结果就见坤仪神秘兮兮地蹲了下去。

她一愣，低头一看，就见坤仪从袖袋里掏出一张符纸，用朱砂写写画画了一阵，然后往李三面前的空地上一拍。

"咻"的一声响，李三凭空消失了。

众人目瞪口呆，李三身边的丫鬟更是吓坏了："你、你这是什么妖法，我家姑娘呢？"

"你去宫门口继续陪她跪吧。"坤仪捏着丝帕将手上的朱砂擦干净，笑眯眯地道，"那儿才是正经喊冤的地方。"

原先她不会画千里符，这几日聂衍养伤无聊，顺手就将这技能教给了她，本意是让她以后保命用的，谁料还能用在这里。

丫鬟惊慌失措，一边喊着"救命"一边带人跑了，坤仪拍拍手，带着钱书华继续回院子里嗑瓜子。

"你这也太厉害了！"钱书华感慨，"如今京中人人都以修道为上乘，送家里的姑娘哥儿去杜家那个修道私塾，要花好大一笔银子呢，没想到你原就是会的。"

妖孽当道，修道自然成了上流，只是等这些人成长起来，怎么也得十年之后。坤仪叹了口气："小时候随便学的。"

而且，她从小就是看着什么花哨就学什么，都是些没大用的。

钱书华却是崇拜极了地看着她，一边走一边道："等我生了孩子，便让孩子做你的徒弟。"

坤仪哭笑不得："你也是心宽，整个晟京都知道我不着调，你还敢把孩子交给我。"

"那有什么的，我觉得你活得开心。"钱书华不以为意，"我的孩子，也只管开心就成了，别学他们的爹，活得那么累。"

霍安良自从回京就升任了兵部要职，鲜少归家，所以钱书华无聊得天天往侯府跑。霍老太太一听她是来侯府，不但不拦着，反给她塞一堆东西叫她带来。什么新绣的帕子、新做的短袄，还有乡下远房亲戚种的蔬菜果子，诸如此类。虽说都不是什么贵重的东西，但坤仪很喜欢，每次接着眼眸都亮亮的，看得钱书华更乐意给她送了。

"说来今日是你生辰，霍大人怎么也没回府？"坤仪顺嘴问了一句。

钱书华扁了扁嘴，白了一些的脸圆圆的，十分可爱："原是说要回来与我一起吃碗面的，可今日街上不知怎的就闯出一只大妖来，你家侯爷不是卧病在家嘛，上清司又不听秦国师的调派，夫君就只能先带着兵部的人过去了。"

大妖？坤仪皱眉，兵部那些个肉体凡胎，哪里能对付得了大妖？她侧头就让兰苕出去打听。

孟极是上清司的人，且他并未显出原形就被秦有鲛和龙鱼君带走。上清司的人不服，觉得这是诬蔑，今日巡街的人都少了些，是以兵部只能出面稳定人心。但街上出现的那只大妖是鹿蜀，兵部去再多的人，也扛不住它一道火烧。

听闻龙鱼君已经赶过去了，但能不能及时赶到、现在那边街上是什么状况，大家统统不知道。

钱书华就是为了不一个人在家里担忧，才躲到她这儿来的。

坤仪安抚了她两句，就听得下头的人来回禀："鹿蜀烧了半条洛北街，眼下已经被控制，但京南又出了一只反舌兽，京西也有一条丈高的化蛇，官府已经贴出了通告，让家家户户门窗紧闭，莫要上街。"

龙鱼君再厉害也只是一个人，就算加上秦有鲛，两个人也拦不住京中多处妖祸。

坤仪下意识地回头看了一眼聂衍房间的方向。

这样的乱象，若说是碰巧，她是不信的。可聂衍怎么也不像是会拿寻常百姓的性命来与人赌气的，这些年来他救的人不在少数，也从未辜负过上清司之名。

所以，应该有别的原因。

"杜家小姐往城西去了。"护卫补充了一句。

坤仪颤了颤。杜蔺芜是相府千金，若无大事，自是不会抛头露面亲自动手的。

"侯爷的伤怎么样了？"她问兰苕。

兰苕叹息："伤口还未结痂，昨儿疼了一夜，天亮才刚刚睡着。"

这种情况，也不能强求他什么。

坤仪起身，拉着钱书华的手道："外头乱，我亲自送你回去。"

钱书华垂眼，跟着她一路走到后院停着马车的地方，才道："我回去也是歇息不了的，不如去看看夫婿。"

"太危险了。"坤仪摇头。

钱书华手掰着腰间挂着的香囊，也知自己这提议荒谬，跟着她上车，眼睛红红的，没有再开口。

然而，这车一路走，外头却是越来越喧闹。

"车上何人？前头不能再去了。"有人拦车。

兰苕坐在车辕外头，横眉冷目，气势唬人："昱清侯府的马车你们也敢拦？"

一听是昱清侯府，外头的人压根没问车上有谁，径直就退开了。

钱书华看了看外头的街景，有些惊讶地回头："夫人……"

"我这个人不学无术，也没多厉害。"坤仪漫不经心地道，"但护着你看一眼夫婿还是可以的，大不了甩一张千里符，咱们一起逃，断不会叫你伤着。"

钱书华鼻子一酸，"哇"一声就扑到了她腿上："我今天担心了一整天……一整天都没敢与人说我想去看他，我知道他们要说我不懂事，一个妇道人家又帮不上忙，还要去添乱，可是我真的好怕他和上回一样突然就消失了。"

她哭起来一点大家闺秀的体统都没有，一把鼻涕一把泪，落了好些在她衣裙上。

坤仪皱眉递过去了帕子，稍微有些不自在："懂事不懂事的，这晟京里谁不知道我是最不懂事的一个，多大点事啊，你别哭了，前头就要到了。"

"夫人，你真是个好人！"她接过帕子，还是哭，"我再没遇见过比你还好的人了。"

坤仪抿嘴，不太自在地别开头去看窗外："这话哄哄我就算了，说给别人听，要将人笑得直不起腰。"

她当过祸水，当过妖妇，就是没有当过好人。

"他们不懂，他们只知道传风凉话。"钱书华抹抹脸，双眼清澈地看着她，笃定地道，"你就是好人，先前救了我夫君，眼下又救了我。"

被骂倒是无所谓，难得被夸一回，坤仪简直是手都不知道往哪里放，别扭地将她拉起来，摆手道："行了，前头有个茶馆，上二楼有露台。你去那里站着，正好能看见邻街的场景。"

霍安良就在邻街，鹿蜀虽已被制服，但打杀它还要费些工夫，加之四周都是火苗，里头的人也不太好过。

龙鱼君已经带人马不停蹄地赶往下一处了，霍安良引弓搭箭，一箭射入鹿蜀的咽喉，又取了刀，在它尸身消失之前，将它的尾巴割下来，好与陛下禀告。

这人年少有为，英姿飒爽，虽然浑身脏污，但瞧着确实是个可靠之人。

钱书华远远地瞧着他无恙，长出了一口气，侧头正想与坤仪说话，却见她脸色突然变得苍白。

"书华，快跑！"她突然道。

钱书华蒙了，没有反应过来，愣愣地站在原地，就见坤仪突然吃痛地捂住了自己的后颈，而后，邻街那头已经奄奄一息的鹿蜀不知为何猛地就挣开了身上的缠妖绳，漆黑的眼眸对准茶馆的方向，不顾一切地朝她们冲了过来。

火光炸开的时候，整个茶馆在一瞬间变成了黑色的剪影。

坤仪的瞳孔一点点睁大。

炙热的火浪将整个茶馆击碎，她张大了嘴，想动用千里符，可在拿出来的一瞬间，符纸就被猛烈的热浪化成了灰。

眼睁睁看着钱书华的面容如秋风里的残叶一般在自己面前破碎消失，坤仪瞳孔失焦，跟着就被一道身影卷着飞出去老远。

天地间的声音变成了古怪的杂响，坤仪怔愣地看着，看着两层高的茶馆在她眼前被夷为平地，看着方才还鲜活的血肉眨眼连渣也不剩，也看着她自己递出去的一方绣花手帕被风吹得老高，在空中打了几个圈，然后碰着下头的火苗，被一点点地烧了个干净。

街上大火未灭，浓烟滚滚，地上残瓦碎砾数不胜数，受伤的百姓相互搀扶着撤离。

这一切，荒唐得像是噩梦一样。

苍黄色的软纱登云袍在她眼前微微起伏，有人低声唤着她："坤仪！坤仪！长岁！"

长岁是她母后给她起的乳名，但她一次也没能亲耳听母后喊过。然而长命百岁是属于她一个人的，可她身边的人，统统都不会有好下场。

坤仪喉间堵得发疼，深吸了一口气，仿佛倒了一罐子辣椒在喉咙里，剧烈地呛咳起来。

咳完，她嗅到了浓烈的血腥味儿——从抱着她的人身上传来的。坤仪呆呆地抬眼，正对上聂衍一双颜色幽深的黑眸。

他嘴唇苍白，似是刚从床榻上起来，呼吸有些急促，苍黄色的登云袍摸着有些濡湿。

坤仪下意识地将他拉侧过去，看了看他身后。

他赶来太急，伤口崩裂，背后一片血肉模糊，血水混在苍黄色的袍子上，形成了古怪的深褐色。

她怎么总在害人啊！喉间堵着的东西像是堵不住了，她眉尾一耷拉，肩膀发抖，突然就号啕大哭，哭声悲怆，响彻整条大街。

聂衍听得心头一痛，反手就将那还在挣扎的鹿蜀打了个魂飞魄散尸骨无存，但这么一用力，他背后的伤崩得就更厉害，有血渗出了袍子，顺着面儿往下滴。

坤仪抓着他的衣袖，哭得说不出话，一边哭一边摇头。

"侯爷，"霍安良带着人跨过七零八落的烧焦横木走到二人面前，似是有所感地朝茶馆的方向看了一眼，"发生……什么事了？"

坤仪看着他，想起钱书华满脸感激地望着她的模样，整个人不可遏止地发起抖来。

"夫人，你真是个好人。"

她哪里是什么好人，她是个杀人凶手，晟京所有人都想离她远些，偏这个傻子待她好，所以难逃一劫。

坤仪突然伸手，狠狠地抓向自己后颈上的胎记。几下猛抓，她的后颈上血肉模糊。

聂衍反应不及，没拦住她，下一瞬，就察觉到了熟悉的浓烈妖气喷薄而出。

"坤仪！"他有些心慌地低喊。

她还在哭，小脸哭得惨白，一边抓着自己的后颈一边往鹿蜀方才被捆住的方向跟跄："你们到底要什么？要什么？来同我要，将我的命也拿去！"

"坤仪！"

"夫人！"

四周伸了好多双手要来扶她，坤仪将他们挥开，双目通红地望着天："哪有人生来就罪孽深重的，哪有人什么也没做就要背负那么多人命的，你们想要什么？早些来拿啊！"

妖气汹涌，从她身上飞速蔓延到整条街。

聂衍连忙捏诀想落下结界，不料各处的妖怪反应更快，疯了一般地朝她这边靠拢，南边的反舌兽，西边的化蛇，以及城中潜伏着的大大小小的妖怪一时间都冲了过来。还未落完的结界被它们冲散，聂衍皱眉，顾不得别的，只飞身到她跟前，想将她带走。

然而，一到跟前，他对上了一双万分熟悉的眼眸。

瞳细、眼角尖，是为狐也。

聂衍心口大震，下意识地松开了她。

坤仪原本就没站稳，他再一松，她就跌坐到了地上。一向娇贵的人，眼下却是没喊疼，只低头看着自己的手，像是有些陌生。

"让开！"身后一股拉力将他拽到旁侧，聂衍回神，就见秦有鲛落在了坤仪面前，二话不说就咬舌尖血捏诀，落下一个封印阵来。

"坤仪，你不能睡！"他神色凝重，一边封印她背后的胎记一边低斥，"醒过来！"

四面八方的妖怪扑了上来，聂衍朝天放了信号烟，翻手落阵，将坤仪和秦有鲛护在了阵中。

坤仪歪着脑袋看着秦有鲛，眼瞳依旧是狐瞳："原来是你。"

秦有鲛死死地捏着阵诀："你放她出来！"

"咯咯咯！"面前的人笑得花枝乱颤，"你若当真心疼这小丫头，又怎么会任他们将我留在这里？"

"闭嘴！"

金光大作，狐瞳有些痛苦地紧缩，却依旧没褪去："你们凡人忘恩负义，还妄想一辈子隐瞒事实？"

她眼神唬人，可秦有鲛丝毫没害怕。

青丘一族靠着出卖龙族得封天狐，他们的王却因着残害苍生，被道人封印，眼下就算神识醒转，也未必能恢复以前的修为，不过是色厉内荏罢了。但他很担心坤仪，她若是就这么睡下去，那可真是大事不妙。

正想着，一道光从他身后飞越上来，替他加重了封印阵。

强大的法力压得面前这人吐了口血，狐瞳不甘不愿，终于被迫闭上了。

坤仪的身子软软地倒在了废墟里。秦有鲛松了口气，回头却对上聂衍那双比狐瞳还让人害怕的眼睛。

他似笑非笑，深深地看了秦有鲛一眼，又看了看后头的坤仪。

秦有鲛头皮发麻。谁也没料到今日会出这样的事，当初宋清玄封印妖王之时，分明说过不会让别人发现的。

几十年前的龙狐大战，生灵涂炭。龙族退隐，天狐得意，为使人间免遭天狐倾覆，上清司开司元祖宋清玄拼着自己再不入轮回，以三魂七魄将天狐妖王封印。原是想将它封印在不周山，可当时的宋清玄没多少活头了，走不了那么远的路，晟京之中又没有足以容纳妖王的法器。偏巧帝后正好产女，生下了公主坤仪。

坤仪出生的时候，人间难得有了万里无云的好天气。宋清玄掐指一算，这女娃根骨奇佳，命数离奇，比任何容器都来得好。

帝后看着满目疮痍的天下，含泪答应了他的要求，让他临死前将妖王封印在了坤仪幼小的身体里。随着坤仪的生老病死，妖王也会跟着死去，再不入轮回。

计划是很好的计划，但不知为何，宋清玄封印用的三魂七魄中突然就少了一魄，以至于坤仪身上的封印痕迹妖气四溢，里头那东西还能通过这痕迹吸食别的妖怪。

后来，秦有鲛不得不给她穿上绣满瞒天过海符的衣裳，来遮挡那胎记。

聂衍给的龙血符也是有用的，天狐怕龙，看见他的符咒能安生很长一段日子。但不巧的是，聂衍与里头封印着的那只天狐似乎有些过节儿，以至于安生了没多久，那东西反而更想出来了。

"这孩子因着这东西，打小没过过一天的安稳日子。"秦有鲛将坤仪抱起来，走到聂衍跟前，"她是肉体凡胎，一出生却就被当成容器，还为此害死了身边一个又一个亲近的人，所以她原是不敢再与人亲近，也不敢再放下心防。是你和你的龙血符给了她错觉，让她以为自己可以像普通人一样结交朋友、过寻常日子，谁料今日还是酿成了悲剧。我看她是不想活了，所以才会被天狐霸占了神识。你找这只天狐多年，如今终于找到了，我想拦你是拦不住的，你若想将它从坤仪身体里抽出来，便动手吧。只是，她身子本就弱，封印一解除，天狐任你宰割，她也必死无疑。"

坤仪被他放进了聂衍的臂弯里。

聂衍僵硬着手臂接着，脸上神色阴森恐怖："你又想用她威胁我？"

"没了这保命符，我可不敢再威胁你，说些实话罢了。"秦有鲛耸肩，"我鲛人一族算来与你也算远亲，若非你行事歪斜，我也不会出手阻拦。如今你已经寻得旧敌，接下来要如何做，全凭你高兴。"

说罢，他一挥手，退出了几丈远。

"师父！"杜蘅芜追着化蛇过来，瞧见前头的场面，焦急地跑到他身边，"你就这么走了，坤仪怎么办？"

秦有鲛摆手："生死有命。"

"你骗人！"红了眼睛，杜蘅芜恼道，"这本不是她的命，是你们强塞给她的，既然塞给她了，就该保住她的命！"

谁都知道龙族有多恨天狐，把封印着的死敌交到聂衍手里，他如何不会想除之而后快？

秦有鲛挠了挠下巴，他没想通自己这大徒弟怎么就这么笨，看看那头聂衍那难看的脸色，是会想剥了坤仪的模样吗？！

大徒弟精于道术却不懂情爱，小徒弟懂了情爱却蠢得连一张千里符都护不住，以至于情绪失控到险些放出天狐，他这个当师父的，哪里还有脸回去见族人？

街道上的明火很快被扑灭，只剩了滚滚浓烟，将路两边幸存的店铺门面都熏得黢黑。

聂衍面无表情地抱着坤仪往回走，走到街道岔口上，他停住了步子——往左是家，往右是上清司。

狐妖王藏在坤仪的体内，她最该去的地方自然是上清司。待众人落阵，他就能将那该死的东西揪出来打个魂飞魄散，以慰龙族多年的不甘和屈辱。可是，他站在这里，居然有些迈不动步子。脑海里甚至还浮现出了要怎么才能瞒住上清司其他人的想法。

今日街上动静太大，又处在闹市，发生了什么是瞒不过黎诸怀的，看秦有鲛的态度，倒是觉得只要狐妖王能灭绝于世，牺牲坤仪也无所谓。

好个无所谓，真是她的好师父，亏得她还时常惦记他的安危。

聂衍的指节都被他捏得有些发白，他深吸了好几口气，脚尖往上清司的方向转了一转。

他倏地就想起了先前在府里的某一天。那天他和黎诸怀打赌，赌坤仪会去装着容华馆新来魁首的房间，还是去看望身子不适的他。

虽说是个很幼稚的赌约，但她没让他输。

聂衍心里沉了沉，低头看着坤仪昏迷的侧脸，踟蹰半晌，低咒一声，还是往侯府……不对，是新封的伯爵府的方向大踏步走去。

此时的坤仪感觉自己坐在一片混沌之中，她既不好奇这是哪儿，也不太想动弹。

她周围好像有哭声，也有笑声。要是放在以往，坤仪定要吓得魂不附体，但眼下，她想着钱书华在她面前碎掉的模样，满心苍凉。

自己比鬼可怕多了，还怕什么鬼。

钱书华才刚怀了孕，还没有坐稳，惦记着以后送孩子来给她祸害呢，结果别说孩子，连自身也没了。她死的时候，不知道有没有意识到是她口中的好人害了她。

霍老太太要恨死她了，刚把她的儿子救回来，她又将她的儿媳害死。也不止她家儿媳，杜家的哥哥、邻国的皇子，都是被她害死的。被她害死的人多了，下去说不定还能凑在一起，也算有个伴。

坤仪傻傻地笑了一声，想，万一有一天轮到聂衍呢？聂衍要是也这样被她害死了，她又当如何？

"你未免自视过高。"一直哭着的声音突然幽幽地开了口。

坤仪眼皮子也没抬，权当没听见她那鬼魂一样的声音。

青腾原想装腔作势拿捏她，谁料这人完全不搭腔，她吸食了那么多妖怪才找回来的神识，居然被人这么冷落，当下就有些不高兴："喂，同你说话呢！"

"本宫乃嘉和帝所生唯一嫡亲的公主、盛庆帝胞妹、昱清伯爵夫人，寻常人要与我说话，得等通传。你算什么东西，说话我便要答？"坤仪突然开口，声音清冷，带着威严。

青朦大怒，人间这些名头算什么东西，她只要一挥手……罢了，现在挥不了手。不但挥不了，她连教训一下这个小丫头都不成。

青朦忍了一口气，显出人形来，坤仪这才抬眼瞥她。

聂衍没说错，狐族化人当真是一等一的好看。眼前的女子容色比她更胜，粉口琼鼻，狐眸长眉，一袭雪白长裙，裙上绣着不知名的白花，裙摆之下，九条大尾摇摆招展，气势十足。

她朝坤仪蹲下来，微微一笑："我有法子从生死簿上划掉你的名字，如此一来，你便可长命百岁，你可愿意？"

坤仪回她一个皮笑肉不笑："不愿意。"

凡人都求个长生不死，她凭什么不愿意？

青朦气得尾巴直甩，道："若不划名字，你几十年后就要死，人死了很可怕的，要在黄泉下头排老长的队，才能再世为人。"

美人生起气来也是美人，若不是心情不好，坤仪觉得自己应该会答应美人的要求。但如今她想的不是怎么活，而是怎么早点死。

"你能在生死簿上划名字，那能将生死簿的死期提前吗？"坤仪淡声道，"几十年也太久了，我等不了。"

青朦起身，又在原地跳了几下，努力将自己的怒火压回去，才勉强继续笑着蹲回她身边："你有什么想死的？你看聂衍，他这么厉害的人都为你急得团团转。你再看你师父……算了，这个人不看也罢，看龙鱼君吧。"

青朦挥手给了她一面镜子，指着里头正朝伯爵府方向狂奔的龙鱼君："他早就能位列仙班，因着你，留在人间已经好几轮龙门了。"

龙鱼君？

坤仪不解地看了看镜子。

龙鱼君原想再等几年，等他建功立业，也等她对聂衍腻烦了再去找她，反正妖怪寿命长，等得起。可谁料突然出这么大的事，秦有鲛觉得无妨，可龙鱼君却实在担心坤仪，不顾一切地就去闯伯爵府了，结果不出意外，他被无数法阵拦在了门外。

"你也只是救了他一回，他都不知道救你多少回了！"青朦啧啧摇头，"你们皇家的风水就是好，御花园池子里也能得到机缘。"

龙鱼君的影子渐渐与她记忆里那条漂亮的白色锦鲤重叠，坤仪有些怔忪，慢慢垂下了眸子。

原来是这样。怪不得，她原本还奇怪，容华馆的乐伶小倌，见面也不过一二，怎么就对她有着如此深的执念。不过，他的执念是他的，她对他又没什么执念。若只是因为报恩，他们早就两不相欠了。

瞧着她的眼眸又灰暗下去，青滕急得直跺脚："你这人不是号称喜欢美男子吗？怎么看这么美的人为你奔波都不动容的，你别是拿话骗外头那些蠢人的吧？"

坤仪未置一词，继续坐在黑暗里不动。

青滕长叹一口气，将镜子里的人换成了聂衍："行了行了，你与他是人间的夫妻，给你看他总成了吧？"

说着，她又嘀咕："我与他曾经也是夫妻呢，差一点就完婚了。这么多年他一直没成亲，我还以为他对我有点想法，不承想一遇见你，他整个人都变了，没意思。"

坤仪耳尖微微一颤，皱眉道："你与他？"

"小丫头片子，你才活多少年，我与他都一起活了上万年了。"青滕撇嘴，明丽的狐眸眨了又眨，"天地初开之时他便在了，女娲捏人，他捏兽，这世间万兽都有像他的地方，却都不是他，因为他那一族是捏不了的。可惜他捏出来的兽一直被人欺负，要么被驱赶，要么被蚕食。于是一部分兽就开始修炼，变成了更为厉害的妖。他才该是万妖之王，推我青丘一族出来当这个王，不过是因为他不齿这个名头。不过，他也没错，龙族本就该是神族，不是妖族。"

坤仪瞳孔微缩，屏住了呼吸。

龙族？聂衍是龙族？

那眼前这个人，是狐族？

所以那日看山海图，聂衍并不是因着别的脸色奇怪，是因着想起了旧事？

龙族和狐族有过一场大战，可眼前这人却说，她和聂衍有过婚事。

坤仪心里有些古怪的别扭。

青滕瞧出她有了好奇心，倒是大方，轻哼一声便与她解释道："神族趁着龙族还在捏兽之时占领了九重天，女娲娘娘性情温顺，他们是乐意接受她为神的，毕竟女娲也不好对付。可聂衍所在的龙族就不一样了，聂衍强大，又不受束缚，他们很害怕。所以，神族许诺，只要我有办法让龙族无法归入神族，便允我狐族成为天狐。是以，我说服聂衍先打败一力阻止龙族归神的太虚一族，讨回属于他的东西，为此，我狐族愿意助力……"

老实说，当时的青滕是打着两个算盘的。聂衍这一遭若是赢了，她便能借着功劳替狐族讨封；聂衍若是输了，她也能凭着神族的许诺讨到封赏。这一战，狐族左右都是赢，她顺其自然就好了。

然而聂衍太过强大，压根没借助狐族太多的力量，便赢了那一场仗。狐族不放心，想让聂衍娶了她，好保证赢了之后狐族的地位。

这场婚事，对青腾而言是喜闻乐见的，这天下谁不爱慕强者？她这样的绝世美人，与他真是十分般配。

可惜，聂衍无心于她。青腾当时想了各种各样的办法讨好他，甚至用过狐族秘传的媚术，都未能得他侧眸，也就是在一场战役里，她拼着断掉一尾也扑过去替他挡法器，这才换来了他态度上的一丝松动。

可松动归松动，眼看着龙族要赢了，他也还是没有要与她完婚的意思。两条路权衡之下，为了保险起见，狐族还是选了第二条——他们出卖了龙族，与当时饱受战争之苦的凡人一起，给龙族扣上了屠戮人间的污名。

是以，狐族成了天狐，龙族则败退不周山。可是，那些凡人——最弱的、也是最狡猾的凡人，居然趁着她被龙族重伤之际，将她封印在了这个小女娃娃的身体里。

而且，只要坤仪死了，她也会死。

青腾不乐意，她还想做她的第一美人，还想带着她的狐子狐孙逍遥人间，还想再去勾一勾聂衍的心神。虽然，她觉得他的心神已经被人勾了。

说来也是见了鬼，聂衍那样的高贵种族，到底是怎么看上这么一个要什么没什么的凡人的？他对她，一开始分明也只是利用而已。

凡人在妖怪眼里，就如同普通的飞禽走兽在凡人眼里的模样，他们觉得凡人脆弱、短命、可以被驯服。虽说神界和妖界也有养凡人做宠物的，但宠物就是宠物，谁会对自己的宠物动凡心？

青腾不能理解聂衍的行为，十分不能理解。

但眼下，她还想靠着坤仪的身子活下去，只能继续哄着她："小姑娘，你已经是一等一的福泽深厚了，可别再想不开了。你睁开眼去看看聂衍，有他在，这天下没人能害了你，你更害不了他。放心睁开眼吧，去继续过你锦衣玉食的生活。"

坤仪没有反应。

"你再不睁眼，我可去见你夫君了啊？"

坤仪兀自坐着，还是没什么反应。

青腾围着她上蹿下跳的，累得直喘气，终于失去了等待的耐心，将她留在这里，自己没入了黑暗里。

昱清伯爵府。

黎诸怀几次想进去看坤仪都被聂衍挡住了，他有些哭笑不得："大人，我就是嗅见了奇怪的妖气，想进去瞧瞧是什么来由，并没有别的意思。"

"于礼不合。"聂衍面无表情。

黎诸怀很想骂人。他们都是妖怪，守什么人间的礼啊？这人分明是心虚，他那么敏锐的人，定然更早察觉到这像极了狐族妖气的味道。

可聂衍一声不吭，他也没敢直接问，只能在坤仪的房外来回走动："如今这局面是我们努力多久才得到的？这里面可不止你的心血，还有一众兄弟的心愿，你若寻得那青腾的下落，就没道理因着任何事隐瞒我们，这对谁来说都不公平。"

若能杀了青腾，他们龙族一能泄恨，二能震慑其他族类，三能将狐族谛听人间消息的耳朵彻底封闭，四还能永绝青腾这个后患。

百利而无一害，百利啊！聂衍怎么能糊涂到在这种事上都要犹豫！

"里头的是坤仪，不是青腾。"聂衍执着却邪剑站在房门口，一双眼平静无波，"我有我的计划，青腾出不出现都一样。"

"可她若是出现了，你能省多少事？"黎诸怀微恼，"你直接告诉我，坤仪身上的异样妖气，是不是因为青腾？"

聂衍没答，神色阴郁。

坤仪从小到大遭受的不幸，都是青腾一手造成。

青腾被封印，封印的魂魄却少了一缕，导致她得了机会，通过坤仪身上的胎记释放妖气蛊惑周围的妖怪赶过来，然后再将他们吞食，以滋补自己受重伤的魂魄，其中，就包括坤仪的母后。她曾经好奇地问过他，什么样的妖怪吃人以后，还能让人像睡着了一般？聂衍当时说没有这种妖怪，因为魄类的妖怪早已灭绝，宫中也尚有抵抗魄类妖怪的符咒。若有，定该显形。

道理是这个道理，但他们都忽略了一种可能性，那就是狐妖王的魄被封印在坤仪的身上。坤仪肉体凡胎，自然不会被符咒所扰。当年刚被封印而虚弱不已的青腾，连妖气也释放不出去，就只能就近吸食坤仪母后的魂魄。

青腾是坤仪的杀母仇人，但现在，她与她共生。

"你不说，我也猜到了。"黎诸怀看着他的神色，长长地叹了口气，"事情总要做个了结，青腾和她的狐族背叛过你，你没道理因着区区一个凡人就放过她，万一她将来休养好了，坤仪也会死。如今秦有鲛一力与上清司夺权，外头那个龙鱼君又是个疯魔不要命的，你再拖下去，你族人想洗清冤屈就又得再等几十年！"

聂衍听得烦了，抬眼看他："今日若是你心爱之人被青腠寄生，你可会想也不想地拔剑杀她？"

要是以前听见这个问题，黎诸怀肯定会笑，说一句"老子没有心爱的人"。

但眼下，他居然诡异地沉默了一瞬，而后才神色如常地道："你别是被坤仪那小丫头给骗了。"

龙族看似冷血无情，实则十分好骗，因着过于强大的实力，他们未必会图什么，但只要有人真心对他们，并且企图用自己弱小的身躯保护他们，这种笨蛋生物，就会被打动。

"你只是血脉作祟，未必当真有多喜欢她。"黎诸怀十分冷酷地道，"而她们，却都在利用你的这个弱点骗你。当年青腠是这样，如今的坤仪还是这样。"

若是真心，坤仪就不会在暗地里帮她的皇兄做事。

聂衍冷眼看着他："青腠是青腠，坤仪是坤仪。"

黎诸怀气得直跺脚，道："你不信是吧，好，我今日让你看看，凡人女子心狠起来，未必就输给了青腠！"

黎诸怀开了自己的妖眼，飞上伯爵府内最高的亭台，扫视四下，很快找到了那东西的去处。他拉着聂衍走到坤仪居所后头的院子里，挥手拨开一处泥土，捡起一堆碎瓷片来。

"你可还记得邻街那家两个铺面大的医馆？"黎诸怀捏着瓷片看着他道，"那是上清司三司的暗桩，我们的人接头用的，平日里我手下两个徒弟偶尔过去坐坐诊。好巧不巧，就在你家这位夫人小产的当日，她身边的婢女去医馆里买过一服药。"

聂衍微怔，脸色瞬变："不可能，她压根不知道！那是个意外。"

"一个让你愧疚到现在、不舍得杀她的意外？"黎诸怀翻了个白眼，"你真以为皇家长大的公主，是个蠢笨如猪的不成？药是她自己吃下去的，孩子本就保不住，与你无关。而你……你被她诬了！"

聂衍心口震了震，下意识地出手，将黎诸怀抵到后头的院墙上，死死扼住他的咽喉，说："你要她死，也不该这样冤她！"

"我冤她？"黎诸怀被扼得脸上涨红，却还是轻笑，"你去套一套她那婢女的话不就知道了？若是假的，我自裁给她赔罪；若是真的，你便舍了她吧。"

连亲生的孩子都不愿意留下，还要把孩子当成让他愧疚的筹码，这样的女人，比青腠可厉害多了。

聂衍不信，他清楚地记得坤仪当日没有任何意识，只疼得在他怀里流泪，醒来的时候也真当自己是腹痛，不曾说过别的话。可是后院里为什么会有药罐子的碎瓷片？而且看着还是刚埋进来不久。

聂衍站直身子，慢慢松开黎诸怀的咽喉，沉默良久，还是往前头走去。

坤仪一直昏迷，兰苕很是焦急，里里外外地忙着让人熬药请大夫，又亲自去做她最爱吃的果子，打算放在床榻边等她醒来了吃。

果子做到一半，兰苕突然听见聂衍的声音在她身侧响起："原先后厨里有个瓷白的药罐子，你可看见了？"

兰苕手上一颤，被蒸笼的热气一烫，当即"啊"了一声捏住自己的耳朵。

她转头，就瞧见聂衍居高临下地看着她，眼里平静无波："大夫说有一味药得用它来熬，我原先见过，眼下没找着了。"

兰苕莫名心慌，垂下了头，含糊地道："这等粗活怎么能让伯爷您来操劳，奴婢已经吩咐下去了，院子里的婢女婆子们会来做的，您且先去看看夫人……"

"那罐子被摔碎了？"聂衍像是没听见她的话，继续问。

兰苕的头皮有些发麻，将颤抖的手背在身后："奴婢也没瞧见，许是摔碎了吧，先前还见过……"

凡人害怕的样子是妖怪眼里最常见的神态了，但眼下这份害怕，聂衍并不是很想看见。他宁愿兰苕是一脸茫然，抑或只是莫名其妙地看着他，也比这心虚万分的害怕要顺眼得多。

普通摔破的罐子并不会被掩埋在后庭的花土里，见过大世面的兰苕，也并不会因为一个普通的药罐子在他面前冷汗直流。

聂衍转身，又去了一趟门房。他眼里尚有一丝期待，只要坤仪小产当日兰苕并未出府，那黎诸怀就是在撒谎。

然而，手指没划两页，他就看见了当日门房的记录。

兰苕出府，事由：买点心。

聂衍突然就笑了。他合上册子，看了看远处的天。

许是要下雨了，天上一片阴霾，乌云压山，风吹树摇。

坤仪是不喜欢这样的天气的，她喜欢晴空万里，可以穿漂亮的裙子在阳光下转圈，可以乘华贵的车出府游玩。她喜欢的东西好像很多，珍宝玉器、翡翠红瑙，他不介意满足她，让她开心。

但他独独忘了问，她是不是当真喜欢他。她从小被妖怪连累得父母双亡，居然还能对他说出喜欢他的话来，这原本就很奇怪，只是他没有细想。

龙族多骄傲，骄傲到不会怀疑任何人喜欢自己的动机，他们值得任何族类的厚爱。他独独没想到，人心难测。

聂衍去了主屋。他还想亲耳听听坤仪的解释，听她说说为何要在浮玉山与他圆房，为何要作丫鬟装扮与他同进同出，又为何口口声声说喜欢他，却连他的孩子都不愿留下。

可是，她没给他这个机会。

主屋里空荡荡的，原本躺着人的地方眼下只剩了一床凌乱的被褥，旁边的花窗大开，风从外头灌进来，吹得人衣袍如船帆一般鼓动。

青䲢拎着裙摆，一边往宫城的方向跑一边低声抱怨："你这个姑娘，人这么娇小，为什么要穿这么大的裙子，跑起来不费劲吗？不怕踩着裙摆摔着吗？"

坤仪懒洋洋地答她："我出门不用自己走路。"

青䲢："你得意什么？我若不是法力没恢复，我也不用走路。"

她现在的神识顶多能偶尔与坤仪争抢一下这具身体的使用权，要说法力，那是当真没有。

青䲢累得气喘吁吁，回头看了一眼，喘着声儿道："你听我说啊，聂衍方才还好好的，但眼下不知为何对你动了杀心——我太熟悉他的杀气了，这山海间没有人比我更了解他的杀气。"

坤仪挑眉："他就没杀过别人？"

"杀过啊，所以被他动了杀心的人都死了，我是唯一一个从他眼皮子底下活下来的。"青䲢得意地扭了扭腰肢，"你可想知道为何？"

坤仪抿了抿唇，没搭腔。

然而这狐狸是个话多的，兀自就继续道："我总觉得那时候他是喜欢过我的，所以才放了我一马。聂衍这个人，要说心硬倒也是的，屠杀起仇敌来跟切菜似的，血海尸山在他眼里得不到半点怜悯。但要说他心软嘛，他对自己喜欢的人，真的会心软。"

坤仪没忍住冷哼了一声道："他若真喜欢你，你又怎么会沦落到这个地步？"

青䲢脸上有些挂不住，恼道："所以说是曾经喜欢过嘛，又不是一直喜欢……哎呀，你先操心操心自己吧，先前还好好的，他怎么突然就想杀你了？"

坤仪沉默。她又没做什么大错事，聂衍自然是不至于想杀她的，如果想杀她，只能是因为青䲢。

看来，在她的性命和杀了青䲢报仇这两者之间，聂衍选择了后者。

"哎呀！"青腠疼得一激灵，捂着心口道，"你难过什么呀，弄得我这么痛！"

"我没有。"坤仪垂眼，"早就料到过今日这样的场景，我何必难过。"

"你这话骗骗别人就算了，我与你连着心啊，糊弄得过去吗？"青腠又气又笑，"你这么嘴硬，有本事你的心别绞成一团，疼死我了……"

坤仪在黑暗里坐得端正又乖巧，像无数次遇见祸事时那样，声音温和："他既然是龙族，便有他自己的事要做。我没法与他白头偕老，他选择报仇也是对的。少年夫妻都未曾有多少能患难与共，更何况我与他成亲不过数月。"

"你这是在说服旁人还是在说服你自己？"青腠鄙夷地道，"半点作用也没有。"

坤仪的眼睫颤了颤，突然想起了兰苕。她摸了摸黑暗里的地面，突然皱眉抬头："你一个人跑出来，兰苕怎么办？"

青腠撇嘴："我自己都保不住命了，还管你那个婢女？"

"回去，将她一起带出来。"坤仪沉了脸。

青腠不以为意，她虽然是皇家之女，也不至于片刻都离不开自己的婢女。就算关系好，可性命攸关的当口，哪还能顾得上那么多？

谁承想，一直死气沉沉的小姑娘，因着她的不理睬，突然就开始挣扎起来。青腠膝盖一软，跌在了路边，意识有一瞬间的涣散。

她恼道："你这小姑娘真是有意思，美男子你不感兴趣，倒这么在意一个婢女，早说嘛，我也不至于哄你哄得喉咙都要干了。"

坤仪冷着脸抢回了自己的身子。她的意识回笼，恍惚了片刻，定睛才发现自己跌坐在宫城外的河道边上，远处已经有禁军朝她围过来了。身后不远处，一道熟悉的身影也正策马而至。

是聂衍。

他的眉目还是这么好看，远远地骑在马上，身姿挺俊、长袍如风。可惜，眼下的他周身裹着戾气，手里还捏着却邪剑，看着可怕得很。

"殿下！"王敢当离得近，先跑到了她身边，将她扶起来，当即甩下一张千里符。

坤仪最后看了聂衍一眼。她现在的样子肯定很不好看，以至于聂衍看她的眼神里没有丝毫爱意，只有铺天盖地的失望和冷漠。只一眼，就让她觉得心凉。

坤仪突然觉得有些生气。现在是他想杀她，为什么他还是这副表情？该失望的是她，这么长久的相处，她也未曾换得他的偏爱。先前那些个亲昵恩爱，不过都是他的逢场作戏罢了。

她早该知道，妖怪是没有心的。她眼前一花，被王敢当带到了上阳宫，层层叠叠的禁军守卫看得她有些意外，差点没敢迈步子。

"坤仪。"盛庆帝从内殿出来，跟跄着来拉她。

她定了定神，看着自己的皇兄笑："臣妹有负所托。"

盛庆帝皱眉摇头："你说的什么话，你能做的都已经做了，几个册子对江山天下都帮助极大，你大可以休息一段日子。"

朝中新臣与妖孽来往的人脉关系，还有潜伏的妖怪，都被她挖了一大半，若有机会制服聂衍，这些册子就能替他省下不少搜查的工夫。

坤仪已经比他想象中的还要厉害。

只是，外头不知道出了什么事，国师突然调人将上阳宫护住，连皇后和三皇子也一并接了过来，嘱咐他们万不可离开宫门。

"殿下。"龙鱼君朝她行了一礼。

坤仪侧眼，见他嘴角有伤痕，忍不住皱眉道："你大可不必受这些伤。"

龙鱼君一怔，抬头对上她的眼神，心里微沉："殿下都知道了？"

不等坤仪回答，龙鱼君又道："殿下看我，当以双眼，不可以双耳。"

他对坤仪，又岂止是想报恩那么简单。

坤仪眼下没有心思说这些，她看着龙鱼君，突然问了一句："若是九重天上有人知道妖怪在为害人间，我等是不是就不必受他威胁宰割了？"

龙鱼君垂眸道："是这个理，但殿下，九重天非寻常妖怪能踏足之地，若非天神机缘巧合下凡来，我等没有办法上去报信。"

而天神下凡，少则百年，多则千年，远水救不了近火。并且，聂衍聪明就聪明在他以凡人的身份行走人间，以道术玩弄人间权术，并未大肆动用过妖术，这一状恐怕不好告。

"天狐既然已醒，那他就会有所忌惮，不会再轻易动用妖术。"秦有鲛跨进门来，满身风雨，"只要他不动妖术，我们就有机会。"

动用原身的聂衍不会给任何人反抗的机会，但若他只能用道术，那如同先前所言，虽然厉害，却也未必无敌。

"坤仪只要活着，这个国家就能存活下去。"秦有鲛看向她，"你切不可有轻生的念头。"

坤仪眼里划过一瞬的嘲弄，没有反对。她漫不经心地玩了一会儿自己腰间的护身符，终于将它扯下来扔出了窗外。

"你们替我把兰苕和鱼白救回来。"

"好。"秦有鲛答应了她。

黑暗里，青腾看着重新坐回来的坤仪，啧啧摇头："我原觉得自己是可怜的，狐族那么多人，偏偏我被推成了狐王，来受这封印之苦。可看着你，我又觉得我还不是最可怜的。你想死都死不成，万念俱灰之下，还要作为一个筹码好好活着。"

坤仪不语。

"原以为聂衍对你动了心，可是好像也就那样，他也能舍了你。你皇兄看起来很心疼你，但他也没考虑过你的心情。至于你师父那个人，身负守护凡人的职责，也不是真的心疼你。"青腾伸手摸了摸坤仪的脑袋，揶揄道，"你好像从未被人爱过。"

坤仪头也没抬："你被人爱过吗？"

"哈哈哈！"青腾笑得花枝乱颤，"我是狐王，我是天底下最漂亮的女人，我需要谁的爱不成？"

"嗯。"坤仪点头，"我也不需要。"

青腾继续笑，但笑着笑着她就笑不出来了，蹲到坤仪身边，与她一起抱着膝盖发呆。

狐族是最容易对凡人动情的妖族，从她出生开始就听说了很多族人与凡人的恋情，她也想有一段感天动地的经历，回去好挺着腰杆与人说道说道，但她唯一看上的聂衍，已经被她亲手推到了死敌的位置上。眼下，这个人还在想方设法地要杀她，为了杀她，连坤仪都不顾了。

这小丫头还当真挺喜欢他的，就是嘴硬了点，仿佛只要不流露出伤心欲绝的模样，自己就没那么可怜。

青腾轻轻叹了口气，踢了踢坤仪的脚："你皇兄和你师父都护不住你的，我给你指一条明路。你去掌灯酒家找一个人，她比我活着的时候还厉害，她能护住你的性命。"

坤仪似乎在出神，好半晌才听见她说的话，淡淡地道："你帮我，想要什么？"

"废话！"青腾撇嘴，"想活命啊。你死了我也活不成，以后再无重见天日之时，那我可不乐意。你赶紧去吧，找合德大街街尾的三岔路口，掌灯酒家，姓楼的女掌柜。"

坤仪动了动身子，却又坐下了，没好气地道："你觉得是我找到你这个女掌柜快，还是聂衍找到我取了我的性命更快？"

青腾一噎，面露难色："可你等在这里，也是会死的。"

"不急，"她抬了抬眼，"黎诸怀一贯想要我的命，我就在这里等等他，他能帮上我的忙。"

第十二章 玩弄于股掌之间

　　青朦觉得挺奇怪的。先前她看坤仪，只觉得这小姑娘挺会享受，吃穿用度都要最好的，一件外袍的花销就够普通百姓过一辈子，更莫说她的发钗、玉饰、环佩、璎珞，都是价值连城、世间罕有。

　　按理说，这样长大的姑娘，定是天真单纯、不沾俗务才对。但眼下她面临这么大的变故，几乎是从天上跌到地下，说一句孤立无援也不为过，可她坐在这里，竟还能冷静地想着要利用黎诸怀。

　　黎诸怀可不是什么好人，他是不周山的黎族，嗜血好战，心机深沉。虽能治病救人，但毫无悯世之心，追随聂衍这么多年，做得最多的事就是杀人，杀一切阻拦聂衍夺回九重天的人。

　　这样的人，她一个小姑娘怎么应付得过来？

　　坤仪没有解答青朦的困惑，她太累了，需要好好睡上一觉。生死关头，一个足够清醒的脑子是最重要的。

　　青朦冷眼看着她陷入噩梦里。

　　坤仪已经很久没做噩梦了，聂衍周身的龙气足够替她驱散这些东西，可眼下，坤仪又重新回到了熟悉的梦境里，周围都是来向她寻仇的人，个个浑身褴褛、血肉模糊。

　　青朦看着她惊慌逃窜，看着她躲进巷子里抱住自己的脑袋，也看着那些人朝她逼近。

这个小丫头，好像只有在梦里才敢露怯。

然而这次她醒来，身边没有人能安抚她。兰茗不在，她独自坐在被禁军层层包围的上阳宫侧殿里，紧抿着唇，单薄的肩膀微微缩着，眸子不安地转动。好一会儿，她才缓过劲来。

有人掀开珠帘进来，轻轻叹了口气。

坤仪抬眼看过去，嘴唇动了动："皇嫂。"

张皇后消瘦了很多，装扮虽还如前，宫装的腰身却是空荡荡的。她走到她床榻边坐下，低声道："上阳宫周围都是国师亲自布下的法阵，就算无法护你周全，也能在他们靠近的时候有所警示，你大可以安心多睡会儿。"

坤仪看了看外头的天色，道："睡够了，我还有事要做。"

张皇后知道她在想什么，略略垂眸："如今上清司势大，连陛下身边也有他们的人，不管是明的还是暗的，我们都斗不过他。国师已经约了聂衍，打算协商一些事，你我只用等着结果便是。"

聂衍不能光明正大杀进宫里来，禁军和法阵足以挡住大部分的刺客和妖物，眼下双方僵持，只要双方没把路走死，那就还有的谈。

"你们不太了解他。"坤仪摇头，"有一次，上清司三司门下一个天赋异禀的道人起了异心，聂衍带我去见他。那道人的确有本事，能单打独斗杀掉一只旁人都束手无策的吃人妖怪。他自视也甚高，要聂衍替他求一个三品的武官位置，否则他就投靠夜隐寺。按理，他的要求其实不过分，他身居要职，对聂衍也没什么坏处，毕竟都是上清司的人。但聂衍听他说完，直接废了他在上清司学得的所有道术，将他经脉打断，扔去了夜隐寺门口。"

张皇后怔愣。

坤仪却是习以为常："这便是他处理事情的手段。只要你没扼住他的命门，想用共赢之事来与他谈条件，其实是没用的，他不喜欢听人威胁。"

秦有鲛或许能与他谈下些什么条件，但聂衍如今占着上风。如果想要安心，除非反手捏住他的命门。否则，他们一个好觉也别想睡。

"还请皇嫂帮我个忙。"坤仪与她道，"我这侧殿的后院，可以留出一处破绽来。"

张皇后一听就摇头："就算聂衍对你心软，他身边的人可未必。你一留破绽，必死无疑。"

"皇嫂放心。"坤仪浅笑，"只管帮我的忙就是。"

坤仪先前帮过她，张皇后自然是冒着风险也会回报，这是妖怪的规矩。

是以，当天夜里，上阳宫侧殿后庭里的法阵就出现了一个缺口。缺口不大，没有惊动秦有鲛；但也不算小，恰好能容纳一只苍蝇飞过。

黎诸怀很快就发现了这件事。他知道坤仪在上阳宫，已经借着巡逻之名在附近绕了好几天了。聂衍是不肯动手的，他甚至还有闲心去听秦有鲛说一些废话。所以，要干净利落地除掉坤仪和青螣，还是只能靠自己。

他要动手，还不能留下痕迹，不能给人机会指认上清司和聂衍，所以，最好是用普通刺客的身份潜入动手——这苍蝇缝儿给了他灵感。

黎诸怀当即就拉了淮南来替他望风。

"大人，你这样不太妥当。"淮南连连皱眉，"伯爷都还没下决定，你哪能擅自动手？"

"交给咱们伯爷，坤仪就只能老死了。也就是说，你我要想去九重天，就得再等几十年。"黎诸怀变身成了苍蝇，绕着他"嗡嗡"飞了两圈，"他就算怪我，我也得将这事先办成了。"

说罢，他便顺着缝隙飞进了上阳宫。淮南看着他的背影，心里五味杂陈。

坤仪殿下不算一个完美的好姑娘，但她至少是喜欢过伯爷的。好端端的两个人，怎么就走到了这个地步？

黑夜无月，苍蝇飞入侧殿，落地成了一个黑衣人。他瞧见床榻上鼓着包的地方，无声地变出长刀，手起刀落，直取她咽喉。

坤仪还没来得及哼一声，血就溅了老高。

黎诸怀一个哆嗦，没捏稳长刀，刀和着血落在地上，"哐啷"一声响。

"什么人？"外头守着的禁军当即反应过来，推门而入。

黎诸怀变回了苍蝇，头也不回地冲出了上阳宫。他的身后，禁军低喝，宫女尖叫，随即有凄怆的哭声直冲云霄：

"殿下！"

黎诸怀跌出上阳宫外变回人形，脸色不太好看，却不怎么后悔。坤仪是一定要死的，况且她身上还有个青螣。他虽是欺负了弱小，但也算帮聂衍做了个了断。

"殿下！殿下！"

上阳宫侧殿乱成一团，宫女们踉踉跄跄地跑去跟盛庆帝禀告，火把随之亮起，宫门四处落了钥，禁军巡逻各处，开始搜查可疑的人。

宫廷里的动静太大，以至于站在上阳宫最高的屋檐上说着话的两个人都被惊动了。

聂衍扫了下头一眼，微微皱眉。秦有鲛倒是直接提拎了一个宫人上来，皱眉问："吵吵嚷嚷的，怎么了？"

那宫人突然飞上屋檐，吓得腿都软了，哆哆嗦嗦地道："坤、坤仪公主被害了，下头正在找凶手。"

秦有鲛以为自己听错了："你说什么？哪个公主？"

"坤仪公主……"宫人牙齿都打战，"侧殿里的坤仪公主，刚才被人抹了脖子！"

聂衍脑子里"嗡"的一声，瞬间变了脸色："人在哪里？"

"就……就在下头侧殿。"

聂衍拂袖跳下屋檐，径自跨步走进侧殿。

秦有鲛紧随其后，表情难看极了："去把上清司今日在宫里的人都请过来，一个也不许借故离开！"

"是！"随侍领命而去。

聂衍已经没有多余的精力去质问秦有鲛凭什么怀疑上清司，他几步走进侧殿，迎面就闻到了浓烈的血腥味儿。

坤仪躺在被血浸透的被窝里，脸上已经是一片灰败之色，一条伤口从她的咽喉一直横亘到耳后，皮开肉绽。

他下意识地摇头，上前想细看。

"你想做什么？"张皇后红着眼挡住他。

聂衍冷冷地看着她："坤仪身上有我给的护身符，不可能受此横祸我却不知情……让开！"

张皇后不让，咬着牙将他的护身符扔还给他："坤仪进宫那日就把这东西扔了，你能知道什么？再者，她不是被妖怪杀害的！这是谁的手笔，你难道猜不出来？"

那是一张略有些陈旧的护身符，上头还沾着些泥。

聂衍只看了一眼就将它捏紧，下颌紧绷："不，我不信。"

她没那么容易死，她身上还有青膡，青膡也不会那么容易让她死。

"你对她总归只是利用，眼下就莫要站在这里，让她皇兄都不敢进来送自己的亲妹妹一程！"张皇后泪如雨下，"伯爷，你翻手为云覆手为雨，你心里装不下任何人。但他们是人，人的生离死别是何其痛苦！您何必再挡在这里，白白给他们添堵？"

"坤仪！"

外头响起了盛庆帝沙哑又不可置信的喊声。

聂衍死死地盯着床上那个人，僵硬了半晌，才侧开身子。

"伯爷，这是个好机会。"黎诸怀近到他身侧来，低声道，"青腾跟着没了，这人间便再没有天狐能通风报信，您就算改了这人间，九重天上也察觉不……"

话还没说完，他的眼前突然一花。

黎诸怀怔愣，再一定神，周遭就变成了花园的一隅。他被聂衍掐着咽喉抵在假山上，险些被直接捏死。

"你动的手？"聂衍问。

黎诸怀本想否认，可一对上那双瘆人的眼睛，他沉默半晌，还是点了头："如此……你我前路再无阻隔。"

黎诸怀的嘴唇蓦地发白，聂衍将他扯进了结界里。

黎诸怀被他盛大的怒火吓了一跳，不由得皱眉："她只是个凡人，与你相识不过数月！而我已经跟了你上千年，你要为她而杀了我？"

"时间太长，你仿佛已经忘了，你六足蛇一族，为何能存活至今！"

结界里狂风呼啸，聂衍冷冷地看着他，手上的力道一点也没松。

黎诸怀被他这话给噎住了，脸上一阵红一阵白。

六足蛇也是聂衍捏出来的兽而修炼成的妖，因着形与龙十分相似，地位和法力都颇高，行事也就霸道。有一回他们冲撞了女娲，酿下数十万还未出生的凡人夭折的惨祸，导致九重天降下责罚，要将他们灭族。聂衍以一己之力将他们主要的族人给救了出来，放他们入不周山，给了他们巢穴和守地，让他们繁衍生息，这才保住了六足蛇一脉。

黎诸怀也是因此发誓，要一辈子追随聂衍。只是，他的行事作风依旧没改，聂衍不曾约束他，他也就变本加厉地管起了更多的事。

"我没要她死，你凭什么要她性命？"聂衍看着他，鸦黑的眼眸里泛着杀意，"她算计我也是我的事，我还没动手，你凭什么杀了她？"

黎诸怀咬紧了牙，背脊发凉，没敢再吭声。

"去把她寻回来。"聂衍松开他，转过了身去，"上天入地，随你去哪里寻，寻不回来，你也别回来了！"

凡人死生如蜉蝣，但都是有来处有去处的，生从女娲手下来，死则归于九幽黄泉。只要将魂魄寻回来，再给她捏个肉身，坤仪就还有复生的机会。

黎诸怀不太甘心，但也知道聂衍没给他第二个选择，只能拱了拱手，表示应下。

聂衍撤了结界，头也不回地走了。

坤仪骗他、利用他，他也未必对她有多至死不渝，但除了他，旁人凭什么决定她的生死？他还有账要与她清算，还有话要问她，没说完之前，谁也别想要她的命。

宫中喧闹成一团，吵嚷声和哭泣声不绝于耳，穿过上阳宫，绕过御花园，落在清渠的水里，依旧清晰可闻。

因着宫里的乱子，上清司的人守卫出现了很大的缺口，坤仪被龙鱼君装在结界里，驮在鱼背上，从清渠顺流而下，安静地离开了宫闱。

外头正值宵禁，龙鱼君维持着坤仪所在的结界，并不能立马化人形，所以直接一直顺着水游，到合德大街附近的沟渠边上，才将她放下。

谁料，结界刚一解开，远处就有人呵斥："什么人？"

坤仪惊了惊，立马起身就跑。

风声在耳边呼啸，夹杂着身后追兵的喊声，传到她的耳朵里。她的脑子有些乱，一时间也没想起来青腾说的地址，只埋头朝前冲，穿过几条小巷还没将身后的追兵甩开，这才有些急了。

街上空无一人，家家户户门窗紧闭，她连个躲的地方都没有。

正绝望呢，眼帘里突然映入一家敞着门的店铺。坤仪大喜，三步并作两步地跑过去，闷头就撞上了门口正在点灯的人。

"哎哟！"那人软绵绵地叫唤一声，捂着腰扭过头来瞪她，"小姑娘，怎么横冲直撞的？"

这是一张明艳得略显狐媚的脸，妆容精细，美色诱人，窈窕的腰肢又娇又软，被她侧身捂着，眼里含嗔带怨，端的是风情万种。

坤仪看得了呆，一时都忘了躲追兵。

这女子往她身后看了一眼，凶恼的表情当即一变，打着团扇就迎了过去："哎呀两位官爷，这大半夜的，怎么累得满头大汗？要不要来咱们这儿住个店？今儿个刚修葺过，被褥干净着呢，一晚也才二两银子，现在外面随便吃几个菜都不止这个钱了。"

那两个官兵瞪眼看着坤仪的背影："她是什么人？叫半天不站住也不回头，别是什么逃犯才好。"

"我的大人，这青天白日……这大晚上的，哪来什么逃犯哪？这就是我酒楼里一个不开眼的粗使，说家里有急事，赶着想出城。我都告诉她宵禁了，她不听，这不，遇见二位官爷，想必是被吓着了，这会儿老实了。"

说着，她朝坤仪娇瞋一眼："还不过来请两位大人进去酒楼坐坐？"

坤仪硬着头皮转身，刚要下台阶，就见两个官兵摆手："罢了罢了，我二人就不进去坐了，最近城里不太平，楼掌柜你自个儿小心些，别叫什么妖怪钻了空子。"

"多谢二位大人关怀，但是，大人，真的不进去坐坐？我店里还新到了花雕酒，买三两送一两，合算着呢！"她盛情地问。

大抵是知道这家酒楼价格昂贵，不太划算，两个官兵摆了摆手，又回去继续巡逻了。

坤仪目瞪口呆地看着一切，觉得很不可思议。晟京里的巡逻官兵一向难缠，这人竟能两三句话就将他们打发了。

她不由得又多看了这老板娘一眼。

"楼掌柜！"酒楼里突然有人喊，"这儿有人喝醉了，摔烂了你的青瓷瓶！"

老板娘方才还笑着的脸陡然一变，柳眉倒竖，叉着腰就往回走："那是青瓷瓶吗？那是前朝的古董瓶子，官窑的，三百两一个，谁敢给我摔了，谁就给我赔！"

路过坤仪身侧时，老板娘还拉了她一把，十分自然地就将她带入了酒楼。临进门的时候，坤仪抬头看了一眼招牌。

掌灯酒家。

误打误撞的，竟给她找着了。

坤仪收回目光，又看了看身边的人，下意识地问了一句："楼掌柜？"

楼似玉瞥她一眼，狐眸轻撩："姑娘出门的时候，带银子了没？"

坤仪点头。青膌说过，楼似玉贪财，所以她特意揣了很多银票在身上。

说时迟那时快，楼似玉对着她的脸突然就变得笑靥如花，捏着她手腕的手也放了下来，又挽了上去，身子也朝她微微躬下了些："这就对了，咱们这酒家您是来过的，知道东西好吃，就是贵了些是吧？这年头生意也不好做，我可做不起收留落魄公主的好事来……"

说着，她扭头朝旁边路过的伙计吩咐："最贵的家伙事儿，都往天字一号房送一份来！"

"得嘞！"

楼似玉扭头再朝她一笑，捏着香风罗裙，殷勤地道："情况呢，我是知道一点的，但我这人情况也有些特殊，未必能帮得上忙，具体的事还要听您说说才行。"

老实说，有那么一瞬间，坤仪觉得她不太靠谱。哪有妖怪做起人间掌柜的来比人还精的？

可下一瞬，她就看见了楼似玉的眼睛。那是一双金色的狐眸，带着看穿一切的眼神，在她面前一闪而过。

坤仪收回了怀疑，跟着她进了房间。

天狐一族说厉害也厉害，毕竟他们能将龙族玩弄于股掌之间。但要说惨，也实惨，狐王被封印，其余天狐也都被带上九重天，再没有机会踏足人世。

独一只狐狸例外，那就是楼似玉。

楼似玉是名正言顺的狐王继位人，但她爱上了一个凡人，不愿被封印，也不愿上九重天，便将位置让给了青腰。结果后来，她的爱人身死神灭，她便隐姓埋名生活在凡间，开了酒家，一直等着她的爱人回来。

坤仪当时听见这个故事的时候觉得很奇怪，楼似玉既然是那么厉害的狐狸，为什么要等一个凡人？不是可以去生死簿上抢人吗？

青腰意味深长地道："普通的凡人还能抢上一抢，但她喜欢的那个，有点厉害。"

凡人就是凡人，再厉害又能厉害到哪里去？坤仪不以为然。

然而眼下，楼似玉坐在她旁边，眼睛眨也不眨地盯着她胎记的位置已经三炷香的工夫了，坤仪觉得不太对劲。

"敢问……"她神色很是复杂，"您认识宋清玄吗？"

"什么？"楼似玉翘着的嘴角僵了僵，没有回答她的问题，只道，"你只要愿意活着，我便能做牵制聂衍的人。"

普通的妖怪很难上达天听，但她可以。一旦聂衍动用妖力屠戮人间，她便能知会九重天。如此一来，聂衍必定忌惮。

"他想替龙族洗清冤屈，我倒是不拦着。但大家各凭本事，他龙族睥睨天下、蛮横任性的那一套，现在可行不通。"楼似玉起身走到窗边，望着远处层层叠叠的黑云低笑，"人心都是会说话的。"

凡人在天神面前无法撒谎，所以龙族当年因着几个人的证词就被定罪。只是，人不能撒谎，却能被蒙蔽。青腰的手段，她多少是清楚的。

眼下别的都不重要，重要的是，坤仪不能死。她死了，青腰死了，宋清玄的三魂六魄也就跟着没了。

坤仪撑着下巴打量着她的表情变化，突然道："咦？你们妖怪，原来是会真心实意喜欢凡人的吗？我还以为在你们眼里，我们这种只能活几十年的短命东西，不值得放在眼里。"

楼似玉回过神，漂漂亮亮地白了她一眼。她捏着团扇遮住半张脸，妖娆地道："人生苦短，但人情难得。遇见个对你好的人，如何就不会动心了？我可不是聂衍那样的狠心妖怪，连自己成了亲的夫人都舍得追杀。"

说着，她一顿，又捏着扇面打了打自己的嘴："呸呸呸，我怎么能对天字一号房的客人说这么狠心的话呢？要扣钱的。"

坤仪垂眼，淡淡地道："说实话怎么能扣钱，老板娘既然肯帮忙，此事就得劳烦您同聂衍说上一说，也好叫我早日归家，过我该过的日子。"

楼似玉抹开一面妆镜，镜面如水般泛起涟漪，片刻之后归于平静，显出聂衍的身影来。

他似是站在某个高处，周身绕风，赤缇色的笼纱长袍被风拂得猎猎，脸上神情淡漠又疏远，像极了她第一次见他的时候。

算算时辰，这时候他应该已经看见了她和龙鱼君布置好的"凶案现场"，知道了她的死讯。

只不过，他这样的反应，也着实凉薄了些。

坤仪脸色有些发白，自嘲地抿了抿嘴角。

楼似玉余光瞥着她，打着扇儿宽慰道："他这样的人物，你要人家为情所困，也着实勉强了些。他能择个地方静上这么久，也算是他心里有过你了。"

坤仪出来的时候只穿了一件素纱，此刻只觉得寒意袭来，捏了捏自己泛凉的胳膊，撇嘴道："倒不为别的，我只是在想，他对我的生死都这么冷漠，我还能用什么拿捏他呢。"

楼似玉忍不住给她竖了个大拇指："自盘古开天辟地，从没人想过能拿捏玄龙，就算是我那心机深沉的大侄女，也只想着临阵倒戈而已。你这姑娘有出息，是个干大事的。"

楼似玉笑得狐眸盈盈，似乎没把她这句话当真。但笑了一会儿，她就在坤仪认真而严肃的神色里安静了下来。

"你当真是这么打算的？"她忍不住皱眉。

坤仪眨眼看着她："我别无选择。"

青腾当年是有的选，所以选了一条与龙族作对的路，而坤仪现在是被聂衍逼到了悬崖边上，身上还背负着整个王朝和万千百姓的将来。

"聂衍善权谋，也能治妖，但他不知道该怎么让百姓过上好日子。若要为了洗清龙族罪名便让他接掌江山，天下会大乱。"坤仪叹息，"就算他学着帝王治理国家的本事，几年内弊端不显，但他身侧还有旁的妖族，还多是食人的，一旦他们建功立业、位高权重，你知他们会害死多少凡人？我与他尚算亲近，知道他一些喜恶，眼下有掌柜的相助，勉强能保住性命。此等良机，若还苟且度日，便是坐以待毙。"

楼似玉听得怔愣，忍不住重新打量她一圈儿："你个娇滴滴的姑娘，又是金尊玉贵的，如何做得这些？"

"正是我金尊玉贵，受天下人供养，我才该去做这些。"坤仪轻笑，凤眼微勾，脖颈挺直，"掌柜的莫不是觉得我们皇家人当真是吃白饭的？"

楼似玉震了震，狐眸里终于露出了两分真心："如此，我也算没帮错人。"

这果决清醒的样子，还颇有两分宋清玄的风骨。凡人虽然脆弱，但有时候当真挺有意思的。

"你且在这里住着，明日我就去找他说话。"楼似玉起身，扭着腰肢朝她摆了摆手，"睡个好觉吧，在我这天字一号房，神仙也动不得你分毫。"

"多谢掌柜的。"坤仪颔首。

门被她爽快地带上了。

可是没一会儿，坤仪就看见那门又"吱呀"一声被推开了一条缝，楼掌柜那双纤长的手从缝里伸进来，拿起她放在门口矮柜上的一张百两银票，不好意思又有些理所应当地朝她晃了晃，然后飞快地抽走并且再次关上了门。

她哭笑不得，摇了摇头。

这家客栈有些陈旧，压根没有掌柜的吹嘘的那么新。坤仪没能在床上躺得下去，便就在椅子上坐着睡了。梦里，她回到了很久以前，她端坐在殿堂之上，目之所及的台阶下，他眉目里似乎盛着光，一步步走上来，衣袍翻飞起来，像极了悬崖边盘旋的鹰。

她心口的跳动在梦境里都清晰可闻。

可惜了，可惜了。

聂衍在晟京最高的望月楼的屋檐上站了一夜。他也不知道自己在等什么，只觉得有无边的孤寂像潮水一样从四面八方涌过来，拖拽着要让他往下掉。

黎诸怀下了黄泉去寻人，人是定然能寻回来的，只是她体质特殊，万一有什么限制，寻着了魂魄也未必能复活。

如果不能复活的话，他可要等她下一世轮回？

可是，他为什么要等？他与她也不过是机缘巧合被逼无奈成的亲，他不见得多喜欢她。

他的脑海里划过一张笑盈盈的脸，凤眼弯弯如月，眼角波光粼粼。

坤仪笑起来似乎总是这样，不管是真心还是假意，仰头看他的时候，眸子里总是亮晶晶的。与他嬉笑怒骂，与他娇嗔打闹。若他再受点伤，她便要急了，捏着裙子跑得比兔子都快，从她的院落一路跑过来，扑在他床边抓住他的手，满眼都是心疼。

是凡人太会伪装，还是他见得太少？这样的人，怎么舍得连他们的孩子都一起利用？

"大人怎么能慌？"邱长老突然出现在他身后，声音低沉带着叹息。

聂衍回神，微微敛眸："我没有。"

"大人若不是慌了，又何至于在这里守着？"邱长老顺着他站的方向看过去，刚好是日出的方向。

邱长老看了两眼，摇了摇头："生魂若能归，自当是在日出之前从这里归来。但是大人，您在这里，是等不到坤仪公主的生魂的。"

聂衍眼神一沉，突然转头看他。

邱长老被他眼里的威慑之意吓得微微一顿，旋即苦笑："老夫的意思是，坤仪公主并未身故，生魂自然不会从这里回来。"

什么意思？聂衍有一瞬间的茫然。

"不过是一张符纸做的小把戏而已，大人但凡认真看看，就不该上这一当。"邱长老将失效了的变化符呈到他面前。

聂衍瞳孔微微一紧，伸手接过，将符纸慢慢捏进掌心。

他的眼前浮现了上阳宫侧殿的画面：失效了的符纸从坤仪的"尸体"上落下来，方才还面目清晰的尸体，瞬间变成了几节脆藕。盛庆帝等人惊呆在当场，张皇后却像是早料到了，只将帝王扶起来坐去一侧，慢声细语地与他说着什么。宫人和随侍七手八脚地开始收拾侧殿，原本跪哭的丫鬟女使们也都被叫了起来，如常开始做别的事。

"您与黎诸怀，本不该上这样的当。他是被您挡了没有仔细去看，而您，是乱了心神。"邱长老深深地看着他，"大人，被一个凡人女子一直玩弄于股掌之间，这样的事，您还打算做上多久呢？"

聂衍沉默地看着手里的符纸。

她是借着这点掩护出宫去了吧？她就这么料定他会因着她的死顾不上其他，就这么喜欢用自己作筹码来算计他？孩子也是，她自己也是。

她这个人，有心吗？心里当真如她嘴上所说，那么喜欢他吗？还是从一开始，就只是打算利用他，反叫他陷在这场可笑的婚事里，还觉得日子和顺，难能可贵？

褪色的符纸碎成了粉末，被人一把扬在风里，片刻便吹散了。

朝阳便在此时从山头升起，漆黑的人间渐渐被照成一片金黄。

聂衍从屋檐上跃落到了地面，拂了拂有些雾气的衣摆，似笑非笑地道："劳烦邱长老转告秦有鲛一声，他说的条件我答应了。只是有一件事，我不允。"

邱长老躬身做拱手状。

"盛庆帝曾与徐枭阳打赌，赌我与坤仪成亲一年后依然健在，才肯将铁矿交付。如今赌约未结，婚事不能如他所说而作废。"

邱长老蹙眉："徐枭阳当初那赌约，便就是故意为难您与坤仪殿下的。"

他那一族与狐族有仇，连带着也就恨上了坤仪，设着套想看聂衍亲手杀了坤仪的那一天，不然，如何舍得那么多的铁矿？

"他这点把戏为难不了我，或者说，压根为难不了她。"聂衍转身，挑准一个方向，抬步往前走，"你只管放心，先去看看那厉害得不得了的坤仪殿下还准备了什么手段来对付我。"

他语气嘲中带讽，冰冷非常，听得邱长老背后汗毛都立了起来。龙族最讨厌的就是欺骗，而坤仪，已经接连欺骗了他两次。

邱长老无声地叹了口气，随着他一步一步地走向合德大街。

清晨天刚亮，街上的包子铺刚出了几笼热气，摆摊的小商贩已经拉扯好了摊位，开始叫卖。赶集的妇人牵着没吃到糖哇哇大哭的孩童，一边数落一边往卖菜的摊位去。红彤彤的糖葫芦插在草垛上，在晨曦里泛着金红色的光。

要是以往，聂衍一定觉得这场面看着很舒心。可眼下，他一双鸦黑的眼直直地看向街尾一家刚开了门的铺面。

大红的灯笼在半夜的时候就燃尽了，楼似玉打着哈欠将它取下来。一片红色在眼前落下去，她不经意地一抬头，满脸的困倦登时就消散了个干净。

"大人起这么早，想来是睡得不太好啊。"楼似玉的狐眸眨了眨，提着灯笼就笑，"我这儿有刚出锅的饼子和清粥，还有小菜任选，只收一两银子一位，价格公道，您可要尝尝？"

聂衍没有说话，径直走进了掌灯酒家。

楼似玉跟在他身后打着扇儿："许久不见，大人是越发英姿飒爽了，我险些还没认出来。如今我这眼神也算是识遍了人间，想来是有许多话想与旧人说的。正好，我得了个宝贝，能让您去一趟九重天，您可要看看？"

当年龙狐大战之时，楼似玉并未搅和，她因着族内人的争斗而流落人间，与宋清玄正是活得快活的时候。是以，若要清算与狐族的恩怨，聂衍不会将她算进去。

但是，这人为了宋清玄，也真是不讲道理。好好的日子不过，竟要帮坤仪的忙。

聂衍皮笑肉不笑："掌柜的宝贝我看过，甚至还亲手毁过六块。"

女娲娘娘为了聆听凡人的疾苦，特意留了七块晶石在人间，每百年看上一次。若有覆灭人间的大妖祸，她便将率众神临世，除妖灭魔。以至于早些年，聂衍一直在寻找并且毁灭这些晶石。可是他一连毁了六块，第七块却怎么也找不到了。它像是被人藏起来了，不再发光，也没有指示。没想到，竟是被楼似玉藏起来了。

聂衍敲了敲她的红梨木方桌："你想要什么？"

"我在此处已经等了二十年，相信再过不久，我就能等到他的转世。"楼似玉眼里泛出光来，用团扇半遮了脸，"等他那一魄转世，我想将他其余的三魂七魄也都救出来，叫他不至于一世比一世虚弱。"

言下之意，坤仪不能死。

聂衍垂眸："他那一魄，果然是你弄走的？"

"妖活那么多年，总要有个念想。"楼似玉撑着方桌，眼眸望向门外楣上挂着的有些陈旧了的一串银铃，"我不介意等，但你不能让我等不到。"

聂衍没有接话，只喝了一口她桌上的茶，微微皱眉。

楼似玉又笑："我看你也挺舍不得那姑娘的，留她一命怎么了？她活着，只要你不动用妖术，不滥杀无辜，青螣难道还真能告了你去？"

后头的话聂衍没听进去，他只听见了前半句，略微有些疑惑。

为什么连楼似玉都觉得他挺舍不得坤仪？他往日里做事，是不是太不成体统了些？

聂衍放下茶盏，不悦之色泛上眼里，淡声道："把人交出来吧，我不杀她。"

楼似玉看了他两眼："大人一向以大局为重，想来也做不出为了报复青螣而杀了自己发妻的事来。让我交人不难，但那小姑娘最近日子看起来不太好过，难得睡一个好觉，大人不妨让她多睡片刻。"

"我没那么多时间。"聂衍面无表情地起身，伸手往楼上的方向一抓。

坤仪从梦境里惊醒，身子不受控制地往下坠。她低呼一声，下意识去抓身边能抓到的东西，但那力道太大，她不但没抓住，反将手狠狠磕在了门框上。

一阵疼痛之后，她只觉得天旋地转。

她落进了一个人的手里，那人抓着她的手腕，力道极大，似乎还笑了一声。也不知是在笑她这满身狼狈，还是笑别的什么。

"回去了。"聂衍道。

坤仪猛地抬头，就看见他那一张好看得人神共愤的脸正像往常一样对着她浅笑，恍惚间叫她觉得这只是一个平常的清晨，她在外头贪玩，他正好来接她了。

可是，他手上的力道真的好大。

"疼……"她挣扎了一下。

聂衍松手，将手笼进袖口之下，转身往外走："殿下且先想想宫里那场闹剧怎么收场吧。"

坤仪反应了好一会儿，看向楼似玉，问："他当真不杀我了？"

"杀了你对他的坏处比好处多得多。"楼似玉看着他的举动，神色有点复杂，"小姑娘自己多保重，若有什么事，差人过来寻我便是。"

顿了顿，她又补上一句："小麻烦五十两，大麻烦一百两起。"

坤仪觉得这掌柜的挺有意思，凡事明码实价，倒比攀关系来得干净爽脆。她眼下最喜欢的就是这样的来往形式。是以，离开的时候，坤仪将身上的一千多两银票都给她了。

楼似玉数着票子，笑得合不拢嘴："姑娘慢走，下回再来。"

外头已经有马车在等着了，坤仪盯着垂下的车帘吸了好几口气，才鼓足勇气坐进去。

聂衍端坐在主位上，一言未发。坤仪僵硬着身子与他同乘了好一段路，确定他真的不会杀自己，才慢慢放松了下来。

他要的是全族的污名洗净，在无人知晓的情况下，定然想灭了青腠封口。但眼下，楼似玉、秦有鲛、龙鱼君……这么多人都知道了此事，楼似玉又能上达天听，他放弃要她的性命，也是情理之中。只是，先前他那眼神给她留的阴影还在，坤仪并不敢再与他亲近，两人之间留了一大块空座出来。他手搭着膝盖，她手贴着车壁。

"就如往常一样过日子便是。"临近宫门，聂衍突然开了口。

不知为何，一听他说话，坤仪有些鼻酸。她捏了捏自己的耳垂，将眼泪捏回去，低低地应了一声："嗯。"

如往常一样？怎么如往常一样呢？她已经没法毫无芥蒂地扑进他怀里了。在他眼里，她只是一个随时可以被杀掉的容器，往日的恩爱，到底是她的一厢情愿。

聂衍余光瞥见她有些伤心的眼神，眉尖微皱，眼里掠过一丝嘲讽。

她有什么好难过的？被她威胁的是他，被她玩弄的也是他，眼下要退让的还是他。凡人做到这个分上，当去给自己写一面夸赞大旗，顺着风扬出去三里地。

聂衍收回目光不再看她，进了宫。

秦有鲛收拾残局的时候还有些恼，坤仪行事不与他商议，万一出什么意外，这天下都得毁在她身上。就算不出意外，也白让这么多人为她伤心难过。但那两人一起回来面圣的时候，他倒是愣住了。

聂衍的神态看起来好像什么也没发生过一般，只跟帝王行礼："殿下走失是微臣的过错，回府定当好生赔罪。"

盛庆帝有些惊慌地看向秦有鲛。

秦有鲛倒是稳得住些，眉头却也没松开："伯爷言重。"

"近来京中多有妖祸，秦国师看起来不能掌好上清司。"聂衍站直身子，看向他，"术业有专攻，上清司还是交由在下全权负责更为妥当。"

"上清司里的侍卫已经少了很多……"秦有鲛也不恼，十分平和地道，"再肩负巡逻各处宫门之责，人手上难免有些捉襟见肘。"

"如此，东西两方的宫门便交还禁军。上清司也该广纳新的道人，开班授课。"

"甚好。"秦有鲛点头。

两人几句话之间，就奠定了未来几个月晟京的平稳局面。

盛庆帝先是怔愣，而后倒是笑了："伯爷一心为国为民，真是栋梁之材。坤仪，你与伯爷可要好生过日子，莫要再任性了。"

坤仪点头，忍不住又看了聂衍一眼。

他居然真的愿意各退一步？原本他都强势到了那个地步，再进一步直接扶持一个傀儡登基，于他便是一劳永逸。

看来，青膡让她去找楼似玉，当真捏住的是聂衍的命门。

坤仪心里松缓了一些，后知后觉地发现自己脑袋昏沉。

"你且回府休息，宗牒一类的事，张皇后会替你办妥。"盛庆帝还在上头说着。

坤仪想谢恩，但晃了一晃，整个人还是不受控制地往前倒。

聂衍瞥见了，但他没想动。即便她跌下去，也不会要了她的命。这人从未对他心软过，他又何必对她心软？

可是，在她跌落到地的前一瞬，一只手还是从旁边横了过来。

"坤仪？"

有人在喊她。

坤仪答不上来话，兀自陷入了昏暗的世界里。

她昏了过去。

夏日最炎热的时节里，坤仪为救盛庆帝而生了一场大病，帝王感念骨肉亲情，特恢复其宗牒，重封公主之位，赐还明珠台及大婚府邸，一切待遇如前。

交头接耳的朝臣和名门望族们打听了许久，也没打听出来坤仪是怎么救了盛庆帝的。但比起这个，他们更好奇的是，如今坤仪恢复了公主之位，怎么反而与昱清伯爷分居了？两人原先住在大婚御赐的府邸里，之后遭逢变故，也是一起搬到侯府。可如今宫里的赏赐从合德大街的街头排到了街尾，坤仪公主却住回了明珠台。

有胆子大的，趁着下朝去问聂衍："是不是公主任性，拿身份压着你了？"

聂衍十分温和地笑道："公主贤良淑德，如何会做这种事？"

像是为了证明这件事的真实性，没过几日，坤仪就亲自做主，给聂衍添了一房侧室。京中震惊不已，一部分人夸坤仪贤惠，另一部分人则羡慕昱清伯爷的好福气，竟能让公主亲自给其纳妾。

但是杜蘅芜觉得很荒唐。皇婚纳妾，坤仪这不是摆明告诉天下人她有过错，甚至是无法弥补的过错，不然怎么会低声下气至此？

所以，她气冲冲地跑去了明珠台。

谁料，层层叠叠的帷帐里，杜蘅芜没瞧见那骄矜不可一世的人，反而只瞧见了外头站着的兰苕。

"殿下病了半个月，未曾下得了床。姑娘好奇之事，还是奴婢来答吧。"兰苕双眼通红，给杜蘅芜放了矮凳。

杜蘅芜皱眉不已，坐下来看着她。

"妾是伯爷自己要纳的，那几日殿下原本有些好转，能坐起来说话，他一说纳妾，殿下只笑，一夜未眠，第二日就给他纳了良妾回来。只是那之后，殿下又接着高热了几日，直到今日才稍微好转。"

兰苕咬了咬牙，接着道："就当看在姑娘与我家殿下同窗一场的分上，姑娘莫要再奚落殿下，殿下也未必想这样。"

当日两人成亲，十里红妆，热闹了整个晟京。侯爷对殿下日益疼爱，看着都羡煞旁人。谁能料到短短几个月后，聂衍能站在殿下的病床边，对她说出要纳妾的话来。兰苕几乎要觉得伯爷是被什么妖怪顶替了身份，可殿下笑着说，这世上没有妖怪能顶替伯爷的身份，他说的话，只会是他自己想说的。

殿下看起来一点也不难过，但分明快好了的身子，又一日日地发起高热来，睡梦里死死抓着她的衣袖，一声也不吭。

兰苕分外心疼自家殿下，但她不能安慰。她家殿下性子娇气，最是不能听软话，有些东西咬牙忍了也就忍了，一安慰她，反而会崩。

当然，她也不想听杜小姐再奚落殿下，听着心疼。

杜蘅芜怔愣地盯着帷帐看了好一会儿才缓过神来，她轻吸一口气，起身将兰苕往外拉了几步，低声道："这可怎么办？她会不会想不开？"

兰苕抿唇，摇了摇头："姑娘倒也不必担心这个，殿下很想好好活着，这几日高热来势汹汹，吃药是不见好的，全凭殿下自己熬着，硬生生从鬼门关边缘熬了回来。大夫说，这一觉睡醒，她就该好了。"

眼下时辰临近晌午，杜蘅芜想了想，蹑手蹑脚地走回床榻边，小心翼翼地将她的帷帐掀开。

坤仪脸上还有些病态的潮红，神态却是十分安详，双手交叠放在绣着孤鹤的锦被上，仿佛在做什么好梦。只是，连日的高热让她太过憔悴，哪里还有往常那威风的样子。

杜蘅芜抿唇，摸了摸她盖着的锦被："这是我闹着玩送的，她竟还留着。"

两人惯爱斗嘴和互相挤对，生辰之日又往往都会邀对方去吃宴。这是坤仪十七岁生辰的时候杜蘅芜送她的，孤鹤无伴，哀鸣河畔，就是个故意气她的玩意儿，咒她孤独终老。

兰苕垂眼道："殿下说，这世上懂她的也就您了。您送这东西不吉利，但衬她，加之料子上乘，没有不留下的道理。"

杜蘅芜没忍住翻了个白眼："她自个儿都不盼着自个儿好，谁还能救她？"

兰苕沉默。

屋子里香烟袅袅，混着药味儿，待着虽有些压抑，可杜蘅芜却是没走，兀自坐在床边，似乎在等坤仪醒过来。

"杜公子死后，殿下原就是绝了念想的。"一忍再忍，兰苕还是没忍住开了口，"她说自己惯会害人，连待她那般好的杜公子都被她害死，往后余生也不指望能有真心人，便随意陛下指婚，就当报效国家了。没想到，她这次遇见了昱清伯爷。"

聂衍真的只差一点就能将她从沼泽里拉出去了，他有本事封了她的胎记，又让她穿正常的衣裳，也有本事替她除妖灭魔，更愿意将她护在掌心。

谁料，这一切也只是过眼烟云。

提起杜素风，杜蘅芜还是有恨的。杜素风自小苦读诗书，其他姊妹在玩，他在练字。寒暑不休，深夜灯也不灭。他好不容易一朝高中，前途何等敞亮，却没想到死在了坤仪的手里。

这事其实怪不得坤仪，但杜蘅芜没法不迁怒，那毕竟是她的骨血至亲。坤仪过得好，她不开心；但坤仪若真的过得不好……说实话，她也笑不出来。

床上的人突然咳嗽了起来。

兰苕和杜蘅芜同时反应过来，一个将她扶起来，另一个顺手端了温茶给她。

坤仪睁开眼，看了杜蘅芜好一会儿，倒是笑了："我听说，你退了徐枭阳的婚事。"

杜蘅芜满怀悲怆还没来得及抒发，就被她这句话给气回去了。她没好气地睐眼："我没找你麻烦，你反倒是想看我笑话？"

"哪能说是笑话！"坤仪靠坐在软垫上，声音虚弱，"我就是觉得好奇，他当时为了你与我过不去，简直是要逼死我。结果一转眼，倒被你退了婚。"

杜蘅芜冷哼一声，捡了旁边桌上的茶果子扔进嘴里："他有他的野心，我跟不上，退婚是为了互不耽误。倒是你，这还新婚宴尔呢，就给自己的驸马纳妾了，你可得去外头听听，那些个嘴贱的小妇人在背后把你编派得可精彩了。"

这类妇人话语，以往钱书华是最爱与她来说的。

坤仪下意识地看了一下床尾，迟钝地想起钱书华已经没了，连忙移开了视线，垂眼道："没事听那些个堵心窝子的作甚，我给他纳妾，我也乐得轻松。等我病好了，也能名正言顺地往明珠台接面首，大家各过各的，好得很。"

杜蘅芜瞠目结舌："你竟是这么盘算的？"

"不然呢？为了讨好这位伯爷，我给他纳个妾，然后我孤苦伶仃地守在房里来，等他翻牌子宠幸到我？"坤仪挑眉，"你怎么替他想得这么美呢？"

杜蘅芜哭笑不得地看向兰苕："你瞧瞧你家殿下，就数她会过日子，白瞎了替她难过。"

兰苕勉强笑了笑，没有说话。

坤仪吃了午膳，恢复了些力气，便让兰苕给她洗漱更衣。兰苕看了一眼屏风上挂着的熟悉的金符黑纱裙，没说什么，替她沐浴之后，仔细给她换上。

九凤大金钗，双鸾点翠摇，黑纱笼身，腰肢曼妙，坤仪从屏风后头出来，唇上点了御赐的胭脂，脸上涂了珍贵的珠粉，病态尽敛，别有风韵。

杜蘅芜直哼哼："不多躺会儿，你这是折腾个什么？"

坤仪意味深长地道："我一连病了多日，他那侧室还没来敬茶呢，今日天气好，得去受她一礼。"

她仿佛完全没将这个女子放在心上，摆手就让人去传。只是，当那个娇滴滴的妾室满脸春光地跪下下头的时候，坤仪的眼神还是短暂地黯淡了一下。

聂衍是个不爱让外人近身的，大抵是与她食髓知味，眼下亲近起别的女子来也不含糊，直将这妾室宠得双腿发软，起身都要两个婆子来扶。

"妾身何氏，往后必定全心全意侍奉伯爷与殿下。"她朝坤仪低眉。

十五六岁的年纪，真是如花一般，新鲜又柔软。

坤仪盯着她看了好一会儿，才道："不用侍奉我，我是个懒骨头，早晨也未必能喝这一盏敬茶，你只管伺候好伯爷便是。"

"多谢殿下。"何氏松了口气，连忙告退。

"这是何侍郎家的庶女，听闻何家的女儿都好生养，伯爷纳她回来，也许是为了子嗣。"鱼白抿着唇道，"不然，也没见她有别的可取之处。"

从进门到现在，聂衍夜夜宿在她屋子里。听下头嘴碎的婆子说，屋里每晚动静大得很，第二日这姨娘更是浑身爱痕，叫人看一眼都羞。

坤仪沉默地听着，喉咙微微有些发紧。

你看，男人就是这么不可靠，与她缠绵之时说尽了情话，一转头与她人欢好，许是将那些话换个人又说了一遍。她不明白聂衍为什么要这样对她，青腾与他有仇，她与他又无怨，如今连好聚好散竟也做不到，还不如她待容华馆那些人来得好。

坤仪轻叹一声，让兰苕选了好些首饰，都给何氏赏了去。

"你说咱们这位殿下也奇怪，许伯爷纳妾不说，还给何氏这么多赏赐！"伯爵府里的下人忍不住碎嘴，"那些个金丝镂花的簪子发冠，可都是宫里才有的，便宜这么个妾室……"

"殿下大度，既是伯爷喜欢，她便也厚待，是个好主子。"另一个婆子嘀咕，"但是寻常的正室，就算是大度，也总是要吃味的。"

"我还没见过这位殿下吃味是什么样子。"

两人说着话越过竹林，去往后院水井浣衣。

聂衍在竹林的另一边，心情甚好地与黎诸怀下着棋。

黎诸怀抬头看了他好几眼："伯爷这是也想看看殿下吃味是什么样子？"

"没兴趣。"他漠然道。

"那你折腾这妾室是做什么？"

聂衍没答，一子落下，黎诸怀已经是一盘死棋。

"没意思，没意思。"黎诸怀拂袖，"只要你能将她和青腾看住了，我也懒得管你的家务事。最近京中多修道法学院，你有空便也去看看。"

"好。"聂衍应下。

上清司和皇室好像回归到了一种风平浪静的状态，上清司不再值守各处宫门，皇室对他们的戒备也从明面回到了暗地里，允许他们四处开设学院，教授有根骨的人习灭妖之术。

秦有鲛放了孟极，不再插手上清司。孟极倒也有本事，径直将杀害四皇子的真正凶手扭送到了聂衍面前。

"竟然是你。"聂衍眉心微皱。

张谷臣跪在他面前，神色有些焦急："放我回去。"

"你杀害当朝四皇子，还想回哪里去？"他低下头靠近张谷臣一些，十分不解，"我若没记错，你是张桐郎那一族之人。与这四皇子，应该还有些血脉关系。"

张皇后所生的四皇子并非完全的妖，但到底有他们瞿如一族的血脉，他对四皇子动手，不怕张皇后报复？

"这是皇后拜托我的事，我做完了，要抓凶手，你们去找中宫。"看一眼外头的天色，张谷臣神色更急，"快些放了我！"

淮南站在旁边都听笑了："中宫是凶手，你可知张皇后原先最疼爱的就是四皇子？"

虎毒还不食子呢，更何况张皇后那样温柔的妖怪。

张谷臣白了淮南一眼："张若兰疼爱四皇子不假，但她更爱的一定是当今圣上。"

张皇后生育两个皇子，三皇子更像盛庆帝，也没能继承到妖怪的血脉。但四皇子不一样，他身上流了一半的妖血，又爱与妖怪亲近，当时的张桐郎是考虑过直接弑君，再让四皇子继位的。虽然后来他失败了，但只要四皇子在一天，盛庆帝的命就始终会被别的妖怪惦记——比如眼前这几位。

张皇后心软善良是真，爱惨了盛庆帝也是真。她宁愿割掉自己的骨血，也要给她的男人多一重保障。

黎诸怀站在旁边听着，忍不住打了个寒战。怪不得回来之后，盛庆帝肯将张皇后从冷宫里接出来，还要将她一起护在上阳宫。

动了情的妖怪，真的好可怕。

他下意识地看了一眼聂衍，然而聂衍的脸上并没有什么波澜，听他将话说完，便吩咐淮南将张谷臣关进了镇妖塔。

"不，我要回家！"张谷臣挣扎着被带走的时候，喊了这么一声。

妖怪只有巢穴，哪来的家。众人都没放在心上，只让他将罪名顶了，结了四皇子之案，也顺带将功劳记在了孟极的头上。孟极得封三品武官，执掌城中巡卫考校，李宝松扬眉吐气，立马就挺着大肚子去参加坤仪的赏花宴。

自从聂衍纳妾，这京中贵门女眷都想着来明珠台看热闹，奈何一直没机会，不承想今日殿下竟然主动设宴，众人哪有不去的道理。明珠台里五步一珍宝，十步一奇观，看得人艳羡不已。但走到赏花台上，瞧见坤仪那一身黑纱衣，众人又都释怀了。

富贵有什么用呢，夫君又不喜欢自己，还在新婚未满一年的时候就纳了妾。

几家夫人笑着落座，客气地与坤仪寒暄："听闻殿下久病，眼下可大好了？"

"劳您惦记，我身子弱，遇着下雨天，一不小心就染了风寒。"坤仪慵懒地倚在八宝镶金贵妃榻上，捏着绢扇道，"可算是好了，不然赶不上喝我们家那妾室的茶，指不定被各位误会成什么样子。"

"殿下言重，我等哪里敢言皇婚的不是，只是觉得好奇。二位这好端端的，怎么就纳了妾？"

坤仪扯了手帕来，做作地抹了抹眼角："谁说不是呢，伯爷前些日子还与我好得要紧，一转眼就看上了别的娇娘，料想是我不够好，留不住伯爷的心。"

她这么说，底下女眷十分兴奋，都伸长了脖子想看热闹。坐得近些的女眷倒还拿场面话安慰她："殿下是天之娇女，又受陛下宠爱，哪有不够好的，伯爷寡幸，怪不到殿下头上。"

坤仪一听这话，当即收了小手帕，眨巴着眼问："不怪我哦？"

"这……殿下未曾犯出任何过错，伯爷却先纳了妾，如何能怪到殿下头上？"众人应和。

坤仪莞尔一笑，一改先前娇弱可怜的神色，双手轻轻一拍。

十二个身段极好的小倌甩着水袖从湖心小筑鱼贯而出，踏过粼粼湖水上修的浅桥，步步生花地行至台上，朝坤仪行礼。

"免了免了，快舞。"

为首的小倌生得俊秀清白，轻轻一笑，如好山迎人。他一甩袖子开了舞，余下十一个小倌便往后一个空翻落形，衣袂猎猎，飒而不刚。各家夫人哪里见过这等东西，看得眼睛都直了。舞姬一向是女子，要看十二个男人起舞，那得去容华馆。不承想坤仪竟是将这些小倌养在了明珠台，招之即来，挥之即去，这得花多少银子啊。

"别愣着，桌上有望舒果，外头已经断货了，独我这儿有。"坤仪一边看一边招呼，"都尝尝。"

有夫人觉得不好意思，抬扇挡着脸，却在偷瞄。也有坦荡的，一边观舞一边品评，还吃了好几个果子。

李宝松却没看舞，她只盯着一脸笑意的坤仪，幽幽地道："吃再多的望舒果，若没有夫君疼爱，又有何用？"

四周都是一静，独丝竹还在奏。

坤仪好笑地看她一眼："你稀罕你家夫君的疼爱？"

"自然，我夫君功成名就，对我疼爱有加，才有我如今的快活日子。"她皱眉。

坤仪不以为然，咬了一口望舒果："我不需要任何人的疼爱，光凭母后留下来的东西就能过一辈子快活日子。不过嘛，有人疼自然是更好的。"

只是，这个人未必得是她夫君。

从前聂衍待她好，与她一心一意，她自然也觉得开心。但如今郎情已休，她一个人伤怀怪没意思的。如此，她寻个别人也是好的，反正她这身份，律法容得她纳面首。

这世上能爱自己的人，到最后只有自己。

起舞的小倌叼来一枝荷花，落在她桌上，双眸含情地看着她，欲语还休。

坤仪是个体贴的，从不叫美男子落颜面，当即将那荷花戴在发髻上，又从桌上捡了一串儿金珠，塞进他手心。

小倌欣喜地朝她一福，继续起舞。

这一舞可谓动人，看得许多夫人心怀微动，坤仪亦是高兴，赏了许多东西下去。不多会儿，下头的小倌换成了乐师，也是清朗可人的面容，或古琴或琵琶，甚是动听。

众人原以为这就完了，结果后头还来了二十多位文士，在画舫上谈诗论画，举止风雅，言之有物，供她们远观。

李宝松看得来气："你这等做派，怪不得伯爷要纳妾！"

坤仪瞥她一眼，浅笑道："夫人莫要记错了，伯爷纳妾在先，我这等做派在后。就算要说话，你也当说一句'怪不得殿下要如此，原来是伯爷纳了妾'，才不算偏颇。"

"殿下不觉得可耻吗？"李宝松起身，"身为女子却行此不守妇道之事，哪里有个人妇模样？"

坤仪往后靠了靠身子，脸上笑意淡了，打着扇儿睨她："你们成婚，是嫁做人妇。而我成婚，是招婿。你若要说守妇道，便该是他守，不是我守。"

这话惊世骇俗，一众夫人呆愣当场。

坤仪没理会她们，招手让最好看的那个文士上前来，递给他一块玉佩："男儿若委屈做人面首，可还能全鸿鹄之志？"

文士怔愣地看着她的面容，下意识地点了点头。坤仪笑了，当着各家夫人的面，直接将他收入了明珠台内庭。

大家原想着来看坤仪的热闹，不承想她还真大方，给了个热闹。只是这热闹有些奇怪，众人看得心里都不是滋味。

谁家妇人不是上对婆婆低头，侧对夫君低头，偏她坤仪离经叛道。夫君纳妾，她便收面首，一个女儿家，大大咧咧地行这些事，也不怕儿女将来不好嫁娶。

离开明珠台的时候，每个人心里都有一肚子话揣着要回去找人吐露。坤仪也不介意，甚至还送了每人一颗望舒果——这些豪门内眷有的是第一回尝到好处，后来又去望舒铺子买了几十次不止……这些且按下不提。

坤仪收面首自然是瞒不过聂衍的，两人现在虽是分居，但明珠台和伯爵府也就一墙之隔，开一扇门，来去自如，消息自然也飞得快。

"真是不像话。"夜半连连皱眉，"女儿家哪有用这些事来赌气的？"

聂衍兀自看着书没说话，倒是淮南嘀咕了一句："我看殿下也不像是赌气，她收的那个人家境虽然贫寒，但人品才学都是一等的，做个面首绰绰有余。这些日子，反正伯爷也不愿见她，她自己在明珠台玩开心些也好，省得惹出别的乱子来。"

"可……"夜半还是觉得不妥。

"随她去，"聂衍淡声开口，"有什么动静回来禀我便是。"

就像他这边"宠幸"姜室的动静她能马上知道一样，聂衍不介意听听她要做出什么惊天动地的事情来。

然而，收面首的第一晚，坤仪未曾与人同房，第二晚第三晚，皆如是。

聂衍漫不经心地下着棋，嗤笑道："她合该学我，将样子也做全些。"

至少也该传出些恩爱的风声，才能叫人堵心。

"殿下不像是在做样子。"夜半有些迟疑地道，"虽未同房，但两人整日同进同出，相谈甚欢。"

黑子落错了一个格子，聂衍盯着看了片刻，又若无其事地继续落白子："有什么好谈的？"

"那林青苏是个全才，上知天文下知地理，自然是有很多话能与殿下逗趣，殿下近来心情不算太好，但有他陪着，笑脸也是一日日地多了起来。"

聂衍瞥了一眼外头的院落，手下的白子也跟着落错了一个格子："蝉叫得好烦。"

夜半连忙拱手："属下这便带人去清了。"

聂衍将棋子扔回棋篓，在软榻上坐了片刻，脸上重新恢复平静。

他输给过她太多次，往后的日子里，他都不会再输了。既是决定好各过各的，那谁过得能让对方不开心，谁便是赢家。

坤仪打小起就没输过几次。幼时她在宫里与两个侄儿斗蟋蟀，甭管三皇子、四皇子花多少金子买回来的蟋蟀，都能被她随手抓来的野元帅咬个半死。

　　后来长大一些，她经历了杜素风的死，杜蔷芜也开始与她斗法，但她是最受宠的公主，杜蔷芜只是相府孙女，两人比衣裳首饰、比排场，回回都是她占了上风。所以眼下这不太顺心的日子里，坤仪也是不打算服输的。

　　她未必就瞧上了林青苏，但养这么个人在身边，她看起来也就没那么狼狈。林青苏才识过人，就算什么都不做，在她跟前念诗也是赏心悦目。好比现下，微风徐徐，柳条拂堤，画舫上丝竹悦耳，林青苏就站在这盛夏最好的风光里，执扇而笑。

　　"越罗衫袂迎春风，玉刻麒麟腰带红。"

　　唇红齿白的少年郎念着这词，别提多叫人心动，鱼白和兰苔站在旁边都看红了脸。林青苏倒也未因自己好颜色而倨傲，只转眸，痴痴地看着座上的坤仪。

　　坤仪也觉得他动人，但眸色始终淡淡，映着这接天湖里的风光，像一盏清凉的琉璃灯："你这样的风流才子，不该被家里拖累。"

　　林青苏回神，微微一怔，朝她半跪下来。

　　坤仪往前倾了倾身子，涂着蔻丹的纤手轻轻落在他的发冠上："我已叫人知会过，翰林院会重审你的资质。不出意外，明年你便可再参与省试。"

　　林青苏浅棕色的眼眸里冒出光来，朝她行了一个大礼："曾有道人与我算命，说我前半生坎坷，但必会遇见贵人。殿下想必就是他说的贵人了，青苏多谢殿下。"

　　他家里原是做官的，没想到出了一只妖怪，导致全家都被连累，自己的科举之路也就这么被断送了。尚书省不允他再入春闱，才导致他流落四处，做人府上闲养的雅士。来明珠台之时，他没什么别的想法，想着不过就是换一处府邸将风雅卖酒钱。谁承想，坤仪公主竟不把他当玩乐之物，不但给他名分，甚至还帮他重新参与科考。

　　林青苏抬头，深深地看了她一眼。座上女子雍容华贵，非他可折之花，但得她相助至此，若有朝一日他高中，必定会报答她。

　　坤仪看出了他的念头，微微一笑，倒也觉他可爱："再给你个机会，不用念些讨好我的诗词，你且念一念你喜欢的词句便好。"

　　林青苏行礼再起身，撇了折扇，捏着画舫旁边的围栏，眺望远处那两座高高的镇妖塔，眼神深沉："未收天子河湟地，不拟回头望故乡。"

　　坤仪微哂，捏着绢扇给自己扇着风："好儿郎，慎言啊，那可是朝廷的栋梁，擎天的柱子。"

　　说是这么说，她眼里分明却是欣赏的。

眼下谁还敢说上清司的不是？他们皇室也是在他的仁念之下苟且的，谁能惹那一手遮天的上清司。

但，她面前这个人就敢。

坤仪一扫郁色，眼里笑意更盛，亲自盛了杯酒给他："润润喉，往后这些话少说，保命要紧。"

白葱似的手捧着那古铜色的酒盏，根根纤细，好看得紧。

林青苏抿唇，有些害羞地伸出双手去接。

行得好好的画舫突然被什么东西一撞，"嘭"的一声巨响，坤仪没坐稳，身子往前一倾，酒全数洒在了林青苏的衣襟上。

"小心！"林青苏倒没顾别的，只连忙伸手将前头桌子的边缘护着，免得她撞上去疼了。

画舫好一阵晃荡才逐渐平稳下来。兰苕站稳了步子，脸色当即就沉了，扭头斥凉舱外的宫人："殿下还在舫上，你们也敢胡来？"

"姑姑息怒，这，这不怪我们啊！"几个小太监哆哆嗦嗦地指了指旁侧，"他们先撞过来的。"

兰苕皱眉，顺着他们指的方向一看。

是上清司的船。

这接天湖是宫里引水开凿出的湖，湖面宽阔清凉，是夏日的好去处，但能在这上头游赏的，只能是深受圣宠之人。

眼下除了坤仪，也就聂衍能随意进宫。

兰苕低声说了一句"晦气"，吩咐宫人："离他们远些。"

"是。"几个人连忙转舵。

凉舱与外头只隔着几个围栏和帷帐，没有别的遮挡，宫人的话，坤仪自然也听见了。她让鱼白打起帘子往旁边看了一眼，正巧看见聂衍在与朱厌议事，两人神色严肃，互不相让，看起来是在说什么要事。

"罢了。"坤仪撇撇嘴，看了一眼林青苏襟上的酒水，略微皱眉，"后舱有备着的衣裳，你去换一换。"

林青苏看着旁边船上的昱清伯爷，眼神若有所思："不劳烦了，此处风大，一会儿也就干了，殿下还是先乘乘凉，吃些点心。"

大白天出来遇见这个人，哪里还有心情乘凉？坤仪是想靠岸回去了，但林青苏不知为何反而来了兴致，跪坐到她的贵妃榻旁边来，伸手与她喂食。

这样的举动并不能让坤仪高兴，但也算享受，她想了想，低头咬了他手里的点心。

林青苏开怀地笑起来，笑声朗朗，飘在泛绿的接天湖水之上。

聂衍脸也没侧一下，依旧在与朱厌争执，仿佛方才的撞船真的只是一个碰巧，他连画舫上坐着的是谁都不想知道。

可是也不知怎的，这两艘船就像是没长眼睛，隔一会儿撞一次，隔一会儿又船头挤在了一起。

坤仪一开始还忍，到后来忍不下去了，冷着脸起身，问林青苏："会开船吗？"

林青苏皱眉摇头。

"无妨，我教你。"

她伸手，一把抓住他的衣袖，将他牵出了凉舱。

隔壁船一直在厉声说话的聂衍突然就没了声音。

朱厌莫名抬头，就见自家大人死死地抿着嘴唇，手上兀自捏着自己的衣袖。

"怎么了？"朱厌是个粗人，可没有黎诸怀那么敏锐的洞察力，只觉得大人不高兴了，却又不知道他为什么不高兴，只能开口问。

聂衍显然是不会告诉他原因的，只将自己的袖口捏紧又松开，表情重回冷淡："无事，继续说。"

方才是你在说啊大人！朱厌心内嘀咕，却没敢真的与他呛声，只硬着头皮翻出几桩旧案来，继续与他掰扯。

那头的坤仪已经让林青苏坐在了船头的掌舵位上，自己站在他身后，黑纱袍上的金色符文在阳光下闪闪发光，抬起的衣袖遮住了林青苏半边身子，像是将他护在怀里一般。

"你看这个，捏着往左拧，后头的人只要一划，船就会往左去，对对，是不是很简单？"她低声细语地道，"就这么一直往左，离他们远些。"

林青苏会意，拧着舵把左转。然而，聂衍那艘船没有船夫，被风吹着又朝他们这边贴了过来。

"这怎么办？"林青苏皱眉。

"不急。"坤仪盯着他们贴过来的角度，突然伸手握住他放在舵把上的手，帮着他飞快地将船往右边猛转。

旁边的船猝不及防，被她猛地撞到船身，整艘船都剧烈晃动起来。

朱厌一个趔趄，差点被晃得飞出去。他扶着桌角看向聂衍，发现自家大人稳如泰山地坐着，完全没被影响，只是脸色好像更差了些，有些阴郁地盯着旁边那艘画舫。

"大人，"朱厌叹息，"说实话您这怪罪不了别人，咱们先撞他们的。"

所以呢？她就要捏着她那面首的手，给他撞回来？

聂衍不觉得自己在生气，他只是看不顺眼。他尚且不能带妾室进宫，她凭什么带面首在这里招摇？

隔壁船突然又传来一声巨大的响动。朱厌以为两艘船又撞上了，当即准备扶稳身边的东西，谁料这一声响动之后，隔壁船反而有人惊叫起来。

"殿下，画舫漏水了！"

船底被不知道什么东西狠撞了一下，直接撞穿了甲板，水飞快地往船里涌去。

朱厌伸出脑袋去，惊讶地看了一眼这状况，又将脑袋收回来，崇拜地看着聂衍："大人您还真下得去手？"

谁料，聂衍黑透了一张脸，冷声道："你哪只眼睛看见是我动的手？"

不是他？朱厌挑眉。

这湖上就两艘船在打架，坤仪殿下的船莫名其妙就这么被击穿了，不是他还有谁有这样的本事？

朱厌以为大人是磨不开面子承认自己做这些无聊的事，嘿嘿笑了两声："事情已经这样了，您便也去救救殿下，让他们来我们船上，也免得真给淹着了。"

聂衍看了外头一眼，兰苕已经在向岸上的宫人呼救了，但他们的船都在湖心，等宫人划舟赶过来，早沉得淹着人了。

聂衍没好气地出舱站到甲板上，瞥了坤仪一眼，淡声道："站过来。"

船隔得近，懂事的宫人甚至已经铺上了连通的木板。

坤仪抬眼看他，眼神冰凉，像极了霜月里的湖面："伯爷救本宫有什么意思，都做到这个份上了，看本宫落水狼狈不是更有趣？"

聂衍有些烦躁："谁有空与你玩这些，你的船又不是我撞坏的。"

不是他还有谁？

夏日虽然炎热，这湖水却是冰凉，他动这些手脚，不就是想让她低头去求他，折一折她这身傲骨吗？

第十三章 跟谁置气呢

　　巧的是，她这一身骨头就算是断过，也没有主动折下去过。

　　坤仪牵着林青苏的衣袖，转头没有再看他，只对兰苕道："将木板撤了。"

　　兰苕明白她的想法，但还是不免有些担忧。这里离岸那么远，殿下水性又不太好，万一出什么岔子可怎么是好？

　　林青苏突然开了口："殿下可会水？"

　　坤仪挑眉看他："你要教我？"

　　"惭愧，也只有这时候能教了。"他笑了笑，将笼纱的外袍扎进腰带。

　　坤仪这满头的金翠看着都沉，更别说下水了。聂衍袖口里头的手捏得死紧，看她当真有了褪了袍子下水的意思，只得板着脸开口道："殿下体质特殊，有些事还是少逞强的好。"

　　"就不劳伯爷操心了。"她头也没回，"若圣上问起，本宫也自会说是自己贪凉好玩，不会告了伯爷的黑状。"

　　说罢，她便跟着林青苏入了水。

　　聂衍站在船上看着，面上没什么表情，负在身后的手却是连指节都攥得发白。

　　分明是她犯错在先，分明是她算计他在先，眼下为何还是她冷脸待他，仿佛做错了事的是他？

　　他没错，他只是不想再做她掌心的玩物罢了。

　　聂衍僵硬着脖子移开目光，将船往岸边靠。他们爱泅水，就让他们自己折腾。

然而下一瞬，他察觉到了一股子妖气。

"大人，不太妙。"朱厌也察觉到了，皱眉看向水面。

这接天湖虽是皇家秘湖，水下头住着的东西却是五花八门的。坤仪殿下一入水，身上的袍子湿透，背后的胎记怕是又要招惹些不干净的东西。

青膣答应了坤仪要助她活命，但也只是保她，可没说过要连她身边的人一起保。

"大人？"朱厌看向聂衍。

后者冷着一张脸站在原地没动，像是在跟什么置气似的，等着水里的人先开口。

坤仪头也没回。她察觉到了朝她涌过来的妖气，却没有先前那么慌张了，只慢悠悠地跟着林青苏往岸边游。待那东西在水下朝她和林青苏张开了血盆大口，她才深吸一口气，猛地往下一沉。

青膣带给过她无数的噩梦和痛苦，但眼下两人已经相识，又同生共死，坤仪自然不愿意再被她连累。反而是在生病的时候，与她做了一个交易。

水怪贪婪地朝着青膣释放出的诱惑妖气冲过来，眨眼就到了她面前。坤仪不慌不忙，将背转过来对着它。青膣一点也没客气，直接将这只凶猛非常的水怪吸食了个干净，整个过程也只是眼皮几眨的工夫。待坤仪再浮出水面的时候，四周的妖气就已经消失了。

"殿下吓着在下了。"林青苏抿唇，"我还以为殿下溺水了。"

"没有，我钗子掉了，去追了一下。"坤仪抬手给他看掌心捏着的凤钗，嫣然一笑。

林青苏不太放心，还是拉着她的手将她带上了赶来营救的小舟。

坤仪浑身湿透，黑纱贴在身上，几乎是什么也遮不住。林青苏慌忙低头，还没来得及说什么，眼前就是一黑。

"你做什么？"坤仪有些怒了。

聂衍没理她，拿自己的外袍将她裹了，打横抱起来，一踩小舟就纵身上了岸。

"林青苏……"她下意识地回头。

"死不了。"聂衍皮笑肉不笑，"殿下还是担心担心自己吧，允许青膣这般吸食妖怪，你可想过后果？"

青膣就是因为虚弱才会被宋清玄封印，若让她恢复了元气，坤仪这身子哪里还能困得住她？

坤仪一蒙，眼睫颤了颤："原来是因为这个。"

她还奇怪呢，他何至于就生这么大的气。她突然就沉默了下来，脸上挂了些自嘲。

她这模样，聂衍觉得自己应该是开心的。但不知为何，他看着这样的她，心里反而更堵得慌，口气也就更差："留你的性命又不是叫你只活着便好，让青腰吸食不了别人的妖力也是你的职责。"

"伯爷以为本宫想这样？若不是伯爷刻意出手，今日之事何至于此？"

"你都看见水怪了，缘何还要将此事怪在我头上？"

"是啊，本宫都看得见水怪，伯爷是瞎了不成？还是盼着我被那水怪吃了，好一了百了？"她红了眼，却是咬着牙根不肯落泪，只瞪他，"本宫的性命，肯定比什么职责来得要紧。命都没了，你还说什么职责？"

聂衍被她说得有些语塞，死抿了唇不再开口。坤仪也累得慌，将他的外袍往脸上一扯，再不看他。

两人去了宫里坤仪原来的寝殿，沐浴更衣，还请了御医来诊脉。

她一边由着白胡子的御医看诊，一边问身边的兰苕："林青苏上岸了没？"

兰苕低头道："上来了，已经吩咐宫人也让他更了衣，不会着凉。"

听听，多体贴，真不愧是享誉晟京的坤仪公主，对自己看上的人从未怠慢过。聂衍原还想留会儿的，但左右看都觉得这大殿不太顺眼，干脆还是起身离开了。

兰苕看着他的背影，下意识地摇了摇头："伯爷眼下是当真不像话。"

殿下落水受惊，还未收拾妥当，他竟就自己先出宫了。

"你管他做什么？"坤仪满脸的不在乎，"他爱做什么就做什么去吧。"

兰苕抿唇颔首，却见御医收回了诊脉的手，起身朝坤仪行了个礼："殿下要好生保重身子。"

"本宫一向保重自个儿，"她轻笑，"毕竟自己的青山自己留，旁人哪会在意呢？"

御医一顿，瞥了兰苕一眼。

兰苕心提了提，挥退了别的宫人，低声问："殿下的身子是有什么大碍不成？"

"大碍谈不上，但未免太过虚弱。"人少了些，御医便直言了，"殿下已经成婚，想必是忧心子嗣的，但先前小产过，眼下又在冰冷的湖水里泡了这么久，再不好生调养，以后别说子嗣，就是每月来癸水都会疼痛不已。"

坤仪不以为意："我何时操心过子嗣……等等？"

她突然抬头，看向想捂御医嘴的兰苕："我先前什么时候小产过？"

兰苕的脸色"唰"一下变得惨白，低垂着头，没敢接话。

坤仪盯着她看了许久，垂眼转向御医："该怎么调养？"

"这个好说，老臣去开几帖药，殿下按时服用，暖宫养身，一两年之后就能再思量子嗣之事。"

"那就多谢御医了。"

兰茗跟跄着将御医送出去，扭身回来就跪在了坤仪跟前。

"奴婢原想着您不知道就不会那么伤心，所以才想瞒了。"她"咚咚咚"磕了三个头，额心微微泛红，垂着眼道，"如今看来，这孩子丢了也是好事，还请殿下千万保重身子，莫要将此事放在心上。"

昱清伯爷并非良人，若当初那孩子生下来，指不定要吃更多的苦头。

坤仪仔细想了想，小产要卧床，她先前卧床就只有肚子疼那一回。那一次，聂衍对她关怀备至，眼神里时常带着心疼。所以那时候，聂衍应该是知道她小产了的。

坤仪歪了歪脑袋，想笑又有些笑不出来。

两人在一起也有些时日了，经历的事也挺多，她没保住孩子他都没怪罪，为何就非要因为青螣的事与她生疏到这个地步？

当时他可是真心疼她，路都没让她多走几步。比起子嗣，他应该是更在意她的。可比起他的大事，比起青螣，她好像又只是一件不值一提的容器。所以，妖怪眼里的男女情爱，与凡人是不一样的吧？凡人觉得你眼里有我便是爱到深处，可在他们的眼里，情爱都是小事，可以闹着玩，但绝对不会摆在大事的前头。

也对，成大事者都是如此。

坤仪摸了摸自己的小腹，觉得有些抱歉。虽然她不知道何时怀上的孩子，也不知道怎么没的孩子，但有一个小生命靠近过她，她竟浑然不觉。

也不知道会是个男孩还是个女孩。若是女孩，也许会像她，天生矜傲，不可一世。若是男孩，怕是要像了聂衍去，小小年纪就板着一张脸。

想起那个画面，坤仪忍不住勾起了唇，只是这唇勾着勾着，眼泪就跟着掉了下来。

"殿下……"兰茗扑上来抱住了她。

坤仪拍了拍她的背："我不难过，我分明也知道不能与他生孩子，那孩子就算生下来也未必会过什么好日子。"

她就是有些遗憾，她差一点就成为一个母亲。

喝避子汤和吃落胎的药是有区别的，兰茗也无法给殿下解释这意外怎么就发生了，只能听着她一句又一句地反过来安慰自己："说不定有缘再嫁，我能嫁个凡人，到时候再生一个普通的孩子，把这个失去的孩子给生回来。"

兰茗哽咽，又咬牙："嗯，与普通人好，咱们不沾惹那些个惹不起的，只当是家里供了石佛，日日上着香也就是了。"

坤仪被她逗得笑了出来。

林青苏换好衣裳过来请安的时候，看见的就是坤仪亮晶晶的凤眸。

"青苏，"她朝他招手，"你过来将兰苕带出去歇歇，她哭得我脑仁儿疼。"

林青苏也没想到里头会是这样的场面。

娇得像花一样的坤仪殿下双眼含笑地倚着，倒是她身边那个清冷如月的婢女跌坐在床边哭得不成模样。他不知道发生了什么，倒也还知道听坤仪的话，将兰苕带了出去，又替她关上了门。

"兰苕姑姑，"他忍不住低声问，"到底出什么事了？"

兰苕抹了眼泪，双目泛红地看着他，没有答他的话，只道："大人，你一定要金榜题名。"

盛庆帝如今一心对付上清司，坤仪殿下在朝中没有别的倚仗，得罪的人又太多，将来少不得要被人欺负，再加上昱清伯……

兰苕咬咬牙，又重复了一遍："一定要金榜题名。"

林青苏微怔，片刻之后，也没问缘由，便点了头："好。"

殿下既然给了他重新参与省试的机会，他就不会辜负她。

林青苏原就被尚书省好几个老臣夸过，说是有大才，旁人寒窗苦读数十载方能榜上有名，他学东西却是事半功倍，进展极快，议事行文有自己独特的见解风骨。若不是家中拖累，早些年就该在甲榜上瞧见他的名姓了。此番重新获允参与省试，林青苏也是信心满满。然而，还没等他准备好科考要用的东西，尚书省上就又传来消息。

"你这身份……虽说殿下未曾往宗室递名牒，但你也是住在明珠台的，多少人都知道殿下收了你做面首。殿下做主，虽是替你拿回了省试资格，但朝中大人颇有微词，上头甚至有人施压到了尚书省。尚书省几位大人对你也算是有知遇之恩，眼下天天为难，寝食难安，你看这……"

来当说客的人连连叹气。

明珠台富贵高筑，却不是个好名声的，他在这里科考，难免会有人看不顺眼。

林青苏听得沉默。他坐在坤仪赐给他的院落里，脚下青玉砖，手边楠木桌，背后还有十几扇琉璃镶宝的隔门。

坤仪就站在那隔门后头，将来人的话听了个完全。她打着绢扇，皮笑肉不笑地转身从另一处门出去。

"听来人的意思，是想劝着林大人主动退出省试。"兰苕低声道，"如此一来，尚书省既不得罪您，也不得罪那施压之人。"

外头夏日炎炎，坤仪将扇子搭在眉上，懒洋洋地问："你觉得谁在给他施压？"

"朝中一应守旧老臣，想来确实会有微词。"

"那些个老臣，家里或多或少正有妖祸，哪里还有空嚼别人的舌头？"坤仪轻嗤一声，穿过回廊，越过后庭，往昱清伯府的方向去了。

兰茗跟着她，步子有些迟疑："殿下……想见伯爷？"

自从上回知道自己小产之事，殿下与伯爷已经是半个月没见面了。两人就算府邸只有一墙之隔，也仿佛是要老死不相往来。这乍然过府，兰茗还有些不知所措。

坤仪却是很从容，仿佛是在接天湖里把烦恼都洗掉了。再提聂衍，也不见有多少伤心为难，反而十分坦荡："我觉得他在针对林青苏，与其隔着这么远猜他的心思，不如直接过去问问。"

昱清伯爵府是在侯府的基础上修葺扩建过的，比原先贵气了不少，加上府里养着一个娇娘，花草也多了很多。坤仪打眼瞧着，那园子里竟然还装着秋千，可比对她上心多了。

"未料殿下驾到，有失远迎。"正想着，何氏就迎了出来，慌慌张张地朝她行礼，"伯爷在书斋里看书呢。"

坤仪颔首，打量她一圈，微微一笑："你面色比上次瞧着还好看不少。"

何氏惊了惊，以为她是挤对自己，白着脸低头："殿下息怒。"

"我有什么好怒的，这是夸你。"坤仪摆摆手道，"这儿你熟些，引我去见见你们伯爷。"

"是，殿下这边请。"

从她一过来聂衍就察觉到了，但他偏就不动，兀自坐在书斋里，任由何氏将她带进来。

"伯爷安好啊。"她打着扇子，进来便坐下了。

聂衍抬眼，瞥了瞥眼泪汪汪的何氏，便招手让她坐在自己身侧，低声问她："怎么害怕成这样？"

何氏含羞带怯地摇头。光从她身侧的花窗落进来，照得她脸侧白里透红，眼里更是光影盈盈。

聂衍莞尔，将手放在她坐着的那边扶手上，仿佛将她整个人搂在怀里，而后才转头看向坤仪："殿下大驾光临，不知有何要事？"

坤仪认真地看着他和何氏，凤眼里有些动容："伯爷一定很疼爱何氏吧？"

聂衍莫名觉得心情很好。他有一搭没一搭地点着扶手，看一眼娇羞的何氏，轻笑着答：“自然。”

整个伯爵府都知道他有多疼爱何氏，传进她耳朵里的自然也不少，她竟还要多此一问，难道是不肯相信？念及此，他淡声又道：“与殿下的婚约不过是一场交易，但她是我专门迎进府里的，就算不会有正头的名分，也绝不会让人将她欺负了去。”

坤仪十分感动地点头，而后皱眉：“既如此，伯爷为何不能将心比心？”

什么意思？聂衍淡了笑意，抬头看向她。

坤仪捏着她的绢扇，鼻尖微皱：“你疼爱何氏之心，与我疼爱林青苏之心不是一样的吗？我既然都未曾为难她，甚至还给了她赏赐和体面，你为何就要去为难林青苏？何况林青苏只是个普通人，但他对江山社稷有大用，伯爷大可不必将他看在眼里，他又碍不了您的事。”

聂衍眼里的笑意彻底消失，别开脸看向窗外的树叶，冷笑连连：“殿下怕是有些误会，我与那林青苏素不相识，又未曾有过交集，缘何我就要去为难他？”

“尚书省那几位老大人家里遭逢妖祸，有一位原是要停职入狱的，却迟迟不见上清司提审，反而在朝中指责林青苏这个名不见经传的科举之士……”坤仪皮笑肉不笑，“如此，伯爷不觉得蹊跷吗？要不将黎诸怀抑或是朱厌提过来问问，他们是为何不提审这些人，那老大人又是为何要拼着晚节不保与一个后生过不去。”

“殿下这都只是猜测，没有丝毫证据。”聂衍半合了眼，眉眼含讥，反手将何氏搂进怀里，“还请殿下慎言。”

若有证据，她就该直接去宫里了，哪里还用得着来伯爵府？

坤仪起身，洒着金沙的裙摆在光里潋滟如湖，她挺着纤细的腰肢站到他的书案前，直视他与何氏这亲昵模样，眼里没有丝毫波澜：“我不在意你有多少个侧室，也不在意你每日与她们如何恩爱，因为我心里没你。但你背着我要这些小手段，说明你没放下我。堂堂伯爵爷，对一个女子纠缠不休，不觉得难看吗？”

聂衍心口一紧，冷眼看进她眼眸里：“你说什么？”

“我说，三日之后，林青苏若是不能顺利参与省试，我就当是伯爷余情未了。”她毫不避讳地回视他，巧笑嫣然，“届时，我便带着青膣去那浮玉山，让她吃个饱。”

“你……”

聂衍起身，浑身散出了杀气，抓住了她的手腕：“你拿这种事威胁我，就为了一个林青苏？”

“先不讲理的是您，伯爷。”坤仪没挣扎，任由他将自己的手抓得生疼，“您若想成大事，就不该意气用事！”

倒给了她机会教训他。

聂衍气极反笑："殿下未免太过自以为是，不讲理的是你，无理取闹的也是你，倒还说我意气用事？"

"只要他能参与省试，伯爷说什么都成。"坤仪弯了细眉，朝他笑了笑，"如伯爷所说，他也是我亲自迎进府里的。我就算不能给他个正头名分，也绝不会让人欺负他。"

聂衍心口起伏，扔开她的手，起身就走。

"伯爷。"何氏连忙追了出去。

坤仪自顾自地揉着手腕，觉得差不多了，便对兰苕道："回去吧。"

兰苕神情有些呆滞，乖顺地跟在自家主子身边，直到回到明珠台，才低声开口："殿下这般，不怕回不了头吗？"

"往哪里回？"坤仪抬头挺胸，走得十分矜傲，"路都是朝前的，没有人可以回头，他回不了，我也不想回。我与他总归是皇婚，又有楼掌柜和青膆护着，我死不了，也与他和离不了。那就想法子，别亏待了自个儿。"

林青苏她是一定要保的，就算不为了他的前程，也为她自己争口气。聂衍有那么多事可以做，没道理把她当个软柿子，想起来了又捏一把。

见她想得通，兰苕就不担心了，不担心之余，甚至还多问了一句："我看伯爷气得狠了，晚膳您可要加两个菜？"

"加！"坤仪打着扇儿就笑，"加两个大的，叫林青苏来与我一起用膳！"

"是。"兰苕笑着去了。

在两家相邻的院墙上开了门，原本还是伯爵府的主意，方便殿下和伯爷来往。可不知怎么的，殿下过去了伯爵府一趟，昱清伯爷当天晚上就叫人将那扇门给封了个严实，拿泥水砌了，墙头比先前还高出一截来。

晟京里很快传出了消息，说是昱清伯爷厌倦极了坤仪殿下，不但纳妾，还修筑高墙，彻底不想与殿下再来往了，任凭殿下纳多少个面首，也刺激不了他。

李宝松听闻这个消息，当即高兴地问孟极。孟极却很纳闷："有这种事？"

"怎么会没有，遍晟京都传着呢！说伯爷很宠那个何氏，气得公主上门去理论，结果被伯爷赶了出去，还连院墙都给修高了几尺。"李宝松皱眉，"伯爷最近没什么变化？"

"变化自然是有，"孟极叹息，"却是没有传言里那般风流的。他很忙，忙多了脾气就不太好，我已经好几日没敢与他说话了，就连黎主事去伯爵府，出来也是心有余悸。"

李宝松只当他是公事不顺瞎说的，聂衍那样清风朗月的人，哪里就是个坏脾气的了，能与坤仪分居，他定然高兴，说不准还在府里痛饮呢。

这一点她猜得是没错的，聂衍的确在府里摆了酒。不同的是，他看起来不怎么高兴。

夜凉如水，前庭里摆了小榻，聂衍就坐在榻上看着何氏起舞。她衣袂翻飞，顾盼多情，是个很好的模样。但他怎么看，都觉得她少两分灵动。

灵动是什么样的呢？

聂衍捻了一滴酒水，朝她脸上轻轻一点。

何氏一贯只挂着娇羞的脸上瞬间多出两分傲气来，桃花眼眼尾微长，变成了一双凤眸。

"大人。"她朝他眨眼。

聂衍眉目松了一些，却还是觉得不对，又往她身上点了一滴酒。

何氏娇软的腰肢更纤细了些。

"你干脆给她换一身绣金符的黑纱袍，再顶一头的九凤金钗好了！"黎诸怀走过来，揶揄了一句。

聂衍冷了脸，抬袖一挥，面前站着的美人儿当即化成了一缕烟，飘散不见。

他有些烦躁地揉了揉眉心："你事做完了？"

"这点小事哪有办不好的？"黎诸怀坐到他对面，讨了他一盏酒喝，又笑，"事情很顺利，你怎么倒愁上了？"

"没有。"聂衍面无表情地看着远处的天，"就是有些乏味无趣。"

"你初来人间之时，常说人间乏味无趣，这么多年过去了，我还以为你终于习惯了。"黎诸怀翻了个白眼，"旁的妖怪都说人间有趣，他们寻乐的法子多着呢，就你喜欢成日待在府里，不是捉妖就是看书。"

"也没别的事好做。"

"都有空给自己折腾出个侧室来，怎么就不知道当真给自己纳一个？"黎诸怀哼笑，手里摇着千山纸扇，一派风流，"你才是传闻里那个想纳妾来激一激谁的人。"

"话多。"聂衍不耐烦了，要逐客。

"哎哎，我是下午在尚书省的官道那边瞧见了坤仪殿下，这才来想着同你说道说道。"黎诸怀抓着软榻硬留了下来。

聂衍垂眸，没再动手，只斟了酒兀自抿着。

"她今日去送林青苏赶考，难得没乘凤车，低调地坐着软轿去的。"黎诸怀一脸唏嘘，"若不是我眼尖，当真要没认出来她，难得这位殿下肯这么替人着想。"

林青苏参与省试一事闹得沸沸扬扬的，前日又突然尘埃落定，尚书省的老大人亲自给他盖的章，朝中已有不少人在揣度他的背景。坤仪不肯让他因着面首的身份被低看一眼，这才弃了凤车，低调地站在人群里，目送他入考场。

"我瞧着殿下与那姓林的也算郎才女貌，等您成事之后，倒也可以成全他们。"

成全他们？聂衍觉得自己不是这么良善的人。坤仪以凡人之身戏耍他多回，却还想着有个好结果，哪有这么便宜的事。她既不能如她所说的那般喜欢他，便也不可能跟别人花好月圆。

林青苏要参与省试甚至入朝为官，他都可以不拦着，但是，他其余的心思，这辈子也落不成。

桌上酒盏一个没放稳，落在地上砸了个粉碎，黎诸怀收住自己的衣袍避开了碎片，撇了撇嘴："你们那一族的人就是霸道得很……"

征服领土的时候霸道是有用的，但在感情里，尤其是和凡人的感情里，这玩意儿不那么讨好。当然，黎诸怀是不会提醒他的，他巴不得聂衍情场失意然后闷头做大事，能早多少年回九重天呢。

九重天上有极为丰沛的仙气，走路都能修炼，比人间不知道好了多少倍，人间的妖怪们苦练上百年，也许还没人家一年精进的多。也就是说，聂衍那一族，再在人间这么滞留个几万年，也许就没了与九重天上其他族类一战的底气。

他们必须得抓紧时间。

七七四十九天过去了，钱书华到了下葬的日子。

以坤仪这样的身份，是不该去一个臣妇的葬礼的，至多在头七的时候烧一炷香，也就算情深义重了。但坤仪有愧，不但搬了许多金银给她的母家和霍家，更是在这天往黑纱裙外罩了一件白纱，一大早就去送葬。霍老太太不知钱书华的死与坤仪有关，就连霍安良都只说是意外，所以霍家没有怪罪她，坤仪却是一路都没有抬头。

"她会投生一个极好的人家，下辈子荣华一生，还有与她常伴的夫婿，与她恩爱到老。"龙鱼君在她身后低声道，"我与他们都说好了。"

这个"他们"说的肯定不是凡人，坤仪也没多问，只依照他说的，给了钱书华极为丰厚的陪葬。

"殿下保重。"霍安良脸色十分憔悴，看见她在后头落泪，倒转过头来道，"当今天下，无数人死于妖祸。书华得殿下看重，已经是分外幸福，可还有数十万的百姓，今夕闭眼不知明朝还能不能睁，被妖怪拆吃入腹，连轮回也未必进得。"

坤仪听得抬了头："最近不是太平了不少？"

霍安良苦笑摇头："晟京太平了，可偌大的天下，又何止一个晟京。"

西边一开始闹了天灾，后来又出现妖祸，已经在朝晟京这边蔓延了，偏陛下一心钳制上清司，未能及时赈灾，灾情越来越大，死的人也就越来越多。

"妖怪大多以人为食，一个成年男儿，仅能填饱两只妖怪两日的工夫。"霍安良看向远处，"我家里有白事，一直未能归复职责，等书华下葬，我便也要往西去，若有幸除妖，便算替书华报仇，若是不幸……那也就当我与她同归了。"

坤仪的睫毛颤了颤，喉咙发紧，说不出话来。钱书华下葬之后，坤仪去了一趟掌灯酒家。

楼掌柜仍旧是笑眯眯的，扫一眼她的脸色，连问她一句都不问，直接道："数十年前人间也曾遭遇大的妖祸，但凡人繁衍生息，很快就恢复了，殿下不必太过忧心。"

聂衍要的只是一个清白，他重刻这一场妖祸，也不过是想用狐族当初用过的手段，来让凡人替龙族洗清冤屈。

"可现在，他们在杀人。"坤仪脸色苍白，"人要站着给他们杀吗？杀多久？杀多少？"

楼似玉怔了怔，用团扇略微挡了脸："成大事者，是不拘小节的。"

坤仪的面色更白了两分，问她："你的宋清玄也是'小节'吗？"

楼似玉倏地就沉默了下来。方才还热闹非凡的酒家，瞬间声音就消失了，黑幕从四周落下来，眨眼就成了一个空间。

坤仪站在空旷的黑暗里面对着楼似玉，完全无惧面前这人露出来的金色眼瞳。

"生气是吧？我只说一句你便生气，那别的活生生死掉的人呢？"她歪了歪脑袋，"你的宋清玄是宝贝，别人的夫婿就不是宝贝了？凭什么要成为你嘴里的'小节'？"

"弱肉强食，自古如此。"楼似玉微微眯眼，狐眸睨着她，犹带怒气，"你若不服，便去救天救地，与我说这些做什么？"

坤仪的气势弱了下来，耷拉了肩膀："想求你一件事。"

楼似玉白她一眼，扭身道："晶石是保你的命的，不能真的用来通消息给天上。"

女娲娘娘百年才看一次晶石，谁知道她下一次看这石头是什么时候。若她拿出来，怕是在女娲娘娘看见之前，这小丫头已经被聂衍给捏死了。

坤仪抿唇，她的心思楼似玉都看得透，多说好像也没什么意思，但，她毕竟是宋清玄的爱人……

"别指望我深明大义，我只是一只妖怪。"离开的时候，楼似玉侧过头来看了她一眼，"在我这里，只有你的命能让我多看一眼，至于天下苍生……我不是宋清玄，我不会去多管闲事。"

结界褪去，四周的喧闹声如潮水一般重新涌上来，坤仪穿着白纱套黑纱的衣裙，看了一眼门楣上的银铃，轻轻地叹了口气。

龙族被狐族冤枉，所以要让人间再遭一次大的妖祸，然后龙族挺身而出，救下苍生，如此这般，便能成为救世主。可是，若没有这些妖怪作祟，凡世本就不需要谁来救。

以前是狐妖作祟，致使人间遭难，眼下又是龙族复仇，要人间血偿。他们凡人，当真就只是砧板上的一块肉而已。

霍安良出征的那日，城中许多百姓去送，就连杜蘅芜也抽了空，站在城楼上遥遥地看了他们的队伍一眼。

"西边难民如潮，早晚祸及晟京，朝中上下那么多人，竟只出这一个大义的。"她有些叹息。

身边的丫鬟低声道："相爷说要给姑娘重新议亲，姑娘还是早些回府。"

杜蘅芜有些恼，转头看她："我竟就只剩了嫁人这一条活法了？"

丫鬟低眉，不敢吱声。

民间风气虽然开放，但哪有女子十八岁上退了婚还不愁自己婚事的，连相爷都愁得好几日没睡着觉，偏姑娘还不放在心上。杜蘅芜也知道她在腹诽什么，略为烦躁地拂袖下楼，骑了马就往相府走。

路过闹市茶肆之时，杜蘅芜不经意往旁边看了一眼。

有个人坐在茶肆二楼的露台上，纤指捏着一盏茶，斗笠上的黑纱被风吹得微微往后翻，露出白皙精致的下颌来。

杜蘅芜眉梢一挑，勒住了马。

"稀奇了，你不去旁边的容华馆，坐在这破落地方干什么？"

坤仪正在露台上喝茶，乍一听这熟悉的声音，当即呛咳，掀了面前黑纱看下去："我当是谁，这城里除了你也少有姑娘家还骑马出街的了，你不去教你的女子私塾，管我喝什么茶做什么。"

杜蘅芜不服气，翻身下马，"噔噔噔"上了楼。

　　"要说你好吃懒做，你倒也知道拿赚来的那些黑心钱接济难民，可要说你心怀大义，今日霍安良他们出城，你不去送也就罢了，倒坐在这里。"杜蘅芜一边翻着白眼一边在她旁边坐下，捡了她的茶壶来给自己倒了一杯好茶。

　　坤仪撑着下巴轻笑："去送霍安良就是心怀大义了？"

　　杜蘅芜一噎，没好气地道："总是要好些的。"

　　坤仪摇摇头，顺着指了指楼下："你坐在这里看。"

　　这间茶楼不在合德大街，在一条偏僻些的小街上，一间阁楼住三四户人家，没穿裤子的孩提踩着泥满街跑。

　　杜蘅芜刚想说这有什么好看的，就瞧见一把白花花的纸钱被扬上了天。她皱眉，觉得晦气，侧眼却见坤仪伸手捏了一张飞过来的纸钱，手指捻着翻来覆去地看了两眼，又扬在了风里。

　　"我含着金汤匙生下来的，一顿饭里，菜至少是十二道，多是鸡鸭鱼肉、山珍海味。穿的衣裳也是一等一的好料子，比我皇兄也不差。吃喝尚且如此，更别说我的珠宝首饰、出行跟着的仆从、住的明珠台。"她似笑非笑地道，"但凡拿出一样，这一条街的孩子就不会有一个挨饿的，更不会有人饿死。"

　　杜蘅芜撇嘴："你既有这个心，那说不如做。"

　　坤仪摇摇头，嗤笑道："昨日我搭棚施粥，被言官参了十几本，说我为自己揽名声，不顾陛下仁德之名，也诋毁了晟京官员，此举意在指责他们不作为，有参政之嫌。"

　　"啊……"杜蘅芜不太能理解，"这哪儿跟哪儿？"

　　这些大臣，光指责坤仪，也不见他们做什么事啊，就连朝廷拨下来救济灾民的银钱都不知道被谁瓜分去了，民间半个子儿也没见着。

　　"皇兄觉得他们说得对，又不愿让我伤心，所以又从私库里拨了一大堆东西赏给我，让我不必再管晟京的难民。"坤仪朝她摊手，"你看，不是我想好吃懒做，是他们只让我好吃懒做。"

　　杜蘅芜有些气愤了："西边死了那么多人，晟京也是白事频见，他们竟打算坐视不理？"

　　顿了顿，她又开始训坤仪："你平时那跟扈劲儿呢，怎不见将这些愚臣怼回去？"

　　"怼不过。"坤仪一脸可怜巴巴的模样，"他们人多势众，又把着权势，我一个弱女子……"

　　"说真话！"杜蘅芜一拍案桌。

可怜的表情霎时收敛，坤仪傲慢地笑了一声，伸手对着光看了看自己晶莹剔透的蔻丹："跟他们硬碰硬我碰不过，但没关系，我有钱。"

望舒铺子开了好几处分店，一直进账可观，加上她母后给她的嫁妆以及皇兄平时的赏赐，说她富可敌国也不为过。有这些钱，她可以不用出面，只让人以商家的名义出去施粥便是。

但是，施粥能救一时，也救不了一世。

"蘅芜啊。"坤仪突然凑近了她一些。

杜蘅芜一个激灵，神情顿时警惕："做什么？"

"你想不想入朝为官？"她笑眯眯地问。

在这里，女子也可以为官，只是品级低些，也少有参议朝政的。不过若是杜蘅芜，她也许能做得更好。

杜蘅芜神情微动，最后还是朝她翻了个白眼："我都十八岁了，你还想拉着我为官，成心想让我嫁不出去，到时候好笑话我？做梦！"

"原先你家里不同意，如今正逢乱世，杜相当知朝中缺人，这机会你若能抓住，未必不能光宗耀祖。"坤仪完全没将她那反驳的话听进去，低声道，"你若愿意，我不但不会阻挠，反而会替你说好话，让你能有个好职务。"

杜蘅芜喝完杯中茶起身，扭头就走："花言巧语！我一个姑娘家，找着好人家嫁了就行了，谁要去图什么官职？我看你也是最近事多气糊涂了，那哪里是女儿家该掺和的事。"

她一边说着一边下楼上马，连告别也没跟坤仪说。

坤仪坐在原地看着她离去的背影，一点也没慌。

她和杜蘅芜同窗十余载，这若是个肯安心嫁人相夫教子的，与徐枭阳的婚事就不会拖到现在还毁了去了。

"殿下，"兰茗上前来禀告，"徐武卫又送了些新东西放去了明珠台。"

"好。"坤仪起身，略略伸了个懒腰，"回去看看。"

聂衍这人说坏也坏，好端端的日子不过，偏要因着青腆与她闹得不相往来。但说好也是好的，他没有断了她与妖市的生意，仍旧让徐武卫给她挑选好东西，好让她的望舒铺子越开越多。

在这件事上，坤仪是感激他的，甚至每个月会将一小部分盈余的银子装箱给他送过去。

当然了，他一次也没收，原封不动地让人给她扔了回来。坤仪也乐得多收一笔银子，只是该行的规矩还是要行，每月都送箱子过去，再等着人给她送回来——她赚得实在太多了，不意思意思送几箱银子过去，她的心里有愧。至于人家不收，那可就不怪她了。

晟京的百姓，穷的是真穷，一家十几口人，连一件像样的衣裳都没有，一年到头只能吃三四顿白米饭，其余时候都是咽野菜。可晟京的贵人们，有钱起来也是真的有钱，大把大把的银子往望舒铺子里砸。望舒果和能求子的药都成了当下热销，普通账本长度的一行都要记不下那钱财数目了，兰苕还专门找人特制了新的账本。

坤仪原先对钱不感兴趣，她已经有太多了，再多一点或者少一点对她来说没有什么区别。但也不知怎么的，这位主儿突然就开始清算起自己的家财，银子大笔地进账，又大笔地出账。放以前，家中有什么大笔出账，可能是她买了什么珍宝和衣裳了，但现在不是，除了兰苕，连账房先生也不清楚殿下的钱究竟花去了哪里。

与此同时，京中突然涌现了一大批学府，有教孔孟之道的，也有教除妖之法的，多为私塾，一开始百姓还多在观望，但后来他们发现私塾学费不高并且还管吃管住之后，大多数人家就都选择将养不起的孩子给塞过去了。进去之后百姓们发现，孩子只要好生念书，成绩优异，甚至还能从私塾里给家里赚米粮回去。

于是，晟京的学习之风突然达到了空前的繁荣阶段。

不过这些都是小事，朝中人并未太过留意。包括聂衍，就算有人提了一两句，想查查这些私塾背后的东家是谁，但话没传上去多远，就被人按下来了。

坤仪站在屏风后头，望着面前躬身给她传话的翰林院大人，绢扇遮脸，微微一笑："辛苦了。"

"上头有人"就该用在这种时候，更何况她这个"靠山"，既然可靠，权势又大。

上半年的科举结果很快出来了，林青苏是个说到做到的，虽未能中状元，但也得了个甲榜探花，实在是没辜负坤仪一番折腾。上殿受封那日，林青苏特意从合德大街上一家新私塾里出发。受封回来，又将一箱赏赐留在了那私塾，当给后生好学的资助。此事一时传为佳话，不少贵门便也开始将庶子送去那些私塾，这倒是后话了。

眼下林青苏得封谏议大夫，坤仪给他备好了贺礼，就是打算将他面首之名洗去，让他做个腰杆挺直、家世清白的好官。

谁料，她还没来得及送礼，就见林青苏穿着一身官袍站在明珠台门前对着她拱手："落难之时，在下曾受殿下搭救。如今得蒙圣恩，在下想与殿下说个清楚——当日受殿下玉佩定情，实在仓促，按礼算不得数。"

坤仪微微一怔，失笑道："自然是算不得数，就算你不这么说本宫也……"

"在下想三书六礼，与殿下再结良缘。"林青苏声音洪亮，抱拳朝她躬身，真挚万分地低下了头去。

明珠台门口仪仗队和围观的百姓人数众多，见探花郎如此举动，皆是一阵惊呼起哄。这世道，多的是男人功成名就抛弃发妻，却鲜少有这高中甲榜还要回头给人当面首的。于礼不合，于理也不合。

但林青苏说得很认真，甚至拿出了她当初给他的那块玉佩。

可坤仪的脑袋上缓缓冒出了一个问号。她没听旁人的艳羡和起哄，只平和地看着林青苏，然后认真地开口问他："你的脑子……有问题？"

"我……"他有些无措地站直身子，"殿下，我是认真……"

"你认哪门子的真？我给你要回来科举的资格，是让你给女人当面首的？"坤仪气得白眼直翻，"面首是贱籍，你好不容易靠着自己的本事考了官，升成了良籍，怎么还有这自轻自贱的做法呢？还有，你说想做我面首，是因为心悦于我？"她冷笑，"你是感激我，觉得我在你绝望的时候拉了你一把，是你的恩人，所以你想让我开心？我告诉你啊，用不着，你入朝为官我就挺开心的，将来指不定有你帮扶我的时候。无以为报以身相许，那是姑娘家的做法，你凑什么热闹！"

"……"

"赶紧拿着你的籍贯走马上任去，去去去，看着你这样子都来气。"坤仪将籍贯单子塞给他，叉着腰道，"你今日这做法，不知会给你仕途添多少堵，回去自个儿反省去吧！"

说着，让兰苕扶着他上马，硬是将他"恭送"了出去。

林青苏一步三回头，似乎是有话要说。但坤仪没给他这个机会，一扭身就回了府。

"殿下，奴婢瞧着他不像是想报恩才说这话的。"鱼白跟着她疾步走着，忍不住道，"他看您那眼神，跟原先的昱清伯爷差不多。"

话刚出口，鱼白就被兰苕狠掐了一把。

她吃痛，意识到话不对，连忙道："啊……比伯爷还好了不少，伯爷那时候也凉薄得很，但林大人他当真满心满眼都是您。"

"有什么用？"坤仪似笑非笑，拖着长长的裙摆穿过花园的小路，"我这辈子还能指望男人过了？"

她的男人，要么被她弄死，要么想把她弄死，总没一个能好的。

"今日也算是大喜，让小厨房多备几个菜，再温一壶酒。"她走着走着，到底还是开怀笑了，"一起庆贺庆贺。"

"好，但是殿下，御医说过您要养身子。"兰茗道，"这酒还是不碰了吧？"

坤仪不以为意，摆手道："御医说的是要孩子才要养身子，你看我，我要什么孩子啊，先喝了再……"

话没说完，面前多了一个人。

坤仪脚步骤停，皱眉看了他片刻，又陡然将眉眼松开，笑着道："伯爷，稀客啊，怎么过来了也不让人知会一声？"

聂衍脸上没什么表情，看她的眼神更像是在看一个陌生人："淮南说你挖我的人去私塾。"

上清司也开了教授除妖之法的学院，不同的是他们的学院是朝廷出钱，出来的人才更是直接送进上清司。

坤仪挑眉道："你说姓廖的那个道人？人家只是个凡人，又急着赚钱养家，我这才给他指了一条好路子，伯爷上清司那么多道人，何必在意这一个。"

的确可以不在意，这种事更用不着他亲自来，但聂衍偏就来了，甚至还在门口看了一回热闹。

他打量了坤仪两眼，发现她似乎清瘦了不少，看他的眼神也让他更加觉得不舒服。

"我若偏在意呢？"他问。

坤仪有些苦恼："那我给你说好话呗，伯爷大人有大量，让我一个人如何？"

聂衍冷笑，显然觉得她诚意不够。

坤仪叹了口气。

她伸手，轻轻勾住了他的手掌。

这细细嫩嫩又有些微凉的触感，已经久违了。聂衍很想甩开她，但念头只一划，就被她摇散了。

"你我如今也算是各自欢喜，何苦又为这种小事来为难我？廖先生教的只是一些粗笨的东西，远构不成你们的威胁，人家只是想养家糊口。伯爷这么大方的人，睁一只眼闭一只眼又如何呢？"

她一边说一边晃，还拉着他的手往花厅走。

聂衍也不知道自己怎么就跟着她走了，听她唉声叹气地说着世道不易，倒觉得有些舒心。

两人许久没说过这么多话了。

"那私塾我也不熟，是替我掌事的那个掌柜家的亲戚开的，只是借着我的势头寻些方便，人家还在替我办事呢，也不好叫人家为难，你最近不是在愁新来的道人没地方安置吗？我倒是可以替你去给皇兄说话，把东城边上那两个大院子送给你们，可好？"

她回过头来看着他笑，脸上完全不见先前的阴霾，仿佛将他当成了朋友。

聂衍的心突然就软了软。他闷不作声地坐在她的饭桌边，看着下人送了酒上来，想起方才花园里她说的话，忍不住低声问："你……为何不要孩子？"

"嗯？"坤仪以为自己听错了。

聂衍深吸一口气，捏紧了放在膝盖上的拳头，又问了一遍："为何不要……我跟你的孩子？"

坤仪骤然失笑，也替他斟了酒。

"你我这样子，能要孩子？"她脸上的表情很轻松，"自个儿过好就不错了。"

他满心想的都是平反和复仇，踩着她亲人朋友甚至她的骨血也在所不惜。她心灰意冷，也不想再与他过日子，两人的孩子能开心长大才怪呢。

没了也好，强求是强求不来的。

坤仪想的是孩子没了之后的安慰话，但听在聂衍耳里，便是万分的冷血无情。她对他得有多厌恶，才能忍心打了孩子不要，还来与他装傻，叫他觉得愧疚。

可是，她方才又肯拉他的手。

聂衍心绪复杂，起了身。

"伯爷不吃了饭再走？"坤仪礼貌地问。

他头也没回，只摆了摆手："何氏还在等我。"

"哦。"

坤仪自己拿起碗筷，开开心心地用起膳来。

有一就有二，廖先生被坤仪用厚禄留在私塾，他交好的几个道人便也辞了上清司的小职务，来私塾谋生。这些人不会教人修道，也少有凡人能修道，但他们能教普通百姓用一些符咒和器物来防备和识别妖怪。

坤仪很乐意地接受了他们，安排到京中七八家私塾去。但上清司这边就不高兴了，聂衍时不时地就要来找她的麻烦。

"伯爷听我说，这件事也好办，他们在我这边，保管不会出卖任何上清司的消息。"她眨着凤眼，抓着他的胳膊晃啊晃，"再说了，七八个人而已，你们上清司上千的公职，也不缺他们几个。"

"这话上回殿下就说过了。"聂衍神色淡淡。

坤仪打着扇儿笑，扭头又道："伯爷总要顾一顾人心的，上清司待下头的人好些，他们也才能更好地为伯爷效力不是？总是用打断经脉要挟，人心是不齐的。不如好聚好散，那几个人也未曾担任什么要职。"

聂衍轻哼："殿下巧舌如簧。"

"都是为伯爷着想。"她红唇高扬。

"明日宫宴，只能带正室出席。"他垂眸，"殿下若肯与我装一装门面，此事我便不再追究。"

明日是三皇子纳侧妃的宫宴，他们自然要出席，坤仪原是打算与他分开走的，但他都这么说了，她自然点头："好。"

装门面是最简单的事了，她打小练会的功夫，不但能让聂衍满意，还能给他惊喜。

于是第二天，坤仪没忙别的，就张罗着更衣梳头。聂衍坐车到明珠台侧门等她，足足等了一个时辰才见到她姗姗来迟。

帘子一掀开，聂衍正想说话，却见她今日在黑纱外头笼了一件绛紫色宫装，上头绣着精巧的暗纹，与他身上穿的礼服同色同花。

"走吧。"她坐下就吩咐驾车的夜半。

聂衍正襟危坐，余光瞥了她好几下，才淡淡地"哼"了一声。难为她这么短的时间里还能花这等巧心思，一个时辰也不算多了。

最近京中都在传他们夫妻二人不和睦，是以两人一到宫门口就引起了众人侧目。聂衍有些不自在，坤仪却是习以为常了，牵着他的手就往里走，一路上还与一些命妇攀谈。

这走走停停的，聂衍又说不上什么话。命妇们瞧着都以为他要不耐烦，谁承想昱清伯爷不但没皱眉，甚至还一路盯着坤仪瞧，任凭她与谁说什么，他都耐心等着。

不太对劲。

落在他们身上的目光越来越多，坤仪的笑容也越来越灿烂，亲昵地挽着聂衍的胳膊，跟他如胶似漆。

若不是提前商量好的，聂衍自己都要信了他们两人是破镜重圆了。

可是，一到三皇子院落的后庭无人处，坤仪就飞快地松开了他，甚至还体贴地道："见谅啊，在外头只能这样了，您若是不舒服，待会儿我便收着些。"

聂衍觉得好笑："你哪里看我不舒服了？"

坤仪眨了眨眼，倒是笑了："舒服就行，回去可要记得将那几位先生的随身物品送到明珠台，里头说是有个什么要紧的遗物，多谢伯爷了。"

这着急撇清关系的模样，像生怕他误会一般。

聂衍拢着银纹长袍，脸上硬撑着没露出半分怒气，甚至语气平顺地答："知道了。"

她要与他公事公办，他就与她公事公办。

今日的宫宴十分盛大，就算晟京之外已经饿殍遍野，也不耽误三皇子做他的排场。没了四皇子，他便是板上钉钉的太子、将来的国主，纳侧妃一事自然是要踩在流水似的银子上头的。于是，这次宫宴金灯高点，佳肴如山，吃不完的肉排骨被随手丢弃，一碗美酒推搡之间洒了大半，金丝银线上全是酒香。

"姑姑，这杯侄儿得敬您。"三皇子被人扶着走到了坤仪跟前，醉醺醺地道，"听闻姑姑曾有为民开设粥棚之举，实乃大义。只是，赈灾原是侄儿的职责，姑姑这一出，闹得父皇很不高兴，侄儿想来问问姑姑，对侄儿有何指教啊？"

几个近臣连忙来扶他打圆场："殿下莫怪，三皇子喝醉了。"

坤仪也不想怪他，但这三皇子硬扯着她的衣袖不放，怨气极大："姑姑一介女流，安心在家相夫教子也就罢了，怎么还要来挡侄儿的路！"

坤仪被他拉得有些东倒西歪，旁边那几个打马虎眼的近臣完全没有要救她的意思，她下意识看向聂衍，想让他帮个忙。可谁料，这一眼看过去，聂衍也没有要救她的意思，他就站在旁边看着她，像在欣赏什么美景，鸦黑的眼眸里一片冷漠之意。

坤仪觉得挺可惜的，他这么好看的一双眼睛，竟是个瞎的。

似是被她眼里的嘲讽提点到了，聂衍回神，这才伸手将她从人群里拉了出去。近臣们连忙将三皇子扶去了旁边休息。

"伯爷，"坤仪揉了揉自己的手腕，一边笑一边咬着后槽牙，"今日这门面是你让我来装的，我遇见麻烦了，你怎么好意思袖手旁观的？"

聂衍站在她身侧，淡淡地道："在下并未袖手旁观，我最后不是将你拉出来了？"

"您要是长了眼睛，他过来动手的时候您就该拉我一把。"坤仪微恼，裙摆都要炸起来了。

比起她的激动，聂衍倒是十分平静："你我交易，用今日这一遭好戏，换我不追究殿下带走我上清司属下几位道人。这交易里，并没有要求在下必须时时刻刻注意殿下的周全。"

坤仪被他给气笑了："交易里没要求，你就不做？"

聂衍理所应当地点头："怕殿下生出别的误会来。"

"您放心，我这辈子都不会对您别的误会。"坤仪心口起伏，将自己头上斜了的凤钗扶正，一字一句地道，"本宫已经感受过一回伯爷的冷血无情，断不会再做那自作多情、摇尾乞怜的角儿！伯爷方才就算是立马将我抱过来并呵斥三皇子一顿，我也只会觉得伯爷是个好人，有男儿起码的风度罢了。至于情与爱，我坤仪这辈子都不会奢望伯爷给出来。"

她的肩膀有些发颤，被他给气的。说完这几句话，坤仪扭头就走，裙摆扫在他面前，扬起了一阵风。

"殿下，林大人过来敬酒了。"有宫人提醒她。

重新融入宫宴之后，坤仪扭头就变了一张脸，先前的气恼消失得干干净净，眼下眸中带笑，嘴角轻弯，仪态大方又从容，脖颈上优雅的弧度活像是能工巧匠一点点雕出来的。

"林大人有礼了。"她捏着夜光杯，与他遥遥一举。

林青苏如她所愿走马上任了，此时一身官服，配着头上的双翅帽，显得更是英挺。他像是有话想对她说，但两人之间隔着长长的距离和大大小小的官员，他什么也说不出口，只能将杯中酒一饮而尽。

坤仪满意地点头。

谁料，酒喝完了，这人竟没走，而是又倒了一碗来，上前了两步："不知殿下最近睡得可安稳？"

这话问出来就有些暧昧了，旁侧觥筹交错的贵人们虽是没回头来看，耳朵却都纷纷竖了起来。

"劳大人惦记，睡得挺好。"坤仪神色不变，也跟着举杯。

林青苏一饮而尽，再倒一碗，又前进两步："殿下最近吃得可香？"

"这个嘛……也挺香。"

再走两步，他就要到她跟前了。坤仪面上不动声色，眼睛却是看了旁边的宫人一眼。

林青苏已经犯过一次糊涂，断不能在三皇子的宫宴上再胡来，否则这仕途还要不要了。

宫人会意，正要上前阻拦，谁料旁边过来一人，径直挡在了林青苏的面前。

"大人这样问安，让我想起了家中祖母。"聂衍也给自己倒了一杯酒，居高临下地与林青苏手里的酒碗碰了碰，"她还在世时，我给她请安；也常问她睡得安不安稳，吃得香不香。"

坤仪："你……"

要说损，还是没人比得过他，这是挤对林青苏呢，还是变着法儿说她老了呢？

林青苏显然没想到他会出来，面对坤仪时，他结结巴巴说不好话，但对上这个人，他倒是笑了："我当是谁，原来是昱清伯爷，先前在明珠台一直不曾得见，还好奇是怎样的龙章凤姿。"

后半句他没说，径自将酒喝了。

聂衍也不恼，挥手过来让宫人又给他满上："大人去的那些地方，自然是见不着我的，明珠台的外庭巡逻不少人也与我素未谋面。"

言下之意，他这没被宠幸过的面首，也就相当于一个外庭巡逻。

林青苏到底是年轻气盛，哪里有这万年的老妖怪沉得住气，当下就回道："在内庭也并未见过伯爷。"

"哦？"聂衍回头看向坤仪，"殿下在内庭召见过他？"

"没有。"坤仪嘴角抽了抽，"本宫与林大人没什么深交。"

她好不容易替他将过去都掩盖了，让他做个清白官儿，这倒霉孩子怎么这么不让人省心呢。

她忍不住瞪了他一眼，示意他别再和这老妖怪争口舌。

可是林青苏没想到这一层，他就觉得坤仪当着聂衍的面不敢承认他，心里登时委屈了，低声道："殿下何必忌惮他，他将府上的侧室都快宠上了天，这外头人都知道。他的心里是半分没有殿下的。"

坤仪顿了顿，微微抿唇。

聂衍横身挡住她的视线，冷眼看向下头站着的人："林大人一心放在离间人家夫妻上头，我看你是没什么报效朝廷的意思了，不如趁着今日人多，挂官入了明珠台，我倒能做下这个主来。"

"伯爷。"坤仪皮笑肉不笑地上前来拉了他一把，"您这么大年纪了，与小孩子计较什么？总不能纳妾觉得愧对我，就非要给我塞个面首，伯爷如此好意，我是用不上的。"

谁年纪大了？聂衍低头看了看自己，又看了看面前这个嫩嫩的少年郎，登时气不顺了。

年轻有什么好的，年少则气盛，没半点内敛之气。

"倒是我误会，将林大人这尊敬长辈之意想成了别的。"垂下眼眸，聂衍也跟着她笑了笑，"既如此，今日趁着好事，我与公主便认下大人这个义子，往后逢年过节，都来受义子请安行礼。"

他这一段话说的声音不大，但不知为何，整个宫宴上的人都听见了，包括醉酒的三皇子。

三皇子不太高兴，林青苏这样的朝廷新贵，怎么也被他们笼络去了？要说昱清伯与坤仪公主对权势完全无心，他才不信。

但其余看热闹的人自然都是满嘴恭喜的，林青苏有中枢之才，眼看着前途光亮，又搭上了最富贵的坤仪公主夫妇，往后必定有大福气。

于是众人七手八脚地都开始给林青苏敬酒，坤仪和林青苏连个拒绝的机会都没有，就被卷进了众人的贺喜声里。

林青苏端的是有口难言，他想的不是这么一回事。

"义子，你少喝些。"聂衍十分慈祥地拍了拍他的肩，"明日少不得头痛。"

他现在头就很痛！林青苏愤怒地想骂聂衍，可刚喊出"昱清"两个字，旁边的老大人就捂了他的嘴，语重心长地道："做晚辈的哪能直呼长辈封号，得改口叫义父了。"

"我……"

"义"他个大头鬼！

坤仪本是有些愕然的，瞧着这场面，不知为何，反而扑哧一声笑了出来。

聂衍侧眼看着她，淡淡地哼了一声："你很高兴？"

"你不杀他，他甚至还能借你的势去为官，将来好着呢，我为何不能高兴？"坤仪乐得坐在椅子上直晃腿，"伯爷比起从前，心思真是巧了不少。"

她小腿生得纤细匀称，哪怕被裙摆挡着，晃荡间也能隐隐看见形状。

聂衍突然觉得燥热，别开头不看她，只道："难为人对你一片痴心，你竟是不管不顾的。"

"一片痴心要是有用的话，伯爷与我也不至于落成现在这样。"坤仪依旧在笑，吐出来的话也是云淡风轻，"不过现在也好，相敬如宾的日子反而更轻松了，你瞧瞧，你我眼下连孩子都有了，还不用生不用养。"

聂衍皱眉。

他不太喜欢她释然的样子，仿佛放弃了什么一样。

"你……"他扭头想开口，却见郭寿喜突然从旁边的小道一路小跑过来，直抵坤仪身侧。

"殿下，"郭寿喜神色如常，但架不住话吐出去都在颤抖，"陛下突然卧床不起，您要不要过去看看？"

坤仪背脊一僵，打量了席上一眼，低声道："你先去，我等等就来。"

今日来的大多是三皇子交好的朝臣和宗室之人，这消息若是走漏，难免引起恐慌。

坤仪若无其事地在座位上继续坐了一会儿，才对聂衍道："我有些乏了。"

聂衍顺势放下酒杯："正好，我送你回去。"

"不必，伯爷今日喝得高兴，便多留一会儿吧。"坤仪体贴地笑道，"我自己回去就成。"

"那怎么行？"聂衍跟着她站了起来，意味深长地道，"就算没写在交易要求里，有些事也要做了，才显得在下是个好人。"

坤仪的额角暴出两条青筋，咬着牙拍了拍他的肩："该您做的时候您不做，不该您做的时候您倒是上赶着了。伯爷，您真不愧是人中龙凤。"

聂衍轻笑，拿了外袍便要走。

坤仪无奈地将他按住："算我求您了，我想自己回去。"

"是回去，还是去上阳宫？"他漫不经心地问。

差点忘了他耳力过人，方才郭寿喜的话他怕是全听见了。

坤仪不装了，摊牌了："上阳宫，但您眼下不适宜去，等我去看看情况，回来大不了知会伯爷一声。"

聂衍这才算饶过她，放下外袍继续与人喝酒去了。

坤仪走在宫道上的时候还忍不住想，她为什么要回去告诉聂衍？两人不是已经老死不相往来了吗？

"皇后娘娘一直在上阳宫陪着，但不知为何，陛下就是不见好转。"王敢当给她引路，一路低声说着话，"按理说张家已经销声匿迹，无人再能威胁龙体，若是一般的妖祟作怪，娘娘是能应付的。"

坤仪回神，皱眉问："什么症状？"

"突然倒下去了，就一直昏迷，御医看过，说怕是有中风之险。"

她突然觉得有些无力。

妖怪能害人，也有一些奇异的药草能救人，但妖怪拦不住人的生老病死。若像狐族龙族那般霸道，下黄泉去捞人也是有的，但这样捞回来的人，再死就入不得轮回了。

皇嫂自然是愿意陪着皇兄生生世世的，若皇兄当真阳寿已尽，皇嫂不会强求，只会等他转世。但再转一世，他就不是盛庆帝了，也就是说，这江山，得落到三皇子手里。可三皇子并非治国栋梁，就算打小与她一起玩，她也得承认，江山落在他手里，再加上诸多妖祸，离亡国怕是不远了。

坤仪深吸一口气，踏进了上阳宫，想着情况也许没有她想的那么糟糕。中风之险，未必就真的中风不能行走。但走到帝王床边，坤仪发现王敢当说的话还是保守了。

盛庆帝昏迷不醒，浑身都已经僵直，御医跪在张皇后面前，哆哆嗦嗦地道："养得最好，便是能养得能睁眼、能进食。"

后半句，他没敢说——养得稍微不好一些，命就定是没了的。

盛庆帝长久地操心劳力，身体本就不太好。加上浮玉山那一遭，受了大寒，对妖怪的忧心和戒备又一直让他夜不能寐，这病来势汹汹，已经是抵挡不了。

张皇后看起来也有些疲惫，她挥退了御医，看向坤仪。

"这个节骨眼出事，本宫当真是对不住你。"

坤仪侧头看她："皇嫂何出此言？"

"本宫的两个儿子都是不争气的，只知道争权夺势，没有一天真正心怀过天下。"张皇后抿唇，"但他们是我所出，老四没了，老三便有储君之资。他一旦问鼎帝位，潜伏已久的张家人难免会卷土重来。你皇兄也知道，他该再多撑几年，撑到将这烂摊子收拾好了，才能放心去。但，他撑不住了。"

坤仪不语。

"上清司睡在他榻侧，三皇子又没半点主见，只知道听国师的。国师……虽说也是为天下计，但面对这满目的疮痍，他也未必能力挽狂澜。你皇兄说，你一个女儿家，操心的事已经太多了，他没道理再拖累你，便想着给你一块封地，让你去过安稳日子，可圣旨还没写完，他就倒下了。"张皇后摸了摸盛庆帝鬓边的白发，眼神温柔，仍旧像在抚着一个少年郎，"他太累了，让我别叫醒他，只趁着他还能在这里躺几日，让我替他写完圣旨。"

坤仪眼眶红了，手抓着帝王的寝被，微微有些发抖。

小时候坤仪觉得有一段时间里，皇兄是不喜欢她的，跟别人一样害怕她，远远地看见她就要跑。可她很喜欢皇兄，得了什么好东西都要拿去给皇兄看。一开始皇兄不愿意见她，可后来，她就能坐在皇兄的御书桌上，一边看他批阅奏折，一边摆弄自己的玩具。

兰苕说，他们皇家的人都有个毛病，嘴很硬，心很软。她的皇兄就是这样，一边害怕她，一边又忍不住捏她的小脸，任由她把奏折上踩得都是奶印子，也没罚过她。

有一回宫中走了水，所有人都在跑，她没看见皇兄，便跟跟跄跄地往回走，谁承想差点被掉下来的瓦砾砸着。皇兄从远处跑过来，抱起她就打，一边打一边骂她不听话，哪有人往火堆里扑的。她只知道哭，抱着皇兄就哭，皇兄骂着骂着也就不骂了，只将她抱回去，让御医好生看了看。

后来，大约是身边哪个宫人告诉了皇兄，她回火场是去找他的，皇兄一个已经戴着龙冠的大人，跑到她跟前来就抱着她哭。再后来，她就活成了宠冠一方的坤仪公主，不管惹了什么麻烦，她的皇兄都会一本正经地护短。

皇兄这一辈子最愧疚的事，就是利用她去和亲。

她从未觉得这是什么不好的事，也是她自己点的头，自己情愿的，但皇兄一直没有释怀。虽然后来两人都渐渐长大了，心思越藏越深，但从每次丰厚的赏赐里，坤仪就知道他从来没变过。

可他还是觉得愧对她。

坤仪轻轻地叹了口气，捏了捏床上帝王的手："我皇兄在十二岁的时候就发过誓，要做一个明君，要肃清天下、整治山河。"

可惜，这世道并未让他如愿。盘根错节的势力关系让他心力交瘁，二十多年的磋磨，将他从一开始的踌躇满志，变成了后来的顺势而为。

史官们大抵不会将他写成一个明君，可坤仪觉得，他至少是一个很好的哥哥。

"皇嫂还能与皇兄说上话吗？"她问。

张皇后点了点头："我会陪他到最后一刻。"

"好。"坤仪笑道，"那皇嫂就让皇兄放心，我会照顾好自己，我也没有怨他。"

张皇后欣慰一笑，拍了拍她的手背，却没能说出话来。

她是妖怪，见惯了凡人生死，但落到自己喜欢的人和亲人身上，很难不动容。

坤仪没有停留太久，她觉得自己和张皇后抱头痛哭的场面实在太难看了，至少在别人眼里，盛庆帝当下还活着。人还活着，就没有提前哭丧的理。所以她走得很快，车帘一落，就飞快地出了宫。

三皇子那边的宫宴散了，聂衍也回了府，想起先前和坤仪的约定，他就在府里等着她来报信。

为了掩饰自己正在等坤仪归来，聂衍特意在门口落了几个小法阵：一个被踩着了会落雨下来，一个被踩着了会落雪，还有一个被踩着了便会落几只凶巴巴的猴子。他算计过了，以她那样的聪慧，踩了第一个就不会再走那条路，所以特意将三个阵各放在三个侧门门口，打算气一气她。

谁料，傍晚时分，坤仪进府来，只踩了第一个阵。

聂衍有些不高兴，为着自己的失算而懊悔。可他定睛一看，来人走得失魂落魄的，凤眸半垂，里头一点光也没有。

"不就一个小法阵而已吗，"他略略皱眉，"你何至于气成这样？"

坤仪没说话，在前庭站了片刻，夜半便送了干净的披风来。

她一身都湿透了，鬓发贴在脸上，打了几个弯弯曲曲的小圈，裹上宽大的披风，整个人像一只落难的小猫。

聂衍看得气焰小了些，低声道："便算是我错了，那阵也不是故意放着为难你的，谁让你不小心踩上的。"

"嗯。"她终于回神，轻声道，"我没怪伯爷。"

莫名有些不安，聂衍强自镇定，挺直身子问她："宫中如何了？"

"皇兄病了，御医说要养几日再看。"坤仪简略地说了一句，侧头问他，"你府上有没有姜糖？这一淋雨，我怕我也生病。"

聂衍立马吩咐夜半去找，可话说出口又觉得自己急切了些，连忙掩饰道："那个……夜半，找不到就算了，看殿下这样子也不似有大碍，回去明珠台再吃也……"

来得及。

最后这三个字还没说出来，聂衍就眼瞧着两行泪从坤仪眼里落了出来。

豆大的泪珠落得比那法阵里的雨还快，顺着她的下巴滴到他的披风上，眨眼就湿了一大片。

聂衍噎住，指节微紧："你这个样子做什么，我又没说什么重话。"

第十四章　送你一朵小黄花

　　就几块姜糖而已，她坤仪殿下什么好东西没吃过，何至于就哭了？而且，她还越哭越厉害，一开始只是掉眼泪，后来肩膀连着整个人一起发抖，抽噎不止，雨水顺着鬓发滴落，湿透的身子在斗篷里颤着缩成一团，别提多可怜了。

　　聂衍站起来又坐下，捏着扶手僵硬了好一会儿，才扭头对夜半道："务必让他们把姜糖寻过来，没有就让人寻姜现做！"

　　夜半应下，心想您这是何必呢，早这么说不就得了，跟谁置这个气呢？

　　可是，就算这么吩咐下去了，坤仪公主也没有要止住哭的意思，她倒是顾着皇家的礼仪，没纵声大哭，但就这么坐着垂泪，也把上头这位弄得有些坐立不安了。

　　"除了姜糖还要什么？"他皱着眉道，"我让人给你弄来。"

　　嗯，别再哭了就成。

　　坤仪撇撇嘴，带着哭腔道："我想吃龙肉。"

　　聂衍气得想捏她的脸，手刚伸过去，这人却就拿额头抵了上来，而后将整个脸都埋进他手里，呜咽出了声。

　　温热的眼泪一串串地滴到他手心，烫得他眉头紧皱。

　　彼时高贵的玄龙并不懂心疼为何物，只能僵站在她跟前，任由凉了的泪水顺着他的指缝落下去。坤仪哭了个够本，才双眼通红地抬起头来吸了吸鼻子，眼神对上他，有一瞬间的茫然。

　　聂衍没好气地道："哭傻了？"

她哑着嗓子道："谁让你不给我吃姜糖。"

聂衍顺手将下头送来的一大块姜糖塞到她嘴里，半合着眼睨着她："这东西值得你哭这么久？"

她这般哭，分明是有别的隐情。

坤仪显然是不打算说真话的，只咬了一口姜糖，将剩余的拿在手里："本宫按照约定来与你说事，结果在门口踩到了落雨阵，看那阵法挺新的，应该是今日才放上去的。"

聂衍沉默，她先前还说不怪他，怎么翻脸比翻书还快。

坤仪幽幽地看了他一眼，垂眸道："本宫知道伯爷不待见本宫，这便不打扰了。"

说罢，她便起身，拖着一路的水迹往外走。聂衍寒着脸在原地戳着，没有追。

夜半忍不住拍了拍自己的额头，上前低声道："走正门回明珠台，殿下要绕两条街呢，身上湿成这样，吃再多的姜糖回去也得着凉。"

"那她怎么不知道留下来？"聂衍闷声问。

夜半惆怅地叹了口气："大人啊，以殿下的性子，您不留她，还指望她自己死皮赖脸留在伯爵府吗？后头那何氏可还在呢。"

聂衍想了想，问夜半："你希望我将她留下来吗？"

夜半："我……"

关我什么事！为林青苏之事半夜不睡觉上房顶喝酒的又不是我！时常盯着明珠台动向的又不是我！去宫宴上硬把人家一对有情人拆成义母子的又不是我！

但看了看自家主子手腕上一闪而过的玄龙鳞光，夜半识时务地躬身道："属下很是希望殿下身体康健，能下榻伯爵府自然是极好的。"

聂衍满意地点头，抬步追了出去。然而，他走遍前庭和门房，都没看见坤仪的影子。

"属兔子的？"聂衍很不满。

淮南正好从外头进来，看见他与夜半，就笑着迎了上来："伯爷怎么到前门来了？方才还看见了殿下，殿下近日符咒之术也有所精进啊，一张千里符甩下去，'唰'一下就不见了，比上清司一些新来的道人还利索。"

庭院里静了片刻。聂衍抬眼看他："你说殿下用千里符走的？"

"是啊，也不知急着去哪个地方，应该是去好几百里之外了，不然也用不着这么大消耗的符。"

夜半使劲给淮南打眼色，也没能阻止他将坤仪殿下离开的急切和潇洒描绘得淋漓尽致。

他沉默地任由淮南将话说完，然后不出所料地对上自家主子一双清冷的黑眸。

主子问他："听见了吗？她有的是本事，用不着你担心她会不会受凉。"

夜半从善如流地答："属下听见了。"

聂衍面无表情地甩着袖子就走了，留下淮南一脸不解地拉住夜半："你何时这般关心殿下了？"

"谁知道呢，"夜半麻木地答，"说不定我今宵还又睡不好觉呢。"说罢几步跟上自家主子，留淮南一脸若有所思地站在原地。

宫里的消息瞒得很严，未曾有人透露盛庆帝中风病重的消息，但三皇子一场酒醉醒了之后，突然就福至心灵，觉得父皇几日不上朝，应该是出事了。他去上阳宫求见，被皇后挡在了外头。他又去问御医，御医吓得当场昏厥过去，躲过了盘问。

越是这样，三皇子心里的小火苗就烧得越高。

父皇身子骨不好，年纪又大了，是不是该考虑东宫之事了？虽然四皇子府还在丧期之中，但国难当头，妖祸横行，先让他入主东宫也是为江山社稷考虑嘛。

他这念头起了，朝中不少大臣也就跟着上表了。嫡皇子只剩了三皇子一个，大家都不用押宝，等着改朝换代就成。此时不讨好三皇子，更待何时？于是，请立东宫的折子就跟雪片儿似的唰唰飞进了上阳宫，三皇子也一日三次地跪在上阳宫门口求见父皇。

张皇后冷眼看着自己这个亲生儿子，眼里最后一点温度也没了。

她问："你是不是觉得，父母生养你的恩情，还不如这皇位来得大？"

"儿臣不敢。"三皇子连忙磕头，"儿臣就是感念父母生养之恩，这才担心父皇，想见父皇一面，亲自为父皇侍药。"

张皇后深深地看了他一眼，没说话，拂袖进了上阳宫。

三皇子觉得东宫之位就是自己的囊中之物，父皇母后一直不给，无非就是怕他太得势，威胁了他们的地位。此时再被张皇后冷待，他心里不太痛快，回宫里就发了一通火，又让他的门客去拜会坤仪。

坤仪姑姑是父皇病后唯一一个进了上阳宫的宗室人，他怕父皇有什么别的心思，很想从坤仪姑姑的嘴里套些话出来。

然而，他这个姑姑比母后还难缠，派出去的门客都被她带着在明珠台赏歌看舞、饮酒作乐，半分有用的消息没带回来不说，竟还有反被笼络了的。

"微臣一直觉得坤仪公主是有大手段的，不然也不会被今上疼宠这么多年。"

三皇子门下宾客笼袖而谏，"加之她现在是昱清伯爵夫人，身份特殊，殿下少招惹她一些为好。"

上回宴席上冒犯，三皇子还没去请罪呢。

宾客说的是好话，但眼下的三皇子心高气傲，哪里听得进去。虽不敢明面上与坤仪为难，也畏惧聂衍和上清司，但心里的怨恨却是一层又一层地叠了上去。

立秋的这一天，上阳宫传出来一份密旨，谁也不知道内容，直接往明珠台送了去。

坤仪捏着这封旨意进宫谢恩，但还没走到正阳宫，就听见了沉闷的钟声。

咚！

坤仪脚下一个踉跄，仿佛一榔头敲在人的头盖骨上，差点跪在了宫道上。

"好殿下，您快些走。"郭寿喜脸都白了，"这是要出大事。"

立东宫的旨意还没下来，盛庆帝就驾崩了。坤仪手里又有一封密旨，此时若不快走去说清楚，三皇子怕是要将殿下生吞活剥了。

坤仪抿唇，被他扶着站直身子，而后褪了身上厚重的华彩宫装，只穿她平日里那一件黑纱金符袍，飞快地往上阳宫赶去。

张皇后守着帝王的仙体，神色依旧温柔平和，仿佛床上的人只是睡着了。一众大臣包括三皇子都站在殿内，大气也不敢出。

"今上的遗言，是让坤仪公主来主持丧仪。"她一边替帝王掖着被子，一边低声吩咐，"待丧仪结束，再由三皇子继位。"

众臣都俯首听命，下头却突然有个言官问了一句："立储的旨意何在？"

张皇后摇头："陛下病重，哪里还抬得起笔，只能是口传的旨意。"

"可臣下们听闻，先前明珠台还受了一道密旨。"言官有些认死理，皱眉问，"那一份，难道不是立储的旨意？"

"不是，那是陛下封赏公主的。"

三皇子黑了脸，群臣也议论纷纷。

哪有死前只顾封赏自己妹妹，连东宫也不立的道理？难道这江山社稷的继承人，在盛庆帝眼里还不如坤仪公主重要？

"坤仪公主到！"外头黄门通传了一声。

坤仪提着裙摆跨进高高的门槛，还没来得及走到帝王床前，就感觉两边无数炙热的视线都落在了她身上。

怎么回事？她心下惊奇，面上却是没什么波澜，三步并作两步跪去帝王床边，给他身上戴上一个符纸折的小玩意儿。

"殿下！"言官不甚赞同，"今上刚刚驾崩，这宫里没有哭号已是不妥，您哪还能往陛下身上乱放东西？"

张皇后瞥了一眼，没有阻拦："是好东西。"

难为那人肯给。有这符咒傍身，他就算是投胎转世，也必定能落个富贵人家，命途顺遂。

盛庆帝不舍得自己的皇妹吃苦，他的皇妹看来也不舍得他受罪。

这符咒是龙血画的，比寻常朱砂不知道管用了多少倍，张皇后也不知道坤仪是怎么跟聂衍求来的，但有这东西，她脸上的神色都好看了不少。

盛庆帝的死是两人一早就知晓的，这些日子已经哭够了，是以一姑一嫂都只看着盛庆帝的仙体出神，三皇子在下头就不乐意了，带着众位大臣号哭起来，以示孝顺。

外臣们姗姗来迟，都跪在殿外。聂衍倒是受了优待，虽来得晚，但也被请到上阳宫里，跪在坤仪身边。他瞥了一眼龙床边上垂着的符咒，又瞥了自己身边跪着的人一眼。

昱清伯府的消息比外头还是快得多的，前日他就知道盛庆帝要没了，也终于反应过来坤仪才不是哭什么姜糖，是在哭她皇兄。后来他是打算去明珠台兴师问罪的，结果他一去，这人又哭，哭湿了他半副衣袖，哭得他最后主动给她画了这张符，也不知她在哪儿学会的这一招。

聂衍才不会把凡人的生死看在眼里，更何况盛庆帝的死对他是有好处的。是以眼下就算垂着眼，他脸上也没什么悲伤的神色。

但旁边这小姑娘就不一样了，哭了好几日，到今日还是红了眼眶，跟只兔子似的，嘴唇微微颤动，身子看上去也瘦削了一大截。

"伯爷，"她余光瞥见他的样子，不太高兴，"您连装一装也不肯吗？好说我俩还未和离，你还是我皇兄的妹夫。"

"怎么装？"聂衍很不解，"我不会。"

坤仪没好气地道："你就当你亲爹死了。"

"不好意思，"聂衍想了想，"我自天地而生，天地已经几万岁，从未死过。"

坤仪将身子侧过去了一些，眼不见为净。

帝王停灵停满了七七四十九日，其间三皇子暂代国事，坤仪主持丧仪。

朝中有些非议，说三皇子继位有些名不正言不顺，一来没有圣旨，只凭张皇后传口谕，张皇后是三皇子的亲生母亲，这口谕真假难以定论；二来盛庆帝留给坤仪公主的密旨上写了什么，大家都还不知道。

坤仪其实是想过将这圣旨公之于众的，但她看了一眼之后就打消了这个念头。

她的皇兄是真疼她，将他名下能给的所有宗室封地都给了她，有些地方带矿，有些地方还带驻兵，这些都是她侄儿初登基时最需要的。只是她如果大大咧咧地将圣旨拿出去，三皇子肯定不乐意，势必与她争抢起来，毁了她的安宁日子。

她倒是有意私下将这赏赐送还给三皇子，但三皇子因着她主持丧仪之事对她已生敌意，贸然将这圣旨交出去，相当于丢了一张保命符。

不交圣旨，只与三皇子谈条件，三皇子压根不信任她。

坤仪愁啊，愁得找上了秦有鲛。秦有鲛还在专心致志地防备着上清司。旧朝新主，更新迭代，此时最容易出谋逆之事。他日夜盯着聂衍的动向，半点也不敢分心。

一听见坤仪说的事，他的神色有些复杂："你皇兄这事做得是不太地道，这么多厚赏下去，不知道的，还以为他是要禅位于你。"

若是别的地方也就罢了，偏这个国家风气开放，女子能为官，自然也能为帝。往前溯四个朝代就有一个女帝，这如何能让三皇子不戒备她？

坤仪双手举过头顶："比起劳心费力的帝王，我更喜欢在封地上混吃等死。"

"师父信你，"秦有鲛叹息，"但三皇子不会信。"

眼下朝中有一些人就着这一封密旨牵头闹事，阻碍三皇子登基，三皇子每日焦头烂额，古董花瓶噼里啪啦砸得堪比鞭炮。

秦有鲛曾帮扶过三皇子，三皇子对他是礼让三分的，也愿意听他说话，但一牵扯到坤仪，他就会想坤仪是秦有鲛的徒弟，届时不但说不了情，恐怕还会火上浇油。

"你干脆也帮三皇子立一立势头。"思忖片刻之后，秦有鲛道，"只要你也支持三皇子登基，三皇子就不会再怀疑你，朝臣也能归心。"

这倒是个可以试一试的主意，于是坤仪满心欢喜地就乘车回明珠台了。结果走到半路，光天化日之下，就有五十个黑衣人扑向了她的凤车。

黑衣人没带兵器，但出手如电，她身边的护卫没顶住几下就被打得倒地不起。

"殿下快跑！"兰苕将她推进小巷，然后死死地堵住巷子口。

这场面太壮烈了，坤仪直摇头："少来，舍身救主的本子我向来不爱看。"

兰苕急了，刚要再推她，就见那边的黑衣人都扑了过来。千钧一发之际，没有救命恩人从天而降，也没有江湖侠士路见不平，坤仪一撩碎发，将身子背对着这群人，大有"来呀，朝这儿砍"的意思。

一众黑衣人来不及震怒，就察觉到一股强烈的妖气扑面而来，接着眼前一黑，他们就什么也不知道了。

"这留不了活口？"坤仪在心里问青螣。

吃饱了的青螣心情极好，难得出声搭理她："一群小妖怪，你要了活口他们也不会说真话，不过……尝着他们的味道有点熟悉，像是瞿如那一族下头的小妖。"

瞿如？是张皇后的族类。张皇后一心等着帝王投胎转世，是不会来刺杀她的，那么就只能是三皇子。

三皇子跟张桐郎那些人联系上了？

坤仪连连蹙眉，扶起被吓得腿软的兰苕和鱼白，径直坐回了凤车上。

方才还杀气腾腾的合德大街，转眼就不见了五十多个黑衣人，坤仪公主如常回府，街上百姓却是炸开了锅。

"那是个吃人的妖怪，这回我们当真是亲眼所见了！"

"就那么一转身，她就吃了好多人！"

"太可怕了，这妖怪当了公主，什么事干不出来？"

议论声越来越大，一传十十传百，没过两个时辰，坤仪的明珠台就如同往常一样被百姓围了个水泄不通，石头和臭鸡蛋照例扔进了她的院墙。

这一次，她没有皇兄护着她了，要求处死她的折子很快飞到了三皇子的案桌上。

三皇子痛心疾首，三皇子无可奈何，三皇子快马加鞭地去了明珠台，对着坤仪长吁短叹："姑侄一场，本不该闹到这个份上，但民意如沸，侄儿也没法偏袒姑姑。"

坤仪停下了写折子的手，抬眼问他："你想怎么做？"

"大司马的意思是，在朕登基之日将姑姑焚于祖庙，一来可以立威，二来可以平息众怒。"三皇子挺直了腰杆回答她，"毕竟皇室里出现妖怪还不处置，叫天下百姓还怎么信服？朝中官员的家眷也不好管哪。"

坤仪放下了手里的毛笔："你想杀我？"

"哪能呢，这都是那些个愚臣的主意。朕与姑姑虽是姑侄，但好歹也算一起长大的，小时候还常在一起斗蟋蟀呢。"三皇子笑道，"有我在，姑姑自然是不用死的。但姑姑要假死一场，远离晟京，侄儿会给姑姑准备田产地契、金银珠宝……甚至这明珠台的东西，姑姑也可以带一部分走。"

顿了顿，他又笑："但侄儿为姑姑尽心尽力到这个份上，姑姑也合该将那密旨给了侄儿才是。"

兰苕在外头听得直咬牙，刚想端着茶推门进去，就被人拉住了胳膊。

她回头，见夜半不知何时站在了她身后。再往后，聂衍也来了。

三皇子远处守着的人已经躺得七零八落，两人一点声响也没发出来，只示意她别动，而后与她一起站在廊下听着房间里头的动静。

坤仪听完三皇子的话，十分优雅地笑了笑，并没有动怒。

她说："好，皇侄能替我想到这个份上，真是不易。"

三皇子一喜，又戒备地看着她："那姑姑是答应还是不答应？"

"不答应又能如何？"坤仪莞尔，"谁还能帮我堵住这悠悠众口不成？"

"那昱清伯那边？"

"你也早知道我与他并无感情，不过是人前逢场作戏，我若有难，他定是先与我和离的。"

三皇子轻舒一口气，拱手道："那皇侄就等着姑姑的好消息了。"

说罢起身，他便脚步轻快地出去打开门。此时，一双绿幽幽的眼睛正对上他，硕大的狼尾将他从屋子里卷出来，往庭院里狠狠一扔。

三皇子大惊，天旋地转间跌了个跟头，仓皇地爬起来回头看。

银白色的狼站在廊下，毫毛烈烈，四爪如钢，带着人一般的表情看着他，眼里有不屑，还有杀意。

"护……护驾！"三皇子吓得大喊。

然而，他带来的侍卫早就倒了一地，三皇子狼狈地起身往外狂奔，没走两步却撞到了一个人。

"殿下安好。"聂衍有礼地朝他颔首。

三皇子连忙抓住他，手都在抖："昱清伯救命，有妖怪，这明珠台里真的有妖怪啊！"

"妖怪？"聂衍疑惑地转头看向前庭。

三皇子跟着看过去，却见方才站着一匹狼的地方眼下空无一物。

"奇怪，方才我亲眼看见就在这里。"他惊慌未定地再转过头来，"你相信我……"

他的话没吐完，全卡在了喉咙里。

他的面前出现了一条黑色的龙，青目长身，吞云吐雾，遮天蔽日的身躯慢慢地将他卷住，鳞片如刀，剐得他皮开肉绽。

"像我这样的妖怪吗？"他低下头问。

好端端的三皇子，突然就疯了。

青天白日，皇位未继之时，他一意孤行，拨了三万精锐就要围杀明珠台，歇斯底里地喊着要灭妖，任凭身边谋臣怎么阻拦，也发疯似的喊："都是妖怪！他们都是妖怪！"

张家人也不是没劝过他，密旨还在坤仪公主手里，他的根基也还没稳，坤仪公主怎么说也是他的长辈。他这样的举动，不仅会给人落下不敬尊长的话柄，更不利于登基。再者说，明珠台里那位有聂衍护着，就算他手里有这三万精锐的兵权，也未必能动得了她。

于情于理，这事都办得不妥，但好几个亲信围着三皇子要说法，他都什么也说不出来，只双目充血地躺在床上，一声又一声地重复："妖怪……妖怪……"

张桐郎好不容易从偏远的地方秘密回京，看见他这不中用又没出息的模样，当即给了他一巴掌："你是见少了妖怪了！"

自己身上都还流着妖怪的血呢！

其实这事也怪不得三皇子，他原是打算按照张桐郎的吩咐去说服坤仪姑姑的，只要她同意，聂衍也说不得什么。

但他没想到的是，会在明珠台里看见龙。

凡人自古信奉神龙乃天命，但龙的传说一代又一代地流传下去，逐渐就变了样。有人说它只是拼凑的图腾，也有人说是美化了的蛟。到后来，就算知道这世上有妖，他们也再没相信过世上有龙。

谁知道那天，那么大一条龙突然出现在他眼前，双目比宫中的接天湖还宽，喷出来的气息比飓风还急，鳞片比禁军的盾牌还厚还大。游动之间暗光粼粼，像千万把斩首刀，要将他身上的肉一片一片地割下来。

他若当下死了也还好了，可他被龙尾狠狠甩出去之后，醒来却是在宫里，身上毫发无损。宫人甚至说，今日没有他的出宫记录，他想指认明珠台都没有办法。

三皇子确认自己不是在做梦，但没人相信他，来看望他的老臣甚至说："有昱清伯在，殿下当放心才是。"

放个狗屁的心！就是有聂衍在，他才觉得自己像一根野草，随时会被折成两段！

坤仪必须死，聂衍也必须死！

年轻气盛的三皇子并不明白自己对上清司的畏惧从何而来，他一心想着要平息自己的恐惧，稳固自己的地位，是以拼命往明珠台堆放人手。三万精锐送过去了不算，还加了一万禁军。

此时的坤仪坐在明珠台的书斋里，不慌不忙地晃着小腿。她面前堆了三尺高的奏折，都是在明珠台被围困之后，突然送进来的。

兰苕觉得很惊奇："这外头围得水泄不通，折子从哪里送来的？"

坤仪笑而不语，只一份份地捡了来看。

三皇子原本就算有争议，但凭着他是唯一的嫡子，也是能顺利登基的。但他眼下这荒唐的做法，引来了朝中更大的反对声。原本打算混吃等死熬到新帝继位的一些老臣也坐不住了，纷纷给她写了密函和折子来，要她以嫡长公主的身份管束三皇子，重整河山。

坤仪想，老娘这辈子名誉最好的时候也就眼下了，往日都喊她妖妇的一些人，现在就差把她吹成了救世主。

她忍不住侧头看向窗外。

书斋的朝向正对着伯爵府的后院院墙，那边却一点动静也没有。

坤仪不傻，她不会觉得这些一直中立的老臣会平白无故地在明珠台被围困的时候还站她的队，也不会觉得折子能用常人的手段越过外头的包围圈送进来——除非是聂衍掺和在里头。

聂衍不想让三皇子登基，那对他而言与盛庆帝并无二致。他想让她登基，让她知道更多妖怪的事，也更愿意与她合作，各取所需。

坤仪捏着手里的奏折扇了扇风，似笑非笑地继续晃着腿。

兰苕一看便知她在思量事，也没有打扰，只将托盘里的点心放在桌上，便退了出去。

三皇子执意要杀进明珠台，但很遗憾，他麾下的人都不太赞成这个举动，更莫说明珠台里还有法阵护着，压根攻不进去。所以，三皇子想着，能将人困死在里头也是好的，断水断粮，这么多人，能活多久？

"三年吧。"坤仪笑着回答秦有鲛提出的这个问题，"我修筑明珠台的时候就考虑过天灾人祸，是以地窖里一直有存粮，庭院各处还有七口水井，够我三年衣食无忧。"

秦有鲛沉默了。

鲛人的职责是守护人间太平，原也不想看他们姑侄起这么大的嫌隙，闹得兵戎相见，想着各自让一步就好了。但秦有鲛来明珠台一劝，原先坤仪还肯让三皇子登基，实在是太过良善，不贪权势。她有她母后给的财富，有她皇兄给的封地，有日进斗金的望舒铺子，还有一个虽然看起来不太亲密但也不会眼睁睁看着她去死的夫婿。

这情况，即便举兵造反，也是有八成胜算的。三皇子若是放过她，低调登基，他们之间就什么事也没有，但这死孩子偏不知道中了什么邪，一定要坤仪死。

秦有鲛累了，他放弃了当三皇子的说客，只靠在太师椅里问自己的徒弟："午膳准备我的份儿了吗？"

坤仪点头："料到师父您不会白来一趟，兰苕特意让人多做了两个菜。"

秦有鲛施施然起身，再不管什么谁登基的问题了，打算在自个儿徒弟这里蹭一顿好饭。

结果，等饭菜上来，他有点意外。

同样华贵的楠木圆饭桌，起先一顿少说会摆上三十多道菜，今日竟然只有四道，虽然是一样的菜色诱人，但前后变化太大，秦有鲛不太适应，念及坤仪的难处，眼泪都快下来了："苦了你了。"

坤仪坐下给他布菜，一听这话挑了挑眉："外头的难民还吃着树皮，这一道小羊羔、一道鱼、一道鸡还有一道肉汤的日子苦我什么了？"

"难民是难民，你是你。"秦有鲛唏嘘，"府上食材不够了只管告诉师父，我让蘅芜给你送来。"

"不必，够的。"坤仪喝了口汤，"光昨日一日望舒铺子进账就有三万两，我吃龙肉都行。"

秦有鲛呛咳了一声。他没好气地把筷子一拍："你这么有钱还缩减吃食做什么，害得我以为你有难处了！"

坤仪失笑，给他夹菜："你我两个人，四道菜是够吃的。不但够，说不准还能有剩。眼下外头难民成群，当朝的又只知道与我为难，不顾他们的死活，我若还铺张浪费，一顿饭尝几口就将多余的菜赏下去，那只能喂饱我这明珠台里的人。但若将这些珍贵食材放去望舒铺子卖了高价去买糙米，却可以养活半个晟京的人。"

秦有鲛怔了怔，终于认真打量起自己这骄纵的徒弟。

她还同以往一样，凤眼细眉，天生一副傲然姿态，只是头上不再缀满珠钗宝摇。乌发如云，独簪金凤，更显出几分笃定和大气。

她的模样是没大变的，但如今怎么看都觉得长大了。

秦有鲛突然有些感慨。

他说："早知道让你皇兄直接传位于你，未必比他那三儿子差。"

坤仪当他在说笑，绢扇掩唇，凤眸盈盈。

秦有鲛走后，坤仪又开始清理账册，最近米粮钱支出极大，但好在是她撑着，再多的难民也吃不垮她。但望舒铺子那边，却得补些银钱过去了。坤仪通过望舒铺子赈济难民，却也没让他们白吃，只当是招工，让妇人织布，男人修屋，唯有老弱病残和孩童能一日免费吃两顿粗粮。

饶是如此，望舒铺子也一时被民间奉为了活菩萨。这乱世之中哪有这么好的活计，只要有手就能吃饱饭继续活下去。望舒铺子甚至还给搭了一长溜的茅草棚子，供他们晚上睡觉。

有人就说了："一个民间的商贾，都能做得比当今在朝的各位好。"

"对啊，你看人家望舒铺子，大把的银子往难民身上砸都没心疼的，再看看这些个达官贵人，尤其是明珠台那个骄奢淫逸的坤仪公主，哪里有半点皇室风范！"

众人越说越觉得气愤，吃饱了饭，又要捡石头去砸明珠台。

然而这次，他们眼里活菩萨一样的望舒铺子掌柜当下就变了脸色，双眼通红地拦在他们面前："明珠台不能砸，砸伤了公主，谁还给大家换粮吃！"

众人哗然。

有人不敢置信："掌柜的你说清楚些，这些米粮同那个妖妇有什么瓜葛？"

"对啊，您是大善人，那坤仪公主可是个妖妇啊，吃人的！"

众人吵吵嚷嚷，闹成一片。

掌柜的有些手足无措，正为难呢，就看见远处站了一个人。

这人一身玄色长袍，眉目如勾如画，越过拥挤的人群回视站在台阶上的掌柜，面无表情地朝他招了招手。

三皇子围困明珠台七日之后，也就是盛庆帝的末七之时，朝臣突然围了三皇子府，要求三皇子放出坤仪公主，按照先帝遗嘱，让坤仪公主主持完先帝丧仪。

三皇子自然是不肯的，奈何朝臣群情激愤，质疑他不遵先帝密旨，是为不忠；谋害自己的亲姑姑，是为不孝；不忠不孝，岂能为人君主？

迫于压力，三皇子便带着众位大臣一起去明珠台，打算让他们也亲眼见识见识里头的妖怪。

去的路上，三皇子收到消息："今日不知为何，有大量百姓也围坐在明珠台外，手里还都捏着石头。"

三皇子这叫一个喜上眉梢："聂衍那一党的逆臣，竟还有让个女人来坐皇位的心思，也不看仔细些，这女人惹得天怒人怨，别说是我不想让她活，这晟京的百姓也不想让她活！"

她甚至还得感谢自己这几万大军替她守了家门，要不然，明珠台现在早就被百姓给砸没了。

连日来的噩梦让三皇子气色很不好，但不妨碍他眼下心情舒畅，当即让人吩咐下去："民为水，君为舟，谁都不可以强权欺压百姓、伤害百姓。社稷之事关乎万千百姓的生计，他们自然是说得上话的，让他们有话直言！"

他一边说着，一边还让人将宗室族老都请过来做个见证，他可没有谋害自己亲姑姑的意思，不过如果亲姑姑被百姓砸死了，那是她咎由自取。

明珠台巍峨如许，万千财富谁人看了不眼红。今日这一去，三皇子盘算的是，要么他将明珠台收下，送坤仪姑姑去祭天；要么坤仪姑姑走投无路，放出她那满屋子的妖怪来反抗。无论是哪一条，众人只要看清楚了，给他一个足够处死她的由头，她便难逃一死。一开始谈判，他还有放坤仪一条生路的意思，但这人敬酒不吃吃罚酒，他连假死的路数都给她省了，直接生祭吧。

明珠台是他亲祖母的东西，凭什么都给了一个嫁出去的外女？

三皇子越想底气越足，带了浩浩荡荡一大群人，走到了明珠台的大门口。

坤仪像是知道他今日要来，一早就梳洗打扮好了，大门敞开，她穿着朝服迈着宫步出来，大方得体，眉目温柔。她遥遥地看向被里三层外三层保护着的自家侄儿，不由得叹了口气。

上次聂衍只是捏了一个幻象，就将他吓成了那副模样，真让他去对付聂衍，怕是没有半点胜算。

"姑姑安好。"三皇子死死抓着身边护卫的衣袖，不敢下车，也不敢靠近她，只站在车辇上喊，"今日是先帝末七，侄儿特来请教姑姑，丧仪该如何办？"

"按照先帝吩咐便是。"坤仪答他，"不过有禁军围困，本宫出不得府，自然也就办不得丧仪。"

三皇子皮笑肉不笑："姑姑身份特殊，侄儿断不敢将您随意放出明珠台，万一伤着人了……眼下可正是用人之际。"

坤仪叹了口气。她突然问他："你可还记得小时候我与你一起斗蟋蟀？"

三皇子一顿，表情有些不以为意。妇人就是妇人，这种你死我活的关头，竟也还想着打感情牌。可这么多人看着，他还是只能硬着头皮答："记得。"

"那你可还记得，斗了这么多年，你赢过姑姑几次？"她微笑。

三皇子不答了，抿着唇看着她，表情有些阴郁。

他也不清楚为什么小时候一次也赢不了她，虽然只是斗蟋蟀这种小事，但眼下当着这么多人的面，他若是认输，难免丢了士气。

"侄儿今日来，是想请姑姑将先帝旨意明示，好让先帝入土为安，倒不是来忆旧事的。"

坤仪点头，终于大方地将旨意拿了出来。

众人登时伸长了脑袋。秦有鲛上去接了圣旨，引了几位族老一起与他观看，他只辨上头有没有妖术更改的痕迹，几位族老辨认字迹和私印。

这圣旨前半部分是盛庆帝亲笔，后来帝王病重，由张皇后写完。张皇后与坤仪公主并无血亲，没有偏私她的道理，是以整个圣旨是算数的。

但，当秦有鲛当场大声将其念完的时候，三皇子的脸还是肉眼可见地黑了下去。这世上哪有父母不为子女计，一味偏颇一个外嫁女的。大块的封地，如山的财富，他们也不看看坤仪受不受得起。

"凭什么？"旨意落地，三皇子恨恨地问了一句。

"凭她是二十年前诛灭妖王的功臣！凭她替整个大宋背下了灭国的妖祸！也凭她是你父皇嫡亲的妹妹！"秦有鲛温和地回答了他的问题。

群臣震惊。二十年前？诛灭妖王？那时候的坤仪公主才刚刚出生吧？

下头议论如沸，三皇子瞪眼看着秦有鲛："怎么连你也……"

"原先我并不明白先帝的用意，我也不明白为什么先帝怎么只赏赐公主而不留下让你继位的诏书，怎么将这么多的封地都给公主，不曾为你思量登基之后的事。还有，他怎么会要亲妹妹来主持丧仪，而不是他的嫡亲子嗣……"秦有鲛半垂了眼，"就在今日，我想明白了。先帝从一开始，就不是属意你继位的。"

他这话一说完，四周的议论声更大，就连门口站着的坤仪也皱了皱眉，张口想说什么，却发现自己出不了声。

坤仪下意识往人群看了看。

聂衍站在一个不起眼的角落里，漫不经心地把玩着一个东西，察觉到她的目光，他抬头，给她比了个噤声的动作。

听秦有鲛吹，就完事了。

秦有鲛这一根筋的鲛人，在看见三皇子这么不经吓又不中用之后，终于也明白让坤仪继位比让三皇子继位好得多。他要的人间太平，坤仪也许未必能给他，但三皇子是一定给不了他的。至少坤仪心里有天地山河，而三皇子心里只有他自己。

张桐郎进京一事，聂衍是知道的，也知道这么多天张桐郎一直在背后给三皇子出主意，但张家不敢与他正面敌对，也不敢再在他面前出现，只想着将从前的荣华捞回来罢了。

这样的散架子，哪里是坤仪的对手！

形势如他所料般一边倒，三皇子也如他所料地急了，立马吩咐后头的守军让开，把外头等着的百姓给放进来。

"不管怎么说，坤仪乃妖女，这事百姓们有目共睹，就算国师将她捧得劳苦功高，她也当街吃了五十多个人！"他冷声道，"这样的妖怪，活着对大家都是威胁，你们竟还想让她登基去为祸天下不成？"

"你胡说！我们家殿下身上有金光符，只杀妖怪，从未吃人。"兰苕突然开了口，"当日街上那五十多只妖怪，就是三皇子你派出来取我家殿下性命的。三皇子您一心想杀我们家殿下灭口，却没想过那些妖怪分食我们几个人哪里够，若放着不管，必定要吃了半条街的百姓。殿下没有杀人，那是在为民除害！"

兰苕平时瞧着冷冰冰的，一旦开口，倒是分外真挚。夜半站在不远处，用妖术将她说的话扩给了方圆十里之内的所有人。于是，无论是围观的百姓，还是堵门的禁军，都将这来龙去脉听得清清楚楚。

三皇子大怒："口说无凭！"

兰苕也知道自己口说无凭，她也不需要什么凭证，把话说出去让众人听见就够了，反正三皇子说的话是没人替他扩开的。

自古以来，谁声音大，谁就是有理的。

原先就因着赈灾一事觉得愧疚的百姓们，一听这段话，当即都怒了。

掌柜的没有骗他们，坤仪公主是个好人，却被三皇子为了权势逼到这个份上，被他们误解和砸石头都还想着给他们一条活路。而这三皇子，为了能继位，竟想杀了自己的亲姑姑！

畜生，不要脸！

于是，就在三皇子让人将百姓放进来，以为他们能替自己出口恶气的时候，突然抬头就看见漫天的石头子朝自己扔了过来。

"快！护驾！"有人连忙喊。

族老宗亲乱成一团，当即都往外撤，百姓们一边砸车驾一边谩骂，直将三皇子骂得大喊："来人，将这群刁民抓起来！"

"殿下先前还吩咐了，不能伤害百姓。"

"他们是百姓吗？他们是暴民！统统抓起来，关进大牢！"

天上石头菜叶乱飞，坤仪愕然地看着，有些没反应过来。

这些人竟然会帮她砸三皇子？别是聂衍用妖怪变出来的人吧？

她连忙扭头去找聂衍，却没再看见他了。

这时，有个脏兮兮的小姑娘朝她跑了过来，嘴巴鼻子里都是泥。兰苕看着想拦，坤仪却摆摆手，任由她跑到了自己跟前。

"公主殿下，"小姑娘抱着她的小腿肚，认真地抬头看她，"我娘亲被堵在那边过不来，她让我来保护你。"

坤仪想笑，张了张嘴，却觉得喉咙发堵。

"我……我不需要别人保护。"她摸了摸小姑娘的脸，"我已经长大了，会很多的本事，我可以保护自己。"

小姑娘不太懂地眨了眨眼，将手里的野花递给她。

坤仪本不想接的，她有一仓库的金银珠宝，什么样华贵的簪花没有啊，要一朵破破烂烂的野花干什么？

但，还不等她的脑子想明白，自己的手就已经伸了出去。

头一次，在漫天飞旋的石头和烂菜叶里，她接到了一朵黄色的小花。

明珠台门口围了许多的精锐官兵，虽然被沸腾的百姓打了个猝不及防，但等他们反应过来，将这些人镇压下去也只需半炷香的工夫而已。

半炷香之后，百姓四散，为首的几个被禁军抓住，看样子要落狱。

计划里该做的事已经做完了，坤仪这时候只需要回明珠台里去，烂摊子交给三皇子来收拾就可以了。但她看着下头粗暴押解着平民百姓的禁军，突然就觉得不太爽快。

坤仪抬头看向远处气喘吁吁的三皇子，问他："今日若来犯的是妖兵而不是百姓，你当如何？"

三皇子被侍卫护得严严实实，身上未曾有什么脏污和伤痕，但他恼极了，满腔怒火地站起来："我是未来的帝王，你岂敢……"

"我问你话！"坤仪冷了脸色，一声叱下，如寒风卷面，震得三皇子一个哆嗦。

他眉毛犹横着，气势却是弱了一些："禁军自然不是妖兵对手，我等当撤。"

"禁军护着你撤了，百姓呢？"她声音更厉，"你这些禁军，难不成专是欺压百姓用的，遇强则弱，遇弱则强？！"

外头一万多禁军呢，被她一介女流当面说这种话，三皇子心里多少有些不忿。

漂亮话谁不会说，但凡人怎么能打得过妖怪啊，还不是白白送死？

一时间，三皇子也有些下不来台："一介女流，你懂什么？"

说着，他便像是赌气似的对下头吩咐："将这些暴民统统关进大牢，等着秋后处斩！"

坤仪听得眯了眯眼，笼在袖子里的手突然就捏了一个诀。

她也不记得这诀是什么时候跟秦有鲛学的，但当真想用的时候，使起来还挺利索，这边手一收拢，那边三皇子的脖子就像是被什么给掐住了一般，眼瞳惊慌地睁大，想叫却叫不出声,脸上涨得通红。

近侍发觉了他的不对劲,连忙扶着他问:"殿下怎么了?殿下?"

三皇子直摆手,想让秦有鲛救他,可秦有鲛与宗室族老一起已经在混乱中离开了,现下只有他带着禁军,与坤仪姑姑遥遥对望。

不妙,实在不妙!

三皇子一边捂着自己的脖子,一边猛拍车辇上的椅子扶手,示意他们快走,可他的笨蛋属下压根没明白他的意思,看他气得脸色通红,又猛地挥手,恍然大悟地对他道:"卑职明白了!"

然后就对着下头招手吩咐:"查封明珠台,留下坤仪公主性命,其余的人一律带走!"

"是!"下头当即有人领命。

三皇子气得差点白眼一翻晕过去。

这里有三万精锐和一万禁军,咬咬牙狠狠心直接将坤仪公主杀了,今日之事就算朝臣会有非议,也没别的嫡亲皇室可以选择了,皇位该是他的还是他的。

但是,宗亲族老们都走了,坤仪眼下若是化妖将他们都杀了,谁来当见证呢?

三皇子想跑,然而他的白痴属下十分殷勤地道:"殿下莫慌,这路哪里用得着您亲自走?我让他们抬您进去!"

说着,一群人抬着他的车辇,浩浩荡荡地就往明珠台大门里闯。

坤仪看着车辇上自家侄儿惊恐又绝望的眼神,忍不住叹了口气。她很有礼貌地往庭院里退了几丈,给他们让开道,然后就看着打头的几百精锐连带着吱哇乱叫的三皇子一齐闯进了门,开始查封她的府邸。

明珠台很大,也很华贵,地上随便踩着一块都是能雕物件的玉石,是以这几百人进来之后压根没多打量,急吼吼地就开始搜刮。

三皇子原本对财宝是感兴趣的,但眼下,他只看得见自己的姑姑。

他的姑姑微笑着看着他,眼里却满是遗憾。这神情,太像在看一个死人了。三皇子想起那日在她府里看见的东西,不由得双腿打战,扶着车辇落到地上来,膝盖一软就朝着她的方向跪下来了。

"姑姑,"他颤抖着声音道,"你我终究是一起长大的,你成全侄儿一回又如何啊,何至于闹到这个地步?"

"这要是太平盛世,我便点头了。"坤仪叹息着一步步朝他走近,"不过,以你这样的性子,做得了盛世的昏君,但在乱世怕是不到三月就要连累天下百姓。"

三皇子觉得荒谬。一个妇道人家，说什么家国天下？更何况她是谁，一个骄奢淫逸惯了的公主，谁说这话都可以，她说出来就没半点分量。

　　三皇子心里不屑，但眼瞧着周遭的光都暗了下来，连带着四周的人和声音都渐渐远去之后，觉得还是识时务者为俊杰。

　　他连连点头："只要姑姑助侄儿一臂之力，侄儿必当做一个乱世里的明君。"

　　"哦？是吗？我不信。"坤仪摊手。

　　三皇子又恼了："你就是想篡位！"

　　"原先没这个想法，但眼下确实是想了。"她歪着脑袋仔细思量，"我不是靠谱的人，但你更不是。矮个子里拔高个儿，那便我去吧。"

　　三皇子气极反笑："你休想！父皇临终之时说好了让我继位。"

　　提起皇兄，坤仪心情还有些复杂。她原以为皇兄是在为当年让自己去和亲而愧疚，所以临终之时将那么多封地都给了她，但如今瞧着，她的皇兄恐怕不是没有过别的心思。

　　她闷叹一声，摆手，完全无视三皇子的恼怒，轻声道："就这么定了吧，等我将这位子坐顺了就还你。"

　　"你真是痴心妄想！"三皇子破口大骂，刚要叉着腰借借力，就感觉眼前一黑，骤然失去了知觉。

　　"用术法压人毕竟还是不太好的。"坤仪送走他，又看了看自己的指尖，认真道，"……但就是爽。"

　　不懂事的侄儿想杀她，她却没想要他的性命，早先就在门口埋下了千里符，将他送去几千里外的庄子养几年便是了。

　　至于剩下的人，坤仪以擅闯明珠台的罪名，将他们统统打入了典狱。动手的是上清司临时借调来的道人，干活儿干净利落，很多人都没反应过来，转瞬就到典狱司的牢房里坐着了。他们不少人要反抗，要求见三皇子，要求申冤，但典狱司的狱卒们人手两个纸团，将耳朵堵严实了，任由他们怎么喊叫也不管。

　　至于三皇子，一开始还有人询问他的下落，后来发现张皇后都不着急，并且对坤仪突然搬进上阳宫的举动毫无反对之意时，众人就不问了。

　　朝中的风向在一层又一层的秋雨里打了几个弯儿，突然就往女帝的方向吹了。

　　这个时候的朝堂是最精彩的，能看见好多从前绝不待见她的大臣，如今纷纷睁着眼睛说瞎话，歌颂她勤俭节约，歌颂她爱民如子。

　　坤仪倒是没有急着登基的意思，她先去跟张皇后说了三皇子的去处，得了她凤印和龙玺双盖允准之后，便开始以辅国之名坐朝听事。

这些事在短短半个月里就落定了，顺利得不像话，当聂衍站在她下首对她拱手道喜的时候，坤仪还有些恍惚。

"您如今可以行玉玺，主朝事。"聂衍淡声道，"若不是国丧仍在，举行登基大典也是可以的。"

坤仪好笑地问："登基之后可以开后宫吗？"

聂衍面无表情地道："随你。"

说是这么说，她提出这个问题之后，聂衍就再也没提过登基大典。

西边多城的妖祸已经蔓延到了晟京的郊区，原先盛庆帝为了防备上清司，不曾给那边增派多少人手。坤仪接了玉玺，第一件事就是重用淮南，将他擢升成了平西将军，命他带三千道人，以法器和法术为便，运送援军和粮草赶往西城。

"殿下，如今国库空虚，实在无法支撑这么大的消耗。"

她这举动，有人称赞，倒也有人不赞同。

见她无动于衷，户部的老头子急了："你知道三万援军一日需要多少粮草吗？那可不是你在街上布几个粥棚就能养得过来的，增援过去这么多天，想平定祸事少说也得拨下三十万两雪花银，你知道国库里现在就剩多少银子了，还能这么大手大脚……"

老头子们的声音嗡嗡嗡的，吵得坤仪脑仁都疼。

她从奏折堆里抬起头，问户部的老臣："五十万两银子够不够？"

老臣一呆："五……五十万？"

坤仪不耐烦地摆摆手，对旁边已经变成大宫女的兰苕道："你快带他去拿银子，别在我耳边一直念了。"

兰苕点头，优雅地给老臣带路："大人这边请。"

户部尚书半晌也没回过神，被殿下这豪气万丈的模样给震惊了，跟着兰苕走出去了好长一截路，才想起来吞吞吐吐地问："是从殿下的私库里出？"

"大人放心，一应流程，鱼白姑姑晚些会带着殿下的私印去都办好的。"

谁担心流程了！

户部尚书眼睛都红了："那可是五十万两！"

"嗯。"兰苕云淡风轻地带他去了上阳宫旁边临时改的小账房里，抽了厚厚的一沓银票放进他怀里，"殿下不抠门，银子花了也不心疼。但只一点，若是这些银子落在不该落的口袋里，大人可就要小心了。"

户部尚书三朝为官，第一次遇见这种事。

哪朝的帝王不是费尽心思地从国库里给自个儿抠钱啊？头一回瞧见有人不抠反送的，而且这一送还送了半个国库，谁拿着不觉得烫手呢？

深思熟虑之下，老尚书觉得这新帝王可能是在考验自己，看看他会不会中饱私囊？

他才不会，他是全天下最清白的官儿了。

只是，下头的人他管不住啊！这小丫头初次辅国，虽然让身边的女官放了狠话，但银子当真落去哪里，她哪里有空去挨个查？

老尚书忧愁万分，领着银票走了。

坤仪一连在书房待了七日，才将丧仪期间三皇子疏漏了的折子给处理完。她扶着门出来，打算去寝宫，却撞上了一堵人墙。

外头朝阳初升，坤仪一宿没睡，困顿万分，眯着眼看了好一会儿，才认出聂衍的轮廓。

"你做什么？"她哑声问。

聂衍很是不经意地道："路过。"

才不是路过，她最近这般重用上清司，他早就该来找她谈话了。

坤仪撇撇嘴，掩唇打了个哈欠，顺手牵过他的衣袖："有什么事去寝宫说吧。"

聂衍背脊微微一僵，脸上难得有了些不自在："就在前殿说了便是。"

困得要命的坤仪才不管他，拉着人就走。两人最近都很忙，大抵是因着利益一致，关系和缓了不少，虽然聂衍觉得坤仪待他是与从前有些差别，但总归是能正常说话了。

聂衍想过自己该不该与她和解，但她从头到尾都没有在意过他的感受，他这样自己生气又自己消气，未免太给她省事儿了。可眼下，她这么睡眼惺忪、娇娇软软地拉着他往寝宫走，聂衍连脚步都下意识地放轻了些。

沉重的雕花大门在两人身后合上，坤仪已经是闭着眼在往床榻的方向摸了，只是她还不太熟悉这里的路，走两步撞着花儿，再走三步就撞着屏风。正当她撞得不耐烦了的时候，有人将她抱了起来，囫囵塞去了床榻上。

坤仪还没来得及道谢，就睡着了。她漂亮的脸蛋上少见地有了眼下青，乌发松散，整个人疲惫得不像话，半张脸都陷在被子里，还发出了轻微的鼾声。

聂衍先前的别扭劲儿消散了个干净，敲了敲自己的额头暗骂自己多想，又不由得皱眉。

什么事能让她累成这样？

高贵的玄龙不觉得人间的俗务算什么要紧的事，挥挥手就能归置好，为什么要劳心劳力熬七天，笨蛋才干这事儿。可眼下这个笨蛋不但干了，看那松缓的眉眼，似乎还觉得自己特别棒。

聂衍无奈地叹了口气，以神识传话去问黎诸怀："西城那边如何了？"

黎诸怀回他："眼看着那霍安良要兵断粮绝了，谁知咱们这位坤仪公主突然让附近的屯兵增援，还从晟京调度了人手和粮草，怕是有的忙活了。"

聂衍沉默。

黎诸怀轻啧了一声："你该不会想帮她跟我们自己对着干吧？"

"没有。"他漠然地道，"我只是觉得，如若真要僵持，不如改个法子。"

那头的黎诸怀闻言，当即如同被点炸了的爆竹："你说什么？大人，你清醒一点！我们先前之所以选这条路，不就是因为没别的路好选了吗？天神面前，凡人哪里敢撒谎，只能让他们亲眼看见、亲身经历，才能替你龙族洗清冤屈！"

声音太大了，吵得慌，聂衍当即闭了他的神识。

黎诸怀气得在上清司里走来走去："我若是早料到他是这么个疯子，当初就绝不为了让他出力就撮合他和坤仪，这坤仪是给他下了什么咒，他居然能不管不顾地替她想法子？大事已经成了一半了，岂有因为一个女人停下来的道理！"

朱厌被他晃得脑袋都晕，连忙安抚他坐下："你冷静些，大人有他的道理。"

"他能有什么道理？"黎诸怀暴怒。

朱厌憨笑道："亏你是个动脑子的，往日里净说我是武夫，这道理竟没我想得明白？先前盛庆帝与我们为敌，不肯合作，大人才决定走那狐族的歪路子，如今若是坤仪殿下肯合作，咱们成事不就快得多了吗？"

黎诸怀一愣，倒是渐渐冷静了下来。可冷静一想，他又撇嘴："坤仪殿下能凭女儿身和一封大家都不知道内容的密旨坐上辅国之位，你真当她是傻的不成？她是凡人，也恐惧妖怪，眼看着自己的家国山河被妖怪侵夺，竟还能一心一意帮着聂衍重回九重天不成？"

"那我可不知道了。"朱厌摆手，"就想着殿下如果能帮忙，那自然是更好的。"

以往他是一个以力气大而闻名的妖怪，难得这次他想对了一回地方，因为坤仪从辅国的第一天开始就在思量要如何与聂衍取得双赢。她不觉得自己这肉体凡胎能斗得过九天玄龙，但也不觉得凡人合该任他们宰割。大家有商有量，各取所需嘛。

上清司至少明面上还是为民除害的斩妖部门，当下很多活儿要倚仗他们去做，坤仪不吝啬重用他们。但同时，得想办法约束一些藏匿其中的食人妖怪。盛庆帝没能解决这个难题，但坤仪觉得她可以，毕竟上清司六司主事曾经是她的枕边人。两人虽然已经回不到过去那缠绵的样子了，但坤仪觉得，做好表面功夫是不难的。

就譬如今日，她一觉睡醒，便悠悠抬头，用毫无防备的睡眼对上他鸦黑的眼眸，再露出恰到好处的震惊和喜悦，柔柔地问："伯爷怎么在这儿？"

聂衍坐在她床边，面无表情地抬了抬自己的衣袖："被殿下强行拉拽过来，听了殿下一晚上的鼾声。"

坤仪："我……"

什么表面功夫，不做了！

她甩开他的衣袖，起身下床，瞥一眼外头擦黑的天色，没好气地坐到桌边："兰苕，饿，饭。"

门被推开，兰苕送了三碟菜并着一碗软粥上来，又恭敬地退了下去。

坤仪优雅又迅猛地进食完，抬眼看向还坐在自己身边的人："西边的妖祸再平不了，我便打算亲自去。"

聂衍眉心几不可察地皱了皱，抿唇道："殿下去能顶什么用？"

"除妖灭魔啊。"她大方地指了指自己后颈上的胎记，"够她吃的吧？"

想起青腆，聂衍倏地就按住了她的手腕。

力道大了些，疼得坤仪一缩。他没察觉，只沉着脸道："若将她喂饱了放出来，你这天下死的就不是几万人而已了。"

"我知道。"坤仪挣开他的手，心里有点委屈，"我比谁都清楚她恢复了几成，你慌什么？"

"哈哈哈哈。"青腆突然在她脑海里笑出了声。

坤仪不爽地与她暗语："别出来打岔！"

"我睡饱了，不能笑一笑吗？你难道不好奇聂衍为何这么怕我出来？"

"还能为什么，他恨你呗！"

"他恨我就应该让我出去，然后亲手杀了我报仇，可他连见我都不敢。"青腆笑得越发放肆，"我猜他心里还有我，你猜呢？"

坤仪懒得猜，猜中又没礼物。

她下意识地把青腆往黑暗里按，不一会儿，还真就没听见青腆的声音了。

坤仪不由得看了看自己的手。

"青腆变强的时候，你似乎也在变强。"聂衍漫不经心地说了一句，"如果你能抓紧修炼，那平日里吃掉几只妖怪也不打紧。"

但西边，她不能去。

坤仪撇嘴，她现在都忙死了，哪来的闲工夫修炼道术。

喝光碗里的粥，她叹了口气："毕竟夫妻一场，他日我若当真登基，你也是皇夫，就算念在百姓都是生灵的分上，也请伯爷让他们少造杀孽吧，我愿意想办法替你们龙族澄清。"

"你想办法？"聂衍念起旧怨，脸色微沉，"天神能看穿凡人所有的谎言，你若不是亲眼所见，就帮不了我。"

坤仪摆摆手，道："我不用亲眼所见，青䑏知道的事，我都知道。"

青䑏在黑暗里一愣，突然破口大骂。她权当没听见，只认真看向聂衍霎时亮起来的眼里："你保我河山免于妖祸，我还你们龙族清白。"

聂衍没表态，但看他的表情，坤仪知道这件事有的谈。

"殿下。"兰苕突然很为难地进来了，看了聂衍一眼，没吭声。

坤仪了然地对聂衍道："伯爷回去好生想想？"

"告辞。"

他在这儿坐得够久了，她不留，他自然要走。只是，看兰苕那神色古怪的样子，聂衍还是没忍住留了个耳朵。

于是，在他走出去几丈远之后，就听得兰苕关上门，跪地道："相府给您送来了二十个……品貌不错的公子，说是相爷亲自挑的。杜姑娘的意思是您挑一个今夜过去，也好让相爷有个台阶下。"

先前杜相和坤仪闹得那么不愉快，如今坤仪辅国，他又为相，若是不和解，这朝事也不好处理。

坤仪沉默片刻，当即笑了："还是杜相懂我，这便去看看吧。"

第十五章 她才不是只顾情爱的公主

杜相那老头子确实不好相处，人也犟，但眼下她还有许多事要倚仗他，这人办大事又不赖，是以杜蘅芜给这台阶很不错，坤仪提着裙子就打算去。

然而，凤车刚走到一半，郭寿喜就躬着身子匆匆忙忙地来拦驾了。

"殿下，前头走了水，您且别过去。"

坤仪掀开面前的垂帘，满头疑问："这禁宫内一向巡逻严谨，怎么会突然走了水？"

郭寿喜苦着一张脸："奴才也不知，刚想去芳华宫传话让那些个人准备接驾，谁料还没走到宫门口，就看见了浓烟滚滚，执仗队已经赶过去了。"

芳华宫？坤仪嘴角几不可察地抽了抽。怎么就这么巧，送来的美男子们前脚刚放过去，后脚这宫里就走了水。

她撑着下巴想了好一会儿，问郭寿喜："昱清伯这几日在何处下的榻？"

郭寿喜恭敬地答："伯爷为国鞠躬尽瘁，最近一直下榻中枢院。"

中枢院就在上阳宫前头，位于后宫之前，前朝之后，除了办事的主殿，还有好几个供大臣休息的侧殿。

"那就过去看看吧。"她漫不经心地道。

郭寿喜连忙去开路，兰苕走在坤仪身侧，忍不住低声问："殿下觉得是伯爷所为？"

除了他，坤仪想不到谁还有这样的神通。可是，他做这等无聊事干什么，难道就为了不让她看美男子？

坤仪的手捏紧了些。

不可能的，他那样冷酷无情心怀大事的人，哪有空与她玩这些呷酸吃醋的小孩子把戏。连她的性命都不放在眼里的人，又怎么会在意别的？

心里这么想着，可真当她的仪驾落在中枢院侧门的时候，坤仪心跳得还是有些快。她按下了郭寿喜的通传，端庄地捏着裙摆跨进门去。

"伯爷讨厌。"何氏的娇声从屋子里传了出来。

坤仪脚下一顿，觉得自己心口的躁动霎时平静了下来。

她皱了皱眉，收回了想去敲门的手。

宫中是不能带侧室来的，他是得多想人家，才能这般费工夫地把人留在中枢院亲热？

什么情啊、爱啊，玄龙的心里哪会有这个，短命的人对他而言不过是玩物。今日逗逗这个，明日逗逗那个，什么呷酸吃醋，他哪里会。就算真会，也不过是不想自己的东西给了别人。

那才不是心悦于谁，是玄龙天生的霸道而已。坤仪在门口站了一会儿，像是想通了，转身回上阳宫，让郭寿喜传杜相面谈。

话直说为好，她眼下也没有要与杜家作对的意思，杜相只要愿意与她一起稳住这江山，她甚至还能给杜素风追封。至于那二十个美男子，她就收去京中的私塾里让他们学驱妖，有所成者，可脱贱籍为官。

这一番坦诚相待，杜相十分动容，其他的也随她了。毕竟她未曾正式登基，后宫也没开，在这紧要关头沉迷温柔乡也不合适。

消息传到中枢院，聂衍倒是有些过意不去了。他起身又坐下，端了茶又放下。

"大人，您要是实在难受，不如就将何氏彻底消了，然后去给殿下软言两句。"夜半看不下去了，"她都肯为您散尽美男子了，您非留着这何氏做什么。"

聂衍抿唇。他哪里是非留下何氏不可，只不过是方才纵火烧宫的行为太过明显了，若被她上门来问，他肯定遮掩不过去，到时候又要被她调笑，只能拿何氏来打个幌子。

谁料，她竟然门也不进就走了。他原以为她是生气，可她回去又将人都散了。

是不是太伤心了，所以在跟他低头？

聂衍喜欢看她低头，但想着她伤心了，又有点不知所措。

这会儿他能过去吗？过去的话说什么？他要是将心思表现得太明显，会不会成了青滕手里的把柄？

聂衍站在侧殿里，顾虑重重，迟迟没有动。

夜半忍不住叹了口气："主子，凡人跟咱们不一样，有些东西是不能算计太多的。"

越算计，越抓不住。

可聂衍没听这句话。

都是妖怪，谁能教谁什么？夜半连自己的事儿都没处理好，又哪能来给他出主意。

他想，时候不早了，明日再说吧。

然而第二日，西边三城出了事。

原本因着坤仪能做他的证人，聂衍已经让黎诸怀将西城的事缓了缓，妖兵都隐匿了去，也不再继续攻打晟京。但不知为何，命令下去了，西边三城的封主还是在一夜之间被妖怪咬死，尸身悬挂城墙之上，引发了众怒。

"真是欺人太甚！"林青苏站在朝堂上拱手，"殿下，臣愿意请命，增援西城。"

坤仪揉着额角坐在朝堂一侧的凤椅上，还未开口，就见杜相黑着脸站了出来："你一个文官凑什么热闹，让你出去，他们还真当我朝无人了？"

说着，杜相朝坤仪拱手："龙鱼君擅长道术，让他带兵过去增援，想必能有助益。"

"殿下，妖怪数量不多，但因着妖术慑人，让许多士兵不战而逃，眼下我方最缺的是士气，应该派个德高望重的人去。"

"臣举荐昱清伯爷，当今朝野，无人比昱清伯爷更能胜此重任。"

"可是昱清伯爷毕竟是伯爵，身上没有武职，上清司又需要他坐镇。"杜相犹豫地道，"还是另选个人为妥。"

聂衍捏着一个上清司已经让皇族宗室畏惧不已，再将兵权交一部分到他手上，皇室中人谁能睡得安稳？

杜相考虑得很周到，然而架不住这朝堂上力挺聂衍的人实在太多。

"微臣以为，上清司还有六司主事在任，伯爷离京并不会有什么影响，没有武职也不是什么难事，殿下给一个便是了。"

"是啊，伯爷功绩累累，除了他，谁还敢挂帅出征，抵抗妖祸？"

"臣也觉得，昱清伯爷挂帅最妥。"

不少人出列，纷纷为聂衍请帅。杜相背后冒汗，这才发觉聂衍在朝中的势力远比自己想象中更大。

帝位空悬，坤仪一个女儿家辅国，朝中没几个能帮她说话的人。他们安分了一个月，终究向她亮出了爪子。

聂衍若是挂帅，这天下以后谁说了算就真不一定了。

正为难，杜相就听得凤椅上那人轻笑了一声。

"本宫与昱清伯爷新婚宴尔，各位大人竟也能狠得下心在这时候要他挂帅，留本宫独守晟京？"坤仪俯视着众人，戴着金色护甲的手有一下没一下地点着椅子扶手，"于理合，于情却是难容。我朝一向以情理治天下，眼下虽无帝王，却也不能做这等事。"

你们都几个月了，还新婚宴尔？

下头的人议论纷纷，气氛却是缓和了一些。毕竟昱清伯爷是驸马，与他们皇族本是一家人，挂帅并非只是朝堂之事，也是家务事。

那就没必要那么针锋相对了嘛。

坤仪笑眯眯地坐着，等他们议论了一轮，才正儿八经地开口："与其让伯爷挂帅，不如让本宫挂帅，伯爷为军师，再带龙鱼君为从翼将军，出征西城。至于晟京，便由杜相与宗室几位族老一同镇守，普通奏折照例交由中枢院，紧急的折子直接送到西城。"

她说完，看向下首第一排站着的聂衍，笑问："如何？"

群臣面面相觑，杜相却是笑了："殿下圣明。"

"可是殿下，西城环境艰难，您……"

"就是因着环境艰难，才该本宫去。"坤仪拂袖，袖子上金色的凤凰猎猎展翅，飞起又垂落在凤椅两侧，"若我皇室只会躲在黎民百姓身后安逸享乐，又该如何服众？"

聂衍被她这气势震得挑了挑眉。他记得自己第一眼看见她的时候，还觉得这是个祸国殃民的女人，骨软肉娇，蚕食民脂。如今才过了多久，她嘴里竟也能说出这样的话来。

是什么时候变成这样的？他不由得深思。

旁边的人见昱清伯爷完全没有反对的意思，脸上甚至有一丝赞赏，也便没有多说了，连忙顺着坤仪的话拱手："殿下圣明。"

"殿下圣明。"

朝上的官员一个又一个地低下头，有人不服，想再争一争，被旁边的人使了眼色，倒也将话咽了回去。

杜相惊奇地发现，坤仪这个占尽便宜的议案，昱清伯爷竟然同意了。

军师没有兵权，所以他得出力，龙鱼君从四品的武职突然升到二品，还是手握兵权的从翼将军，昱清伯也没反对。换作先帝这样提，他早就翻脸了。

不过，坤仪公主竟然愿意放弃晟京的荣华和安稳，亲自挂帅，这也是杜相没料到的。他原以为她只是图好玩赶走三皇子自己来继位。谁料，在大局面前，她竟比三皇子还拎得清些。

杜相眼里浮出些赞赏之意，跟着众臣拱手低头。

下朝之后，聂衍站在了上阳宫里。

坤仪一边让兰苕收拾东西，一边问他："伯爷还有别的事要吩咐？"

聂衍关闭了兰苕的视听，略为歉疚地道："我也不知道西城那边是怎么回事，我的人应该没有动手。"

坤仪摆手道："林子大了什么鸟都有，你们的势力大了，也就难免混进来一些只想分一杯羹而不想听话的人，怪不到伯爷头上。"

不知为何，她这么大度，聂衍反而有些不自在，他捏了捏自己的手腕，闷声道："我不至于对女人食言。"

"伯爷待女人一向极好，本宫晓得。"

"我……"

我哪里就是这个意思了！

他上前两步，道："你们人间的权势于我而言没有半分作用，你既愿意做证，待九天众神出关之时便可随我去不周山，我又何须再添杀孽？"

坤仪似笑非笑："伯爷怎么着急了？我虽没什么本事，倒也不至于将这件事怪在伯爷头上，只要伯爷愿意助我平了西城之乱，去不周山时我必定知无不言、言无不尽。"

她说话声音很温柔平和，像潺潺溪流，不急不躁，可始终像是缺了点什么。

聂衍有些烦，他拂袖挥掉四周的屏障，对兰苕道："夜半不会收拾东西，待会儿劳烦你将我的东西与殿下的一起放上一辆车。"

兰苕微怔，心想夜半不是挺会收拾的嘛，上回还传授她独特的折衣法子。

兰苕一扭头，对上后面疯狂眨眼的夜半，屈膝应下："是。"

夜半松了口气。

等聂衍沉着脸自己去了中枢院，他连忙去找到兰苕："好姑娘，帮我家主子给你家殿下说说情，他当真不知道西城之事。"

兰苕白他一眼："家国大事，岂是你我能议论的？"

"哎呀，我怕主子回去又睡不好觉。"夜半直挠头，"他高傲了几万年了，从没跟人低过头，也不知道有些事要怎么原谅你们殿下，所以别扭到了现在……"

"你等等。"兰苕停住步子，眯了眯眼，"你家主子在我家殿下生病之时纳妾，还有什么事需要他来原谅我家殿下？"

兰苕心口起伏，越想越气，放下手里的衣裳，双手叉腰，瞪着夜半："知不知道为人驸马是不能纳妾的，否则就是在打皇室的脸！换作普通人，你家主子得推出去砍脑袋！"

夜半被她突如其来的怒气吓了一跳，连忙低声哄："好姐姐，我哪里说这事儿了，你消消气，先前不还说得好好的……"

"我看在三皇子那事儿上你帮了我家殿下，才对你颜色好些。"兰苕横眉冷目，"但你若要借着这点事欺负我家殿下，我告诉你，没门！"

"谁能欺负得了她，姐姐误会了。"夜半哭笑不得，"我说的那事，是指殿下与伯爷的第一个孩子。"

闻言，兰苕更来气了："你还提这事，想往我家殿下伤口上撒盐不成？！"

夜半很莫名："殿下自己打掉的孩子，谈何伤口撒盐？"

兰苕气得眼睛都红了，重新抱起衣裳，推开他就走。

"好姐姐，这事儿你得说清楚，我们家大人为这事难受到如今。若有误会，那可真是冤枉死了。"夜半连忙追上她，亦步亦趋。

兰苕正眼也没瞧他，只道："小产之事，殿下毫不知情，还是后来才发现的。"

夜半大惊，下意识地就抓住她的胳膊："怎么会？难道不是殿下自己喝下的流子汤，还将药罐子砸碎埋在了府邸后院？"

兰苕皱眉："你们怎么知道药罐子在后院？"

"黎大人带我家主子去找的，看了个当场。"夜半撇嘴，"主子便觉得殿下心里没他，只是在算计他，所以后来才气成了那样。"

"等等……"兰苕觉得不太对劲，她停下来仔细想了想。

自己当日去抓药，为了避人耳目，特意去邻街的小药铺抓的，那药抓回来，也没敢让府里的大夫看，直接就熬了给殿下喝了。

普通的避子汤怎么会落子，黎诸怀怎么又恰好能带伯爷去找药罐子碎片？

兰苕心里乱成一团，抓着夜半的手道："你让你家伯爷去查一查，看看原先御赐的府邸邻街那间小药铺，与上清司有没有关系？"

这都不用查，她一报药铺名字，夜半就知道："那是上清司的据点之一，黎主事有两个行医的徒弟在那边坐堂看诊。"

兰茗冷笑道："那此事你便去问黎主事好了，我家殿下被迫小产，小产之后又要面对伯爷突然纳妾，一捧热血被他凉了个彻头彻尾，能熬着与伯爷过到今日已是不错，伯爷就莫要再奢求别的了。"

说罢，她一拂袖，气冲冲地就抱着衣裳走了。

夜半很震惊。

他料想过无数种坤仪公主的心思，独独没有想过这件事可能是个误会，而且还是自家大人误会了她。

凡人何其脆弱，伤身和伤心都能去掉半条命。殿下那么娇弱的人，先是小产，再是面对伯爷的背叛，还要笑着给他纳妾，再面对自家皇兄的病逝，伯爷的权倾朝野……

夜半神色复杂，几乎是僵直了双腿回到中枢院的。

夜半没敢直接告诉聂衍这回事，怕他殃及池鱼，只敢在他睡着的时候，将白日里听见的这些话用神识一股脑地传给他。

他传了就跑，跑得越快越好。

出征的日子定在两天之后，坤仪养精蓄锐，打算当天英姿飒爽地给众人鼓舞士气。然而不知为何，聂衍突然就带了他的枕头来，闷不吭声地站在她的床边。

坤仪是不会礼貌地请他上来睡的，她抱着自己的被褥，和善地问他："伯爷睡不好觉？是不是中枢院的被褥不干净？本宫这便让鱼白给您送新的过去。"

聂衍张了张嘴，没说出话来，只用一种懊恼又温柔得令人毛骨悚然的眼神望着她。

坤仪觉得很稀奇："跟何氏吵架了？"

"没有何氏。"聂衍垂眸，"我学会了以泥土造人的法术，想使出来多练练，所以才有了她。"

这是女娲秘术，他无意间学会的，练熟了往后上九重天与女娲见面，也能多个筹码。

坤仪抿唇看着他，显然觉得他这个说法很荒谬，但她没继续问他什么，只配合地道："原来是这样，伯爷真厉害，他日若上九天为神，也别忘了福泽人间的一方国土。"

说着，她扯了被子就要继续睡。

聂衍拦住了她。

他问："我纳何氏的时候，你是不是很难过？"

坤仪乐了。

你瞧，这世上就是有这么无耻的人，伤害了你还觉得挺好玩，非要你自己承认了难过他才有成就感一般。

她拂开他的手，微微一笑道："男儿本就喜欢三妻四妾，本宫生性风流，十分能理解伯爷，断不会为这等小事难过。"

说着，她叫来兰茗："让鱼白给伯爷送一套新的被褥去中枢院。"

"我想睡在这里。"他微恼。

坤仪皮笑肉不笑："我这床有些小。"

聂衍沉默地看了一眼这丈宽的大床。

坤仪挪了挪身子，整个人呈"大"字将床占住："就是有些小了，挤得慌，伯爷请吧。"

"西城刚刚送来邸报，说有大妖作祟，使得霍安良都受了重伤，性命垂危。"聂衍半合了眼，淡淡地道。

坤仪脸色微变，心口紧了紧。她已经很对不起钱书华了，若霍安良再死在西城，她以后下黄泉都没脸见她。

坤仪掀开被褥，眼里的抵触毫无痕迹地切换成了热情，大方地朝他拍了拍床榻："伯爷既然有救人之心，那便一定要好生歇息，养精蓄锐。"

兰茗抿唇退下了。

聂衍毫不客气地躺去她身侧，坤仪下意识地往床里让了让，却被他拦着腰捞回怀里，死死按在心口。她那有些凉的背脊被他炙热的胸口一覆，坤仪抿唇，不适地动了动腰。

"对不起。"她听见身后的人突然说了一声。

她的睫毛颤了颤，闭着眼睛，假装没听见。

聂衍说完这三个字，也不知道该说什么了。他无法形容自己知道那件事来龙去脉之后的心情，将心比心，他也不知道这段日子坤仪是怎么过的。

一开始她当真很喜欢他，看见他双眼都发光。

可现在呢？他不敢问。

凡人的情绪好生复杂，比修炼复杂一千倍一万倍。她若是像别的妖怪那样，给上几百年的修为就能平息一切仇怨就好了，可她是凡人。

聂衍抿了抿唇，抱紧了她。

坤仪假睡着，不明白这人为何会突然这样。但是眼下西城情况紧急，京中也还有众多事务没清，她才没空管他的情绪。如今他若是想腻歪就腻歪好了，只要他肯帮她的忙。她可不是什么只会儿女情长的傻公主，他自然也不是什么能把情事放在第一的糊涂蛋，两人适当演演戏就得了，还真当能爱得死去活来？

至少在何氏出现之后，她是不会了。

陷入梦境之后，坤仪看见了青朦。不知为何，今日的青朦显得格外焦躁，瞥了她一眼，既想动怒，又将自己的情绪压了下去。

她说："我们妖族是最会演戏的，这世上所有的妖怪，除了我和楼似玉，没人会全心全意为你的性命考虑。你最好不要掉进奇怪的陷阱里，因小失大。"

坤仪翻了个白眼。

青朦当即大怒："你当我说笑不成？"

"不是，"她懒洋洋地道，"我觉得你说得有道理，所以此去西城，你一定要保住我的性命。"

提起西城，青朦的脸色就好看了很多。

她哼笑道："你如今想做什么聂衍都不会拦着，就只管去，再大的妖怪遇见我，也能被我吃进肚子里。"

青朦不太喜欢坤仪，毕竟她是封印自己的容器，谁有毛病谁才会喜欢一座监牢。但眼下，青朦觉得坤仪挺天真可爱的，一点心机也没有。为了活命，为了守护她的国度，竟然答应让自己去吃妖怪。

聂衍明明都说过利弊，这小傻子完全就没听进去。

青朦笑眯眯地想，没听进去好啊，她去的地方妖怪越多，她恢复得也就越快。到时候将这个小傻子吃了，她的烦恼也就没有了。

坤仪看着兴奋不已的青朦，一句话也没说，只任由她高兴得蹦来跳去。

一般帝王出征，场面都十分盛大。但坤仪一来并未登基，二来大张旗鼓离开晟京也会让权贵们不安，于是出征这日，她挑了一处空地，带着人马和粮草，一句话也没说就站上了千里传送阵。

聂衍站在她身侧，十分严肃地对她道："人多，你若不拉着我，待会儿落地说不定就被挤走了。"

坤仪完全没怀疑，听话地抓住了他的手。

她昨儿特意剪了指甲，长长的护甲也取了，一双小手又白又软，没有任何尖锐的地方，握着叫人心也跟着一起软下来。

聂衍几不可察地弯了弯嘴角，捏紧她，启动了阵法。

按理说，其实大军出行一般是用不上这么奢侈的方式的，毕竟上清司道人的法力有限，凡人自己行军也不过三五日就能到西城，可不管黎诸怀怎么抗议，聂衍就是要选传送阵，并且一人出力，用不着任何人帮忙。

黎诸怀很疑惑，他问夜半："你家主子该不会是因为心疼那娇公主旅途颠簸吧？"

夜半笑着摇头："怎么会呢，这是最快平定妖祸的法子了。"

说罢，将一纸调任书放了他手里。

黎诸怀打开一看，差点没气背过去："又让我去守不周山？理由呢？"

夜半拱手道："主子说您昨儿吃饭的时候掉了筷子，影响了气运。"

黎诸怀瞪大了眼睛。怎么不说他吃饭的时候用了嘴呢？

来不及多说，法阵亮起，后头上万人源源不断地走进光里，转瞬就出现在了千里之外的驻军大营。

坤仪一落地就松开了聂衍的手，四处打量，发现营里只剩几十个巡逻驻军，她按下身后跟随的众人，让他们别发出动静，然后独自去寻中帐。

结果还没靠近就被人拦下了："什么人？"

坤仪步子微微一顿，低头看了看自己身上简单的布衣，笑着朝那人道："来送信的。"

"送信？"小兵犹豫了一下，伸手就要来接她手里的东西。

坤仪笑眯眯地将手递过去，手掌一翻，却是将一张显形符贴在了这小兵的额头上。

说时迟那时快，黑气如同喷薄的泉涌，霎时从这小兵的额头上冲出来。片刻之后，小兵的人皮落地，一只獐子妖尖啸着朝她扑过来。

青䐟察觉到了妖气，十分兴奋，连吃饭的围兜都给自己围好了。

然而下一瞬，坤仪竟然自己出手，甩出三把桃木匕首，将这獐子妖扎了个魂飞魄散。

"你做什么？"青䐟大怒。

坤仪看了看自己的手，笑着安抚她："这种没道行还要剥人皮来伪装成人的妖怪，哪里够你吃的，我就能解决。等后头遇见大的，再求你帮忙。"

再小的妖怪也是肉啊，她怎么能自己动手？

青腾很生气，可坤仪说的语气太真诚了，她又觉得没道理发火。不过，她原本不是学不会道术的小废物嘛，怎么这会儿杀起小妖怪来，看着还挺能干的？

青腾想啊想，想半天没想到答案，干脆也就继续等了。

坤仪的动静很小，弄死这一个之后，就知道这营里的人多半已经被杀光了。为了不打草惊蛇，她特意让聂衍动手，悄无声息地将剩下的妖怪全部收拾了，才开始搜查中军帐。

霍安良浑身是血地躺在中军帐里，一息尚存。

聂衍倒是个讲信用的，当即锁住了他的魂魄，又用自己的一滴血给他疗伤。勾魂的小鬼就在不远处，眼瞧着那魂魄上生出玄龙的印子来，哪里还敢动手，连滚带爬地就走了。

霍安良重伤之中竟也醒了过来。

他睁眼看见床边站着的坤仪，以为自己在做梦，谁料这人却对他道："叛乱的妖怪还多着呢，你这会儿若是死了，我朝里可找不出第二个人来接你的任了。"

还真是坤仪的声音。

霍安良呛咳两声，被聂衍扶着坐起来，有些恍惚地道："殿下怎么亲自来了？"

"特意来给你添麻烦的。"坤仪扫了一眼他身上的伤口，语气很是轻松，"给你两日工夫，养好了便带我去城里看看。"

霍安良深吸了一口气。

他有太多话想说了。比如他先得感谢她，若不是她辅国之后立马增援，他们全得死在西城；比如现在西城已经沦陷了大半，进城是不可能了，只求今晚能守住驻军营；再比如，那些疯狂吃人的妖怪，怎么能叫叛乱的妖怪呢？这天下难道还有顺服的妖怪不成？

大抵就是想说的话太多，他没能说出来，就呛咳得晕了过去。

他身上的伤，重的已经看得见白骨，轻的也是大片乌青带着血口子。若是以前，坤仪看一眼就要吐了，可眼下，她愣是仔仔细细将霍安良身上的伤看了三遍，而后才对聂衍道："麻烦你了。"

聂衍虽也有些感慨，但一听她这客气的话，心里便不舒服了："你替外人与我客气？"

"这不叫客气。"坤仪叹了口气，"你救他，也得花费心神和精力。"

"那也用不着你来说这话。"他皱眉。

坤仪沉默。她觉得现在的聂衍十分小气，总是在意一些奇怪的事情。

不过，眼下他能救人，那他就是老大。坤仪调整了一下心态，立马用十分热情地对他道："伯爷最厉害了，这就交给伯爷了，我去外头歇会儿等着你好不好呀？"

她说得娇娇哆哆的，就连旁边的兰苕听了都直皱眉。

但聂衍莫名地受用，他松开了眉心，朝她摆手："去吧，箱子里带了果子，你自个儿吃些。"

这是什么奇特的嗜好？

驻军阵营被清理干净，带来的援军全数入驻，四周被重新落下法阵，只是，这附近的妖怪数量十分慑人，夜晚光听着各路小妖被四周的法阵烧得吱哇乱叫都能听到天亮，兰苕和鱼白没一个睡好了的。

坤仪也以为自己不会睡得着，毕竟她从小认床，身子又娇贵，这里的矮榻又硬又潮，她为了轻减行装，连被褥都没带。

但出乎意料的是，晚上回到自己的帐篷里，她竟然看见了一张熟悉的罗汉床。

"兰苕也真是的，都说了带着这个累赘，她怎么还是带了？"坤仪又高兴又恼，坐上去，一边责备一边将自己裹进了被褥。

干净清爽的被子，还带着被晒过的温暖气息。坤仪打了个哈欠，没忍住就这么睡了过去。她白天安顿好霍安良，又与城中几个堂口通上消息，再巡逻了一圈阵营，实在是乏了。

可青腾不乏，她精腾地夺过坤仪的耳朵，仔细聆听远处的声音。

聂衍坐在营地边缘的大石块上，正在与朱厌说话。

朱厌勘察了一番城内的消息，颇为苦恼："黎主事纠集的这几个族类都非善类，有利肯来，无利却不肯走，待在那城里每三日至少能有一个人吃，若是退出去，又不知要在深山老林里饿上多久，是以，他们派了人来谈条件。"

聂衍听得冷笑："跟我谈条件？"

朱厌耸肩："他们的意思是，若族中各有一人能追随您左右，此番就算将几座城池拱手相让也未尝不可。"

追随他左右，那可不只是送来当随从那么简单，想必是打他要上九重天的主意，想跟着捞一个仙官做做。

聂衍瞥了一眼他们的族类名目，淡声道："若我不允呢？"

"不允，便只有打。"朱厌递给他一张图，"城中百姓已经被他们圈养起来，吃男不吃女，女子留着生子再吃。"

"这……"聂衍突然抬头，"我捏出他们的时候，可有给过他们这么大的戾气？"

"大人未曾如此。"朱厌抿唇，"但飞禽走兽行于世间，多为凡人所圈养宰杀。"

这只不过是以彼之道还施彼身。造物主需要对自己做出来的东西的本性负责，但后天养出的东西，实非他之过。

聂衍收了图纸，道："就算是生了报复之心，若没人教唆，它们也做不出这么有条理的事。"

兽性凶残，比起圈养，它们更喜欢的一定是直接捕杀食用。这城中的妖族这么快知道他来了，还提出这样的要求，很难说不是背后有人在通风报信。

身边的风突然怪异地停顿了一瞬。

聂衍侧头，冷冷地看向某个方向，眼里杀意顿起。

青䐙吓了一个趔趄，赶忙将身子还给坤仪。坤仪被她这剧烈的动作惊醒了，睁开眼有些茫然地看着四周。

眼前风一般地跑来一个人，她怔愣，抬头看过去，就见聂衍皱眉看着她，还伸手探了探她的额头："殿下可有什么不适之处？"

她这么娇弱的身子，被青䐙这么夺神识，应该会很难受。可眼前这人只像是睡糊涂了，呆愣愣地看着他，然后歪了歪脑袋，像是没听懂他在说什么。

聂衍的心突然就软了软。

他将她抱起来，自个儿坐去罗汉床上，然后拢过被褥来将她与自己一起裹了："衣裳也不换就睡，不硌得慌吗？"

坤仪软巴巴地打了个哈欠，含糊地嘀咕："我这衣裳好歹也是布的，外头的难民还穿粗葛布呢，他们都没嫌硌得慌，你怎么这么麻烦哦？"

好嘛，当初不知是谁半点不懂天下疾苦的，如今倒还反过来教训他了。

聂衍莞尔，将她塞在被窝里盖好，而后在四周落下了一个结实的结界，结实到日上三竿的太阳都照不进来。

于是第二日晌午，坤仪坐在帐中，很是怀疑人生："我这是睡了多久？"

"回殿下，"兰苕没忍住笑，"六个时辰。"

完蛋了啊，人家皇室亲征是为了提升士气的，她倒好，换了个地方来给辛苦战斗的士兵们表演皇室中人是如何好吃懒做的了？

这威怎么立！这仗怎么赢！

"殿下不必惊慌，伯爷一早传了话，让您睡醒了再进城都来得及。"鱼白道，"他说路不好走，也要清理到那个时候去了……哦对，龙鱼君也一起去了。"

坤仪头上冒出两个大大的问号："他一个军师，跑得比我这个主帅还快？"

"我瞧着他也是心疼您。"兰茗难得地给他说了句好话，"不舍得您犯险。"

"我要是怕犯险，就在晟京里待着不出来了。"坤仪起身，将长发绾了个最简单结实的髻，然后换了衣裳，戴上了盔甲，"真要躲在他俩后头，往后我这主帅就没地方说话了。"

原本她不打算让聂衍挂帅，就是为了把兵权捏在自己手里，也顺带立一立威信，这可倒好，他倒是把她当金丝雀护着呢。

坤仪气冲冲地出营，迎面就遇见了朱厌。

朱厌朝她拱手，而后道："西边三城的妖怪数目多到殿下难以想象，伯爷的意思是让殿下稍等片刻，再直接进城。"

"不必。"坤仪道，"我们直接追上去，将队伍汇拢到一处再行军，也可以避免偷袭。"

"可是……"朱厌忍不住用余光打量了一圈她这细胳膊细腿，轻轻摇头，"这外头不比宫里，殿下还是莫要任性为好，万一出什么意外，军师和从翼大统领又都赶不回来，那可就糟了。"

这人模样挺恭敬的，说话都低着头，但话听着里里外外都是对坤仪这一介女流的不屑和鄙夷，甚至觉得她就是个需要人保护的累赘。

坤仪乐了："自古以来，有元帅战死沙场，朝堂问罪副将的吗？"

朱厌一愣："这自然是不会。"

"那我都不怕死，你怕什么？"

"我……"朱厌皱了皱眉。

虽然他很感激这位殿下明事理，愿意给龙族当证人，但她这骄纵和不管不顾的模样可真不讨喜。万一出事，还不是得他担着？

他长叹一口气，朝她拱手："那便随了殿下吧。"

坤仪清点营中士兵，一个不留，全往城中带。

"不用留些人驻守？"朱厌皱眉，"万一营地被妖怪占据……"

"我们最好的营地该是城中。"坤仪道，"有伯爷和龙鱼君开路，想必是能进去的，这地方你留多少人都没用，妖怪若是当真能破了阵法抢占营地，再多的驻兵都是人家的口粮。"

话是有道理，但不符合一贯的行军规矩。朱厌也懒得多劝了，他就想看看这娇公主半路遇见妖怪，吓得花容失色的时候，看她会不会后悔。

援军取了一条宽阔的山路进城，坤仪没坐车，改骑了马，一身银红相间的盔甲，倒也挺像那么回事。

只是，队伍还没走出二里地，前头就撞见了个带着俩孩子的逃难妇人。

"军爷行行好，给口水喝吧，我要渴死了。"那妇人搂着两个孩子就跪在了坤仪的马前。

朱厌看了一眼，没吭声。

坤仪勒马，十分动容地伸出手——甩了她一张斩妖符。

霎时，路上血雾爆开，两个幼童登时化出原形，朝她扑过来。

一左一右，是豹子精。

要是以前，坤仪定会先花一炷香的时间想想自己该甩出去什么符，然后等着青腾来帮她解难。可眼下，她随手就拔出了腰间佩剑，一剑环斩。

妖血溅了她满身，腥臭无比。青色的剑身一点血也没沾，映出坤仪有些英气的眉目，可只一瞬，她就将剑收回去，嗔怪地扯着自己的衣裳："这也太臭了吧。"

兰茗和鱼白都看呆了，虽然先前也知道自家殿下在习道术，可这还是第一回见她用，好生厉害。

朱厌倒是看不上她这点身手，他只是没想明白："殿下隔这么远都嗅到她们身上的妖气了？"

"未曾。"

"那殿下如何知道她们是妖？"

瞥他一眼，坤仪哼笑一声夹了夹马腹继续往前走："她若是人，开口一定会说是孩子渴了，不会说是自己渴了。"

舐犊情深，这妖怪一看就是个没成亲的，半点经验也没有，跪下的时候也将两个孩子拉得一个趔趄，面对这么多的人马，也不怕孩子被踩着，哪有这样当娘的？

朱厌若有所思，片刻之后，却还是道："这只是小妖，再继续往前，遇见的妖怪会话也不说直接扑上来。"

"那好。"坤仪甩着缰绳走得更快了些，"我去前头替你们开路，吩咐后头的人注意四周，拿稳法器，莫要被偷袭了。"

这小姑娘，竟然是个不怕死的？

他说西城妖怪多可不是开玩笑的，黎诸怀当初起码纠集了三四十个族类，按少了算，这城里也该有几千头妖怪。

看笑话归看笑话，朱厌还是不敢真的让她出事。看黎诸怀的下场，他才不想回不周山。

于是朱厌吩咐了后头的人小心，自己也打马追了上去。

前头的大路上横着一根绊马绳，坤仪瞧见了，定睛看了看四周。

"别看了，十几头妖怪，最大的那头三百年的修为。"青腾突然开口。

坤仪问她："够你吃吗？"

青腾眼眸一亮，却又含蓄地道："当个开胃菜吧。"

坤仪毫不吝啬地带着她往前去了。

青腾没吹牛，不管多厉害的妖怪，在她面前都是一口，连第二下都没嚼就消失在了光里。

坤仪探了探自己的经脉，微微一笑："多谢。"

朱厌追上来的时候，四周安安静静的。绊马绳自己就消失了，那个看起来弱不禁风的殿下正兴致勃勃地继续往前走。

"奇怪，"他嘟囔，"方才还察觉到妖气的。"

坤仪走得很顺当，甚至在一个路口上，还回过头来救了朱厌一把。

朱厌怕擅长水的妖怪，来的妖怪恰好是食人鱼，张口就给了他一个水牢。朱厌正心烦，就眼瞧着坤仪从天而降，一剑将食人鱼砍成了两半。剑身上逸出来的道气比方才那一个环斩要浓烈得多，如同清风拂面，将四周的妖气都卷散了，天地间一瞬鸟语花香、风和日丽。

水牢落下，朱厌僵硬地看着她，有点不好意思。

他居然被这个娇公主给救了。他搓了搓手，想开口道个谢，可坤仪像是完全没当回事，将他的马牵过来给他，然后就翻身上自己的马，看了看前头的路："快了，能看见城门了。"

后半程路，朱厌没再啰唆半句，甚至主动替坤仪解决了几只上百年的妖怪。

青腾在坤仪的神识里不住地骂他多管闲事，坤仪却觉得这人好像比一开始看着顺眼多了。

傍晚的时候，一行人到了城门口。坤仪清点了人数，一路过来一个人也没少，众人都神情兴奋，原先有些畏惧的士兵胆子也大了起来，开始主动跟旁边的人学一些法器的使用。

聂衍没食言，他将城门打开了，而且进城的官道清理得很干净，一点血迹都没有。

只是，不知道为什么，这城里的百姓好像不太热情。看着他们人马进城，没说话也没动，只躲在一扇扇门和窗户后面偷看。

朱厌低声与她解释："先前妖兵进城，就是伪装成了援军的模样，杀了不少的人。"

坤仪委屈地指了指王旗:"可我是皇室亲征……"

"他们先前也挂了这个旗子。"

坤仪傻眼了。

难怪。这一次,说什么都要把这些妖怪宰了。

聂衍占据了原先的城主府,城主的尸身也已经从城楼上取下来了。

天气热,尸体的气味十分难闻,众人的意思都是先将城主厚葬,再去报仇,可坤仪按住了他们。

"找城中最好的棺材铺,给城主打一副最好的棺材,银子我出。"她道,"再分出八个人来,咱们带着城主一起去打妖怪。"

这不是白白多花力气吗?

众谋士颇有微词,聂衍倒是点了头:"按照元帅说的做。"

他不明白坤仪这样做的意义,但她想做的,他就必须让她做到。

妖怪伪装成人不是什么稀罕事了,为了生存,在这几十年的流离里,妖怪们已经逐渐学会了凡人的言行举止,但独独难学会的,是凡人的情感。

简单爱恨好学,但更进一层的,他们就琢磨不透了。比如给城主抬棺一事,既费时费力又费事,在妖怪眼里属于坤仪的任性之举。但真当城主的尸身入了棺,有了灵仪队之后,城中躲藏的百姓不知为何,就开始敢站在街沿上看他们了。

纷纷扬扬的纸钱落下来,街边沉默的人突然就落了泪。

"救命啊……"他们哑着嗓子喊,"救命!"

小儿啼哭,妇孺跪地磕头,朝着坤仪立的王旗的方向,不住地哽咽:"城主是为了护下一整个私塾的幼童才死得这么惨,大人救命啊,城中没剩多少人了……"

"我将小儿塞在地窖里,原以为能躲过一劫,谁知今天去送饭,只看见了一堆白骨。"

"它们吃人不眨眼的,谁能救得了我们啊!"

"好些人被关在大牢里,跟待宰的牛羊也无甚区别了。"

坤仪听得喉头发紧,她在大街上勒马停下来,朗声开口:"本宫乃坤仪公主,先帝亲妹,皇室嫡系血脉。而今率兵讨回西边三城,已将城主府占下并设立了法阵,妖怪莫敢侵也,城中尚活之人,可随本宫走,去城主府避难。"

朱厌在后头跟着,闻言有些担忧地看了前头的聂衍一眼。

这里的百姓刚被妖怪用皇室之名骗过,哪里还肯轻易信这些话,就算殿下说得豪情万丈，但她又能带走多少人呢？他们还赶着去攻占大牢呢，这不是白耽误工夫吗？

正嘀咕呢，朱厌就瞧见城主的家眷都从街口走出来，汇入了他们队伍的中段。

城主的家眷都愿意相信这人，街边的百姓也就试探着靠了过来。清风拂面，化开了城里浓厚的妖气，坤仪的队伍所到之处，混沌的天地似乎都晴了。

朱厌没料错，确实有人不敢信。但出乎他意料的是，从一条街的街头走到街尾，汇入他们队伍里的百姓竟然也有一百来人。并且越往后走，人越多。

朱厌很惊奇，他打马走快两步，去问聂衍："他们怎么就敢信她这几句话啊？"

聂衍莞尔："我家夫人说话声音好听。"

朱厌翻了翻白眼。

道理他都懂，但眼下怎么看都不是因为这个。

聂衍其实也好奇，但他只看着，不多问，眼里隐隐还有些骄傲之色。

他的夫人，原来这么厉害。

这一路浩浩荡荡的，动静极大，也不是没有妖怪想趁机混入，好跟着进城主府。但聂衍只坐在马上往街边扫了一眼，那些个妖怪就悻悻地隐了身去。原本在城中显着原形大肆杀戮的妖怪，一夜之间仿佛都消失了，街上只多了许多神色古怪的凡人。

"这么怕他们做什么，我们分明已经将城占下来了，就算是死战，我们的人也不比他们少啊。"

黑暗里，有尖嘴的妖怪愤愤不平。

"死战？"年长些的妖怪轻笑了一声，"跟谁死战？昱清伯？那便是他战，你死。"

"青丘那边不是说了会帮我们？"

"她是说了，可人家都进了城了，你可见着那狐狸出来帮忙了？"

"这可怎么办？"

妖怪们慌了神，一部分在大牢附近负隅顽抗，一部分藏匿了起来，像从前一样混在人堆里，伺机而动。

坤仪亲自提着剑将大牢的门劈开了。

柔色的光华自剑尖流遍她全身，若不注意是看不见的，但聂衍恰巧一直盯着她瞧，也就将这一抹光收进了眼里——好像比他之前看见的还要厉害一些。

他没吭声，只看向她背后胎记的位置。

青膡吃妖怪吃得很开心，但坤仪这么厉害，她就有了新的烦恼。原先她利用坤仪的身子给西城这边递了信，让这边几个妖族闹大些，好在将来作为威胁玄龙的把柄，给他们在九重天谋一席之地。可谁料聂衍居然亲自来平叛了，这些人若将她供出来，那可就不妙了。

青膴的想法很简单，坤仪反正是要斩妖的，她趁机将他们都灭了口就好了。

可是，西城的妖怪当真比她想的还要多，光是一个大牢就蛰伏着上百只大妖，其中好几只的修为甚至过了千年。她被封印着，身子虚弱，一口气也吃不下这么多啊。

眼瞧着又一拨妖怪扑了过来，青膴用坤仪的眼睛看了聂衍一眼，心想，你堂堂玄龙，难道就拱手站在后头看你女人自己斩妖？

不巧，聂衍还真就这么做了。

他目光深沉地瞧着坤仪的胎记吞下远超于青膴能吸收的妖怪，见她神色没有任何异常，便知自己的猜测大约是对的。

多余的妖力青膴吃不下，可坤仪却是能容纳的，因为她本身就是一个极佳的封妖之躯。

这小姑娘胆子极大，竟然想与青膴那等狡猾的狐狸谋皮。

坤仪带了三千士兵来大牢解救难民，结果最后是她一个人站在大牢前的空地上，把冲出来的妖怪都杀退了。

夜半啧啧摇头："这是不是显得咱们家大人没啥本事？"

朱厌深以为然："连手都没抬一下，光站那儿好看了。"

瞥了他二人一眼，聂衍似乎也终于良心发现了，他抬步走向气喘吁吁的坤仪，深深地凝视她，然后抬手——

给她擦了擦额上的汗。

"元帅辛苦。"他低声道，"元帅实乃三军表率。"

夜半、朱厌面面相觑。

就这？

坤仪倒是双眼亮晶晶的，她仰头看他，问："军师，本元帅这一战够不够名垂青史？"

"以一敌千，殿下已是一代名将。"

坤仪乐了，放回佩剑，抬手就朝后头的士兵道："走，去把里头的难民救出来。"

皇家公主挂帅，其实众人都有了心理准备，觉着这人多半是个花架子，真打仗还得靠昱清伯和龙鱼君。但方才那两个时辰，一众男儿眼睁睁看着殿下剑法术法齐出，还用背后不知道是什么的法器收妖，实在是很震撼。

是以，眼下她一声令下，后头的队伍响应的声音比任何一次都要热烈："遵命！"

震天的响声传进大牢，里头瑟瑟发抖的百姓都以为自己要下锅了，谁料却看见一溜儿穿着铠甲的士兵进来，将牢门挨个打开，又引着人往外走。

"元帅，这么多人，安置起来有些麻烦。"龙鱼君上前来拱手道，"城主府附近虽有安全的大宅，但都是些能自己雇佣道人的富贵人家，他们是断然不肯让难民进门的。"

坤仪一听，有些为难："没别的地方了？"

"倒是有几处校场，地方大，但全是黄土，没别的东西，也安置不了他们。"龙鱼君飞快地看了她一眼，又垂眸，"城中因着妖祸严重，米粮、棉被等物皆是价格高昂，也曾有人从别的地方运送这些东西过来，但一旦在市面上出现，就会被富贵人家以极高的价格收购。"

富人是不嫌东西多的，灾难当头，他们肯定先保自己的命。穷人为了银子，就算得到了接济，也会将东西转手卖给他们。

坤仪皱眉："城中富户几何？"

龙鱼君侧身，后头的一个小吏上来答："还剩五户，家宅都在城主府附近，全是商贾起家的，家财颇丰。"

在这个节骨眼上还能住在城中并且保住全家性命的，也只能是商贾了。

坤仪想了想，对龙鱼君道："让晟京那边运送大量草席、被褥和米粮过来。"

龙鱼君迟疑："东西不难，运送也不难，但……"

一旦运过来，这些东西就被人高价收购了，如何是好？

"你放心，"坤仪道，"让望舒铺子的掌柜准备充足的货源和银子即可。"

龙鱼君不明所以，却还是领命下去了。临走时他又看了坤仪一眼，见她手上沾的是妖血而不是自己的血，这才放心离去。

安排好事情，坤仪转过头去，想跟聂衍邀功，结果就对上他一双黑沉沉的眼。

他的脸上分明没有什么表情，可他兀自站那儿，坤仪就知道他不高兴了。

"军师这是怎么了？"她好笑地凑过去问，"莫非我方才斩的妖怪里，有军师的故交？"

聂衍淡哼一声，拂开她要来捏自己的手："殿下运筹帷幄，哪里还用得着军师？"

旁人听这话，牙都快被酸倒了，可坤仪不这么想啊，她眼里的聂衍哪里是喜欢儿女情长的人。这个人说这个话出来，一定不是吃味的意思。

难道是怕她影响了他的势力？

坤仪的神色严肃起来，一把拉过他的手，将他拉到了僻静一些的角落里。

"伯爷，"她认真地开口，"江山社稷离不开您，我今日就算杀敌骁勇，他们最敬仰的灭妖之人，也一定是您。"

所以呢？明知道他就在旁边站着，她还跟人说那么久的话，还一直盯着人家看？

聂衍冷笑。

他这一笑，坤仪头皮都发麻，立马挺直了腰杆："答应伯爷之事，我一定会做到，还请伯爷宽心。"

这个女人，居然还暗示他心胸狭窄。

他拂袖，脸色更冷，越过她就翻身上马。

坤仪一个人站在原地，很是茫然。

怎么了？刚才还好端端的，这人的脸怎么说变就变？她分明做得很好啊，难民也救出来了，人也安置了，他不夸她也就罢了，这么难看的脸色是冲谁呢？

坤仪百思不得其解，也跟着上了马。

龙鱼君自从入朝为官，气质变化了不少，原先是有些轻浮娇软的，眼下瞧着倒是正派又规矩，他的马跟在坤仪后头三个身位的地方，秋风拂袍，满袖麦色。

坤仪回头看王旗的时候，正好瞧见他。

龙鱼君克制地对她点了点头，坤仪就也点了点头。然而这场面落在昱清伯爷的眼里，那可就叫一个眉来眼去暗送秋波了。

他突然就勒住了马。

坤仪听见声响，回头看他："怎么了？"

"旁边有妖气，我过去看看。"他面无表情地道，"你们先走。"

这哪里行？坤仪连连摇头。在这妖怪横行的地方，聂衍是不会有危险的，但若是放他独自走了，别人就有危险了。

"我陪你一起去，其余的人先护送百姓往前走，我们稍后追上便是。"她道。

聂衍没拒绝，却也没多说一句话，一扯缰绳就奔向了旁边的小路。坤仪将兵符扔给龙鱼君，嘱咐他带这一队的人归府，然后就策马跟了上去。

龙鱼君想拦都没来得及。

他皱眉看了看四周，只不过是一些不起眼的小妖，哪里就值得聂衍亲自赶过去了？

好巧不巧，被追赶的小妖也是这么想的。它辛辛苦苦修炼了五十年，连人形都还没来得及化，好不容易抓着了个小女孩儿，刚咬了一口，就被一掌拍到了墙上。这一掌的力量之大，它连反应都没来得及，就命归黄泉了。如果有机会说遗言的话，它一定会对那个气势汹汹的男子问一句话："多大仇啊？！"

聂衍收了手，将奄奄一息的小姑娘拎在了手里，转过身的时候，坤仪正好赶到。

她皱眉看着他粗鲁的动作，连忙下马将小姑娘抱在怀里，看了看伤势之后，又上了马，说："先将她送回去吧。"

聂衍半合了眼："你自己回去，我再四处走走。"

坤仪纳闷："你不想跟我一起走？"

"不想。"他背过身去。

后头安静了片刻，她没再说话，马蹄声随后响起，顺着小路跑远了。

聂衍吐了一口气。他似乎是有些过于计较了，要是以前，他分明压根不会将龙鱼君看在眼里。但最近也不知怎么了，总觉得有些慌。

人分明就在他身边，却像跟他没什么瓜葛似的。

可人家龙鱼君待她温和又尊敬，比他这副冷傲的模样，不知道好了多少。聂衍的眼神黯淡了些，抿唇看着墙角里的碎石出神。

身后跑远的马蹄声不一会儿又"嘚嘚"地跑了回来。

聂衍呆住，不可思议地回头，就见坤仪抹着头上的汗珠笑眯眯地在他面前下了马来："我让他们把孩子先带回去啦，你还想去哪儿，我陪你。"

日头照开了西城上头的乌云，在她肩上落下一片璀璨来，他恍惚地看着，突然忍不住伸手，将她拦腰揽过来，按进了怀里。

"别，全是汗。"

"嗯。"他搂得死紧。

坤仪看不懂他这情绪是什么意思，方才还那么不高兴的，一转眼就又好了？

她轻轻拍了拍他的背，问："这就不恼我了？"

"恼。"他闷声答，"但可以先不恼一会儿。"

这人，还怪好商量的。坤仪哭笑不得地拍了拍他的肩。

照顾他人情绪这方面，她坤仪公主认第二，晟京无人敢认第一。她可不像那些个蠢男人，不知道自己错在哪里，还不哄不管，那可不得让人更气嘛。就要学她这样去而复返顺带加以关切，简单、好用。

这么多年的容华馆，她是没白混的。

两人在巷子里拥了一会儿，坤仪就拉着他回城主府附近的校场了，大事在即，可不是风花雪月的时候。

城主府开始给难民发粮食，米饼和稀粥，配一些野菜，因着城主府的厨房不堪重负，就再加一小袋子米，让他们自己搭灶。

坤仪先让人给五家富户递了话，想跟他们商量给难民一条活路。结果这五家商户压根不把她放在眼里，大约是想着强龙难压地头蛇，第一批米粮刚到，他们的人就开始在附近喊着高价收米。晟京卖百文一斗的米，他们便以千文来收，总有难民肯卖给他们，宁可自己挨饿。他们以为这样就能省了银子下来，只是他们不知道，城里根本买不着别的吃食，只能吃些土饼树根，妄想着能离开这城里，去别的地方就能过上好日子。

真是一群贪婪又愚昧的人啊。

龙鱼君看得生气，与坤仪直言："不如直接派发土饼好了，看他们这模样也是不想吃好饭的。"

坤仪摇头："那不是人吃的东西，会将人活活撑死。"

"可他们这样，再多的米粮也填不满啊。"

"你放心，"她镇定地道，"咱们的米粮够。"

赵钱孙李周五个大家联合起来确定了收米粮的价格，又以更高的价格将这些米粮卖给零散的有钱人家，从中牟取暴利。原先城主死了，他们眼看着要没了活计，正在准备让道人护送自己和家眷离开，谁料突然来了个坤仪公主。

听闻消息，五大家族瞬间就不着急走了。公主都来了，城池一时半会肯定灭不了，他们还能多赚些钱。

只是，不知为何，这次他们按照商量好的一千文钱去收粮，旁边却出来了个用一两银子收粮的商家。

一两银子虽然就能兑换一千文钱，但银子肯定是好过铜钱的，难民当即纷纷涌向这个新商家，换了一些立命钱。

五大家族个个疑惑，让人去打听底细，谁知道这收粮人就像凭空冒出来的，什么也打听不出来。

第二日、第三日，难民一半的粮食都被他收了去。

他们坐不住了，开始派道人去将这人抓回来，哪有这样断人财路的。结果派出去的道人没一个回来的，下次再见，那道人就成了新商贾身边的护卫。

五大家族嘴都气歪了，灵机一动，开始向这新商贾大量倾售米粮。一个新人能有多少银子？不如将他的现钱花光，再把粮价一压，这小子必死无疑。

结果，一百、两百、一千、两千，无论他们拿多少粮食出来，这个小伙子都能给现银。并且，他收来的粮食也没有高价卖，就囤在了城主府附近的仓库里。

"不对劲。"赵家的掌柜坐不住了，"这别是个来砸场子的吧？"

"怕什么，他就一个人，这西城始终是咱们的天下。"钱家掌柜的安慰他，"再过半个月，他必死无疑。"

说是这么说，可一日又一日的，城主府里的饭菜没断过，收粮商贾的银子也没断过。

坤仪白日出去清剿妖怪，夜晚就坐在城主府的门楼上，闻着从校场那边飘过来的米粮香气。

跟随的官员里很少有人见过这赈灾的阵仗，不少觉得坤仪公主舍近求远，将那五个富户抓起来开仓放粮不就好了，怎么非要自己花那么多银子？国库多少银子够她花啊？

但一向严苛的言官这次却个个力挺坤仪。

"我朝重商贾，轻易杀商贾开仓，于我朝根基有损，殿下这样的举动恰好，只要她钱粮充足，便能以商贾之道让那五大家族跪地求饶。"

道理是这个道理，但坤仪公主能有多少钱粮呢？鱼白也好奇地问了兰苕这个问题。

兰苕是帮坤仪看着账的，闻言只淡淡一笑："他们五家加起来也未必有咱们公主十之一二。"

坤仪为这一场看不见硝烟的战争准备了很厚的一沓银票，银子从晟京传过来，比米粮还多。这些普通的商贾是很有钱，但想跟她斗，远远不够。

眼瞧着想撑死那新商贾是不成了，五大家族又联合起来开始抬价，坤仪这边一两银子收，他们就一两三钱。原想着找回些颜面，谁料新商贾直接挂出了二两银子一石的价格。

这到底是谁在抬谁的价？

赵钱两家怒了，跟着抬价到二两三钱。其余三家却是认了栽，闷头不吭声了。

"没出息。"赵掌柜指着他们骂，"这时候若不能共进退，往后你们也别指望我们相帮！"

"可是，钱当家的，你还没看出来这人来头不小？"孙掌柜弱弱地道，"与其这样针锋相对，不如大家坐下来谈一谈。"

"你以为我没想过？"钱掌柜恨恨地道，"是那边不肯谈，一定要跟我们拼到底。"

那就拼，谁怕谁？二两三钱的价格，他不信这小子还能更高。

坤仪确实能出更高的价钱，但她没出。她让替她跑腿的徐武卫将之前一两银子收的米粮，统统反卖给了赵钱两家。

短短半日，他们派出来收粮的人就灰溜溜地跑了。

"我来赈灾，他们居然上赶着让我赚钱！"坤仪看着账本，觉得十分稀奇，"还有这种好事？"

兰茗擦了擦额头上的汗："二两三钱的价格，在晟京能买十石米。有伯爷相助，他们要多少有多少。"

坤仪合上账本，笑道："不急，晚上多做两个菜，等着他们过来用膳吧。"

第十六章

道歉是不可能的

　　商贾是最会趋利避害的，眼瞧着那新来的小子软硬不吃、刀枪不入，就算有再大的火气，赵钱两家看看自家的账面，也就按下来了。

　　这么拼下去不是个办法，他们是来赚银子的，没道理反让别人把银子赚了回去。于是两家的掌柜带着五大家族的掌事，一起亲自去徐武卫跟前，与他作揖道："劳烦大人引我等见见你家主子。"

　　一个来历不明、连名姓都没听过的人，怎么可能是什么真的商贾，几家掌柜想了这么久终于想明白了。背后若没有人，这人收的粮又怎么会送去城主府？

　　西城已经被妖祸弄得破败不堪，虽还有数十万人存活，但要说谁还有本事弄得他们这么走投无路，那只能是刚进城的这一拨人。

　　而这一拨人里，最高深莫测的，便是那传闻里权倾一方的昱清伯了。

　　钱掌柜毕恭毕敬地抬了二十石白净的大米作为敲门砖，站在徐武卫面前，将刚进城这一支援军夸得天上有地下无，末了，又恭顺地道："我们也没别的意思，就是各家府上都有地还有粮，想看看大人们需不需要。"

　　徐武卫一点也没手软地收了二十石米，然后就十分爽快地引他们去了城主府里坤仪住的院子。

　　原本还算恢宏的城主府，眼下到处都搭着小草棚，草棚里住着许多叽叽喳喳的妇女，后头好一些的厢房里也塞满了老人和幼童，一路走过去吵吵嚷嚷的，嘈杂非常。

　　掌柜们哪里见过这架势，都纷纷抬袖掩鼻，皱眉而过，走在中间的赵家掌柜还小声嘀咕："救这么些没用的玩意儿，真是浪费米粮……"

精壮的男子好歹还有一把子力气，能干活儿。女人在他眼里就是吃白饭的，除了生孩子，半点用也没有。然而这些女人，竟然在这城主府里住着，反让男人都去住外头的校场？

正想着呢，前头院子门口就出现了个长得分外清秀动人的姑娘。

"劳烦几位进来稍等片刻。"她双手交叠，微微屈膝，"殿下稍后就过来。"

几家掌事不由得多看了她两眼，前头的钱家掌柜却是不乐意了："我们请见的应该是昱清伯爷，何须惊扰殿下？"

兰苕皱眉，看向后头的徐武卫，徐武卫朝他们拱手："各位要见的，应该就是咱们殿下。"

几人怔愣，纷纷交换眼神。

殿下，当今的坤仪公主？这娇女子能说个什么，倒是比昱清伯爷好糊弄些。

神色轻松两分，这几人恭敬地行了礼，就进去桌边坐下了。

刚一坐下，旁边水灵灵的丫鬟就开始上菜。

这位殿下贴身就只带了两个丫鬟，但这两个丫鬟是当真好看，杏仁眼瓜子脸，看得几个掌柜心猿意马。

赵掌柜一开始也瞧了，但瞧着瞧着，他一扫桌上的菜色，脸色瞬变。

"老钱。"他拽了拽身边人的袖子。

钱掌柜将目光从丫鬟的身上收回来，纳闷地低声问："怎么了？"

"你看桌上。"

桌上怎么了，不就是一桌子菜吗？钱掌柜正想笑老赵什么场面没见过，竟在这儿大惊小怪起来了，结果自己仔细一看，也惊了惊。

这些菜像是事先做好的，已经没了刚出锅时候的热气，只是尚有余温，但一共八道菜，有一道他最喜欢的糖醋鲤鱼就放在他跟前。

一道菜没什么可怕的，可怕的是赵掌柜最爱吃的肘子、孙掌柜最爱喝的龙凤汤、李掌事爱吃的富贵圆子、周掌事最爱吃的姑苏糕，都一一摆在他们的跟前。

一道菜可以是巧合，但五道菜绝对不是。更何况其中几道压根不是什么常见菜，在眼下的西城甚至只有他们自己家里才有原料。

这位殿下是早料到他们会来，并且连他们的口味都知道得一清二楚？

五个人背脊一阵发凉，呆呆地坐在自己的座位上，再不敢乱看了。

隔断处的珠帘一响，有人进来了。

五个人大气也不敢出，纷纷起身准备行礼，却听得一道分外娇软的声音："劳各位久等。"

眼前一花，一套红白相间的铠甲在他们面前一晃而过。

"不用这么多礼，坐吧。"她笑着拍了拍桌沿。

要是没有这一桌子菜，他们几个心里肯定会骂这又是个玩世不恭出来瞎搞的祖宗，可眼下，就连赵家掌柜都不敢轻易出气，几个人磨磨蹭蹭半晌，才挺直了背，重新落座。

"听他们说，各位掌柜有事吩咐。"坤仪拿起筷子，十分自然地吃起自己面前的三盘菜，轻松地问他们，"何事啊？"

"吩咐……吩咐是万不敢当！"钱掌柜擦了擦头上的虚汗，颤颤巍巍地也夹了一块鱼，却没夹稳落进了自己碗里，"我等就是想着殿下赈灾辛苦，这城里的妖祸又一时难绝，毕竟都是血肉同胞，我等也想替殿下分忧……"

话没落音，桌下放着的脚就被旁边的赵掌柜踩了踩。来的时候说好是谈生意，这怎么一张嘴就成了分忧了？

钱掌柜吃痛，却没敢表现，只敢冲坤仪笑。

坤仪十分欣慰："难得城中富户们有这般为国为民的念想，待本宫回朝，当奖赏这位掌柜的才是。"

一听这话，赵掌柜收回了踩钱掌柜的脚，立马道："我等虽然都是小本生意起家，但在曾经的西边十三城里都是有名声的，未曾遭妖祸的时候，还竟过皇商之位。殿下若有需要帮忙的，只管开口。不管是棉花、布匹还是大米小麦，我们这几家都是足货的。"

他一开口，剩下几个掌柜的都反应了过来，纷纷应和。

坤仪听得明白他们的话中之意。皇商是个好差事，上可吃国库，下可享民银，只是这五家虽然在西城是富裕的，但放在整个国都里来看，未必够得上资格。

所以她只笑了笑，继续夹了菜吃。

不知为何，这位殿下虽然是他们见过最好看的女人了，但她就坐在这里用膳，就压得他们几位大气也不敢出，甚至开始隐隐后悔自己方才的冒失。

皇商哪是那么好拿的，不过退几步来说，能拿块匾额也好啊。

几人你看看我，我看看你，最后还是周掌事的小声开口："我等知道殿下有神通，能从晟京取粮，但如今天下都在遭妖祸，蔓延到晟京是迟早的事，殿下若在此处将米粮都用尽了，将来晟京难免粮食短缺。小的倒是有个拙见，殿下可以一听。"

坤仪看了他一眼，示意他说。

周掌事连忙道："我们五家屯粮甚多，足以解西城燃眉之急，殿下若是愿意，便用一千文一石的价钱都买去，但也希望殿下，能让我五家有个安身立命的一官半职。"

商贾虽有钱，但后世子孙不能入科考。他们自己去买官，至多买个七品的，还有被查的风险。

可若不入仕途，再多的家财，也总有拗不过权势的时候。虽然眼下他们算是跟公主都说得上话，但这是在西城，若不是这么特殊的环境，他们八辈子也见不着公主一面。

坤仪停筷，问他："家里有子女能入仕？"

周掌事连忙道："赵家长子学富五车，只是被家世耽误了。他的才学比前任城主也是不差的，以前在西城颇有才名；钱家的二少爷会武，也会一些道术；至于我们后头三家的，都有年龄合适的儿子。"

坤仪挑眉："竟是没女儿？"

"有，女儿自然是有的。"周掌事干笑，"只是女儿终究要嫁人，要算外姓……"

他话还没说完，孙掌事就将他拉下来了，自己站起来道："我家嫡长女会道术，也习过私塾，可以入仕。"

坤仪莞尔，颔首一笑，将筷子放下用帕子擦了擦嘴："各位慢用，本宫还有别的事要忙，就不远送了。"

几人连忙站起来，恭送她出门。眼瞧着坤仪走远了，他们才觉得四周的空气轻松了些，不禁觉得自己跟劫后余生似的喘起气来。

"你个没脑子的！"孙掌事轻踹了周掌事一脚，"也不看看人脸色，坤仪公主不就是以女子之身辅国了？你还敢提外姓！"

周掌事恍然大悟，连连打了自己两个嘴巴，又问赵掌柜："依您看，殿下这是允了还是没允？"

赵掌柜脸色不太好看："难说，咱们开的条件不算好。"

一千文一石的粮食，虽说是按照他们的收购价，一分不赚地出手了，但对坤仪殿下而言，这还不如在晟京买粮便宜，更何况她还要搭上五个官职。

但她没拒绝，是因为她知道，他们还会主动来求她。

西城原先的粮价是捏在他们手里的，但现在，是这位公主说了算。他们若真的要斗，以这位公主的家底，可以将他们五家嚼碎了吞下。

赵掌柜头一次觉得，原来女儿家也能厉害成这个样子。

离开的时候，众人再看见那满院的妇女，都没敢再捂鼻了，一个个像霜打了的茄子，灰溜溜地从侧门小路离开了城主府。

桌上的菜没动多少，有路过的下人瞧见了，左右看了看，没经过允准就偷摸将这些菜端出去给了旁边住着的几位老人家。

等鱼白回去发现菜没了的时候，她扭着那个自作主张的原城主府的下人，径直送到了坤仪跟前。

坤仪脸色不太好看："你为何擅自做主？"

下人哆哆嗦嗦地道："奴婢瞧着有鱼有肉，隔壁屋子那几个老人家身子弱，想着与其倒了，不如给他们……"

"拿过去多久了？"她皱眉。

"半个时辰……"

好嘛，已经是拿不回来了。

坤仪扶额，语气都冷了些："你先前的主子没教过你，主子的东西就只有主子能处置？"

那丫鬟吓得直抖，可又有些生气。她们整天大鱼大肉的，就拿一些白米出来当恩施，竟还不允许老人家吃些剩菜了？她就算是擅自做主了，那做的也是好事，难道还能挨顿打？

不过，坤仪还真就打了她一顿，虽然不多，就五个板子。

丫鬟委屈坏了，回房哭了一整夜，原本挨打时答应的"不将此事说出去"也不算数了，哭着哭着就将坤仪数落了一通，什么浪费吃食、大鱼大肉宁愿倒掉都不给难民吃、自己享福，让难民受罪，等等。

本来赈灾是个善事，坤仪那么多自己私库里的钱粮砸下去也没图什么报答，但人的劣根性就是斗米恩升米仇，这消息传开，不少难民就有了怨言。

城里的日子不好过，凭什么公主就要一顿饭吃八个菜还要倒掉，她们这些人连肉都吃不上一口。

简直过分！

于是，住在城主府的好些人开始不安分了，要么一个劲想往公主住的院落里闯，要么就开始砸坏城主府里的东西。

不知谁传的流言，第三天，整个难民营都在说这坤仪公主原本就是妖怪变的，不然寻常女子哪有这么多心眼，能做这么多事，还能带兵打仗。沸沸扬扬的言论甚器尘上，坤仪站在窗前，将那个挨打的丫鬟按在她身边，让她一字一句地听完这些话。

那丫鬟犹有不服："你早点分菜下去，不就什么事都没了？"

坤仪冷笑，将碎嘴的人挑出来，与这丫鬟一起，打包送出了城主府。

没了城主府周围法阵的庇护，也没了每日赈灾的粮食，她们被外头的妖风一吹，霎时清醒过来，哭着跪在门口求殿下原谅。

坤仪没理，她扫了一眼仍旧在院子里缩着的女人们，冷声道："八个菜换你们家园安宁，你们倒还嫌多了。谁还有怨的，大门就在这里，慢走不送。"

外头的日子太可怕，这里就算不公平，好歹也不会突然有妖怪跳出来要吃人。公主发了火，剩下的人也就不再嘀咕了，每日照样做针线、砌砖补院，来换取更多的米粮。

坤仪板着脸就回了自己的院子，恰好撞上提剑归来的聂衍。

聂衍不知道府里发生了什么，这几日妖兵一直企图冲破城主府和校场的法阵，他每日都要出门忙活几个时辰，眼下见她脸色不好，他还以为出了什么大事。结果这人走过来，将头往他心口一撞，然后就这么抵着，闷声道："赈得了灾也救不了笨，所以开私塾多重要啊。"

"嗯？"聂衍没听明白。

她好似也不是一定要他明白，只自顾自地嘟囔："如果分菜下去，那些人不患寡而患不均，分到的见过鱼大肉，谁还稀罕白面米饭？没分到的人，心里又该多怨？那玩意儿，就算是倒了，也不能给他们看见。老娘自己赚的银子，老娘想吃八十个菜都行，不发威，他们真管我头上来了！我看他们是太闲了，让我给他们惯的！"

碎碎念着，她突然抬头："明儿起就让他们干活儿挣粮食，老人和幼童可以免费吃饭，但其余人得自己挣，挣多了我可以给他们折成银子！"

说着，她又掐指算了算："我还剩三千两，他们应该挣不完。"

聂衍将喉咙边那句"这开销很大"给咽了回去，摸了摸她的脑袋，改成了一句："殿下圣明。"

坤仪终于松开了眉眼，这才抬头打量他，笑眯眯地问："伯爷这是打哪儿回来，怎么一头的汗？"

"收了些妖怪。"聂衍云淡风轻地道。

夜半被噎住似的在后头看了他一眼，然后立马冲坤仪疯狂摇头："殿下您别信，伯爷收的肯定不止一些。"

"哦？"坤仪来了兴趣，"那是有很多只了？"

夜半唏嘘："这西城里最顽固的三个妖族，这几日被咱们伯爷基本收拾干净了，余下几个散支，傍晚的时候应该就会来投诚。"

最顽固的三个妖族？坤仪了然地点头。那应该就是她在《山海经》里见过的蛊雕、长右和耳鼠。聂衍曾说过，这三个妖族都十分爱吃人，所以一旦占据了有凡人的城池，也是最不肯退让的。

但是……等等？坤仪突然想到了什么。

她扒拉开面前的人，跑回房间里，将他那卷《山海经》副册翻出来仔细查了查，然后又"咚咚咚"地跑回原处，将面前的人扒拉了回来，愕然地仰头看着他："这三个妖族，加起来有两千多只大妖怪？"

这些上古的妖族，可不是那种她可以一剑一只的小妖，都是有几千甚至上万年修为的，城里藏着的几千只，最低也有几百年的道行。

这么多，他全解决了？

聂衍被她看得不太自在，别开头道："我用了原身。"

那么多厉害的妖怪围攻，他这道术肯定是不够用的了，是以只能现原形，以玄龙之身消灭它们。

坤仪一脸崇拜地"哇"了一声，双手合十朝他拜了拜："您可帮了我大忙了！"

原想着还要几个月才能将这一座城池搞定，谁料这位大爷几个晚上不声不响地就替她将最大的麻烦解决了，余下的一些小妖，完全可以一边恢复城镇一边再抓捕。

她忍不住就拉着他转了个圈圈。

聂衍被她这奇怪的举动逗笑了，他伸手按住她的眉心，半合着眼问她："殿下可有奖赏？"

"有哇！"坤仪道，"我回去再给上清司划一块封地，修镇妖塔！"

他脸色一僵，不太高兴："这算什么奖赏？"

坤仪愕然地瞪眼，双手叉腰："伯爷，您忘记原先上清司要修镇妖塔耽误了多久了？现在有本宫做主，你们回去就能修，立马就能修，这还不算奖赏？"

话是这么说，但他立的功，她奖励上清司干什么？从前她那么爱给他送各种金银珠宝、花里胡哨的东西，眼下竟是连哄他都懒得花心思了。

聂衍垂了眼眸，不情不愿地拱手："那就多谢殿下了。"

"不客气。"坤仪恢复了笑脸。

她高兴了，青臕听见这消息可是烦躁得很，她虽说吃不下那么多妖怪吧，但聂衍一口也不给留是怎么回事？原本就指着西城这些妖气来恢复自己的元气呢。

坤仪倒是看得开，安抚她道："你不用着急，后头还有两座城呢，这一座城都这么多妖怪，你还怕饿着了不成？你不妨先修炼修炼，争取下回能多吃点。"

毕竟是聂衍下的手，青腾再生气也只能忍了，坤仪说得没错，她该好好修炼，不然有那么多的妖怪都吃不了。

可是，她也不知道是什么原因，分明吃了那么多妖怪了，修炼起来还是有些虚弱的感觉。

青腾没有多想，继续入定。

太阳又升起的时候，整个西城显得有了一些生气。街上虽然有很多的巡逻士兵，但出门的百姓也多了，路边甚至摆起了集市，有卖布的，有卖米的，数量不少，价格也便宜，但限着一个人只能买一份儿。

许多一直躲在家里的人听着风声都赶紧上街来买些米粮和布匹，一出来才发现，外头好像也没先前那么危机重重了。

精壮的小伙子搭着梯架在修被妖怪撞坏的屋顶和窗檐，远处还有士兵在帮着修城墙和街道；开澡堂的大婶烧着热水，笑眯眯地收着难民的一小袋米，给他们安排位置洗漱，又连忙将米汇成大袋，交给家里的儿媳好做午饭；腰高的孩提懂事地拿着布匹，吆喝着来往买卖。

钱掌柜站在街头看着，有种恍如隔世的感觉。

他当然知道西城不可能一夜之间自己恢复成这样，这都是坤仪公主拿银子堆出来的：她从难民手里买她们做好的针线和布匹，又让不会做的难民拿去卖，卖多了的银子归难民自己。

米粮也是如此。

这女子真是有天大的胆子，敢凭一己之力撑起整个城池的商贸，也不怕资金链突然断掉，血本无归？

可想了想这人背靠着国库，他又长长地叹了口气。

"孙掌事，"他对旁边的人道，"你带上你那个嫡女，咱们再去见殿下一回。"

孙掌事是求之不得的。其余几家人虽也心疼银子，也不想亏钱，但思前想后，还是都将家里有出息的孩子带着，跪在了城主府外。

坤仪没有马上让他们进去。

她兀自坐在窗台边涂着手上的蔻丹，等涂得差不多了，也就收到了徐武卫的传话。

"他们说，三百文一石，几乎与晟京平价。"徐武卫佩服地拱手，"恭喜殿下。"

坤仪其实做过预算，将他们的价格压到五百文左右就已经比从晟京弄粮食过来合算了，但没想到，这几家大户竟然肯主动放血。

她将蔻丹水撤了，兴致勃勃地就让这些人进来。

老实说，这些富商家的孩子养得不差，只是因着银钱太足，难免有些不知民间疾苦。坤仪将他们带来的孩子一一看过考过，心里暗许了位置之后，才应了他们两家从五品、三家从六品的要求。

原以为殿下还会再压一压官阶，没想到竟就这么答应了，五家人喜出望外，连连谢恩，又将孩子都留在她府上伺候，等着走马上任。

坤仪没拒绝。

眼下的西城是个极好的锻炼之地，她给这四个少年和一个姑娘分配了一些简单的工作，但给他们定了相对困难一些的目标，然后就等着验收成果。孙家姑娘分配到的任务是劝说三十家铺面开张做生意，这个任务量是最重的，但不到一日，她便第一个回到了坤仪身边。

坤仪很意外，捏了捏她的小脸："你怎么劝的？"

孙家姑娘秀秀乖巧地道："我帮爹爹营着三家绸缎庄，所以挑了三十家小布庄，劝说他们只要开门，就给他们平价让货，并且分一些固定的客人给他们。只要开门就能有生意，门口还能分一张驱妖符，是以开了个会之后，他们回去就开张了。"

她说着，歪了歪脑袋："殿下，我原本能劝动四十家的。"

坤仪正震惊于她办事的干净利落，闻言又好奇了起来："还有十家怎么了？"

秀秀眼神黯了黯，小声道："七个当家的死了，都被妖怪吃了，家里夫人只想着卖掉铺面回娘家。还有三个没了胳膊腿，不愿意再出来见人，只说再过些时日，等家里的长子能从晟京回来撑场面后再开张。"

坤仪叹了口气。她看了一眼窗外，低声道："再过一个月，这里就能好起来了。"

"以后都不会再有妖怪了吗？"秀秀期盼地看着她。

坤仪没敢应。世人都觉得孩子好骗，但她最不敢骗的就是小孩儿。十四五岁的年纪，最是能信人的时候，若叫他们失望了，那可真是罪过了。

她想了想，道："至少我还活着的话，这样的大难就不会让你们再受第二次。"

秀秀眼眸微红，拉着她的衣袖低声道："殿下是我见过最好的女子。"

坤仪抿了抿唇，想笑又怕自己得意忘形，便就忍着。于是晚上聂衍回来的时候，就看见坤仪褪了铠甲，穿着惯常的金符黑纱坐在妆台前傻笑。

他走过去看，以为她又得了什么玉石宝贝，却发现她面前是个贵重的漆木盒子，盒子里却只放了一朵被压干了的小黄花。

小黄花的旁边，倒是新放了一片银杏叶子，普普通通的，就是外头地上都能捡着的那种。

他纳闷："殿下何时对花草这么感兴趣？"

也不是什么稀罕玩意儿，还非要这么留存下来。

"谁稀罕这些玩意儿，又不值钱。"她撇嘴。

可下一瞬，她却又跟藏宝贝似的将盒子盖起来，用丝绸包了，塞去床下面。

聂衍突然就不高兴了。

他问："龙鱼君送你的？"

"哪儿跟哪儿？"坤仪白他一眼，"秀秀送我的，她说这是她家铺子前头长得最好的一株银杏上头的叶子。这是她摘的，不是捡的，特来送我。"

聂衍的神色松下来，有些不自在："你许她官职，她就给你一片叶子？"

"那不能这么算。"她嘟嘴，"官职的谢礼她爹给过了，这是她给的。"

这么说着，她的表情还有点委屈："人家就不能是因着觉得我好，才送我银杏叶？"

聂衍意识到她似乎很在意这个，随即改了口："你自然是好的，别说一片，她将树砍了扛过来送你你也能收。"

坤仪："这……"

这个收下有点困难吧，那树都上百年了。

"明儿我也去给你摘。"他说，"殿下还喜欢什么叶子，我全摘了来。"

坤仪哭笑不得，甩开他的手："伯爷怎么一离京就跟变了个人一般，说话也不着正形。"

"我认真的。"他道。

"……罢了，我不用。"她笑着摆手，"能快些让这城池恢复原样，我等也就能继续往下走了。"

她其实做得已经很好了，霍安良在城主府里听着消息都觉得震惊。这才过去小半个月，原本布满妖怪并且荒无人烟的街上，居然都出现集市了。

街边的铺面接二连三地开张，市面上的米粮都恢复了正常的价格，幸存的百姓开始被重新登记户籍，居无定所的难民则分到了一些空房，丧葬事宜也开始恢复。

于是街上就出现了许多一边撒着白纸一边朝气蓬勃打算重新开始的人。他们逐渐从坤仪的手里接过整个城池的恢复重担，开始自力更生。

难民营里留下来的人越来越少，坤仪脸上的笑容也是越来越大。

"咱们补了多少银子？"她问兰苕。

兰苕看了看账本："一千万零四百二十三两。"

算了算接下来两座城池，坤仪松了口气："好在还够。"

鱼白一听这话，嘴角直抽。

整个国家上下，能有底气说出这句话的，也就她们主子了。更可气的是，这话一点也不狂，望舒铺子小半年的盈利就能将这些亏空给补上。

"留三千会法器的援兵驻守这里，让龙鱼君带队。"坤仪接着道，"剩余的人明日跟我启程往后头的城池走。"

"是。"

他们这一行出来就这么多人，坤仪自然是想一座城拿下之后就留一个守得住的人，以免城池又落回妖怪手里。

但龙鱼君对这样的安排显然不太满意。这个规矩了许久的人，竟然堵在她回自己院落的路上，红着眼看着她。

"殿下，这里霍安良也能守。"他道，"属下想继续随您去后头的城池。"

坤仪抱着裙子在旁边的池塘边上蹲下，示意他也一起蹲过来。

"我想过，你已经错过了十年一次的天水之景，想再跃龙门很难。"她语重心长地道，"但若积攒了足够多的善缘，你本身的修为也是够你直接飞升的了。兄弟，听我一句劝，人间转瞬百年，我死之后骨头都会化成灰，没什么好跟的，你不如替我守住这城池，待善缘结满，位列仙班多好。"

这是秦有鲛闲谈时给她说起的法子，对龙鱼君来说是最好的安排。

然而，他的脸色还是很难看："我若当真想飞升成仙，就不会一直错过天水之景。"

坤仪静静地看着他，眼里一点波澜也没有。

龙鱼君被她这眼神看得怔了怔，有些懊恼："你不能因为聂衍，就否定所有的妖怪。"

聂衍本就是个没有心的，为了他的大事甚至可以杀了她，但他不会啊，他守护她这么多年，如何甘心被这混账连累？

"人和妖怪到底是殊途各路。"坤仪脸上恢复了笑意，拍了拍他的肩，"莫说下一世我压根不会再记得你，就算我记得，下一世的我，又还是你喜欢的我吗？"

龙鱼君张口想驳，坤仪只摇头："我不是宋清玄，我没那么狠心，让自己的爱人一世又一世地等着。况且，我也未曾拿你当过爱人。"

龙鱼君嘴唇微白，垂了眼道："一开始我以为，只要变成一个足够好看的人，你就会喜欢我，所以我化出了人形；后来我发现，得是个跟你同样有权势的人才行，所以我入朝为官；再后来，我觉得若要与你一起，得有足够的钱财宝物，才不会委屈了你，于是我开始积攒家业。妖市的生意好做，我也有不少的宝石珍珠。但是殿下还是说，未曾拿我当爱人。"

龙鱼君困惑地看着她，很是难过："我到底该怎么做？"

坤仪叹息着笑了笑。她才活二十年，却像个长辈似的，一字一句地宽慰他："你不需要怎么做，你只需要过好你自己的日子，我未曾拿你当爱人并不是你不好，而是我觉得妖怪和凡人没有深陷情沼的必要。"

教训她吃过了，疼得撕心裂肺的，好在收回来不难。

人生苦短，就跟人一起过了便是，何必贪慕妖怪的美貌和永恒的生命。

龙鱼君怔愣地看着她。他想了想，突然觉得好笑："殿下果然是最懂人心的。"

所以这些日子，她一次也不曾理会昱清伯爷递来的示好和爱意。不是她看不懂，而是她已经完全不信了，宁愿将它们往别的地方想，气得伯爷脸发白也未曾改变。

想想，聂衍好像也没比他好到哪里去。

方才还有些难过，这么一想，龙鱼君倒是振作了，他站起身朝坤仪拱手："霍大统领再休养两日就能好个完全了，属下便替殿下守在这里两日，两日之后再去与殿下会合。"

都说成这样了，坤仪也没有别的办法。她只能点头，起身拍拍袍子上的灰，想走又转过来对他道："最近伯爷脾气怪得很，方才那些话，你切莫与他说了去。"

龙鱼君听着这话，沉默地瞥了一眼远处廊檐下的阴影。

阴影里那人已经站了很久了，就算他不说，这人应该也全都听见了。

然而坤仪没发现他，兀自道："时候不早了，我也该回去收拾东西了，你若有什么消息，可以直接先传给昱清伯，你俩说话比较方便。"

用神识传话属于高阶道术和妖术，虽然她眼下不缺修为，但最近太忙，还没来得及学那个。

龙鱼君乖巧地应了，坤仪也就没多说，带着鱼白和兰苕就回去收拾东西。

聂衍很晚才回来，带着一身的血腥气。坤仪裹着披风出门来，瞪大了眼看着他手上的伤："这城里还有妖怪能伤着你？"

"一时不察。"他垂着眼，嘴唇苍白，面若清玉。

坤仪连忙扶他坐下，又让鱼白拿了药箱来，替他清理伤口。

屋子里烛光微暗，她蹲在他跟前，眼睫半垂，粉唇轻轻呼着伤口，显得十分温柔。

聂衍静静地看着她，突然道："殿下若是能长生不死，会想去做什么？"

坤仪心里一跳，有些不自在地看了他一眼："怎么突然问这个？"

"我只是想起一件事。"聂衍垂眸道，"三百年前，人间有一个帝王倾尽所有，终于求得了长生不老，但他却只活了一百年。百年之后，他的王朝覆灭，曾经的亲人朋友也尽数不在，那个几乎接近天道的帝王，最终选择了自刎。"

长生不老对凡人来说似乎是幸运，又似乎是灾祸。

坤仪噘嘴道："没事想那个做什么。不过，若是我，我大概也会做跟他一样的选择。人活着就是要有个盼头，身边什么都没了活着还有什么意思。"

聂衍收紧了袖子里的手。

坤仪将伤口清理完了，起身去放药箱，又拧了帕子给他，见他有些出神，不由得笑道："大人，您眼下这模样，还真像个为情所困不知所措的少年人。"

仿佛送出去的礼物被心爱的人拒绝了一般，聂衍的嘴唇紧抿，眼里微慌。

他突然有些恼："你惯会看人心思。"

分明看得懂，为什么又要当不懂？

"对啊，但那也得是人。"她抱着裙摆在他面前蹲下来，凤眼里笑意盈盈，"因为人的情绪是有因果的，会因为什么高兴，会因为什么不高兴。可您不一样，我哪里敢用凡人的想法来揣度您。"

"如何不一样，怎么就不一样？"他冷了脸。

聂衍生气的时候很吓人，就连黎诸怀那种不怕死的看见他这表情都会颤抖，可面前这人却像是完全不怕一般，依旧笑眯眯的，甚至伸出手来抚了抚他的脸侧。

他很想生气地躲开的，但她动作很温柔，指腹软滑，一下一下地，像是在将他倒竖起来的鳞片一一往下顺。

"若大人是凡人，与我是正常夫妻，那按照人间的规矩，你我一荣俱荣、一损俱损，你断然不会因着与别人的仇怨对我下杀手。"她耐心地与他解释，"但是大人，发现青膘之时，您是想杀了我的。"

像是有凉刀子倏地插进心口，聂衍咬牙反驳道："我没有。"

坤仪没有要与他争执的意思，只微笑着看着他。

聂衍意识到那时候自己做过什么决定，牙根紧了紧，略微慌乱："当时是有别的事。"

"哦？"她歪了歪脑袋，"什么事？"

什么事？自然是误会她欺骗他利用他，还故意打掉与他的孩子。但……夜半说，这些都是误会。

聂衍脸色发白，捏着椅子的扶手，半晌没能将这些说出来。

玄龙是不肯低头的族类，更别说向一个凡人低头。

坤仪似乎也知道这一点，并没有对他抱有多余的期待，见他说不出来，就笑了笑起身："事情过去这么久了，其实我已经不是很在意，大人也不必总放在心上。眼下妖祸未除，还望大人施以援手，我也好有多的话可以去诸神面前说。"

一开始就约定好名存实亡的婚事，最终真的变成了名存实亡。她在与他做生意，而不是想与他过日子。

他想过他们的以后，可她半点没有将他纳入将来的打算。若是一开始无情也还好，但偏偏，她曾经把很多好的东西都捧到过他面前，包括她自己。

不过，是他没去接。

坤仪转身打算送客了，但刚抬脚，手腕就被捏住了。

这人声音低沉地道："我走不动了。"

坤仪不解。他伤着的是手，又不是腿。

不过这位大爷她是惹不起的，人家说走不动了，那她也只能吩咐兰苕："给伯爷铺一下这边的软榻，今夜就不再去侧屋了。"

"是。"

她对他好像没什么脾气，不过不是那种情场儿女里的恼怒。就算错的是他，她也能把他当客人似的好好照顾，温声细语。

但他也只是客人。

聂衍生平最讨厌的是青丘一族，第二讨厌的，就是眼下这种感觉。坤仪似乎不需要他补偿，也不需要他改过，更不需要他。

他可是玄龙，任谁都巴结不上的开天地的玄龙，在她眼里，他怎么就成了可有可无的人？

聂衍紧绷着脸坐在软榻上，一晚上都没睡下去。

第二日，援军分拨拔营，坤仪起得很早，英姿飒爽地带着人出城。

这城中的百姓对她的评价好坏参半，知道多的，对坤仪感激涕零；一知半解的，只说她手段了得，但身份不明、苛待难民；还有完全不知道的，只感叹这个国家居然要靠女子来当元帅。

这些议论声没能入她的耳，她眼里是十几里外的另一座城池，走在荒野上都能看见那城里还冒着浓烟。

大约是听见前一座城池里的风声，这座城池里的妖怪已经藏匿好了，甚至以凡人的模样打开城门来迎接他们。

坤仪手里捏了收妖的法器，立在城楼之下，笑眯眯地问出来迎接的书生模样的人："人之初？"

那书生怔了怔，还没来得及反应，就被坤仪收进了镇妖盘。

下一个，坤仪问："父亲的父亲叫什么？"

那人脸色苍白，转身想逃，也被坤仪收了。

第三个人，坤仪问他："这个朝廷好不好？"

那人皱了皱眉，勉强道："哪有不好的，税收少，地方官员爱民如子……"

"说实话！"坤仪冷了脸。

那人一顿，立马往旁边地上"呸"了一声。

嗯，这才是民间百姓的真实反应。坤仪收了镇妖盘，让他引路带众人进了城。

这城池比上一座繁华多了，街上还有人互通买卖，只是大多妖怪夜间觅食，天亮之时城门口的棺材就又要多上几副。

城主一死，他的弟弟就继任了，所以城主府并没有多余的地方给他们住。好在赵钱孙李周那几家在这边也有生意，孙秀秀很快就替她找到一间闲置的大宅。

只是，这宅子里房间虽多，安顿这么多援军也有些困难。他们算来算去，就连宅子前的空地都利用上了，可还是有一个受伤的将领缺一间房。

"无妨，"聂衍淡声道，"将我那间给他便是。"

夜半为难地道："那您睡何处？"

朱厌当即笑道："夜半大人也是糊涂，伯爷与殿下乃夫妻，如何就不能同住一屋了？"

坤仪嘴角抽了抽，想了想倒也是个办法，反正她那间屋子里也还能再放下一张软榻，便点了头："就这么办。"

聂衍侧头，鸦黑的眼眸一动不动地盯着她："你愿意？"

"这节骨眼上若是不愿意，那才是我无理了。"坤仪摆手，"况且你我并未和离。"

再要和离，也得等她与他的交易完成之后。

聂衍没说话。但到了晚上，无论坤仪怎么用符咒，都没能变出一张软榻来。

"奇怪了，"她很纳闷，"我在晟京的软榻怎么也带不过来？"

兰茗想了想："是不是距离太远了？"

"可就算晟京的不行，上一座城池里的也不行吗？"

"殿下，上一座城池难民还有很多，钱城主的家眷也还没安顿完全，软榻被搬走用在别处也是寻常事。"鱼白道，"奴婢再去外头找找吧？"

"罢了。"她皱眉，"这城里情况不妙，你们别胡乱走动，这床也够宽，晚上且让伯爷先歇息。"

"是。"

这座城池看起来平静，实则比上一座还难清理，没有妖怪傻乎乎地冲出来给她杀了，坤仪只能追着一桩桩的命案摸索凶手。

凶案的卷宗堆满了书房，她花了一整日，终于在其中找到了城主的那一份。原城主死前曾被人邀酒，喝得大醉之后在回来的路上从车厢里消失，次日尸首就被挂上了城楼。

坤仪让人细查了邀酒之人，发现都是一些擅长诗词的文客，她点着灯刚想再看看这些文客的生平，谁料身子就被人从桌前端了起来。

没错，是端起来的。

聂衍双手抱着她的膝盖，将她整个人以坐着的姿势端去了床边："殿下白日操劳，还想挑灯夜战不成？"

坤仪挣扎了两下，哭笑不得："我办正事呢。"

聂衍扫一眼她手里的东西，不以为然："有什么难的，我一眼便能看出这城中谁是妖怪，他们伪装得再好也无用。"

坤仪顿了顿，没有搭话。

她将卷宗放下来，自己也脱了鞋坐上床："伯爷也累了一天了，歇吧。"

聂衍看她一眼，在床边坐了下来："你既知我有这本事，为何不求我？"

求他去帮她辨妖斩妖不是最简单的了？

坤仪挑眉，拉过锦被盖住腿："伯爷还会留在人间几十年吗？"

自然是不会的，一旦龙族有了由头重新讨伐九重天，他就会离开人间。

可聂衍张了张嘴，却没能把这个答案说出来。

坤仪却像是知道似的，浅笑道："既然不会，那我若事事依赖伯爷，将来伯爷走了，我又该如何？"

强大的人总会有一个劣根性，那就是想让别人依附自己来表达自己的喜爱，完全不管这个人以后会怎么样。若真有人信了，将自己活成攀在墙上的爬山虎，那有朝一日墙塌了，爬山虎还能自己长成树吗？

她摇摇头，挥手熄了桌上燃着的灯，盖着被子闭上了眼。

身边这人却是迟迟没有躺下来，像是在想什么事。坤仪明日还要早起，可没兴趣管他，兀自面对着里头的墙，缓缓入睡。

在即将睡着的前一瞬，她听见身后的人突然问："若……可以呢？"

坤仪没答，装作已经熟睡。

若可以呢？他可以留在人间几十年？那她也不会想当爬山虎。她受万民奉养，金尊玉贵地长大，又不是只顾嫁人就行了的。况且，以他的身份，这个"若"，压根就不会发生。

四周黑下来，坤仪瞧了一眼自己身体里的青腰。她兀自在黑暗里坐着，幸灾乐祸地瞧着她与聂衍的不和。

"小姑娘，何必舍近求远？"她道，"你只要跟他低个头，他一定会为你做很多事。"

"然后呢？"坤仪问她。

青腰被她噎了噎，皱起了好看的眉头："然后什么？你自去享荣华富贵便是。"

"荣华富贵？"坤仪嗤笑，"我享了二十年，整个天下没有人比我还会享。"

这……那倒是也没错。

青腰突然犯愁了，凡人至高的追求也不过就是荣华富贵和两情相悦，前者这小姑娘有了，后者这小姑娘压根不稀罕，那她现在还有什么能给人拿捏的？

坤仪没让她多想，她笑眯眯地问她："聂衍说他能一眼看穿所有伪装的妖怪，你能不能？"

青腰一听，当即就激动了："我青丘一族怎么说也是上古的妖族，这点小事如何就办不成了？只是……"

她想要的就是天下大乱妖怪尽出，吃妖怪可以，费心劳力地去帮她搜查妖怪就没有必要了。

但不等她开口拒绝，坤仪就道："下头的人说，这城里藏着一只三万年修为的大妖，想来你若吃下，定能恢复一半的元气。"

三万年修为的大妖？那几乎就是与青腰同岁的了，青腰听得眼眸一亮，下意识地舔了舔爪子："可……这等修为的妖怪，是不会轻易现身的。"

"你随我去找不就能找到了？"

青腰想了想，点头："也行。"

大不了她只搜这大妖，看见别的小妖睁一只眼闭一只眼好了。

青螣的算盘是打得挺好的，但是第二日，坤仪带人巡逻城池，不用她提醒就端了好几处妖怪窝。夜里她更是没睡，指挥着手下的人在城中各处蹲守陷阱，一晚上就抓了几十只夜间吃人的妖怪。

青螣觉得这公主怪可怕的，这些事竟也能做得来。但坤仪倒觉得不够，这样下去得多少天才能将这里的妖怪清剿干净？

她重新拿起城主被害的案件，去拜访了当时宴请城主的几个人。

秋风四起，聂衍坐在城主府的亭台之上，一脸郁色地看着面前的人。

"我等也是受了那青丘狐的蒙蔽，不知大人您会亲自来。"一个头顶有两只尖角的人委委屈屈地跪坐在他面前，低声道，"您看我们都收敛了，都没几个白日里现原形的。"

聂衍没说话，鸦黑的眼里戾气更盛。

那人惴惴不安地低头："大人您也知道，吃一个人能抵得上十年的修为，又能饱肚子，我虽能抵挡这诱惑，但下头那些个小妖不能啊，难免命案多些。"

夜半看他双腿都发颤了，想了想还是出声解释："大人没怪你。"

他是在气坤仪殿下，分明与他说一句就能抓着这罪魁祸首，她偏要自己去查自己去找，一整天都让他见不着人。眼下他看起来是在赌气，非要坐在这里等殿下自己找过来。

殿下倒也没让他等太久。谋害城主然后自己篡位享受荣华的戏码，在话本里并不是什么新鲜的故事，她拜访完几个与城主饮酒之人，从他们嘴里知道城主的弟弟三年前就已死于妖祸，便立马提着剑和法器来了城主府。

只是，她身上带了伤。好长的一条口子，从她左手小臂一路划到手背，皮开肉绽的，虽然被人用符咒封了，没有淌血，但殿下本就生得白嫩，这伤口在她身上出现，分外令人心惊。

亭台里坐着的那位原还是一脸冷意的，余光瞥见这伤口，脸色瞬间变得十分难看，当即起身朝她走过去，想伸手又怕弄痛她，只能硬着脖子问："谁伤的？"

坤仪注意力全在亭台上那只大妖身上了，因为青螣正在不断地对她喊："就是这个！就是这个！三万年的虎鲛！"

她含糊地应了一声，想过去，却被聂衍拦住了去路。

她不解地抬头，这才发现这人好像很生气，眼睛都红了，狠狠地瞪着她，活像是她欠了他什么。

坤仪挑眉，柔柔一笑："伯爷有何吩咐？"

夜半眼睁睁地看着自家主子背在身后的手狠狠地捏了捏。然而再张口，他却是放缓了语气："我问你，谁伤的？"

坤仪低头看了看自己的手臂，撇嘴道："一只三千年的化蛇，牙尖嘴利的，说不过我就要动手。那是他家院子，我吃点亏也是情理之中。"

她说得云淡风轻的，似乎连用这伤跟他撒撒娇的必要都没有。

聂衍要气死了。

他张嘴想告诉她，早点与他一起出门就什么事也不会有了。可想起她昨夜说的话，又只能硬生生将这几句咽回肚子里，整个人僵硬地站在原地，眼睁睁看着她绕过他，去到后头的虎鲛跟前。

这三万年的虎鲛也是龙族的远亲，叫飞叶，喜欢吃人间的肉包子，就被一群杂七杂八的妖族哄骗到城里来做了小霸主。他目瞪口呆地看着气极却没动手的聂衍，十分惊愕地又看了看坤仪。

大约是人间的肉包子能补脑子，此时此刻，飞叶意识到跟聂衍求饶没有用，但跟面前这个漂亮姐姐求饶一定有用。

念及此，飞叶"哇"的一声就哭了出来。

坤仪正寻思要让青臁怎么吃他，就被他这哭声吓得一个激灵，手里的法器都拿出来了，却见他只是像个孩子似的跪坐着哭，微胖的脸上鼻子眼都皱成一团。

坤仪哭笑不得，敲了敲桌面："你哭什么？"

"我没杀人，咱们虎鲛族不吃人的，是他们杀的，姐姐你相信我！"

坤仪震惊了。

她怎么就成姐姐了？

飞叶一点不觉得哪里不对，跪着挪动身子靠近了她些，睁开湖蓝色的眼巴巴地望着她："我就是来吃肉包子的，我应允他们的条件只是不干涉他们，顺便当他们的老大……这样别的城池的妖族就不敢来欺负我们，毕竟我是虎鲛。"

这世道，跟龙族沾亲的，哪怕是远远远亲，也比普通妖族高贵了很多很多，是以他单凭着这身份也能每天吃三十笼屉的包子。谁料，真正的老大哥居然跑这么远要来杀他。

飞叶很委屈，飞叶扁着嘴就又要哭。

"你等等。"眼前的漂亮姐姐好像完全不吃他这一套，皱着眉问他，"不是你杀的，那是谁动的手？"

"那几个妖族，就住在城主府的地底下。"飞叶含糊地招供，"但他们一直给我包子吃的，我这样出卖他们，不太好吧？"

坤仪摆手："你把话说清楚，我能让你吃一辈子的包子，肉馅儿的。"

飞叶眼眸一亮，当即道："他们说大家好不容易占据了凡人的城池，怎么能因着昱清伯的一句话就收兵，那没法跟下头的人交代，所以便借着青丘狐给大家撑腰的机会，继续在城里吃些人来滋补。他们比上一座城池的人聪明多了，只在半夜吃人，也没有破坏这里的城池，所以这里的人还能人生人，让他们一直有人吃。"

坤仪听得有些不适，还没开口，就见后头聂衍上来一脚踩住了他身后。

"啊！我的尾巴！"飞叶哀号，"大人饶命，我只是听见他们这么商量，我吃的包子都是猪肉馅儿的，没有人肉，我哪里敢给龙族拖后腿呀呜呜呜……"

"闭嘴！"聂衍觉得他哭得很烦。

飞叶眼泪汪汪地含住自己的嘴唇，没敢再哭出声。

可一转头，他瞧见旁边坐着的漂亮姐姐眼眶也红了，像是要哭。

她有尾巴给大人踩吗？飞叶下意识地看向她的裙摆。

身后的大人真的动了！他飞快地朝这个漂亮姐姐走了过去，一撩衣袍就在她旁边半跪下来，然后去踩……

嗯？

飞叶纳闷地歪头。

眼前的昱清伯并没有踩漂亮姐姐的尾巴，反而是动了妖法，覆在了她受伤的手臂上。

坤仪手臂上的符咒到了时限脱落了，伤口疼得她眼泪汪汪的，可偏生她还在审这只虎鲛，压根不敢喊疼，只能自己忍着。

没承想，聂衍冲过来就给她施了妖法。他这妖法一动，龙气东出冲天，以城主府亭台为圆心，直接在方圆一里之内炸开了金光。

坤仪看呆了，飞叶也看呆了。

漫天的金光如同天神临世，将西二城里里外外一层一层地照了个干净，藏匿四处的妖怪皆是两腿发颤，伪装成人的妖怪也当即显出了原形，如定身一般戳在原地不敢乱动。

"主子！"夜半低喝一声。

聂衍像是意识到了什么，飞快地收了手。金光逐渐消退，四周的景物也慢慢分明，坤仪怔愣地看着他，眨了眨眼。

面前这人脸上有些恼色，似是后悔自己的冲动，但瞥一眼她手臂上淌血的伤口，恼意更甚："你的符呢？没别的了？"

坤仪恍惚回神，看了一眼自己的手臂："这符是龙鱼君给的，我不会画。"

聂衍："你……"

旁边跪坐着的飞叶很是疑惑，为什么这个漂亮姐姐哭，大人不会踩她尾巴？不踩尾巴就算了，为什么还自己把自己气得脖子都发红了？

他很少看见聂衍生气，虽然上一次见他是在一万年前的群龙宴，但他一直记得聂衍那如九天冰川一样毫无波澜的眉眼，仿佛无论眼前发生什么事，他都不会在意。如今他是人间待久了吗，竟是喜怒哀乐齐全了，尤其是怒，这叫一个生动立体，火气肉眼可见。

虽然飞叶也不明白他到底在气什么，漂亮姐姐只是随便说了一句话而已。

"你！"聂衍突然喊了他一声。

飞叶一凛，连忙重新跪好，眼睛偷偷往上瞟："大人有何吩咐？"

"方才我动了不该用的妖术，后续可能有些麻烦。"他压着火气道，"你，滚去收拾。"

既然知道不该用，怎么还用出来了？飞叶腹诽。

他们龙族本就霸道，一显真身就要引起方圆五十里的妖怪震动，像他刚刚那样用妖术，别说凡间，怕是天上都能看见光。

但面对聂衍这双极具威慑力的黑眸，飞叶没敢多说半个字，抱起自己的小尾巴就灰溜溜地下了亭台。

夜半担忧地看着远处逐渐拢过来的乌云："主子，这……"

"事已至此。"聂衍道，"走一步看一步吧。"

坤仪听着他们的对话，也跟着看了看天边。天上突然变成了一边乌云密布一边夕阳烈烈，夕阳那边像是人间寻常时，但乌云那边……

翻滚变幻的云朵，不像寻常要落雨的，反而像是在刻意朝这边聚拢，如牛如马。

聂衍看着它，眼里的黑色浓郁得像是化不开的墨团。

他低头，发现坤仪也在看它们，但她什么也没问，看了两眼，就又抱着她受伤的胳膊轻轻呼气，好像完全没有察觉出什么异常。

大抵在凡人眼里，这就是最简单的下雨的征兆。

聂衍收回目光，低声道："受了伤就早些回去，若是疼得忍不住了，便在路上寻个医馆。"

坤仪点头，爬起身就扶着兰苕下了亭台。

"殿下？"

两人一直走到了外头的马车上，兰苕才奇怪地喊了她一声。

坤仪脸上不见什么波澜，但扶着她手臂的手一直在抖，抖了一路也没见歇。

什么事能把她吓成这样？

"你让王敢当去跟着刚刚从亭台上下去的那个人。"坤仪沉声吩咐，"有消息就来禀我。"

"是。"

兰苕按着她说的去吩咐了，却还是觉得纳闷，就算刚刚那人是个妖怪，妖怪眼下又哪里有什么稀奇的，殿下该见过的都见过了，怎么还会害怕？

若是龙鱼君跟着来了西二城，眼下他就能看明白，坤仪不是在怕飞叶，她是在怕聂衍。

她看过他手里那些《山海经》和相关的画卷图册，上头有说，龙族啸血能引九天回首，是以龙族要在人间行走，必须将自己藏好，少显原形，少动妖术。

聂衍以往显真身动妖术，要么是一魄化出的幻象，要么是提前落了结界，做得严丝合缝、滴水不漏，可今日他居然疏忽了，伸手就想将她手臂上的伤化去。

他在人间学的道术里没有能医治伤口的，但他原本就会的妖术里有，方才也许是看她疼得可怜，他竟连多想一下都不曾。

妖术起，九天明。

天边的乌云，她在画里见过，是九重天上的诸神要察看人间时候的动静。

按照原先和聂衍的约定，只要她去不周山上，去那个最接近九重天的地方澄清过往，还龙族一个清白，聂衍就会收手，饶过凡间。

可眼下的妖祸让她明白，就算聂衍收手，百姓依旧会活在妖怪的阴影里。更何况，她身体里还有一个野心勃勃的青騰。她不想就这么放聂衍走，但又怕他生起气来会做出她无法阻拦的事。

想起聂衍那强大到可怕的力量，她的身体就止不住地发颤。

可是，身体颤着，她的眼神倒是很清明。马车骨碌碌地往前，她捏着自己鲜血横流的伤口，一点点仔细地盘算着。

青騰原先是能看见坤仪的想法的，但不知何时开始，她周遭都变成了一片黑暗，虽然自己恢复了不少的力气，但竟然连以前的夺身动作都做不出来了。她困惑地一直往四周冲撞，但不管她冲向哪里，都像是撞在又厚又软的泥壁上，妖力甩出去也如泥牛入海一般，没有丝毫回音。

正着急呢，坤仪突然就出现在了她面前。

青䏲飞速捏住她的手腕，狐眸里满是怀疑："你对我做了什么？"

坤仪用看傻子的眼神看着她："你是几万年的狐王，我一个凡人，能对你做什么？"

说得也是。

"可是我为什么会变成现在这样？"她气急了，"原先还能听你所听、看你所看、想你所想。可眼下我就像是真的被关起来了，四周除了黑色什么也没有。"

坤仪看着她，啧啧摇头："这么好的修炼环境，你居然不知道珍惜？"

修炼？青䏲眯眼："我修炼对你可没什么好处。"

"也没什么坏处。"坤仪耸肩，"反正我是个活腻歪了的，早死晚死都一样，你若能早日破开封印重返人间，我也替你高兴。"

哪有这么傻的人？青䏲仍旧怀疑。

坤仪也不多解释，只与她道："马上就会有很多妖怪给你吃，只要你愿意，我挑许多三千年的妖怪来给你。"

提起这个，青䏲就来气："那只上好的虎鲛你怎么不让我吃？都到眼皮子底下了。"

"聂衍的人你也敢动，你胆子真大。"坤仪咂舌。

虎鲛就算不是龙族，那也是人家远房亲戚，当年跟着聂衍一起攻打九重天的族类之一。

青䏲不说话了，半晌之后，才气闷地道："你这次若说话不算话，我往后就不帮你了。"

"放心吧。"坤仪摆手，"多吃些，管够的。"

聂衍让飞叶去处理的"后续"，就是这些被龙气吓得僵如枯木的妖怪。

没见真龙之前，大家心里都各自有盘算，但眼睁睁地看着自己被龙气兜头罩住，妖怪们一瞬间连自己魂飞魄散的画面都瞧见了。

他们不反抗了，也不再打城池的主意了，一部分由飞叶收押，另一部分开始往城外疯狂逃窜。

坤仪就堵在了这些妖怪逃窜的路上，不吃小妖，专挑三千年以上的大妖吃。

青䏲身子恢复得不错，但一口也只能消化一千年的修为。她见坤仪履约了，很是满意，也不管浪费不浪费了，一口一只地吃着妖怪。

这些妖怪见着一个小姑娘来拦路，原本都有些不屑，可后来眼看着大妖们一个又一个地被她吃进了肚子，后头的妖怪就不傻了，宁愿去飞叶那边投降，也不愿意被这个小怪物吃得骨头渣子都不剩。

几天之后，青腾吃累了，西二城也就安定了。

朝阳初升，光从缓缓打开的城门里洒进来，坤仪站在官道上打了个哈欠，恍惚听见身后有马蹄声。

她回头，正好看见龙鱼君一脸急切地朝她冲过来，神情里满是担忧。骏马在她身侧嘶鸣停蹄，他跳下来就半跪在她身前，仰头看她："殿下！"

坤仪笑了："西一城事儿办妥了？"

"杜大小姐领兵增援，已经接替了镇守西一城的任务。"他目光灼灼地看着她，"国师让卑职带话过来，说让殿下保重身体，切莫做出玉石俱焚的事情来。"

坤仪挑眉，转过身去摆了摆手："他老瞎操心这些。"

龙鱼君起身跟到她面前，皱眉道："他没说错，您若再用青腾食妖，她早晚会破封而出，到时候您会没命的。青腾狡猾，您不该与她谈条件。"

青丘狐是最会骗人的，不管许多少好处，最后一定会从她这里拿走更多。坤仪也知道这一点，所以，她从来没让青腾先提条件。

但显然，她师父和龙鱼君都不太相信她的聪明才智。

官道的另一端也响起了马蹄声，坤仪还没来得及回头，身子就被人拦腰卷上了马背。

聂衍连看都没有看龙鱼君一眼，揽过她策马就走，坤仪"哎"了好几声他也当没听见，直到马穿街过巷地走出去老远，他才恍然笑道："你怎么在这里？"

坤仪看着他，很想说我为什么在这里你心里还没数吗，这些天一开始飞叶还费力将叛乱的妖怪诛杀，后来发现她在这里，直接就省事地把妖怪都运过来给她吃。

这么大的动静，若没他的默许，飞叶才不敢呢。

可她抬眼瞧见他那动人的轮廓，话在嘴里转了一圈，吐出来的就温和多了："马车被一只妖怪撞坏了，兰苕带回去修，还没送回来。我又累得很，就只能站在那里等她了。"

聂衍点头，顺手将她的青丝拢到耳后，自然得仿佛没发生任何事。坤仪心想，这人最近大度了不少，不似先前那般爱与龙鱼君为难了。

一连几日吃妖怪，她也累得很，坐在马背上颠簸得有些难受，下意识地就扭了扭腰。然而，可能是她这动作有些大，身后坐着这人倏地就出手，将她的腰扶回来，死死箍住。

坤仪吓了一跳："你怎么了？"

回头看过去，聂衍方才脸上那股子淡定从容的神情已经消失了，眼前这人下颌紧绷，眼神凌厉又夹着些后知后觉的柔软。

他别开头，含糊地道："我以为你要掉下去了。"

他哪里是以为她要掉下去了，分明是以为她要下马。

坤仪哭笑不得，拍了拍他放在自己腰间的手："龙鱼君来城里接任，你不该就这般带我走的，怎么也该与他将正事说完。"

身后这人身子一点点紧绷："什么话回住处不能说？"

"那你也不能就把人这么扔下了呀！"

"他自己有马。"聂衍说着说着，突然就恼了，"殿下若当真在意他，当初怎么就不选他做驸马？"

坤仪被他这莫大的火气吓得一激灵，凤眼无辜地眨巴眨巴："当时……皇兄让我选你。"

其实也是她自己见色起意，只是这话没那么容易说出口。但容易说出口的这话，就不那么动听了。

聂衍气得胸口起伏了一下。有那么一瞬间，他很想对她用妖术，让她忘记以前一切的不愉快，重新与他好好在一起。

可这念头一闪而过，他就想起了张曼柔。

张曼柔对自己的爱人用了一次妖术，哪怕不是直接在感情上动手脚，而是转换身份消除他部分记忆，她的爱人最后还是移情别恋了。

要不是先帝丧期，眼下吴世子都该将霍二小姐娶进门。想了想坤仪重新纳龙鱼君为驸马的场景，聂衍黑了脸，将那念头一拍而散。

不能急，急不来。

聂衍深吸两口气，平静了下来，低头在她耳侧，一字一句地道："既是选了，便请殿下一心一意，负责到底。"

一心一意？坤仪轻轻地笑了一声。

她没说自己在笑什么，也没有指责他的意思，但聂衍就是听懂了。

马在官道上疾驰，风从两人身侧呼啸而过，他紧了紧后槽牙，沉声对她道："都说了，何氏是我幻术所化。"

"哦。"坤仪歪着脑袋看着旁边飞逝而过的街景，"那我当时撕心裂肺似的难过，你能用幻术消掉吗？"

"我……"

聂衍心口微微一窒，勒了马。

住处到了，小厮已经殷勤地上前来接缰绳，可他坐着没动，兀自将身前这人揽紧。

他该说点什么的，但他说不出口。

坤仪倒是很自在，完全没有要与他一起沉浸在这复杂情绪里的意思，她拨开他的手就跳下了马，潇洒地朝他摆手："过去的就过去了，今日多谢伯爷捎带一程。"

她的背影飒爽极了，连多看他一眼都没有。秋风猎猎，吹得她盔甲下的袍摆像极了银杏树叶的边缘。

聂衍沉默地看着她进门，直到她身影消失在回音壁之后，才跟着下了马。

"夜半，"他问迎上来的人，"你做错事的话，会怎么做来让人原谅？"

又问他？

夜半嘴角直抽，想了想，倒还是诚恳地答："先道歉。"

"道歉？"聂衍觉得自己听见了什么笑话，"你让我跟一个凡人低头认输？"

这对龙族是奇耻大辱！

夜半无奈地摆手："他们凡间就是这样的，做错事先道歉再赔礼。尤其是姑娘家，主子若想与殿下冰释前嫌，这是最好的做法了。"

可对聂衍来说，这也是最难的做法。

夜半跟着聂衍太久了，他自然知道有些事主子绝对不会愿意，所以也就是说说而已。难得看他有这么头疼的时候，不多说两句，就白瞎了自己以往在他和兰苕两人之间来回受的气了。

于是，夜半情绪一转，声情并茂地道："主子，若是您重伤在床，可殿下不闻不问，甚至没过两日就带回来一个男人，说要纳他做面首，但自己不方便出面，让您去接进府里，您会不会生气？"

聂衍想了一下这个场景，他觉得他不会生气，但他会当即从床上爬起来，砍了她带的男人。

"她当时可以拒绝。"他低声道。

夜半觉得好笑："怎么拒绝？当时殿下正为盛庆帝的事伤心，朝中内外没一个偏帮她的，她能倚仗的只有您一人。您这样说了，她自然无法拒绝。"

聂衍慌了一瞬。他勉强稳住自己的身形，垂了黑眸："她若是拒绝，我不会怪她。"

“殿下可不知您当时怎么想的。”夜半耸肩，“她曾是将您当成靠山的，但等她靠过来的时候，这山在背后捅了她一刀子。所以您瞧，后来殿下再也没把希望全寄托在您身上。”

“我……”

“哦对了，当时殿下还受着朝中大臣和民间百姓里外攻击，钱书华一走，她连个能哭诉的人都没有。一开始属下还不太明白，殿下与杜大小姐分明是互相看不顺眼，以殿下的脾气，又怎么会在那时候还让她进门看笑话。后来属下想明白了，当时的晟京，除了杜大小姐，没有任何人能算她的故交。”

“……”

“而且，当时殿下好像也才刚小产不久。”

“……”

聂衍一个没走稳，微微趔趄。

夜半伸手扶住他，恍若未察他的心神大乱，只笑道：“说来这事也不怪您，殿下也得担待些，毕竟是她让您误会在先，都没跟您说清楚那后院的瓦罐碎片究竟是怎么回事。”

还能是怎么回事，她从头到尾被人陷害，他这个帮凶还站在陷阱边上朝她填土。

聂衍深吸一口气，哑声道：“就算是我的过失，不过我已经向她解释了来龙去脉，她又为何不原谅我？”

夜半挑眉道：“黎大人也同您解释了他这么做的缘由，而且理由充分，也是为大局着想，您为何还是将他关去了不周山？”

“那能一样？”

“如何不一样？”夜半摇头，“您如今在殿下眼里，也不过是外人罢了。只因着她不想因为自己连累苍生，这才不曾给您任何难堪。”

就像她说的，何氏是他幻化出来的又如何呢？当时她的伤心是真的，他抹不平。

聂衍捏着自己腰间的荷包，沉默不语。

西二城在夜里下了一场大雨，秋风萧瑟，吹得院子里的竹子哗啦啦直响，坤仪睡不着觉，提着灯将府邸四周的法阵都检查了一遍，才坐回椅子上发呆。

今日接到消息，因着他们这支援军所向披靡，西三城的妖怪已经开始退散，再在这里停留几日，也许这一趟就算成了。青腾吃得很饱，虽然还是不能打破四周的黑暗，但坤仪去看她的时候，她已经恢复了一半的妖力。

妖王何其可怕，一半的妖力便能毁天灭地，若不是还在封印里，西三十城都不够她吃。

坤仪摸了摸自己的肚子，兀自出神。

眼前突然跃出了一尾龙鲤。

她吓了一跳，翻手就要甩符咒，却见那龙鲤漂亮极了，黑白红相间的花色，顺着雨水在庭院里起舞一般。

一连几日的操劳，难得能看见这样的好东西。坤仪舒缓了眉眼，靠在椅子里看着它。

起先只是一尾，后来是两尾，再后来就是九尾……锦鲤们甩着漂亮的尾巴在雨水里跳跃，在半空中飞游，白的、黄的、橙的、红的，长尾如裙，款摆摇曳，像极了她曾经最爱看的群仙舞。

它们像是有灵性一般，直将她逗得开心了，才顺着雨水往天上飞去。

"殿下笑了。"夜半躲在远处的拐角，低声道。

聂衍不自在地负着手："这便算是成了。"

"哎，来的时候不是说好了嘛，这时候您该过去跟殿下说说话了呀。"夜半连忙扶着他出去，"难得殿下如今心情好，您可别浪费了这龙鱼舞。"

龙鱼舞可是天上才能看见的，主子费那么大劲儿弄下来，得趁热打铁啊。

聂衍抿着唇，被他推一步走一步，心想，让他道歉是不可能的，但他可以说些软点的话，她若懂事，也就该下台阶。

可是，还不等他走近，那头心情极好的坤仪就招来了兰苕："明日一早你做两盘点心带去给龙鱼君，谢谢他替我花的这些心思。"

第十七章 好男人的标准

聂衍差点又怒了。他就不明白了，这天下的龙鱼难道就都归了龙鱼君了，她满心就只有这个人不成？

"主子，您快去说啊。"夜半急了，这半晌的工夫，哪能替龙鱼君作了嫁衣？

可是他越推，主子的步子就越不动。

"她想谢龙鱼君就让她去谢。"聂衍冷着脸道，"说不定她瞧见我以后就没那么高兴了。"

他料得没错，眼下别说过去了，坤仪听见这边的动静远远抬眼看过来，表情就没了方才的明朗。

"伯爷？"她好奇地问，"三更半夜，您与夜半怎么还没回去歇息？"

聂衍僵直了背脊，侧着身子没有回头。夜半抓耳挠腮，直冲后头的兰苕使眼色："我们……我们家主子想着殿下近几日忙碌得休息不好，特意过来看看。"

坤仪听得挑眉，心想聂衍什么时候能体贴人体贴到这个份上了，多半是夜半在打圆场说胡话。

她心地良善，并不直接拆穿，只走过去伸手替聂衍将松散的披风带子重新系好，然后朝他笑了笑："雨夜风凉，伯爷早些回去歇着吧。"

说着，也并没有要留他的意思，就带着兰苕往回走了。兰苕一边替坤仪打着伞，一边回头，冲夜半无声地叹息。

这不怪谁不帮忙啊，你家这主子上好的场面都把握不住，还有什么好说的。

夜半垮着脸，哀哀地看了自家主子一眼。他又生气了，一张脸阴沉沉的，目送着坤仪进了屋子，才拂袖转身离开。

"没关系。"夜半一边走一边安慰他，"一招不成还有下一招，咱们还有机会。"

聂衍很想说，他是堂堂玄龙，天地主神之一，怎么就要一个凡人来给机会了？

可话到嘴边，他想起方才她给他系带子那双温柔的手。

他撇撇嘴，还是没真的说出口。

罢了，他想，就当他输给女娲一回。

龙鱼君一到西二城，坤仪就轻松了不少。他主动分担了一些登记幸存百姓和清查妖孽的杂事，坤仪只需要部署下一个城池的收复事宜，处理一些晟京送来的折子，就圆满了。

大乱的天下，有那么一瞬间，她觉着居然已经安定下来了，就连秦有鲛送来的信件里也是好消息居多。

但，除了好消息之外，秦有鲛还给她送来了极多的符咒卷宗和法术秘籍。坤仪跟他学了十几年的道术，可将那些全部加起来，都不及这些东西的十分之一。秦有鲛好像也没指望她能全学会，附言就四个字：尽力而为。

他像是料到了这一遭青膘会伺机而动，给她送来的都是关于封印的符咒和秘籍。坤仪随手翻了翻，发现大多是高阶的东西，凡人得有百年以上的修为才能运用自如。要是以前，她当即就会撂挑子耍赖，可如今，坤仪一句话没说，只让兰苕和鱼白给她守着门口，自己就在屋内看了起来。

兰苕望着外头的天，正感慨自家殿下终于能自己勤奋好学了，结果还不到一个时辰，殿下就开门出来了。

她神色看起来很痛苦，揉着自己的额角就道："好累，兰苕，我们去玩投壶吧。"

兰苕的嘴角抽了抽。她很想问自家主子看了几页书，但瞧她实在疲惫，也不好太苛责，只能依言拿来器具与她玩耍。

到了晚上，坤仪入睡也早，满屋的卷宗凌乱地摆放着，像是被人发了脾气乱扔到四周。兰苕将它们一一收捡好，又替坤仪披好了被角。

接下来几日，秦有鲛时常会送卷宗来，坤仪都只看一个时辰不到就扔得满屋都是，然后就同兰苕她们去玩别的。渐渐地，府邸里就开始有了坤仪殿下贪玩懒学的流言蜚语。

青膘勤加修炼，终于得了一个空隙借着坤仪的身子去打听消息，她怀疑这小丫头想算计她，不然她也不会总是什么也看不见、什么也听不着。但一打听，附近的妖怪都直摇头："那公主有什么厉害的，厉害的是昱清伯，她整天在府邸里投壶、放风筝，秦有鲛劝她多学封印的法术她都不领情。"

青腆听得疑惑："当真？"

"骗谁也不敢骗您啊，眼瞧着您这法力恢复了大半了，我等还上赶着得罪您不成？"

有这话，青腆就放松多了。她重新回到坤仪的身子里，安心地修炼。

闹得沸沸扬扬的妖祸，在坤仪公主亲征之后的一个月终于基本平息了下去。西边众城有了新的城主，其他地方的妖怪看着风声紧，也着实低调了好一阵子。

坤仪躺在院子里看着天色，对龙鱼君道："该班师回朝了。"

龙鱼君笑道："好，殿下奔波这么久也辛苦了，待回去之后，臣下有一份大礼要送给殿下。"

她笑了笑，摆手："不急，你先带人回去，我还有事没办完。"

眼神稍黯，龙鱼君问："只您留下？"

"我和昱清伯一起。"

龙鱼君眼里的欢喜神情彻底淡了下去，幽幽地叹了口气："殿下这是厌了我了？"

坤仪哭笑不得，直摇头："你堂堂从翼大统领，哪能学这怨妇语气？我是与他有事。"

西三城已经不战而定，聂衍功劳不小，她瞧着天边时常有异动，想来应该是能提前替他做个证人。两人将这事了了，她也能省事些。

可龙鱼君不知道这回事，他只觉得发生这么多事，坤仪竟还一心一意念着聂衍，他若真就让这二人留下，来日回到晟京，坤仪怕是连面首也不愿再纳了。于是，他跪在坤仪跟前就道："臣下不放心殿下，想跟殿下一起。"

坤仪直挑眉："大人，您是从翼大统领。"

什么叫从翼大统领？就是队伍必须分散走的时候，从翼大统领就要充当元帅带兵，他甚至能与她手握同样多的兵权。

坤仪给他这么大的权力，就是因为知道他并不贪慕人间的权势，一心只想把事情办好。结果倒好，这人总是不愿与她分开。

她很头疼："我以为我上次将话已经说得很清楚了。"

"嗯。"龙鱼君点头，"臣下也并非是要死缠烂打，只是殿下身负天下，身边哪能没人护着？"

一直充当暗卫的王敢当从暗处现身，跪地拱手："卑职必能护殿下周全。"

龙鱼君顿了顿，继续道："一个暗卫是不够的，这城里妖怪何其狡猾，殿下也是亲眼所见，殿下柔弱又不谙世事……"

　　话没说完，坤仪就翻手祭出了一个困囿阵。

　　这等高阶阵法，放在以前，她肯定是不会的。眼下她说出就出，连诀都没捏。

　　龙鱼君噎了噎，有些愕然。

　　面前的小姑娘拢着宽大的黑纱袍，坐在椅子里笑眯眯地告诉他："我不可能一辈子都靠别人护着来活。"

　　皇兄曾经最能护着她，但皇兄没了；她以为聂衍能护着她，但聂衍想杀她。

　　早知道后头有这么多苦难等着她，她早就该好好学道术。毕竟杜蘅芜要花一个月才能学会的东西，她自己偷摸试过，十天就能有眉目。只是当初的她坚信自己会被人护着，学不学这些都没什么两样。

　　坤仪撇了撇嘴，撤了阵法，又变出秦有鲛给她的那把长剑："你安心带他们回朝，我不会有事。"

　　剑光粼粼，隐有蛟龙之气。

　　龙鱼君沉默了，他看了那柄剑很久，才哑声道："臣……舍不得殿下。"

　　"总会再见面的。"她笑。

　　夜半用法器看着这场景，眉头直皱："男人怎么能做到龙鱼君这份上的，听听他的这些借口，又虚伪，又心机。"

　　聂衍淡然地在旁边喝着茶："如果是你，你会怎么对付他？"

　　夜半来了精神，立马跑到他跟前的脚踏上坐下："属下觉得，对付这种人，就得比他对殿下还体贴，还死缠烂打。"

　　聂衍不置可否，垂眼冷笑。

　　真男人一般都用武力解决问题，谁要跟他玩这个。

　　"主子，不是属下多嘴，有些时候硬来是没有用的。"夜半似乎看穿了他的心思，连忙道，"咱们这位殿下，最会心疼弱者了。"

　　聂衍冷笑："你不如直接说她总会心疼别人好了。"

　　这天下谁不比他弱？

　　"属下的意思是，您也要学会示弱才行。"夜半嘀咕，"先前您假装受伤的时候不就挺好的？"

　　"我没有假装受伤。"他眯眼，"我那是当真受伤了。"

　　"好好好，不管怎么说吧，"夜半道，"我看殿下还是偏颇于您的，您只要稍微用用心，就能让龙鱼君走得远远的。"

龙鱼舞都送她了，她却只念人家的好，他还要怎么用心？聂衍冷哼。

"伯爷，"外头突然来了人通传，"从翼大统领求见。"

夜半一凛，赶忙站了起来，聂衍却是不慌，冷眼瞥他："叫他进来就行了，你紧张什么？"

"来者不善。"夜半道，"主子千万小心，这人在容华馆里待得久了，什么手段都有。"

笑话，再多的手段，他还能打得过自己了不成？龙鱼君的性命都在自己一念之间，对他又何须如临大敌。

聂衍十分自信地就让人把他拽进来了。

只是，眼前的龙鱼君一扫先前遇见时的硬气，一进门就被朱厌推了个趔趄，跌倒在地。

龙鱼这一族虽然不是什么刚猛凶狠的族类，但他们的鳞片很坚实，莫说是跌倒，就算万千法器飞过来，也很难伤他们分毫。

但眼下，朱厌就那么轻轻地，轻轻地一推，这人就倒地上了。而且，他不但倒在了地上，手肘甚至擦破了一大块皮，血潺潺地往外冒。

他皱眉抬头，脸色有些苍白，一双眼幽幽地望向他："伯爷已经是驸马，又能与殿下双宿双飞，何必还要这般为难于我？"

朱厌是力气大而出名的妖怪，正想解释自己不是故意的，就见聂衍抬手拦住了他的话。

"我为难你又怎么了？"他蹲下身来，仍旧俯视龙鱼君，"你觊觎我夫人，我为难你不得？"

龙鱼君噎了噎，眼神黯淡："伯爷竟霸道成这样，自己不珍惜的人，也不许旁人珍惜？"

"你也配？"他嗤笑，"且不说她并未将你放在心上，就算她放了，你以为你能从我这儿抢人过去？"

龙鱼就是龙鱼，就算跃过龙门变成蛟龙，也远够不上真正的龙族。

龙鱼君脸色苍白，苦笑道："我竟不知，这凡间情爱，竟也是以妖力高低来论输赢的，伯爷既然如此自信，又为何会对我剑拔弩张？"

聂衍黑了脸。

夜半在旁边想拦都拦不住，他家主子本就霸道，这龙鱼君还往枪口上撞，主子捏死他压根不在话下，他好像也不怕死似的，眼神充满挑衅。

两人不出意外地就打成了一团，龙鱼君也不出意外地被聂衍像破布一样震飞了出去。

但夜半笑不出来，他总觉得哪里不对劲。等龙鱼君从屋子里跌飞出去，浑身是血地落在门口的时候，夜半终于反应了过来。

完了！

坤仪吩咐完了龙鱼君，就要来找聂衍继续商量他龙族之事。结果刚走到他院子门口，就见龙鱼君从她眼前摔到了地上。她甚至能看见他嘴角溅出去的血，和眼里的痛楚之色。

"殿……殿下？"龙鱼君瞧见她，方才还略显冷硬的神色霎时和缓下来，甚至是有些慌张地擦掉嘴角的血，然后撑着地面勉强将上半身直起来，"您怎么过来了？"

坤仪三步并作两步地走去他身边蹲下，皱眉看了看他，又看了看不远处刚刚收手的聂衍。

聂衍一袭玄色长袍，手垂在身边紧握成拳，只看她一眼，就冷冷地别开了头。

"你没事吧？"她继续问龙鱼君。

龙鱼君十分不好意思地将脸上的伤遮掩了，又对她笑："没事，小伤。"

说是这么说，一张嘴，嫣红的血就从嘴角溢了出来。

这贼竖子！夜半看得来气，连忙过去解释："殿下，今日是龙鱼君先挑衅我家主子的。"

"哦？"坤仪好奇地问，"他怎么挑衅的？"

"他……"想了想方才这人说的话，夜半为难地发现，龙鱼君方才说的话都挺软的，没一句能拎出来当个挑衅，是他主子自己没沉住气。

见他说一半就沉默，坤仪冷笑。她越过夜半，看向后头的聂衍："我与龙鱼君只是旧识，并无别事，伯爷不必动这一回手，反显得小气。"

聂衍："我……"

他动手？他小气？她这话说得当真是非不分、黑白不明！

他心口重重地起伏了一下，冷笑道："我合该再小气些，将他直接打死就好了。"

坤仪下意识地就伸手拦在了龙鱼君面前。

聂衍气得转过了身，拳头捏得指节都发白："你要是喜欢他，就将他带走！若给我留下，我保管他没命在。"

这人好凶啊！

坤仪觉得这人真是一日赛过一日脾气大，连好好说话都不会了，遇见谁都是喊打喊杀的，龙鱼君压根没惹着他，竟也能遭这一顿无妄之灾。

她起身就想让兰苕来扶他，结果龙鱼君突然拉住了她的衣袖。

"殿下，"他虚弱地道，"伯爷这是吃味了，您哄一哄也就罢了，不碍事的，不用管我，待会儿我可以自己走。"

"你伤成这样了，还怎么走？"坤仪又笑又皱眉，"你白挨这一顿打，怎么倒还替人说上话了？"

要是吃味就可以把人伤成这样，那跟他们龙族谈情说爱，岂不是将脑袋都拴在了腰带上？

坤仪很不认同这种行为，招来兰苕就扶起他。

"方才伯爷的话，殿下没听见吗？"龙鱼君叹息，双眼湿漉漉地看着她，"殿下若真带我走了，便是喜欢我了。"

"你我有旧缘在，即使无关情爱，我也得救你一回。"她低声道，"管他怎么说的，他说的还就是真的了不成？"

龙鱼君有些失落，又觉得高兴。他被兰苕扶着踉跄走了两步，还是停下来看向聂衍："伯爷不如听我一句劝，有什么心结都与殿下好生聊聊，两人只要真心相爱，没什么过不去的坎儿。"

"谁与谁真心相爱！"看着她这一心偏帮外人的模样，聂衍都要气死了，"用得着你来插嘴？"

龙鱼君抖了抖，像是被吓着了，身子一歪，又跌坐了下去。

坤仪只带了兰苕出来，听聂衍这话里的杀意，也知此地不可久留，连忙过去想扶他另一边胳膊。

"你不许碰他！"屋子门口站着的人突然沉声开口，声音冷得像冬日屋檐下的冰。

坤仪被他喊得动作顿了顿，颇为无奈地转头："伯爷是天人，非凡间俗物，怎能这般无理取闹？"

"我无理取闹？"他大步走到她跟前，气得下颌都有些发颤，"他心思叵测，上门来找打。我动手了，你不问我缘由，倒说我无理取闹？"

坤仪无奈："他是我的从翼大统领，如何就心思叵测了？兵权交到他手里，他没有做一丝一毫对不起我的事。"

"关兵权什么事？"聂衍冷笑，"你混迹容华馆那么多年，会不知道他对你的心思？”

“知道呀，但我也已经与他说明白了，他并未再有别的想法了。”坤仪的眼里多了一丝不耐烦，“你还想我怎么样？”

还想她怎么样？还想她怎么样？

当真是敷衍至极，不耐烦至极。

聂衍的火气被这句话终于烧到了顶，他一把抓过她的手腕，挥手就将龙鱼君和兰苕扔去了隔壁院子。

“你——”坤仪急了，“兰苕经不起你这么摔！”

“她死不了！”他恼恨万分，将她拉拽进了屋子，把夜半和朱厌统统关在了外头。

门闩一扣，他抵着她，压在了门板上。

双目通红，气喘如牛。

坤仪脸色不太好看，她直直地看着他的眼睛道：“大人为何会觉得凡人所有事都能用力量来解决？我知道大人厉害，也知道我等对于你而言只是蜉蝣，但你这目中无人、横行霸道的样子，真的很讨人厌。”

聂衍喉间一甜，气得经脉都不畅了，抵着她硬生生将那一口腥甜味儿咽回去，才哑声道：“你就是这么看我的？”

“方才那场面，你想让我怎么看你？”坤仪动了动自己的手，发现被他箍得死死的，也就放弃了挣扎，“我对伯爷没有别的期望，等九重天上来了人，咱们把话说清楚就一别两宽、各生欢喜了。侯爷只要不杀我身边人，咱们怎么都能是好好的。”

可他偏生总对龙鱼君动手。

喉头几动，聂衍咬死了牙关，好一会儿才将自己的气顺下去。

她原来是这么打算的，怪不得这段时日一直待他客客气气的，压根就没再把他当亲近的人。

“殿下的如意算盘可能要落空了。”他冷声道，“就算我如愿上了九重天，殿下也还是我的妻子。天上人间，你没一处躲得掉。”

坤仪怔愣。面前这人站直了身子与她对视，眼里满是嘲弄。

她突然觉得有些无力：“大人沉冤得雪之后也不打算放过我？”

“不放。”他一字一句地答。

坤仪眼里的光亮黯淡了下去，抿唇，淡淡地点头：“那就这样吧。”

意识到她好像突然丧失了生存之意，聂衍微慌，连忙按住她的肩膀：“黄泉我也下得去，你不要打些没用的主意。”

"哦。"

聂衍抿唇,他原本不是想说这种话的,用力揉了揉自己的眉心。他是被气昏了头,口不择言了。可眼下看她这表情,好像他说什么都没用了。

想起方才龙鱼君那胜券在握的表情,聂衍又眯了眯眼。

这就是他的"手段"?

真够卑劣的。

聂衍深吸一口气,松开了坤仪。坤仪动了动自己的肩,一句话也没说,转身就要开门。门一开,他便将她打开一条缝的门给按了回去。

坤仪皱眉,转头想问他还要怎么,结果这人突然就低下头来,将脸贴在了她的脸侧。

冰冰凉凉的触感,让她的怒意凝固了一瞬。她不解地推他,还没推开,就听得他闷声说了一句:"对不起。"

坤仪瞳孔缩了缩,怔愣当场。

这人似乎是硬着脖子将这三个字吐出来的,但吐出来之后,他却像是更轻松了,整个脑袋搭在她脖子边,语气陡然软和:"我不是故意要惹你生气,也不是故意要为难你,我方才,只是被他气着了而已。"

话只要开了一个头,接下来的就好说多了,聂衍闷头抵着这好久没有亲近的人,想一本正经地解释,但声音出来,怎么都透着些委屈:"你只看我动手,怎的不看他成天都在你眼前晃,比我跟你在一起的时辰都长。"

坤仪皱眉,刚想否认,就见这人挥袖变出两个沙漏来,一个沙漏写着他的名字,一个沙漏写着龙鱼君的名字,龙鱼君的沙漏里沙子已经落了很多,而他的才刚刚开始落。

这个人,居然会专门记这种东西。

她将话咽回去,换了个说法:"龙鱼君自己会来找我说事,时辰自然长些。伯爷事务繁忙,也能怪到我的头上?"

聂衍气恼地咬了她脖子一口,力道不大,却惊得她缩了缩脑袋:"君子动口不动手……动口也不是这么动的!"

龙族不是不属于兽类吗,怎的一言不合也咬人?

"我去找你,你也总是不待见我。"他声音低低的,听着分外可怜,"见着他你要笑,见着我,你只会虚情假意地让我早些歇息。"

"伯爷,"坤仪有些无奈,"你我早就恩断义绝,我还能这般好说话,让大家面儿上都过得去，您也该知足了。"

"谁要同你恩断义绝？"他捏紧了她的腰，"我都说了，之前是误会。"

"哦。"她点头，"然后呢？"

"然后……我与你道歉还不成吗？"他抬起头来看她，鸦黑的眼里一片雾色。

坤仪懒散地笑了笑："别使美人计啊，现在这招不怎么管用。我不知道伯爷是又想图谋什么才与我这般说话，但比起这腻腻歪歪说不到重点的手段，我还是喜欢你将想要的和能给我的一次说清。"

"我……"他颓丧地垂头，气闷地道，"我与你之间竟就只剩了交易？"

"交易还松快些，比情爱来得好。"她拍了拍他的肩，"就算九重天上要下来人了，伯爷也不必紧张至此。我是个说话算话的，等西城这边事情做完，我便去做你的人证。"

人证是聂衍最想要的，他在凡间几十年，为的也不过是这个东西。但眼下，不知道为什么，听见她这么说，他反而有些烦躁。

她是急着想与他撇清关系？

聂衍深吸一口气，觉得这时候自己不能急也不能慌。坤仪是个不羁的性子，跟普通的凡人完全不一样，想拿实力压她会适得其反，再跟她谈从前也不会勾起她的旧念。

"九重天上知晓我在人间，但要下来也不会那么快。"他站直身子，低声道，"在此之前，你还是先将这山河整理妥当吧。"

因着内忧不断，邻国对边境已经多有觊觎。盛庆帝驾崩，朝廷群龙无首，邻国对坤仪又有仇怨，开战也是早晚的事。

坤仪见他不再说感情之事，神色也就跟着轻松了下来："伯爷如若肯给我这个机会，那我自然不会辜负伯爷。"

凡间事杂，但要理清也很简单。只要聂衍不在背后再捅她一刀，她有的是法子收拾朝内，再对付邻国。

"你想做什么就去做。"瞧见她眼里突然迸出来的光亮，聂衍心情也好了些，"我断不会碍你事。"

有他这句话，坤仪就舒坦了。

龙鱼君受伤颇重，九重天的神仙又不着急下界，那她便留龙鱼君在西二城驻守，自己带着大军班师回朝。大军启程的那日，龙鱼君表情十分难看。聂衍却是难得地高兴，连带着将飞叶都宽恕了，一并带回了晟京。

因着回朝的人多了不少，他们没再动用法阵，直接行军赶路，路上还收拾了些小妖小怪。但大军即将抵达晟京郊外的时候，朝中突然有了非议，说就这么让他们进城不太安全，万一将什么厉害的妖邪带回来了呢？

于是，在秦有鲛的建议下，他们在城门口落下一个凡人可过但妖怪不能过的降妖阵，让大军从那上头进城，城中百姓才能安心。

坤仪知道，他这举动是想打压上清司的人。降妖阵这种东西，就算聂衍能过去，朱厌、夜半和飞叶也过不去。

众人正恼，聂衍却轻松地道："那我们就不走城门了。"

"大人，这怎么行？"朱厌颦眉道，"班师回朝，无数百姓都在街边看着呢，是咱们积累功绩和名声的最好时机，哪有出了力却轮不着功的？"

"是啊，若不是您，那些大妖哪有那么好对付？"

聂衍安静地听他们抱怨完，然后才道："你们被凡间的功利迷了心了？"

几个人一怔，后知后觉地反应过来。对哦，他们来这里又不是为了求功名的，最想要的东西已经能得到了，这些名声又有什么用。

"奇怪了。"朱厌忍不住小声问夜半，"大人何时变得这么豁达了？"

就算是不稀罕这名声，但秦有鲛这么平白无故地给他委屈受，他哪是这么好说话的人？

夜半一脸深意地摇头："这你就不懂了。"

大人这委屈，受得实在太明显，也实在太说不过去。正是因为这样，坤仪殿下也将极其过意不去。

本来嘛，这次平西之功，就算朝廷防备着上清司，但起码的奖赏是要给的。秦有鲛这一出虽然道理上说得过去，但坤仪是眼睁睁看着这一个多月聂衍出了多少力的，就这么憋屈地用千里符进城，她必定会主动去找主子。

夜半料得没错，当天夜里，坤仪就去了昱清伯府。

"这是喜鹊登梅，这是通花软牛肠，这是过门香……"她如同第一次来他府上一般，带来了三十多样吃食，一一摆在他面前的桌上，脸上犹带歉意，"国师行事欠妥，这一桌就当我给伯爷接风洗尘了。"

聂衍耷拉着眉眼，幽幽地看了一眼外头仍在放的烟花："今晚可真热闹啊，宫宴上的丝竹声都传到这里来了。"

坤仪尴尬地替他夹菜："也没多热闹，来来去去都是那些舞，伯爷要是喜欢，我让人过来跳。"

"不必，在下安安静静待在府里也挺好。"他叹息，"在下也不是什么能上台面的人。"

坤仪听了只想翻白眼。您一条玄龙说这话，也不怕咬着自个儿舌头？

她知道他委屈，倒也不能真怼过去，只能给他盛汤又夹菜："伯爷一路颠簸也辛苦了，多用些，这些菜色在外头可都是做不出来的。"

"晟京的情况好转了？"他问。

提起这个，坤仪脸色亮堂不少："西城那几个妖族一降，往晟京流窜的妖怪也少了，加上上清司多有巡逻，以及民间私塾教授过不少防妖之法，这一个月晟京都没人再丧生在妖怪嘴里。"

说着，她眯着眼就笑："我就说开私塾是有用的，就算不能将人人都送进上清司，也能让他们明白基本的妖法是些什么，该怎么防备妖怪。"

如今局面好转，也不枉她往里头砸那么多钱。

她笑起来当真是动人，眉眼舒缓得像画一般，聂衍看了好几眼才收回目光，低低地"嗯"了一声。

坤仪察觉到他语气里的失落，连忙收敛了神情，轻咳两声道："您快趁热吃。"

"然后呢？"他轻叹一声，"殿下又想说让我早些歇息？"

天都黑成这样了，不歇息还想做什么？坤仪瞪他一眼。

聂衍一顿，漂亮的眉眼缓缓染上一层委屈，仿佛无声地控诉着她的暴行，看得坤仪自己都想骂自己一句禽兽。人家已经很可怜了，她怎么能还这种态度呢。

坤仪犹豫了一下，问："那……要不要去看夜市？"

因着最近民间都在齐心协力防御妖怪，到了晚上家家户户也都是点着灯的，合德大街上逐渐就有了夜市，买卖一整夜都不打烊。

其实夜市上也没什么好东西，就是些小玩意儿和胭脂水粉，再错落几家路边小摊儿，没一样是聂衍感兴趣的。

但不知为何，她话刚落音，他就飞快地道："好，待会儿用完膳，天黑了就去。"

他答应得过于爽快，导致坤仪在想自己是不是被他下了套了。不过，他们已经离开晟京这么久，坤仪也不知道别人说的是不是真的，那亲自去看看也好。

两人换了寻常些的衣裳，连马车都没坐，从侧门出去便汇入了人群里。

人群拥挤，聂衍很自然地就牵住了坤仪的手。他的手又宽又大，能将她的小手完全握住。坤仪略微有些不自在，但看着旁边好多被挤散的人在四处喊着找对方，她也就不挣扎了，任由他将她拉着往前。

"姑娘看看这摆件，都是上好的玉器。"

"公子瞧瞧这边的花灯，漂亮着呢，给娘子捎带一个吧！"

坤仪一向喜欢漂亮东西，这些东西虽然没宫里的精致，但胜在有趣少见。她一时兴起就买了两件玉器，等人将厚重的盒子放在她手里的时候，她才有些后悔。

搬这么重的东西，他们要怎么逛街？兰苕和夜半都没跟出来，聂衍也不喜欢这些。

坤仪有些心虚地回头，正想着该怎么跟这人说才不至于当街吵嘴，结果一回头，就看见了一个硕大的木头架子，架子上挂满了各式各样的花灯。

"给。"他把整个架子递到她面前。

花纸糊的花灯好看得紧，兔子的、仙娥的、荷花的，挂满了木架。

坤仪瞠目结舌。她指了指这花灯架子："我可以跟着你过去挑，你不必将人家的摊儿都搬过来吧。"

"没有，"他看着她，认真地道，"这些我都买了。"

坤仪愣了。以前是谁说她铺张浪费，就喜欢买这些华而不实的东西来着？

花灯买一个就好了啊！为什么要把人家摊子都买了？

可是，当她定睛去看，想挑一个喜欢的拿在手里的时候，坤仪惭愧地发现，这些花灯，她都喜欢，挑不出一个最喜欢的来。

于是，热闹的夜市里就出现了一道奇景：一个男子举着一整架的花灯陪一个女子散着步，花灯架子上还挂了许多沉重的盒子。但他举得轻轻松松，仿若无物。

微服巡逻的上清司道人看见了，连忙拍了拍旁边自己的上司："大人您快看，那人骨骼清奇，说不定能进咱们司里啊，要不要过去笼络笼络？"

正在吃夜宵的淮南抬头看了一眼，面条差点从鼻子里喷出来。

这位岂止是骨骼清奇，那得是天造的神骨啊！

淮南心有余悸地将面碗放远一些，狠狠敲了敲方才说话那人的脑袋："想活命就别凑过去打扰那二位，让四周的兄弟们都机灵点，别触霉头！"

"……是。"那人不解地捂着脑门，还是依言传了话下去。

于是，别人都在接受上清司盘查的时候，坤仪从街这边吃到了街那边，聂衍手里拿的东西也越来越多。

"我当是谁，原来是殿下，怪不得如此招摇过市。"李宝松抱着自己的大肚子，正巧与坤仪撞了个正着。

她没瞧见那花灯后头的脸，只当是坤仪带出来的下人，忍不住就道："刚班师回朝就闹这么大的动静，殿下还真是生怕这晟京不乱。"

坤仪看了看自己，又看了看她："你谁啊？"

李宝松一噎，略有怒意："殿下就算记性再不好，也该知道我刚封了二品的诰命，旨意上还有您的亲印。"

"哦，你不说我还忘了。"坤仪轻笑，"二品的诰命，你夫君见着我尚且要行礼，你凭什么对我指指点点？"

"就凭我夫君在为百姓出生入死，你只会贪图享乐坐在人家的白骨上醉生梦死！"李宝松恼恨地道，"若不是昱清伯，你今日焉能站在这里？"

这话说得好笑，坤仪忍不住挖了挖耳朵："你的意思是，你靠你的夫君荣华富贵是你的本事，而我靠我夫君活下来，便是我占了便宜？"

"我……"

"瞧着你要临盆了，我可不想气着你。"她退后一步，耸了耸肩，"但是孟夫人啊，我劝你，本宫的事你少管，越管越来气。"

李宝松也不想管啊，但她看见坤仪就是过不去，这气堵在心口，上不去也下不来。其实她日子过得已经很好了，等孩子安稳落地，孟极必定对她更为疼爱，这一生也算平安无忧。但不知是孕期情绪不好还是怎么的，她就是不想让坤仪好过。

"我听人说，昱清伯想与你和离。"李宝松捧着肚子，哼笑道，"早说过你这样的人并非伯爷良配，你若能放过伯爷，我也不会再与你为难。"

坤仪听得直挑眉："你孩子都要生了，还惦记我家夫君呢？"

"你少胡说！"她白了脸，"我说句公道话罢了。"

坤仪看向花灯后头的人，仔细想了想。好像也是，聂衍若是不遇见她，还有的是别的姑娘上赶着投怀送抱。

花灯架子"哐"一声，被放在了地上。

李宝松吓了一跳，捂着肚子就骂："当主子的没规矩，身边的人也没规矩？惊了我的胎，我看你有几个脑袋赔！"

话刚落音，她就看见聂衍从花灯后头走了出来。

李宝松脸色骤变，腿一软，差点跪坐下去："伯……伯爷？"

聂衍没看她，他绕过花灯架子，径直站到坤仪面前，低头瞪她："谁的话你都往心里去？"

"也没有。"她干笑。

"你方才分明在盘算着怎么甩了我。"

"互惠互利之事，那能叫甩吗？那叫和离。"

"你休想。"

"她凶我，你也凶我？"

"她算什么东西，你拿来与我说？"

"……"

坤仪朝李宝松摊了摊手，心想，这话是他说的，你气着了可不关我的事。

李宝松是真气着了。

她没想到居然是昱清伯在亲自给这个女人拿东西，更没想到的是，传言又是假的，不愿意和离的居然是昱清伯。最难过的，还是他压根没把她放在眼里，哪怕她已经是二品诰命，还是如今炙手可热的官夫人，在他眼里还是连提都不配。

李宝松肚腹疼痛，扭头就走。

"夫人……"几个丫鬟连忙追了上去。

坤仪目送她远去，撇了撇嘴："她好歹是孟极的夫人，你话也不必说那么狠。"

孟极是个唯李宝松马首是瞻的人，他还想重用孟极，就多少得给李宝松一点颜面。

聂衍不以为然，他拎起架子和她继续往前走："飞叶会顶替孟极。"

他当初能留孟极一命就已经是慈悲为怀，这妖怪既然软肋明显成了这样，还是早些换了了事。

好在李宝松的出现并没有影响坤仪的心情，她接下来买东西还是很开心的，遇见合眼的东西就往花架子上挂，聂衍也不嫌她，遇见好看的首饰，还顺手多帮她拿两个。

这一晚的夜市，因着坤仪的到来，商贩们赚了个盆满钵满。聂衍也以一己之力拉高了好男人的准绳，往后谁再想有爱妻护妻的名声，那至少也得扛着花灯架子陪夫人逛遍整个夜市才行。花灯架子在后来也就逐渐演变成了有钱又宠妻的标志物——这些都是后话。

坤仪逛开心了，回到宫里睡得也就早。她一睡，青腾就出现了。

青腾去找了聂衍。

那一袭黑纱从窗户里进来的时候，聂衍第一反应是高兴。可待他看清那一双狐眸时，满腔的高兴就变成了杀意。

"我倒是不介意还你一命，但大人这一招落下来，先死的是她。"青腾有恃无恐地在他身边坐下，甚至将脖子送到了他手里，笑着问，"大人舍得吗？"

"你来干什么？"他冷声问。

青腾撇嘴，玩着自己肩上的青丝："自然是来跟大人讨饶的。我如今的妖力恢复了八成，出关是迟早的事。但我想着，因着以前的误会，大人一定不愿意放过我。"

岂止是不愿意放过，他是一定会弄死她，将她三魂七魄都散尽，再入不得轮回的那种。

青腾莞尔。她心里清楚这些，所以舔了舔爪子，开门见山："大人既然这么喜欢这个小姑娘，那我便与她的三魂七魄共生，到时候她就算身体死了，魂魄也入不得轮回。"

屋子里亮着的灯突然全灭，刺骨的杀意像刀子一样，一寸寸割着她的魂魄。

青腾被他这反应吓得一激灵，差点夺路而逃。可为了彻底保住自己的小命，她还是硬着头皮坐着，勉强笑道："这只是最不得已的做法，这不还有另一条路吗？大人别急呀。"

"这小姑娘天生一具仙骨，我也不舍得毁了她，只要大人承诺不对我动手，我可以不沾染她的魂魄。但这样一来，我出关就有些难了，还得大人相助，将我从她的体内救出来。"

龙族一诺千金，只要他点这个头，往后就真的不能对她动杀手，否则将会五雷轰顶。至于他身边那些人，青腾还不放在眼里。

聂衍没说话，他冷冷地睨着她，像在看一个死人。

青腾嗤嘘："大人当然还有第三条路可选，就是将她与我一起打死。这样她能入轮回，我也逃不出您的掌心，但是，您舍得吗？"

狐族一向机关算尽，一开始不曾与他谈这个条件，便是觉得坤仪在他心里还没那么重要。可如今她突然过来说这个，聂衍就知道自己可能是完了，连她都明白用坤仪来当筹码，那九重天上的人不就更清楚了？

他没有说话。青腾等了许久，终于顶不住他身上的寒气，缩回坤仪的身子里，任由坤仪睡在他腿上。

聂衍眼神缓和下来，伸手抚了抚坤仪披散的长发。

他自然是不舍得她死的，但要他轻易放过青腾，也没那么简单。

"你瞧瞧，瞧清楚了啊。"青腾坐在黑暗里对坤仪道，"这是我帮你给他的第二次机会，选你还是选复仇，他自己决定。"

坤仪一脸困意地坐在旁边，觉得青腾真是把她当小姑娘了。还帮她给机会，她分明是想算计聂衍好让自己活命，就算不能活命，也要聂衍不舒坦，偏还说成是对自己的恩赐。

以前她觉得聂衍选择杀她，这一点很让她难过，但再来一次，坤仪还是觉得，成大事者就不该儿女情长。该杀就杀呗，她十八年后又是一个能吃能喝的好姑娘。

但这一次，聂衍居然当真犹豫了。

他抱着她良久，久到外头的天都要亮了，才吐出来一句："我救你出来，以后不会对你下杀手，但是，你别动她的魂魄。"

短短的一句话，青腆听得狐瞳紧缩。她想笑，脸却紧绷得扯不开嘴角，眼里的震惊一点点倾轧下来，好半晌没吐出来一个字。

坤仪睫毛也颤了颤，她有些茫然地环顾四周，不太明白聂衍为何会做这样的决定。他不是恨青腆恨得连她也想一起杀掉吗？眼下这大好的机会，怎么说不要就不要了？

龙族、狐族的仇怨那可是不共戴天的，他这一言既出，难道以后就眼睁睁看着青腆站在他面前也不动手？

换她，她都忍不了。

可聂衍说完这话，一点都没有犹豫，就往她眉心落了一滴龙血。

有龙血滋养，将坤仪的三魂七魄都好好地包裹了起来，任何人想动手脚，他都会第一个察觉。

"你可真是厉害。"良久之后，青腆终于开口，她脸上看不出多少开心的神色，狐瞳甚至有些发红，"我伴他上千年，舍命救过他，也不见他对我真心至此。"

坤仪回神，不自在地撇了撇嘴角："你对他原就不是真心。"

"我不是，那你是？"她恼了，倏地将她抵在后头的黑暗里，"你与他在一起，不也总想着算计他，让他承你的情？"

"嗯。"坤仪很大方地认了，凤眼含笑地看着她。

青腆气了个够呛，她松开她，在黑暗里来回踱步了好几圈："论样貌、论身段、论心计，我没一样输给你！"

坤仪揉了揉自己的肩，站直了身子："是啊，但是偏爱这东西是不讲道理的。"

虽然她也没弄懂聂衍为何突然这样，但先气着青腆总是对她有利的。青腆的妖力确实恢复了不少，但她没有预料到的是，随着她妖力的恢复，坤仪禁锢她的本事也在跟着上升。秦有鲛给她送来的卷宗，往常至少要学五年才能领悟。可最近，也就半个时辰，她就能运用自如，所以青腆才会听不见也看不着。

眼下她盛怒，坤仪就瞧见了她身上更多的破绽和被禁锢的旧伤，她仔细地打量着，不动声色地又接着气她几句："各花入各眼，兴许在他眼里，你的相貌身段样样都不如我。"

青䲢咆哮着显出了真身，硕大的白色九尾狐挤满了整个黑暗空间，坤仪从容地躲开她扫过来的尾巴，记住了她喉下三寸的一道深伤。那伤口隐隐泛黄，还有未消解完的符纸。

那应该就是宋清玄封印她时留下的致命伤。

坤仪收回目光，离开了这一方空间。她想睁开眼睛，结果身边这人竟伸过手来将她的眼盖住了。

"你很困。"聂衍笃定地道。

坤仪很疑惑。虽然青䲢拖着她这身子走了很远的路，但她也没累到要在他腿上直接睡过去吧？

坤仪摇摇头，想张嘴说什么，结果刚吐出一个"我"字，这人就连嘴也给她捂上了。

"睡会儿吧。"他道，"我在这儿守着，没人能扰了你。"

这话听着莫名让人觉得安心，坤仪抿了抿唇，终于放弃了挣扎，靠在他腿上闭了眼。

聂衍等了许久，等到她呼吸终于平缓了，才慢慢将手放下来。

这人自打回了晟京后就起了与他分住的心思，他也没个正当由头与她同住，眼下这上好的机会，他连哄带骗地想将人留在身边。

幸好，她看起来真的很累，不用他说太多的话，就当真睡了过去。想来这几日是诸事顺利，所以她的脸色也好看了不少，窝在他怀里的小脸白白软软，呼吸间鼻翼微动，几缕青丝顺着粉色的小耳朵落下来，正好垂在她干净的脖颈间。

聂衍没发出任何声响，就这么静静地看着她，眼里的光明亮闪烁。像她这样的小姑娘，他想，他得用一座仙岛养起来，给她好吃的、好穿的、好玩的，这样她大概就会笑，然后趁着春光，拢着漂亮的裙摆朝他跑过来，把喜悦洒他个满身。

他其实说不清自己方才为何宁愿放弃追杀青䲢，也要护住她的三魂七魄。但他就是觉得，如果身边有她，那往后的几万年，也许自己就不会再浑浑噩噩地度过，眼里有的也不再只是修为和天地精华，还能有日升日落和世俗的趣味。

他想把她留下来。

从自己的神识里清晰地听见这个念头之后，聂衍的神色就轻松多了。他将她抱在怀里，拢过被褥来把她裹得严严实实。即使她动了动身子似乎要醒，他也蛮横地抱着她，没有要松手的意思。

第二天清晨，坤仪是被他勒醒的。她有些艰难地喘了口气，软软地推了推他的心口："你用这么大劲儿做什么……"

聂衍睁眼，鸦黑的瞳孔看进她的眼里。

两人近在咫尺，他眼里漂亮的光也能让她看得清清楚楚。

坤仪的心跳略略地快了一拍。她飞快移开目光，装作伸懒腰的模样推开他，结果这人松手等她伸完懒腰，又重新将她抱回了怀里。

"伯爷，"她哭笑不得，"今日还有朝会。"

"嗯。"低低地应了一声，他径直将她抱着站起身，从容地下了床去。

坤仪惊得双手环住他的脖子，还没来得及喊他放下自己，这人就将她搁在了妆台前。

嗯？妆台？

坤仪愕然环顾四周，发现这确实是伯爵府，也确实是他那深沉又庄重的房间。只是，她的妆台不知何时就落在了这里，连盒子里的珠宝首饰和旁边的胭脂水粉都一应俱全。

"昨日太晚了，未能将殿下送回宫中，便只能将这些东西带过来了。"聂衍随手拿起一支金雀步摇，"梳头娘子就在外面，殿下只管吩咐。时辰还早，赶得上早朝。"

坤仪从光亮的铜镜里看着他，想问什么，又咽了回去，只让梳头娘子先进来。

两人收拾妥当，一前一后就进了宫。

朝会上，一向严苛的言官们都对她歌功颂德，将她比作一代名将，听得坤仪自己都脸红。不过他们此次去西边三城确实收获良多，起码能让晟京这些个大户人家多安居三四年，经济和贸易也都能稳中带涨，听几句夸也算不得什么。

只是，夸着夸着，杜相突然进言："国不可一日无君，殿下既是巾帼不让须眉，臣便请殿下早日祭告宗庙。"

他这话一出，朝中附议者甚多，有几个老臣就算是因循守旧不愿立女帝，也顶多是站着不吭声，未曾出反对之言。

坤仪听了半晌，笑眯眯地道："不急。"

秦有鲛皱了皱眉："殿下，国家大事，哪有不急的？眼下邻国屡犯我边境，不就是欺我朝无主，殿下若还拖延祭告，伤的是国之根本。"

她坐在凤椅上听着，没表态。下朝之后，坤仪把秦有鲛叫去了上阳宫。

"三皇子还在世，等天下安定下来之后，你大可继续扶持他。"她叹息，"我是野惯了的，你让我来坐守这宫城，不是为难我吗？"

秦有鲛皱眉看着她："你在打什么主意？"

"我是什么样子的，你这个当师父的难道还不了解？"坤仪翻了个白眼，"让我充充救世的英雄我有兴趣，但要做那守业的帝王，我会把江山都败光的。"

不对劲，很不对劲。

秦有鲛半合了眼。

坤仪一开始是有继任之心的，所以才会将三皇子送走，眼下是有了什么打算，才会连帝位都不要？

想起这些日子她问他要的封印卷宗，秦有鲛突然开口道："这世上的妖怪是除不尽的，只能驯服，让它们在一定的范围内活动，但想要完全消灭它们，就算是九天上的神仙下来了也没用。"

"我知道。"坤仪点头，神情轻松，"所以我压根没想过要除尽妖怪，能让平民百姓都有法子对付妖怪就是我毕生所求了。"

看她的样子，不像有什么极端想法的样子。

秦有鲛微恼："我是你师父，你有什么打算都先告诉我一声，总是不会害着你的。"

"知道了。"坤仪笑眯眯地应下，"那我就先同您说一声，明儿我想带聂衍去街上布粥。"

"布粥这种小事倒也不必说与我……你说带谁？"秦有鲛一个激灵，皱眉道。

"聂衍啊。"坤仪耸肩，"他最近不知怎么的，总想跟我在一块儿。我想着我俩这身本事在一块儿什么也不做，那多亏得慌啊，索性就去布粥了。"

秦有鲛一副吃了苍蝇的表情，他斟酌了半晌，也没琢磨出一句既能表明自己觉得这小徒弟有病又不失礼貌的语句。

噎了一会儿，他道："聂衍不会去的。"

人家堂堂玄龙，疯了才跟她去街上救济百姓。凡人在他眼里一直是在妖怪的对立面的，这与让他去救自己的仇敌有什么区别？

然而，聂衍去了。不但去了，他还"押"着刚到晟京兴奋不已的飞叶一起去了。

救济的粥棚十分简陋，粥也稀，但排队的人很多，这些人身上都脏兮兮的，气味也难闻，对嗅觉灵敏的兽来说，十分不友好。

坤仪就穿着粗布衣裳在前头舀粥，乌发飞舞，脸庞清秀。

飞叶眉头皱得都能夹蚊子了，他气鼓鼓地扛着一袋米站在旁边看着那些脏兮兮的凡人："也太难看了，比咱原先那城池里的人也没好到哪里去。"

聂衍站在他身侧，语中带笑："你看错了，她分明很好看。"

这都能叫好看？飞叶扭头看向聂衍，刚想说大人您这眼疾有些厉害啊，结果就发现这人看的方向和自己方才看的好像不一样。

飞叶顺着他的目光看过去，瞧见了坤仪。

纤腰素裹，十指白皙，她就穿着最简单的粗布衣裳，往那儿一站也是容色动人。

飞叶悻悻地收回目光。他觉得大人不是冲着干活来的，但他不敢说。

许是因着美人儿多，今日来领救济粥的人也格外多，坤仪带着兰苕和鱼白以及几个侍卫都忙不过来，最后还是把目光落在了聂衍身上。

聂衍挑眉。今日出门的时候这人分明说："您站着看看就行，当是陪我一遭了，不用做什么事的。"

可眼下，她那水汪汪的凤眼瞧着他，摆明了是打算食言。

聂衍不太乐意。这里的平民百姓与他又没什么干系，也不需要保护。就拿个粥饭，凭什么要他动手，他又不欠这些人的。

可是，坤仪拿着那沉重的木勺，没一会儿就"哎哟"一声，不是烫着了就是磕着了。

哼，苦肉计对他来说也没用。

有……有吧。

一炷香之后，聂衍站在了坤仪身侧，板着脸替她递碗拿勺子。

"我认得这位大人。"有个少年人拿了馒头没走，倒是指着聂衍笑了，"去年的祀神夜，这位大人救过我。"

聂衍抿唇，有些茫然，他在晟京抓过的妖怪太多，多是为了给上清司立名声，哪里记得救过什么人。可眼前这人像是真的认出他来了，一时不肯走，跪地就谢。

"我家中上有老母，下有幼儿，大人救我一命如救全家，但大人来去匆匆，小的连感激的话都没能说，还请大人受我一拜。"

聂衍漠然地看着他。但是他微微侧头，却瞧见坤仪正两眼发光地看着他，那眼神，比她任何时候看他都要炙热，甚至带着崇敬和欣赏。

他的话在嘴边打了个转，语气温和地道："职责所在，不必言谢。"

这动静大了些，不少人端详起聂衍来。他脸本就生得出众，一眼就能让人记住，是以陆陆续续有不少人认出了他，甚至有人喊了一声："昱清伯爷。"

聂衍一开始还算能应付，但人越来越多，还挡着后头的人领粥的时候，他脸色就不太好看了。到有人不长眼地挤着坤仪了的时候，他那一张俊脸就彻底沉了下去。

"让开。"他沉声道。

吵吵嚷嚷的粥棚前因着他这一句话瞬间安静了下来，众人也意识到他动怒了，连忙重新站好队列。

"这位大人脾气不太好啊？"

"瞧着是有些，莫要再胡为了，他连妖怪都能杀，你我几个也就是他动动手指的事。"

正低声议论着，众人就瞧见旁边那个派粥的姑娘"啊呀"一声。

声音挺大，在骤然安静的环境里听得旁人心里都是一惊，下意识地就朝那发怒的大人看过去。

然而这位大人并没有像他们想象中那样对那位姑娘恶言相向，相反，他神色缓和了不少，凑到人家姑娘身边，语气是截然不同的温柔："伤着哪儿了？"

"好多油呢。"坤仪伸着小手爪，眨巴着眼看着他，"这装咸菜的盆边缘上都是菜油。"

聂衍哭笑不得，拿了手帕出来，将她的手拉过来，顺着手指一根根地给她擦："都让你去坐会儿了。"

"人手不够呀！"

聂衍瞥了一眼远处的街道，说："你坐会儿，我去找人。"

这条街道是贫民窟，可再往外走一段路就是繁华的大街了，上清司的人正在巡逻，一排排青灰色的衣衫从容而过，路人看着就自动避让开去。

这不起眼的衣衫，代表的可是当下最炙手可热的上清司，只要穿上这衣裳，就连六品的官员遇见也得下轿躬身。聂衍已经凭一己之力造就了上清司的无上地位，如今这些人上街办差可都是美差，几乎都是仰着头走路的。

"你们！"他站在前头，指了指那一列的人，"过来帮忙。"

这一列道人刚入上清司不久，正是享受风头的时候，乍见个衣着普通的男子当街使唤他们，个个都有些生气，正想拔剑，却见领头的道人连忙迎了上去："大人有何吩咐？"

聂衍指了指另一边街巷："人手不够，去帮忙派粥。"

"是。"道人扭头回来，立马吩咐他们："快去帮忙！"

一行六七个人，十分不情愿地跟着领头的人走了，走在最后的人回头看了聂衍一眼，忍不住撇嘴道："他身上连个道气都没有，凭什么这么嚣张？"

领头的道人听见了，脸色发白，扭头跑到后面就给了那人一拳，然后连连朝聂衍的方向躬身。

"你是眼瞎还是心盲啊，道气是咱们考入上清司的时候用来甄别天赋的。"领头的人压低了声音呵斥他，"对昱清伯爷，你也敢看道气？"

"昱清伯又怎么了，总不能因着是伯爵就这么使唤我们吧？"那人犹自觉得委屈。

领头人沉默了一下，问他："昨日司内发了本司卷宗，你没有看？"

"看那做什么，都是些前辈介绍，我又不会见着他们。"

领头人重重地拍了拍他的肩，倒吸一口冷气道："回去看看吧，下回你遇见昱清伯，也就不会觉得他只是个伯爵了。"

余下几人已经反应过来了，纷纷加快了脚步，一到粥棚就请坤仪在旁边歇息，然后手脚麻利地开始干活儿。

难民们别的不认识，上清司的服饰还是清楚的，当下都有些惶恐：这些贵人，难道都来给他们布粥？

可众人一看他们的表情，都惊呆了：他们要多殷勤有多殷勤，还生怕做错了什么似的，完全没有架子。

众人迟疑地接受着他们的派发，扭头又看见方才那脾气不好的大人不知从哪里端了一碗银耳，坐在那姑娘面前低声说着什么。有胆子大的伸长耳朵仔细去听，才听见他说的是："嘴唇都干了，尝一口。别怕他们，我挡住了，他们看不见。放了糖，甜的。"

众人面面相觑。

大人，您方才派粥的时候不是这个脾气啊？

坤仪吃了两口就不吃了，连连皱眉看向旁边："人家都喝粥呢，你给我喝银耳汤算怎么回事？"

聂衍"嗯"了一声，捏着勺子道："你比他们好看。"

"好看也不能当人家面这么做呀。"

聂衍恍然，放下了勺子。

坤仪欣慰地看着他，觉得如今这位伯爷真是好说话多了，能很快明白她的意思，知道"不患寡而患不均"的道理。可她还没来得及说出来，就发现聂衍在四周落下了结界。

结界一落成，四周谁也看不见他们了。他才又拿起勺子，继续舀了一勺汤塞给她："不当他们面就是。"

"你……"坤仪哭笑不得，低眸看着蹲在自己面前这人，"伯爷，我手也没断，人也好好的，怎么就要您来喂了？"

"兰苕说你晨起就肚腹不适。"他抿唇，"夜半说吃银耳汤能好些。"

坤仪努力回想了一下，发现只是自己早上的一声闷哼，倒也没多难受，竟就被兰苕拿去说嘴了。

面前这人，竟也当回事？想起他给青腾说的话，坤仪微微抿唇："伯爷待我这么好，我未必能报答伯爷。"

"谁稀罕你报答。"聂衍继续喂着她，眼睛一眨不眨，"你这点本事，保全你这江山尚且勉强，哪里还有余力顾别的。你老实些，少病少痛就成了。"

她微恼："我这点本事……也不小了。"

"我看不上眼。"他道。

坤仪腮帮子鼓了鼓，气愤地别开头，躲掉了他的喂食。

聂衍也不恼，将她的脸转过来，低笑道："你的道行我看不上眼，但人我看得上。乖些，莫同我斗气。"

坤仪垂眼，心尖颤了颤，有些慌张地含了那一口汤。

这花言又巧语的，还是从这么个美男子嘴里吐出来，谁听了不得心动啊。她突然好想相信他，从此就当他怀里的小甜糕，什么也不用操心就好了。

但理智勒住了她的咽喉。

坤仪摇了摇脑袋，将他手里的银耳汤喝尽了，然后起身捏着帕子抹了抹嘴："这边有劳伯爷看顾，我还要去邻街一趟，半个时辰之后就回来。"

聂衍抿唇，一双眼静静地看着她。

坤仪摆手："你不能同去，这些人若没你看着，一会儿就要惹事的。"

他垂眼，略微失落。

"再过两个时辰，你我一起回宫，兰苕将上阳宫的侧殿收拾出来了，你可以住。"她道。

他眼里的失落消失了，轻咳一声，拂袖站起来："半个时辰之后你若没回来，我再去找你。"

"好。"

坤仪打开结界，带着兰苕就走。聂衍站在原地看着，直到两人消失在街尽头的拐角处，这才收回目光。

坤仪带着兰苕七拐八拐，十分隐蔽地去了掌灯酒楼。

她走的是后门，谁料门刚敲了一声，楼掌柜就摇着柳腰出来了："殿下何等身份，怎么不走正门啊？"

坤仪看着她也笑："掌柜的不也只在后门守着？"

嗤笑一声，楼似玉将她迎进了门。

"九天上有了动静，我料想殿下也该过来了。"她一边走一边回头，引着她上了二楼的天字一号房，"最近生意忙，我也不想与殿下兜圈子，那东西殿下如今若想要，妾身是给得的。"

坤仪挑眉："先前来问，掌柜的还万分不情愿。"

"那是因为殿下彼时没怀什么好念头。"楼似玉掩唇笑，眼眸上下打量她一圈，"如今是不同了。"

坤仪脚步顿了顿，有点意外。

聂衍都没发现她身上的变化，这楼掌柜竟一眼就看出了端倪？

"殿下不必担忧，我到底是女子，比起男儿，怎么也更观察入微些。但若论修为，我是断不能及那位大人的。"像是猜到了她在想什么，楼似玉莞尔一笑，"更何况，你身上有他的魂魄在。"

这个他，自然指的是宋清玄。

坤仪突然有些动容。楼似玉的修为就算不及聂衍，也定然是在青膑之上的，这人却肯为了宋清玄放弃妖王之位，混入凡间一年又一年地等，真真是用情至深。

然而，还不等她感动多一会儿，楼似玉就把那块传闻里女娲用来观看人间的晶石给搬到了屋子中央。她选了上好的红木花几，将那晶石上还系了个大红绸带，甚至还让两个丫鬟穿着水袖上来绕圈。

"这样绕，石头能更好用吗？"坤仪很好奇。

楼似玉笑眯眯地摇头："不会。但会更贵。"

坤仪惊呆了。

"都是老熟人了，妾身也不与殿下多计较。这晶石天下只剩这么一块，能用来守护整个凡间的太平、限制妖孽的扩张。退一万步来说，就算当普通的宝石，它也是价值连城的。"楼似玉不知从哪儿掏出了一把小算盘，噼噼啪啪一阵，响亮地一打，"算您八十万八千八百八十八两吧！"

坤仪一口茶呛在喉咙里，咳得差点背过气："多、多少？"

"贵了点哈？"楼似玉干笑，不好意思地摸了摸自己的脸颊，"那给您抹个零，就八十万两？"

坤仪拉着兰苕的手替自己顺了顺气，好半晌才哭笑不得地道："楼掌柜能以女儿身在这晟京里打下这么大片产业，果真是有些本事在身上的。"

"殿下过奖。"楼似玉拢了拢自己的鬓发，轻叹了一口气，"你们凡间做什么都要钱，没点银钱傍身，我这小女子怎么养活这么大一间酒楼呀，还不知道要开多少年呢，不为后面多攒攒怎么行。殿下也体谅体谅，妾身能从玄龙的眼皮子底下将这块石头保下来可不容易啊，八十万是良心价了。"

这良心怕是金子打的，还镶了宝石。坤仪哆哆嗦嗦地又喝了一口茶。

眼下百废待兴，哪哪都要花钱。这银子她就算出得起，也不能全放这儿了，不然往后再遇见些什么事，国库又空虚，她就没有先前那般的底气了。

她斟酌许久，指了指还在绕圈的丫鬟："你们先下去。"

说完，她又指了指晶石上系着的大红绸花："把这个也带下去。"

丫鬟们晕头转向地领了命，扯着红绸下楼并且带上了门。

屋子里只剩坤仪和楼似玉了，她也不废话，伸出五个手指："这个数，我再加一块金字招牌给你的酒楼。"

楼似玉眼眸微亮，又抬袖笑："瞧殿下这话说的，什么招牌能值三十万两呀。"

"皇家的招牌，三十万两你都未必买得着，"坤仪也笑，"有那招牌，你不管是过税还是例行搜查，都不会有任何官员敢为难，更不会因为有妖怪路过你酒楼，而将你这店铺一起查封。"

楼似玉听得直眨眼。她还以为这殿下是个何不食肉糜的娇娇，谁料谈起生意来竟是直捏人要害。她这开门做酒楼的，最怕的就是搜查和过税，前几年遇见个见色起意想强占她的府尹，愣是逼得她的店关了一个月，一会儿说有妖怪，一会儿说税款不对，可耽误了她不少事。虽然后来那府尹死得很惨，但耽误了的银子她可是一直没赚回来。

楼似玉眼眸转了又转，笑了："殿下不再加点儿？"

"能加二十万两。"坤仪勾唇。

楼似玉听着，没觉得高兴，反而是冒了些冷汗，没敢接这个话。

但她即使不接，坤仪也是会往下说的："这二十万两，就买这晶石往后的平安。掌柜的既然能护住它，就请一直护住它。甚至再有个几块重新落世，也请掌柜的一并看顾。"

楼似玉就知道，这二十万两没这么好拿。她直叹气："我忙死了，哪有闲工夫一直守着它们呀，这不耽误生意吗？"

"你有'追思'，放上去就可以了。"坤仪拊掌，"只要聂衍不再起什么心思，别的妖怪，想必都不是掌柜的对手。"

瞧见楼掌柜眼里的犹豫，坤仪拿过她的算盘，替她打了打："酒楼利润再厚，一年顶天也就六万两。掌柜的只用将'追思'放在晶石上，有很大的可能什么也不用做就能赚二十万两，相当于忙里忙外干三年多的活儿。这样一来，我还能给掌柜的亲人在朝中挂个虚职。有官家门路，你这酒楼百年都倒不了，能安安心心等人投胎转世。"

最后这一句话，楼似玉终于动心了，笑着说："我没什么亲人了。"

说完，她又去将酒楼里一个收养来的小伙计的户籍找出来递给了坤仪："就他吧。"

接过户籍单子，两人的交易算是达成。

楼似玉以为坤仪要回去调银子，谁料这人直接从袖袋里掏出了厚厚一沓银票："五十万两，您数数。"

她嘴角抽了抽，接过银票来，上下打量面前这小姑娘："年纪轻轻，家底颇丰啊。"

"过奖，我是得蒙祖荫，自然比不上楼掌柜这般自己打基业的。"坤仪与她行了个礼，"有劳了。"

楼似玉开心地数着银票，也没多说什么。但在坤仪即将走出房门的时候，她还是叹了口气。

"我那个大侄女，本性是坏了些，但多少与我也算亲近，还请殿下动手的时候痛快些。"

坤仪的脚步僵了僵，回过头，似笑非笑地问她："掌柜的焉知是我能赢？"

楼似玉摇头，捏着银票转过背去继续数，没有要解释的意思。

坤仪这身子是天生的仙骨监牢，就算疏于修炼，对付妖怪也始终是占上风的，楼似玉可能是凭着这一点，希望她给青腰一个痛快。

但坤仪自己知道，自己除了这身子的优势，别的一样不占，事情能不能顺利，她心里也没底。

原路返回的时候天色有些暗了，她带着兰苕走回贫民窟，刚到街口就看见远处亮着一盏灯。

聂衍提着她最爱的飞鹤铜灯站在街口，一瞧见她，眉目就松开了。

他走上前来，没问她去了哪里，只道："粥都派完了，此处也没别的事，回宫可好？"

灯光盈盈，坤仪站在面前仰头看着他，心里莫名就软了一些。

"好。"她说，"回去的路上会经过一家果子铺，买些回去吃正好。"

很寻常的一句话，但聂衍就是听出些不同来。他鸦黑的眼眸亮了亮，一手提着灯一手牵着她，快步走向马车："好，待会儿让夜半在铺子门口停。"

两人上车启程，他的手没松，坤仪也没动。

聂衍突然就笑了，声音低低的，带着些劫后余生般的庆幸。

她这是肯接纳他了吧？虽说来的时候也是一起乘车来的，但回去的这一趟，聂衍总觉得马车要软和些。等到了宫门口，坤仪有些乏了，下车时摇摇晃晃的，半天没踩稳矮凳，他也笑起来，一把将她背上了身。

"伯爷，"坤仪挣扎了一下，"这像什么话？"

"我不会让别人看见的。"他道。

绣着金符的黑纱从他肩上垂下来，聂衍一边走一边瞥了一眼，而后拐过一道宫墙，坤仪身上的黑纱就换成了他先前送的洒满星辰的裙子。

"许久也不见你穿它，还以为是弄丢了。"

坤仪低头看了看，有些怔愣："料子金贵，不常穿。"

"你若喜欢，我往后多送你些。"

"够了，耗费修为在这上头多亏得慌。"

"不差那点。"

坤仪哭笑不得，捏了捏他的墨发："你往后指不定还有多少硬仗要打，一分一毫的修为都该省些。"

这贤惠的口吻，像极了会持家的小妇人。

聂衍听得直笑，将她颠了颠："你担心我？"

"倒也没有，"她叹息，"就是想着，如今是你，还愿意与我谈条件，保住这天下太平，再换个人来，我可应付不了，自然是希望你赢到最后。"

这话是真心的，但聂衍今日心情极好，只当她嘴硬，背着她绕了几个圈，低声道："有我在，你的天下会太平的。"

第十八章 做神仙的忌惮

聂衍没骗她，困扰国都几十年的妖祸在坤仪辅国的第二年年初就逐渐消失了。与此同时，邻国突然爆发了极为严重的妖祸。先是从边境开始，一连打砸抢掠了边境半年的邻国军营，一夜之间被妖怪吃了个精光，而后这妖祸就顺着东河直入邻国，将原本就妖怪为祸的邻国彻底扯入乱世。

短短两个月，他们便京都告急，求助坤仪。

"先前都是奸臣作祟，才会令我们国主做了错误的决定。"使臣讨好地笑着，"两国虽是起过不少冲突，但也都解决了。"

坤仪坐在凤座上，心想，那是冲突解决了吗，那是你们制造冲突的人被解决了。

聂衍杀伐果断，归顺于他的妖怪统统被划分了仙岛修炼，不再在人间觅食。但有好些不愿意从他的，便纷纷逃去了邻国，继续吃人。

坤仪是个恩怨分明的，聂衍于她有恩，她便善待上清司上下，为他们在民间营造了极好的名声，甚至将教授百姓除妖之法的功劳悉数归于他们，不提自己半点。

但像邻国这趁火打劫的，她只想以牙还牙。

坤仪放下酒盏，朝下头笑了笑："贵国既然派使臣不远万里来开这个口，本宫也没有不答应的道理。只是，本宫派人去支援贵国，那派出去的兵将若被为难，又当如何？"

那使臣连忙道："不会为难，我们要的人也不多，上清司一百道人即可，倒是粮草实在稀缺，还请殿下相助。"

不让她的兵过去，还想要她给粮食？

坤仪笑了笑，缓缓靠在椅背上，不再接话。

那使臣想必也知道她不乐意，跟着就转向旁边坐着的聂衍："我等素闻这昱清伯的威名，若他肯往，便是能抵得上千军万马的。"

这话听着像是拍马屁，但朝堂上不少人心里都知道，确实如此。他只用亲自去邻国一趟，邻国的灾祸就能平。

但聂衍显然不想费这个力，对他的恭维不为所动，只淡淡地抿着酒，余光有意无意地瞥着上头的坤仪。

她今日喝得有些多了，小脸粉扑扑的，上半身的仪态看着还端庄，但被垂帘盖着的桌子下头，这人一双小腿已经不安分地晃了起来。

得早些散场，让她回去歇着了。

聂衍收回目光，打算起身。

使臣见状，立马急了："两国毕竟曾有联姻之谊，如今坤仪殿下辅国，哪能见死不救呢？咱们皇子的陵寝里都还给殿下留着主位呢。"

他不说这个还好，一说，坤仪的酒劲儿都吓醒了大半。

她撑着桌面往前倾了倾身子，看了看聂衍那张骤然冷下去的脸，又看了看这个浑然不觉事大的使臣，当即就想给他鼓掌。

妙啊！想让她如今的驸马帮忙灭妖，却说她亡夫那里还给她准备了坟，怪不得这邻国一直邦交不顺、多方树敌，原来竟是有这么个奇才在。

聂衍淡声问："殿下回朝之时将嫁妆一并带回了，不算和离？"

"这哪能算呢！"使臣连忙道，"两国联姻那是大事，先前我们皇子那是疼爱殿下，才允其在他死后归国，这可没有什么和离一说。"

"那后来贵国为何撕毁当初结亲时签订的条款，屡次兵犯我朝边境？"

"这……我朝奸臣当道，国主也不想的。"

"原来如此。"聂衍领首，然后叹了口气，"这就不巧了，我朝现在也是奸臣当道，那奸臣执意毁坏两国联姻，先前种种，都作不得数了。"

使臣脸上一阵红一阵白："伯爷说笑，有伯爷在，这朝中谁敢……"

"幸会。"聂衍打断了他的话，朝他微微一拱手，表情冷淡，眼神挑衅。

后头的话不用说，使臣也看明白了，他说的奸臣是他自己。

仿佛被人掐住脖子一般，那使臣半晌没说出话来。聂衍也不乐意陪他在这儿待了，将酒一饮而尽就起身对坤仪道："明日还有朝会，请殿下保重身子，切莫贪杯。"

他都这么说了，这一场不是很盛大的接风宴也就这么散了。

一向走路带风的坤仪殿下，头一回乖乖低着头跟在聂衍后头往上阳宫走，像只夹着尾巴的小猫咪。

"我觉得，他说的话，怎么能算在我头上呢？"她边走边嘀咕，"我可没想着死后还要葬去赵京元身边。"

当时他们多怕她啊，像送瘟神一样将她赶出了国都，还让她自己回国，又怎么可能还在皇陵里给她留位置？这使臣就是说这话来套近乎的，但是偏生聂衍听进去了。

"嗯。"他低声道，"我没有怪殿下。"

说是这么说，这人分明就是不高兴，神色淡淡的，身上也清冷得很。

坤仪挠了挠头，不知道该怎么让他开心点儿，总不能说我立马去修个我俩在一起的皇陵吧，那多不吉利。更何况，人家玄龙哪里用得上皇陵，山都未必比他长寿。

思来想去，坤仪决定以他的名义派兵前往邻国支援，所到之处，昱清伯的大旗都一定是高高竖起的。

"殿下大可不理他，"聂衍抿唇，"为何一定要帮？"

坤仪勾着他的手指，轻轻晃了晃："这你就不明白啦，邻国的百姓也是百姓呀，就算是普度众生吧。"

他心里叹了口气，瞥她一眼，正想说辅国之人不能这么良善，就听她接着道："更何况他接受了我开的条件，愿意给我们二十处铁矿、五处铜矿，还将每年进贡的单子加了一倍多。"

聂衍："你……"

他怎么能觉得一个皇室里长大的小姑娘，会愿意在国事上吃亏呢？

他拂袖转身，道："也好。"

"哎呀。"小姑娘拉住了他，软软的手指晃啊晃，"我对赵京元只有恨没有爱，你压根不用为他的事不高兴。"

聂衍低笑，眉心微舒，他觉得这小姑娘好像长大了些，竟会体谅他了。

然而，还不等他舒坦多久，她就接着道："你要恼还不如恼杜素风，至少他死的时候我哭了好几个晚上。"

"你……"

杜蘅芜进宫来找坤仪的时候是提着刀的，虽然宫中禁军一再禁止她带刀入宫，但这人身法不俗，又会道术，最后谁也没能拦住。

"我立功回来，好不容易在上清司的三司里谋了官职，你一句话就让聂衍冷冷盯了我三天！三天！"杜蘅芜将坤仪按在软榻上，反过刀来就用刀柄打她屁股，"我哥死的时候你在我面前笑那么欢，你有本事就一直笑啊，哭什么？"

坤仪被她打得"哎哎"叫唤，兰苕在外头守着，却没进去。

她只长长地、长长地松了口气。这么多年了，横在杜大小姐和殿下中间的这根刺终于是见了光，能拔了。

"我哥不是你杀的，那他死之后你能不能当着我的面哭，你躲起来哭算什么？"

"我害死了他，还有脸当你的面哭他？"坤仪直撇嘴，"况且他也不让我哭，说这样魂魄听见了会不舍得走。"

"胡说！我们都在哭，他怎么就舍得走了？"杜蘅芜说着说着眼睛就红了，她将刀扔了坐在坤仪身边，恼恨地道，"他刚死没多久，你竟然就接受了先帝的指婚！"

坤仪眨眼："要不然呢？皇兄让我和亲，我说不好意思我没空？"

"坤仪！"

"在。"她双手举起来，笑嘻嘻地问杜蘅芜，"吃不吃果子？"

杜蘅芜死死地瞪着她，终于还是落了泪下来。杜蘅芜没指望让坤仪抵命，这只能怪她体内的狐妖，不能怪她。她甚至没的选，毕竟从出生起就要当一个封印妖怪的容器。

可她的哥哥死得太惨，她没有人可以怪罪，就只能怪坤仪。怪了这么多年了，她头一回从聂衍那里知道，坤仪原来是为她哥哥难过了很久的，偏生是嘴硬，每回见着她都要唇枪舌剑一番。

杜蘅芜心头的结解开了一些，一边哭一边咬牙："你在辅国，位同帝王，自是不知你那驸马有多大的权势，他盯我三日，上清司里其他人都以为我要死了，连丧葬白礼都开始给我算上了。"

坤仪没忍住，笑出了声。

"你还笑？都是你，前尘旧事了，突然提他做什么！"杜蘅芜白她一眼，"我不管，你要么给我涨涨俸禄，要么就赔偿我的损失！"

坤仪沉思一番，肉疼地道："那就涨俸禄吧。"

杜蘅芜眼泪一抹，站起来道："那我原谅你了。"

顿了顿，她又挑眉："只是你那驸马醋性大又不自知，你自个儿看着点吧，我真怕以后就因为我姓杜，他便会以我吃饭用了舌头为由而将我贬黜。"

坤仪哭笑不得，摆手："知道了。"

答应是这么答应，但坤仪不觉得聂衍会当真吃这么大的醋。他多半是在借机让她和杜蘅芜把话说开，往后也少一个心结。

这么一想，他还挺体贴。

聂衍确实是体贴的。但这件事，坤仪还当真是误会了，伯爷没别的心思，就是当真不高兴了，所以才会找杜蘅芜的碴儿。也不仅是杜蘅芜，夜半、朱厌这些在他身侧的人，一个也没能逃掉，一连几日都承受着来自伯爷身上的低压。

说来也气人，既然是坤仪殿下惹了他不高兴，那他怪坤仪去不就好了？聂衍不，他对坤仪还是温温和和的，但对他们，那便如北风般残酷了。朱厌已经不知道第几次因为"办事不力"被罚了板子，夜半也因着"跟兰苕来往过多"，被主子冷笑着调去了三司里历练。

说实话，夜半不觉得跟兰苕来往过多是什么错处，毕竟两人你情我愿的，又没什么见不得人的，顶多是主子自己心里有气，扭头看见兰苕给他送果子而殿下没给他送，心里不舒坦了，所以变着法儿地把他调远点。

但夜半很聪明啊，他逮着机会就对聂衍道："殿下对您还真是用了心了。"

聂衍原是想接了他传来的信就继续把他扔回上清司的，闻言倒是顿了顿，不咸不淡地"哦"了一声。

夜半立马就道："原先在您身边还不觉得，这去上清司一看，殿下岂止是用心，简直是用心良苦。您出去扫一眼就知道，如今这晟京里，谁不歌颂伯爷美名。"

除妖是头等大事，而坤仪并未像盛庆帝那般打压上清司，反而是将伯爷的功劳明明白白昭告天下，甚至找林青苏写了好几篇文章，嘱咐茶楼先生一月十次地详说。是以，就算是街上十岁的孩童，提起昱清伯，都会两眼放光，大声说那是他的榜样。

"殿下大抵是知道名声不好很多事就都不好办，所以将您护得极为周全，往后您就算是当场化龙，百姓也未必会觉得龙是妖怪。只会因着您做的好事，将龙奉为神。"夜半继续道，"就杜大小姐所言，殿下从未对旁人花过这么多心思……包括杜素风。"

聂衍沉默地听着，等他说完，才淡淡地"哼"了一声。

夜半以为他不信，还想再说，却见主子站起了身，拂袖道："回信让淮南去送。"

夜半眼眸一亮，连忙笑着谢恩，乖巧地在自家主子身边站好。

与邻国的合作达成，又少了妖怪滋扰，国内的贸易开始蓬勃发展。坤仪施政合理，短短半年，国库就开始充盈起来。朝中不是没有奸佞，但多数不用等到坤仪动手，就被上清司清查了，故而后世的上清司甚至逐渐变成了一个督察朝中官员的部门，这倒是后话。

眼下坤仪辅国政绩卓然，杜相一次又一次地请她祭祖，朝中那些原本中立的老臣，终是往坤仪的桌上放了奏折。

"殿下治国有方，宋家先祖皆可见，还请殿下早日登基，免除祸患。"

"殿下登基可安民心。"

"还请殿下早做打算。"

坤仪将奏折扫过，放在一旁，又瞥了一眼远处的天。

楼似玉说，昨天夜里那块晶石发了光，九天之上应该很快就有动静了。但有动静未必是好事，毕竟就算撇开屠杀凡人的罪名，聂衍也未必能顺利登上九重天。

"你最好不要插手他的事，插手你也什么都做不了。"秦有鲛平静地道，"你该做的都做了，剩下的就是等着提供证词。"

在秦有鲛看来，坤仪体内关着青腾却没有被聂衍撕碎，这已经是极其幸运的了，她能平安活着比什么都要紧。

坤仪十分乖巧地答："放心吧师父，我也没想做什么。"

她接受了杜相的劝谏，决定在七日之后祭祖。按照宫规，这七日里她要沐浴斋戒、念经诵佛，但坤仪翻着白眼问宫中司仪："我念经诵佛，你帮我批阅奏折？"

司仪白着脸直摇头。

于是，一切礼仪如常准备，坤仪却是拉着聂衍满晟京地跑。今天去吃珍馐馆的新菜，明日去品舒和馆的茶，来了兴致，还叫上几个来往多的朋友，在上阳宫背后的庭院里烤兔子。

"殿下这是有什么喜事？"杜蘅芜好奇地打量她。

"没，高兴。"一碗酒下肚，坤仪笑得如花一样灿烂，"国运如今好了不少，我高兴。"

聂衍接住她有些踉跄的身子，轻轻揉了揉她的额角："以后还会更好的。"

"是呀，还能更好。"坤仪望着他，从自己怀里抽出一卷东西来，"你看看，咱们这样相处成不成？"

聂衍将这东西打开，发现是她规划的妖市。

如今吃人的都去了仙岛，不吃人且喜欢生活在凡间的，也被她上了户籍，只是户籍上会有特殊的花纹，只有上清司的人能分辨。

"我想过了，一直靠你压着，你总有走的一天呀，既然除不尽他们，那就立这么些条约，凡人归我约束，妖怪归上清司约束。"

她的想法十分大胆，竟是要让妖怪与凡人共存，但具体规划得也很细致，大到婚配律法，小到滥用妖法行骗抑或是伤人，都列了各自的处理规矩。

人肉对妖怪始终是一种致命的吸引，所以她的私塾也会继续办下去，教更多的百姓从妖怪手下保命。而妖怪大多不通人情世故，被骗了钱财，也会由官府替他们讨回公道。

这未必是长治久安的办法，但一定是当下最好用的办法。

聂衍看了良久，眼神微动。

她好像也把他划在了未来，有这样的东西，两人以后能减少很多不必要的冲突，甚至他身边的妖怪，想留在凡间的，都能有个依靠。

心口突然软得慌，他伸出手，将还在解释律条的人拥进了怀里。

"哎，我还没说完呢。"坤仪闷声道。

他揉了揉她的脑袋，低声道："我都知道。"

没有什么比被自己喜欢的人划在未来更让人高兴的事了，就算他再含蓄，再云淡风轻，也无法抑制内心的激动。

走回后庭之时，杜蘅芜和朱厌见状，也是笑道："难得伯爷心情这么好，多喝一盏。"

聂衍低头看了看自己，问："哪里见得我高兴？"

杜蘅芜神色复杂："那要不，您将嘴角的弧度放下来点儿？"

这都看不见，那就是瞎子了。

朱厌失笑，抿着酒摇头："不知道的，还以为您是在高兴大事将成。"

九重天上来人了也没见他这么笑啊。

"大事将成也是喜事。"聂衍捏着酒盏与他碰了碰，突然垂眸，"你得多花心思，可别出什么意外。"

"您放心吧。"朱厌捏了捏指骨，喷着鼻息道，"有欠有还，十拿九稳。"

聂衍没再多说。

他不曾告诉坤仪天上那些人具体什么时候来，只暗自准备着。坤仪也没告诉他她最近在忙什么，只是白日里与他一起吃喝玩乐，夜间在御书房里批阅奏折。直至深夜，才被他用斗篷裹着带回上阳宫。

在祭祖仪式的前一天晚上，坤仪突然留了他在主殿。

"我睡不着。"她的凤眼亮晶晶的，双手托腮地看着他，"你陪陪我。"

她穿的是藕色的薄纱，青色的兜儿一眼就能瞧见。

聂衍嘴角抿得有些紧。他突然问："殿下觉得自己心悦于我之时，是何时？"

坤仪一怔，大约是没料到他会问这个，不过很快她就答了："第一面见你之时。"

第一眼看他，这人站在她最喜欢的一盏飞鹤铜灯之下，挺拔的肩上落满华光，风一拂，玄色的袍角翻飞，像极了悬崖边盘旋的鹰。

当时坤仪就想，这人真好看，得是她的人才行。她调戏过很多良家男子，也看尽了这晟京里的风流颜色，独那一次，她听见自己的心跳清晰又热烈——

咚咚，咚咚！

而后来，她垂眸。

后来的她，是坤仪公主，与他成婚要思虑利弊，与他圆房也要想着不能有孩子，对他依恋又抗拒，算计又深情。

只有第一眼的时候，坤仪觉得，自己是心无旁骛地喜欢他的。

面前这人看她的眼神突然就多了几分心疼。

坤仪可受不了这个，她翻了个白眼，撇嘴道："我有什么好心疼的，我锦衣玉食，受着无尽的恩宠长大，总是要付出些什么的。这天下可没人能好事占尽，做人得想开些。"

聂衍抿唇，伸手摸了摸她的头顶。她的鼻尖突然就有点酸。

"我俩这一年多的纠缠不那么敞亮。"她低声道，"下辈子我若是个穷苦人，没锦衣玉食，也没皇室宝册，我就用尽我所有的力气去爱你、相信你，摔破头也没什么大不了。"

但现在，她不敢摔，她摔的不只是自个儿。

她吸了吸鼻子。

聂衍没有说话，揽着她就吻了上去。

她好似从他追杀她那一回开始，就再不信他了，听着好听的话也会喜悦，但绝不会真的再全心全意倚仗他。

他心口有些发闷，将人抱紧，直到听见怀里传来均匀又绵长的呼吸声，才轻轻松开她。

正阳宫的屋檐上有一丝神魂在等他，聂衍身子未动，一魄也飞了上去，站在那人身侧。

"还是没想清楚？"那人笑问。

聂衍淡淡地瞥他一眼："这话该我问你主子。"

"笑话，娘娘乃万物之长，何须顾忌你？"那人嗤道，"不过是慈悲为怀，不想毁了人间，才寻了这么个折中的法子。"

所谓折中的法子，就是让龙族认下当年的罪孽，然后受众神的恩德，去往九重天为神。

聂衍抬袖打了个哈欠："你要是来只说这事，便别扰了我清梦。"

说罢，他想飞身回去殿中。

"你何必这般敬酒不吃吃罚酒！"那人恼了，张手拦住他的去路，"这已经是最好的出路了，大家不用动手，你也能顺利上九重天——你不就是想去九重天吗？"

聂衍的确想去九重天，但不是这么去。

那位娘娘想让他认罪，无非是不想凡间因着此事受责，这天下凡人都是她捏的泥人的后代，凡人受责，必定累及她在九重天的地位。而他一旦认罪，就算上了九重天，也是戴罪之身，要时常向其他神仙低头，也不能再争什么。

聂衍冷笑。

他想争的东西可太多了，绝不会如了他们的意，就算赢的把握只有五成，他也会去试。

聂衍拂袖绕开这人，将一魄收回到了自己的身体里。同时，屋檐上那还想喊话的仙童也被一道光震飞了出去，那光极其凶猛，震得他回到自己的身体里之后，坐起来就"哇"地吐出一口鲜血。

几位神仙都正在他的屋子里坐着，见状纷纷变了脸色："他竟然对你动手？"

仙童吐干净了血，虚弱地道："没动手，是驱赶神魂的符咒。"

驱赶神魂的符咒压根不会对神魂造成伤害，除非施咒方修为高于神魂太多。天神伯高子过来扫了一眼仙童的脸色，轻轻叹息："这聂衍，在凡间这么多年，竟还是戾性难消，此番他若上了九重天，往后我等的日子怕是不得安宁。"

"谁说不是呢，偏伯益他们觉得他沉冤多年，十分不易。"

"还不是因为他当年与聂衍关系亲近，想着他上来能帮扶自己一二，才说那些个荒唐之语。你看聂衍这模样，像是被冤枉的吗？莫说区区凡人，就是我等天神，他也未必放在眼里。"

伯高子长长地叹了口气："如今这场面，倒不是你我能说了算的。"

妖怪横行人间，女娲晶石被毁，此番漫天神佛皆要下界听聂衍和凡人陈辩，诸神心思各异，不知会有多少人受了聂衍的蛊惑去。

"伯高兄就没去找那凡间的帝王说说话？"

"找了。"伯高子皱眉，"但我进不去她的梦境。"

按理说凡人的梦境该是很好进的，不管是妖怪小鬼还是神仙，都能轻而易举地托梦。可他绕着坤仪走了好几日，愣是没找到她梦境的空隙。

"奇了怪了，这帝王该不会是聂衍找来糊弄神佛的吧？"

"不会，神佛面前，凡人无法撒谎。"

更何况，凡人肯定是偏帮女娲娘娘的，没人会傻到去帮一条半妖半神的龙。

天破晓之时，坤仪坐在妆台前喷嚏连连。

今日是她祭祖的大日子，特意起得很早，但也不知是夜露太深还是怎么的，她这喷嚏一个接一个，打得兰茗都忍不住给她拿了厚些的披风来。

"殿下，奴婢有一事不解。"兰茗一边给她系带子一边嘀咕，"三皇子虽说也是皇室血脉，但到底是送出去养着的，这祭祖的大日子，缘何又将他接了回来？白让人生出些不该有的念头。"

虽说今日是坤仪祭祖，但三皇子毕竟曾是张皇后亲口说的皇储，哪怕后来变了，那对新帝来说也是个威胁，旁人巴不得让他永远不出现在晟京。倒是殿下，竟还特意让人把他接回来。

坤仪从铜镜里看了看自己的妆容，笑道："今日天气不错，待会儿应该能有很暖和的太阳。"

"殿下！"兰茗跺脚。

"好了，时辰剩得不多了，你也先出去看看，别出了什么岔子。"

兰茗欲言又止，鱼白见殿下坚持，连忙上前打了个圆场，将兰茗拉了出去。

"今天大好的日子，姑姑何苦与殿下疾言厉色的？"鱼白拉着她一边走一边劝。

兰茗眉头直皱："我怕她把三皇子带回来，是在留后路。"

三皇子能是什么后路？难道今日祭祖还能让他去祭了不成？鱼白不以为意，看兰茗当真在担忧，连忙与她说些喜庆的，比如各方送来的贺礼里有多少宝贝，再比如殿下祭祖用的裙子，是多少个绣娘绣了多久才成的。

天色大亮的时候，坤仪穿戴整齐，踏上了去宗庙的路。

六百侍卫护行，百官跟从，礼乐随道，红蓝色的祭祖绸带被风拂起，命妇拖着长摆的裙子在前头开路，坤仪就踩着缀满宝石的绣鞋，端着手，行在人群的最中央。

大宋已经很久没有女帝了，她这登基虽说是民心所向，但毕竟不算名正言顺，是以今日观礼的贵门子弟里，不少人还在低语腹诽。

"这天气一看就不太好，乌沉沉的，怎的就选了这么个日子？"

"女帝登基，又不是先帝中意的人选，你能指望这天气有多好？"

"小声些，你不要命我还要！"

也不知是修为提高了的原因还是别的什么，坤仪听这些话听得特别清楚，哪怕离她有几百步那么远。

她抬头看了一眼天，远处果然有云彩朝这边涌过来了，而且不是一朵两朵，而是遮天蔽日的一整片。

钦天监的人瞧见了异象，冷汗直流，却不得不硬着头皮说："这是吉兆，殿下乃天命所归。"

秦有鲛听得白眼直翻，上前两步对坤仪道："去高台上站着。"

坤仪颔首，加快了步子。

宗庙面前突然暗了下来，接着就起了狂风，吹得命妇和大臣们一阵东倒西歪，宫人婢女连忙想去扶坤仪，一眨眼却见她站在祭坛之上，手凭石栏，抬头望天。

天上层层叠叠的云中，突然开了一丝缝隙。那缝隙里泄出一指宽的璀璨阳光，正好照在坤仪的额心，照得她额心上描了金的花钿闪闪发光。

近臣惊呼一声，众人皆抬头，就瞧见了这不可思议的场面。

周遭暗如夜幕低垂，唯一的光正好落在他们新帝的脸上。新帝双目含笑，直望苍天，一身金红长袍，披风曳地；头上凤钗双翅指天，金光熠熠，当真恍若天神一般。

一时间，偌大的宗庙竟是鸦雀无声，连呼吸声都难闻。

坤仪窥见天光的一刹那，耳边响起了仿若钟磬的声音："吾有话问，尔可愿答？"

"愿。"她想也不想就应。

四周突然变得灰蒙蒙的，原先跪得整整齐齐的百官和护卫都消失不见，坤仪瞥了一眼，并没有意外，只是寻向那声音的来处。

云层骤开，漫天诸神分列其中，宝光刺目，突如其来的梵音震得她心口一痛，险些跪下。

她勉强站直身子，定睛一看，就见云层中间的空地上捆着一条玄龙，金色丝线将它捆得动弹不得，每一条线都落在一个天神手里，玄龙寡不敌众，漠然地垂着头。

"二十多年前，凡人曾见我等做证，说龙族屠杀凡间，证据确凿。而今，又闻龙族祸乱凡尘，你身为凡人帝王，可有话要说？"

坤仪仰头，看向那漫天神光："有。"

"讲来无妨。"

坤仪很清晰地感觉到了自己体内青䗖的挣扎。她大抵是察觉到了周围的神光，咆哮冲撞着想出来。她如今可是天狐啊，天狐怎么能被个凡人封住呢？然而，不管她怎么冲撞，使出多少力气，都没能抢在坤仪张口之前冲破封印。

坤仪将青膣告诉过她的话，一字不落地全说了出来。

"不……不，她撒谎！"青膣急得大喊。

可是没人能听见她的话。

坤仪说完之后，神光自她身上笼罩下来，她并无半点不适。

"竟是真的。"伯高子唏嘘叹气，扭头看向今日跟来的青丘一族，"你们可有话说？"

"凡人说的话怎么能当真呢？"几只天狐磕磕巴巴地道，"她这个女娃娃也才活二十年，哪里就能做证了？"

坤仪轻笑道："凡人说的话若是不能当真，当年你们又为何要因着凡人的话降罪龙族？"

"这倒是有理。"天神伯益笑道，"当年以什么标准判的案，今日就也该照常，不然咱们这自己定的规矩，可就要打自己的脸了。"

说罢，他径直松了手里的金丝绳。

这个人说话有些分量，他带了头，就有好几个天神跟着松了绳子。

聂衍动了动，当即从松动的地方伸出五爪，撑着身子站了起来。

坤仪瞧明白了，这漫天密密麻麻的神仙，加一块儿才能制住聂衍。若是有部分神仙肯松手，聂衍就能摆脱这桎梏。眼下伯益带着一部分神仙松了绳子，但还不太多，只能让聂衍站起来，却不能让他完全挣脱剩余的金丝绳。

"这个凡人没有撒谎，那龙族当年或许真是被人陷害。"有天神开口，声若洪钟，"但如今呢？女娲娘娘放在凡间的晶石被毁，人间又正逢妖祸，龙族可还无辜？"

"不无辜。"坤仪答。

聂衍低头看了她一眼，没有什么反应，倒是旁边的伯益略微皱眉，又拿神光在她身上一过。

还是没撒谎。

"聂衍此番下界，的确毁坏了多处晶石。但我猜，他是为了上达天听，让女娲娘娘知道凡间有难，不得已而为之。"坤仪拂袖，接着道，"人间妖祸是妖族贪婪所致，要说推波助澜，我便是要状告天狐一族的青膣。"

几个天狐急了："青膣已经被你们凡人诛杀封印，她如何还做得孽事？"

坤仪冷笑："凡人何其弱小，就算付出性命封印一只狐妖，却也奈何她不得，只能封在活人的体内，好让她与此人共生死——这主意当年来看也是不错的，可惜封印不稳，这狐妖能借着那活人，吸引周遭的妖怪，甚至吃掉她身边人的魂魄来休养生息。"

"你，你危言耸听！"几只狐狸慌了，她们好不容易在九重天站稳脚跟，谁料竟是要被这旧账拉下水。

青臁被封印，楼似玉也无心九重天，她们已经没什么弱点了，断不能让这个小丫头搅了局去。

天狐冷静了片刻，道："一个人做证不可信，今日既然漫天神仙皆在，那不如多找几个人来证一证。"

她说着，一挥手，竟是将三皇子给捞了上来。

"此人也是他们皇室中人，自然也可以做证。"

聂衍脸色沉了沉。他曾用真身的幻象吓唬过三皇子，这人若是乱说话，那可就麻烦了。

是以，他开了口："妖怪后代，难道也能当凡人来证？"

众神一愣，伯益连忙用神光落过去。

三皇子哪里见过这样的场面，吓得还没回过神来，就见一道光落在自己身上，接着自己的头就剧痛无比，当即抱头惨叫。

"瞿如与凡人生的。"伯益收回神光，略略摇头，"确实当不得凡人看。"

天狐急了："他若都不算凡人，这女子为何又算？她身上可也是有些神通的。"

"确实。"坤仪应和地点头。

几只天狐不明所以地看向她，就见她突然转过背，露出了自己身后的胎记。那胎记灼灼生光，妖气霎时弥漫天地。

"大胆！"伯高子怒斥，"何方妖孽，竟敢在此处放肆？"

"是青臁。"伯益认出了这股妖气，挑眉看了看坤仪，"方才她说青臁被封于凡人之身，说的应该就是她自己。"

"这……"漫天诸神都沉默了一瞬，目光齐刷刷地落在这个小姑娘身上。

她正是风华正茂的年纪，脸上也不见有什么怨怼，但她那胎记里溢出来的妖气，确实是青臁。别的狐狸都受了封上了天，唯有她，还带着一身妖气留在人间。

几只天狐死盯着那胎记。

坤仪突然脸色一白，皱眉看向她们："你们想让她杀了我破封而出？"

"凡人休得胡言！"天狐冷声道，"诸神在此，我等皆未动用神力，你如何敢信口栽赃！"

可是，她们方才那一看，她体内的青腾就像是突然有了方向一般，开始猛地朝一个方向撞。她一时不察，竟被青腾撞伤了经脉。

"不过不管怎么说，青腾就算有错，也该让诸神处置，尔等凡人怎敢擅专！"天狐道，"既是告了青腾的状，那总也该给她个说话的机会。"

伯高子等神点头，聂衍倒是终于开了口："青腾出，她就得死。尔等既要审案，是否也该先保住这凡人的命？"

那钟磬一般的声音又轻轻开了口："凡人命数乃天定，生死都有命，就算是神佛，也不得更改。"

聂衍冷笑："那你们这审案，不就成了杀人？"

声音沉默。

天狐突然就看向聂衍："玄龙几时怜惜过凡人性命，莫不是与这女帝有些纠葛？"

聂衍没答，伯益却是摇头："凡人做证，只看话的真假，何时要看与人的关系了？若真要这么追究起来，二十多年前的那个凡人，还是你天狐族的姻亲呢。"

天狐大怒，朝着伯益就龇牙："你何必要与我族为难？"

"求个公道而已，算什么为难。"伯益耸肩，"你天狐一族作恶多端，又巧言善辩，我若不多说两句，眼下这凡人和玄龙，不都是任你们宰割吗？"

"你……"

坤仪听了良久，终于逮着机会开口："若是觉得我做证不够妥帖，那便请诸天神佛开眼，让这满天下的人都来做证吧。"

众神一愣，伯益也迟疑："天上有规矩，为免惊扰凡人，我等不得大肆现身于凡尘。"

"那便从这五湖四海里随便挑些经历过妖祸的凡人，问问到底是怎么回事。"坤仪摊手，"办法总是有的。"

诸神思虑了半个时辰，天上闹嚷嚷的一片，坤仪也不着急，就盘坐在虚空里等着。

"你这死丫头，不要命了？"青腾气得双眼通红，"我若想要你死，这些神仙没一个能救你的，你还真有恃无恐起来了？"

"天神面前不得撒谎。"坤仪淡淡地道，"这是你告诉我的。"

"我还告诉过你，我若出去，你必死无疑！"

坤仪乐了："你挣扎了这么多天，能不能出来自己心里还没数不成？"

要能出来，她早出来了。

"你别太得意，你这身体里是有破绽的，只是我还没找到。"青腾眯起狐眸，"你若不是觉得自己会死，今日也不会将三皇子找来。"

那被漫天异象吓坏了的三皇子已经晕厥过去，就躺在坤仪脚边。

坤仪看了他一眼，轻笑："我就不能是找他来看个热闹？"

"你这性子看着软弱，实则果决非常，如果不是没的选，你才不会让他来节外生枝。"青腾仿佛是吃准了她一般，冷声道，"我劝你悬崖勒马，不然我有本事让你永世不得超生。"

坤仪做出了一个很害怕的表情，而后又笑："聂衍落了龙血在我魂魄上，你还要怎么让我永世不得超生？"

青腾嗤笑，像在看一个傻子："你看聂衍他现在有法自保吗？他一旦死了，龙血也就无效了，你照样在我的股掌之间。"

"那我便保他不死。"坤仪垂眼。

青腾噎了噎，像是被她这大话给镇住了，好半晌才笑出了声："你以为你是谁？凡间的帝王在这些神佛面前连蝼蚁都不是，你凭什么说这么大的话？"

顿了顿，她又道："别以为有你做证，聂衍就能完好无损。当年他之所以会落败，跟在场一多半的神仙都脱不开关系。"

坤仪没再说话，前头的神仙们却是终于讨论出了结果。

"我们会选三百凡人上来做证。"伯高子深深地看着她，"倘若与你所言有相悖之处，你可是要受天雷之刑的。"

天雷之刑对凡人而言就是死刑，坤仪听着，神色却还是很平静："我认。"

一个证人好掌握，三百个凡人，又是他们随便选的，聂衍心里也没什么底。他动了动身子，有种想要强行冲破绳索的冲动。

"莫慌。"伯益低声安抚他，"我看这小姑娘像是早有准备。"

她哪来什么准备，最近总在与他吃喝玩乐不说，先前也从未见她有什么布置，就算昱清伯如今在民间风评甚好，但他眼下是一只玄龙，会不会吓着人都是另说，更遑论让这些人觉得他是个好的。

聂衍连连皱眉，低头看了看身上的绳子，约莫是能挣脱的，至多受些伤。可是，还不等他下决定，那头乌泱泱的凡人就已经到了这片虚空之地。

坤仪没有看他们，只见伯高子作凡人打扮，将他们归拢在看不见神佛的结界里，和蔼可亲地问那些人关于妖祸之事。

结果，三百人中，没有一人见过龙族为祸人间。反而是有十几个在晟京生活过的人，一提起平乱之事，当即夸赞昱清伯。

伯高子听得不是很满意，扭头对众神道："光这么问，也问不出什么来。"

"我看你是问不到有人被龙族伤害过就不罢休。"伯益冷笑，环视四周，"尔等畏惧玄龙之力，对其神位诸多阻挠，岂称神职？"

场面到这个份上，不少原本事不关己捏着绳索装场面的神仙都纷纷扔了金丝绳，聂衍身上又松快了不少。

他动了动龙爪，正想动作，就见一道雷光在他头顶炸开。

"龙族若真当为神，便该受这九十九道天雷！若神魂不灭，我等自当奉他上九重天。"有人喊道，"前尘可以不究，但他若非真神，也不该因着被冤枉而补偿神格。"

这话就是要无赖！伯益沉了脸。

聂衍没有正式成神，没有被人间供奉，这天雷落下来就是酷刑，九十九道酷刑之后，就算他上得了天，也要休养百年。

说来说去，他们还是畏惧他，不肯让他顺利上天。

没有人会不害怕自己的周围出现一个过于强大的人，尤其这个人未必会和你同心同德。

比起伯益的气愤，聂衍就显得平静多了，他早料到这群神仙会诸多为难，虽然九十九道天雷的确过分，但他受得起，大不了静养一段时间。一旦上了九重天，后头有的是机会向他们讨回来。

"可以。"他应下。

场面顿时发生了变化，聂衍所在的云缓缓落至书页开合一般的大云层中央，坤仪等人所在的云被拂到了边上，恰好挨着伯益等神。

伯益忍不住用神识给她传话："小姑娘，你不再说些话吗？真叫他受了这刑法，往后几百年里，还不知道叫人欺负成什么样子。"

坤仪没有看他，目光依旧落在聂衍身上。她的侧脸看上去无比恬静，仿佛在看山水画一般。

她说："这漫天的神仙，其实和朝堂上的臣子也差不离，说是心怀苍生，多也是念着自己。今日不叫他们满意，聂衍便难上九重。"

她不知道九重天上有什么是聂衍想要的，但他既然想去，今日便是最好的机会。一旦错过，光凭他和他身边的人，想靠武力打上去，那才是真的没什么指望。

"你这小姑娘是不知道天雷有多严重，才说得这么云淡风轻？"伯益直摇头，"神凡到底有别，他怎么就看上你了？"

坤仪没辩解。她知道天雷有多严重，秦有鲛给她的卷宗里恰好有几卷写的就是天雷禁锢术。提及天雷，顺便就解释了一番这刑法的来由和作用。她看了许久，记得很牢。

乌云滚滚，遮天蔽日，原本好端端的天色，竟当真是要下雨了。

皇室宗庙前头一片死寂，各方跪着的人都像是被定住了一般，没有人察觉到祭坛上的异样，也没有人抬头看天——除了龙鱼君和秦有鲛。

自祭坛上落下结界，这两人就知道里头在发生什么。按理说他们今日都该回避，以免哪个神仙多管闲事将他们给收了去，但坤仪前几日有重任托付给他们，就只待此时，要他们帮忙。

"这小丫头，哪来这么多的银钱？"秦有鲛捏着诀，看向地图上的一百个红点，啧啧称奇，"如此大的动静，我等竟半点风声也没听见。"

龙鱼君心绪复杂，没有说话。他按照坤仪的吩咐，将地图上的各处笼罩着的隐蔽结界——撤去。

咔！

天雷落下了一道，哪怕隔着结界，都震得人心尖一颤。

秦有鲛赶在天雷落下前施法完毕，拉着龙鱼君飞快地离开了这片地方。

与此同时，结界内众神皆念咒语，眼睁睁看着那裂天似的雷落在聂衍身上，神目半合，满面慈悲。

"二十多年前龙族蒙冤，今日便替你平反。天狐诡诈，贬回凡尘，玄龙若能受过雷刑而神魄俱全，便准入九重天。"

密密麻麻又嘈杂的诵经声在四面八方一齐响起。坤仪听得脑瓜子疼，她干脆闭了自己的听觉，只遥遥看向云层中央的聂衍。

道道惊雷轰然落下，将他所在的云层都击出了黑色。聂衍只在第一道雷的时候顶住了，站着没动，但第二道落下来，他就被击倒在云中，长长的龙身痛苦地挣扎，发出声声龙啸。

有那么一瞬间，他的目光正好与她对上了。

坤仪在他的眼里看见了前所未有的深情，仿佛沧海桑田眨眼过，而不管她到哪里，他都会在她身边，不离不弃。

她心尖颤了颤，飞快地垂眸，不敢再看。

天雷动静一下比一下大，这九十九道天雷，竟跟落个没完的雨似的，看得伯益都忍不住问旁边的神仙："怎的还没完？"

旁边的神仙想了想："快了吧，应该有九十多道了。"

说是这么说，但这会儿过后，天上愣是多落了七十多道雷，才算勉强停下。

伯益和聂衍是开天地时的故交，与他友情甚笃，此时险些没绷住天神的架势，要当场骂出来了。

哪有这么说话不算话的神仙！平白多几十道天雷，聂衍岂不是五百年都休养不好了？可恨这漫天站着的人，竟没一个觉得不妥的。

他红着眼去看旁边的小姑娘，聂衍说他很喜欢这姑娘，今日若是扛不住，也要他先将她和她的臣民给护着。

这般的深情，按理说，这姑娘应该是与他两情相悦，将他放在心尖的吧？结果他扭头一看，这小姑娘跟看热闹似的，眼泪没半滴不说，眼神还挺好奇。

怎么的，是好奇聂衍死没死吗？

伯益拂袖，气不打一处来。凡人就是这么冷血无情，没想到聂衍这样的，竟也有看走眼的一天！

劫数尽过，众神都伸头去看，还未及查探他的三魂七魄，却见聂衍自己站了起来。

他一身黑鳞碎得七零八落，龙血潺潺而落，顺着云层往下滴。龙须低垂，龙目半合，已是极为勉强之势。但就算是这样，聂衍还是自己站了起来，仰头看向天光落处，长吟一声。

龙啸清天地。一般的天神要飞升，只用受三道雷刑。饶是如此，这三道天雷之后，飞升的神仙们也大多昏迷不醒，只保有魂魄在。

而聂衍，他受了上百道雷刑，竟也还能站起来。

已经不用再查看三魂七魄了，众神只觉得心口发凉。

这样的人上九重天，什么样的位置才配得上他？好在他看起来是重伤了，就算先怠慢于他，给个低些的神位，毕竟他五百年内都未必能有反抗的力气。

漫天神佛心思各异，伯益却是大步上前，将通行九重天的信物从伯高子手里拿来，亲自过去，化入聂衍眉心。

"你看着她些。"两人离得近了，伯益清楚地听见了聂衍的声音，"青丘一族被贬，必定怀恨在心，青腾怕是要拉着她同归于尽。"

自己都成什么样子了，竟还惦记着那小姑娘？

伯益气不打一处来："你何时变成了这么个只知儿女情长、不顾大局的蠢物？人家姑娘都没担心你被雷劈死，你倒还担心她？"

聂衍吐了口血，轻笑道："她用不着担心我。"

"你……"气得拂袖，伯益起身道，"我看你是糊涂了，这样的心思，如何当得神？你还不如就在凡间待着，总归也没人能为难你。"

聂衍只摇头。

伯益懒得再看他，取了镇魂灯出来将他收进去，然后就冷眼看向还在一旁求饶的几只狐狸。

"阴谋诡诈，怎堪为神？"

"大人，我等还有话要说！"领头的妖狐立起了身，急急地道，"当年若只是我狐族诡诈，又如何能将龙族害到这步田地？我等是有同谋的，那位大人说只要我们肯构陷聂衍，他们就能允我们上九重天。"

甚至她们上来的时候，一道天雷都没受过。伯益沉了脸，天上诸神也一阵唏嘘，没想到神仙里也能有人生出这么厉害的嫉妒心来。

但，唏嘘归唏嘘，包括伯益在内，没有神仙接她们的话。

妖狐急了："你们就不好奇那人是谁吗？他可是……"

话还没说出口，天雷就又落下来一道。"轰"的一声巨响，将妖狐当即劈晕了过去。

"哈哈哈！"青膂突然笑出了声。

坤仪捂住自己的脑袋，就听得她状似癫狂地道："她们这群蠢货，真以为上了天就是神仙了，还不是被人骗得团团转！让她们救我她们也不肯，活该！"

腰腹处有剧痛传来，坤仪变了脸色。

"我找到你的破绽了，小姑娘。"青膂幽幽叹息，"你的命，到头了。"

坤仪心里一紧，垂眼与她道："你若现在出来，必死无疑。"

"我自是没那么傻，但你若想让你那些个黎民百姓都活命，就带我去安全的地方，不要声张。"

坤仪沉默。

"怎么，不愿意？"青膂嗤笑，"好啊，你也可以现在就向这漫天神佛求助，我敢保证，在他们抓到我之前，我定能拉上整个晟京的人陪葬！"

漫漫云层之下，晟京依旧沉浸在新主即将登基的喜悦之中，孩子们举着彩色的风车奔跑，家家户户张罗着在挂红绸。

杜蘅芜看中了容华馆一个新来的小倌儿，正掏钱要给他赎身，突然就被徐枭阳捏住了手腕；林青苏正往宫殿的牌匾上题字，旁边乔装成宫女的贵门小姐红着脸给他研墨；孙秀秀在户部打着算盘算账，恍然不知自己的封赏已经在路上。

祭坛附近的人都满心期待地等着礼成，兰苕和鱼白高兴得跪着落泪，杜相也终于是一改往常的严肃，脸上隐隐有了笑意。

妖祸已平，百废待兴，正是最好的时候。只要有一个不那么坏的君主，百姓就能渐渐吃饱穿暖，不用流离失所，也不用再担惊受怕。

坤仪收回目光，踢了一脚旁边的三皇子。

三皇子已经被吓破了胆，魂魄都要飞出去了。正游离着，就听得他那厉害的姑姑对他道："祭祖的时候发的誓都会成真，你好自为之。"

三皇子浑身一冷，再睁眼，自己莫名就回到了祭坛之上，身上早已穿着一身华服。他一睁眼，祭祖礼成的钟磬声便刚好响起。

他惊愕地抬头，发现天上除了乌云什么也没有。没有金光，没有神佛，也没有他姑姑。

他略微慌乱，下意识看向身边的礼官。

王敢当红着眼看着他，低声道："臣奉殿下之命照顾您，还请您务必妥帖行完祭祖登基之礼。"

按照礼节，祭祖在前，登基在后。坤仪一开始就料到了今天，所以连礼服都给他备好了。

王敢当很不情愿，他不觉得三皇子会是个好帝王。但殿下生死难料，眼下皇室中只有他一条血脉，只有他名正言顺地走完这个礼仪，才不至于引起天下大乱。

殿下安排很妥帖：她赐还了鱼白和兰苔的奴籍，改成了良民，还分了几个望舒分铺给她们；又将未来三年的大政方向拟定，要新主照着施行；命上清司推行凡人与妖怪并存的章礼，以上清司为剑，制约妖怪举止；以越来越多的私塾为盾，教百姓防身。

王敢当一开始以为坤仪公主是个花架子——也不止他，几乎所有认识她的人都会这么以为。但等她安排的东西一一浮出水面，他才惊觉，在皇室里长大的这位公主，学了太多寻常女子压根不会学的东西。

她甚至是善谋的，只是先帝的宠溺让她足以无忧无虑过上二十年，不用显露什么特长。但真要她担当的时候，她将整个国家好好地撑了起来。

知人善用、不忌男女出身、重视私塾教授、重视百姓生计、重视农业、鼓励贸易，并且还能利用妖术和道术平乱。

这样的女子，若能继位，来年吞并邻国也是有望的。可她偏偏就没为自己打算过。旁人将她当封妖的容器，她也就不爱惜自己的性命了，使命达成，生死都无妨。

王敢当想起坤仪刚刚辅国的时候，有个言官当庭说："坤仪公主骄奢无度，自出生起就锦衣玉食，岂能参与国事？"

兰苕气得眼眶发红，站在廊下与他嘀咕："公主锦衣玉食怎么了？她配得上！除了锦衣玉食，她什么也没有。"

彼时听着这话，王敢当觉得不太明白。锦衣玉食都有了，还缺什么？

直到那天傍晚，坤仪召他去，将登基之事细细与他安排了，他才猛地发觉，殿下好像没有被人爱过，所以她并不懂得怎么爱自己。太皇和太后因而死，宫中人除了兰苕之外对她皆是疏离。盛庆帝对她虽然宠溺，但也只是物质上的宠爱，他有自己的妻子儿女，与她相处的时间并不长，也不方便与她谈心。

后来她有了昱清伯，可是昱清伯也想过杀她。

王敢当站在御书房里，看见余晖落在殿下身上，莫名就有些眼酸。

可殿下十分想得开，也没有半点怨天尤人的意思，看他这表情甚至有些哭笑不得："你在同情我？可是敢当啊，我的命就是极好的，天下有的是百姓一出生就吃不饱饭，我不但顿顿不重样，甚至全是山珍海味，我有什么值得同情的？活这么多年已经是我命好了，谁也不欠我的，我也不欠谁的了。"

她说着就笑，嘴角边笑出了浅浅的梨涡，眉目里尽是满足。

王敢当觉得，殿下是他见过的活得最灿烂的姑娘。可惜，这个姑娘在他离开时说的最后一句话是："如果三日之内没见着我的尸身，就把我的衣冠葬去公主坟。墓室里摆两个棺，另一个空着就行，直接封墓。"

聂衍是用不着棺木的，但她还记得他上回生气的缘由，想着也算与他合葬。

王敢当咬着牙急匆匆退出来，才不至于失态。

这世上有太多人怕死，尤其是上位者，想方设法求长生的比比皆是，可殿下才二十余岁，眼里竟是一点求生的光都没有。

多可惜。

午时一刻，天上的云渐渐散了，三皇子也魂不守舍地坐上了皇位。

兰苕惊慌地问他："殿下呢？"

王敢当看了看天，答不上来。

众神来得快去得也快，聂衍伤重，伯益将他带回了自己的仙府。门刚合上，他就听得这人在镇魂灯里问："坤仪呢？"

伯益白眼直翻："不知道。"

镇魂灯突然震了震，像是要被破灯而出。伯益吓着了，忍不住大骂："你是个疯子不成，就为了那么个女人，这一身伤也敢出灯？难道非要形神俱灭了你才满意？"

"你不知道！"聂衍哑声，"放我出去。"

伯益无法，落了聚魂阵，将他放出来，没好气地道："方才散场的时候我看见他们把那小姑娘送回去了，你有什么好慌的，人还能丢了不成？"

聂衍化了人形落地，脸色苍白如纸，眼神却是分外明亮。

他这精神过于好了，看得伯益微微皱眉："你……"

"她救了我一命，"聂衍勾唇，"按照妖怪的规矩，我得以身相许。"

伯益瞪着他，一时不知道是该惊讶他居然没有看起来伤得重，还是该惊讶这人嘴里竟能吐出这么肉麻的话来。

伯益绕着他走了两圈："你这伤，怎么都是皮外伤？"

"皮外伤，不严重。"聂衍淡淡地抬手擦去嘴边的血迹。

"可是，不对啊。"伯益百思不得其解，"你再厉害，也不能从那么多天雷里毫发无伤吧？"

"天雷诛神，是诛那些尚未被供奉的神。"聂衍低笑，手指摩挲着自己的血，想起坤仪那几日神神秘秘兀自伏案的模样，眼神温柔如水，"可她给我修了供奉之处。"

伯益愕然："未成神怎么能修供奉之处？这不合规矩啊。"

聂衍看他一眼，抬了抬下巴："我家夫人从来不是照规矩行事的人。"

"可是，可是就算她修了，要顶住这么多天雷，那得修多少座？如此大的动静，天上岂能半点没察觉？"

不仅天上没察觉，他一直在凡间，不也没发现这件事？聂衍很好奇她是怎么做到的，所以，他动了身。

"你去哪儿？"

"找夫人。"

"……"

伯益揉了揉自己的腮帮子，虽然也为这个万年老友高兴，但他们这些九重天上的神仙多是光棍儿啊，突然来个带夫人的，还……挺刺激的。

诸神散场的时候，坤仪确实被送回了宗庙。但行至半路，她就被一阵妖风拐到了一片荒寂的空地上。

坤仪也没慌，只问："你现在就算出来也变成妖怪了，打算去哪儿啊？"

青腾冷笑连连："妖怪也没什么不好，我可以在人间继续过我的快活日子。倒是你，还有什么遗言就快些说吧，我好让你死个痛快。"

坤仪想了想，清了清嗓子："那你等等啊，我把刚看完的治国策当成遗言背给你听。"

《治国策》有一万八千七百余字，可以背上几个时辰。

青腠黑了脸，妖力猛出，抵住她肚腹上的破绽。

"哎，别这么凶嘛！"坤仪嬉笑，"我不背就是了。"

她的语气轻轻松松的，像平日里与她的宫女打闹一般，完全不像将死之人。将死之人，应该是惊恐求饶、满目眼泪的。

青腠对她的表现显然不太满意，冷冷地道："聂衍重伤，几百年也不会恢复，想让他来救你是不可能了。你一死，我必定撕碎你的魂魄，叫你无法转世。就这样，你都不怕？"

坤仪耸肩："也挺好，省事儿。"

青腠大怒："你再也不会见到聂衍了！"

"就是料到了，临走前才睡了他一回嘛。"她笑，"我也没啥遗憾的了。"

青腠气极了。自己是想看她痛苦，好弥补自己这二十多年暗无天日被封印的苦楚的。可坤仪这反应，很难让她得到什么安慰。

青腠气得打了几个转，又道："你的师父、你的朋友，你没一个能再见，他们会慢慢忘了你。不管你死得有多伟大，都没人会念你的好！"

"哦。"坤仪挑眉，"你是觉得我平时挨骂挨砸挨少了？"

她那明珠台专门修了一个接臭鸡蛋和石块的前庭，每个月都能往外运不少上好的肥料。

青腠噎住了。她突然觉得很憋屈，比被封印二十多年还憋屈。眼下她是刀俎，这人是鱼肉，她怎么才能让这人难过呢？

坤仪闭上眼，将自己放进了虚空里与她待在一处，笑嘻嘻地道："你是和兰苕一样陪了我这么多年的人，临走来抱一抱吧，也算你我相识一场。"

青腠戒备地看着她："你别想要什么花招！"

"我能有什么花招，你可是连龙族都能骗的狐狸，"坤仪撇嘴，"你的妖力也恢复了八成了，我这样的凡人，难道还能伤了你堂堂妖王？"

说得也是。

青腠勾手让她过去，坤仪当真也就毫无防备地张开手，环住了她的脖颈。

只是，狐狸终究是狐狸。这一抱，青腠手里用碎符纸搓成的指头粗的尖刺，倏地就送进了坤仪的心口。

但，青朦没料到的是，刺刚送出去，自己的喉下三寸命门处也突然一凉。

抱着她的小姑娘软软地对她道："我的父皇母后、我身边那么多无辜人的命，你总是要还的呀。"

青朦已经恢复了八成的妖力。她有足够的自信，不管坤仪对她做什么，她都能全身而退，所以她并没有把这个小姑娘看在眼里。她早早就将自己身上剥落的符咒收集了起来，灌入妖力，凝成了一把可以破开坤仪经脉的尖刺。只等这愚蠢的凡人自己送上门来，她就能自由。

一切都在她计划之中，可青朦怎么也没想明白，坤仪为何也拿着一把符纸凝成的匕首，而且这匕首，又快又准地就扎进了她的命门里。以她的修为，坤仪应该不能扎破她身上的护体妖气才对，可偏偏这一把匕首，不但破开了她身上所有的防备，甚至还在她喉下三寸最深的伤口里爆裂开，九十九张崭新的符咒飞蹿而出，像刀刃一样，顺着她的经脉游遍她的全身。

青朦红了眼。

她感觉得到，自己刚刚恢复的妖力又在重新被冻结。她咬着牙，拼着最后一丝力气，将手里的尖刺往坤仪的心口多送了两寸。

坤仪被她推开，往后踉跄了两步，捂着心口的尖刺，骤然笑出了声："我还要多谢你，教了我这诛魂的法子。"

青朦不敢置信地看着她。

早些年坤仪还很弱的时候，青朦也能知道她的想法，两人毕竟在一个身体里，而青朦的修为又远高于坤仪。但近半年时间，青朦不再能看见坤仪的想法了，她以为是自己即将破封的缘故。

没想到，是坤仪的修为……高于她？

不可能！坤仪是凡人，只半年的时间，就算有通天的本事，也不可能变得比她还厉害。

可是……若不是比她还厉害，她这一刀，怎么会有将她重新封印起来的架势？

青朦慌了。她显出原形，开始在坤仪的身体里乱窜。坤仪像长辈看幼儿一般任由她胡闹，等她最后一丝妖力也被封印起来的时候，坤仪才伸手捏诀。

这一次，她捏的是毁魂诀。

"不，不，你听我说！"青朦尖叫起来，"我压根不是什么妖王，只是她们推出来的替死鬼！你杀了我跟杀一只普通的狐妖没什么区别，但你会死，你也会死，会不入轮回！"

话未落音，诀成，咒起，雪白的九尾在黑暗里碎成了漫天的繁星。

坤仪察觉到自己体内一阵剧痛，如火烧，如千万碎瓷扎肉。她嘴角溢出了血，腥甜腥甜的，被她生咽了回去。

狐妖的惨叫声如鸣响一般，久久回荡在她的耳郭。坤仪以为是青腠怨气难消，没在意，但过了良久，这声音不但没消弭，反而越来越大。而且与其说是惨叫，不如说是兴奋的咆哮声。

怎么回事？坤仪不解，魂魄却是一阵颤动，像是要碎裂开了。

青腠那一根刺上的碎符咒要散开了。

这符咒虽然都是碎的，但尖刺将她扎了个对穿。眼下符咒掉落，她心口的伤也就堵不住了，如同被挖了一铲子的沙丘，魂魄唰啦啦地跟着往下碎。

坤仪早就料到自己会有这个结局，心态还算好的，安安静静地坐着，等着自己化成灰。

"坤仪！"

她听见有人在喊她，声音撕心裂肺，完全没了平日里的深沉。她觉得自己应该知道这人是谁，但碎了一半的身子让她怎么也想不起来这人的名字。她感觉好像被人抱起来了，疼痛也就从魂魄深处炸开，直传整个四肢百骸。

还不如别动她呢。

四周好像都变得轻飘飘的，她打了个哈欠，想闭眼睡觉。然而，就在她眼睛彻底要闭上的前一瞬，脑海里突然响起了个陌生的男声：

"有劳殿下，速去岐斗山。"

听听，这是人话吗？她都快死了，这人竟把她当渡船使唤。

坤仪没好气地摆手，答："不去不去，我累了。"

"妖王未死，殿下若死了，这黎民苍生，一个也活不下来。"

又拿这个来威胁她！

坤仪气得抬起了头："我要为黎民苍生，还要为江山社稷，我为的事儿怎么这么多呢？这天下竟是少了我这个女儿家就要没了？"

清澈的男声顿了顿，再开口时，就带了些歉意："是我愧对殿下。"

"你是谁啊？"

男声还未回答，坤仪就感觉自己的身体开始被争抢起来。

疼啊，她都疼成这样了，哪个王八羔子还对她的遗体不敬？

"楼似玉，"聂衍的声音几乎是从牙缝里挤出来的，"你放手！"

"送她去岐斗山。"楼似玉白着脸接下聂衍几招，急切地道，"快去，不然她活不了了！"

聂衍冷冷地看着她，并不相信："你是想救宋清玄吧？"

楼似玉直跺脚："宋清玄能活，你的女人自然也就能活。你同我计较这个做什么？"

"岐斗山是封印之地，若眼下送她过去就能活命，你们早些年为何还会将妖王封在她体内？"

楼似玉一噎，抚了抚头上的步摇，有些难以启齿。

坤仪听得云里雾里，方才那停顿了片刻的男声倒是体贴地继续道："早年我封印妖王之时，大战激烈，难分胜负，最后只能以自己的三魂七魄将他永封。我一死，无人能将封印好的妖王安全送抵岐斗山，甚至那封印好的妖王还被青腾趁机给吞了。狐族当时正受封天狐，凡间无人能奈她何，是我用一魄央了似玉，让她替我将青腾连着妖王一起，封进了你的躯体里。"

一听这话，坤仪知道了，这人就是楼似玉心心念念的宋清玄。

可惜了，她现在只听得见声音，看不见这人长什么模样。

"殿下是天生的仙骨，选择殿下，既能掩盖妖王的去向，又能免去押送中的意外，是那时我能做的最好的选择。所以，是我愧对殿下。"

当时尚在襁褓里的幼儿，连选也没的选，就成了一个封印妖怪的容器，但她给天下带来了十几年的安稳日子，证明宋清玄和楼似玉的选择并没有错。

只是，多少有些难以面对她。

而今，青腾死了，少了她在中间消化妖王逸出去的妖气。可这些妖气，坤仪这躯体是有些承受不住的，只能去岐斗山，将妖王和他的三魂六魄重新安置，那地方适合长眠。只是，坤仪的魂魄本就受了极重的伤，去那种地方，活是能活，但也有可能一辈子都醒不过来。

楼似玉不敢跟聂衍说这个，但她觉得聂衍猜得到。

她不知道聂衍是怎么能这么快赶过来的，但看这架势，她若是敢动坤仪，这人就敢拧断她的脖子。

"不去岐斗山，我也能保住她的命。"聂衍冷眼看着楼似玉，"她魂魄上有我的血，就算碎成齑粉，我也能给她捏回去。至于你的人，与我何干？"

楼似玉捏紧了裙摆。她道："坤仪是被青腾伤的魂魄，你就算能捏回去，她也未必能恢复如初。但我可以跟你做个交易，你若肯带她去岐斗山，我便将我的一魄化给她补伤。"

同为狐族，青臁造成的伤，楼似玉的魂魄自然是最好的补药。

聂衍犹豫了一瞬。

"不必。"宋清玄对坤仪道，"我给你补。"

坤仪挑眉道："你给我补，那妖王怎么办啊？少你一魄他都蠢蠢欲动，少了两魄可还得了？"

宋清玄沉默，而后艰涩地道："我欠她良多，还不起了。"

"得了。"坤仪摆手，"我反正是要死的，有没有补偿都无妨，也不为难你俩了。"

宋清玄一时不知道该说什么好。生死大事，被这位殿下说得像是吃饭请客一般轻松。她好像完全不怕死似的，将魂魄揉回自己的躯体里，然后也不管聂衍还在想什么，自己给自己甩了一张千里符。

聂衍怀里一轻，以为是楼似玉动的手，当即就要发怒，谁料楼似玉也吓着了，凝神查看之后，神色复杂地道："岐斗山。"

聂衍气得险些将自己的指骨捏折了。这人，压根没将他放在眼里，做事连跟他说一声也不愿。枉他担心得心肺欲裂，她倒洒脱至极。可是气过一阵之后，他又觉得心慌，抿唇写了千里符扔下，一同去了岐斗山。

岐斗山位于三江汇流之地，煞气极重，坤仪这将死之人落下来，很快就吸引了一大群妖怪。只是，这些妖怪还未来得及靠近，就嗅到了一股异常浓烈的妖气。

坤仪魂魄破碎，处处是漏洞，宋清玄也就很顺当地裹着妖王落进了山间，就地起阵，用这山里的黑石将妖王重新镇压。

坤仪还没来得及看见他镇压完成，就陷入了无边无际的黑暗里。

这黑暗不让人觉得痛苦，倒是有些舒坦，仿佛她走了很远的路，终于有了高床软枕，可以躺着不用起来。

她当即就打算睡过去。

"殿下！"楼似玉喊了她一声，"你的望舒铺子到了看账本的时候了，我瞥了一眼，上个月有几十万两的利润，您不看看？"

这有什么好看的，给鱼白和兰苕当嫁妆去好了。

坤仪摆摆手，翻了个身就要继续睡。

楼似玉无语了一阵。

在这地方，必须与她说些她感兴趣的话，才能让坤仪的魂魄不沉睡。但她没想到的是，坤仪对钱并不感兴趣。

怎么能有人对钱无动于衷呢？楼似玉简直无法理解。

在楼似玉的眼里，人如果赚钱不积极，那就是思想有问题，所以聂衍还在思索用什么话能唤醒她的时候，楼似玉便先急着问了。没想到坤仪压根不在乎这几十万两银子，更可气的是，这几十万两对她来说确实不算什么。

楼似玉瞪眼看着聂衍，忍不住问他："她还有什么喜欢的？"

聂衍想了想："珍宝首饰、山珍海味。"

楼似玉立马传话。结果，她将掌灯酒楼的菜谱都背了个遍，坤仪的魂魄还是在继续飘散。

不管用。

"还有什么？"

聂衍有些慌乱地拢着她魂魄的残片，用自己的血将它们一一凝结，语气也就重了些："没了，她喜欢的就这么多，若是这些都不能让她感兴趣，我便用血凝她魂魄便是，你让开些。"

楼似玉没好气地翻了个白眼："你真当自己身上有流不完的血？她魂魄这么继续飘散下去，你便是要事倍功半了。"

聂衍出手倒是大方，一捧血凝她一寸魂。有用是有用，但这样下去，他非得丢了大半的修为不可。

楼似玉脑海里突然一闪，跺脚："瞧我这脑子，方才把什么都说了，怎么就是没有提你？你是她的心上人，提你肯定有用啊！我脑子转不过弯，你怎的也不提醒提醒我？"

聂衍的背脊微微一僵，冷冷地瞥了她一眼。

"你这是什么眼神，不相信你自己在她心里的分量？"楼似玉很纳闷，"都肯这么救她了，你俩不得是爱得死去活来的？"

"没有。"

"嗯？"

"我在她心里，没有什么分量。"他半合下眼，嗓子突然就哑了些，"若是有，我便不会连她今日这一劫都不知道。"

两人分明是夫妻，也亲密无间过，但是她什么也不与他说，一个人对付青腰，一个人决定来岐斗山。他最看重的就是她的性命，但她将自己的性命视若草芥。

如此举动，他若还自作多情地觉得她心悦于他，那才是脑子转不过弯。

楼似玉看着他，神情有些古怪。她说："你们这些干大事的男人，在感情之事上，是不是都没通经脉？"

聂衍不解地抬头。

楼似玉已经懒得与他一一解释了，她径直扭头用魂音对坤仪道："聂衍说等你死后他要娶三十个女人，一天一个，一月一轮。遇上闰月，就一次宠幸俩。"

坤仪眼睛一亮。还有这种快活的法子？她以前怎么没想到？她的神识清醒了些，挣扎了一下，魂魄化沙的速度当即缓了下来。

楼似玉接着道："他这个人看着厉害，其实动起心来也是不管不顾的愣头青，可惜了你没福享，白将他让给了后来人。"

前人栽树后人乘凉，古来是如此，坤仪想，她没什么好在意的。但是，一想到聂衍要抱着别的女人在她用命换来的太平天下里快活，坤仪怎么想怎么来气。

"你也别太难过，这计划还要好些日子才能施行，毕竟他现在还重伤在身，怕是要养许久才行。"楼似玉打着扇子笑盈盈地道，"为了救你，他起码要折损三千年的修为，加上龙血的损耗，等他上了九重天，有的是苦头等着他受呢。"

九重天上各族神仙各自为政，聂衍太过突出，初来乍到是一定会受打压教训的，坤仪就是料到了这一点，才给他修那么多小庙，又让龙鱼君和秦有鲛帮着她瞒天过海，只为让他保存实力，往后去了九重天也能立足。

结果，这人拿几千年的修为来救她？几千年啊！他倒也舍得。

坤仪心里有气，倒也有些暖意，抱着膝盖想，她竟也是个值得旁人付出这么多东西来挽留的宝贝。

聂衍看着她魂魄停止沙化，沾满血污的手都有些发颤。他不敢置信又有些愉悦地看向她微微皱起的眉头，连忙多取一捧血，将她残余的魂魄一并捏起来。

竟然有用！在她眼里，他竟然比山珍海味和锦衣玉食还重要！

聂衍眼里繁星点点，伸出干净的一只手，将她抱起来揾在了怀里。

岐斗山正在经历地裂一般的大动静，整个山体包括树木草地都在剧烈震动，鸟兽惊走，妖怪嘶鸣，洪水从山顶往下涌，落进裂开的地里，又汹涌出来继续席卷各处。

楼似玉稳住坤仪的魂魄之后就站在一块巨石上，看着远处。

宋清玄是难得一见的修仙天才，加之勤学肯练，三魂六魄再度封印妖王不是什么难事，此时黑石一摞摞地往山谷里压，妖王一点反抗的机会都没有。

她满眼崇拜地看着，只是看着看着，她的眼眶就红了。

"又要走了？"她嘀咕，"你怎么都不肯回头看看我？"

一道白影背对着她站着，显得有些僵硬。他什么也没说，头也没回，仿佛她喊的人不是他一般，径直就落回层层黑石之上，化作了封印符。

　　岐斗山突然就下起了大雨。

　　聂衍抱着坤仪，甩下千里符就回了晟京。楼似玉站着没动，她痴痴地看着黑石的方向，任由洪流在自己身侧汹涌。

　　"下一次再见，会是什么时候呢？"

　　洪水击石的声音嘈杂又喧闹，将这一声叹息卷进去吞了个干净。

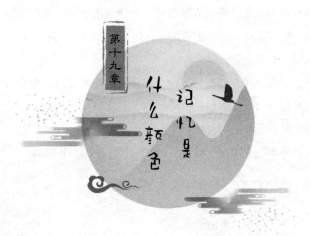

第十九章　记忆是什么颜色

新帝登基，晟京仍旧沉浸在欢欣之中，只有近臣在仪式上才发现帝王已经换了人。等消息一层层传下去的时候，大局已定。任凭一众老臣怎么喊荒唐，坤仪也是没了踪影。

三皇子心情很复杂，他是坤仪的手下败将，又是妖怪的血脉，这位置怎么看也轮不到他来坐。但他的姑姑，真就把位置给了他，然后消失了。

王敢当带人在晟京里找了三天。到第三天的时候，他跪在三皇子面前，请求他给姑姑风光大葬。

三皇子沉默良久，照办了。

晟京的喜庆气氛，瞬间就被漫天的白纸钱压了下去。

要是坤仪醒着，看见这么大的吊唁场面，一定会十分高兴。可惜她现在昏迷不醒，被安置在聂衍的别院里，魂魄还有些不定。

聂衍一连三日未曾休息，伯益传话让他回九重天他也没理会，只点着镇魂灯，日夜守着坤仪的魂魄。

龙鱼君和秦有鲛上门拜访过，统统被他拦了，只将兰苕带进来，偶尔给坤仪更衣擦身。

伯益十分着恼："你再不回来，这一番心血就要白费了！"

哪有刚上九重天的神仙一直留恋凡间的。

聂衍没听。他觉得自个儿得守在这里，这样坤仪睁开眼看见他，一定会踏实很多。

他料想得倒也没错，七日之后，坤仪幽幽睁开了眼。看见床边坐着的人，她眼眸一亮。

聂衍对她这充满爱意的眼神十分受用，一直悬吊着的心也终于放了下来，他轻轻绾了绾她的鬓发，温柔地问："饿不饿？"

坤仪亮着眼睛点头。

聂衍起身，将备好的细粥给她喂下，声音有些沙哑："你还说不出话是不是？别着急，再休息两日就好了。"

她眼眸一眨也不眨地盯着他，不管他说什么，她都点头。

聂衍很欣慰，他觉得经此大劫，坤仪终于肯坦诚地展示对他的爱意了。

然而，两日之后，坤仪能开口了，对他说的第一句话却是："美人儿，你姓甚名谁？如此细致体贴地照顾，我无以为报，以身相许可好？"

聂衍沉默了。他死死地盯着这人的脸，企图从她脸上找出一些玩笑的神色。

然而没有，这人的眼神陌生又兴奋，仿佛当初初见之时，充满了跃跃欲试。

聂衍查探了她的魂魄，发现他虽然凝回了她的三魂七魄，但这魂魄碎完重凝，太过清澈干净。

这是真不记得他了。

聂衍心里沉得厉害，伸手盖住了她晶亮的眼神，艰难地答："好。"

兰苕被聂衍吩咐不得提起他与殿下之前发生过的事的时候，心里还有些纳闷，但当她端着药走进内庭，看见自家主子亲昵地挂在昱清伯身上，一边晃一边问他喜欢吃什么的时候，她突然就明白了。

忘了，也挺好的。

主子好久不曾有这般小女儿的神情了，她不记得自己是谁，也不记得聂衍是谁，但是一眼看过去，她还是会见色起意，对伯爷亲近有加。

坤仪公主已经死了，她现在没有家国重任，也不是容易招妖怪的瘟神，她可以毫无芥蒂地重新爱伯爷一回。

可话是这么说，但主子这劲儿也太猛了些。光天化日之下，竟就勾着伯爷的腰带去亲他的脸。兰苕急急转身，默念自己什么也没看见，放下药就跑。

"过几日，我要出一趟远门。"聂衍揽着她的腰，任由她给自己的墨发编辫子，"你就在这里等我回来。"

坤仪一听就耷拉了眉，手指绕着他的墨发，小声嘀咕："我也想去。"

聂衍是要回九重天去处理要事的，带她肯定不妥，兰苕拽了拽坤仪的衣裳，想劝她。

然而，这位伯爷竟是连一声撒娇都没扛住，想也不想就点了头："好，那你将药喝完，我带你同去。"

兰苕震惊了。

坤仪是凡人，上了九重天还不得被那群神仙欺负死？

然而，兰苕刚开口说了一句："您还是在凡间自在些……"

音都还没落，坤仪就眼巴巴地扯住她的袖角："我想去看看嘛……"

水汪汪的凤眼，配着轻颤的睫毛，就这么可怜兮兮地看着她，仿佛只要她不答应，她下一瞬就要哭出声来。

行吧，兰苕想，伯爷都顶不住这位主子的撒娇，她顶不住也不是什么丢脸的事。于是，她扭头就给坤仪收拾起行装来。

坤仪不记得自己是谁，倒也没落下看账理事的本事。上九重天前的两天，她就将兰苕给她的望舒主铺和一百座小庙的账目看了个遍，然后将现有的银钱大多都花在了修筑和扩大小庙上。凡间的银钱上天了没用，但香火一向是神仙的修道之源，她给自己和聂衍多备些香火总是没错的。

于是，他们上九重天的这日，身后香火鼎盛，守天门的人连拦都没敢拦，就放他们过去了。

"方才那个怎么看着像凡人？"待两人进去之后，守门的神将才小声开口。

另一个神将直摇头："凡人哪来的香火，你看错了。"

"可她明明……"

"没看她旁边走的是谁？"

神将闭了嘴。

一个凡人上九重天是大事，但若她是被聂衍带上来的，那便没什么了。毕竟如今九重天上最大的事，就是聂衍归了神位。

天上神位分几等，老君、圣君、元君、真君、府君也。凡人修道或是妖怪封神，至多落个真人或是尊者一类。但聂衍神魄一归，归的却是帝君。不入等类，与天同寿，与女娲伏羲等同尊。

伯高子等神自是一万个不乐意，哪怕聂衍神魄是帝君，他们也只想以府君待遇予他，正好欺负他受过天雷之劫，无力反抗。

不承想，聂衍不但反抗了，还带着龙族直接打上了天。

龙族与天神王氏有旧怨在先，伯高子的刁难只是给了他一个起战的由头。数百年前，正是王氏联合狐族算计，才让龙族战败退守不周山多年。这个仇，聂衍记得很清楚，上天的第一件事，就是找王氏算账。

等伯高子反应过来聂衍压根没有被重伤的时候，已经晚了，龙族在不周山养精蓄锐二十余载，挟仇而来，简直是势不可当。王氏族神甚多，但多是小神府君。聂衍一归位，以前他们居高临下的优势也荡然无存，当即就向天上其他的神族求助。

谁料，竟无一族肯帮他们。

"聂衍本就是开天辟地时生来的神，再与他为难，他也有自己的天命在，何苦来哉？"伯益垂着眼皮望着王氏一族，"尔等私人恩怨，就不必搅得整个九重天都不得安宁了。"

说罢，他也关上了门。

聂衍带着他的族人对王氏进行了一场剿杀，如同当年王氏对龙族一般，不留余地，赶尽杀绝。王氏不是没想过反抗，但聂衍这厮，大战之际，竟还有空带着他的夫人坐在天边看晚霞，令他们觉得无比绝望。

凡人修成的神，怎么可能是天生神族的对手！

于是，半月之后，王氏溃败，带着残留的族人，归入了女娲门下。

女娲虽在闭关，但其后代的淑人娘娘怜惜凡人，自然是肯护他们。她站在自己的仙府门口，皱眉对聂衍道："上天有好生之德，他们是晚辈，你一个开天地的神，做什么要跟他们计较成这样？"

聂衍捏着却邪剑，淡淡道："当年他们斩杀我族青龙，煮肉而食时，并未念上天有好生之德。"

淑人噎了噎，眉头皱得更紧："那是他们初为神仙，急着提升修为，并不懂那么多。"

"那就巧了，"聂衍道，"我夫人也是初上九重，急着提升修为，想将他们煮来尝尝。"

淑人娘娘无话，只能拔剑。虽说她不是聂衍的对手，但这毕竟是女娲的门庭，聂衍不敢太放肆。

但她没想到的是，她这边跟聂衍打得正欢，另一边飞叶等人径直就将王氏一族拖了出去，要拆骨扒皮，扔下凡间。淑人大惊，连忙软声求情，可不管她说什么，那站在高处的男人始终都面无表情。

眼看着王氏残余的人都被扒了仙骨，淑人正绝望无比，突然就见周围的人开始手忙脚乱地收拾残局。方才还冷酷万分的黎诸怀和飞叶等人，脸上都带了些惊慌。

怎么了?

淑人好奇地抬头,就见一直跟个雕像似的聂衍也急匆匆飞身下来,往一个方向迎了过去。

"怎么走这里来了?"

远远飘来的声音里,竟然还夹杂着一丝不自在。

淑人愕然地看过去,就见远处走来个姑娘,一身星辰曳地,眼若秋波横,眉似远山黛,柳腰盈盈,蔻丹点绛。她好奇地朝这边张望了一眼,就被聂衍侧身挡住了。

"你做什么拦着我?"

"遇见些老朋友,在叙旧,人太多了,怕吓着你。"

淑人听明白了。这就是传闻里那个被聂衍带上九重天,宠得不像话的凡人。

淑人眼眸一亮,立马上前去,大喊了一声:"夫人救命!"

坤仪从聂衍身后伸出半个小脑袋,纳闷地看着她。

凡人嘛,大多是没见过世面又心软的。淑人不管不顾地挥开飞叶等人的阻拦,哭着就道:"你夫君杀神无度,要将这么多神都扔下九重天摔死,就算不为上天有好生之德,也该为自己想想,不该这般平添业障啊!"

坤仪嘴巴张成了圆形,看向聂衍问:"他们得罪过你啊?"

聂衍僵硬地垂眼:"有些仇怨。"

"那你就快些动手呀!留在这儿,岂不是平白生出事端来?"坤仪嘬嘴,"我方才还怨你半晌不陪我去看星星,原来是有正事。那我且不怨你了,我回去等你。"

淑人以为自己听错了。这是哪来的铁石心肠的凡人,半点女儿家该有的心软都没有!好歹同是凡人在九重天上过日子,就不能帮扶一二?

她有些恼,皱眉瞪着坤仪就道:"你也不怕他的报应落在你身上?"

坤仪拉住了要动怒的聂衍,嬉笑着道:"他的报应什么时候来我不知道,但我家夫君不是滥杀无辜之人,他若要动手,那必定就是这些人做了坏事,要遭报应了。"

"你……"淑人气结。

聂衍松缓了神色,笑着伸手蒙住她的眼睛:"你数三下就好。"

坤仪倒也听话,乖巧地数:"一,二,三。"

眼前恢复光亮的时候,方才那一片密密麻麻的人群就不见了。聂衍收拢衣袖,低声道:"我这便陪你去看星星。"

"好。"坤仪牵过他的衣袖,一蹦一跳地就往银河走。

淑人慌忙回头去看,就见那些被扒了仙骨的王氏族人都已经被扔去了不周山,命还在，但想回九重天怕是难了。

九重天上各族森立，没了王氏的簇拥，女娲这上古的门第也难免冷清。淑人气得够呛，自此算是与坤仪结下了仇。

一个凡人，怎么才能高攀上一个天神？就算短时日内两人你侬我侬，可凡人一不能给天神任何助力，二不能陪天神长寿长守，在这九重天上，很快就会离散的。

伯益一开始也是这么想的，一日两日是这样，但一月之后，他觉得不太对劲了。

天上的神仙一靠天地精华滋养，二靠凡间香火祭祀，香火越盛者，修为自然提升越快。

聂衍是带着一百座庙的香火上来的，他得到了帝君之位，众神也没什么可置喙的。但他身边那个坤仪虽有仙骨，但毕竟是凡人，背靠的香火居然比真君位上的神仙还旺盛，令众神十分眼红。

"有香火也修炼不了，有什么用？"淑人冷声与旁的神仙道，"她那点修为，压根消化不了九重天上的日月精华，连内丹都凝不成。"

聂衍正是站稳脚跟的关键时刻，断不可能一直拿自己的修为供养她。这凡人倒也有骨气，不接受聂衍的双修，成天就自己在仙府里鼓捣东西。

天上的神仙开了盘，以坤仪五十岁为界点，下注押聂衍什么时候会抛弃坤仪，另娶别的女君。自开盘以来，一直有人往五十岁以下押注。某一天，押五十岁以上的赌注突然多了几百个。但很快，赔率又被五十岁以下给抬了上去。

神仙嘛，闲来无事，小赌怡情。但为了赌出风格、赌出水平，他们用的赌注是一年修为搓成的丸子。

坤仪没有修为丸，她只能将自己鼎盛的香火搓成丸子。一年一庙的香火丸拿去赌盘上，开盘的人掂量了一番，觉得能值两个修为丸，于是坤仪就乐呵呵地拿香火丸换修为丸。

天上神仙众多，并不是每一个神仙都为凡间熟知。有寺庙香火的都是大神仙，其余神仙想要香火，要么自己去凡间采些，要么就只能等着年关时蹭上一点。所以，香火对很多神仙而言，是比修为珍贵得多的宝贝。

所以当坤仪第三日拿着香火丸想去换修为丸的时候，一枚香火丸已经能换到五枚修为丸了，并且一众真君府君争抢，唯恐她后面不给换了。

坤仪初来乍到，又没什么厉害本事傍身，整个人显得怯生生的，十分软弱好欺，拿丸子给他们换修为的时候，举止间满是犹豫。

就是这份犹豫，让天上消息飞快地传开：快去集市上用修为丸换香火丸啊，不知什么时候就没了！

淑人听见这消息气不打一处来："都是些蠢的不成？一年香火哪里就够五年的修为了？他们帮着人将这天地精华化成修为，还上赶着送人家去呢？"

"娘娘有所不知，"仙童嗫嚅道，"这天上多的是没有香火供奉的神仙，都想着尝个鲜。"

再说了，香火就算不抵修为，也是有限的，身上带着香火味儿的神仙，那比普通的神仙就是有面儿些。趁着有人肯换，谁稀罕那随时能挣回来的几年修为呢？

淑人瞥一眼身上带了香火味儿的仙童，无语至极。但第二日，她乔装打扮，也去用五十年的修为换回了十颗香火丸。

捧着这十颗香火丸，淑人扫了一眼坤仪手里空空的香囊，暗想：她也就这么点，成不了什么大气候。结果等她走远了，坤仪又掏出了十个香囊，继续给后头蜂拥而至的小神们置换。

每人换个五年十年的修为，对他们而言不算什么损失，毕竟神仙有无穷的寿命。但对坤仪而言，这些换来的东西就是积少成多了。

聂衍正在准备着带着族人去占领九重天上灵气最丰沛的一块地方，开辟仙府。

飞叶有些为难地道："那地方对我们而言自然是极好的，但对嫂子来说就困难了些，灵气充沛，她又未结内丹，难免会吃不消。"

聂衍头也没抬："有我在，她没什么要紧。"

"帝君是想用自身修为护她？"伯益听得挑眉，"你若能时时刻刻都护着她那也就罢了，但你除了与她在一处，难道就没别的事了？"

朱厌冲伯益直摇头，伯益不解地低声问："我说错了？"

"倒是没大错，只是帝君他不会让步的，您不妨省些力气。"朱厌小声道，"再者说，坤仪殿下也不是个会让人操心的主儿。"

再不让人操心，那也是个女人，还是个凡人，难道还能凭空变出内丹来不成？

伯益觉得不太妥当，趁着聂衍忙的时候，想着自己去找坤仪说说。这仙府是一定要开辟的，聂衍为了那地方，少不得要与人动手，她不能在这时候拖了后腿。然而，他去找坤仪的时候，足足排了半个时辰的队，才见着这个小姑娘的面儿。

小姑娘今日穿着大红的绸裙，绣了白色的毛边儿，看起来可爱又灵动。见着他的时候，她眯着漂亮的凤眼想了好一会儿，才恍然道："伯益圣君？"

伯益朝她拱手，还没来得及开口，就被她怀里那一大兜子的修为丹给震惊了。

"这是？"

坤仪收了小凳子，告诉后头的神仙们明日再来，然后就将那一兜子修为丹倒进了聂衍给她的储物袋里。

香囊大小的袋子，不管装多少东西都不会满。

"圣君有话，借一步来说？"

伯益被她这动作惊到了，好半晌才想起自己来的目的，拱手迟疑地问："夫人收这些修为丹，是打算给帝君？"

坤仪摆手道："他哪用得着吃这个，我换来自己吃的。"

生吃修为？倒也不是不行，但她得有一千年的修为才能凝出仙丹来，这一颗才一年修为，她要凑到什么时候去？

坤仪像是看出了他的困惑，笑了笑："我身上原有一些修为，但沾着妖气，凝不成仙丹，故而才拿香火丹与神仙们置换。眼下虽置换得不多，但也有一千五百颗上下了，凝丹不成问题。就是往后要想修道，还得寻个灵力充沛的地方才好。"

伯益错愕地抬头。

面前的姑娘生得美艳好看，像极了神仙们闲来无事养的娇花。娇花无骨，需要人侍弄宠溺，可她倒像是自己生着根了一般，完全没想着挂在聂衍身上过活。

原本准备好的话统统无用了，伯益在原地怔愣了好一会儿，终于失笑道："那我就不打扰嫂夫人了。"

坤仪目送他离开，不解地挠了挠下巴。

排了这么久的队，就为了说这两句话？神仙是不是都闲得慌啊？

她才不管别的神仙，她忙得很。现在修为攒够了，吃掉之后要结丹，结了丹之后就有神魄了，她成了真的神仙，就能去度人。她没什么大志向，就想让身边的人都能有个好结果，了却她的凡念，她才能更好地跟聂衍过日子嘛。

怀揣着这个志向，坤仪结丹结得很努力。没过几天，她肚子里好像当真有动静了。

坤仪欣喜地去找聂衍："你帮我看看，这颗仙丹结得漂亮不漂亮？"

聂衍将她抱到自己膝盖上，凝神一看，神情微微一僵。

"怎么？不好看吗？"坤仪紧张地抓着他的衣袖，小脸都白了，"难道我结的是妖丹？"

"不是。"揉开她掐得死紧的手，聂衍神色有些古怪，"你肚子里除了刚结成的仙丹，还结了别的东西。"

坤仪纳闷，别的东西？这天上的仙丹竟然还有结一送一的？

不等她想通，聂衍就将她抱到床上，拉过绵软的云被来给她裹好："你在这里等我片刻，我去去就来。"

"你……"坤仪想喊他都没喊住，看他如风一般卷出去，不由得起了疑心。

她凝神，探向自己的肚腹。不探还好，一探，她也吓一跳。

好端端的肚子里，居然揣了个小娃娃！

坤仪心里一喜，心想，这定然是聂衍的娃娃！近来他们的感情非常甜蜜，怀个孩子也不是什么奇怪的事。

但是，再多看两眼，她就觉得不对劲了。

这娃娃……怎么这么大呀？

她仔细掐算自己与聂衍在一起的时间，从她睁眼看见他，到以身相许，再到现在，似乎才过去两个月不到。

但这小娃娃，怎么看都已经两个多月了。

想起方才聂衍的反应，坤仪慌了。

那她怀的是谁的孩子？

聂衍方才那神色怎么看都不像喜悦，别回来找她算账吧？

坤仪越想越慌，跳下床就往外跑。她得回凡间去找兰茗问问清楚，聂衍那么好的人，她不能辜负了人家。幸好仙丹已经结了，她只差归神位，去太虚那边找一个自己的神位归一归，就能下凡去。

坤仪抱着肚子就往太虚跑。

另一头，聂衍神色紧绷地召来了天上执掌药材的医仙，沉声问："神仙产子与凡人有何不同？"

医仙笑道："帝君说笑了，我神界产子万年难有。除非自身将灭，否则后代难出，此等事，何须帝君操心？"

聂衍捏紧了拳头："那若是凡人怀子，未及生产便成神者呢？"

医仙又笑："哪会有这样的事？且不说女子成神者寥寥，就说怀身者，必有尘缘未断，岂可好好修炼？"

"那万一就是有修为足够就成神之女呢？"

"哪会有……"

"医仙！"朱厌看了看聂衍手背上的青筋，十分善意地打断他的话，"帝君问，你便答。莫要再多说了。"

医仙脸一垮，委屈地道："实在是没见过这样的，小仙哪里知道会如何？且看命数吧。"

这话一出，聂衍脸上的表情更加难看。

坤仪的魂魄刚被捏好，又没了之前的记忆，此时若是怀身，又恰在修炼内丹，他很怕她一个不对就又魂飞魄散。

"帝君不必担心，嫂子吉人自有天相。"飞叶道，"我一看她就不像碌碌凡人，说不定还有大造化在后头等她。"

话刚落音，外头就是一阵地动。这动静是从太虚那边传来的，像是有真君归位了。

这点动静，倒是不值得聂衍特地去看的，但他仙府里的一众仙童也跟着跑，动静大得他有些烦躁。

"夜半。"

"属下在。"

"让他们老实待着别动，真君有何好看的？"

夜半从外头进来，神色十分古怪："听说是头一回有凡人归位，直接归了真君。"

凡人归真君就归了，归老君又与他们何干？聂衍摆手。

可片刻之后，他猛地转过了头："你说什么，凡人？"

这九重天上的凡人，可不就一个坤仪？不等夜半回答，他飞身就追了出去。

坤仪是抱着试试的心态来的太虚，想着随便归一个神位就行，能立马下界才是要事。但不承想，她往太虚星穹下一站，竟然地动天摇起来。她看见倒数第三的星星亮了，而后就朝她飞过来，落进了她的眉心。

瞬间，她的肚子不胀了，眼更明，耳朵也更听得清。她听见远处众人的惊叹声，也听见聂衍正急匆匆地朝她奔来。

完蛋了。坤仪想，聂衍这是知道她要下界，赶来抓她了。

想在聂衍眼皮子底下逃走是不可能的，坤仪只能乖乖站在原地，眼睁睁看着他朝自己冲过来，在自己面前站定，然后克制地捏了捏她的肩。

"不是让你在房间里等着？"他又急又有些慌，"你来这里做什么？"

坤仪有些不好意思地垂头："我随便看看……"

聂衍察觉到她的躲避，不明所以。但周围聚过来的神仙越来越多，他也没多想，将她用斗篷裹了就带了回去。

聂衍这个人，除了修炼，对旁的事知道得不是很清楚。坤仪怀身太过突然，他又没能在医仙那里问清楚，是以面对她，他整个人都是高度紧张的，余光一直瞥着她的肚腹，生怕有什么意外。

而坤仪，则一直在思考自己这孩子到底是谁的。她看着聂衍的表情，觉得他虽然不太高兴，甚至是略带恨意地看着她的肚子，但他到底没有对她动手，也没有要与她算账的意思。

两人对峙良久，他突然疲惫地问了一句："你可有什么想吃的？"

就这一句，坤仪的眼泪都快下来了。

多好的男人啊！都这个时候了，竟还惦记着她想吃什么。这得是有多看重她，才能连她肚子里的小娃娃都能既往不咎？

聂衍越这样，坤仪反而越愧疚，嗫嚅半晌，扑到聂衍怀里就嘤嘤哭了起来。

温热的眼泪浸透他的衣裳烫过来，聂衍背脊挺得更直，双手僵硬地虚放在她胳膊两侧，鸦黑的眼眸左右晃了晃："怎么了？"

"我能遇见你，当真是太好了。"坤仪小手抹着眼泪，哽咽道，"这世上不会有比你还好的人了。"

聂衍被她这突如其来的夸奖弄得耳根都微红，抿了抿唇，将她扶起来："是想要什么东西了吗？"

坤仪不好意思地挠了挠下巴，道："我想要我以前的记忆。"

提起这个，聂衍沉默了。

他觉得最近与坤仪在一起挺好的，她的心里没有那么多过往，整个人明媚又灿烂，该哭哭，该笑笑，每天朝他跑过来的时候，都带着满身的星辰。要是将以前的事全都想起来，她会更开心吗？

他觉得不会，但面前这人漂亮的凤眼里充满了期盼，就这么望着他，看得他心软。

沉默良久，聂衍道："你给我十日。十日之后，我陪你去找，可好？"

他的仙府还未定，座下一群跟随他的人总要先安顿下来才行。

坤仪十分懂事地点了头，她觉得十日挺长，但是聂衍这么要求了，她也没好意思拒绝。殊不知，要在十日拿下一座位置极好的仙府，在九重天上，是前所未有的事情。

聂衍要拿的地方灵气优渥得堪比女娲府，众神岂是那么好答应的。好在神仙解决事情的方法很简单——斗法，聂衍要在十日之内战胜三位帝君和二十四位老君，方可在那片地方落府。

三位帝君与他年纪相当，都是开天地来的神，应付一位还好，三位轮着来，任谁听了都会打战。

可聂衍不但接了，还一连三日，一日挑战一位。飞叶觉得他疯了，伯益眼里却满是兴奋。

"多久没看见他跟人斗法了？"伯益舔了舔嘴唇，带着人就去抢占了最好的观战位，顺便将坤仪也带了去。

坤仪如今可是九重天上的新贵，区区凡人居然能归位真君，说明她前身定然也是神仙，只是尚不知道渊源。整个天界对她都充满了好奇，是以她一落座，无数神仙都朝她看过来。

当事人却并不觉得自己特殊，她端坐在椅子上，皱着眉问伯益："那长得奇形怪状的人是谁？"

伯益顺着她的目光看了看，嘴角一抽："您说的这个奇形怪状的人便是长生帝君，九重天上修为第二的厉害人物。"

"哦。"坤仪皱了皱鼻尖，"修为那么高，怎么不化出一具好些的皮囊？"

伯益失笑："皮囊乃身外物，他们那些得大道的，如何会在意？"

坤仪若有所悟地点头，又撇嘴："皮囊还是很重要的。你看我家夫君，皮囊好看，女仙们就都替他助威。"

伯益："……"

还真是。来观战的诸神们都很紧张，但那一众女仙娥却是不管不顾地往聂衍那一方扔着仙露凝成的花，导致聂衍身侧与长生帝君的身侧形成了鲜明的对比。

"你倒是心大，半点不怕你那夫君被这些仙娥勾了去？"淑人娘娘带着仙童也过来观战，路过她身侧，当即就嗤笑了一声。

坤仪回头看她，挑眉道："我家夫君只喜欢我，我缘何要怕？"

淑人用同情的眼神看着她，啧啧摇头："被蒙在鼓里的傻子！"

说完，她就要走。

"等等，"坤仪连忙起身拉住她的霓虹长袖，"你这话是什么意思？"

淑人半回头，哼笑道："没什么意思，前些日子替女娲娘娘整理人间事，瞧见了你与帝君的一些过往，觉得你可怜罢了。"

过往？她和聂衍有什么过往是她不知道的？坤仪死死抓着淑人没松手，后头的伯益沉着脸上来看着淑人："一知半解，还请娘娘自重。"

淑人漠然地拂开坤仪："我一知半解，你们将她蒙在鼓里，又是什么好人？早与她说聂衍曾有过别的爱人，她也不会像傻子一样被你们诓上九重天。"

别的爱人？坤仪征愣，手指一松。

淑人收拢衣袖，讥诮地道："看好你夫君吧，别一场大病，他又要纳别人进门了。"

说罢，她衣袖翻飞，轻巧地去寻了座观战。

坤仪白着脸，敲了敲自己的脑袋。淑人这话勾起了她脑子里的一些场景，那些场景像画一样从她脑袋里飘飞过去，有聂衍站在她床前要她帮忙纳妾的场面，有她独自坐在房间里垂泪的场面。

她醒来的时候，聂衍分明说与她不相识，只是在机缘巧合之下才救了她。可看这些画面，她确定，他撒谎了。

"嫂夫人还是莫要被她影响为好。"伯益皱眉看着她，"淑人是女娲门下之人，与聂衍一向势不两立，她嘴里不会有什么好话，更不可能是为了你好。"

坤仪回神，看向伯益："那她方才说的话，是假话吗？"

伯益张了张嘴，没答上来。他扭头看向场中，连忙道："开战了，你快看。"

神仙打架是极为好看的，仙法五颜六色，变幻万千，坤仪看过去，觉得聂衍真是厉害，不管面对谁都是一副云淡风轻的模样，仿佛这天上地下，没有任何人能赢他。

他的确有这个本事，哪怕在凡间耽误几十年，照旧将天上这些日夜吸收灵气精华的神仙打得片甲不留，难怪他当初在凡间看谁都是看蝼蚁一般的眼神。

坤仪脑海里又划过些画面，伸手按住了额角。

"殿下？"有人喊她。

坤仪茫然地抬头，觉得很纳闷，她在凡间的时候，兰苕偶尔喊漏嘴也会喊她殿下，但她是什么殿下？

如今人在九重，怎么会还有人这么唤她？

她抬目看过去，一个极为漂亮的男子越过人群走到了她跟前，目光灼灼，满是欣喜。

"殿下！"龙鱼君朝她拱手，"可算是找到您了。"

他身上披着蛟龙纹的长袍，莫名地就让坤仪想起一连十日的天水之景。

"你终于跃过了龙门？"她脱口而出。

龙鱼君笑眼盈盈："嗯，此事还要多谢殿下。"

谢她？坤仪很纳闷。

龙鱼君拱手解释道："天上诸神归位之时，也会出现天水之景，只是近几千年鲜少有动静，所以只有十年一次的天水之景。而今聂衍帝君与殿下相继归位，我便得了机会，上了天来。"

言语之间，尽是熟悉。坤仪很想知道他是谁，但看他那亮晶晶的眼神，她没好意思问出口。

她纠结半晌，正想再开口，周围却突然传来一阵惊呼。

长生帝君被震出对战台落败，与此同时，聂衍如一道风一般卷向观战席，坤仪还没来得及反应，整个人就被死死按进了他怀里。

"你来做什么？"聂衍看向面前的人，脸色不太好看。

龙鱼君瞧见是他，笑意也淡了些："来还殿下东西。"

"用不着。"

"用不用得着，殿下说了算。"

聂衍眯眼，一手抱着怀里的人，一手执剑，杀气居然比先前对战之时还浓，看得众神万分惊讶，忍不住朝龙鱼君打量去。

这就是一条刚跃过龙门的蛟龙，算起来也是龙族远亲，何以将聂衍帝君气成这样？

坤仪也很纳闷，从他怀里伸出脑袋来，好奇地问："他是什么重要的人吧？"

"不重要。"聂衍冷冷地回答她。

"那你为何这般生气？"她不解，"这人抢过你东西？"

"他……"微微收敛了些戾气，聂衍抿唇，"他哪里抢得过我？"

但就是看他不爽。

这么多人看着呢，场面太僵硬了也不妥当。坤仪揉着聂衍的手给他顺了顺毛，然后扭头问龙鱼君："你有什么东西要给我？"

"殿下落了记忆在凡间。"他拿出一颗光华流转的珠子，"我捡了许久，终于是捡全了，特来问殿下，要还是不要？"

这人一直跟着他们？聂衍冷眼看着龙鱼君。若不是一直跟着，他压根不会知道坤仪掉了记忆。那些碎成粉后从魂魄里落出去的东西，他尚且寻不回来，这人又是花了多少工夫才揉成珠子的？

说不出为什么，可聂衍不想让坤仪拿这东西。

可是怀里的人眼眸一亮，当即就朝龙鱼君伸出了手："我要，给我看看。"

聂衍嘴角紧抿，松开了手。

这人像蝴蝶一样扑了出去，与龙鱼君凑到一处，拿起那颗珠子，好奇地对着光看了看。

坤仪以为自己的记忆会是灰黑色的，毕竟她连孩子都有了，却不记得怀孩子时发生的事。丰富的想象力让她脑补出了好几个版本的凄美故事，还险些为自己的脑补落泪。

但真的看见的时候，她发现自己的记忆是淡红色的，只夹杂着少量的黑点，透着光看，隐隐还有金丝夹杂其中，漂亮又沉甸甸的。它似乎很想往自己的眉心钻，但坤仪打量它一会儿之后，下意识地回头看了聂衍一眼。

他独身一人站在人群之外，鸦黑的眼眸半垂，手落在身侧微微捏紧，没有看她。

"我的记忆会让我更爱他，还是会变得恨他？"她突然问了这么一句。

龙鱼君听得沉默。他深深地看了坤仪许久，才苦笑道："谁知道呢？"

她都不记得以前发生过什么，却还是愿意留在聂衍身边。那么，想不想起以前的事，对她而言都没有任何区别。

龙鱼君是想过要努力一下的，毕竟她的记忆归零，他与聂衍就算是重新回到了同一条起跑线。但聂衍这厮委实不要脸，将人拐上九重天，逼得他不得不飞升之后才能见她。再一见，又是他晚了。

有时候也许当真得信缘分这一说，每次都晚一点，那便是无缘。

"这位仙友……"坤仪好奇地看着他。

龙鱼君回神，就见她神色凝重地问："我是不是要吃下它，才会恢复记忆？"

他点点头，垂眼："殿下不想吃？"

"……也不是不想。"坤仪含糊地道，"我过会儿就吃，谢谢你。"

说罢，她还将多余的几颗修为丹塞给了他，不好意思地道："我记不起你是谁了，但看样子你我是朋友。不过就算是朋友，你帮我这么大的忙，我也该谢你的。我身无长物，就这点东西，你别嫌弃。"

龙鱼君低头一瞥，忍不住失笑。这修为丹何其珍贵，也就是她，会出手这么大方，一给就是十五颗。

他第一次在御花园的水池里被她救下的时候，她七岁，距今正好十五年。

龙鱼君收拢手，哑着嗓子道："账清了。"

他千方百计想让两人之间多一些纠葛，所以为她一直留在人间不肯跃龙门，而今在她完全不知情的情况下，竟就正好清了这十五年的债。

"什么清了？"她一脸茫然。

龙鱼君摆手，背过身去不再看她："小仙要回洞府修炼，就此别过了。"

"等……"

坤仪张手欲留，这人却走得极快，眨眼就不见了踪迹。她纳闷地看着他离开的方向，又看了看自己手里的珠子，而后将它收起来，小步跑回聂衍身侧。

"这颗珠子里有你吗？"她问。

聂衍抿唇，拂袖带她回了仙府，坐在软榻上之后才淡声开口："有。"

她眉心一挑，纳闷道："你我早就认识？"

"是。"

"那你是不是做过对不起我的事，所以才想让我什么都不记得？"

"也不能这么说。"聂衍别开眼，手指下意识地摩挲着腰间红玉，"你我之间只是误会多了些，想不起来也好。"

坤仪突然松了口气，她摸了摸自己的肚子："所以我怀的就是你的孩子？"

"嗯。"聂衍随口回应道，但是他随即又反应过来，不由得坐直了身子，"嗯？不是我的还能是谁的？"

坤仪心虚地笑了笑，含糊地道："我算着日子不对，因为我都没有记忆，就以为这孩子不是你的，谁料我俩之前就认识，那这孩子肯定就是你的。"

聂衍沉默，好半晌才道："你急着下凡间，就是为这个？"

"对啊，我想着这要不是你的，那也太委屈你了。我总得查明真相，也才知道怎么补偿你嘛。"坤仪耸肩，"我不爱占人便宜的。"

他斜她一眼，不咸不淡地道："以前也没少占。"

"怎么可能，我这么……"坤仪想起某些特定的地点、特定的场景，及时地将后头的话咽了回去。

她摸摸自己有点发热的脸，干笑道："事情说清楚了就好。"

说着，她拿出那颗珠子，将他的手一并深情地握住："既然孩子是你的，我也是你的，那这记忆回不回来都无妨了。你若不喜欢，我就不吃它了，以后的记忆，你且帮我共筑便是。"

聂衍漠然地瞥着她。

坤仪对他这表情很不满意："你为什么不感动一下？"

"因为就算你不吃，它一旦归主，自己就会回去你的魂魄里。"他指了指她手里正在沙化飞向她眉心的珠子，"并且，你会对还你记忆的人印象很深，难以忘怀。"

"你说刚刚那个人啊？"坤仪想了想，"也行，毕竟他长得也挺好看的，虽然可能不是我喜欢的模样。"

聂衍听着前半句，脸瞬间冷下来，眼看着他都要起身了，但后半句又让他冷静下来。

他冷哼一声，拂袖道："怎么不喜欢？以前经常将他带在身边，还看他跳水中舞，赠他珠宝首饰。"

坤仪捂住了自己的腮帮子，龇牙咧嘴的。

"做什么？"他没好气地问。

"酸。"她的眉毛都拧在了一起，吸着凉气道，"我以前怎么没发现你这么能拈酸吃醋？"

"这叫什么拈酸吃醋，事实罢了。"他眯眼，"再见一面，你不依旧觉得他好看吗？"

坤仪失笑摇头，坐到他身侧去挽住他的胳膊："好看是个有眼睛的人都知道的事实，又不是我夸的，有什么要紧？他就是好看呀！但我若是喜欢他，就该如同第一眼看见你那般，想跟你在一块儿，可我没有呀。"

聂衍将胳膊从她手里抽出去，转了身子，背对着她。

坤仪好笑地跟着他转了个方向，继续抱住他的胳膊："我什么都不记得的时候，再看你也觉得喜欢，说明我以前就很喜欢你，就算我什么都想起来了，你也不用害怕。"

聂衍的拳头捏得有些泛白，喉结微动，低声道："记住你说的话。"

这有什么记不住的，坤仪笑眯眯地戳了戳他咬紧的牙关。

金红色的珠子慢慢全部化成了粉末，如同烟气一般全部朝她眉心飞了过去。坤仪打了个哈欠，将头枕在他腿上，小声嘟囔道："我且睡一觉，等睡醒了，与你去看晚霞。"

"好。"他低声应了一句。

腿上的人飞快地陷入了梦境，梦里的过往飞快在她眼前拉扯，酸甜苦辣、爱恨离别，都在她脑海里重新过了一遍。

聂衍没有插手。以他的修为，抹掉一些不好的东西其实十分轻松。但他只安静地看着，任由她将所有东西都想起来。

只是，在想的过程里，他加了一些东西，让她也能看见他的视角。

别人眼里的坤仪是刁蛮任性，骄奢淫逸的。而他眼里的她，弱小、嘴硬，要仰着头才能与他对视。

来见他时，她总是一身华光、富贵逼人，傲慢得不知天高地厚。可每回也是她，将他护在身后，应对百官刁难，助他壮大上清司。不管多少人说他有问题，她都愿意相信他。

坤仪可能自己都没发现，自己竟然在不知不觉中驯服了一条龙。什么心机手段都是无用的，最令他心动的是她看向他的眼神，贪婪和爱恋被压在权力和求生的光芒之下，隐忍不发，却又长得郁郁葱葱。这笨蛋偶尔还会愧疚，觉得是她喜欢他的缘故，才害得更多人丢了命。

他没同她说的是，若不是有她，在他原来的计划里，她的国家早就是一片焦土了。

眼下，他也不想隐瞒，干脆一并给她看了。

在他与黎诸怀原本的计划里，在盛庆帝打压上清司的第三年里，就该被屠杀灭国，只留一些幼童被龙族收养长大，作为以后为龙族辩白的证人。而楼似玉会因着宋清玄那几缕魂魄而交出她手里的晶石，让整个凡间求救无门，不达天听。相应的，他自己也会在多年之后受到天罚，神魂俱灭。但在那之前，狐族和王氏神族都会被他屠杀个干净，也算了无遗憾。

这样的结局虽然痛快，但十分惨烈。不像现在……

坤仪睫毛颤了颤，突然睁开了眼。聂衍迎上她复杂的目光，轻轻叹了口气。

现在就很好，虽然没那么痛快，但他该报的仇报了，该替族人争取的东西也争取了。剩下的无尽岁月里，他有的是机会抚平与她之间曾有过的伤痕和裂缝。他因一个凡人生了善念，而后整个命数都已然不同，她实在算得上是他的贵人。

"你先前说要去看晚霞。"他揉了揉她睡得有些发红的脸颊，"还算不算数？"

坤仪撇嘴，鼻尖儿里哼出一声来。她道："晚霞哪有我的金银珠宝好看，我方才看见了，你原先送我那么多珍贵的宝石，后来都藏去了不周山。你怎么不还给我，是不是想收回去？送女儿家的东西，哪有收回去的道理？"

聂衍失笑。他看着眼前这熟悉的脖颈弧度和挺得笔直的纤腰，突然觉得有种尘埃落定的满足感。

以前的坤仪回来了，但她的第一个念头并非离开他。

这就够了。

第二十章 长风几万里

民间相传，盛和年间出了一位十分古怪的帝王，这帝王原是皇三子，原是个难堪重任之人，被废之后又离奇登基，然后开始勤勉于政。原先的亲党皆被他贬黜，反倒是辅国公主留下来的一些臣子为他重用，继续开创着盛和大世。

帝王嘛，哪有不糊涂的时候。可别的帝王犯错，都是群臣进谏。这位帝王犯错，却是被国师关进明珠台。据其亲近的守卫醉酒透露，每次被关，他们远远地会听见里头的帝王哭着喊："皇姑我错了，我真的错了，我这便回去改！"

盛和帝的皇姑，自然就是那位已经仙逝了的辅国公主。

一开始还有人说，国师是用妖法危害圣体，但等这么说的人在接到辅国公主的托梦之后，大家就闭嘴了。众人看着帝王日益勤勉，还纷纷上书求给辅国公主修神庙，嘉奖其匡扶社稷之劳。因此，那明珠台被落成了神庙，不允外人进出，一应宝贝都留存得尚好。任是夜明珠再亮，也无人敢偷拿。

不过后来有一年，天降旱灾，灾民闯进明珠台，还拿了些宝贝救命，公主却不曾托梦责怪。是以灾难之后，民间也主动给她修起神庙来。

兰苕和鱼白都择了好人家嫁了，夫婿上进，也有人朝为官的。只是兰苕依旧会每月都去明珠台洒扫一回，有了孩子也不例外。她还时常带些果子，絮絮叨叨地说着殿下会馋。

鱼白以为她是太过怀念殿下才这么说，但她第二天去收拾盘子的时候，里头的果子当真是一个不剩。她惊愕之下，也开始给殿下做好了衣裳去放着。结果一套留仙裙送去，殿下就给她托梦说："肚腹做宽些，我这身子，哪里穿得下？"

鱼白醒来大喜，一气从自家宅院跑去兰苕家，跟她说殿下怀了身子了。

兰苕高兴得很，带着阖府上下去神庙里给坤仪添香火。

林青苏在坤仪走后给她守了三年的丧，之后迎娶了一个门当户对的姑娘。那姑娘叫玉河，对他十分倾慕。可林青苏待人始终淡淡的，兰苕在上香的时候忍不住嘀咕，说觉得他心里还惦记着殿下。

这不说还好，一说，晟京的天便一连下了七日的雨，还将河堤淹了。

"完了。"兰苕狠狠拍了拍自己的脑门，"我怎么忘了，伯爷是个听不得这些话的！"

于是兰苕连忙又去上香，细数曾经殿下为了追到伯爷是如何煞费苦心、机关算尽、用心良苦。

上香毕，雨便停了。兰苕对着天边层层的白云无语凝噎了许久。

伯爷和殿下飞升之时，民间其实仍旧还有妖怪残存。只是那几个大族要么跟随伯爷去了，要么被伯爷灭了，剩下的一些小妖怪就偶尔显出原形，给民间写志怪的人提供一些灵感。上清司依照殿下留下的条律捉妖，倒再也没爆发过什么大乱，也没再出现过一口吃几十个人的大妖。

然而邻国却是亡国了，被帝王趁机吞并，近些年正在融合两国百姓，统一货币。

如此欣欣向荣之景，坤仪是不觉得有什么遗憾的了。她在九重天上聆听着凡人一个个地来她的神庙里祈愿，有特别诚心的就帮一帮。剩下的时间，就是参加九重天上的各种宴会。

没错，在她的鼓动下，九重天上的神仙们终于不沉迷于闭关修炼，也开始举办各种宴会，众人都要衣着华丽地赴宴，好比一比修为，顺带比一比头上的首饰、腰间的玉。

这种奢靡攀比的风气实在有失妥当，有几位老君屡次想进言，想让聂衍帝君管一管自家夫人，好少让他们破费。

然而聂衍竟是无耻地与他们道："我管不住。"

笑话！自古男为尊女为卑，就算是神仙也不能免俗，哪有管不住自家夫人的？

聂衍一本正经地道："男为尊女为卑，那是女娲娘娘那一门下的规矩。可我是造万兽飞禽之神，雌雄雌雄，雌为上，雄为下，本座确实拿她没什么办法。"

话刚落音，坤仪真君就从外头跑进来，流光溢涴的裙摆在他们面前一闪而过，接着整个人就扑进了帝君的怀里："相公，织女坊新上的晚霞料子我好喜欢，买回来有地方放吗？"

众人愕然。聂衍帝君的仙府修的位置极好，又是极大的，哪能放不下几匹料子？

聂衍淡淡地回了一声："新修的院子又堆满了？"

怀里的人不好意思地笑了笑，拿鼻尖蹭了蹭他的脖颈。

"知道了，让夜半往东边再扩一间院子，放你新看上的东西。"

"好！"坤仪拍手应下，在他脸上"啵"地亲了一口，就又拖着仙裙飞了出去。

聂衍含笑收回目光，无奈地朝他们摊手："你们看，压根就管不住。"

您这态度，还有半点想管的意思吗？众神敢怒不敢言，憋了气告辞出去，就见有个三四岁模样的小孩儿，穿着一身宝蓝色的宽袖锦服，跟个小大人似的，背着手听着身后神奴的禀告："夫人要往东边扩院子放东西。"

那小孩儿眉目跟聂衍极像，连神情都一模一样，不咸不淡地"嗯"了一声，就道："让夜半叔叔昐咐他们修宽点，免得娘亲不到一月又要扩，先前她买了又不喜欢的东西清理一番，我带去替她换些福报回来。"

换福报，自然就是用东西去凡间做好事积善缘。这孩子才三四岁，就能有如此念头和举动，就算是神仙后裔，也难免令人羡慕。

他似是看见了他们，远远地朝他们一颔首，就继续带着神奴往后院去了。那小模样，真真是招人喜欢。

坤仪也很喜欢多余这个儿子，虽然生产的时候疼了她个半死，但作为天开辟地头一遭在九重天上诞子且自身没有羽化仙逝的神仙，她对这一切还是很知足的。尤其她这个儿子贴心得很，她偶尔有斗不过别人的时候，她的宝贝都会帮她。

譬如那淑人娘娘，与她看不对眼好多年了。就算跟风一起举办宴会，这人在宴会上也对她多有挤对，还说她只是个真君，借着帝君的光在这里作威作福，说她头上的珠钗不是最新的款式，而是仿冒珍宝阁的。

前面说的那些，坤仪都没觉得多气。但后面那些，可差点气死她了。她把玩珠宝这么多年，何时买过仿冒的东西？

但当下的宾客都是淑人请来的，没人帮她说话。这时她家的宝贝儿子就开口了："这珠钗是我亲自去买来给娘亲的，就在珍宝阁买的，怎的会是假的？"

淑人对她这样的凡人能生这么个天生仙骨的儿子十分不满，当即就阴阳怪气地道："你还小，哪里分得清珠钗真假？"

"我是天生的神仙，又不是凡间的孩童，自然是有火眼金睛，能辨真假。淑人娘娘没生过小孩儿，难道就不知道天上的孩子与凡间的不同？"多余纳闷极了。

淑人牙咬了半晌，脸都绿了。

这天上哪有人生了后裔还能活着的，除了坤仪。

她就不明白，这女人普普通通的，怎么就什么都有了？她不仅能得聂衍帝君的独宠，还能生个儿子自己却毫发未伤，尤其这儿子一看就非池中物，将来还必定有大造化。

"不管娘娘信不信，我们是信'人各有命'这话的。"坤仪抱起多余，喜滋滋地道，"有的人就是生来命好，没办法。不过这嫉妒之心可是修仙大忌，一旦嫉妒了，就容易走火入魔，娘娘可要当心啊。"

"不用你来提醒。"淑人恼道，"我还信人有起必有落。"

坤仪颤了颤，面上虽然在笑，回去却是对着墙壁想了许久。

人有起必有落，她现在日子过得这么好，将来有一日落了该如何？正想着，身后就有人将她一把抱起往内室走："你在想什么？"

甩了甩眼里的雾气，坤仪嘟囔道："你怎么又忙起来了？"

不是说打下仙府之后就能休息了吗，他又骗人。

聂衍的额头抵了抵她的额头，轻声道："还有个东西想拿。"

"贪欲哪有尽处！"她不满地皱眉，"你与我在一起，想要的东西怎还那么多？"

聂衍挑眉，正要说话，这人就撂了脸道："这话说重了，我不是那个意思，你忙一天肯定累了，睡吧睡吧，我给你说睡前故事。"

他一顿，倒是好笑地问："又要先给我说，再给你儿子说？"

"谁让他生得那么聪明，我会的睡前故事他都听不困，还会问我情节为什么不合理。我若不先给你说一遍，待会儿他把我问住了，这娘当得不是丢人吗？"坤仪直撇嘴，到床上就翻身坐起来，清了清嗓子开始说她准备的故事。

聂衍双手垫在脑袋后面，含笑听着她说，目光落在她脸上，看得她耳根都泛红。

"你有没有认真听？"她着恼地打过来。

聂衍伸手抓住她的手，低笑道："挺好的故事，他若不爱听，你便一直给我说就是。"

几万岁的人了，也好意思听睡前故事？坤仪翻了个白眼，踹他一脚。

聂衍笑着拉她就寝，这事仿佛就翻了篇。

但第二日一清早，多余睁开眼的时候，就看见自己床边坐着自己的父君。

"你娘亲昨日听了什么不好的话了？"他沉声问。

聂多余不是个喜欢挑事的小神仙，他随了他的父君，生得沉稳有礼。所以，当他的父君摆出一脸"我要弄死惹你娘不高兴的人"的表情的时候，聂多余十分克制又简单地陈述了事实："淑人娘娘咒我娘亲以后没有好下场来着。"

聂衍眯了眯眼。因着坤仪，聂衍一直未在九重天上大动干戈，先前找王氏复仇和占仙府都是小打小闹，就怕惊着了她。

别看这小姑娘一副天不怕地不怕的模样，实则内心十分脆弱，遇事总往最坏的地方想。儿子都生了，她也没太把自己的性命当回事。

恶言恶语她听得很多，旁人觉得她该习惯了，可他不这么觉得。没有人必须要习惯这些东西，他的夫人就更不该。

当天傍晚，坤仪一跨进门，就被聂衍拥了个满怀。

她耳根一红，别扭地瞥了瞥还在门外站着的多余："你先松开。"

聂衍没松，反手将门给扣上了。多余见怪不怪，拂了拂自己的小锦袍，自个儿回院子修炼去了。倒是坤仪十分不好意思，双手抵在聂衍心口，嗔怪地瞪他。

"想不想下凡去逛逛？"他蹭着她的鬓发，亲昵地问。

坤仪眼眸一亮，又不好意思地抓了抓他肩上的衣裳："你不是说天上事忙，一时半会儿去不了？"

"我已经跟兰苕说好，你与多余先去便是。"他低声道。

坤仪已经很久没看见兰苕了。有这样的机会，她自然是高兴的，只是她还是狐疑地看了看面前这人："你想将我支开？"

聂衍神色平静地摇头，鸦黑的眼瞳深深地看着她。

坤仪是还想质问几句的，但他这眼神实在是炙热，饱含深情和眷恋，箍着她腰肢的手力道也渐重，当真是不舍极了。顶着这样的目光，她若还不相信他，那可能得遭天雷轰顶。

于是坤仪就点了头。

当天夜里，聂衍即以将分别分外不舍为由，愣是没让她睡成觉。眼瞅着天降破晓，她伸出手臂想拿衣裳，这人却伸手贴着她的手臂往前，将五指张开，一一放进她的指间，再慢慢将她的手握住抱回了被子里。

都是一些很寻常的动作，但他做得又慢又缠绵，着实让坤仪脸红了半响。坤仪的心口有些莫名的温暖，她盯着窗上的云花，低声嘟囔："你怎么都没说过心悦于我呀？"

温热的呼吸落在她脖颈间，绵绵密密又带了些潮气，聂衍拥着她，淡淡地道："多余都要满四岁了。"

言下之意，他还用得着说那几个字才能证明什么不成？

想想也是，可坤仪就是觉得有些遗憾。他俩的情愫生得不知不觉，长得兵荒马乱，等闲下来的时候，居然已经过上了无波无澜的小日子，完全不像话本里写的那么轰轰烈烈。不过聂衍眼下有很多事要忙，每天能有半日陪着她已经很好了。她得知足，总不能还同他要小孩子脾气。

这么想着，坤仪就睡了个回笼觉。等醒来时，她发现聂衍已经不见了，她的多余拎着小包袱站在床边，眼巴巴地看着她。

对凡间，多余比她还要向往。坤仪莞尔，收拾妥当之后，拿着聂衍给的通行玉佩就与多余一起下凡去。

凡间她的神庙众多，坤仪随便选了一处做落脚点，路上连连叮嘱多余："你切不可暴露身份，更不能使用仙法。在凡间你只是个三岁多的小孩儿，话不要说太多。"

多余很纳闷："凡人那么喜欢神仙，为何我不能暴露身份？"

坤仪戳了戳他的脑门："因为凡人看见神仙就会有所求，你若不满足他们，那神界的地位和香火都会被你连累得减少。但你若有求必应，这一路我们就走不好了，你也没那么大的本事。"

多余听懂了，收敛了一下自己过于深沉的神色，眨巴着一双大眼睛，乖巧地跟着她往庙外走。

坤仪终于有了一点做母亲的自豪感。三年了，小多余过于聪慧，以至于她都怀疑自己生的不是个儿子，是个爹。

这一趟凡间，来得值。

"娘亲，这是什么？"

"这是轿子，有钱人家坐的，娘亲以前有一辆风车，比这个气派。"

"那边的人，他们在干什么？"

"那是变戏法儿，集市上赚赏钱的。"

"我们现在去哪儿？"

"去你兰若姨家。"

见多余还要开口，坤仪忍不住低下身捏住他粉嫩嫩的小嘴："不能再问了啊，没有三岁小孩儿能说这么多话的。"

多余听话地将剩下的问题咽了回去。可是走着走着，他还是纳闷道："这些男儿家，为何穿得如此招摇？"

他的娘亲没有立马回答。多余一愣，扭头看上去，就见自家娘亲站在原地，双眼微微泛光。

"这是你娘亲以前最喜欢来的地方。"瞧见招牌上那龙飞凤舞的"容华馆"三个字，坤仪下意识地咽了口唾沫。

多余皱眉道："以前最喜欢？"

"嗯，现在不喜欢了。"嘴上是这么说的，可这人抬脚却是在往里进。

"娘亲，"多余善意地提醒她，"父君可能还在上头看着咱们。"

坤仪的脚下转了个圈儿，一脸正气地牵着他继续往官邸的方向走："不去不去，谁要去了！来来回回就是那些个琴棋书画、歌舞酒茶，瞧这时节，应该正是龙井茶新上……"

"嗯？"

"也没什么意思，里头没人比你父君好看。"

"哦。"

坤仪磨牙，扭头又捏了捏多余的小脸："你是小孩子，说话要奶声奶气些，不可以学你父君！"

多余想了想，奶声奶气地道："娘亲，我想吃果子。"

兰苕每年年关都会做很多果子供奉给她，整个神界，就她这儿能吃着果子。多余也喜欢吃这漂亮的小点心，但是供上天的味道一定没有刚做出来的好吃。是以，坤仪走到没人的地方，甩下符纸掏出了一辆马车，带着多余加速往兰苕家里赶。

兰苕几年前嫁了个书生，那书生争气，加上运势极好，如今官拜三品，兰苕也就成了吴夫人，锦衣玉食，还生了一儿一女。听见殿下要下凡的消息，她一早就准备好了宅子和奴仆，远远见着马车，便万分欣喜地迎了上去。

她身边的丫鬟伺候她好几年了，一直觉得这位夫人冷淡又矜贵，不管谁家官眷来奉承，都鲜少见着她笑。然而今日，不知哪里来了个长得天仙似的妇人，竟让夫人在马车前头跪了下来。

"姨姨快起。"多余跳下马车就去扶她，"你还怀着小宝宝，不能跪。"

兰苕大惊，一时也不知该先惊叹这孩子竟生得这般乖巧机灵，还是该惊叹自己怎么又怀上了。大夫都没跟她说过，这孩子竟然就看出来了。

"进去说！"坤仪见她要哭，连忙将她拉着往里走，"你现在好歹是官眷，哪能在那么多下人跟前失仪。快快快，咱们先进去吃果子。"

都这么多年了，主子还是最爱她这点手艺，兰苕破涕为笑，边走边问："天上竟是亏着您了？"

"倒也没有，只是修炼久了，凡俗之物不常入肚腹，就好你这一口。"

坤仪进屋关上门，松了口气，拉着她看了看。

她看上去面色红润，想来这几年是没受什么委屈。但是多余也没说错，她又怀了一个女孩儿，正在她肚子里缓缓生长。

"你夫君还有好前程在后头，你且安心过日子吧。"她笑着拍了拍兰苕的手。

兰苕却听得拢了眉，连连摇头道："我听人说，神仙必须一视同仁，不能有偏私。我如今日子已是富足，殿下大可不必还为我担心，万一影响了神格……"

坤仪挑眉："一句话的事儿，要什么神格？"

兰苕一顿，后知后觉地想起，当今圣上好像还欠着殿下的情。

这么多年来，国境内一直风调雨顺，给了圣上不少的时机坐稳这白来的帝位。他确实是欠着坤仪的，只是他本性就不善良，原也是想过坐稳之后翻脸不认人，清除辅国公主在朝中的余孽的。但不承想，坤仪不是仙逝，是飞升。他但凡起一点歹心，都会被坤仪用神识叫去明珠台，鞭策一顿。

鞭策是字面意义上的鞭策，鞭子则是带刺的鞭子。

于是这几年，不管是杜相，还是他们几家供奉着坤仪神像的人，仕途都还算顺畅。杜相在一年前告老还乡，帝王还赏赐了一大堆东西，让他衣锦而归。

兰苕端来了果子，多余矜持地谢过她，开始细嚼慢咽。坤仪原是想休息休息就去街上逛的，谁料外头的天突然就暗了下来。

"要下雨了。"兰苕嘀咕了一声。

坤仪瞧着窗外，微微皱眉。这么大片大片的乌云，天上该不是出什么事了吧？

"娘亲，爹爹出门的时候留了话给您，让我转达。"多余突然开了口，奶声奶气又一本正经地道，"他说他要闭关几日，下头有几位真君脾气冲，难免跟人起冲突要打架，他是不会管的，让您别担心就成。"

一听这话，坤仪松了眉。她笑道："我就说嘛，你父君为人沉稳又冷静，怎么会我一走就跟人打起来呢，想来是朱厌真君那几个按不住脾气的。"

朱厌真君这几个按不住脾气的人，眼下正一人抱着聂衍的胳膊，一人抱着聂衍的腿，剩下几个齐刷刷地跪在他跟前，苦苦劝道："帝君，当真是差不多了！"

差不多？聂衍冷笑。

女娲门庭与他暗自作对多年，不仅大肆屠戮他造的飞禽走兽，以之为食；又欺他夫人，言语带咒。今日他若不将这仙府拆了，便将"聂"字倒过来写。

乌云压顶，电闪雷鸣。巨大的轰鸣声将正在喝茶的坤仪吓得一个趔趄，茶水都洒了些出来。她心有余悸地将茶盏放远些，蹙眉看着外头："也闹得太大了些。"

多余看了自个儿娘亲一眼，问："娘亲是担心爹爹也掺和进去，容易受伤？"

坤仪摇头："我担心他们动静太大吵着你爹清修，万一走火入魔可怎么是好？"

多余的嘴角抽了抽。是什么让她觉得，爹爹一定没有动手？

坤仪察觉到自家儿子的困惑，温柔地将他抱到自己的膝盖上，低声道："你爹是个儒雅的人，虽然有时迫不得已会跟人打架，但大多时候他都是个以理服人的君子。"

多余稚嫩的眉心微微抽了抽。

"我认识你爹的时候，他其实已经厉害得可以毁天灭地了。但他站在那里，沉默得像一座雕塑，任由别人误解或中伤，都没有理会。"忆起往昔，坤仪忍不住双手捧脸，"别的不说，你爹长得是真好看。"

果然。

多余咬了一口果子，沉默地想，他娘亲就是这么肤浅，只喜欢好看的男人。幸亏父君长得好看，不然就没他了。但是，有一说一，他不觉得父君跟"以理服人"这四个字的任何一个字能沾上关系。

奈何，他娘亲依然倔强地说："若不是为了那几个跟随他多年的旁支族部的利益，他在九重天上过的应该也是闲云野鹤的日子，可惜啊，命运半点不由人。"

轰！天上又是一道惊雷，将天都要劈成两半似的。多余抬眼顺着窗外看去，隐隐看见了天边云层里父君潇洒扬起的衣角。

娘亲是没抬头的，她有些怕打雷，抱着他闷头道："等你长大了，可要学你父君才好。"

多余眨眼，认真地看了看父君那对人下手又快又狠的道术招式。

这……好像不太容易学会。

瓢泼的大雨下了一整晚，晟京的街道第二日清晨就被淹了。有的人住的地方地势低，便拖家带口地往明珠台的方向走。路上不少大户人家搭了救济棚，给一些贫民发馒头。

坤仪也带着多余往明珠台走，有好心的人家看她带着孩子，当即就给她塞了馒头过来。

坤仪哭笑不得，摆手："我不饿，多谢。"

"还是拿着吧，这一路过去都没吃的了。"派馒头的小丫鬟心疼地看了看软乎乎白嫩嫩的多余，"夫人不吃孩子也要吃。"

多余有礼地接过来，对她颔了颔首。丫鬟被可爱的多余逗得眼睛直亮，连忙凑过来捏了多余一下，又对坤仪道："这孩子生得水灵，谁见着不心疼呀！夫人就容我多嘴一句，眼下可莫要带他去明珠台了。"

"怎么了？"坤仪纳闷，"明珠台在遇见天灾之时，不都是可以给百姓避难的？"

"以前是，但如今不是了。"那小丫鬟叹了口气，"去年明珠台就被官府封了，里头的东西差不多被搬空了，然后似是被赐给了新任宰相。那宰相夫人凶恶得很，不再允许百姓去借住，也不搭救济棚。"

坤仪不乐意了。

盛和帝分明答应了她不动明珠台，那可是她母后给她的东西，宰相有几条命能受这么大的福气？

"娘亲是不是有事要去忙？"多余抱着馒头，十分懂事地松开她的手，"那我便在这里等您回来。"

丫鬟被这懂事的奶话萌得双手捧心："你想在这里陪姐姐派馒头？"

"想。"多余点头。

坤仪蹲下身来道："我去去就回。"

"好。"

就这么简短的对话，她就当真起身走了，留下三岁的稚子抱着馒头站在原地。

丫鬟再欢喜也有些愕然。她牵着多余软乎乎的小手，忍不住皱眉："这当娘的，心也忒大了些，这么小的孩子……"

"姐姐，我够不着桌子，你能给我一张凳子吗？"多余打断她的嘀咕，眼巴巴地看着她。

还不到人大腿高的小朋友，说话竟然利索得很，一张小脸生得端正又可爱，仰起头来看她，把人心都要看化了。小丫鬟当即就给他端来了矮凳，让他踩着够到桌子，帮忙发馒头。

多余发得很认真，倒不是因为喜欢发馒头，而是他觉得，比起面对发怒的娘亲，派馒头真是一件十分轻松的事。

九重天上的人都觉得坤仪真君是沾了聂衍帝君的光，所以才能位列真君。但多余很清楚，他娘亲才不是什么要倚仗别人的凌霄花。她生起气来很可怕，仙府里好几个真君都扛不住她的一道凌天符。只有在父君面前，娘亲会有所收敛。但现在父君不在，多余觉得，他长这么大不容易，这时候得惜命。

坤仪原本是穿着一身素裙低调出门的，但眼下，她气势汹汹地捏着长剑朝宫门走。没走一段路，身上的素裙就化成了黑纱金符的长裙，眉间飞金钿，云鬓出步摇，凤眼怒睁，朱唇紧抿，以至于宫门口守着的禁卫在她刚现身之时就警戒起来。

"什么人？前头是禁宫，不可再近！"

坤仪哪里能听他的，一眨眼就越过宫门，直抵上阳宫。

盛和帝正冷眼对面前的朝臣道："妖怪与凡人虽有共存的律则，但朝臣都是官宦人家，怎么能养那么多妖子妖女？再过几年，这晟京高门大户岂不是……"

话还没落音，郭寿喜就闯了进来。

要是寻常的帝王，商议朝事时被内侍这么打断，帝王是一定会重罚的。但盛和帝情况特殊，他一看见郭寿喜这神色，就知道是自己有麻烦了。

盛和帝脸色几变，站了起来："你们先退了吧，朕要去明珠台一趟。"

站在首位的杜蘅芜看了他一眼，拱手道："陛下已将明珠台赐给孟宰相，如今贸然驾临，怕是有些不妥吧。"

"什么？"盛和帝皱眉，"朕何时将明珠台赐出去了？"

杜蘅芜深吸一口气，替他回忆道："半个月前的宫宴上，陛下大醉。孟宰相向陛下讨要官邸，大抵也是醉了，说要京里除了禁宫之外最大的官邸。陛下您说宰相是一人之下万人之上，自然能住最大的官邸。于是没过几日，孟宰相就搬去了明珠台。"

盛和帝脸都绿了。他抹了把脸，瞪向殿内众人："明珠台岂是旁人能住的？你们就没一个去拦一拦？"

"回陛下，孟宰相权势过大，臣等不敢。"

"回陛下，孟家那夫人又正在待产，若惊了胎，我等哪里担得起责。"

众臣七嘴八舌，颇有怨言。

盛和帝已经没心思去论是谁的错了，他看了一眼郭寿喜，提着龙袍前摆就跟他往外走。

坤仪走到上阳宫的时候，盛和帝已经跪得端端正正的了，他背后甚至背了一块不知道哪里拿来的藤条。

"姑姑，"盛和帝哭道，"侄儿有错，但侄儿有话要说。"

坤仪收了手里的长剑，抽出他背后的藤条试了试劲道，结果轻轻一捏，那藤条就折成了两半。

"怎么回事？"

"年久失修，姑姑不必放在心上。"盛和帝一本正经地将藤条收回去，对她道，

"明珠台不是朕赐出去的，是孟极钻了空子自己要住。"

"孟极？"坤仪气乐了，"你让一只妖怪做宰相？"

"侄儿也不想。"盛和帝垮了脸，"但侄儿母家那些个反舌兽不是好相与的，您与伯爷都走了，侄儿终日惶惶不安，恰巧孟极那时候被贬谪，遇见了一只反舌兽，将其轻松斩杀。侄儿为了镇住反舌兽，才将他继续留在朝中。"

谁料他就一路高升，凭着各种功绩，在杜相退隐之后爬上了宰相之位。其中，孟极定然是有妖法相助的，但他的妖法没有害死人，上清司也不会出手约束。

"侄儿也不知道，他怎么就看上了明珠台。"盛和帝十分苦恼，"京中有些眼力的，谁不知朕经常要去明珠台怀念姑姑。朕也没料到，他竟敢趁朕酒醉，自作主张！"

哪里是孟极自作主张？坤仪冷笑，这分明是李宝松还不肯安生。

她离开凡间的时候是没有记忆的，也就忘了收拾晟京的一些烂摊子。兰茗每回祭拜都是报喜不报忧，她也就以为无碍。谁料都过了这么多年了，这人还是不肯安生。

"拿玉玺来。"坤仪伸手。

这要是别人，盛和帝肯定就叫禁军了，但面对这位姑姑，盛和帝哪敢怠慢，果断地就把玉玺拱手递了出去，顺带有礼地送她出上阳宫："姑姑带着郭寿喜，有什么需要，让他去办便是。"

坤仪冷冷地拂袖，携着玉玺驾上一辆凤车，带着三十多个禁军直奔明珠台。

衣袍猎猎，皇幡高举，兵器碰撞的声音随着马车一闪而过，众多宫人慌忙躲避。

有年长些的宫人躲避凤车之余，忍不住偷摸着朝车上看。

宫闱里好些年没出现一袭黑纱驾着凤车在宫道上放肆奔走的人了，这乍一看，还挺像坤仪公主。

不过，坤仪公主以前嚣张归嚣张，却也没干过大动干戈之事。这般的气势，活像是要去抄谁的府邸，怎么会是她呢。老宫人们摇摇头，又接着去干活儿了。

不会大动干戈的坤仪公主带人径直闯入了明珠台。

此时的李宝松正站在中庭里，支使家奴将院子里之前放着的夜明灯台柱给砸了，冷不防就听得外头传话："夫人，有贵客到！"

李宝松微微一哆嗦，莫名有些不好的预感，她皱眉，冷声道："不见。"

"岂由得你！"

一众禁军推开阻挠的家奴，坤仪大步跨进门，一掌推开正要打砸台柱的家奴，发出一声响，惊得李宝松睫毛直颤，下意识就捂住了自己的肚腹。

"你……你要做什么？"她惊惧地看着坤仪，色厉内荏，"这可是宰相府，是官邸，尔等无圣旨，怎么敢擅闯？"

"这里是明珠台，是我的地盘。"坤仪踱步走到她跟前，微微敛眸，盯着她的眼睛，"夫人可听过'鹊巢鸠占'一词？"

久未见这人，李宝松每次想起她，都觉得她一定在九重天上受苦。区区凡人，哪里能待得住那灵气充沛的神界？就算有聂衍护着，她也不是个成事的。

谁料，这人如今站在眼前，却是一身仙骨，身上光华不减反增，眉目间也没有半丝忧愁造成的苍老，眼神反而比以前更狂妄了些。

李宝松怔愣地看了看她，垂下眼。

昱清伯爷可真是个厉害的，坤仪再不好，也能被他护得妥妥帖帖。

她突然就觉得难受。坤仪这种毫无天赋不学无术的人，尚且能得聂衍的福荫成神，若是她呢？若当初伯爷心仪之人是她，凭借她的天资和本事，应该是能比她更堂堂正正地成神，然后与他并肩的。

坤仪垂眼打量面前这人，突然笑了："这都多少年了，你都怀第二个孩子了，难不成还惦记着我家夫君？"

"你瞎说什么？"李宝松捏紧拳头别开了脸，"我早就忘记过去的事了，眼下是你非要来找我的麻烦。"

"我找你麻烦？"坤仪环顾四周，脸色冷得难看，"明珠台是我留给天下百姓的，你凭什么霸占为府？"

"是圣上……"

"这是玉玺，你看好。"坤仪随手将玉玺放到了她掌心。

李宝松双手捧着这东西，一时没反应过来玉玺是什么，迷茫了片刻。等她意识到自己掌心里的东西分量多重时，脸色唰一下就白了。

"来人，将他们清理出去。"坤仪摆手。

禁军闻声而动，李宝松尖叫起来："坤仪，你欺人太甚！就算要我搬府，也得给些时日吧，你带人来赶人算什么？我是诰命夫人！"

"我是你头顶的天！"坤仪背对她站着，瞥见院子里到处七零八落的旧物，气不打一处来，"你有本事就进宫去告状，没本事就给我滚出去！"

"你！"

瞥一眼她的肚子，坤仪尚保留了一丝理智，单独给她脚下扔了一张符纸，将她平稳送去了明珠台门外。剩下的人，则统统被禁军赶了出去，连带着他们带来的柜子箱子和被褥，都一并扔去了大门口。

李宝松这几年过得十分顺风顺水，孟极虽然比不上聂衍，但毕竟是当世仅存的几只大妖之一。爬上宰相位之后，京中女眷都对她多有奉承，就连宫中娘娘也不会给她脸色看。没想到坤仪一回来，她就被迫站在大门口，接受附近人的围观和指指点点。

李宝松气得眼睛都红了，死死捂着自己的肚腹，朝门口站着的坤仪大声喊："你就是嫉妒我！"

坤仪挑眉，上下打量她一圈，眼里满是不明所以。

嫉妒她什么？嫉妒她满怀戾气？还是嫉妒她从没一日好好享受过自己当下所有的东西？

李宝松抚了抚自己鼓起的肚腹，没有明说，但她又瞥一眼坤仪平坦的肚腹，鄙夷之意昭然若揭。

坤仪简直乐了。且不说她已经有多余了，就算她没有，聂衍无父无母，她说不生便可不生了，还能矮人一头去不成？

眼神复杂地看着她，坤仪道："你头一个孩子难产，是你夫君替你求来灵药护住的胎，我原以为经此一事你能明白生命的可贵，不料在你眼里，孩子就是用来炫耀的。"

李宝松冷哼一声："用不着你来教训我，今日你如此待我，必将引起朝廷震荡、百姓难安，就算你上了九重天，也是这天下的罪人！"

好大的口气。

坤仪笑了："我竟不知，这百姓都要看你的脸色过日子。"

眼看着自己的东西一件一件都被扔出府来，李宝松贝齿咬碎，捏着拳头道："你如此不管不顾，便该自食恶果！"

一朝宰相，那是一人之下万人之上的官职。孟极虽然只是刚刚上任，但他积累的人脉和朝堂中的关系都不少。皇族竟然如此对待他们，便是要令文武百官寒心。百官都寒心了，朝廷哪有不动荡的？

就算不动荡，李宝松冷眼想，她也有的是门路让它动荡。

坤仪看着她脸上阴郁的神色，觉得很稀奇。她一边指挥着禁军往外扔不属于明珠台的东西，一边拢起裙摆，又在高高的门口台阶上蹲了下来，与李宝松堪堪平视。

"你不会真的觉得，我如今还怕一个凡人吧？"她挑眉，"不会吧？你不会这么幼稚吧？"

李宝松神色一僵，闭眼道："就算你不怕，你那丫鬟、你的好友杜蘅芜，她们可都还在我下头。"

坤仪乐了："你觉得今日之后，孟极还能稳坐宰相位吗？"

什么意思？李宝松倏地睁开眼。

面前的女子明艳不可方物，似笑非笑地看着她，嘲弄地勾了勾嘴角："先前是我不察，眼下既然知道了，我便没有让一只妖怪再继续当宰相的道理。"

言下之意，别说是她了，连孟极她都不会留。

李宝松突然就急了，仰头看她，怒道："你我的恩怨，做什么要扯上他？"

"你凭借你夫君的势头强占我明珠台，却说这只是你我的恩怨？"坤仪耸肩，"没这么好的事。"

"可他……他是实实在在帮了陛下的！"李宝松跺脚，"没了他，那些反舌兽……"

"我走的时候会替他清理干净，不劳费心。"

"你……"

李宝松嘴唇发白，颤了颤，一直挺得笔直的肩突然就垮了下去。

她嗫嚅了半晌，低声道："我搬，还不成吗？"

坤仪乐了："你觉得我现在是在跟你商量搬不搬？"

她不用答应，今日也一定会被扔出明珠台。

李宝松眼里涌上泪来，跺脚道："那你想如何？"

"想把你夫君流放边关，你也要去。"坤仪笑了，凤眼弯弯地睨着她。

"你……你欺人太甚！"

"那又如何？"坤仪问她，"你反抗得了？"

李宝松这一辈子只占过坤仪一次上风，就是趁她不在强占了明珠台，将里头那些东西砸了个稀碎。她料想，等坤仪回来看见这一切，定是要气个半死的。这么一想，李宝松觉得自己会很开心。可是，如若这件事会将孟极也拉下水，她突然就有些后悔了。

李宝松小脸煞白，眼眸乱转。

孟极待她是极好的，她想要什么，他都替她去争。哪怕他知道要住明珠台只是她任性想泄愤，他也想了办法去让陛下答应。

这几年两人朝夕相处，她其实已经鲜少想起昱清伯了，更不会让孟极再顶着与昱清伯相似的脸过活。只是她心里对坤仪莫名的恨意一直没有放下，所以她喜怒无常，做事冲动。在她心里，她是觉得自己对不起孟极的，没道理现在还要连累他丢了宰相之位——那是他千算万算，使了多少手段才拿到的。

坤仪安静地看着她脸上的神色变化，没有吭声。

半晌之后，李宝松眼里落了泪。她瞪了坤仪一眼，哑声道："要我怎么与你赔罪都可以，别为难我夫君。"

这倒是像句人话。

坤仪乐了："你既然早就放下了聂衍，做什么还要一直与我过不去？难道你真觉得是我抢了你的男人，让你过得不幸了？"

李宝松怔怔了。她都忘了自己是什么时候开始讨厌坤仪的，也许是在坤仪与聂衍成婚的时候，也许更早。

坤仪这个人，生下来就什么都有了。她寒窗苦读才能考进上清司，坤仪随随便便就能去走动；她朝思暮想的人，坤仪拿一道圣旨就能结为驸马。李宝松是信天道酬勤的，但天道却酬坤仪太多了，所以她想不通。

一想不通，李宝松就想超过她，就想与她为难。

眼下被这么一问，她才突然发现，坤仪好像没与她结过什么仇。只是厌恶和恨意在她心中日积月累，已经变得不需要别的理由，就想一直恨下去。砸她院子里东西的时候，李宝松其实有过一瞬间的犹豫，但身边的丫鬟说："您忘了之前跪在她府邸门口的屈辱了吗？"

这么一问，李宝松都没仔细去想这屈辱是怎么来的，就气愤地让他们继续砸了。而今看着坤仪的眼睛，李宝松突然觉得心虚，说不出来地心虚。

她后退几步，有些无措地捏着肚腹上的衣料，想低头又觉得硌硬，想再顶撞几句，又有些底气不足。

明珠台荒芜了很多，风卷着草木的气息吹过来，有些萧瑟的味道。

"我……我先带人去别院，你将这些东西全扔出来，我总是要归置的。"半晌之后，李宝松羞恼地低声道，"你我的恩怨，就改日……改日再说。"

坤仪这还是头一回见她主动示弱。

坤仪没吭声，蹲在台阶上看着她带人匆忙离开。她身边那些个家奴还有不服气的，小声嘟囔："哪有被人这么赶出来还不吭声的，这可不像咱们主子平时的脾气啊。"

"呔，你还敢说，快闭嘴吧，来人可捏着玉玺呢！"

"这晟京里哪个高门大户是咱们惹不起的，有玉玺又如何？狐假虎威，白受这气。"

不说他们了，就是这京中别的贵门人家听见消息了也纳闷：这李宝松都横行晟京多少年了，竟有一天会被人赶出门还不敢吭声，那得是多厉害的人？于是，各家的家奴都偷摸上街打听消息。

坤仪冷着脸将明珠台清理了个干净，而后就蹲在那一大堆被砸碎了的东西跟前捏法诀。

聂衍教过她复原物件的法术，但是在九重天上没什么用到的机会。眼下她想要用起来，还有些不熟悉。破碎的灯台被她花了半个多时辰才拼了回去，还拼得七歪八扭的。她再看一眼剩下的一大堆东西，有点丧气。

"娘亲。"多余气喘吁吁地出现在她身后。

坤仪扭头，正想问他怎么过来了，就见多余怀里抱满了糕点、果脯、糖葫芦和新鲜的蔬菜。这些东西堆得老高，将他的小脸都埋了个严实。

她嘴角抽了抽："你抢的？"

多余盲摸半晌，将那串糖葫芦抽出来塞给她，而后挪到旁边把东西都放下，无辜地眨了眨眼："我抢凡人的东西做什么？方才过来找你的路上，他们自己塞给我的。"

还有这种好事？坤仪很惊奇："为什么啊？"

"他们说我长得好看。"多余老实地道。

坤仪张大了嘴。她难道长得不好看吗？凭什么多余会被塞这么多好东西，可她当年只会被石头鸡蛋砸？

察觉到她略为悲愤的情绪，小多余走过来，拍了拍她的肩："娘亲你当年是在渡劫，自然没法顺风顺水，不必太往心里去。"

这语气，简直跟他爹一模一样！说完，多余还将她拉起来按去旁边的大石头上坐着，然后挽了挽自己的衣袖。

"复原术我会，娘亲歇会儿，看我的。"

一个三四岁的小神仙，再会能有她厉害？坤仪不信，咬着糖葫芦睨着。

结果，多余指尖一道光落下去，满院的碎块都开始复原起来，不到一个时辰，小家伙就将十几个灯台一起恢复了原样。

坤仪沉默了。她突然伸手，探向了多余的天灵盖。

"娘亲，你做什么？"他下意识地避开。

"别动啊，为娘好奇你该归什么神位。"

"不必探查。"多余矜贵地颔了颔首，"父君说了，我若归位，神位应该在娘亲之上。"

什么?

一家三口, 她远不如聂衍也就罢了, 毕竟那是个开天辟地的大神仙, 但她怎么能连自己的儿子都赶不上, 这多没面子啊!

坤仪放下糖葫芦, 不服气地继续复原别的物件, 多余则乖巧地陪着她。

整个明珠台宝贝何其多, 就连放夜明珠的灯台都是白玉石雕刻而成的。坤仪眼瞅着这三千多件被砸毁的庭院摆设, 觉得自己应该要修很久。

夜幕黄昏来临之前, 明珠台里就亮起了灯。多余睡在她怀里, 小脸圆嘟嘟的, 累得发出了轻微的鼾声。

她的面前, 明珠台已经变回了以前的模样, 光华流转, 富丽堂皇。

坤仪心情很复杂。她望着灯台里的夜明珠发呆, 手还在下意识地轻拍着多余。

身后突然有了脚步声。她回头, 正好对上聂衍那双微微含笑的眼。

"你怎么这么快就下来啦?" 她轻声问。

他从她怀里接过多余, 一手抱孩子, 一手托着她的腰将她扶了起来, 转身往屋子里走: "事情很顺利, 就想着先下来看看。"

"事情?" 坤仪挑眉道。

"喀喀……我是说, 修炼。" 略微闪避开眼神, 聂衍轻咳一声, "仙府灵气充沛, 我修为大有进益。"

要是先前, 坤仪听着这话定是觉得开心的。但今日, 她垮着小脸, 眉间的花钿都要拉成喇叭花了: "又进益了哦?"

聂衍察觉到自家夫人情绪不对, 眉心微动, 轻轻瞥一眼她的表情, 斟酌地道: "或许……没太大的进益, 就一点点?"

"那也比我厉害多了。" 坤仪撇嘴, "今日我还说李宝松是仰仗孟极才得以嚣张跋扈, 却没想我自己也是仰仗着你的。若我不是你的夫人, 我在九重天就只是个普普通通的真君, 连多余都比不上。"

聂衍眼角一抽, 暗自用神识叫醒了沉睡中的儿子。

"你惹你娘亲了?"

多余睁眼, 一脸懵懂地回答: "什么时候?"

"你看她, 脸色不太好看。"

"那怎么就是我惹的, 说不定是父君你惹的。"

"不可能, 我刚刚才到。"

"那就是她自己想不通。" 多余打了个哈欠, 闭眼就要继续睡, "可能觉得自己太不厉害了，修东西都没我快。"

聂衍不悦地眯起眼。

坤仪和他能比吗？坤仪那是凡人归神位，能飞升真君已经是破天荒的奇迹了。可多余是一个继承了自己神骨的人，跟他娘亲的起点都不同，有什么好比较的。

多余冷不防察觉到一股寒气，打了个哆嗦。他哭笑不得地看了自己父君一眼，用神识回："我知道了，娘亲最厉害。"

接着，他就被聂衍放去了床榻里，落了结界封住。每次哄娘亲的时候，爹爹都要封住他的视听，他们之间有什么是他这个亲生骨肉不能知道的？

坤仪也有些困乏了，坐在桌边揉着额角，见他进了内室又出来，便问："安顿好了？他晚上睡觉有些难入眠，待会儿醒了指不定要哭。"

"不会。"聂衍胸有成竹。

反正他哭了外头也听不见。

坤仪哪里知道聂衍对自己的儿子会如寒风般残酷，她眼里的聂衍沉默少话，但温柔体贴，就算是累了一整日，也眉眼温柔地望着她，替她拆掉头上的珠钗。

"你很喜欢这地方？"他问。

坤仪"唔"了一声，打着哈欠道："谈不上多喜欢，但落在这儿就觉得安心。"

"先前说将这宅子搬上九重天，你又不肯。"

"这得费多大的工夫啊，没必要，留着给灾民们避避难也挺好的。"提起这个，坤仪突然纳闷起来，"天上谁跟谁打起来了？瞧着闹得挺凶。"

聂衍垂眼，脸不红心不跳地道："朱厌他们一时冲动，砸了女娲一支的门楣。"

坤仪原本还有些睡意，一听这话，登时吓醒了："女娲的门楣他们也敢砸？这不是蓄意挑事吗？天上才安稳几年啊，这要是闹起来，伯高子他们还不得立马过来搅浑水？"

"我说过他们了。"聂衍严肃地道，"不过等我出来的时候，他们已经砸完。淑人恰好入了渡劫的机缘，我劝说也没什么好劝的，干脆就下来寻你了。"

淑人与她是有些不对付，一遇见就要剑拔弩张，渡一趟劫便能有几百年不出现在九重天，坤仪对此没什么意见。

只是，这举止太大胆了些。她忍不住念叨："等见着朱厌他们得好生说说了，这师出无名便砸人家门楣，就不怕女娲出关之后找他们算账？都是神位上的人，行事也该更多考虑才是。"

聂衍自然是不怕女娲找他算账的，但他还是低眉应了一声。

恰好，朱厌他们也跟着落了凡，满脸兴奋地走进来同聂衍道："帝君，后续都处理妥当了，那几个剩余的想反抗的，统统都被扔进了渡劫轮盘……"

"荒唐！"聂衍出声喝断他们。

飞叶吓得一激灵，垮着脸就道："帝君，这已经算是重的了，渡劫要很久呢！那是女娲的门楣，总不好也当王氏那般赶尽杀绝……"

"人家与我们相安无事多少年了，你们何必非要在这时候动手？"聂衍捏诀，封住了朱厌和飞叶的嘴，一脸正经地问，"踏踏实实过日子有什么不好？"

飞叶呆了。

朱厌也呆了。

您先前在九重天上大杀四方的时候，可不是这么说的。

聂衍很惆怅，聂衍很悲痛，聂衍指着他们俩，沉重地说："这次就放过你们，下不为例。"

飞叶委屈死了，他扭头看向坤仪，用神识喊冤："嫂子，你是知道我们的，这事分明只有帝君做得出来。"

"你可别冤枉他！"坤仪皱眉，"我夫君是那种挑事的人吗？他都好些年没跟人动手了，一心想着同我母子俩过安稳日子。倒是你们，戾气怎么越发重了？"

飞叶一口气差点没噎死。

帝君要是想过安稳日子，他名字倒过来写！

聂衍站在坤仪身边，慈眉善目，满袖温风，任谁看了都要说他是个心无杂念的神。可是，等他送他们出门的时候，飞叶和朱厌都清晰地听见他的声音："胆敢在她面前说漏嘴，你们就跟淑人一起去渡劫，渡情劫。"

两人齐齐打了个寒战。

以前的聂衍，顶多算是心思深沉、心狠手辣，他们挺习惯的。但现在的聂衍，不仅心狠手辣，还要背着殿下心狠手辣。他们就想不明白，殿下都成神了，为什么还要像护朵娇花似的护着她。人家跟人动起手来，也是刀光剑影的啊！

聂衍像是看穿了他们的心思，淡声道："你们没夫人，不太清楚这种感觉，我什么都能做，但在她面前，我就是个不沾鲜血的好神仙。"

后半句道理他们是可以懂的，但开头那一句，完全不必说出来。

飞叶和朱厌对视一眼，灰溜溜地离开了明珠台。

李宝松被赶出了明珠台，但这府里依旧有灯火，打听消息的各家家奴们传回话去，说的都是——可能是"那位"回来了。

民间百姓都以为坤仪公主已经去世，连公主坟都有了。但名门高官里有不少人心里清楚，公主坟只是个衣冠冢，殿下当年羽化登仙之后，时不时还托梦为他们匡扶朝政，她若回来，便是神仙下凡。

世上有妖的存在，自然也有神。坤仪这样不学无术的人都能成神，那么凡间有天赋的孩子只要潜心修习，说不定也能得道飞升、光宗耀祖呢。

于是在坤仪飞升那一年，她留下的私塾学府空前繁荣起来，再不用送什么东西，有的是达官贵人愿意把孩子送去读书，尤其是女孩儿。发展至今，学府里虽暂时没见谁家孩子当真飞升了的，但上清司里的凡人却渐渐多了起来。

而当下，坤仪殿下回来了，许多消息灵通的人家自然动了心思——若是能让坤仪把自家孩子收成弟子，那以后就有的是仙路好走。

于是，坤仪一觉睡醒，前庭里除了多了避难的灾民，还多了一堆堆成小山一般的礼物。

坤仪兴致阑珊地拆了几个礼物，哼笑道："算盘打得都挺好，但也想得太美了些。"

要是凡人随随便便就能被带上九重天当神仙，这世间哪还会有什么凡间！

"有捷径谁不想试试？也就是我还没生孩子，若生了，也当给你添一份礼。"杜蘅芜跨步进来，自顾自地坐下就端起茶喝。

坤仪白她一眼："你倒是不见外。"

"我要是同你见外，你反倒还要不适应。"杜蘅芜撇嘴，"外头堵了好多车马，我翻了你家院墙才进来的，不介意吧？"

说介意也没用啊。

坤仪好笑地看着她："都二品内阁了，你还是这么不庄重！"

杜蘅芜低头瞥一眼自己的官服，轻哼一声道："没什么稀罕的，若不是有人作梗，我今年都能升一品。"

"怎么回事？"她好奇，"我都没在了，还有人能跟你过不去？"

杜蘅芜眼神微黯，不说话了。她端起茶喝了几口，略显烦躁地道："你若留得久，就等我纳了吉再走。"

"哦？"坤仪来了兴致，"你又要成亲了？这次是跟谁？"

杜蘅芜对她嘴里的这个"又"字极为不满，腹诽片刻，还是道："崔尚书家的庶子，比我小两岁。"

"徐枭阳放过你了？"

"谁管他那么多！"杜蘅芜撇嘴，"崔公子挺有意思，愿意给我入赘。"

话还没落音，外头就响起一声冷笑："老牛吃嫩草，你也好意思！"

聂衍原本一直在旁边无声地喝茶，一听见这动静，他抬眼便往门口落了一道结界。

徐枭阳就站在结界外，脸色微青："还有这般挡客的道理？"

坤仪挑眉，看着他就笑："客也分两种，一种是座上宾，一种是不速之客，后者可不得被挡下来吗？"

徐枭阳咬牙："我去年一年给你们交了这么多的税，还不够你请我一盏茶？"

一说这个，坤仪态度就好了。她拍拍聂衍的手背，示意他将人放进来，而后当真给他变了一盏热茶放在桌上。

"徐东家劳苦功高，请。"

徐枭阳眼睛盯着杜蘅芜，在她身边坐下，沉默片刻，又冷笑："也就只有庶子肯入赘，换任何一个出息一些的，便断不肯进你杜府的门。"

杜蘅芜看也没看他，兀自把弄着自己的蔻丹，淡声问："让你入赘，你可愿意？"

徐枭阳微微一窒，抿了抿唇。

两人已经半个多月没见面了，她突然说这话，难道是终于想通了？

然而，不等他答，杜蘅芜便嗤笑道："连入赘都不愿，说什么情啊爱的，有什么用。"

"我没说不愿。"徐枭阳皱眉。

杜蘅芜终于转过头来看了他一眼。只是，这眼神里满是嘲弄，半分温情也无："那徐东家也是没什么出息的，同崔家庶子没什么两样。"

"你！"徐枭阳气得站起了身。

他怎么能同别人一样？他如何该同别人一样！他与她自幼相识，都这么多年了，积累的情分难道只抵得上她那个只见了一面的庶子？

坤仪坐在上头，饶有兴致地看着他们。要是没记错，以前的徐枭阳才不会急于婚事呢。哪怕一早与杜蘅芜有婚约，他也从来没急着娶杜蘅芜过门，甚至后来杜蘅芜入仕之前问他要不要先成婚，徐枭阳也只当她在说笑，还说婚事哪有女儿家先着急的，便给糊弄了过去。

所以，后来杜蘅芜就与他解除婚约了。

这些是杜蘅芜去她的神庙里上香的时候说的，好巧不巧，坤仪全都记住了。

在杜蘅芜的叙述里，徐枭阳应该是个利用她身份行商的无情商人。可坤仪记得，原先这人替杜蘅芜来挤对她的时候可没少下狠手，就算与青腰有仇，要是心里半点没杜蘅芜，他也不会那么拼命，一次扔十座铁矿出来。

她和聂衍那段缘分，想想还得先谢谢他。

"不必谢他。"聂衍用神识对她道，"就算没他，我也会娶你。"

"嗯？"坤仪纳闷了，"你当时不是怪嫌弃我的？"

"你记错了。"

"没有，我还记得我每回去找你，你都满脸不乐意。"

聂衍耳根微微泛红，轻咳一声。他当时也不可能表现得太乐意吧，毕竟也没意识到后来会当真喜欢她。

说起来，他是什么时候心悦于她的？

聂衍认真地想了想，脑海里只想起多年前的那一场宫宴。蔺探花变成了妖怪，整个宴会杯盘狼藉，无论平日里架子多大的官、多尊贵的宗室，都被吓得抱头鼠窜，衣衫凌乱，面色惊惧。他带着手下的人慢悠悠地过去，其实是想去看热闹的，结果一眼就瞧见了她。

当时的坤仪坐在华光流转的凤椅上，额间点金，眉目艳丽，一身绣着金符的黑纱裙从椅子上拖曳到台阶上，九翅孔雀扇在她身后交错，飞鹤铜灯在她身边明亮。

她就那么坐着，手托着下颌，兴致勃勃地看着众人乱窜，好像一点也不害怕那黄大仙。她的小脚丫子，甚至还在繁复的裙摆下，有一搭没一搭地晃着。

他当时就觉得，这小姑娘可真有意思。

正好，她视线一转，与他双眼对上，那双凤眼里倏地就迸发出了灿烂的星光。那样的星光，他后来想从天上摘来洒在她的裙子上。只是不管他摘多少，好像都没摘到比那天晚上她眼里的更好看的。

聂衍从来不相信什么一见钟情，毕竟他见过太多太多人、神、妖，若是一见钟情有机会发生，那他见了那么多人，怎么也该发生一两次，可从来没有。所以，他不信。

但后来想起看见坤仪的第一眼，聂衍觉得，一见钟情是存在的，只是可能只会对一个人。如果碰不上，这个人就没了。如果碰上了，它就是存在的。

"想什么呢？"身边这人推了推他，好笑地道，"人家都快在我们眼皮子底下打起来了，你还在出神？"

聂衍凝眸，正好看见徐枭阳想伸手去拉杜蘅芜的手腕。他挑眉，指尖一动，将徐枭阳扔出了明珠台。

杜蘅芜僵硬着脸，朝聂衍屈了屈膝："多谢。"

"不必谢，不是为你。"聂衍淡声道，"他曾跟坤仪说我总有一天会杀了她，这账今日就算清了吧。"

杜蘅芜默了默。

当年徐枭阳也给她说过这件事，他说青腠与聂衍有仇，聂衍不会真心喜欢一个凡人，所以等聂衍发现青腠在坤仪身上的时候，坤仪必死无疑。其实他也不算料错，若不是坤仪聪明，找了楼似玉，那时候还真有可能死在聂衍手里。

不过这段往事聂衍是不爱提的，她也没兴趣给徐枭阳喊冤。吃了坤仪两盏茶后，她就告退了。

坤仪目送她离开，好笑地戳了戳聂衍的手臂："你怎么这么记仇？"

"我只是记性好，不算记仇。"他莞尔，勾起她的手道，"用膳去吧，多余应该已经做好了。"

坤仪愕然道："你……你让多余做饭？"

聂衍理所应当地点头："娃都四岁了，再不会做饭，养着有什么用？"

聂多余不知道，自己天生的仙骨、无限的前途，落在自己父君嘴里，就只是用来做饭的。他的梦想是惩恶扬善，让天下太平，让那些渺小的百姓都过得富足安逸。

不过，在做大事之前，多余还是将做好的三菜一汤放去了桌上。

娘亲一到人间就很开心，虽然跟父君一起在天上的时候也开心，但在这里，娘亲脸上的笑意总是要更真实一些。所以，多余觉得留在凡间也无妨，他可以攒银子，给娘亲买一座仙岛用来修炼。

至于父君……父君不需要他操心。

多余清楚地记得自己来到这个世间的时候，一睁眼，就对上了父君那双带着薄怒的眼。

"你醒了。"他沉声道，"但我夫人还没醒。"

生来就有的仙力让他落地便能听懂自己父君的话，但那一瞬间，多余很想装听不懂。

生孩子都是九死一生、辛苦万分的，他以后自会好生孝敬娘亲的，父君凶他有什么用嘛。幸好他的娘亲十分温柔，醒来之后抱着他一个劲儿地亲，还将凑过来的夫君推远了些。

"你身上有杀气，别吓着孩子。"

就是就是，他都要被吓晕过去了。

父君有些委屈，但他心疼娘亲得很，半句话也不反驳，就坐去了桌边的凳子上，双手放在膝盖上，乖乖地等着娘亲。等娘亲抱他抱累了，乳母将他抱走，父君才哼哼唧唧地凑到娘亲身边，笑着说了什么，娘亲红了脸骂他："那是你儿子的！"

褪褓里的多余想伸头看热闹，乳母一把就将他的脑袋盖上了，他挥着小手挠了半天也没能将褪褓给挠开，只能生闷气。

一岁多的时候，多余出了褪褓，会走路了，他终于能自己去看热闹了。

只是，这天很不巧。多余跌跌撞撞去找娘亲的时候，撞见了王氏一族残党复仇，那些个浑身妖气的人看见他就朝他冲了过来。多余早慧归早慧，但也是头一回遇见这状况，还没反应过来，那些人就已经到了他跟前。

多余抬头，看见的就是一张凶恶又狰狞的脸。他以为自己会被拍个魂飞魄散，但是下一瞬，一柄长剑从背后将这人贯穿，妖血飞溅下来，在即将沾到他的时候转了个圈，落到了旁边去。

他的父君顺着天光走过来，拔回却邪剑，将他一把抱上了肩头。

"坐好。"他的语气还是很冷淡，跟他对娘亲说话的时候有着天壤之别。

但这时，多余觉得自己的父君很厉害。虽然他完全不顾自己还是个孩子，带着他切菜似的砍杀了三百多个王氏余孽，一边砍还一边教他招式，还问他经脉通没通，下次能不能反应得过来。

经此一役，后头再遇见危险，多余反应得比对面动手的人都快。对父君的印象，也从一个稀奇古怪的男人，变成了一个绝顶的高手。

九重天上与父君不对付的人有很多，父君从来没输过谁。一岁的多余还能见着些提剑要与父君论输赢的人，到他两岁的时候，天上众神连看见他都会礼让两分了。

伯益叔叔说，他爹是最厉害的神仙，想要什么都能有。

可是，娘亲好像不知道这回事。她跟父君拌嘴，拌不过了，还是会把父君关在门外。那么薄的一扇门，父君一根手指就能打碎，但他愣是在外头一直站着，站到娘亲舍不得了，将门打开一条缝，噘着嘴让他进去。

多余不太明白父君怕娘亲什么，呵斥人要躲着娘亲，打架要躲着娘亲，欺压——呃，朱厌叔叔说那个叫征服——征服别的神仙的时候，也都不会让娘亲看见。

一开始，多余以为是娘亲比父君修为还高，所以父君避让娘亲。但后来多余发现，这跟修为好像没什么关系，单单是父君想要维持自己在娘亲眼里的形象。他说娘亲就喜欢人长得好看、身姿潇洒、不染红尘。于是，他哪怕刚跟别的帝君斗了法，也一定会先沐浴更衣，换一身上好的玄衣，再去见娘亲。

多余三岁的时候，聂衍给了他一张很长的单子。单子上不是什么武功秘籍，也不是什么绝世秘密，而是他娘亲喜欢吃的菜谱。

父君说："你天生早慧，既然早慧，总要学点有用的东西，将来也好找媳妇。"

多余信了。他以为父君是靠这个追到娘亲的，于是认认真真地学会了做菜，并且厨艺超群。直到后来飞叶叔叔无意间说漏了嘴，他才发现父君压根不会做菜。

父君能追到娘亲，全靠脸。

多余咬牙暗忖，想想也是，父君只有一张脸，这张脸在娘亲那边用了，在他这儿可不就不要了嘛。不过明珠台眼下尚未招纳奴仆，他又不舍得自己的娘亲在人间饿肚子，于是还是做好了饭菜。

娘亲吃得很满意，只是满意之余，又忍不住心疼地拉了他的小手去看："烫着没？"

虽然只有三岁，但多余的神力了得，怎么会被这些凡间的物件弄伤？

多余瞥了一眼旁边从容吃着饭的父君，扁扁嘴，眼泪汪汪地道："没事。"

坤仪当即就踢了聂衍的云靴一脚。聂衍挑眉，放下筷子看向多余："你都四岁了，做饭还会被烫着？"

多余有些心虚，自己还没开口呢，娘亲就站了起来："四岁的孩子能会什么呀，你听听你说的这像话？不知道的还以为你刻薄幼子呢！"

聂衍试图解释："他是天生仙骨……"

"天生大骨汤也不行！"

聂衍沉默。他眼睁睁看着那臭小子被坤仪一把抱进怀里，又揉又哄的，拳头捏紧了又松开。

算了，毕竟是亲生的，留着吧。

多余出生的时候，坤仪原本打算给他起个正经名字。但聂衍说，这孩子看着就福气多，刚生下来很圆润，代表家里总能有余粮，福气多又带余粮，那就叫多余吧。

坤仪想了半天，也没反应过来哪里不对。

聂衍一直有个计划，就是等多余长大一点就把他送去仙岛上修炼，这样自己就能带着坤仪去周游四方了。

多余也一直有个计划，那就是给他娘亲买个仙岛，就他和娘亲住。父君要来的话就让他出过路费，一次一颗修为丹，童叟无欺。

坤仪没啥计划，教训完了夫君，收拾了碗筷，便抬头去看天象。

彩云飞旋，喜鹊啾鸣，今天是个上好的日子。

她眼神微动，让聂衍留在府里陪着多余，自己一个人出了府。

日近正午，生门大开，高高的院墙里传来了婴孩的啼哭声。坤仪隐了身形，正好落在那产房之内。

"恭喜老爷，是个公子。"

"好，快抱给夫人看看。"

吴世子满目欣喜，看向床榻上的张曼柔。

张曼柔有些虚弱，但人还清醒着，接过孩子看了看，有些惊讶。

刚出生的孩子都皱巴巴的，没什么好看，但她怀里这一个，除了皱巴巴的外表，竟有两层旁人看不见的金光落在周身。

她下意识地就朝坤仪站着的地方看了过去。然而坤仪现在的修为远高于她，这一眼看过去，只能看见垂落着的幕帘。

"没想到会是在她这里。"旁边有人嘀咕了一句。

坤仪不觉得惊讶，转过头就笑："皇嫂连太后的位置都不稀罕，难道还会在意皇兄转世的出生？"

"我倒是不在意。但遇见了熟人，难免有些为难。"张皇后瞥了张曼柔一眼，沉思道，"这算不算乱了辈分？"

"妖界似乎没那么多规矩。"

"走一步看一步吧。"张皇后叹了口气，"大不了，我再等他一世。"

婴儿在襁褓里哭得正欢，坤仪走过去，轻轻地抚了抚他的额头。他不哭了，但也没睁眼，就安静地睡着。

"有皇嫂在，我就不担心皇兄了。"坤仪转身，看向张皇后，"他气运太大，往后还得皇嫂多操心。"

张皇后点了点头。

世子府里一片喜气洋洋，坤仪出来的时候，正巧撞见霍二姑娘梳着妇人的发髻，匆匆从正庭走去偏庭。这几人的故事应该挺丰富的，但眼下，她没什么探听的兴趣。

等了这么多年终于等到皇兄的转世，她的心愿也算了结了。等秋日起风，她就乘船南下，带多余和聂衍游山玩水去。

路过合德大街的时候，坤仪瞥见了掌灯酒家。酒家门口依旧挂着灯，那高深莫测的老板娘倚在门口，遥遥地朝她屈了屈膝，便扭着腰没入了大门。

邻街的马车上，孟极轻声哄着落泪的李宝松。

杜府大门，崔家刚送到门口的聘礼被徐枭阳带来的队伍冲散，红彤彤的喜结在人的推搡里依旧艳丽。杜蘅芜穿戴好官服，理也没理，径自从侧门入宫去了。

妖怪依旧存在于这个世上，说不定过个几十年，他们经历的故事就会被风吹回晟京。谁人是妖，谁人是神，妖与人，刀与肉，总有些争头。

　　只是那时候，就该是别的人再去迎这阵风了。

　　长风几万里，吹度世间悲欢离合。风不会停，每个人的故事也都会顺着风继续下去。

【正文完】

番外篇

我是黎诸怀，
我很无语

我叫黎诸怀。对于聂衍的控诉，我有话说。

我是不周山的六足大蛇，照理说也算是龙族远亲。因着想上九重天，我投靠了龙族，又因着我丰富的凡间生活经验，成为聂衍行走凡间的引路人。

一开始一切都挺好的，聂衍这个人强大又可靠，很快就在凡间站稳了脚跟。跟着他，旁类别的什么妖怪都要对我低头，我只需要替他谋划取代皇室、澄清龙族的冤屈即可。

这些是小事，我一直按部就班地推进计划。几年之后，我们的计划大约就能成事了。

但是那一年，我做了个十分错误的决定——我居然怂恿他娶了坤仪公主。

一开始这个决定其实是好的，毕竟坤仪公主深受盛庆帝的宠爱。聂衍一娶她，整个上清司的日子都好过了起来。可谓牺牲一人，幸福全司。

但我没料到，聂衍居然会对她动情。

聂衍这个人没有情的啊！青䖮那样的大美人搁他眼皮子底下晃了那么多年，他把人家当战友，怎么这个凡人小姑娘一凑上来，他手都不知道往哪儿放啊！坤仪这个人看着纨绔无用，实则心思细腻，跟聂衍在一起，聂衍居然毫无防备，还让她去上清司、进镇妖塔。

我觉得不妙，我严肃地提醒聂衍："您得防着她些，她毕竟是个凡人。"

聂衍觉得我多管闲事，毕竟我的职责只是助龙族沉冤得雪，不包括插手他的私事。

可是他那样子实在让人太害怕了啊，堂堂玄龙，受一丁点皮肉伤就把我叫过去看伤，只为了让人家心疼着急一下。

玄龙大人，凡间五岁小孩儿争宠才用这一招的，您明白吗？

还有，他以前从未在意过自己身上的伤疤。反正他常年捉妖，新伤加旧伤，在意起来反倒麻烦。结果现在，他居然就问我要能祛疤的药。

当一个男人开始在意起自己身上的疤痕好不好看，他若不是对女人动了心思，我把我的名字倒过来写！

可聂衍不承认。他非说自己只是觉得皮囊也需要好好爱护，或者说今天天气太好了，想祛个疤。

我呸！

在我的计划里，坤仪只是用来让上清司进驻宫门的工具。她除了性子活泼、模样讨喜之外，没有什么特别的，所以我至今都没有想通，聂衍到底怎么就把她搁心上了。

淮南倒是劝过我，他说聂衍这几万年的老铁树好不容易开一回花，我何必非去掐了，白惹他不开心。

我没听进去，因为我觉得坤仪会坏了我的事。

坤仪这个人，一心想的是让她国家里的凡人安居乐业。而我，想的是怎么利用她国家的这些凡人让龙族沉冤得雪。

我们立场不同，注定会交手。要是以前，我会很有信心地觉得聂衍一定会站在我这边。但现在，看着聂衍在上清司望着窗外微微出神、唇角还带笑的模样，我不太确定了。

皇室春猎的时候，我们计划用凡人的手段来报复凡人，他们不是喜欢以射杀妖灵为乐吗，我们就将春猎的两千多随从和外臣都变成了妖灵，让他们去体会一下每年枉死的妖灵们的绝望。

这件事如果能做成，我的心会安上许多。因为背负上更多的人命，聂衍的处境就会始终与我一致，不会生出什么变故来。

结果，坤仪成了这件事里的变故。

她不知道用了什么法子拖住了聂衍，甚至让聂衍心软到对带那些"妖灵"下山的秦有鲛睁一只眼闭一只眼了。

我听见消息的时候，只觉得五雷轰顶。

坤仪这个人不能留，绝对不能留！聂衍会为她心软一次，就会为她心软第二次。长此以往，满身罪孽的人会只剩我一个，他会离我越来越远。将来就算能上九重天，我的地位也会大不如前。

别说我现实，这世上哪有那么多旖旎的爱情，我满心就想搞事业。我想凭本事坐上一人之下万人之上的位置，这没毛病吧？偏偏那坤仪挡了我的路，那么我针对她，又有什么问题？

聂衍似乎察觉到了我的心思，他一句话也没说，直接开始分走我手里的权力。

我慌了，与他道歉认错都没有用，他这个人信谁就会一直用谁，但不信了，摒弃起人来也是快得很。

我不得已，真的是不得已，才害了坤仪一回。

坤仪没怀孩子的时候都被聂衍捧在手心里了，真生个孩子下来，聂衍不得把她顶在脑门上宠？是以，她的丫鬟到我的一间小药堂里拿避子汤的时候，我觉得机会来了。我把她的避子汤换成了堕子药，打算佯装她想杀他们的孩子，好让聂衍对她心生芥蒂。

我当时并不知道坤仪怀了孕，就只是打算做个局，谁料她一碗堕子药下去，当真就小产了，急得聂衍眼睛都红了。

跟了他这么多年，我头一次看他心疼成那样。他对着坤仪还是一脸云淡风轻的模样，来找我却是满身寒气，让我搜罗各种各样养身体的药材，统统都给她送去。

我看着坤仪那模样，心里是有那么一点愧疚的，所以直到她坐完小月子，我才带聂衍去看她丫鬟埋在后院里的碎瓷片。

我承认这手段实在让人不齿，但很好用。龙族最恨的就是欺骗，而坤仪已经欺骗了他第二次。

聂衍忍不了。虽然我没看懂他忍不了的是欺骗还是她或许压根不爱他的这件事，但他做的决定是我喜欢的，他不再把坤仪放在心上。他提着却邪剑去找她，甚至纳了妾——虽然那妾是他自己幻化出来的，但对坤仪造成了很大的伤害，我和他都明白。

只要他愿意伤害坤仪，我就还有机会。

坤仪嘴上说不在乎，但我偷偷去看过她。她一个人坐在房间里的时候，时常无声地落泪。泪水落进被褥里，她咽下一口气，整顿许久，才若无其事地招她的丫鬟进去，笑着说话。

坤仪其实很可怜，她连大声哭的机会都没有。我能理解她为何那么喜欢聂衍，除开聂衍的皮囊之外，他能让她觉得安心，做什么都有他兜着，她可以肆无忌惮一些。但现在聂衍收回了这些体贴，留她一个人痛不欲生。

我真坏，但我前途又光明起来了。

聂衍魂不守舍了一段时间，我趁机就推行了一个大计划——用西边二十多座城的人命，来换这些凡人最后被龙族所救的感激。

这是最简单好用的计划了，狐族以前就是用这个法子来坑害龙族的。虽说这个计划会牺牲很多人命，但要不是因为这些愚蠢的凡人，龙族何至于败退不周山这么多年。

找他们拿一点利息，我觉得是理所当然的事情。

然而我没想到，他们的误会就在这时候解开了。聂衍满心愧疚，想也不想就与坤仪一起去西城除妖了。

拜托！大人，那是咱们自己放的妖怪，您这一放一收的，不累吗？

我气极了，这计划若是落不成，聂衍也是能成事的，他有坤仪。但我呢？我会失去他的所有信任，成为一个可有可无的人。虽然以聂衍的为人，我相信他不会对我赶尽杀绝，也依旧会让我上九重天，但我想要的无上地位和权力都会化为泡影。

你们别觉得我很喜欢地位和权力就觉得我反派啊，这世上有人喜欢谈情说爱就会有人喜欢搞事业，搞事业的人若没点野心，那能搞出什么来？

我没错，错的是鬼迷心窍的聂衍。先让妖怪屠杀城池，再让他化出真身去救这些凡人，这是我能想到的最简单的法子。可聂衍不信邪，非要跟坤仪两个傻子费心费力地去救回那些城池，事倍功半。

只是，我也疏忽了一点——召集来的那些妖族里，有一些是包藏祸心的。

谁都想要上九重天，谁都想要跟聂衍谈条件。我后来想想，若是当时真照着狐族的法子那么做了，后头免不得被这些妖族纠缠威胁。聂衍选的路子虽然费事，但终究是更光明正大且无后顾之忧。

行吧，我承认这件事上坤仪没有拖他的后腿，甚至还帮了他。但说到底，一个搞事业的人就不该去谈情说爱，就算没造成什么不好的后果，但自古以来就是江山美人不能两全的，那样才合乎常理。他这一把全抓，就让人看着不爽。

后来我如愿上了九重天，也不出所料地被聂衍放到了偏远的仙府。不过我的事业是不会停止的，就算他不再信任我，我也会在九重天出人头地。

姻缘什么的，耽误老子得道，老子才不稀罕。

好吧……其实是稀罕过的。

大约是受聂衍的影响，我有那么一个瞬间觉得某个人很可怜，想帮她一把。但她心里眼里装的人都不是我，想想还是算了，还是飞升有意思。

我不像聂衍，堂堂玄龙，成天围着女人转。除了玩弄权术，他想的就是怎么让一个小女子开心。

哼，没出息！

就算他打遍九重天无敌手，成为洪荒之主，也还是没出息！

人都说无欲则刚，我的将来，一定会比他还要厉害！

番外篇

我是最衍，我很生气

1.

　　我出生的时候，鸿蒙未开，天地未明，女娲正卧在高山沉思怎么玩泥巴，凡间大片的空地上还没有一片瓦。有个声音告诉我，万物自我而始，让我担当起自己肩上的重任。

　　于是我折叶化鸟禽，落石为走兽，一点一点填满这个天地。

　　日出之时，凡间已有了万千生灵。

　　女娲当时大抵也是听见了这个声音，她静静地看我落成了一切，然后才开始造人。她所定义的人，就是比飞禽走兽聪明，能以之为食，能驯服、奴役它们的灵长类动物。

　　要是说她没有针对我，我刚造出来的野豚都不信。

　　于是，我跟女娲的梁子就这么结下了。

　　天地间只我与她两个造物主，但她依然觉得太多，于是接下来的几万年里，我都在与她斗法。要么她弄死我，要么我弄死她。她造人吃兽，我便造妖杀人。她造道降妖，我便再造大妖。

　　如此几万年，我觉得有些无聊，赶上一次天生异象，留下五大妖王便闭关了。

　　没想到，在我闭关修炼的时候，女娲弄出了个"神界"来。

　　他们抢在我出关之前封锁了九重天，定下一系列的规矩，只不过是为了阻止我上去。因为他们知道，除了女娲，谁也不是我的对手。我一上去，他们头顶便要多一重天。

但规矩是最无用的东西。我带着龙族和旁系族类一齐攻天，原是可以打赢的，我清楚女娲的脾性。她不会当着那么多神仙的面亲自动手，只会让她门下的几个族类来"抵御外敌"，而那几个凡人族系，压根不会是我的对手。

但我没料到，狐族会叛。

青腰当年说自己心悦于我，愿为我驱使，我不信。毕竟我与她没有血缘，这世间哪有没有血缘还能生出来的感情。但她一直守在我身边，大战之时，还替我挡过一次攻击。

她的血飞溅出来的时候，双眸就那么痴痴地望着我。有那么一瞬间，我恍然觉得她说的有可能是真的，这世上当真会有凭空生出来的感情。

只是，我对她没有。

我很感激她，也愿意信任她。但她要我娶她的时候，我问她："嫁娶和并肩作战有什么关系？"

青腰失笑，说："嫁娶是两情相悦之人才做得来的事，与并肩作战哪里一样？并肩作战之时，我只是你的属下。但你若娶我，我便是你所爱，你的家人。"

太复杂了，我听不懂。

我摆手拒绝了她，让她多花点心思在大战上。

青腰瞬间变得很难过，她怔愣地望着我，说："你是不是不会爱人？"

我会那玩意儿干吗，我会造物和打仗就行了啊。

女人真的很麻烦，老说些听不懂的话。我摆摆手，带着族人继续去厮杀了，青腰留在原地，没有跟上来。想来就是那个时候，青腰生了叛我的心思。

我不觉得她背叛我是我的错，如若我不答应娶她，她就要背叛，那这样的人就不值得我与之为伍，早断早好。虽然这次我付出的代价十分惨痛，败退到了不周山。

自这一回起，我不打算再信女人嘴里说出来的半个字。

龙族背负了不该有的罪名，虽然我知道这只是他们阻止我上九重天的手段之一，但我对我的族人们还是很愧疚。九重天大门已关，我无法带他们再冲上去，便只能先去凡间看看。

女娲引以为傲的凡人成长得很快，短短几万年，就已经建立了诸多国家。我到了一个地方，化成人形，望着那高高的宫门开始沉思。

凡间不奉女娲，他们奉帝王为主。那若我成了帝王，女娲会是什么表情？

这念头一闪而过，还没来得及细思量，背后就有丧仪队伍经过，白纸兜头朝我撒下来，纷纷扬扬的，像深冬的雪。

我回头去看，就见那队伍最前头的白幡上写着个"杜"，周遭围观的百姓议论纷纷。

"又是坤仪公主克死的，这女人命真硬，都还没过门呢，杜大公子就没了。"

"这往后谁敢与她议亲啊？拿命去议可不划算。"

"你甭担心这个，人家是公主，还是最受今上宠爱的公主，一道圣旨下来，京中哪个青年才俊敢不接？"

"造孽啊……"

我听明白了，大约是个克夫的女人又克死了与自己议亲的男人。

我瞥了那棺椁一眼，却发现上头有些残存的妖气。

竟然是我的徒子徒孙造的孽？那就造吧，这凡间每日死的人总是没有兽多的。

我开始在这晟京里走动。我必须快速学会他们凡人的言行举止，这样才能更好地混进人群里。

琴棋书画诗酒茶都是些简单东西，我看一眼就明白了。但夜半总说我不懂凡人的情感，脸虽然好看，但显得很生硬。

我如何不懂呢？哭就是难过，笑就是高兴，除此之外还有什么？

夜半摇头，带我去了一处坟前。

我看见很多人在哭，独一个小姑娘跪坐在最前头，脸上没有半滴眼泪，背脊挺得更直，漂亮的凤眼里一点光也没有，就那么呆呆地望着石碑上的字。

夜半问我："这里头，谁最难过？"

我理所当然地指了指后头跪着哭得最厉害的那个。

"不是。"夜半摇头，"是最前面那个。"

我皱眉。那人连哭都不哭，还好意思说是最难过的？

不只我这么觉得，凡人也是这么觉得的。那小姑娘很快被另一个小姑娘冲上来推开，怒骂道："他要你跪在这里摆好看不成？我哥死了，你若不难过就滚远些，做什么还来幸灾乐祸！"

那小姑娘被推了个趔趄，什么也没说，爬起来就走。

她一走，众人骂得更厉害，若是手里有烂菜叶，定也是要朝她扔的。

我看得迷惑，扭头问夜半："是我不懂凡人的情感，还是你不懂？"

夜半坚持："是您不懂。"

我呸。我不打算跟这只刚成人形的狼崽子计较，扭头就回了宅院。

这里妖怪为患，我很快找到了入仕的途径——宋清玄封印妖王，身死魂封，留下个群龙无首的上清司，几近没落。

我放出了一只大妖，任它祸乱晟京半个月，然后带着朱厌他们将妖降住了。盛庆帝高兴万分，立马就封我为昱清侯，接管上清司。

一切都很顺利，我能降妖，盛庆帝也就不在意我的情感与凡人不合。只是，他毕竟是弄权者，有能人才干，第一时间想的还是拉拢，于是我的侯府里时不时就会出现女人。夜半说她们很漂亮，但我是没看出来，再好看也赶不上青腰那模样。青腰尚能叛我，她们自然也能。

所以，从容地看着她们在我面前搔首弄姿了几日，我放了妖怪入府，将她们吃了个干净，而后将那妖怪关进镇妖塔，给了盛庆帝一个交代。

妖怪这东西来无影去无踪，是极大的变数，盛庆帝也没什么办法。他只是看着我，突然惆怅地道："要是坤仪还在，你这性子与她倒是合得来。"

坤仪？有点耳熟。我想了想，没好意思直接问是不是那个克夫的公主，只说："皇室骄矜，臣不敢肖想。"

"她也是命苦。"盛庆帝叹息，"娇生惯养长大的孩子，就这么远嫁和亲去了，路上不知要吃多少苦。"

别说吃苦，为了有事做，我放出了很多的妖怪，她在路上可能就被妖怪吃入腹中了。

被盛庆帝这么提了一嘴，我便时不时问着这位公主的消息，夜半逐渐开始每隔七日与我禀告。

"今日公主被吃了吗？"

"没有。"

"今日公主被吃了吗？"

"还是没有。"

过了一年有余，夜半神色复杂地说："今日公主依旧没有被吃，但是她驸马被吃了。"

我服气了。这女人果然很克夫。

朝中传来坤仪公主有可能回朝的消息，晟京里突然紧张起来，各门各户有适龄公子哥的都赶紧议亲成婚，哪怕是婚事从简他们也乐意。

我看得很稀奇，问："这公主吃童男啊？"

夜半哭笑不得："主子，妖怪才吃童男，人家是凡人。"

"那他们怕什么？"

"自然是怕被坤仪公主看上。"夜半唏嘘，"这位公主如今成了遗孀，没人能管她了。她又喜欢好看的男人，一旦被她选中，圣旨必定赐婚，到时候还不得被她给克死？"

这还挺有趣的，满晟京的男儿，竟会被这一个小姑娘吓成这样。

夜半看了我一眼，突然担忧地道："主子，你切莫动什么心思，那公主是有些邪门在身上的。"

我白他一眼，冷笑道："你几时见我对女人动过心思。"

夜半说："刚刚。"

有个嘴太碎的随从不是什么愉快的事。

我确实动了那么一点心思，一是因为好奇，想看看她能克夫到什么地步；二是因为她是公主，我若与她交好，盛庆帝必然厚待上清司。在他们灭国之前的这段时间里，我的日子能好过许多。

不过，我也就只是这么一想，情情爱爱的没什么意思。我还是更喜欢放妖怪再捉妖怪，有利于提高上清司的业务量。

但这一天，我想到了个比放妖怪更好的法子。

2.

我用镇妖塔里将死妖怪的血，画出了一种叫"妖显"的符咒。

妖显妖显，顾名思义，是让吃下去的人显出妖怪的形态来。比起让我抓自己创造出来的妖怪，抓这样的人显然更能让我愉快。

更愉快的是，我能用这法子，让很多人体会到妖怪的绝望。

比如蔺探花。

科考之后，蔺探花作为圣上钦点的探花郎，要指派进上清司担任主事。这原本没什么，但他去上清司拜访的第一日就"误触"了机关，绞杀了镇妖塔里关着的二十多只安静修炼的小妖怪。

他半点没觉得残忍，反而哈哈大笑起来，说："原来绞杀妖怪这么容易，那昱清侯一直留着这些妖怪是何居心？"

我没有回答他的话，只看着那些碎裂的妖魂，暗自给它们龙血，送它们入了轮回。

蔺探花深深地看了我一眼，回府就写了三千字的奏折要向盛庆帝揭发我。

当然了，他这封奏折并未能送到盛庆帝的手里就被我化成了粉。于是宫宴之上，我让夜半化了宫人模样，送了他一杯混着"妖显"的酒，他很快就变成了一只黄大仙，在宫宴上惊慌地乱窜。

我一早就站在了旁边高高的亭台上看热闹，瞧着场面差不多了，就带着上清司的人"正好"赶到。

我很喜欢这些皇亲国戚达官贵人惊慌失措的模样。他们平时虚伪的脸上此时都充满恐惧，与他们要求我诛杀妖怪时的趾高气扬形成了十分鲜明的对比。

他们在一只弱小的黄大仙面前都是不堪一击的，却想方设法地让下头的人去诛杀大妖，真是可笑。

一片狼藉之中，我瞧见了个人。

她坐在十分夸张的金色凤椅之上，跷着二郎腿，层层叠叠的黑纱裙拖曳到了台阶上，眉心点金，美眸顾盼，仿佛一点也不怕那边的妖怪，眼里带着些莫名的自嘲。

有那么一瞬间，我以为她也是妖怪。但我凝神去看，这人身上一丝妖气也没有，也没有妖心。

她竟然是个凡人。

那她为何会露出这样的表情？仿佛在怜悯那乱窜的黄大仙，又好像在看热闹。

她好像察觉到了我的目光，隔着一大片的桌椅杯碟，朝我看了过来。在她看过来的前一刻，我收回了目光，兀自立在那飞鹤铜灯之下，命令身后的道人与我一同布阵。

盛庆帝是怕极了妖怪的，所以宫中守卫十分森严。但同时，他也怕我，因为我比妖怪还厉害。他愿意重用我，却也防着我，不肯让我守卫他的宫闱。

此番宫中出现妖怪，是宫门各处守卫的失职，我顺理成章地就去向他提出让上清司的道人看住宫门各处。

可是，他还是戒备地不答应。

我不太高兴，正想告退，旁边一个人却娇声开了口："侯爷伤着了？"

是坤仪公主。

她娇娇弱弱地倚在太师椅里，看向我的凤眼却是发着光的。这样的眼神我在青䖃那里见过，想起青䖃，当下我就有些不悦。

无论是妖怪还是凡人，这些女人的心思还真是出奇一致——她们想驯服我，然后让我为她们所用。

做梦!

也不是我霸道,比起被人算计,我更喜欢算计人,所以我对她有点想法是可以的,但她对我有想法,那就不美妙了。

我冷声告退,回了侯府。

夜半去查了坤仪身上那黑纱的来历,说是用来挡煞的。我没有多想,但他又提醒了我一次,说这公主喜欢面容俊俏的男子。

言下之意,她要是没看上我,那就是我相貌不够俊俏。

真是活腻了!

我正要发怒,没想到那坤仪公主比夜半还活腻了,一个女儿家,竟然开始用哄妇人的手段来追……追求我?

笑话!我岂会因为那些个金银珠宝动心,就算她把整座明珠台都搬到我眼前,我也不会放在眼里。

凡人求偶的手段真是庸俗又无趣。

只是,坤仪身上好像确实有什么东西,能引得妖怪不顾一切地朝她冲过去。

我想知道答案,所以才允她进我的府门,绝不是因为别的。虽然她帮我吓退了蔺家闹事的人,又给我送了各种好吃的,还替我拿了恭亲王手里的地,但我是不会欠凡人恩情的,大不了以后她国破家亡的时候,我会保她一命。

这么想着,我就开始习惯她的各种举动了——习惯她半夜翻墙过我的府邸,习惯她给我送吃的,习惯她总是自以为是地替我出头。

这位公主好像也没传言里那么可怕嘛,恼起来的时候双颊泛红,凤眼圆瞪,可爱得紧。

尤为好笑的是,旁人骂她,她并不着恼,反而是一副很嚣张的模样。但我那日不经意地因为杜蘅芜的事说了她两句好话,她竟就生气了,急慌慌地提了裙子就走。

不过,她也不是真的生气,转过背去的时候,眼眸分明比任何时候都亮。

那一瞬间,我脑海里生出来的念头竟然是,以后多夸她两句好了,随便一句话都能让她这么高兴,何乐而不为?

意识到自己在干什么的时候,我吓得一凛。

坤仪是凡人,是女娲所造,我若对她生怜悯之心,那岂不是输给女娲了?

不行,我得冷静些。

她与别的凡人没什么不同,不过是性子有趣了些,人长得灵动清秀了些,身段窈窕了些，举止优雅了些，爱往我眼前凑了些。

除此之外，也没什么。

夜半说我对坤仪有些不一样。笑话，我只是跟别人没那么多接触的机会而已，而坤仪，她老是主动创造机会。

上天都会对努力的人稍微偏爱一点，更何况是我。但我必须重申，凡人真的不会让我动心，顶多是玩玩，就像凡人养的宠物一样，逗个乐罢了。

这不，徐枭阳跟坤仪打赌，只要坤仪成亲一年夫君不死，就送她十座铁矿。这消息我就听得毫无波澜，也没什么想主动请缨的心思，就单纯想看看热闹。

徐枭阳这个人我是知道的，他打这个赌是胸有成竹，不管坤仪嫁给谁，他都有本事把那人杀了，所以他一定会赢。但他没想到的是，坤仪身边还有个龙鱼君。

我也没料到这一点。

那条龙鱼显然早该位列仙班了，却一直留在人间没走，还想当坤仪的驸马。更可气的是，坤仪竟有些动摇，还给他送红玉。

这人真是很不靠谱，嘴上与我卿卿我我的，到这个时候，压根没有尽力求过我，反而是搁那儿给自己算着退路。

我不气别的，就气她不把我放在眼里。我也想过是不是先前拒绝她太多次，伤着她那脆弱的自尊了，所以特意举办了生辰宴会，打算给她个台阶下。不承想，这人不但没来，反而还召见龙鱼君去明珠台。

我不生气，我才不生气！她爱见谁见谁去吧，区区凡人，宠物而已，管她愿意嫁给谁。

只是我认真分析了一下形势，觉得我娶她的话，上清司能更快入驻宫门守卫。你看，比起她的意气用事，我这种深谋远虑考虑大局的决定才更显成熟。

青膴曾说，嫁娶是要相爱的两个人才可以的。我觉得她那话也是骗我的，你看，我和她现在并没有相爱，不也能谈婚论嫁吗？说白了，这玩意儿就是凡间的人闲得慌弄出来的东西，没多麻烦，走一遍流程之后，我和她的名字就能被一起刻在宗牒上，挺省事的。

眼下只有一个问题，那就是怎么才能让龙鱼君知难而退。

这个也简单，杀了他就行，毕竟十个龙鱼君捆起来也挡不住我一掌。

但就是这么巧，我刚打算动手，坤仪就来了。她甚至看见了我布的结界，问我有没有见着龙鱼君。

我承认，那一瞬间我真的生气了。我觉得她好像当真把龙鱼君放心上了，口口声声、心心念念，全是这个人。

我不明白凡人的情感怎么可以变得这么快，几天前还满眼是我，如今就只想着龙鱼君。

夜半说我这是在争风吃醋。笑话！我能一巴掌把龙鱼君拍碎了酿醋，我吃什么醋？

我就是烦，她变心怎么都不打个招呼，我还没适应好。不过，跟我成亲对她而言一定是更好的选择，比起龙鱼君，徐枭阳更无法动我分毫。

于是，我给盛庆帝透露了一点想法。

盛庆帝很上道，立马为我助了力，就凭这一点，我觉得，以后多留他一条命也不是不可以。只是，成婚之前我问了坤仪一个问题。

我说："如果我是普通人，你还会愿意与我成婚吗？"

这小丫头片子连想都没想，直接就说："不会，那样我们两人都得死。"

理是这个理，但我听得很不高兴。她爱的不是我这个人，只是我的修为和本事。

夜半说我不讲理，自己也未曾敞开心扉，却要她爱我爱得彻头彻尾。

笑话！我修炼几万年，难道是为了来凡间跟个小姑娘讲理的？

我偏不讲。

她总有一天得全心全意地爱我，远胜她那些别的男人。至于我，我是要回九重天当神仙的人，我只用庇佑她，不用爱她。

3.

女娲用她那狭隘的想象力创造出来的凡人是千篇一律的，两个眼睛一张嘴，没什么新意，不像我，创造的飞禽走兽各式各样，丰富极了。

在造物这一块儿，我自认自己是远胜于她的，但架不住这些凡人自己要生出各种各样的情感来。喜怒哀乐也就算了，后来还衍生出什么"冷漠中夹杂着一丝桀骜""微笑里带着几分苦涩"，甚至还有什么"三分凉薄两分阴鸷一分漫不经心"这样的鬼东西。

我怀疑这是女娲企图胜过我而暗自搞的花样，但我没证据。

于是当坤仪趴在我膝上，与我说我这模样叫"欲拒还迎"的时候，我恼了。

哪有那么复杂，我就是不习惯她非凑上来亲我下巴。

这人嘴唇本就生得软嫩，猝不及防地来一下，弄得我浑身都不自在。推开她吧，她身子又娇弱，腰肢不盈我合掌一握的，万一给她推坏了，白担个伤害公主的罪名。可我不推开吧，她就一直笑，边笑边亲我，雪滑的身子就在我怀里滚来滚去的，险险就要掉下去。

她这花一样的肌肤，就算这软榻不高，掉下去也得摔个青紫，我可不就只能伸手拦着她？但我一伸手，这人顺势就将我手抱了去，软声问我晚上一起睡可好。

你听听，这是一个女儿家该问出来的话吗？女娲捏她的时候，怎么就没多捏点廉耻进去？

不过像坤仪这么洒脱的姑娘，也不像是出自那小气的女娲之手。她说不定是天地自成的凡人。如此想来，我也不输女娲什么，少些廉耻就少些，反正这屋子里就我与他——夜半早去后院刷马了，她爱怎么折腾都行。

只是，我觉得她没那么心悦于我，她就是贪图我的皮囊，所以爱与我亲近。她看我的眼神虽然明亮，但有几分是好色，有几分是真心，我就不得而知了。

对这一点，我不太高兴，倒不是在意她，而是……是什么我也不知道，上古生来的神仙，喜怒哀乐都是最自然的，有什么好解释的，不高兴就是不高兴。不过，平心而论，坤仪是个很合格的夫人，她会带汤去上清司给我喝，还会带厨子给上清司那一大堆老爷们改善伙食。

那天我没多说什么，一直保持着十分冷静的表情，接下汤食，然后允她去镇妖塔看杜蘅芜。

她不知道的是，上清司未成家者良多。她走之后，消息传得飞快，那些个道人看见我夫人这么体贴我，一个个眼睛红得跟兔子似的，连课都没习完就往饭堂冲，说要尝尝公主府上厨子的手艺。

上清司的饭堂很大，也很吵，平日里我是不会去的。但今天么天气不错，微风习习，我一个人在书房里吃饭闷得慌，决定去饭堂看看。

坤仪带来的厨子手艺很好，哪怕是素菜也做得比平常他们吃到的好吃很多，整个饭堂都是抢食的动静。

我优雅地坐在主位上，让夜半把坤仪单独给我备的饭菜和汤端来了，一边吃，一边看着这群道人摇头。

家里没夫人就是没吃过什么好吃的，啧啧。

哦，有几个道人是有家室的，成亲倒是也好几年了。但是他们的夫人不送饭，啧啧。

我开始习惯了跟坤仪一起生活。她这个人真的非常有意思，明明是个跋扈非常天不怕地不怕的祖宗，前脚刚嚣张地气得杜蘅芜破口大骂，后脚却又扑在我怀里嘤嘤嘤嘤地说害怕。

说来惭愧，我就吃她这一套。

我家的殿下，就算出门将天捅个窟窿，回来对我眉毛一耷拉要抱抱，我也觉得是她受委屈了。天上破个窟窿而已，怎么就还要她亲手去捅。

对此，黎诸怀忍不住提醒我："大人，她是凡人。"

废话！我自己的夫人，我能不知道是什么品种，要他来提醒？我一个活了几万年的神仙，不能有点自己的兴趣爱好了？

况且，坤仪的一切都在我掌握之中。明明是我占上风，他怎么就一副天要塌了的表情？

凡人怎么了，她又不像女娲那么讨人厌，反倒是像我造的一种猫，姿态慵懒，总是漫不经心的，却又喜欢拿尾巴来蹭你的手。

更可气的是张桐郎，他一个在凡间生活了上百年的瞿如妖，怎么会不懂凡间驸马不能纳妾的规矩，居然企图用张家那点残兵败将来跟我谈条件，要我娶张曼柔。真当我是泥捏的？

成亲这么麻烦的事情，一次就行了，还想来第二次？呸！偷偷的也不行！女人麻烦死了，养一只就够了。

要让那小祖宗知道我纳妾，非得把晟京给翻过来不可！

说来坤仪吃醋的模样也当真是十分可爱，有个谁家的小姐，姓什么我没太注意，就是一个女子，每回见着我都两眼放光，还说是因为我才考进了上清司。我没太注意她，但坤仪注意到她了，有一次在街上遇见，当下就有些不高兴。

坤仪这个人，生气或者吃醋是不会明说的，她依旧会笑眯眯的，甚至十分客气地同我说话，但身上始终有股子别扭劲儿，横竖不用正眼看我。

别说，她这模样比平日里还要更可爱几分，我爱看得很。但是吧，她身子太弱了，气着气着难保不会气出病来，我也不是担心她，就是为了大局着想，于是在朱厌问我新来的几位道人怎么安排的时候，我将他们统统都下放去了晟京边郊地带，平日里在上清司也见不着。

对此，坤仪竟然没有打听消息，一直不知情，也没回来夸过我，啧。

张桐郎想设计陷害我，利用朱厌的失误，让盛庆帝解除上清司的守卫。

说实话，我很想直接捏死他，但坤仪没给我机会。她能言善辩，几句话就让盛庆帝不听张桐郎的话，继续重用上清司。

我站在旁边看着，觉得这小姑娘其实也没那么柔弱。她有的是厉害的时候，只是这些厉害都不用在我身上，在我面前，她永远是笑眼盈盈、娇俏可爱的。

这样的小玩意儿，九重天上能不能养？

脑海里头一次出现这个念头时，我吓了一跳，却又不可抑制地思考起可行性来。

不等我想完，盛庆帝突然说："你俩刚成婚，就整日地替朕奔波，要是耽误了子嗣可怎么是好？"

我突然就想起，我与她虽然亲近，却还没圆房。

这凡间的周公之礼我不太熟悉，但夜半说，繁衍之事乃天生，到时候我就明白了。只是他让我得收敛着些，殿下肉体凡胎，受不住太折腾。

听了他的话之后我仔仔细细研究过一些繁衍过程，只等着她哪日与我求欢。但等到现在，她也没什么动静。光说话不行动，她真是胆小鬼。

我才不会去想是不是她不够喜欢我，呵，在一起这么久了，总归是有些感情的，她只能是因为胆小，不能是因为别的。

这天，我在街上撞到了张曼柔，当时还不知道是她，只察觉到有隐隐的妖气，所以我顺手送她去了医馆。结果这事传到坤仪耳朵里，也不知道被传成了什么样子。总之她过来接我的时候，脸上神色又是淡淡的。

她没问我什么，但我知道，她肯定是难过了。

淮南说，我得哄哄她。

怎么哄？我又不会这些花里胡哨的东西，与张曼柔又分明没什么，能做些什么？

思来想去，这人不是喜欢漂亮的东西嘛，我见过最漂亮的东西就是天上的星辰。

但那些星辰受星君管束，不可擅摘。幸好，星君打不过我，完全不是我的对手。哪怕我当着他的面薅下一大片来，他也只能看着。

坤仪给过我一个荷包。坦白说，那是我见过最丑的荷包，不过有了这个荷包，我送她星星就显得顺理成章了。回礼嘛，很自然。这样一来，就完全看不出我哄她的痕迹。

我们这种远古神仙，做事就是要这样妥当，不掉颜面。

她果然很高兴，望着我的眼眸又重新亮了起来。

也不是我非要夸自己的夫人，但是你们是没亲眼看见，她眼里当时那个亮啊，比我送她那一把星星好看多了。晶莹璀璨，流光四溢。

我想，大概就是这一眼太好看，让我记了很久，所以后来我让她眼眸黯淡下去的时候，心口才会那么痛，仿佛是犯了滔天大罪，错失了一整片银河。

不过当时，就算我付出几十年修为的代价送她星星，我也没觉得自己有多喜欢她。凡人于我们来说都是蝼蚁，她至多比别的蝼蚁要好一点，可以成为我的宠物而已。至于别的，我一概没有多想。

这世上像她一样喜欢我的女人太多了，她不是最痴狂的一个。那个女人，叫什么来着我又不记得了，反正被我救回来的时候痛哭流涕地说喜欢我，在我耳朵里，那些话听着与鸟鸣虫嘶无异。

但坤仪每每抬眼看我，说我好看的时候，我都会心情很好。她不管是娇嗔还是戏言，都比别人鲜活得多。

我觉得不是她特殊，是我特殊。我眼光独到，在女娲那大批量不保质制作的凡人里，遇见了最好玩的一个。

4.

天地生女娲的时候，将她生得很慈悲。可生我的时候，却多了几分戾气。我不知道这是不是天地所求的两仪平衡，但我骨子里是嗜血的，若不是怕吓着坤仪，很多人早就该死了。

比如秦有鲛。

北海鲛人算来其实也是龙族远亲，但他们这一族十分亲近凡人，因着祖上被皇室救过，欠了天大的恩情，于是后世都担负着护卫苍生的职责。

我丝毫不意外他会给坤仪说我是妖怪，反正他也是。大不了我们就互相告状呗，我不信坤仪会在我们二者之间偏心于他。

果然，我俩前后脚跟她控诉对方是妖怪之后，坤仪压根没当回事，只略带惆怅地拉着我的手说："你小心我师父一些，他挺厉害的。"

这话听得我浑身舒畅，虽然秦有鲛那点功力压根入不了我的眼，但我还是半合了眼，幽幽地道："无妨，我会仔细着，你别被他伤着了就行。"

这招我是跟龙鱼君学的，他老是这样跟坤仪说话，每回都让我如同吞了铁饼，没想到如今倒是有机会让我也用上。

我比龙鱼君还有个优势，那就是坤仪尤其喜欢我的脸。我一用忧郁的表情望着她，她就会十分紧张地握着我的手哄我。

坦白说，坤仪哄人比我厉害多了，比如当下，她立马就勾着我的尾指晃了晃，笃定地道："你放心，你若跟我师父打起来了，我一定暗暗帮你。"

这话谁不爱听啊，我用尽全力控制表情，也没忍住弯了弯嘴角。你听见了吗秦有鲛，就算我能一巴掌拍死你，她也会帮我。

但是我没想到，这小姑娘说一套做一套，真当我和秦有鲛动起手来的时候，她先喊的是师父。

我承认我甩过去那一剑有些凶狠，但她说话不算话！

我也承认那画面怎么看都是我在单方面行凶，但她就是说话不算话！

我还能承认她当时跑过来必定要先经过秦有鲛，但我就是生气了，她说话不算话！

我不高兴，我想杀人。

但我刚一动怒，又想起她说不喜欢张桐郎那样满身戾气的人。

呵，就算我满身戾气了，她还敢不要我了不成？

我想是这么想的，但还是收敛了气势，板着脸跟她去用膳。

坤仪是最会享受的人，她带我去珍馐馆吃好吃的，态度殷勤，说尽了好话，企图让我消气。

我是那种一桌好吃的就能哄好的人吗？我肯定不是。

除非——再加上这人的美色。

一开始看见坤仪的时候，我就觉得她生得很好看，比青腾还好看许多。但不知为何，她似乎没意识到这一点，顶着一张明艳不可方物的脸，老对我露出一副垂涎欲滴的模样来。

照镜子不是更好？

不过比起我这张脸的死板僵硬，她这张脸真是灵动极了，喜怒哀乐都十分自然，一颦一笑，比我捏的飞禽走兽不知好看了多少。我当然不会承认这是凡人比飞禽走兽更好的意思，只是她而已，别的凡人也就一般般。

坤仪用她的美色成功让我消了气，虽然她觉得是饭菜好吃的缘故。我自然也不会告诉她，一顿饭下来，我看她的时间比看菜的时间多多了。

几个月的相处，我对她的了解似乎更多了一些，她这个人娇生惯养，喜欢一切华丽漂亮的东西，会哄人、嘴也甜，是一只很好养的小东西。只是她太弱小了，秦有鲛教给她那么浅显的道术她都只学了皮毛，将来哪里又能陪我上九重天？我开始考虑要不要偷偷传授她一些东西，用来防身也好啊。

但不等我行动，春猎的时候，她就出了事。

土蝼只是一只几千年修为的妖怪，别说现原形，只要让我放手一搏，我都能将它轻松拿下。但是不巧的是，遇见它的时候，坤仪在我身边。

它看出了坤仪对我的重要，不来对付我，专去攻击她。我大怒，半点不再念它乃我所造，拼着这人形也将它打了个魂飞魄散。

后来黎诸怀一直说我疯了，因为我只要显出真身，压根不至于受那么重的伤。但是他不知道，坤仪就在旁边看着，要是发现我是妖怪，那不得吓死？

我从未有一天介意过自己的身份，毕竟无论是神还是妖，都比脆弱的凡人厉害太多了。

但……不知为何，那一瞬间，我就是生出了顾忌。我头一次觉得自己不想再有妖气，我想早些打开九重天的门，将这一身妖气化回仙气。这样一来，在她眼里，我至少是不吃人的。

我从未吃过人，天地就能供养我。但我杀过人，很多草菅妖命的人。我也不觉得自己做错了什么，大家立场不同而已。在妖怪眼里，凡人才是坏人。

总之，我因为不想暴露身份而受了很严重的伤，严重到神识都传不出去，需要却邪剑替我守着肉身。

却邪剑跟了我上万年，与我是心意相通的，照理说我伤成这样，它不会允许任何人接近我。但奇怪的是，坤仪靠近我，它并没有拦。

我头一次见坤仪狼狈成这样，衣裙破碎，雪白的肌肤上挂了不少的血痕和脏污。想起她平日里那娇弱的模样，再看看眼下我二人所处的糟糕环境，我有些绝望。

她是一定会哭的，但我现在没有力气哄。她若哭得狠了，说不定还要晕过去，却邪剑守不守得住我们两个？

不承想，我印象里这位娇滴滴的公主，遇见事倒挺冷静的。她先是去找了洞穴，而后又回来接我。坦白地说，当初她去找洞穴的时候，我以为她是要抛下我自己逃难的，当时还有些生气，想了很多。比如其实我俩也就是在那花团锦簇的富贵地里能调笑几句，要说感情，当真谈不上生死与共。她要走是情理之中，我没什么好难过的。

再比如我伤得实在很重，她要是留下来，兴许我们两个人都逃不掉，她是明智的。还比如……比如个头啊！气死我了，早知道我就现原形跟土蝼打，她半点都不在意我，我做什么还要在意她！

女人果然都是靠不住的！

正生着气呢，小姑娘却回来了。她扶起我，深一脚浅一脚地去了她找到的山洞，一路上喋喋不休，倒不是精力旺盛，而是她在害怕。她怕黑、怕虫，什么都怕，但她居然回来接我了。

她居然在这种环境里，牢牢地扶住了我，任由我高大的身子将她压得一步一个趔趄，都没有松手。

我的怒意散去，甚至有点不好意思——她好像比我想的还要更心悦于我一些。

我从来不相信花言巧语，但我信患难见真情。一个人在绝境里做出的反应，比什么话都来得真实。她不是第一个舍命救我的人，青腾也用过这个法子来算计我，但在黑暗里坤仪凑过来抱着我瑟瑟发抖的时候，我觉得不一样。

对青腾我会给她足够的报酬，但对怀里这个人，我觉得亏欠。

应该就是亏欠的感觉吧？不然我不会那么心慌，胸腔里的东西乱撞个不停，想把我所有的一切都给她。

坤仪真的是我见过最笨的道人，分明还剩两张符纸，她竟用来探囊取物也不画千里符。

在我的印象里，没有什么符纸是不能轻松画成的，所以我当下自然不会觉得是她不会画，而是觉得……她可能想多跟我单独待会儿。你看这女人多傻，周围危机四伏，她身上又狼狈不堪，她居然想的都是跟我多待会儿。

啧，她如果早表现出来对我这般喜欢，我也不至于生龙鱼君和秦有鲛那么多次的气。

探囊取物符就探囊取物吧，她高兴就好。我是不指望她能带我在这山洞里过上什么舒心日子的，但她很体贴地给我上了药，又来抱着我睡。

别的都挺好的，但是这小姑娘外裙洗了还没干，就着一件兜儿这么抱着我……谁吃得消啊？

我是昏迷，不是死了。等我恢复了，我说什么也得找她聊聊万物繁衍之道。

坤仪比我想的更坚韧，糟糕的环境和半夜来袭的妖怪都没有打垮她，她义无反顾地带着我翻山越岭，往行宫的方向赶，一连几日未曾梳妆的脸显得既清秀又楚楚动人。

她觉得自己很狼狈，小声嘀咕说我要是现在醒过来，看见她这模样，肯定会嫌弃她。但她不知道的是，不施脂粉的坤仪公主也是仪态万千的，清若芙蕖，明如晚月。

我喜欢这样的她。

……等等，我方才说了什么？远古神仙是不兴什么七情六欲的说法的，方才是口误，不必介怀。

总之，在离开那片森林的时候，我看着昏过去的坤仪，心里下了一个决定。

无论如何，我都会保住她的小命，去哪儿都会带着她。

上九重天的机会很难得，无数妖族拿自己的身家性命来与我交易，只求他日天门大开我能带他们一程，我其实能带很多人，但我从不轻易答允，因为人太多了看着烦。

但若是坤仪，不用她开口，我也会带着她。甚至她的皇兄，她的丫鬟，她想要谁位列仙班都可以。

啧啧，怪不得黎诸怀总是戒备坤仪，能让我有这样的想法，确实有些让人不安。

只是，大老爷们去对付一个柔弱的小姑娘，着实让人不齿。

5.

聂衍这个名字是我自己起的。

当时为了学习凡人的言行举止，我看了很多很多书，其中有几本史卷，记载了一千多年前的一个朝代，有个姓聂的帝王兴于微末，勤学肯练，不近女色，最后一统天下。我觉得他很不错，所以选了他的姓，然后挑了同页里看得顺眼的一个"衍"字，希望能借着他这名字，衍成我自己的大业。

这么多年，以他为鉴，我一直做得很好，但没想到有一天我会遇见坤仪。

我真没多喜欢她。真的，是黎诸怀和夜半他们大惊小怪，一些压根不会影响大局的事情，他们非要觉得是天塌了。

比如那几千只凡人变成的妖灵被秦有鲛放走的事情。

说实话，一开始我确实对这个报复的法子很感兴趣，但秦有鲛那个大嘴巴给坤仪告了状——别问我怎么知道的，她回来的时候眼神不对劲，我又不瞎。虽然她极力装作无事发生，但躲闪的眼神出卖了她。我抬了那么多张家送来的宝石给她，她也只是故作开心。

我认真地想了一下，其实我们想杀的那几个虐杀妖灵主意的官员，已经在第一天就被盛庆帝亲手射杀了。剩下的人，放了也就放了。

只要她同我开口，再撒一撒娇，我绝对会答应她。

但她没开口。她那凤眼左瞟右瞟的，最后竟是偎在我怀里小声问我，要不要出去。

大晚上的出门去，她又是这副表情，我当时就有些呆愣。

我信她个鬼！我当时心都要从喉咙跳出来了，抱着她腰肢的手都有些抖，满脑子都是些不可描述的东西。但我怕吓着她，我只能装出一脸"今天晚上天气真好，你既然想出去那我就去陪你散散步"的平静表情。

坤仪的身子很软，比毛茸茸的小兔子还软，偎在我怀里一只手就能抱拢。她颈窝还很香，跟别的庸脂俗粉不同，她清水出……倒也不能说清水出芙蓉，但她用的是最贵最好的脂粉，很好闻。

我得用很大的力气才能控制住自己不要冒失。虽然我们已经成了亲，但这小姑娘是抱着满肚子的小算盘来睡我的。她表现得特别无畏，一仰脖子一闭眼，就是一副要名留青史的样子。

我忍不住失笑，觉得她真的特别可爱。总之那天晚上云淡风轻、月明星稀，我与她成了真正的夫妻。自此，我打算庇护她，包括她的家人。

所以秦有鲛带那几千妖灵离开的时候，我没拦。要拦其实很简单，一道符就能追上去。但怀里的人儿十分紧张地抓着我的背，那爪子跟小猫似的，收了指尖，只拿肉垫挠着，又软又热，我实在没必要辜负良宵。

后来，黎诸怀因为这事跟我吵了一架，或者说是他单方面地指责我，还企图说坤仪的坏话。

我这个人其实不护短的，但我觉得他的发言实在是影响不好，所以让他去守一下不周山。正好最近不周山脚下有凡人纠集，想上山挖宝，得有人护着山。这不算我公报私仇，只能算人才的合理分配。

说到不周山，我想起自己当龙的时候喜欢收藏宝石，不周山里藏了许多亮晶晶的东西。我放着也是放着，干脆就让人全送来，哄哄这哭得梨花带雨的小姑娘。

宝石而已，又不能用来修炼，有什么要紧的。

但夜半看见那满屋的宝石之后，还是颤颤巍巍地说："您别吓着人家。"

有什么好吓着的，她喜欢我就都给她。

我喜欢看她眼睛亮亮的模样，也喜欢看她满心欢喜地朝我扑过来，说些没羞没臊的调戏之言，虽然每次都听得我不太好意思，但她说那些话，我听着开心。

别人都说她身上带着厄运，但对我而言，她真是个难得的宝贝。想把她要的东西都给她，想弄座仙岛来娇养她。

如果她一直爱我就好了。

她小产的时候，我当真是心疼极了。倒不是心疼子嗣，而是她身子本来就弱，一旦小产，伤损极大，所以我想尽各种办法找仙草给她补身子。我仔细地陪了她一个月，确定她将身子养妥了，才稍稍放下心。

结果黎诸怀告诉我，那孩子是她自己流掉的。我看着她后院里埋着的药罐碎片，脑子里一片空白。

这一个月，我几乎天天与她在一起。她没有表现出丝毫的心虚或者欲言又止，装得仿佛是真的不知道自己小产了一样。到头来，却是骗我的？

我有多恨别人骗我，她是知道的。没想到，现在骗我的人正好是她。

她怎么想的呢？

我很想抓着她的肩问问她，但现在还有个更要命的事情——青膑竟然在她的身体里封印着。看见狐眸出现在她脸上的时候，我不知道是什么心情，那一瞬间应该是生气的，但我更多的是惊慌。

她得有多难过，才会让青膑占了她的身子？

老实说，我怕她出事。这样的想法比起杀掉青膑，在我心底更占上风。意识到这件事的时候，我竟是想笑的。

原来我当真喜欢她。可惜，我从来不认，她也从来不知。

她觉得自己连累钱书华丢了命，又要再度因为青膑回到噩梦里去，干脆就想逃避，想长睡不起。她一点也没想过她死了我会不会难过。

原来她是不爱我的，是我自己会错了意。

更好笑的是，在我还在担心她的时候，她逃了。我们话都没有说清楚，她就逃去了皇宫。

我想追她其实很容易，但上清司众多的人都想杀她，若追上了，她没什么生机，所以我只是策马，并未用千里符。

她在我眼前被人救进宫，我没有拦。

我只是看着她，想从她脸上看见哪怕一丝的愧疚和歉意，这样我就有理由说服自己原谅她。但没有，她遥遥地看着我，眼里竟有些怒火。

为什么呢？是觉得我这个被骗的人，不应该发现事情的真相？我不应该来追她？还是不应该与她一起做那么长的一场梦？在我的梦里，我们相知相爱、相伴相守，一朝我能飞升，她也会位列仙班，我们周游四方、恩爱白头。

但现实告诉我，她只是在利用我而已。利用我护住她的皇兄、利用我抓出朝中隐藏的妖怪。

照理说我应该恨她，但不知为何，我的心上一片荒芜，连恨也提不起力气。

我发现我最无力的事，不是杀不了她，而是无法让她爱我，如同我爱她一般。

感情这东西是天生的，有些感情要么一开始就有，要么一辈子也不会有。我确定我这辈子只会对她有这样的感情，但同时我也明白，她回馈不了我。

我这几万年顺顺当当的日子，终于迎来了劫数。

之后那几日，我有些消沉。夜半说我其实应该跟坤仪好好聊聊，说不定这其中有什么误会。

我不愿。我不想再去看她那张脸，分明不喜欢我，为何会一次又一次对我露出那等痴迷的表情？她这骗术，比起青腰也不遑多让。再看见她，就仿佛让我直面过去那傻不愣登的自己。

我想着与她老死不相往来就好。但是，黎诸怀竟然自作主张去刺杀了她。

收到消息的时候，我突然觉得天暗了下去，狂风乍起，吹得我衣角翻飞。我不应该着急的，一个凡人而已，就算当真死了，我也有本事将她从黄泉里捞起来。

但我突然就想到，死之前，她会是什么样的心情？会不会觉得，是我让黎诸怀去动的手？

对，没错。我也不是舍不得她，她都那样对我了，我若还上赶着，便没有半点神仙做派。我只是怕她误会，我不是会派人去杀女人的人，有仇我一般都自己动手。

我开始疯了一样地找她的魂魄，若在她下黄泉之前找到，兴许救回来也不会损害她的下一次轮回——但我没找到。

我站在晟京最高的屋顶上，被夜风灌得遍体生凉。

然而，邱长老告诉我，坤仪没死。我又被她骗了，被骗得差点落了泪。

我满心愤怒，提着却邪剑就杀进了掌灯酒家。但其实，我没多恼。她还活着，这件事带来的开心比烦恼要多。所以，哪怕我能将掌灯酒家和那块女娲留下的晶石一起毁了，我也没动手。

留着他们，坤仪才能有个名正言顺被我饶过的理由。

其实也就几天没见而已，再见面，我觉得她瘦了。她的下巴尖尖的，脸色也不太好看。我很想问问她是不是哪里不舒服，但看她满眼畏惧的模样，我气得没开口。

我若真想杀她，她活不过一炷香！多聪明的一个人，都会算计我，怎么这点门道都想不明白？

我心里怄了个半死，脸上却当成什么都没发生过的模样，选了一个侧脸最好看的角度对着她，然后开始沉思。

我这么好看的人，她难道当真半点也没有动过心？

6.

这人间的情爱我当真不是很懂，譬如我觉得坤仪对我有情，但她看见我的时候没有丝毫欢喜，只有满眼的恐惧；譬如我觉得我对坤仪无情，但我现在居然因为她坐在这里听夜半的碎碎念。

我不喜欢夜半碎碎念。他跟了我这么多年，早就养成了闭嘴的好习惯，但眼下也不知道是怎么了，他长吁短叹地道："都这样了，您又何必嘴硬？"

我嘴硬什么了？她骗我在先，用晶石威胁我在后，虽然后者是我默许的，但她不知道，在她看来，那当真是能掐住我脖子的东西，她竟当真用来当对付我的筹码，我还不能不高兴了？

我丝毫感觉不到她对我的情意，除非她哄我。

夜半看我的眼神很奇怪，我感觉我被蔑视了，他是不想要自己的三魂七魄完好无损了才敢这么看我。

我抬了手，刚打算给他个教训，黎诸怀就来了。

黎诸怀最近学乖了，他鲜少再在我面前提坤仪的种种，只是来聊些闲天，比如今日，他带来的消息是吴世子毁了张曼柔的婚事，将她纳进了府。

有霍二在前，张曼柔的名分尴尬，他爹震怒，打断了他一只手，但吴世子执意要留下张曼柔。

我听得很惊奇："先前吴世子不还与张曼柔一刀两断了？"

黎诸怀就笑："是一刀两断了，但张曼柔学那青丘的把戏倒是好用，她故意勾得吴世子时常挂念她，然后给自己寻了门亲事。吴世子一看这熟悉的人要嫁与他人为妻了，当下就生了气，跑去抢亲。亲事一抢，吴世子就得对她负责到底了。"

我没太明白："为何她要嫁人，吴世子就会抢亲？"

黎诸怀唏嘘地道："这世间情爱，左右逃不过一个'醋'字。有的人就是意识不到自己的感情，除非旁人要抢你心上人。在即将失去的时候，再木讷的人也该有所悟了。"

彼时我并不觉得他在暗示我，于是成功将他的话与坤仪一一对上了。

或许坤仪不是真的不喜欢我，她只是没有意识到自己的感情。

对，没错！就是这样！不然她怎么可能之前还好好的，一下子就对我冷淡又防备了，我也没做什么。我冷着脸说他们很吵，将他们都赶了出去，然后就开始思索我要怎么让坤仪意识到她是喜欢我的呢？

张曼柔可以嫁人，那我就可以纳妾。

纳谁呢？我冥思苦想了一个时辰，用从女娲那边偷学的秘术，试探性地捏了一个人出来。

这是我第一次捏人。以往我是不屑于做这个东西的，不如走兽威风，不如飞鸟灵巧，但一想到坤仪会生气地将我抢走，我嘴角就忍不住往上扬。

我是想捏一个与坤仪截然不同的女子的。但当她落成的时候，我无奈地发现，这张脸长得跟坤仪一模一样。

我发誓我没有想她，是人太难捏。我仔细改了她的五官，改了她的身段，勉勉强强将她与坤仪区分开。然后我就选了一个良辰吉日，去告诉坤仪，我要纳妾。

夜半说，皇家驸马是不能纳妾的，除非公主七年无所出。我与坤仪成亲不到一年便要纳妾，这是欺负人。

听他这么说，我是有些迟疑的。但站到坤仪的床前，一对上她那双笑得客套的眼，我气性就上来了。

她虽说是卧病在床，但双颊红润，精神也甚好。只在瞧见我的时候，眼里的情绪飞快收敛，然后就端出了一张笑得虚伪的脸来。

"何事？"

一生气一上头，我也不管什么规矩不规矩了，冷声就道："我看上了一个女子，想纳为妾室。"

她愣了愣，但也只是愣了一瞬，就接着笑问："谁家的？"

她不着急，也不吃醋，神态还有点和蔼可亲。

我心里沉了沉，表情也就更加难看："何家的庶女。"

她歪了歪脑袋，似乎在回忆这个人是谁，但没想起来，便继续笑："好。"

她就这么答应了，连生气都没有。

我僵在原地，不敢置信地又看了一遍她的神色。

坤仪笑得更加自然，与我说："既然有看上的人了，伯爷便好生待人家。"

"用不着殿下提醒。"我要气死了，不管不顾地道，"我与她一见钟情，迎她入府之后必定只爱她一人，我将来的孩子，也会由她来生，倒是不必殿下再算计。"

"甚好。"她无波无澜地答了这么一句，然后就落下了帷帐，"本宫替伯爷纳妾，成全伯爷这拳拳深情。"

兰苕看我的眼神像是想扑上来打我，我冷冷回视她，这小丫头咬死了牙关没避开我的视线。她倒是倔，她的主子若能有她十分之一的生气，我会很高兴的。

可是没有。

我心爱的人，体贴地替我纳了妾。

何氏被我捏得十分灵巧，能说会动，甚至会去给她请安，我通过何氏的眼睛看向坤仪，发现她的仪态当真是得体又大方，面对我的美妾，没有一丝不悦和责骂，反而赏赐了何氏一大堆的东西。

她只有喜欢谁，才会给谁那么多好东西。

所以，她不讨厌我的"心上人"。她对我的感情，还不如吴世子对张曼柔。

我沉默地看着这个可笑的事实，好几天没能入睡。

夜半说，坤仪病得厉害，病去如抽丝，身子骨怕是不太好了。我冷笑，人家丝毫不在意我，我难道还去管她生病不生病？

不周山有的是药材，送去让她养身子就是。只是别说是我送的，丢不起那个人。

我聂衍从出生开始就没缺过什么，不缺修为，不缺跟随者。我不用逢迎任何人，更不该低下身段去讨好一个凡人。

她不喜欢我就不喜欢，我也不喜欢她就是了。大家各自过日子，不就正满足了她一开始与我的约定？

我很开心，真的。

坤仪也很开心，她像是没了顾忌一般，立马跟人去花天酒地，然后带回来一个面首。

我问夜半，什么是面首。

夜半说，陪殿下吃饭、陪殿下玩耍、陪殿下睡觉的人。

我把桌子掀了。

当时我的情绪虽然不那么平和，但是尚算稳定。但夜半吓坏了，双手死命拖住我的腿，声嘶力竭地劝："您现在是凡间的驸马，不好杀面首的，会落下个善妒的罪名，还会被殿下降罪。"

降罪就降罪，我还怕罪？

"殿下也会被您吓着的！"

吓着就吓着，她最近反正也怕我得很。我黑着脸想着，步子还是放慢了一些。

"更何况您这样吃醋，不是明摆着告诉殿下，您爱惨了她吗？"

"我……"我彻底停下了步子。

上头了上头了，要冷静，输人不输阵啊！同样的把戏，凭什么她不上我的当，我要去上她的当？

我堂堂玄龙，远古上神、开天地之主，要对一个凡人暴露自己的心思？

不了不了不。我飞快且镇定地将夜半从我的腿上撕了下来。

"她就是想让我吃醋？"我问。

夜半点头如捣蒜："这么看来，我觉得殿下也是心里有您的，只是您二位这不知道到底在置什么气……"

其余话不用听了，前半句就够用。我扔开他，整理了一下衣襟，决定给坤仪看看我的定力。

她尚且能对何氏温和宽厚，我为何不能留林青苏一条贱命？

"去盯着他们。"我对夜半道，"有什么动静就回来禀我。"

夜半迟疑地看着我。

我一脸无所谓地摆手："放心，我不往心里去。"

夜半点头去了。

第一天，夜半说，坤仪没留林青苏同房。我心情甚好地下着棋，果然，她心里有我，只是做做样子。

第二天，夜半说，坤仪还是没留林青苏同房。我开始怜爱地想，要不要配合她吃吃小醋？不然她这一筹莫展的可怎么办？

夜半看了我一眼，说坤仪虽然没有与林青苏同房，但两人白天总在一起，有林青苏的陪伴，殿下的心情一天比一天好了起来。

我心口一抽，皱了皱眉。她不是在做样子给我看，难道是真的喜欢人家不成？

我以为人间的欢好就是床笫上的，所以我每夜都让何氏发出许多暧昧的动静，还让人专给坤仪传消息过去，也做好了她会用同样的法子来激我的准备。

可是，她没有。她只是每日与林青苏玩耍聊天，时不时展颜一笑，比起面首，更像是拿他当朋友。

但不知为何，我比听见他们同房了还难受。

我想去找她，又有些拉不下来脸，偶尔在街上偶遇，也只是听见擦肩而过的凤车里洒出来一串银铃般的笑声。

她在没我的时候，似乎过得比以前还开心。但我不开心，我很想质问她在她心里我到底算什么，也很想质问她我哪里做得不对，她非要与我犟到这个地步。

天气渐渐凉了，朱厌搓着胳膊上冒起来的鸡皮疙瘩，嘀咕道："我当真是不喜欢水，他们给我的屋子还就在水池边上，真是一日都不想回去。"

我望着远处坤仪带着林青苏往接天湖走的身影，淡淡地应了他一声："那今日就不回去了。"

朱厌一喜，问我："大人有什么好去处？"

我指了指前头："游湖。"

7.

比起怕水，朱厌显然更怕我。所以他就算两腿打战，也还是跟着我去接天湖了。

坤仪和林青苏有说有笑地在画舫上打闹。夜半说得没错，她与他在一起的时候果真很开心，哪像跟我在一起的时候，笑得虚伪又敷衍。

眼下湖面上波光粼粼，她一身黑纱与那林青苏的青衣叠在一处，怎么看怎么难看。

眼瞧着林青苏的手要碰到坤仪的手了，不知道怎么的风就很大，吹得我的船狠狠撞了他们一下。

风吹的啊，她瞪我干吗？

不过也是好些天没见着她了，这一眼瞪过来，明眸皓齿的，还挺好看。

我是不会相思什么的，就只是觉得她好像比前几日面色好些，就忍不住一直看她。

当然了，我们这种远古上神行事，是不会让凡人窥见端倪的，我看她用的是神识，双眼是一直看着对面的朱厌的，嘴里还在一本正经地与他"议事"。

坤仪没察觉我在看她，但她似乎是与我较上劲了，亲手去教林青苏开船来撞我的船。

看看，像话吗？我的夫人带着她的面首，用这种嚣张的姿态来挑衅我，是个人就不能忍对不对？

不是因为感情或者别的，这是颜面，颜面你懂吗？所以我怎么都得生气，跟吃醋什么的无关，于是我打算伸手把坤仪捞过来。

但是不等我动手，他们的船突然就被水下的妖怪击了个大洞。我瞥了一眼水面就知道，它们是被坤仪身上的妖气吸引来的，想把船撞翻了好吃掉她。

真是在太岁头上动土，这满湖的妖怪，还不够扛我一掌的。

我看着坤仪，只要她回看我一眼，哪怕就一眼，我就替她挡灾。

但是，她没看我。她莫名其妙就生气了，拉着林青苏就往湖里跳。

怎么的，还要给我表演一个同生共死？

林青苏，他也配？

我当时真的又气又急，她与我是多大的过不去，才宁愿跳湖都不愿向我求救，我没林青苏好看？没他厉害？还是哪里不如他了，她要这样对我。但是我面上不能露出任何的怒意，只冷冷地看着他们往湖边游，也冷冷地看着湖里的妖怪朝坤仪一窝蜂游过去。

这傻子觉得自己体内有青腾就是无敌的了，焉知狐狸怕水，水里这么多的妖怪，青腾压根吃不过来，她必定会受伤。

不受伤怎么长记性！我才不管她！

说是这么说，我还是冷着脸替她将妖怪收拾了，只留了一只给她自己对付。

她完好无损地从湖里出来了，可她第一件事就是去看林青苏。

这小没良心的。

我将她裹起来送回了和福宫，倒不是我要低头，是她衣裳浸透了水，玲珑身段一览无余，我……我是替他们皇家的颜面着想，哪能让这些个凡人随便乱看。

不过我当真是有些时日未与她亲近了，抱着她的时候，我身上都忍不住发热，她倒还有多余的精力与我拌嘴，一张脸惨白惨白的，一看就是冻着了。

我加快了步子将她带回宫，又偷摸用道术给她宫里弄得暖和了些。

坤仪现在看我的眼神我不喜欢，还不如看林青苏的一半温柔。但我是想多看她一会儿的，难得有机会。

结果黎诸怀突然用神识给我传话，说有七个妖族不服管，开始在西城大开杀戒，我只能匆忙离开。

按照黎诸怀与我的谋划，有一百多个妖族要在三个月之内到西边三城安置，我给他们下了禁令，不可以吃老弱妇孺——倒不是我伪善，强者是不屑凌弱的。但显然，这七个妖族因为从未见过我，觉得没什么好怕的，开始脱离黎诸怀他们的掌控。

我去西城，花了三天的时间，将这七个妖族所有的族人全部找出来剿杀。

都是我创造出来的东西，没有人比我更了解他们的弱点，也就没人比我更会斩妖。

有一瞬间我突然在想，若我轮回转世变成凡人，当真斩妖除魔造福天下，会不会能跟坤仪有一个好结果？

这念头一出来，我觉得有些可怕，我与她立场相左，这样想不就是我投降了？我一个远古上神，为什么要跟一个弱得不能再弱的凡人投降？

我摇了摇头，继续剿杀叛妖。

也不是我自吹，我的修为强到能抹杀一切不知天高地厚的叛贼，甚至不用多费力气，西城就恢复了之前的井然有序。我也回了晟京，听下人禀告，说这几日坤仪在为林青苏的科考铺路。

"一个人只有真心喜欢另一个人，才会为他的前途如此费心费力。"

"殿下怕是当真动心了，宁愿放林青苏走，也要他得偿所愿。"

"林青苏入仕之后可就不能当面首了。"

以上是黎诸怀和淮南的对话，生怕我听不见似的，就站在我窗外说的。

夜半看我的眼神有些担忧，他低声道："区区凡人而已，大人不必放在心上。"

我一时分不清他嘴里这个凡人说的是林青苏还是坤仪。我的心里一股子无名火，也没听进去夜半这话，坐在屋子里越想越气，干脆就去"拜访"了一下尚书省的几个老臣。

我没威胁他们，就提了提林青苏入仕的事，表达了一下略微不满的情绪。

他们很懂事，果然没让林青苏轻松参考。

我坐在书房里等着，静静地看着门口，希望坤仪来，又希望她不要来。太久没见她了，我想看看她最近养得如何，但她若来，便是当真在意林青苏。

我至今也没想明白林青苏有什么好的，一副弱不禁风的模样，又愣头愣脑的，一看就是那种经历很少满腹空谈的书呆子。

"伯爷，殿下过来了。"夜半禀告了一声。

我眼睫颤了颤，放在椅子扶手上的手紧捏成拳。

说时迟那时快，我立马将何氏变了出来，仿佛这样我就没那么狼狈。

坤仪看见何氏，眼神动了动，问我是不是很疼爱她。

她！终于！在意了！先前的郁闷一扫而空，我连背都挺直了两分，立马答她："自然。"

吃醋吧吃醋吧，只要你说一句在意，我立马解释清楚。

然而，她却问我："既然如此，伯爷为何不能将心比心？"

将我疼爱何氏之心，比她疼爱林青苏之心？

老实说，她那一句话出来我当真差点被气吐血，何氏是我捏出来的假人，林青苏却是个活生生的男人，她让我将心比心？她凭什么对他有心？

我仿佛一个要糖吃的小孩子，她不给就算了，还把糖全给了别人，让我站在旁边看着。

我胸口起伏，伸手按了按，生怕自己被她给气出原形来。

她说，我要是不让林青苏科考，她就去浮玉山让青䲢吃个饱。天知道我为了让她和青䲢分开花了多少心思、想了多少办法，她居然拿这个威胁我，当真不知道青䲢吃太饱破封而出她会没命不成？

她还让我不要对她纠缠不休。

我被她给气的，连阎罗笔都捏出来了，想把林青苏的名字写在生死簿上第一页，写满，写一百遍！还是夜半死活抱着我的腿，说咱们现在还不急动黄泉，不能打草惊蛇，为这么个凡人不值得，碎碎念了半个时辰，我才勉强放下了笔。

我气得肝疼。

她倒是心情好，回去加了两个菜，还让林青苏与她一起用膳，留我在府里愣是一晚上没睡着，连夜将伯爵府与明珠台之间的围墙砌高了半丈。

没良心还没眼力的，别来见我了！

她倒也没空来找我了，从徐武卫那边拿的货开了铺子，又用赚来的钱开学堂教凡人怎么对付妖怪，搞得挺热闹。

黎诸怀说过她这些举动对我们不算好事，我也觉得，但看在她还记得每月给我送一箱银子来的分上，我也没管。

不算好事，但也算不上什么大的威胁，更何况，因着这些事，她就与我断不开联系。

这不，因为上清司的几个道人私自去她的私塾里当先生，我又能见着她了，还是她主动来找的我。其实那几个道人都是凡人出身，去私塾谋生我也不想拦着，但如果拦着就能让她来拉我的手说好话……

我吩咐淮南往死里追究他们的责任！

坤仪拉着我的手，细声细气地给我说好话，虽然看我的眼神里已经没有多少爱意这一点让我非常不爽，但她的手很软，软得我没了什么脾气。

与她坐在一起，我突然就觉得委屈。原本可以好好过日子的，原本我可以一直拥着她，不用这般盼星星盼月亮地等她来找我，到底是为什么同她走到这一步的？

我纠结了许久，终于还是直接问出了口，我问她为何不要她与我的孩子。

虽然我不怎么喜欢孩子，但我很在意自己在她心里的位置。

她笑得云淡风轻，说我俩这样子没法要孩子，过好自己的日子就不错了。

这么久了，被折磨的仿佛只有我一个人，我突然觉得很累。

　　原先学凡人的言行举止的时候，书上写情爱之事多是酸甜，但书上没告诉我，它里头还有这么苦的东西。

　　我生平最讨厌的事就是被欺骗，比如青腾，再比如黎诸怀，不管是谁，抱着好的或是坏的目的，只要撒了谎，我都不会原谅。

　　……

　　但如果是坤仪，这个事就得分情况。

　　也不是我双标，主要是我们俩的误会太复杂了，夹杂着很多扯不开的结。我最在意的不是别的，而是她心里有没有我。她只要说有，那一切问题都不是问题。

　　关键是，这人嘴硬。我活了几万年了，都没见过这么嘴硬的人。她不肯低头，不肯看我，也不肯解释那个孩子是怎么回事。

　　我在意的是孩子吗？我在意的是她的态度。

　　这里划重点了啊，态度决定一切。比如她的态度就决定了我先前会生很久的气，再比如她的态度又决定了我后来会满怀愧疚。

　　这么看来其实问题在我，不在她。

　　是我没发现黎诸怀的手脚，也是我没能体谅她的心情。

　　如果可以重来，我一定选择相信她，然后在黎诸怀开口说第一个字的时候，就把他扔去不周山，让他守上五百年。

　　如果可以重来，我一定先洞察她的想法，在她让自己灰飞烟灭之前阻止她。

　　如果……

　　现在后悔也来不及了，但是以后，我会补偿她。我会用我整个余生，用万年的岁月，用所有无条件的信任，来补偿她。

　　但是后来，九重天上开始流传起我惧内的谣言。

　　我澄清一下。夫妻之间，说什么惧不惧的，那只是你们凡人不理解的情趣，你们不懂，我不怪你们。

　　她很爱我，我便是世界上最幸福的神仙。

【全文完】

图书在版编目（CIP）数据

长风几万里 / 白鹭成双著.

—武汉：长江出版社，2022.4

ISBN 978-7-5492-8221-0

I . ①长… II . ①白… III. ①长篇小说—中国—当代 IV. ① I247.5

中国版本图书馆 CIP 数据核字（2022）第 037388 号

长风几万里 / 白鹭成双 著

出　　版	长江出版社
	（武汉市解放大道 1863 号）
市场发行	长江出版社发行部
网　　址	http://www.cjpress.com.cn
责任编辑	陈　辉
特约编辑	小　狮　李　静
印　　刷	北京盛通印刷股份有限公司
版　　次	2022 年 4 月第 1 版
印　　次	2022 年 4 月第 1 次印刷
开　　本	700mm×1000mm　1/16
印　　张	36
字　　数	660 千字
书　　号	ISBN 978-7-5492-8221-0
定　　价	78.00 元（全两册）